管理突破

从管理科学和全球化视野思考政治经济体制改革

张重庆 著

中国社会科学出版社

图书在版编目（CIP）数据

管理突破：从管理科学和全球化视野思考政治经济体制改革/张重庆著．—北京：中国社会科学出版社，2008.11
ISBN 978-7-5004-5248-5

Ⅰ．管… Ⅱ．张… Ⅲ．①政治体制改革－中国－文集 ②经济体制改革－中国－文集 Ⅳ．D61－53　F121－53

中国版本图书馆 CIP 数据核字（2005）第 110776 号

策划编辑　冯　斌
责任编辑　田改委
责任校对　林福国
封面设计　凤凰视觉社
版式设计　戴　宽

出版发行　中国社会科学出版社
社　　址　北京鼓楼西大街甲 158 号　　邮　编　100720
电　　话　010－84029450（邮购）
网　　址　http：//www.csspw.cn
经　　销　新华书店
印　　刷　涿州市星河印刷有限公司
版　　次　2008 年 11 月第 1 版　　印　次　2008 年 11 月第 1 次印刷
开　　本　710×1000　1/16
印　　张　28.375
字　　数　520 千字
定　　价　58.00 元

凡购买中国社会科学出版社图书，如有质量问题请与本社发行部联系调换

作者照片

谨以本书献给为中国改革开放、社会进步做出历史性贡献的先辈。

序　言

国务院参事室主任　崔占福

翻开案头《管理突破》一书，感到格外高兴。作者从20世纪80年代起就在国务院经济管理部门工作，长期担任中国企业管理协会、中国企业家协会的领导职务，主持日常工作，致力于推进企业改革和管理现代化的实践与政策理论研究，并应邀在中南海作过题为《90年代中国经济发展的国际环境》的专题报告。本书收集作者发表的百篇文章、研究报告、演讲和论文。从这些文章可以看出，改革开放以来，作者为高层领导决策提供的许多具有前瞻性的意见已经被实践所证明，许多重要的思想观点在今天仍然给人以启迪。这是作者多年来，伴随着我国社会历史前进的步伐，对经济体制改革和企业改革不断进行深入观察、思考和探索的成果，闪耀出创造性思维的火花。作者在长期对经济管理和企业改革进行深入研究的基础上，通过本书向读者传递出许多重要的信息和新的思想观点，对于管理创新颇有启迪。

面对经济全球化、信息网络化、产业知识化的历史潮流，世界正在从资源经济转向智力经济，从传统的大批量生产方式转向多样化、个性化生产方式，从集权的金字塔形组织结构转向分权的扁平化组织结构，从竞争对手转向战略联盟。尤其是随着交通和通信科技的迅速发展，地球这个庞然大物被压缩为小小的地球村，因特网络的无形纽带将不同地区、不同肤色、不同民族、不同年龄、不同性别、不同信仰的人们紧密地联系起来，正在培育跨越国界、跨越民族界线的思想、经济、文化新群体，从而在人类的思想观念、文化传统、经济和政治的相互融合进程中发挥着难以估量的作用。这一切必将导致一场不可避免的管理革命，或者说管理创新，引起个人权威和行政权力的弱化，民主和法制力量的强化。

管理的核心问题是智力资源管理。过去在工业经济时代，传统的管理方法主要是从外部对体力劳动者进行有效的控制。今天在无形的脑力知识工作者愈来愈占主导地位的智力经济时代，这种从外部控制的管理方法已经显得苍白无力，难以驾驭蓬勃发展的现代社会生产力。激发知识工作者的生产力是现代管理科学面临的重大课题。

管理贯穿于社会发展的始终，贯穿于社会发展的各个领域。在科学技术迅猛发展、社会经济高速成长的今天，管理科学遇到前所未有的严峻的历史性挑战，突破传统的管理思维、管理制度、管理方法、管理手段，以创新的管理动态适应新世纪生产力蓬勃发展的要求，是管理科学发展的大趋势。

管理就是变革，管理就是创新。管理创新是推动社会进步和生产力发展的重要手段和力量。历史与现实反复证明：管理思想、制度、组织、方法、手段的创新，可以改变落后的现状，推动生产力的发展。优秀企业家的科学管理，能够使企业走向巅峰，魅力四射，产品和服务吸引全人类的眼球；杰出政治家的科学治国，能够引导国家走向繁荣昌盛，光照寰宇，创造历史的辉煌。

现代化的技术、设备、设施，需要有与之相适应的现代化管理。我们要实现党中央提出的全面建设小康社会，构建社会主义和谐社会的伟大目标，不仅需要有现代化的社会经济体系，更加需要有与此相适应的现代化的管理组织体系，包括在经济、政治、国家、军队、政党及其他所有方面都需要确立现代化的管理思想，形成现代化管理的组织体系。

随着中国市场进一步开放，垄断性行业允许外资进入，跨国公司进入重要产业领域，国内市场急剧向国际化方向发展，激烈的国际性竞争在国内市场上燃起了缕缕烽烟，这不仅是产品的竞争、效率的竞争，而且是思想观念的竞争、服务创新的竞争、经济实力的竞争。

商场就是战场。商战冷酷无情。要在世界性的商战中赢得胜利，就必须善于学习，善于应变，善于从经济全球化的战略高度出发，加快观念更新，在经营方式、产品开发、质量管理、客户服务、市场拓展等方面进行管理突破和创新，迅速提高市场竞争力。

物质资源是有限的，头脑智慧是无限的。智力资本是智力和知识的有机融合。脑力资产和智力成果构成智力资本。在剩余价值的创造过程中，智力资本的增值贡献远远超过物质资本和体力资本。智力资本是当代社会经济增长的关键因素。扩大对智力资本要素的投入，积极启动智力资本管理，对于提高企业竞争力，创造新的经济增长点，实现国家的繁荣昌盛具有重要意义。

我相信，本书的出版对于从管理科学和全球化视野出发，摆脱意识形态的偏见，博采众长，全方位的深入研究和思考我国政治经济体制改革问题，推进执政党管理现代化和国家管理现代化，建设民主法治、公平正义、诚信友爱的社会主义和谐社会将是十分有益的。

目 录

从管理科学和全球化视野思考政治经济体制改革(代前言)……1

第一篇 媒体采访

正在升温的中美经济关系……9
企业与劳动者的根本利益是一致的……12
在市场经济的挑战面前……14
信息,使中国企业走向世界……17
崛起,中国企业家群体……20
乡镇企业应向管理现代化方向努力……22

第二篇 政策建议

日本地区经济开发战略和政策……27
建立高级经营管理人才培训体系……36
改革干部制度 起用一代新人……43
美国对华技术转让政策考察及建议……49
西方学者关于国际技术转让的观点……53
美国行政管理与行政管理教育……60
美国企业管理培训考察及建议……64
美国公众机构对总统的管理……68
美国上层人士对华贸易的态度及发展中美贸易的建议……72
台湾企业向大陆投资的新动向……80
为中国企业进入国际市场创造条件……83
发挥大中型国有企业的骨干作用……89
发展信息服务业的几个问题……93

对提高我国大型企业国际竞争力等几个重要问题的建议……95
我国大企业信息化管理问题……101
九十年代中国经济发展的国际环境……107
推进工业资本与金融资本的融合……117
创造企业家队伍成长的社会环境……120
创建企业相互保险公司的思路……124
市场竞争　知识资本　创造思维……130
对我国经济发展重要问题的建议……139
对我国企业发展重要问题的建议……148
活化国有凝固资产　补充社会保障基金……156
巩固和增强共产党的执政地位……158
中国上市公司管理机制分析……166
警惕腐败从经济向政治领域蔓延……174
强化对社会公众权益的维护……179

第三篇　理论探讨

企业管理现代化观点综述……183
对企业文化建设的分析与思考……186
信息资源的开发与管理……193
增强企业活力　培育市场体系……205
国有企业改革的探索……209
提高竞争力　创世界名牌……212
确立政府与国有企业职能分离新体制……217
中国企业并购特点和趋势分析……220
学习型组织与管理创新……227
马克思主义哲学的思考……232
企业经营战略与外部环境的动态适应……239
激发知识工作者的生产力……244
获取智力资本管理的最大效益……251
建设城市大动脉　发展地铁产业链……261

第四篇　管理科学

日本企业经营管理诀窍……265

经营诊断专家给企业治病……269
积极开展企业咨询试点工作……272
西方企业组织结构……273
跨国公司的人力资源开发……276
美国技术创新战略及其启示……282
哈佛大学肯尼迪政府学院……289
面向实践的大学商学院……294
虚拟公司运作与管理……298
企业信息系统的建设与发展……302
激励职工的创新精神……305
从生产自动化向管理自动化转变……307
企业组织结构扁平化趋势……309
信息化社会的企业人力资源管理……313
芝加哥期货交易所……317
期货交易知识问答……320
美墨边境自由贸易加工区……322
培养和造就职业化的企业家队伍……324
满足顾客　经营革新……327
迎接经济全球化的挑战……328
国际管理科学的世纪盛会……330
美国经济与企业发展动力探析……333

第五篇　中国经济

采用先进技术　发展生产力……337
在新形势下怎样当好厂长……340
“利改税”的第二步改革……342
企业领导制度的探索创新……344
企业家的社会位置……346
领导者的品质和风格……351
企业领导制度改革的几个重要问题……354
国有企业改革与利用外资……359
中国五金工具在美国市场销售策略分析……362
大陆企业改革的动向……366

发展中美大企业的交流合作关系……367
转换企业经营机制关键在政府职能同步转变……368
建设有中国特色的企业文化……369
向世界开放的中国市场……372
中国经济发展的现状与趋势……373
提高民族工业的国际竞争力……377
发现和捕捉商业机遇……383
坚持公益服务的经营理念……385
中国振兴东北经济战略分析……390

第六篇　工作研究

加强协会工作研究……397
如何做好行业协会工作……404
企业管理协会工作与发展规划……409
建立全国企业信息服务网……414
在创新中提高管理咨询的竞争力……416
协会管理制度改革的思路……420
走向智力服务市场……425
发挥市场信息导向作用……431
企业管理协会十五年工作的主要进展……433
发挥城市侨联组织的优势和作用……437
智慧和力量的源泉……443

后记……447

附录　图片资料

国内活动部分……449
国际活动部分……477

从管理科学和全球化视野思考政治经济体制改革

（代前言）

在改革开放的总设计师邓小平同志的主持下，1978年12月在北京召开的中国共产党十一届三中全会拨乱反正，解放思想，作出“把全党工作重点转移到现代化建设上来”的伟大战略决策，拉开了中国经济体制改革和对外开放的序幕。这标志着中国共产党人抛弃了以“集权、等级、封闭”为特征的旧的经济政治制度，开始转向以“民主、平等、开放”为特征的现代经济政治制度，把中国社会引入了繁荣昌盛的历史新时代。

经过20多年的奋斗，中国的改革开放取得了举世瞩目的伟大成就。对外经济关系全面开放，市场经济体制取代计划经济体制，社会稳定，人民生活由贫穷向小康发展。特别是在20世纪90年代末中国政府采取稳健的货币政策，坚决顶住东南亚金融风暴的袭击，为中国经济、东南亚经济和世界经济的稳定发展做出了历史性贡献。

改革开放是一场管理革命

改革开放是以邓小平同志为代表的共产党人，在20世纪80年代成功地进行的“第二次革命”，同半个多世纪前为夺取政权发动的“流血革命”相比，这是执政的共产党人发动的一场没有硝烟的自我革命，是世界社会主义国家自我改革的成功典范。

改革开放的目的，就是要运用人类创造的优秀知识成果、先进的思想理论和科学技术，使经济基础和上层建筑的管理科学化，达到经济运行合理化、政府运作效率化，最大限度地调动和发挥全体社会成员的积极性、创造性，推动社会生产力的蓬勃发展，建设社会主义和谐社会。

改革开放，既是对传统的经济体制的突破和创新，又是对传统的政治制度和意识形态障碍的突破与创新，为国家与社会全面进入民主法制体制的新征程奠定了基石，为社会进步和经济发展注入了新的活力，在中华民族数千年的历史长河中竖起了永不磨灭的伟大丰碑。

改革开放涉及社会生活的各个领域，对中华民族的影响极其深远。从本质上来说，这是一场管理突破，或者说是一场涉及社会生活各个领域的管理革命。在国家管理、政府管理、经济管理、企业管理、科技管理、文化管理、教育管理、政党管理、社团管理、社区管理、军队管理等所有社会生活领域，对传统的管理思想、管理制度、管理方法、管理手段进行突破和创新，这是上层建筑动态适应生产力不断发展的要求，推动生产力蓬勃发展的精彩之举。

经济全球化将人类带入崭新的历史时代，新科技、新成果、新情况、新变化、新问题层出不穷，令人眼花缭乱，目不暇接。现代管理科学的精髓，就在于智者能够做到高屋建瓴，把握历史发展趋势，顺应时代前进潮流，不断创新，使管理思想、管理制度、管理方法、管理手段和管理组织体系，动态适应社会生产力发展变化的客观实际。

管理就是变革，管理就是创新。管理变革和创新永无止境。我们要继续推进社会生活各个领域的管理现代化，不断突破制约发展的管理“瓶颈”，解决改革开放过程中产生的深层次的矛盾，强化权力机构的服务功能，优化社会资源的配置，调节社会利益的分配，建设社会主义和谐社会。

邓小平管理思想与管理艺术

邓小平同志高度重视管理科学。1980年在会见日本生产性本部高级经营者访华代表团时，他就深刻指出：“管理是一门科学，是更带有综合性的科学。”作为党和国家的各级领导干部，应该首先是掌握现代管理科学、具有全球化视野的优秀管理者，善于在治党、治国、治军的实践中运用管理科学。

管理科学的最高境界，就在于能够以科学的管理思想和高超的管理艺术，驾驭复杂的政治经济局势和多变的客观环境，用看似简单的方法巧妙解决复杂的现实问题。在这方面，邓小平同志堪称楷模。

“文化大革命”后期，邓小平同志复出，重新主持中央和国务院的工作，力挽狂澜，以伟大政治家的非凡魄力和胆略，发动了“实践是检验真理的唯一标准”的大讨论，带领全党奋勇突破长期存在的“个人迷信”和极“左”路线的铜墙铁壁，把中国历史的车轮从悬岩峭壁转向康庄大道。

邓小平同志的惊人之处，就在善于进行思维创新，关键时刻，往往从管理科学的视野出发，高屋建瓴，提出新论，一语中的，石破惊天，震撼人心，独辟蹊径，打开前进的通途。回想当年邓小平同志提出“发展是硬道理”、“以生产力作为判断是非的标准”，排除了阻碍社会生产力发展的种种奇谈怪论；提出“贫穷不是社会主义”，破除了发展多种所有制经济的重重阻力；提出“不要怕一部分人先富起来”，“让一部分人先富起来”，摧毁了禁锢私有制经济发展的层层枷锁；提出“计划经济不等于社会主义”、“市场经济不等于资本主义”，不要争论“姓资姓社”的问题，先干起来再说，为从计划经济向市场经济转变廓清了道路。

仔细思索邓小平同志从60年代“不管白猫黑猫，会捉老鼠就是好猫”的实事求是的惊人妙语，到80年代改革开放的一系列思维创新言论，不难看出，邓小平理论不仅包含着政治家的高度聪明智慧，而且洋溢着现代管理科学思想精髓，以及处理复杂问题的高超绝妙的领导艺术。

激发知识工作者的生产力

掀开历史的画卷，不难看出，19世纪资本主义的超级富翁是钢铁大王。20世纪经济繁荣时期的超级富翁是计算机制造商、软件生产者、电视节目制作者、IT经营者等。进入21世纪，工业经济时代社会财富的生产和实现形式逐步消退，智力经济时代社会财富直接地与人类最宝贵的知识、技术、信息挂钩的新趋势凸显，软件创造的财富远远高于硬件创造的财富，社会财富的主要泉源不再是劳动密集型产业，而是技术密集型产业；社会财富的主要创造者不再是体力劳动者，而是知识工作者。可以说，知识工作者的生产力已经跃升为社会的核心生产力。

20世纪企业最有价值的资源是它的生产设备，企业管理的最重要、最独特的贡献，就是在制造业里使体力劳动的生产力提高了50倍之多。21世纪企业最宝贵的资源是知识工作者。管理者面临的最为重要的任务，将不再完全是怎样提高体力劳动者的生产力，而是怎样提高知识工作者的生产力。

知识资源是世界上所有资源中最为宝贵的资源。智力资本是人的智力与知识资源的融合，是当代社会经济增长的关键因素。智力资本的增值贡献远远超过物质资本、货币资本和体力资本。拥有智力资本的知识工作者的实际价值，远比其工资报酬所体现的价值大得多，其他任何资源，包括资本密集型和劳动密集型的资源，都无法同这一珍贵资源相比。

知识资源要依靠科学管理，才会转变为生产资源，成为直接生产力。传统管理往往把体力劳动者当作需要“控制和降低的成本”对待。知识工作者则截然不同。知识工作者劳动的特点是没有传统的生产工具。他们的知识、经验和创意都存储在个人的大脑里，既不能随意转移，也不能加工复制。大脑是知识工作者的生产工具，特殊的生产工具，使知识工作者来去自如，潜力的发挥靠个人的意愿。要激发知识工作者的生产力，就必须把知识工作者真正当作能够带来巨大增值的“变量资本”来对待。在我国社会经济发展进程中，启动智力资本管理，建立智力资本管理体系，对于激发知识工作者的生产力，提高企业竞争力，实现国家的繁荣昌盛具有重要深远的意义。

管理是人类社会发展的永恒主题。管理存在于人类生活的所有领域，贯穿于社会发展的各个阶段。从古代管理思想到现代管理科学无不闪耀着人类智慧的光芒。面对经济全球化的发展趋势，中国经济与世界经济日益融合，中国市场正在向国际化方向发展，中国企业家要在激烈竞争的世界商战中赢取更大的成功，就必须加快思想观念更新，跨越时间和空间的界限，激发知识工作者的生产力，最大限度地实现智力资本、技术创新和物质资源等生产要素的有机整合，将个人的知识、经验、信息与专家的智慧巧妙结合，在经营方式、产品开发、质量提升、顾客服务、市场拓展等方面进行管理突破。

推进执政党管理现代化和国家管理现代化

经济是政治的基础，政治是经济的集中体现。社会主义市场经济制度的确立，社会经济成分的多元化和社会阶层分化的加剧等等，所有这些重大变化对建立在计划经济之上的政治体制的诸多方面提出了进一步改革的要求。通过推进执政党管理现代化和国家管理现代化，改革不适应市场经济发展的政治体制部分，强化适应市场经济发展的政治体制部分，已经成为中国历史发展的必然趋势。

世界银行发表的2005年全球企业经营环境研究报告《消除经济增长的障碍》，选取145个国家作样本，通过对政府的经济监管和监管效率问题作比较分析，发现了这样一个引人注目的现象，富裕国家2004年实施的投资环境改革举措是贫困国家的3倍。在富裕国家开设新企业平均需要办理6道手续，支付的费用相当于人均年收入的8%，需要花费27天时间。而在贫困国家或中低收入国家，开设新企业平均需要办理11道手续、支付的费用相当于人均年收入的122%，需要花费59天时间。贫国与富国，除了投资创业的门槛高低悬殊之外，市场透明程度也大相径庭。在富裕国家，潜在投资者可以获取所有上市公司股权结构和财务状况的全部信息，而贫困国家的投资者却几乎得不到任何实际的信息，即便得到了某些信息，其真实性也要大打折扣，譬如屡见不鲜的财务报表造假问题等等。

世界银行“全球企业经营环境研究报告”所揭示的，以及人们日常所见到的普遍现象是，越是贫困落后的国家和地区，人们追逐个人权力的欲望越大，从而导致发展经济的制度空间越狭隘，经济活动越不自由。研究报告清楚地表明：消除国家、地区的社会贫困，必须从消除制度的不合理开始！不合理的制度因素导致贫困，只有合理的制度才有可能通向共同富裕之路。

邓小平同志亲身经历了极端惨痛的“文化大革命”，深刻洞察到党和国家领导制度存在的严重弊端。他在1987年复出之后，多次谈到党和国家领导制度进行改革的必要性。他反复强调指出：“我们过去发生的各种错误，固然与某些领导人的思想、作风有关，但是，组织制度、工作制度方面的问题更重要。这些方面的制度好可以使坏人无法任意横行，制度不好可以使好人无法充分做好事，甚至使人走向反面。即使毛泽东同志这样的伟大人物，也受到一些不好的制度的严重影响，以致对党对国家和对他本人都造成很大的不幸。”“领导制度、组织制度问题更带根本性、全局性、稳定性和长期性。这种制度问题，关系到党和国家是否改变颜色，必须引起全党的高度重视。”如果我们不坚决改革现行经济政治制度存在的弊端，过去出现过的一些严重问题，今后就有可能再重新出现。只有对这些弊端进行有计划、有步骤，而又坚决彻底地改革，人民群众才会信任拥护共产党的领导和社会主义的目标，中华民族的伟大复兴才会有无限的希望。我们必须抓住制度建设这个根本问题。

前车之鉴，后人之师。“文化大革命”的惨痛教训和世界上许多国家执政党兴衰的历史经验表明，权力过分集中、个人独断专行，是滋长经济腐败和政治腐败的催化剂；确立民主制度，形成权力制衡监督机制，是限制和消除腐败现象的有效组织保证。胡锦涛总书记指出：“不受监督的权力必然导致腐败。”监督机制的有效性取决于监督权力体制设置的科学性。只有逐步扩大党内民主监督制衡和纠错机制，从领导制度和组织制度上逐步深化改革，使党和国家的各级领导机构形成法制化、程序化的规范运转体系，才能从根本上避免过去曾经发生过的由于领导人个人独断专行，及其决策失误引发的历史性悲剧的重演，增强共产党的执政能力，保证国家的长治久安。

政治体制改革是极为敏感的话题。如同改革开放之初，引入西方市场经济机制，不少同志忧心忡忡，把市场经济机制视为资本主义的洪水猛兽，谈虎色变。但是，在我们抛开对市场经济的意识形态偏见，果断地从计划经济体制转向市场经济体制，短短十多年就取得了举世瞩目的伟大成就，证明了市场经济与计划经济相比较具有极大的优越性。

我国的政治经济体制改革，说到底，是政治经济领域的管理制度、管理方法、管理手段的改革，也就是运用现代管理思想、管理方法和管理手段，对国家、政府、政党、社团、社区、经济、科技、文化、教育、艺术、传媒、军队等所有领域的管理进行系统全面地改革。中国共产党十六届四中全会决定加强党的执政能力建设，改善党的执政方式和领导方式，实现科学执政、民主执政、依法执政，这是稳步推进我国政治经济体制改革的重大步骤。

以民主法制、自由平等为特征的现代管理制度，是当代管理科学发展的最高阶段，它凝聚着人类几千年来积累的全部心血和智慧。无数的杰出人士为解决纷繁复杂的社会政治、经济发展问题绞尽脑汁、呕心沥血、前赴后继，不断探索，提供了宝贵的值得借鉴的经验。

抛开意识形态的偏见，实事求是地观察分析，从管理科学和全球化视野进行思考，健全民主政治制度，建立权力制衡监督机制，在社会生活中充分发挥人民的主体作用，在党内生活中充分发挥党员的主体作用，在经济运行中完善市场经济制度，培育兼顾公平与效率的国民收入再分配机制，寻求各种社会利益群体在财富分配和个人财产占有关系上的协调平衡，调节公民个人在社会资产、社会资源占有权和使用权的严重失衡，缓解个人收入过分悬殊问题，实现科学执政、民主执政、依法执政，这是当代各个国家、各个执政党成功的共同经验和规律，舍此必然走向衰败。正确总结自己的经验，博采众长，吸取东西方国家及其执政党的成功经验和失败教训，提高中国共产党的执政能力、执政水平，是摆在我们面前的重大历史性课题。

在党中央粉碎“四人帮”，拨乱反正，推进改革开放的激动人心的年代，我有幸先后在国家经济委员会、国家经济体制改革委员会、国家发展计划委员会、国家经济贸易委员会工作，在一批德高望重的老同志的领导下，从事推进企业改革与管理现代化的实践与研究工作，并为高层领导决策提供研究成果。今天将这些研究报告、演讲和论文汇集出版，是想把个人的历史体验、观察思索的成果奉献给读者。

希望本书的出版，能够呼唤人们从管理科学和全球化视野出发，认识当今时代的特征，掌握时代跳动的脉搏，深入研究我国改革开放和世界主要国家发展的历史经验，思考未来政治经济体制改革问题，从狭隘的思维模式和带有封建印记的意识形态束缚中彻底解放出来，适应经济全球化的新形势，与时俱进，不断创新，进一步推动执政党管理和国家管理现代化的历史进程，建设社会主义和谐社会，实现中华民族伟大复兴的宏伟目标。

第一篇

媒体采访

Section 1 Interview

经济全球化进程的加速，信息网络传递的瞬间化，融资渠道和营销网络的多元化，推动各国经济竞争力的提升，使世界市场竞争日趋激化，影响市场环境的不确定性增加。所有这一切，既为管理者提供了创新发展的巨大空间，又对管理者的知识和能力素质提出了许多更高的新要求。惟有终身学习，不断创新，才能创造永续经营的业绩。

在智力经济时代，最具有竞争优势的，不是价格低廉的熟练劳动力，也不是只能提供人际关系服务的各类人才，而是富有知识创新、管理创新能力的“复合型人才”。“复合型人才”的智力能量一旦进入生产领域，与货币资本和物质资源融合，就会转化成现实的生产力，创造超常的社会经济效益。

企业家是企业生存和发展的灵魂。当代经济舞台是全球性的大舞台。成功的企业家善于在全球范围寻求发展机遇，进行资源优化配置。要追求智力经济时代的卓越，就必须以“人性化”的科学管理，激发知识工作者的生产力，最大限度地实现智力资本、创新要素和物质资源的持续整合，将个人的知识、经验、信息与专家团队的智慧巧妙融合，在组织体系、经营方式、产品开发、质量提升、客户服务、市场拓展等方面进行管理突破。

正在升温的中美经济关系*

中国企业管理协会是中国最大的民间团体，职责是推动国家的经济发展。最近，该协会常务副理事长张重庆先生接受了本刊主编斯蒂文·柏森的采访，回答了有关问题。

中国独特的经营原则

主　编：中国拥有世界上增长最快的经济，您能否列举出中国改革者采取的一些对于为在世界上取得成功而奋斗的欠发达国家，也会有益的发展经济的主要做法?

张重庆：近年来中国的经济发展取得了举世瞩目的伟大成就，国民生产总值连续5年以年均11%的速度增长。

中国经济快速发展的根本原因，应归功于总设计师邓小平先生倡导和制定的务实的经济改革和对外开放政策。从1978年以来，中国政府大刀阔斧地采取了一系列重大的经济、政治改革措施，特别是在社会经济生活中逐步引入西方市场经济的竞争机制，从根本上改变了高度集中、垄断和僵化的计划经济管理体制，鼓励多种所有制经济与国有经济共同发展，逐步建立起符合中国国情的社会主义市场经济体制。

中国政府采取的这些政策和措施，有效地增强了企业与市场的活力，调动了企业经营者和广大职工的积极性与创造性，加快了经济发展的速度。

与此同时，中国实行全方位的对外开放，致力于改善投资环境，建立沿海经济特区，吸引外国投资，取得了显著成效。海外投资者不仅给中国带来了资金和设备，而且带来了先进的生产技术和企业管理经验，为中国经济的发展、社会

---

* 本文系中国企业管理协会常务副理事长张重庆答美国 *Fast Times* 周刊主编斯蒂文·柏森问，英文稿原载1996年3月16日出版的美国 *Fast Times* 周刊第16期。

的进步注入了一股强大的活力。

此外，整个世界进入了以和平与发展为主流的历史时期，尤其是亚太地区的相对和平与安宁，也为中国的经济发展创造了良好的外部环境条件。

中美经济关系问题

主 编：美国和中华人民共和国之间的贸易额，去年达到了500亿美元，您认为使两国取得这样良好的经济联系的最重要的因素是什么？

张重庆：我认为，这里有以下两个重要因素发挥作用：

一是双方合作愿望的一致性。进入90年代，随着前苏联和华沙条约组织的解体，东西方两大军事集团的对抗消失，使世界政治格局和经济环境发生了根本性的变化，和平与发展成为国际关系的主流。伴随着高科技的迅速发展，大国的目标都集中于谋求在世界经济竞争中优势地位的提升。中美两国都在为发展本国的经济进行努力。

二是中美两国经济上的互补性。中国拥有12亿人口的消费大市场和丰富的劳动力资源。美国拥有充裕的资本，先进的技术设备，丰富的管理经验和过剩的生产能力。美国需要中国的消费市场和劳动力增援，中国需要美国的技术和资金。

中美两国经济上的这种互补性，以及东西方经济合作的国际环境，是中美贸易额快速增长的最重要的原因。

政府对企业界的作用问题

主 编：您提到，企业管理协会组织发挥着“政府与企业间的桥梁纽带作用和中介组织功能”，您认为政府对帮助企业家在市场经济下经营所能做的最重要的贡献是什么？

张重庆：中国政府在推进经济体制改革中，始终把增强国有企业，尤其是大中型国有企业的活力摆在首位，给予高度重视。中国政府从对企业“放权让利”起步，逐步扩大企业自主权，改变企业作为政府附属物的状况，到实行“政企分开”，确立企业的法人地位，摆脱高度集中的计划经济体制的束缚，使企业真正变成自主经营、自负盈亏的独立的法人实体，进入市场经济轨道运行。

我认为，中国政府帮助国有企业家在市场经济下经营所做出的最重要的贡献在于，解开了计划经济体制捆绑在企业家身上的无形绳索，让企业家能够放开手脚，自主决策，自主经营，谋求企业自身的发展。

在中国除了国有企业之外，最近十多年还出现了为数众多的民营企业。尽管这些民营企业力量现在还比较弱小，但是民营企业从诞生起就有很强的活力。因此与国有企业不同，中国政府对帮助民营企业家在市场经济下经营的最大贡献在于，从政策上鼓励发展，到营造良好的外部条件，提供了与国有企业进行公平竞争的社会环境。

妇女作用问题

主　编：世界上很多国家在妇女参加商业活动和参政方式方面都经历了巨大的变化，近年来中国企业界妇女在面临新机会方面发生了哪些重大变化？

张重庆：1949年新中国成立以来，中国政府一贯重视提高妇女的社会地位和经济地位，实行男女平等，同工同酬。中国妇女在参政、议政方面发挥着重要的作用，有一定数量的女性担任国家领导人、中央政府部长和地方政府领导人。近年来，尤其是在企业界妇女扮演着越来越重要的角色。很多妇女在商业活动中显示出独特的魅力和才华，她们拥有自己管理的企事业单位，她们在生产加工、市场营销、商业贸易、医疗保健、金融保险、文化教育、社会服务产业等方面发挥着聪明才智，涌现出一大批获得社会公认的优秀的企业家。

给读者的话

主　编：您作为中国受尊敬的改革家之一，有什么个人体验告诉读者？

张重庆：改革要有极大的勇气，要敢于冒风险，要有付出代价的心理准备和实际应对措施。社会主义经济体制改革是史无前例的伟大事业，局部的或暂时的挫折在所难免。在轰轰烈烈、错综复杂的改革历史进程中，总会有一批改革者由于各种原因，要做出某种牺牲，付出某种代价，问题是我们要尽量把这种牺牲和代价降低到最小限度。

主　编：您要对渴望更多地了解中国经济成就的广大读者说些什么吗？

张重庆：中国历史悠久，独具特色的文化遗产很多，热情好客的民族传统，秀丽无比的自然风光，闻名于世的美味佳肴，吸引着各国的朋友们。中国人口众多，市场潜力巨大，投资环境日益改善，经济贸易快速发展，孕育着无限商机，是海外企业家投资的乐土。所有这一切，对渴望更多地了解中国的读者都会有巨大的吸引力。我们诚挚地欢迎广大读者，作为友好使者到中国来，为增进世界各国同中国的友好交流贡献力量。

企业与劳动者的根本利益是一致的*

记　者：您作为中国企业管理协会的负责人之一，怎样评价“劳动法”出台的意义？

张重庆：“劳动法”出台对企业界，对整个社会，都是一件引人注目的大事。改革开放以来，我国经济管理体制从计划经济向市场经济过渡。在这个历史性转变过程中，多种所有制经济迅速发展。与此同时，在一些企业里，特别是在私营企业和外商投资企业，侵犯劳动者合法权益的事件屡屡发生，劳动者与用人单位之间的矛盾增多，维护劳动者的合法权益已经刻不容缓。“劳动法”的及时出台，将劳资关系这个敏感的社会问题纳入了规范化、法制化管理的轨道，做到法可依，有利于保护广劳动者的合法权益，这是具有重大历史意义的事件。

记　者：请你谈谈“劳动法”的出台对于落实企业自主权，转换企业经营机制，建立现代企业制度有何促进作用？

张重庆：“劳动法”充分体现了市场经济平等竞争、优胜劣汰的原则。国有企业要走向市场，参与竞争，必然会遇到风险。一旦企业经营发生严重困难，甚至面临破产，需要大量裁员，国有企业是否有裁员的权力？这个问题是当前落实企业自主权，转换企业经营机制所面临的亟须解决的重要问题，“劳动法”明确给予企业因经济因素裁员的权力，从法律上为国有企业走向市场、参与竞争创造了条件。在当前落实企业自主权过程中，用人自主权是最大难点。“劳动法”以法律形式肯定了劳动者择业自主权与企业用人自主权，为劳动力合理流动提供了法律保证。这是发展和完善市场经济的客观要求，也是合理配置人力资源的客观要求，对于进一步深化改革，拓展和形成劳动力市场，将会起到有力的推动作用。

记　者：“劳动法”在立法宗旨上突出了对劳动者合法权益的保护，您作

---

* 本文原载1994年7月21日《中国劳动报》，系国务院颁布《中华人民共和国劳动法》之际，《中国劳动报》记者对中国企业管理协会、中国企业家协会常务副理事长张重庆的采访。

为中国企业管理协会负责人，从企业的利益角度，如何看待这一点？

张重庆：“劳动法”出台后，有人认为偏重于保护劳动者，对用人单位不利。我认为，这种看法不全面。“劳动法”虽然规定了劳动者在就业、工时、休假、劳动保护、培训、社保等方面的权益，但同时也规定了劳动者应承担的责任。在这里，权利与责任是不可分割的统一体。企业要发展，既要依靠领导者的聪明才智，也要依靠广大职工积极性的充分发挥，缺一不可。保护劳动者的权益，形成和谐的劳动关系，增强企业凝聚力，有助于提高生产力和经济效益，实际上也就是保护了企业和企业经营者的利益。从这个角度看，劳动者和经营者的利益是一致的。“劳动法”的立法宗旨是保护劳动者合法权益，但是也考虑到劳动者与用人单位权利与责任的相互统一。比如，在规定职工可以辞职的同时，也规定企业可以依法辞退职工，从而既保证劳动者择业自主权，又保护企业用人自主权。

记　者：中国企业管理协会作为企业界的代表，在宣传、贯彻“劳动法”过程中还将做哪些工作？

张重庆：中国企业管理协会作为企业界代表，参与了劳动法的调研与起草工作，企业和企业家的意见在有关条款中得到了体现。今后我们将继续参与有关单项法规的起草工作，配合政府做好贯彻落实工作，增强企业家的法制观念，维护劳动者的合法权益，协调劳资关系，使企业劳资管理工作逐步走向法制化的轨道。

1991年中国企业集团代表团团长张重庆(左一)在白宫顾问林汉生教授主持的美中经济研讨会上发言，美国总统人事委员会副主席祖炳民（左二）出席并发表演讲

在市场经济的挑战面前*

记　者：国有企业是国民经济的主体，国有企业的动向引人注目，请您对一年来国有企业的改革与发展谈谈感想？

张重庆：过去的一年是改革开放不平凡的一年，对国有企业来说，是在市场经济的挑战面前拼搏奋斗的一年。我认为，有三个方面的问题值得谈谈。

首先，从国有企业的实际表现看，最令人感到欣慰的是，国有企业面对五重压力，就是税率增加、社会包袱沉重、原材料大幅度涨价、人民币汇率大波动、企业流动资金紧缺。在这五重压力之下，国有企业的广大干部职工，以国家利益为重，与党同心同德，艰苦奋斗，奋发图强，经受了经济高速增长带来的严重挑战，克服了重重困难，闯过难关，使国民经济走上健康、稳定发展的轨道。

当然，国有企业由于主观、客观的诸多原因，经济效益还不够理想，产品结构调整较慢，内部管理有些放松。但从总体上说，能够战胜重重困难，保持发展，保持稳定，这的确是一件令人最感欣慰的事情。我们应当向奋战在经济建设第一线的全国的厂长、经理和职工们致以节日的问候和崇高的敬意。

其次，从国有企业的经营管理看，最令人感到高兴的是，国有企业正在走向市场，正在学习、掌握和利用市场经济机制。大家看得到，去年我国放开物价，市场变化之剧烈，原材料价格波动之大，令人吃惊；股票热、房地产热、期货热、炒汇热等等，更令人眼花缭乱。可以说，经济体制改革的大潮，把一大批国有企业从计划经济的轨道推到市场经济的汪洋大海里，去学习游泳。有些企业基础好，产品对路，适应性强，在市场经济的大海里游刃有余；有些企业免不了要喝几口水，付出点学费，才能学会游泳；个别企业也可能要被淹死、在市场竞争中破产或者被兼并。但是，从总的方面看，大多数国有企业能够逐步学会在市场竞争中

*本文系中央电视台对中国企业管理协会、中国企业家协会常务副理事长张重庆的采访，1994年1月1日午间《经济新闻》节目播出。

求生存、求发展。过去企业遇到销售困难找市长，现在不找市长找市场，这就是一个可喜的变化。可以说，大多数国有企业已经在走向市场的道路上迈出了第一步。市场是企业和企业家活动的宽阔舞台。我相信，企业和企业家们一定能在市场经济的大舞台上，为中国经济腾飞，演出威武雄壮的剧目来。

最后，从国有企业的社会环境看，最令人感到鼓舞的是，中共十四届三中全会作出了关于建立社会主义市场经济体制若干问题的决定。我国的经济体制改革从1979年扩大国有企业自主权开始，10年来企业内部改革发展比较快，但从总体上看，是单兵突破，配套改革措施未能跟上，所以转换国有企业经营机制，落实企业自主权步履维艰，天天喊，天天叫，总是矛盾重重，阻力很大。现在中共十四届三中全会制定了市场经济总体框架，提出了对金融、财税、计划、投资、外贸、国有资产管理体制和社会保障体系进行配套改革的一系列措施，这将进一步为国有企业转换经营机制扫清道路，创造良好的社会环境。国有企业从计划经济旧体制造成的困境中彻底摆脱出来的日子为期不远了。

记 者：中国企业管理协会和中国企业家协会作为企业和企业家的组织，在过去的一年里，对推动企业改革与企业发展有些什么行动？

张重庆：在过去的一年里，我们围绕建立市场经济体制和转换企业经营机制，在调查研究、企业家培训、管理咨询、信息服务、报刊书籍出版、国际交流等方面做了许多工作。

首先，市场经济体制的确立，加重了企业管理协会和企业家协会的责任，我们在全国多次组织专题调研，召开企业家座谈会，集中企业和企业家对建立市场经济体制和整顿金融秩序等方面的意见，及时向党中央和国务院报告，在决策时受到重视和采纳，同时参与了中央关于现代企业制度的专题研究工作。

其次，市场经济是法制经济。企业家迫切希望加强经济立法工作。近年来，我们参与了“劳动争议仲裁法”、“公司法”、“反不正当竞争法”、“质量管理法”、“劳动法”、“职工最低工资条例”等法案的起草研究工作，充分反映了企业和企业家的意见。

再次，企业要发展，既要重视硬件，也要重视软件；既要重视技术，也要重视管理。两者缺一不可。为了帮助企业在走向市场的过程中，加强管理，向管理要效益，我们在上海、江苏、浙江、广东、辽宁等地，总结了40家先进企业的管理经验，进行宣传推广。同时还对宝山钢铁公司、沈阳金杯汽车公司、重庆嘉陵公司等企业的26项管理现代化创新成果进行了总结、鉴定和推广，取得了良好的社会效益和经济效益。

最后，知识是无价的财富。市场竞争实质上是智力之争、智囊之争、集团之争。企业家需要智囊机构。企业管理协会在全国建立了218家咨询机构，每年为数千家企业提供咨询，帮助改进管理，提高经济效益。我们的咨询人员都是经过国内外专业训练和资格认定的，到企业咨询不是走过场，而是既查阅大量资料，又深入生产现场，进行作业观测和追踪调查。在掌握大量准确数据和事实的基础上，运用科学原理和方法，做出各种分析，再综合成系统的改善方案，并负责指导实施，直到取得成功。

记　者：在新的一年里企业管理协会和企业家协会有何打算？

张重庆：我们要围绕建立社会主义市场经济体制和现代企业制度，进一步发挥企业管理协会和企业家协会的作用，加强市场经济和企业改革的理论研究和实践经验的总结，表彰一批全国优秀企业和优秀企业家，维护企业和企业家的合法权益，抓紧编写企业家知识更新教材，开展对企业家的知识更新培训，提高企业家素质，增强企业竞争力，充分发挥协会系统组织优势，建立全国企业信息交流网络，扩大国际交流，促进中外企业家的合作，向企业和企业家提供高层次、多方位的配套服务。

1995年中国企业管理协会、中国企业家协会会长袁宝华、常务副会长兼理事长张彦宁、国家经贸委副主任陈清泰、企业管理局局长蒋黔贵和部分大型企业厂长、经理出席“企业法”颁布七周年、“国有企业转换经营机制条例”颁布三周年、“国有企业财产监督管理条例”颁布一周年座谈会，常务副理事长张重庆（左一）主持会议

信息，使中国企业走向世界*

对于企业家来说，当今的世界是一个信息“爆炸”的时代。中国经济要发展，中国企业要走向世界，参与国际市场竞争，就必须学会开发、收集、分析和利用信息资源。前不久，中国企业信息交流中心正式启动，记者走访了这家中心，就当前国内外信息工作的现状及发展趋势，采访了该中心主任张重庆先生。

信息，新兴的产业部门

加强企业管理，调节生产，引导消费，促进经济发展，都必须掌握相关的市场信息，现在许多人都意识到信息是宝贵的资源和财富，是最活跃、最重要的生产要素之一。

张重庆先生告诉记者，在西方经济发达国家，信息行业作为新兴的产业，已成为增长速度最快的产业经济部门。世界经济发展的大趋势，是从物质资源经济转向知识信息经济。

据估计，全世界每年花费在获取信息方面的开支高达数百亿美元。在发达国家，信息数据库管理员已经成为最时髦的十大职业之一，年均收入可达30万法郎。美国大约集中了全世界80%的信息。美国计算机资料联网中心拥有1000多名雇员，数据库随时为世界各地客户提供多种联机信息检索服务。美国家庭开始广泛使用计算机网络，农民坐在家里使用计算机网络可以随时查阅国际市场价格信息，决定自己的农产品是否出售，或者何时出售最合算。在日本，国民的信息意识非常强烈。张先生1980年随国家经济委员会代表团访问名古屋，中部产业联盟送给每人一本画册，是日本电视台征集的少年儿童图画大赛获奖的优秀作品，主题为“2000年我的梦”。令中国代表团感到惊异的是，这些孩子们在千姿百态

---

* 本文原载1988年6月10日《华声报》，系《华声报》记者部主任张渝采访中国企业管理协会副理事长、中国企业信息交流中心主任张重庆所写访问记。

的图画作品中，绝大多数都添加了信息两个字，强烈地表现出他们未来的理想是从事信息产业。

亟待改变的现状

从现状看，目前我国信息化的程度仅达到美国20年代、日本50年代的水平。我国长期以来一直实行高度集中的、僵化的计划经济体制，市场商品经济尚未发展起来，不重视市场信息，也缺乏为市场经济服务的各种手段，包括信息资源的开发，信息数据的收集、整理、分析和利用服务等等。

这种情况表现在实际经济工作中，行政领导往往是凭主观意志，而不是凭市场信息数据，盲目进行指导，经常引起市场某些产品供求关系的剧烈起伏变化。例如，农民养猪少了，群众吃不上肉，政府部门就鼓励大量养猪；养猪多了，又发生卖猪难的现象，农民叫苦连天，政府部门又赶快限制养猪。兔毛少了就盲目人幅度提高收购价格，鼓励农民多养兔；养多了又取消收购，农民只好杀兔子。袁宝华会长对此类现象曾有过形象的比喻，说“东西少了用鞭子赶，东西多了又拿刀子砍”。

其实诸如此类现象都是因为缺乏准确的市场信息，或信息传递滞后所造成的。由于计划经济时期，一切靠行政指令，政府包揽市场，而且缺乏市场信息系统，没有准确的市场信息，国家计划部门和地方政府等于是蒙着眼睛指挥生产。近年来，所谓“蚕茧大战”、“苎麻大战”等等，一定程度上都可以说是由于领导机关缺乏信息意识，不是以准确的市场信息引导生产，而是凭主观意志指导农业生产的结果，造成农产品生产的大起大落，给农民群众带来很大损失。

近年来，经常看到“一条信息救活一个企业”的事情。哈尔滨汽车齿轮厂没有生产任务，厂长偶尔看到北京西单商场“冰刀无货”的告示，灵机一动，前去探问，人家说“你有多少冰刀我都包销”，于是立即组织生产，一举扭亏为赢。江西余江木雕厂颇有名气，产品畅销海外。原因是有一次厂长偶尔经过上海市外贸公司门口，进去看看，得知日本木雕产品需求信息，立即组织开发生产，由于产品适销对路，一举成功，短短几年时间，在东京繁华闹市就竖起了“天下第一神雕”的大招牌，从此，这个厂一路高歌猛进，成为国际知名企业。

十一届三中全会以来，我国全面实行经济体制改革，企业不能再躺在国家怀里吃“大锅饭”，职工不能再端“铁饭碗”。企业要走向市场，参与竞争，自负盈亏，承担风险。在这种情况下，企业的竞争日益成为信息的竞争，迫切需要信息机构提供准确有效的信息服务。因此，管理、技术、市场、产品信息的开发、获取和利用，对企业正确进行经营决策和提高经济效益起着越来越大的作用。然而，从全国看，目前企业信息网络建设工作刚刚起步，远远不能满足需要，尤其是不能满足大中型企业获得市场信息的需求。正是适应这种要求，1987年国家经济委员会批准设立了中国企业信息交流中心。

中国企业信息交流中心

中国企业信息交流中心的宗旨是开发国内外经济信息，为企业提供信息服务，逐步形成全国企业信息交流网络。在筹建阶段，“中心”已经开展了各种培训宣传活动。它大量收集和存储国内外经济与企业信息，定期发行各种行业信息资料，组织举办国际性的贸易研讨会、洽谈会，帮助国内外企业进行经济技术贸易项目合作对接。两年来，它已经向社会提供了上千万字的信息资料，举办了20多次信息交流会，与美国华侨日报集团联合出版了《环球企业信息》半月刊，及时报道各国最新经济信息和企业动态，采访国际名人和跨国公司巨头。该刊周期短，信息量大，内容新颖，颇受政府部门及企业界人士的欢迎。

张重庆常务副理事长（中）与中国企业经营咨询公司总经理张亚凤为中国食品工业协会顾问于若木祝寿

崛起，中国企业家群体*

中国企业的“首脑”们，经过长期步履踉跄的艰苦跋涉，终于走出了坎坎坷坷的狭窄道路，一大批有胆有识的社会主义企业家，在我国现代化经济建设的大潮中努力拼搏、大显身手，成绩斐然，在促进我国和世界经济繁荣中展示出卓越的智慧和才华。

日前，中国企业管理协会副理事长张重庆，对国内外有少数人断言中国没有真正的企业家的观点提出了不同看法。

他说，中国的政治、经济、文化、社会制度、历史传统等等，与西方资本主义国家不同。社会主义企业家，有社会主义的经营思想、经营方式、领导艺术和成长发展的特殊道路。在中国的土壤上不可能完全复制出像西方资本主义社会那样的企业家。如果完全采用西方的观点和标准，在中国寻找像西方社会那样的企业家，当然是困难的。但是，由此就断言说，中国没有真正的企业家，显然，这不符合中国的国情和特点。

企业家的概念是历史的、动态的，不是固定不变的。因此，衡量企业家的标准具有相对性。在现代经济发展的不同历史时期，在经济发展不同程度的国家，企业家的标准会有相当大的差异。

事实上，从党的十一届三中全会以来，我国正在迅速涌现出一大批优秀的社会主义企业家。张重庆将他们的特点归纳为：有社会主义觉悟，有组织领导能力，有开拓创新精神，善于经营管理，熟悉国内国际市场运作，为企业发展做出了富有成效的努力，并取得了良好的社会经济效益。

在改革开放的大潮中，全国各地涌现出了许多优秀企业家。中国企业管理协会向社会推荐过其中一批优秀的代表人物。在中国企业家这支队伍中，既有长期从事企业领导工作，有丰富管理实践经验，业绩卓著的老同志；也有具有现代

---

* 本文原载1987年5月7日《中国人才报》，系该报总编辑王宵鹏采访中国企业管理协会和中国企业家协会副理事长张重庆所写的访谈录。

化管理科学知识和善于组织指挥现代化大生产的中青年；在搞活农村经济中还涌现出了一批农民企业家。他们中的不少人，活跃在国内和国际市场上，在激烈的市场竞争中出奇制胜，屡建功勋，在世界上亮出了中国社会主义企业家这面旗帜，为祖国争得了荣誉。

谈到中国企业家迅速产生和成长的原因时，张重庆认为：

一 党和国家推进经济体制改革，发展商品经济，建立和完善社会主义市场经济体系，国家对企业放权，从直接管理向间接管理转变，推行厂长（经理）负责制，赋予厂长（经理）经营决策权和指挥权，改革和完善企业经营机制，推行多种经营责任制，进行企业分配制度和劳动制度等项改革，为企业家队伍的成长创造了有利的条件。

二 近年来企业管理协会和经济主管部门，在全国各地对企业厂长和经理人员开展了大规模的现代化管理培训，选派了1000多名优秀中青年厂长出国培训进修，为提高我国企业家队伍的素质，促进企业家队伍的成长奠定了基础。

三 各级政府对国有企业领导班子进行了全面考核和普遍调整，选拔了一大批有较高文化知识、会管理、懂技术的中青年专业干部，充实企业领导班子，使我国企业家队伍的整体素质，包括思想文化素质、经营管理能力和适应市场的应变能力都有显著提高。

张重庆说，培养高素质的企业家人才，造就一支宏大的中国企业家队伍，是一项光荣艰巨的历史任务，任重道远 。至于企业家的衡量标准，也会随着我国社会生产力和科学技术的发展而变化。企业家的成长和企业家队伍的建设是永无止境的。

我国的经济体制改革和企业改革尚待继续向纵深发展，长期遗留下来的深层次的各种复杂问题，不能奢望一朝一夕就全部解决。在经济管理和企业管理制度方面，还存在着一些严重不合理的规定，束缚企业家的手脚。我们需要给企业家松绑，为企业家提供脱颖而出、平等竞争的环境和条件，让他们放开手脚，在市场经济中拼搏。

张重庆对造就更多的中国企业家的进程是乐观的。他指出，当今中国的经济体制改革和对外开放，推动经济蓬勃发展，为企业家施展才华，提供了千载难逢的历史机遇，为造就培养企业家队伍提供了前所未有的有利条件。随着我国经济体制改革的不断深化，党和政府将进一步为企业家的成长创造更加良好的社会环境，一切有抱负、有志气的企业领导人都应该力争成为有所作为、卓有成效的社会主义企业家。

乡镇企业应向管理现代化方向努力*

党的十一届三中全会以来，随着农村改革和城市经济体制改革的深入，我国乡镇企业获得了很大发展。但是从总体上看，乡镇企业技术与管理基础薄弱，又面临着国有企业实行所有权与经营权分离，自主权扩大，活力不断增强的新形势。如何提高乡镇企业素质，增强企业竞争力？中国企业管理协会副理事长张重庆接受了《中国乡镇企业报》记者的采访。

记　者：我国的乡镇企业发展很不平衡，从管理水平看，大体可分为三类：第一类是较好的企业，善于经营管理，建立了较严格的管理制度，采用了一些现代化管理方法，经济效益好。这类企业是少数，主要分布在沿海区域。第二类是一般的企业，管理措施有加强，但制度不健全，执行不严格，对市场信息反应迟钝，经济效益不高。这类企业占大多数。第三类是较差的企业，基本上采用小生产方式、家族式经营，凭“个人经验和意志”管理。这类企业占相当数量。面对这种不平衡，乡镇企业应采取什么对策？

张重庆：应首先抓好企业管理基础工作。它主要包括：一是标准化，要制定技术标准、管理标准和工作标准，尤其是产品要符合国家技术标准，国家没有标准的，企业也要有自己的标准；二是定额管理，要有合理的劳动、物资、能源消耗、资金占用定额等；三是计量检测，要配备计量检测器具，对产品质量进行严格检测，对工艺过程进行控制，对原材料和能源消耗进行计量；四是信息管理，要开发利用信息资源，完善企业内部原始凭证、原始记录、统计报表等；五是规章制度，要建立健全岗位责任制、考勤制、奖惩制、安全生产制度等；六是岗位培训，不断提高职工技术素质和职业道德。

在抓好企业管理基础工作的同时，要积极推行现代化管理方法，在改善企业管理上下工夫。管理和技术是经济腾飞的两个轮子，缺一不可。管理和技术一样

---

* 本文原载1987年1月12日《中国乡镇企业报》。

也是生产力。要大力提倡向科学管理要效益。国内外的一些专家多次指出：我国现有工业企业只要改善和加强管理，在不增加现有设备，或很少增加设备的情况下，生产效率至少可以提高两倍以上。这个看法，同样适合乡镇企业。

记　者：那么，企业基础管理与现代化管理又是什么关系呢？

张重庆：有些同志把加强企业基础管理与推行现代化管理截然分开，这显然是误解。实际上，企业基础工作是现代化管理的前提条件，没有坚实的基础工作，资料数据不全不准，岗位技术不熟练，纪律松弛，现代化管理就难以实现。企业基础工作本身，也有一个现代化的问题，例如，计算机的应用、数据分析法在管理中的使用，大大加速了企业管理及其基础工作的现代化和管理的科学化。从这个意义上说，加强企业管理基础工作是管理现代化的重要组成部分。

记　者：有人认为加强基础工作是慢工夫，抓不抓关系不大，您怎么看？

张重庆：这种看法是片面的。诚然，抓管理基础工作，可能不像抓一个产品，或一个技术问题见效快。但是，这里确实有个治本还是治标的问题。头痛医头，脚痛医脚，是不能从根本上解决科学管理问题的。只有认真抓好管理基础工作，企业才能保持长期稳定发展。抓好管理基础工作，企业也可以取得明显经济效益。上海棉纺17厂建立布机信息卡，只要布机因机械毛病出了疵布或次布，就及时将信息卡反馈给检修工，提高了生产效率和产品质量。根据737台布机统计，使用信息反馈卡后第一年，机械故障布机台数下降70.2%，疵布、次布数量减少59%，布机效率提高1%—2%，每年多生产布料22.8万米。

记　者：我国目前推行的现代化管理方法有哪些？

张重庆：国家经委和中国企业管理协会从国外现代化管理方法中优选出18种在企业推广，包括目标管理、质量管理、网络技术、系统工程、价值工程、市场预测、滚动计划、决策技术、ABC管理法、线性规划、成组技术、看板管理、量本利分析、计算机信息管理等。这些方法在国外企业都已经普遍推行，效果明显，其中价值工程、质量管理、ABC管理法、看板管理等简便易行，在实践中容易见效。辽阳织布厂按原工艺生产45支涤棉白细布，每百米工艺成本亏损4.27元，应用价值工程，将原工艺流程归纳为四个功能区，然后用ABC分析法找出加白是成本高的关键环节，经过对多种加白剂的功能的试验比较，改变配方，采用价格低廉适用的新加白剂，使染化料保持在最优值状态，既保证了产品质量，又大大降低了生产工艺成本，扭转了长期亏损局面。据上海市经委对59家企业的统计，在233个生产项目管理中采用价值工程方法获得1260万元效益。据国外统计，在价值工程上投入与产出比为1:10以上。乡镇企业都应该从实际出发，有步骤地推行价值工程等现代化管理方法，降低生产成本，节约原材料，提高产品质量和劳动生产率。

记 者：有人说推进管理现代化的关键在企业领导者，这种看法对吗？

张重庆：对。企业领导者是企业生产和经营活动的统帅，企业经营决策和组织指挥是否得当，决定企业的命运和前途。企业能否推行现代化管理方法，关键在领导。领导者必须善于学习，不断吸取先进管理经验和现代化管理方法，提高管理水平，才能适应推进企业管理现代化的要求。

对于推广和运用现代化管理方法，要坚持实事求是，因厂制宜，从企业管理现状、人员素质等实际情况出发，充分调动职工学习和运用管理科学知识的积极性。推进管理现代化必须破除神秘感。有些同志把管理现代化看得高不可攀，是不对的。实现管理现代化是一个由低到高、循序渐进的发展过程。每个企业都可以根据实际情况，本着先易后难的原则，有选择地推行现代化管理方法。

从1980年起国家经委、中国企业管理协会就结合中国国情，筛选出18种国外的现代化管理方法，在全国组织大中企业推行，现在已经有越来越多的大中型企业，正在从经验管理向科学管理转变，从小生产管理方式向现代化大生产管理方式转变，企业发展的前景很好。有条件的乡镇企业都应该在管理现代化的道路上迈开大步，急起直追，缩小同大中型企业在管理水平上的差距，为乡镇企业现代化，为农村经济腾飞做出新贡献。

张重庆（右二）、周连亚、杨丽华与出席世界工商协会高峰会的美国商会高级副会长、西点军校前校长丹尼尔·克里斯蒂曼

第二篇

政策建议

Section 2 Plicy Suggestion

从人类的职业活动看，基本上分属于劳动生产领域、科学探索领域、艺术活动领域和军事活动领域，从而形成相应的四种职业思维：技术思维、科学思维、艺术思维和军事思维。管理者的思维更带跨领域的综合性。从管理者职业思维的特征看，大体可分为两类：一类属于保守思维，因循守旧、不思进取；另一类属于创造思维，推陈出新，积极进取。独辟蹊径，勇于创新，敢冒风险，往往是企业家成功的秘诀。

完善市场经济制度，关键是要创立兼顾公平与效率的机制，寻求各种社会利益群体在财富分配和个人财产占有关系上的协调平衡，消除不同利益集团、不同阶层和不同区域公民实际上对国有资产和社会资源占有的严重失衡，以及由此带来的收入过分悬殊的问题。

借鉴企业高级管理人员年薪制和期权制的报酬方式，改革公务员现行工资报酬制度，在逐步提高公务员固定年薪报酬的同时，对终生保持廉洁的公务员退休后给予高额廉政奖励金。通过这种方式，消除公务员退休的后顾之忧，同时又给公务员戴上一付“金手铐”，以期权的方式抑制和避免在职期间为离职后的生活问题以权谋私，从源头上化解政府权力部门和公务员内部腐败现象的蔓延滋长。

日本地区经济开发战略和政策*

国家经济委员会代表团应邀访日，参加联合国区域经济开发国际会议，并拜会了日本通产省，对区域经济开发进行了考察。我们深感日本地区经济开发有许多经验和做法，值得借鉴和参考。

地区经济综合开发战略的提出和制定

一　战后日本经济发展的历程

（一）工业复兴时期

工业复兴时期大致是从1945年到1955年。由于第二次世界大战的破坏，1946年日本国民生产总值只相当于战前的60%。在美国的经济援助下，1953年日本国民生产总值恢复到战前的水平。在这个时期日本经济发展的重点是放在国土资源的保全，以及农业和电力资源的开发上，还没有考虑如何使产业布局合理化。1950年朝鲜战争爆发后，美国大量从日本采购军需物资，日本急需发展机械设备制造业，但是遇到了公路交通和港湾运输条件差的障碍。从这时起，引起了日本政府对产业布局的重视。

1952年，日本颁布了工业促进法，政府拨款修公路、修港湾，为企业的发展创造条件。战后恢复时期的发展，仍以四大工业地带，即大阪、名古屋、东京、九州为重点，到1955年已经初见成效。但是随之也出现了一些问题，例如由于工厂大量使用地下水，地面出现下沉。1956年日本政府采取措施，统筹安排，进行规划，指定投资建厂区域。凡是在指定地区建厂，政府给予补助，开始有了合理的产业布局。推进产业布局合理化，仅靠各省、厅孤立进行工作是不够的。为

---

* 本文原载中国社会科学院1981年《经济学动态》杂志第18期，系作者随同以国家经济委员会委员张彦宁同志为团长的访日代表团，出席联合国区域经济开发会议和考察日本地区经济开发之后，与中国社会科学院研究员张奔流撰写的考察报告。

了进行协调，政府成立了有各省、厅参加的高度工业化环境协议会，采取全国性协调政策，使各省、厅互有联系，打破分割的局面。

（二）高速发展时期

大致从1955年起日本经济开始复苏，直到1965年。这个时期日本国民生产总值的年平均增长率为10%。由于工业的高速发展，大工业地带已经难以容纳更多的新建企业，因此日本政府从1958年开始进行新工业地带的调查，制定工业布局法，着手建立新的工业地带。但是随之而来的是工业地带与非工业地带居民收入的差距扩大。为了消除这种差距，1962年日本政府提出区域经济综合开发政策，制定全国综合开发计划，实行工业分散的诱导政策，把企业从密集的大城市向中小城镇诱导，并颁布了新产业促进法等法律条例，对于向中小城镇迁移的企业，政府减免税收和给予资金的补助，从而有力地促进了工业的分散和落后地区的经济开发。

（三）经济稳定发展时期

1965年日本爆发了60年代最严重的一次经济危机。1973年由于石油危机的冲击，以及1971年、1974年至1975年两次经济危机的沉重打击，日本国民生产总值的年平均增长率从10%下降到5%。日本经济进入了稳定发展时期。这个时期，随着工业的分散，人口的流向发生了改变。50年代日本人口从农村猛向大城市涌流，进入60年代后速度减缓，到70年代后半期出现了停滞，甚至倒流的现象，即从地方流入大城市的年轻人又回到地方定居。由于人口流向的变化和企业分散速度的放慢，日本政府今后的政策重点是：继续诱导工业分散，振兴现有企业，不过多地增加新的投资。

二　制定区域经济开发战略，解决人口和工业过度集中的问题

日本政府为什么要克服工业的过分集中，采取工业分散的战略呢？这是由两方面的原因引起的：一是由于大城市圈工业发展过于密集，地价昂贵，居民对生活空间越来越不满意。到80年代，日本国民要求提高生活质量的欲望越来越强烈，由于地方有丰富的自然环境和宽裕的空间，因而人们对地方生活感到有吸引力，于是出现了想到地方生活的倾向。由于到地方定居者增多，不仅在数量上扩大了地方的市场，而且还产生了建设更美好的生活空间的欲望，给地方提供了发展新产业的场所；由于青年高级知识分子在地方定居，也充实了地方的人力资源；由于地方上交通、通信体系建设的发展和蕴藏有尚未利用的资源和能源，具有大城市所不可比拟的发展工业的有利条件。二是从大都市圈看，工业过于密集，环境污染，公害严重，人口集中，交通拥挤，劳动力不足，影响工业发展。只有实行工业分散，才能减少大城市环境污染，解决劳动力缺乏的问题，也有利于地方劳动力就近就业。正是由于上述两方面的原因，产生了企业向地方分散的客观性和可能性。

日本的企业最初是自发地从大城市向地方迁移，政府及时注意到了这一动向，并及时制定了一系列政策，采取了一些有效措施，支持和鼓励企业从大城市向地方疏散。日本政府从60年代开始推行的区域经济综合开发战略已经收到显著成效。首先，在实现工业现代化过程中充分发挥了中小企业的作用，使大中小型企业在专业化分工的基础上协调发展，这是推动日本经济高速增长，在短期内实现工业现代化的重要因素之一。其次，在很大程度上解决了大城市工业密集所造成的环境污染和公害问题。最后，缩小了城乡差别、工业地区和非工业地区的差别，缓和了国内经济矛盾，使社会比较安定。

地区经济综合开发战略的实施

日本区域经济综合开发战略的实施，主要是依靠经济手段和法制的力量。

一 制定区域经济法规，运用法制力量促进区域经济的综合协调发展

从50年代以来，日本政府根据区域经济综合开发的实际需要，制定和颁布了一系列法规，并建立了组织机构，落实区域经济开发计划，贯彻有关法令。

1952年制定了企业合理化促进法；1956年建立了高度工业化环境协议会；1957年建立了工业整顿协议会；1958年制定了新建工业地带立地调查法；1962年制定了全国综合开发计划，解决大城市的庞大化，缩小地区差别，有计划地诱导工业分散，通过落后地区的开发来促进中小城市的建设；1968年制定了公害对策基本法，以限制工业迅速发展造成的公害；1969年再次制定全国综合开发计划，以20年为期，把1985年作为目标年度，将落后区域的开发工作向全部国土均衡扩大；1972年制定了工业再配置促进法，建立地区振兴工团，规定企业从过度密集区搬迁到诱导区，或者在诱导区投资办新企业，政府给予财政补助。区域振兴工团系半官方的组织，在政府设立的工业团地建立新企业，可得到地区振兴工团从资金上给予的帮助；1973年制定了工厂征地法，规定每个工厂都要有一定的绿化面积；1974年日本政府成立了国土厅，专门负责国土整治、开发和利用的规划；1977年制定了第三次全国综合开发计划，重申全国综合开发计划的目标，决定实行大规模的农林、水产、工业、物资流通、观光娱乐等产业的开发，以及大规模的水产资源、自然生态保护等措施。

需要强调指出的是，日本政府制定区域经济发展规划，注意尊重地方的主体性。为了纠正人口和产业的偏向，以及均衡利用国家土地，日本政府坚持把以地区特点和需要为基础的地区性措施，同立足于全国大局的国家措施协调结合起来，相互补充，以完整的形式加以实施。国家确定包括宏观规划在内的各地区产业规划，并为各地区提供准确的信息和制定规划的方法。各地区从长远的观点出发，确定本地区发展的基本方向，自主制定地区经济发展规划，并参考国家制定的各地区的产业规划，努力使本地区的规划同国家和其他地区的规划协调起来，逐步使各地区的产业方针趋向一致。

二 采用经济诱导手段

日本政府为了促进落后地区的经济开发，缩小先进地区和落后地区的差别，解决企业过度密集造成的公害和劳动力缺乏的严重问题，统筹规划，全面安排，协调发展，在全国分别设立了许多经济发展诱导区，并在这些区域建立了许多工业发展团地。有工业团地、住宅团地等。工业团地，又可以按行业分为金属工业团地、纤维工业团地、化学工业团地等。

日本政府给每个团地的建设提供指导和财政资助，吸引企业从过度密集区向诱导区搬迁，或者在诱导区投资。这样，国家通过经济诱导手段，因势利导，自然而然地在全国形成了若干个按不同行业组成的专业性产业区域，使全国产业布局日趋合理。以歧阜县为例，1979年该县总人口194万，就业人口94万。1978年全县国民生产总值2.3453兆日元，人均国民收入约127万日元，为日本人均国民收入的88%，在日本居第28位。该县进行地区经济开发有以下几个特点：

（一）从历史传统和地区特点出发，因地制宜，安排产业的发展重点。由于歧阜地域狭窄，离名古屋城较近，土地价格较贵，发展大工业有困难。而且，早在德川幕府时代就以制作武士服装而闻名，因此，歧阜县产业开发是以当地传统的工业，即纤维、服装、陶瓷、金属加工、木材加工为主。

（二）引进先进科学技术，与传统工业相结合。歧阜县引进了电子、电气、精密机械等劳动力高度密集型产业，促进纤维、服装、陶瓷、金属、木材、木制品等传统工业的现代化和产品的高级化、时尚化。为了使传统地方产业能够长期稳定地发展，该县努力通过发展免公害化、省资源化、省能源化、知识集约化的产业，推动县内工业结构向高度化方向发展。

（三）歧阜县设立了工业技术中心。歧阜县工业技术中心对县属七大产业（纤维、陶瓷、金属机械、造纸、木材加工、塑料、食品工业）进行研究和指导，下设纤维试验厂、东浓陶瓷试验厂、关市机械金属刀具刃具试验厂、美浓造纸试验厂、高山木工试验厂等。

工业技术中心的业务范围包括：一是受企业委托进行产品质量和原材料的物理性试验，以及环境改善等试验；二是对提高技术、省资源、省能源进行研究；

三是对现场提出改进意见，对企业进行巡回指导、集体指导，组织各种研修培训；四是向中小企业提供技术信息。工业技术中心的预算由通产省中小企业厅制定计划，政府拨款。岐阜县工业技术中心1980年拨款为9.5亿日元。工业技术中心对企业免收指导费、信息费，只收委托项目的手续费，研究费用由国家、县、企业各负担1/3。

（四）有计划地建设工业团地

以民间力量为主，政府给予指导和帮助。以岐阜金属机械团地为例，这个团地是1960年由76个中小企业组成的，占地面积29万平方米，对搬到团地的企业，国家资助1/3，金融机构贷款1/3，企业出资1/3。国家资助部分包括：土地征用、购买设备、建设生活设施的费用等。该团地76个企业组成协同组合，共同经营团地的事业。这种方法有以下好处：在金融方面，共同组合可从金融机构得到优惠贷款，再贷给组合成员；在配电方面，组合从电力公司购电，然后统一分配给成员，使电价降低6%；在共同住宅方面，组合成员的住房费便宜一半，环境较好，设备齐全；在共同作业方面，有公用设备、设施和仓库等。

参加组合的各企业进行独立核算。组合购买的原材料是成批购买，价格低廉，按市价或接近于市价卖给组合成员，剩余部分用作事业费，对成员贷款实行低利息，只收手续费。工业团地的事业协同组合与一般企业的董事会不同，一般企业董事会是根据股票数决定投票权大小，少数服从多数，而工业团地的组合则是一个企业一票，彼此平等。

工业团地的组织形式是多种多样的，除事业协同组合和企业组合外，还有协业组合。岐阜服装加工团地就是由十个企业组成的时装协业组合，加入组合的条件是取消原有企业，把设备搬过来，重新组合，国家给予补助。这个协业组合只进行时装加工，不直接负责市场销售，原料供应和市场销售由专门的商社负责。类似的这种组合，岐阜全县有20多个。

成立协业组合的目的，是把某些薄弱环节，通过组合的方式进一步加强。国家以无息贷款形式对组合给予支持，贷款条件是对10个以上小企业组成的协业组合。这个协业组合，现在因债款还未偿清，所以，国家实行免税政策；将来有利润后，国家收税12%。现在无公积金，不分股息，剩的钱用来还债，将来有利润时分红。工资的差距不大，管理人员的工资比工人的工资多，理事长的工资是最低工资的3倍。

三 重视发挥中小企业的作用

日本政府在区域经济开发中，除了有计划地兴建大型骨干企业之外，很重视扶植和发挥中小企业的作用。日本政府认为，中小企业虽然规模小、力量弱，但是具有进取精神，经营灵活，富有创造力，应当继续发展。

目前日本中小企业数量已达581万个，占全国企业总数的99.6%；从业人员3443万人，占全国职工总数的80%；在工业总产值中所占的比重为53%。鉴于中小企业力量比较弱小，有许多事情单个企业搞不起来，因此日本政府颁布了有关保护中小企业的法令，并采取了许多有效的措施，扶持中小企业。主要措施有：

（一）加强对中小企业的组织领导

日本政府在战后恢复时期就十分重视中小企业，在内阁设立了中小企业政策审议会，在通产省设立了中小企业厅，在八个地区的通产局和政府商工部内，设立了中小企业指导科，负责对中小企业的指导和管理工作。

日本政府还支持建立各种半官方的和民间的团体，例如，中小企业团体中央会、中小企业振兴事业团、中小企业诊断协会、商工会议所、商工联合会、各种协同组合等。这些团体及基层组织，在通产省中小企业厅指导下，对中小企业分工进行各种指导服务。各个团体十分重视经营管理人才的培训，在政府资助下还建立了许多研修中心，积极培养中小企业经营管理人员。

通产省的工业技术院和地方政府还设立了180多个研究所、试验所、试验场，为中小企业提供技术指导和技术服务。通产省建造的能源诊断大车，安装有各种节能监测仪器，并配备专业人员，每个都、道、府、县各分配一辆，每天到各个企业巡回检查节能情况，针对各企业存在的问题提出改进措施，促进企业提高能源利用率。据初步估算，每辆能源诊断大车需要耗资4000万日元，费用由通产省和地方政府各分摊50%。

（二）对中小企业实行保护政策

日本政府颁布了一系列法律，保障中小企业的经济活动不受大企业的垄断，并对中小企业现代化的措施从经济上给予支持，为此日本政府开办了三家中小企业金融机构，专门负责给中小企业提供低息贷款。

（三）推动中小企业的联合与协作

中小企业的规模小、资金少，实现现代化和合理化有一定的困难。因此，日本政府鼓励中小企业实行联合与协作，建立中小企业组合，促使某些规模过小的企业合并，推动企业联合举办集中生产、加工、运输、仓储、防止公害和生活福利等设施。建立中小企业组合，把中小企业力量集中起来，互相协力经营，有很多优越性，一个企业不能购置的新式机器，企业组合可以联合购置，共同使用，适当配置，避免设备过剩，并能提高生产效率和产品质量。同时，建立中小企业组合有利于进行大宗交易，调度资金，培训人才，进行劳务管理和增进福利。中小企业组合在日本地区经济开发中发挥了重要作用，是发展中小企业，解决就业，促进地区经济发展的行之有效的方法。

80年代地区经济综合开发的设想

日本政府对80年代地区经济开发提出了一系列新的具体设想，主要包括：

一　建立地方城市，推进地方城市和周围地区的协作

日本政府把重视地方城市建设，加强中心城市与周围小城市和村镇的协作，作为80年代发展地区经济的重点和基本方向。在推进地区经济发展的同时，首先把重点放在中心城市及其周围地区的开发建设上，以中心城市带动周围地区的经济发展。如果在中心城市的周围有小城市和村镇，则以中心城市为经济发展中心，形成当天往返的行动圈，在这个圈内组织经济协作。这样做有利于节省能源和有效利用各种资源。

二　建设生活圈

规划建设良好的生活环境，因地制宜，开发与居住、学习、劳动、休息有关的、功能完整的生活圈。日本政府将全国的国土划分为大城市圈地区、地方中心城市地区、地方中小城市和村镇地区三种类型，并从地区社会需要出发，确定了各类地区发展的基本方向。

大城市圈地区发展重点放在改善生活环境，改善城市机能的过度紧张上，同时避免造成新的人口流入的后果。地方中心城市地区发展重点，放在同生活和产业相关的社会资本的优先投资上，同时也要防止人口迅速集中造成人口过度密集。地方中小城市和乡镇地区发展重点，放在提高地区经济的稳定协调发展上，确保就业人数和为高级知识分子创造就业机会。

日本政府认为，从产业开发和选择产业地区的角度来看，各地区要考虑世界经济的动向和日本经济发展的方向，在建设生活圈时，要注意以下几点：一是任何地区都应为居民提供多种多样的就业机会，以求地区经济稳定发展。整个日本能以第一产业或第三产业作为地区经济发展动力的地区是少数，多数地区应以第二产业为重点，使第一、第二和第三产业的各部门平衡发展，以促进地区产业结构的多层化。二是促进地区产业的多层化，在地区间有机协作的情况下，确保一定程度的空间扩展和人口集中。三是地区间的有机协作，可以增强地区社会的协作观念，促进有效地相互利用生活文化设施，从而使居民享受更高水平的服务。为了密切地区协作，首先要建设干线交通网和地区间的交通网。四是在吸引外来企业的同时，要扶植和发展使用当地资源的自办企业，使自办企业和外来企业有机地结合起来。

三 合理部署产业，向高原型布局发展

日本政府预测，80年代后半期，新的投资有高涨的趋势，在地方圈选择新的工业地区的活动将频繁起来。为了不使工业过于集中在关东沿海地带和近畿沿海地带，并促进在北海道、东北、九州等地区建立工业区，同时考虑到各地区的能源和水的供应能力，日本准备将独立峰型的产业布局，调整为将产业分散到全国的高原型产业布局。为了推动实现将产业分散到全国的合理布局，日本政府拟采取下列措施：对地方工业建设用优惠税收制度和增加投资等办法予以鼓励；对大城市享受聚集利益的企业增加征收相应的税款，以控制企业向大城市集中；保证工业用地和用水，健全物资流通网，增加航空等交通设施，为地区经济开发提供优越的条件；积极设立信息传输网络，促进公司和研究机构的分散；调整地区间的收入级差；以地区间经济发展的有机协作为前提，进行产业综合开发，使地区产业结构多层化；大力扶植和发展使用当地资源，包括自然资源、人力资源和文化历史成就资源的产业。

四 建设技术聚集城、国际通商城和地方产业城

日本政府设想在80年代建设技术聚集城、国际通商城和地方产业城。技术聚集城就是使以电子、机械等尖端技术机构为中心的产业部门和研究部门，甚至居民区在同一地区内有机地结合起来，以科技产业、学术机构、科研部门为主，谋求地区经济协调发展。国际通商城就是在交通枢纽地设立与国际港湾、国际机场以及国内交通网联结起来的服务项目，以此为基础吸引与贸易有关的企业和国际组织，谋求地区经济的综合发展。地方产业城以地方产业为中心形成遍布日本各地的新兴城市。

对我国区域经济开发战略的建议

通过对日本区域经济开发战略的考察，结合我国实际，提出如下建议：

一 尽快制定全国地区经济综合开发计划

日本国土狭小，资源缺乏，但是由于第二次世界大战后，特别是近20年来重视国土资源综合开发，注意发展地区经济，使全国产业布局日趋合理化，缩小了城乡差别和地区差别，扭转了人口从乡村涌向大城市的局面，取得了显著成效。我国土地辽阔，自然资源丰富，劳动力充裕，有优越的社会主义制度，我们应该在发展地区经济，实行国土资源综合开发方面比日本做得更好。但是，长期以来我国对国土资源综合开发问题重视不够，缺乏认真研究和统一规划协调，加上林彪、“四人帮”的破坏，我国工业结构和生产力布局严重不合理，给

经济建设造成了灾难性的损失。当前我们不能不压缩基本建设战线，实行国民经济调整，改变轻重工业比例严重失调的状况。因此，在总结历史经验教训、借鉴国外先进经验的基础上，我们应该充分认识在理论上研究国土经济学，在实践中推进国土资源综合开发的重要性。为此，应加强国土经济学的研究，认真吸取西方国家进行国土资源保护和进行综合开发的先进经验。在调查研究的基础上，从我国各地区的历史传统、自然资源、经济发展水平出发，尽快制定全国性的地区经济综合开发计划，对我国工业、农业、科技、商业、对外贸易、林牧业、水产业、交通运输、市政建设、旅游业、自然资源开发与自然环境保护等，特别是经济落后地区的开发等，做出统筹安排，使产业结构、生产力布局逐步合理化，使地方工业逐步现代化。

二　大力发展中小企业，活跃地区经济

日本经济发达，资金富裕，农村人口少，尚且重视发展中小企业。中小企业占日本全国企业总数的99.6%以上。所以，日本经济发展很有活力。我国经济落后，资金缺乏，农村人口众多，更应该重视发展中小企业。发展中小企业好处很多，投资少，占地少，生产经营灵活，产品适应市场能力强，能吸纳大批劳动力，有利于解决就业问题；有利于广大农民逐步走上农工结合的道路，促进农村地区经济的迅速发展，缩小城乡差别、地区差别和工农差别。

三　采取实际措施，提高中小企业经营管理水平和经济效益

为了加强对我国中小企业的指导，提高经营管理水平和经济效益，应考虑采取如下措施：一是建立全国性的中小企业管理和技术指导网络，制定相应的政策法令，指导和扶持中小企业的健康发展。国家和各省（区）市都应逐步设立中小企业经营管理和生产技术开发研究院，专门负责对中小企业的经营管理和技术进行研究、开发、推广，向中小企业提供服务。二是设立中小企业经营管理干部培训机构，专门负责对中小企业的经营管理人才和技术人才进行培训。特别是工业基础较好的县市，也应该像日本那样，逐步建立地方性的工业技术研究推广中心，如同县市农业科学技术研究推广中心那样，在工业技术研究推广方面发挥作用。三是尽快培养和建立一支中小企业经营管理和生产技术咨询诊断师队伍，专门从事对中小企业的经营管理和生产技术的指导，开展咨询服务活动。这对于缺少经营管理人才和技术力量的中小企业来说尤其必要。四是发展地方工业，要重视大力提倡和推动企业联合与组织专业化生产协作，把同行业的中小企业组织起来，逐步形成地方经济的若干有活力的小型综合体，类似日本的工业团地，为中小企业服务，开办一些服务事业，组织专业化协作，使中小企业的产品向高、精、尖方向发展。

建立高级经营管理人才培训体系*

新中国成立以来，我国逐步建立起了较为完整的独立的工业体系，拥有近40万家工业企业。但是由于经营管理落后，严重妨碍经济效益的提高。经营管理之所以落后，关键在于缺乏具有现代经营管理意识和能力的高级经营管理人才。

在全国经营管理人才体系中，高级经营管理人才是企业生产经营和技术进步的组织者、指挥者，居于统率全局的地位，培养和造就大批思想敏锐、视野开阔、知识渊博、锐意改革、开拓进取的高级经营管理人才，对于提高企业素质，增强经济效益，推进经济体制改革，迎接新技术革命的挑战，具有极其重要的作用。

最近几年，各级经济工作部门开始注意加强对企业经营管理干部的在职培训工作。但是在对各层次（初级、中级、高级）经营管理人才的开发方面，还缺乏系统的总体规划，互相衔接不够，长期存在的忽视高级经营管理人才开发的倾向尚未根本转变。从目前情况看，对企业经营管理干部的培训教育基本上还处于基础知识的普及教育阶段；从全国干部教育体系来说，仍然缺少培养开发有现代化知识、有实践经验、有领导能力的高级经营管理人才的重要环节。

这种状况很不适应加快改革开放步伐和提高我国企业现代化管理水平的紧迫需要。为了从根本上尽快改变我国企业管理落后的状况，使国民经济效益能够显著提高，我们必须考虑逐步建立和完善全国经营管理人才培训体系。现在，这个问题已经到了非解决不可的地步。否则，我国的国民经济振兴事业必将因为高级经营管理人才的缺乏而受到制约。

发达国家重视管理人才培养的启示

随着世界范围内的新技术革命蓬勃发展，科学技术日新月异，国际经济和

---

*本文原载1983年《经营与管理》杂志第5期，系作者为中国职工教育研究会首届年会撰写的论文。

世界市场瞬息万变，现代化的经营手段和方法不断涌现，计算机和光纤通信正在广泛应用，所有这一切都对经营观念、管理方式和组织结构发生着深刻的影响，客观上对企业管理人员素质提出了愈来愈高的要求，迫切需要造就大批善于从事现代化管理的高级经营管理人才。因此，各工业发达国家在大量培养初中级经营管理人才的基础上，愈来愈重视高级经营管理人才的开发。

早在1920年美国总统胡佛就指出："美国将来人才的一大需要，是在经济问题方面具备领导才干的政治人才。"1921年美国建立了斯坦福大学工商管理研究院，50多年来为美国大公司和政府部门培养了上万名高级经营管理人才。以后美国相继在各地设立了约700所工商管理学院。现在，美国企业的高级管理人员大都是接受过高等工商管理专业教育的有学位的人员。日本从40年代末期引进美国的企业管理人员培训方式，政府提供大量经费资助，系统开展对国内所需要的各类企业经营管理人才的培训。各大企业还相继建立了各种培训研修机构，为日本经营管理现代化培养了一代又一代新人。日本政界人士普遍认为，经营管理人才不仅决定日本今天的命运，也决定着日本未来的命运。日本正是依靠一批又一批精明干练的新型经营管理人才，卓有成效地吸收欧美国家的先进管理经验，迅速实现了经营管理的现代化，推动了经济振兴，并后来居上。

发达国家大力培养和造就经营管理人才，尤其是高级经营管理人才，推动经济发展的实践，充分说明，要振兴经济，成为工业强国，不仅需要先进的科学技术，而且需要先进的经营管理，两者缺一不可。这对于我们当前正在进行的现代化经济建设有着深刻的启示和借鉴意义。首先，培养和造就大批优秀的高级经营管理人才，这是改变我国落后的经营管理，增强企业素质，提高经济效益，实现经济振兴，成为工业强国的重要条件。其次，培养和造就大批优秀的高级经营管理人才，又是推行对外开放政策、搞活经济的一项根本性战略措施。目前在我国真正既有现代化管理专业知识，又通晓外国的语言、民情、历史、地理，堪称世界第一流的高级经营管理人才，真是凤毛麟角，十分奇缺。

为了同具有丰富的现代化经营管理经验的外国企业家在国际市场上进行竞争，我们必须成千上万地培养知识型、经营型、开拓型和开放型的高级经营管理人才。如果我们不抓紧时机，在较短时期内迅速培养出大批优秀的高级经营管理人才，就会延缓社会主义现代化建设的进程。

培养高级经营管理人才是经济振兴的重要条件

到20世纪末，我们要实现党中央提出的工农业年总产值翻两番的宏伟战略目标，任务是极其艰巨的。要实现这个目标，我们不仅要有大批科技人才，而且要有大批管理人才，尤其需要有相当数量、懂得现代化管理、富有实践经验、善于组织领导和协调指挥、能够担当企业领导重任、开创经济建设新局面的高级经营管理人才。

但是从我国的历史状况看，由于旧中国是一个落后的、封闭的农业国，工业基础非常薄弱，商品经济不够发达，没有给我们留下多少企业经营管理人才，加之新中国成立以后，我们在相当长的时期内实行高度集中的计划经济管理体制，不重视企业管理，更不重视经济管理与经营管理人才的培养，因而造成了经济管理与经营管理人才的缺乏，尤其是高级经营管理人才的奇缺。

由于长期忽视经济管理人才的培养，全国解放30多年来高等院校财经专业毕业生的总数只有12万多人，仅占全国职工总数的1.7‰。按全国39万多个工业企业计算，3.3个企业才能平均到1人，况且我国还有300多万个商业、金融、服务性的企业，也都需要经营管理人才。据1982年统计，全国自然科学研究人员中，大学以上文化程度的占73.4%，高级科研人员占2.7%；全国工程技术人员中，大学以上文化程度的占50%以上，高级工程技术人员占0.46%；全国财会干部中，大学以上文化程度的只占4%，高级会计师、高级经济师更是寥寥无几。

北京市工交部门1982年10月统计，全市有工程师17455人，高级工程师302人，经济师224人，高级经济师为0。兰州市工交部门1982年4月统计，全市有工程师347人，高级工程师15人，经济师只有2人。上述几组数字十分令人吃惊，反映出我国专业科技人员与专业管理人员的比例已经严重失调。当然，这并不是说专业科技人员多了，而是说我国经营管理人员比技术人员更缺乏。

现在许多企业，甚至包括一些大中型骨干企业，有高级工程师，甚至有高级翻译，但是却没有高级经济师、高级会计师。即使有个别50年代、60年代受过经营管理高等专科教育的经营管理人员，也由于多年来缺乏研究经营管理的客观环境和条件，知识老化的状况也很严重。特别是很多居于高级经营管理岗位上的领导干部，并不具备高级经营管理者的素质，知识不多，水平不高，有的甚至根本不懂企业经营管理。

尽管在近年来开展的企业整顿中，已经选拔了一大批年轻干部担任企业领导工作，他们也具备一定的知识水平和技术业务专长，但是就相当多数人来说，他们是工程技术人员，并不是精通经营管理的通才，也迫切需要进行现代企业经营管理业务知识的补课。

从一定意义上说，企业高级经营管理人才的极端缺乏，是造成我国企业经营管理不善，新技术推广应用缓慢，新产品研制开发速度不快，产品在国际市场竞争力不强，经济效益不高的根本原因。

国内外的许多有识之士一再指出，中国经济发展的关键问题在于管理。美国第一代电子计算机发明人之一朱传矩先生说："当前国内现代化建设的问题，不在于引进多少台计算机，而在于改善经营管理。只要管理科学化一点，不用增加新的设备，也能把生产力提高到三倍。"胡耀邦总书记在谈到我国经济发展存在的问题时明确指出："问题主要还在于落后的管理方式。"我们必须下大的决心，从培养高级经营管理人才入手，为从根本上改革落后的经营管理方式进行坚持不懈的努力，这是加速社会主义现代化建设的一项战略任务。

社会主义现代化建设不仅需要有宏伟建设蓝图的设计师，更需要有为实现宏伟蓝图指挥经济建设大军奋勇前进的各级指挥员。企业是国民经济运行的主体。企业经济效益是国民经济全面高涨和人民生活改善提高的物质基础。只有把全国近40万个工业企业经营管理好，并取得相应的经济效益，我国的国民经济才能大幅度的增长，人民群众的物质生活水平才能得到提高。

我国的经济振兴在很大程度上取决于能否尽快培养造就出一大批精明能干、有所作为的青年高级经营管理人才。如果我们能够下大的决心，采取果断的措施，有计划、有步骤的从现有的中级经营管理人才中选拔几千名乃至上万名三四十岁的尖子，经过国内外系统的企业管理再培训，使他们真正掌握国内外经营管理的最新理念、最新方法，成为高级经营管理人才，然后去担任大中型骨干企业、专业公司、工交部门的领导工作，再加上改革经济管理体制，改革人事干部制度，为他们充分发挥作用创造条件，那么经济振兴的步伐就会迈得更大更快。

高级经营管理人才成长的道路

各类人才的成长有共同的规律，也有各自的特殊规律。一般说来，科学研究人才可以在校园或研究院里成长起来，但是现代经营管理人才的成长仅仅靠大学和研究院，或者仅仅靠从事实际管理工作是不够的。因为经营管理是一门更带综合性的科学。经营管理人才要掌握国内外现代化管理知识，取得企业管理的实践经验，具备组织领导才能，不仅需要接受正规大学教育，而且需要在参加经营管理实践的基础上，进一步接受高级经营管理专业教育培训。

美国管理协会曾经对1800名成功的企业经理人员进行跟踪调查研究，结论认为：成功的管理人员，除了应该具备一定的技术和业务管理知识之外，还需要具备十多个方面的管理能力。美国管理协会主席海斯指出："大学及其管理学院，只能给予管理业务知识，不能培养管理能力。因此大学培养经营管理人员成功的少，不成功的多。培养管理能力要靠管理协会，大学或管理学院毕业生往往还需要在管理协会中学习。”显然，依靠传统的学校教育已经不能完全适应现代社会高级经营管理人才开发的要求。学校的正规教育，只能为培养高级经营管理人才奠定基础，高级经营管理人才的开发将主要依靠发展成人教育事业，结合管理工作的实践而成长。

根据国内外培养经营管理人才的经验，经营管理人才的成长过程，大致为：接受大学正规教育，二十三四岁成为初级经营管理人才（助理经济师、助理会计师、助理工程师）；从事几年经营管理工作，二十八九岁成为中级经营管理人才（经济师、会计师、工程师）；再从事几年经营管理工作，包括担任基层领导，接受一两年高级经营管理者的培训，到三十五六岁就可以成为高级经管理人才，担负经营管理高层领导工作。有人统计，国外不少人都是30多岁，甚至不到30岁就担任大公司总经理的。

通过对经营管理人才成长规律的分析，可以看出，对有丰富实践经验和管埋埋论知识的中级经营管理人才，抓紧进行系统的现代化经营管理业务培训，这是造就高级经营管理人才的关键环节。抓住这个关键，就能够为我国经济振兴多出人才，出好人才。

开辟培养高级经营管理人才的场所

现在的突出问题是我国经营管理人才的教育培训体系不够完善。举例来说，高级党务人才的培养有中央高级党校；高级军事人才的培训有全国高等军事学院；高级科研人才的培养有大学和科学院；高级经营管理人才的培养却没有相应的专门场所。因此，应当考虑尽快建立高级工商管理学院，开辟培养高级经营管理人才的场所，创造培养造就高级经营管理人才的社会环境。

高级工商管理学院的干部培训工作，应该区别于大专院校对青年学生进行的企业管理基础理论教育，区别于各级经济工作部门对企业干部进行培训的普及性教育，区别于地方教育机构对初中级企业管理人员进行的启蒙性培训，把重点放在高级经营管理人才的开发培养上，着重在提高现代化管理思想、实际管理技能、研究吸收国内外最新管理成果上下工夫。为此我们设想：

一 学员选拔。应挑选一批具有较高领导素质的业务尖子进行系统培训。学员的条件是：具有大学以上文化水平的经济师、会计师、工程师，从事管理工作五年以上，有基层领导工作经验，有一定外语基础，年龄30岁左右。当前由于一些单位的领导同志缺乏全局意识，加之干部推荐选拔制度不够完善合理，选拔优秀人才参加进修困难，往往是优秀的学员，基层单位舍不得推荐，送上来的学员又不尽合格。鉴于上述情况，高级经营管理学院在选拔学员问题上，应打破目前学员报考需经单位批准的办法，采取全国自愿报名，公开考试，按照统一标准、择优录取的办法。凡是被录取者，人事关系所在单位一概不能阻拦。通过这种广揽人才的办法，打破论资排辈的思想束缚，克服人才的“部门、单位所有制”，着重选拔优秀的中青年企业经营管理人才进行重点培训。

二 培养目标。学员毕业以后，成绩优秀、德才兼备者可以安排到大中型骨干企业、专业性公司、政府工交部门担任重要领导工作。

三 培养期限。企业管理人员工作任务重，培训的时间不宜过长，但是也不能太短，可以考虑1—2年为限。

四 课程设置。应开设企业组织、领导艺术、经营管理、生产管理、技术创新、市场营销、货币金融、人力资源、财务会计、行为科学、价值工程等现代管理课程，从管理科学的各个侧面对经营管理干部进行系统培训，既进行专业补课，又进行知识更新，使之掌握组织领导、协调指挥企业现代化生产经营活动所需要的知识和技能。

五 培训方法。将传统的和现代的教学方法，以及先进教学手段结合起来，采取课堂讲授、企业实习、案例教学、模拟教学、研究讨论等方法，讲授必需的理论，开展实际管理技能的培训。可以选送一些优秀企业管理干部出国进修，甚至到国外公司任职实习。

六 学员分配。学员学成之后，根据本人志愿，可以回原单位工作，也可以不回原单位工作。不回原单位工作者，由人事部门合理安排使用，以此作为全国企业经营管理人才流动的一个良好开端。

为高级经营管理人才的成长创造良好的社会环境

企业经营管理既是一门科学，又是一门领导艺术，更带有实践性。很难设想，一个人从小学、中学到大学，直至研究生，一直主要生活在学校，根本没有参加过管理实践，对管理工作缺乏起码的感性认识，能够掌握现代管理科学，能够具备组织现代化大生产的领导能力。显然，这是不可能的。正是由于上述原因，在我国管理科学的理论研究和教学同管理实践严重脱节，学者往往不从事企业实际管理工作。国外则大不相同，学者参与企业管理实践，同企业家融为一体，使管理理论与管理实践密切相连。

为了促进我国管理科学理论与企业管理实践的结合，促进管理学者与企业家的相互融合，创造培养高级经营管理人才的社会环境条件，加速开发培养能够担当国家经济建设和企业发展领导重任的高级经营管理人才，应当积极改革当前高等院校经济管理专业硕士研究生的招生与培养制度，注意有计划、有步骤的从担任过企业基层领导工作，40岁以下的中青年经济师、会计师、工程师中招收经济管理与企业管理研究生，学习工商管理课程，获得硕士学位之后，一部分可以安排到大中型企业担任厂长（经理），一部分可以选送到政府有关部门担任领导工作，一部分可以充实到高等院校或科研部门工作。这样做既可以为我国经济振兴输送领导骨干，推动现代化建设事业，又可以为教学科研队伍输送优秀人才，推动管理科学的发展。

只要政府和社会各界重视培养开发高级经营管理人才，目标明确，措施得当，有计划、有步骤的去做，在1990年前培养出四五千名真正懂得现代化管理、能够担当经济管理和企业管理组织领导重任的优秀人才是完全可能的。如果领导重视，措施得力，各方配合，统一协调，在2000年前培养出数万名高级经营管理人才也是有可能的。毫无疑问，做到这一点，对于振兴经济，推动改革，具有极为重要的战略意义。

1995年8月中国企业管理协会、中国企业家协会常务副理事长张重庆（二排左五）与国家经济贸易委员会主任王忠禹，副主任杨昌基、徐鹏航、陈清泰、俞晓松，以及各司局和直属单位主要负责人在怀柔

改革干部制度　起用一代新人*

国家机关处于社会主义经济建设的领导中枢地位，能否适应经济体制改革的新形势，落实党的十二届三中全会制定的“起用一代新人，造就一代社会主义经济管理干部的宏大队伍”的决策，起用大批思想敏锐、知识渊博、锐意改革、开拓进取的优秀人才登上经济建设的领导舞台，建立生机勃勃、充满活力的年轻化的经济决策系统，是我们在高速发展的世界经济和新技术革命挑战面前，能否肩负改革重任，更好地领导、组织、协调经济活动，不断开创新局面，实现党的总任务和总目标的关键环节。

近几年经过一系列的调整和改革，人事干部管理工作出现转机，各级领导班子正在逐步向革命化、年轻化、知识化和专业化的方向发展。但是，从当前国家机关干部队伍现状看，在年龄结构、智力流向、人员素质、选拔渠道等方面，还存在着许多薄弱环节，必须尽快加以调整和改革。为此提出如下建议。

正视领导班子老化的现实　寻求老干部退居二线的最佳过渡点

当前国家机关干部老化问题很突出。仅从国家经委来看，司局和直属代管单位，处级干部平均年龄52.2岁，司局级干部平均年龄55岁。干部队伍老化，是造成工作效率低、遇事推诿扯皮、官僚作风严重、改革步伐迟缓的重要原因。

有些同志已逾花甲之年，力不从心，但就是不愿意退下来，并不完全是在闹待遇、闹地位，主要是感情承受力问题。例如，上下级面子、人情冷暖、世态炎凉、退休后无所事事等。这就要为他们退居二线、发挥余热寻求最佳过渡点，可

---

* 本文原载1985年中央党校《理论动态》，系作者和中国企业管理协会孟国强处长为国家经济委员会《人事干部制度改革论坛》合写的论文，先后由新华社《经济参考报》、《文汇报》等报刊转载。作者时任中国企业管理协会副秘书长。

否考虑通过以下三个途径：

一是50岁以上的处长、55岁以上的局长不再担任行政领导职务，一般改任巡视员、调研员，同时对超过45岁和50岁的干部不再提拔为处长或局长，可改任巡视员、调研员。这样既有利于进一步发挥他们的作用，又有利于放手培养使用大批青年干部。

二是实行退役制。规定机关工作的最大年龄线，届时向政府机关外流动，有条件的可以向文教、科研和企事业单位流动，当教授、研究员、顾问、董事等等，以不断保持国家机关的活力，更好地为企业、为基层服务。

三是参加各种社会学术团体。目前各类协会、学会、中心、研究会发展很快，他们所以能够保持组织活力，就是通过聘请会长、副会长、顾问、理事、发展会员等形式，为大批退居二线的老干部发挥余热，贡献宝贵经验提供了很好的活动场所。今后要把这些社会团体真正办成政府部门的思想库、智囊团，就必须保持这个特色，但是工作机构及其专职领导人员必须年轻精干，精力充沛，以适应社会团体战线长、联系广、工作灵活等特点。

调整不正常的年龄心理临界线
大胆起用青年干部

现在有一种奇怪的年龄观念后移现象，就是人为地把青年概念的外延无节制地扩大，这是一种不正常的年龄心理临界线。

在国外不少30多岁的人出任政府部长，新中国成立初期也是这样。国外通过对成功人才的大量研究，认为30多岁是一个人干事业、出成果的最佳峰值年龄，就是说，30岁到40岁之间，随着经验的积累、阅历的增加、知识素养的提高，人的创造精神也就进入了巅峰状态。

实际上从国家机关来看，所谓青年干部大部分都已30岁左右，由于年龄观念的后移，却往往被认为太年轻，不予重用。一般说，青年干部思想活跃，反应敏感，观察和分析问题坦率尖锐，这是十分可贵的素质，应当积极创造条件，放手让他们增长见识、锻炼才干，在适当时机选拔到相应的领导岗位，而不应当磨平他们的棱角，磨成“机关油子”，不考虑其能力、贡献和政绩的大小，长期不予提拔和重用，过了50岁才熬到副处级位置，还能发挥多少作用！如果他们也以同样态度对待年轻力量，“多年的媳妇熬成婆”，势必造成干部队伍老化的无限恶性循环，给我们的事业带来严重损失。当然并非所有的人都要担任处长、局长。事实上，随着经济体制改革的发展，政府机构的精简，权力的下放，也没有那么多位置。关键是要给年轻人以用武之地，让他们看到出路，看到希望。

现在往往把三四十岁的人放到处级岗位上还嫌年轻，甚至50多岁的人还被称为新提拔的年轻领导干部。我们已经在各个学科和领域培养了数十万大学生、研究生，在国家机关里更是人才济济，不乏具备一定领导素质和才干的佼佼者。同时随着改革的深入，大批自学成才的青年企业家、改革家脱颖而出，再在年龄问题上论资排辈，抑制人才成长，就不是一种正常的现象。

国外许多大公司成功的原因，就在于给青年人培养锻炼的机会，使之奋斗就有成功的希望，努力就有可靠的前程。例如，日本的职能资格制在选拔人才和发挥人才作用方面很有成效。

建议人事部门在干部选拔使用上，能否参考国外人力资源开发的经验，根据青年干部的特点和知识、能力水平，规划他们不同的发展方向，特别是要及时解决青年干部职称评定、工资晋级等实际问题，加强考核、选拔和任用工作，以此来推动人事制度和人事管理工作的改革。

改革单线纵向选拔方式　建立网络式横向推荐体系

由于干部管理体制的不合理，多年来我们选拔干部的途径狭窄。一是上级领导偶然发现；二是小范围逐层推荐；三是首长圈定；四是从外面调入，求得人事关系的平衡。这些办法，无论哪一种，都不是建立在正常的全面考核干部的科学基础之上，而往往是凭借上级领导的主观印象、感情好恶，自上而下地直线式选拔，结果使任人唯亲、裙带关系、庸才压制人才等弊端百出，而且选择和用人者可不承担任何政治、经济责任。

领导的权威是在实践中自然形成的。所以，在科学的全面考核干部的办法，以及较为完善的行政管理人才培训体系尚未形成之前，是否可以先采取组织部门、上级领导、同级干部和群众相结合的网络式的横向推荐方法。

为了进一步提高干部选拔方式的科学性，必须从这个推荐选拔网络的各个环节考虑相应的保证措施。

一是群众民主推荐与国家机关实行岗位责任制相结合。这样做有利于把领导水平的高低、个人素质的强弱、业务绩效大小，作为个人职务晋升的主要考量因素。目光短浅、心胸狭窄，不善于协调指挥，不具备组织管理能力，缺乏开拓进取精神的平庸之辈，必然难以服众。从这个意义上说，群众在民主推荐干部的过程中，狭隘的个人局限性将会越来越小，越来越能正确对待和运用民主权利，推荐出真正的人才。

二是同级干部的定性考核与定量考核相结合。在尽量增加和扩大干部之间可比因素的基础上，创造优胜劣汰的竞争环境，从而保证那些才干出众、能力超群者的自然合理的晋升机会，从根本上杜绝由于部门内部的嫉贤妒能、互不服气或者派性作怪、排斥异己的不正常现象。对一个单位来说，人事关系上搞平衡，要上都上，要么都不上的平均主义大锅饭，它的作用只有一个，就是压制人才，鼓励庸才，这种办法必须坚决予以废除。

三是把能否正确选拔使用干部与评价领导政绩结合起来。凡是任人唯亲、搞不正之风，或提拔庸才、举荐失当的领导干部，都应当追究他们的政治责任和经济责任，并直接影响其本人的提拔和使用，以保证合格人才的选拔与培养。

制定干部考核的科学标准
全方位考察干部

目前实行的干部考核制度缺乏科学标准，主要表现在：

首先，干部管理方法平面化、表格化。人事档案千篇一律，只有一般的政治历史情况，干巴巴的死材料，反映不出干部的智力优劣、能力强弱和水平高低的区别，局长、处长、科员之间在能力和水平上往往看不出明显差异。选择干部缺乏科学的标准和客观依据，只好凭资历、熬年头。

其次，片面理解全面地、历史地考察干部，喜欢查祖宗三代，喜欢进行简单的功过折算，用几分功劳、几分过失的简单加减法，用孤立的、静止的、形而上学的观点评价干部，往往造成某些干部一次功劳、终身受禄，或者是一次处分、终身受罚的现象。其实按照唯物辩证法的观点，一个人历史上的功过是非与奖惩，已经由历史做出结论，怎么能定干部一生的是非荣辱、起落升迁?

特别是在现代化建设高速发展的今天，个人的政治历史档案袋几乎是一堆干巴巴的死材料，尤其是对于测定青年干部的创新开拓能力，全方位地考察了解青年干部的实际工作能力和知识、业务水平已经没有多少实际意义。因此所谓全面地考察干部应当是指，既要有清楚的政治历史的个人经历，更要有高水平的智力和能力素质；所谓历史地考察干部应当是依据其已有的工作实绩，来测定推断其对新的领导重任所能承担的最大可能系数。反之，如果我们仅凭平面化的政治历史档案工作，只能是把人越管越死，越管越没有积极性，越管越主观片面。

建议今后要全方位地考察干部。一方面要制定干部考核的科学标准，建立业务考核档案，领导干部建立政绩考核档案。这种档案由直接上级分类分项填写，并按月、季、年度分别以表格形式存入计算机。尤其是在提拔青年干部时，这种档案就成为衡量干部之间差异的主要参考依据。目前一些单位用定量的方法对干部德才进行测评，这是干部考核科学化的良好开端。另一方面要尽快实现干部管理的科学化、现代化、数据化。科学的干部考核标准必然要求干部管理的现代化、科学化和数据化。过去我们总把精简机构和精简数据报表联系起来，这种观念是不完全正确的。数据报表信息的增加，正是现代管理日益准确深入和科学化的重要标志。特别是在计算机技术飞速发展的今天，更加为人事管理的数据化、科学化提供了可靠的物质技术手段。事实上，随着现代科学技术的进步，社会化大工业的发展，建立健全数据报表信息是必要的。人事管理工作只有尽快实现现代化、科学化，运用现代技术手段处理信息数据，才能跟上时代发展的步伐。

建立开放式的干部结构　开辟人才智力的合理流向

人才的成长有着自己的规律。不同人才的成长受不同的内在规律的支配和影响。在当代，随着科学技术的飞速发展，信息社会的到来，内向的思维和封闭的工作方式，已经远远跟不上信息时代的前进步伐。作为在国家机关工作的从事行业管理工作的人才，必须建立多元化的知识结构体系和具有丰富的工作经验，善于大量吸取知识和业务信息，善于组织领导和开创工作新局面。

长期以来，我国教育体系的一个致命弱点，就是不看培养对象的具体情况，不考虑社会的不同需要，采用封闭式的教育培训方法，迫使学生走那种离群索居、脱离实际的书院式道路，不仅生活是内向的，思维也是内向的，智力发展单一化，综合素质难以迅速提高。这种落后的小生产式的教育培训方法必须改革。否则很难适应现代社会经济发展对经济管理人才的要求。

建议今后建立一种开放式的干部管理体系，组织青年干部到基层挂职锻炼，形成干部交流制度。

首先要给直接分配到机关的大学生、研究生锻炼提高的机会。这种机会不是到基层从事简单体力劳动，而是给人才智力以施展发挥的余地。比如有计划选派优秀青年干部到地方挂职，担任市长、县长和企业领导，积累实际领导工作经验，经过基层锻炼后，表现优秀的干部，可输送给政府部门担当一定的领导工作，也可以为中央和国务院机关输送领导骨干。与地方和基层相比，国家机关人才荟萃，知识密集，在干部选拔方面有很大优势。与直接由院校和基层推荐上来的人才相比，国家机关干部一般都有较高的政治和业务素质，又比较熟悉和了解国务院各部门工作情况，做好这批人的培养、锻炼和选拔工作，对于起用一代新人，实现经济振兴，必将产生重要影响。

其次，选拔基层优秀厂长、经理，以及其他方面有实际经验和改革精神的管理人才，充实国家机关领导岗位，增强机关活力，更好地为企业、为基层服务。

再次，今后不宜再直接接受院校分配的应届毕业生，应通过公开考试和考核相结合的途径，测定学生的业务知识和实际能力，择优录用。这种考核除了院校毕业生，也应当允许社会、企业和基层人员参加，广泛吸纳人才，给人才智力的流向开辟更多、更合理的渠道。

开辟新老干部相互理解和信任的媒介形式，缩短新老两代的感情差距

选拔起用年轻干部，是历史发展的必然趋势。选拔干部，在年龄问题上表现出来的各种矛盾，从本质上说，是整个社会的管理水平能否与经济振兴同步前进、协调发展的问题。从客观情况看，年轻干部实际领导经验比较缺乏，但是，如果认真分析当前的形势与任务，就可以看到，无论是新干部，还是老干部，在高速发展的世界经济和新技术革命浪潮的冲击下，在我国经济体制改革日益深入的新形势下，都有一个重新学习、重新认识、重新适应的问题。

青年一代是20世纪末到21世纪初，振兴经济，实现中华民族腾飞的重要力量。青年一代锐意改革，积极进取，以振兴中华为己任，不甘于祖国的落后，全方位地观察思索、分析解决问题，表现出强烈的历史主动性。我们必须充分估价和正确认识青年一代的巨大的改革潜力，顺应时势，因势利导，鼓励他们开拓前进。我们要抛弃一切陈旧的过时的观念，不能以“狂妄、有野心、要夺权”等狭隘的认识去束缚青年一代，不能以数不清的种种清规戒律去限制青年一代。

今后我们必须教育全体干部认识到改革干部制度，起用一代新人的重要性。在新老干部之间多开辟一些交流的渠道，例如报刊笔谈会、茶话会、座谈会等等，达成新老两代之间的相互理解，相互信任，消除感情上的隔阂，扫除选拔青年干部的思想障碍，为青年干部的成长进一步打开通道。

美国对华技术转让政策考察及建议*

经国务院批准，以袁宝华为团长的中国经济工作代表团访美，分别拜会了美国国务院、商务部和世界银行的负责人，同商务部就技术转让问题进行了会谈，提出了我方的建议和要求。代表团还参加了在麻省理工学院召开的国际技术转让研讨会，就如何在技术转让方面加强中美两国之间的合作等问题，与美国政府、学术界和企业界人士交换了意见。现将有关情况报告如下。

美国对华转让技术的控制有所放宽

目前美国政府对技术出口的控制政策，主要基于以下几个因素的考虑：一是把它作为谈判的筹码。二是作为推迟某项关键技术出口的手段。三是要求给予美国一定的利益。四是作为一种政治姿态。五是对假想的对手拒绝给予所有军用与民用的技术转让。从出让技术的公司来说，主要是考虑投资的回收、当地对技术的保护程度大小、当地的市场情况、技术本身的生命力、转让技术的代价和成功的可能性等。国际技术转让是由各种复杂的政治、经济因素决定的，既有政府控制的问题，又有公司经济利益的问题，还与转让方态度，以及受让方要求的强烈程度、谈判能力强弱等有关。

据美国国务院和商务部有关官员与学者介绍，美国政府出口管制政策的主要出发点，是在于维护本国的安全利益，利用技术领先地位，保持对苏联的战略优势。由于技术水平差距的缩小和苏联以不正当手段窃取西方先进技术，所以美国对苏联的技术出口的管制比以前更加严格。但是，对中国技术转让的控制程度是在逐渐放宽。尽管对中国的技术转让进展还不够快，但从总体上看，美国的技术

---

*本文原载1986年新华社《内部参考》第45期，系作者参加以国家经济委员会主任袁宝华为团长的中国经济工作访美代表团，出席国际技术转让会议，回国后撰写的报送国务院的考察报告。作者时任中国企业管理协会副秘书长。

转让是在向不断放宽的趋势发展。

目前美国对中国转让技术的态度是介乎对西欧和对苏联、东欧之间，有些敏感性的技术还需要经过一定的审批程序。但在具体执行过程中，美方打算采取措施，简化审批手续，加快审批速度。由于技术掌握在私人公司手里，所以技术转让并不完全决定于政府，还决定于私人公司。美方希望我国能照顾美国企业的利益，开放一定的国内市场和延长合资期限等，同时也希望我方能加快技术引进的审批进程。

一些美国学者认为，美国政府把对中国的技术转让作为两国外交谈判的筹码，希望以转让技术为条件换取一些好处。同时美国对中国还存在若干疑虑，特别是对中苏关系也很敏感，担心我方把技术转让给第三方。格杰律师事务所负责人认为，目前只要中国做好项目具体执行人的工作，争取美国对中国转让某些尖端技术，如生产大规模集成电路所需的2微米以下的光刻机是有可能的。

美国企业转让技术意愿强烈

美国企业界对中国的广阔市场寄予很大期望，对转让技术和进行经济技术合作的积极性很高。IBM公司已经同中国就5550大型计算机技术合作达成协议，还建议进行多种形式的技术转让合作，如训练代理商和维修服务人员、建立计算机软件学校、举办合资企业等，还愿意帮助中国把电子元器件质量提高到国际水平，向国际市场出口。王安公司愿在遵守中美两国法律的前提下，向中国转让最新计算机技术和企业管理经验。摩托罗拉公司也愿帮助中国发展大规模集成电路。不少美国企业对我国不大了解，担心中国政府的政策发生变化，强调投资要有回收，要有利润，要能够汇款回国，财产和技术秘密等知识产权能够得到保护等。

引进技术需要遵循的基本原则

在研讨会上，联合国和美国的专家、学者介绍了一些国家的经验教训，提出了一些引进技术需要遵循的基本原则，值得我们认真思考和吸取。

一　要考虑技术本身发展的极限。每项技术发展必须给予一定的投资。但是技术的发展都有极限，越接近极限，投资效益就越小。因此引进技术时要充分研究技术发展极限，以便做出正确的决策，选择有发展余地的技术。

二　引进技术要考虑经济效益。从世界范围看，新技术的生命周期在逐步缩短，国际技术转让的速度在加快。新技术的种类很多，对发展中国家来说，最重要的问题是作好引进技术的筛选。进行技术选择的标准是经济效益。

引进技术的选择主要应考虑以下几个因素：从提高企业现有的技术水平和生产效率出发，对企业进行技术改造；选择适用的先进技术，不必盲目追求高新技术和自动化手段；发展中国家不要拘泥于发展劳动密集型产品，应根据自己的条件积极发展新技术，争取跻进高技术领域；在引进技术的同时，引进先进管理技术，加强技术管理教育。

三　从扩大对外贸易着眼，引进国外技术。国际技术转让可以促进对外贸易的增长，推动经济发展。从韩国、新加坡、泰国的经验看，积极利用国外新技术，大力发展出口贸易，是生产率高速增长的主要原因之一。韩国、新加坡、泰国、马来西亚，以及中国台湾地区，在20年内贸易额由100亿美元迅速增加到3000亿美元。这样做的好处是：促进了本国技术的发展，使之迅速接近世界先进水平；提高了本国产品的技术含量和质量，增强了对外贸易的竞争力；较多地利用了外资；增加了国家的外汇收入；扩大了就业范围和就业人数；增加了对其他国家农产品的购买，减少了对农业的投资。

国外一些学者建议，中国也应该这样做。他们认为，今后相当长时期，从全世界来看，主要的国际市场，还是美欧和日本。中国应该学习日本、韩国，派企业技术人员和市场营销人员走出去，进行国际市场调研，寻求产品出口的商业机会和适用的技术设备，扩大技术设备的引进，生产更多优良品质的产品，不断增加对外出口贸易的份额。政府不仅要鼓励大企业走出去，也要鼓励中小企业走出去，扩大眼界，吸收新知识，掌握信息，捕捉商机，参与国际市场竞争。

对加强我国技术引进工作的建议

通过与美国官方、工商界、法律界、咨询界人士的广泛接触，我们感到，美方对我国技术引进的重点方向、具体计划和外汇平衡十分关注，对中国市场很有兴趣。中美两国在经济、技术合作和技术转让方面，有广阔的发展前途。

针对当前情况，为了推进技术引进，我们提出以下几点建议：

一　尽快明确“七五”期间引进技术，改造现有企业的计划。在进一步落实和实施“七五”计划中，需要尽快明确“七五”期间引进技术，改造现有企业的计划，确定重点方向和重点项目并在外汇上给予支持，包括开辟新的外汇来源，如增加世界银行贷款中用于技术改造的比重，更加有计划、有重点地开展对外工作。在技术引进中要注意技术选择，分析技术的生命力和与外商长期合作的前景，提高决策水平，照顾外商的合理利益。

二 进一步发展合资企业。从高技术行业看，发展合资企业是外商较易接受的一种方式，有利于引进国外先进技术，提高企业管理水平和研究开发能力，建议有计划地发展一批高技术合资企业。IBM公司愿意帮助我国提高电子元器件质量和出口，麦肯锡咨询公司愿意出资来华调查中外合资企业，似可同意。

三 发展外贸出口是当务之急。美国市场是一个开放的大市场，我国对美贸易有很大的发展空间，关键是要加强对美国市场的研究。我们要突破管理体制障碍，强化工贸结合与联营，发挥外贸公司调查市场、提供信息、指导生产、代理出口、开拓市场的作用，加强与改进对出口生产企业的服务。建议吸收和选派生产企业有能力的人员参加国际市场调查，按国际市场需求组织生产。

四 提高我国技术引进的决策水平。加强干部培训，提高决策管理人员的素质能力，同时要积极发展专业咨询机构，为领导决策和技术引进提供服务。当前我国咨询业已有初步发展，但大多侧重于工程咨询，应进一步发展管理、决策和政策的咨询服务。

五 对美国政府部门多方施加影响。为进一步打破美国政府的出口管制，除继续加强政府间交涉外，可注意加强对美国有关部门官员、工商界和法律界人士的工作，多方施加影响，争取通过友好人士的帮助，在具体执行中排除障碍，促进美国进一步放宽对华技术转让。

六 加强对美国市场和经济法的研究。据统计，中美商业纠纷诉讼案件中，中国厂商获胜的仅占20%，而在日美商业法律纠纷中，日本厂商几乎都能获胜，原因主要在于，日本对美国的法律和市场有深入的研究。不少美方人士希望中国法律界能够加强对美国市场和经济法律的研究。

张重庆(左一）与世界管理学者协会联盟主席团执行主席、加拿大社会科学联盟主席皮迪特教授

西方学者关于国际技术转让的观点*

中国经济工作代表团访美期间，参加了在麻省理工学院召开的国际技术转让研讨会，现将西方学者和世界银行专家对技术转让的观点整理如下，供参考。

技术创新的发展趋势

斯隆管理学院副教授霍尔威奇对最近20年来企业技术创新发展趋势进行了分析。从历史发展的角度看，60年代后期公司的发展战略主要是由企业决策者做出。因此企业发展战略的正确与否，主要取决于决策者自身素质的高低。一个成功的决策可以产生一系列其他有效的实际措施，使公司兴旺发达。

进入70年代以后，由于公司结构复杂化，功能多重性，产品多样性，公司之间的激烈竞争以及竞争对手相互之间合作趋势的出现，对信息的分析判断及战略决策变得十分重要。战略计划是由公司内的一些专门从事战略计划的人员，借助于计算机、统计工具和数学模型来完成，有专人负责，并由副总裁直接领导。与此同时，一些信息咨询机构也对公司的技术战略决策提供咨询服务，成为技术转让与技术选择的中间人。这种战略分析与统计分析有利的一面，是可以帮助公司了解发展的趋势，做出长期规划。但也有其不足之处，即成本较高，战略分析与实际业务和决策脱节，特别是一些作长期战略决策分析的人员没有实际工作经验，使上述问题更加严重。

80年代美国企业界重视战略决策，不仅从事科研与开发的人员重视技术决策，高层领导也重视技术决策。因为竞争日益激烈，企业已从单纯的价格、成本竞争变成更加重视质量、性能的竞争。每个公司都在寻找自己的价值和特色，以

---

*本文系作者1986年4月5日至20日参加以国家经济委员会主任袁宝华为团长的中国经济工作访美代表团，出席国际技术转让会议，回国后撰写的报送国务院的考察报告的附件，1987年由企业管理出版社出版。作者时任中国企业管理协会副秘书长。

便在国际竞争中取胜。市场开拓、技术信息和销售服务以及决策技术都变得愈来愈重要。这一阶段对决策人员的素质、领导能力要求更高，成为决定企业兴衰的关键。各个公司都处在不断变化和创新过程之中。

回顾70年代，西方公司进行技术创新有以下两种主要方法：

一 传统的研究与开发方法

很多公司以传统的研究与开发方法闻名于全世界，如杜邦公司、贝尔实验室、IBM公司等。它们不断革新原有技术，从而改变整个产品的面貌。这种大公司传统的研究与开发的方法，发展新产品比较缓慢，有官僚主义的弊端，或像一些大学所做的研究工作那样，可能与生产部门脱节。

二 分散型的高技术小型研究机构

硅谷的技术创新公司小而分散，行动快速，能及时适应市场的变化。但是这些公司也有缺陷，他们往往只能处理单一的问题，有时会因为失误而导致整个公司倒闭。这类公司的管理人员，往往是科学技术人员，缺乏商业经验，对市场情况不够了解，甚至有时没有足够的资金。技术开发两种方式并存对美国经济发展很有好处。目前的趋势是两种方法逐步融合。小的技术开发公司对国际市场愈来愈了解，有善于经营的人加入，甚至与大公司联合进行技术创新研究。大公司也向小公司学习，将其技术研究开发机构分散化，同时也保持一些属于公司的独立研究机构。

在60年代末期，技术创新战略往往是偏重于大公司内部的研究与开发，公司之间的关系往往是竞争型的。随着时间的推移，目前大多数公司采取综合性的研究开发战略，在一定程度上把竞争与合作相结合，即一定程度的大公司内部的研究开发与高技术研究小型企业的技术创新相结合，以及一定程度的内部组织研究开发与寻找外部力量研究开发相结合，并且注意利用咨询公司的专家力量。一般说，公司本身的研究开发工作越健全，越能从咨询公司得到更大的利益。

进行技术选择，要正确吸取历史的经验教训。过去有人认为，发展中国家工资低、成本低，所以应该发展劳动密集型产品。现在情况有所变化，发展中国家也有智力密集型和高技术型企业。发展中国家不能单纯满足于维持一般性技术，也要争取发展高技术。

日本成功地发展了高新技术，韩国某些新技术发展的速度比日本还要快。日本掌握了传统工业和电子工业的先进技术结合以后，现在也想跻进宇宙航天领域。巴西70年代计划发展原子能技术，并不成功，后来发展信息技术取得了成功。发展高技术要注意本国的技术能力和国际市场需求。中国应该不仅要利用劳动力便宜、产品成本低廉的优势，更要注意利用人才资源优势，争取发展高新技术。要注意掌握世界市场的动态信息，掌握世界高技术产业的发展动向，充分利用中国宝贵丰富的人力资源，进行高新技术的开发和技术管理的训练，寻求技术更快地发展。

美国政府对国际技术转让的态度

国际市场的激烈竞争和对外贸易份额的变化，往往会妨碍转让技术。国际技术转让往往涉及到以下三个关键问题：一是为保持本国或本公司的技术领先地位，该不该转让某种技术；二是如何平衡技术转让中的国家安全与出口贸易发展之间的潜在矛盾；三是如何处理引进技术与自主开发研究之间的关系。

这些问题涉及到转让方的公司和国家，以及受让方的公司、国家四者之间的利益关系。当前总的趋势是，美国向国外转让技术的速度加快，各项技术的生命周期在缩短。国际技术转让引起国际市场的迅速变化。外国在美国投资，同时也输入了新技术，跨国公司之间在研究开发方面的联合趋势在增加，大量中小公司也参与了国际性技术合作研究开发，国家政府部门也在国际市场上购买技术装备，如美国正在计划购买日本的某些关键性的技术设备。

但是在国际间技术转让加快发展的同时，也还存在着一些障碍，限制性的条件也在发展。一方面由于国际上一再发生采用非法手段窃取新技术，因此美国政府为了国家安全，对技术转让采取了普遍紧缩的态度。另一方面有些私人公司也因商业竞争加剧，秘密获得新技术的情况越来越明显，而不愿转让手里的新技术。技术转让或不转让在美国内部和各国之间引起了很大争论，也使有关公司为申请技术出口许可证，增加了不少工作与人员。在导弹问题上，苏联导弹数量多，美国政府原来打算以质量和技术的优势来战胜数量上的劣势，但是由于质量的差距缩小，因此美国对导弹技术的输出也加强了控制。

美国对技术出口控制的出发点是国家安全，主要是控制关键性的技术，但要控制也受到许多复杂因素的影响，例如，某项技术实际上由谁掌握，能否接受控制，接受方是军用还是民用，对接受方的意图能理解到什么程度等等。

管理是技术发展的关键

麦肯锡公司长期为多种行业的公司及政府部门提供咨询，帮助解决难题及实施计划，预测各种外部风险、机会和制定有关对策。该公司的专家认为，成功运用技术创新战略，引进必要的技术，取得企业经济效益的关键是管理。管理是一种技术，技术要有预测，做好技术准备工作就能避免危机的出现。

一 技术发展的基本特点

（一）技术有极限。每种技术都有极限，有物理极限和化学极限。例如杂技演员的两只手向上抛球，开始两只手可以要4个球，发展到今天双手最多要九个球，根据人的生理条件的限制，不能再超过这个极限。在引进和发展新技术过程中，务必要了解新技术的极限在哪里，要了解竞争对手的技术极限在哪里。技术限度差距大小不同。限度差距小，是指现在使用的技术水平接近技术最高极限。从经济效益上说，投资这种技术，挖掘技术潜力，提高技术水平很困难，投资很大，获利很少，不值得投资。如果限度的差距很大，技术潜力很大，则投资会获得较大的效果。技术限度差距原理对战略决策有很重要的意义。

（二）性能与努力。一种技术经过继续努力开发可以提高性能。技术的性能与努力工作的关系可用S曲线来加以描述。例如美国制造人造心脏的技术发展过程，可用S曲线描述出来，专家经过努力，不断改变人造心脏的性能。第一个人造心脏试用时，有血压但破坏红血球，经过继续努力，工作人员在人造心脏中加了一个泵，解决了压破红血球的问题，但没有解决凝血问题，又经继续努力，解决了凝血问题，技术上有了很大进步。这个例子说明，技术的性能与努力之间的关系是S曲线关系。

（三）技术发展的间断性（不连续性）。整个技术在发展全过程中有间断性，一种技术可以超过另一种技术，新技术可以代替旧技术。经过科学研究可创造新技术，新技术很快代替旧技术，往往旧技术在大量应用时，新技术就在研究中出现了。技术在发展过程中是不连续的。例如，最初汽车轮胎内的帘子布是用棉线，使用棉线时又出现了人造丝，结果棉线被人造丝代替；在使用人造丝时又发明了尼龙，结果人造丝被尼龙代替；在使用尼龙的过程中又创造出聚酯纤维。每次替代，汽车轮胎技术性能都有很大进步。一种技术代替另一种技术，不是一个技术被淘汰后产生新技术，而是在未被淘汰时新技术就产生了。

二 管理是企业技术发展的关键

公司在市场竞争中成败的三个关键要素是：技术储备、进取精神和工作效率。如果没有将上述三个要素有机结合起来，同样的投资、同样的付出工作努力，但是企业技术性能的提高和经济效益则不佳。要协调处理好以上三个要素的关系，关键在加强科学管理。

从工程技术人员的角度看，从事技术研究开发，总希望消耗时间长些，投资多些。从销售部门来看，推销产品的人，总希望尽早生产出产品，多出新技术。因为投入市场时间越长，产品在市场上的推销费用就越高。作为管理者，应该充分考虑两个方面的因素：技术性能发展耗费的成本与技术发展耗费的时间，从两者的综合分析中，找出最低成本、最佳时间期限。

三 决策者和技术人员的警戒

要警惕悲观情绪和盲目乐观。在研究项目初始阶段，技术人员花费许多努力，但是进展不大，技术性能改善很少，在这种情况下，技术人员往往容易悲观。等突破了某些难题，技术成果被推广应用，获得经济效益时，技术人员又容易盲目乐观。特别是工程技术人员及决策者，在技术性能获得较高经济效益时，往往错误地认为技术性能是直线发展的，可能会被新的技术代替，从而过早地放弃进行原有技术的改进。

四 从战略上研究技术投资方向

决策者忽视企业技术创新战略，等到技术发展到警戒点，再去投资研究新技术已经晚了，增加再多的投资，效益也不会大。延长技术性能的效益也不会大。例如增加帆可以提高帆船的速度，但增加帆是有限度的，帆多了船无法安装，应改用蒸汽机、内燃机。决策者做出投资方向决策，究竟是延长旧技术的寿命，还是开发新技术来代替旧技术，使技术性能不断改进提高，并不断获得较大经济效益，这是极其重要的。有些曾一度在技术上领先的公司，往往由于未能高瞻远瞩，从技术战略上思考问题，及时转移到新技术上，很快就被市场淘汰。所以企业不仅要注意经济信息、财务信息，还要注意技术信息，才能在市场竞争中获胜。

发展中国家选择技术的原则

世界银行科技顾问查尔斯·威塞对发展中国家进行技术选择提出了一些值得重视的建议。

一 选择技术一定要考虑经济效益，以及相关的社会因素和其他因素

以印度为例，70年代印度想利用通讯卫星进行学校远程教育，特别计划把卫生教育普及到农村和边远地区。为此印度科学家发明了硬件，但没有编出相应的教材，后来发现利用电视广播就可以了，不必使用卫星通讯系统，所以在采用新技术时要有明确的目的。中国有许多例子，医院集中在城市，但是还要建立农村赤脚医生系统，所以中国医疗比较普及。中国用少量的投资为农村提供医疗服务，赤脚医生是一种好的医疗卫生服务系统，目前的问题是要提高赤脚医生的素质。中国是世界上较好地解决了农村医疗问题的少数国家之一。

二 中国要进入市场经济，选择产品与目标很重要

中国乡村使用手压水泵，过去最多只能提取10米深的地下水。这种水容易被污染，应该提取地下深层水。世界银行与工业部门进行了研究，认为可以用手摇泵从30—40米深处提取水。有了好的技术还需要开发市场。要注意贫穷人口的需要，使他们感到并未被社会所忽视。中国农村使用的小拖拉机等产品，材料和制造技术还可以改进。中国有些产品设计得很好，但制造工艺达不到标准，产品质量不好。还有些技术，如污水处理采用集中处理，这对农业和环境保护有很大影响。中国如用西方国家的办法处理污水，需要把平常剩余的含金属的残渣，在作污水处理前就区分清楚。可能还要有使公共厕所不臭的新技术。

三 防止技术选择时发生错误

对技术进行选择时要注意防止发生错误。技术选择发生错误的主要原因有两种：一是市场信息出现失误；二是规划机构的决定失误。还有其他一些原因，最坏的情况是出现政治性错误，如接受贿赂。多数情况下，主要是对经济可行性的估计发生错误。例如，在巴西政府的鼓励下，亚马逊河流域建立了许多大牧场，严重破坏了森林资源，这实际上是由政府资助破坏了自然生态环境。一些国家政府资助自动化也不必要，这可以通过经济发展使陈旧设备自然进行淘汰。

技术选择的实例

哈佛大学工商学院教授威尔斯发布了为某发展中国家劳工部进行的技术选择的调查结果。把这个国家的五个行业、不同技术水平的企业分成三组：投资多、技术水平高的企业；中间技术水平的企业；劳动力多、技术水平低的企业。各行业的这三组企业在生产规模基本相同的情况下，一般本国建的厂技术水平低，投资少、用人多，外国公司建的厂技术水平高，投资多、用人少。

从投资效益分析，技术水平高的饮料装瓶工厂雇用275人，技术水平低的工厂雇用700人，两个厂生产规模大致相当，每少用一个工人，技术投资就要多花7000美元，而平均每人年工资为340美元，显然，技术水平高的饮料装瓶工厂投资效益不合理。以同样规模的卷烟厂比较，从4万人减少到6000人，每减少一个雇员，投资只增加50—120美元，虽然卷烟厂工人的工资低，但投资还是合算的。从这几个行业总体看，有一个规律，从中等技术发展到先进技术投资效益差，而从低级技术发展到中等技术投资却往往是值得的，比较合适的是选用中等技术。从质量分析，劳动密集型的企业产品质量较差；中等技术的投资密集型企业的产品质量适度；有些高技术投资密集型企业的产品质量高于市场需求。从原材料消耗分析，在凉鞋行业用人多的厂，比投资密集的厂要节省材料。

为什么有些企业主要选择投资大的技术呢？调查发现有以下几个原因：技术

密集企业依靠名牌，产品定价高；政府支持某家公司垄断市场；当地法律不允许解雇工人，在市场不稳定的情况下投资多的企业，用人少，应变力强；技术人员喜欢设计高技术工厂；有些管理人员愿意多管些机器、少管些人。但是，自动化水平高的工厂也不一定都受欢迎，因为设备修理比较困难，投资也太多。

经过调查，当地劳工部发现：原来做出的有关法律规定是为了促进企业多用人，解决就业问题，但是因解雇工人困难，所以有的企业选择了少用人的技术，反而影响了就业。所以政府又采取了新的对策，即对用机器设备多的企业多征税。

转让方公司对国际技术转让的策略

北卡罗来纳州大学费舍尔博士对转让方公司对待国际技术转让问题的态度作了分析。他指出，发展中国家引进技术，可以通过购买技术设备和建设工厂，或科技文献和专利等得到。要取得新技术的生产能力，有许多形式，例如交钥匙项目、许可证、专营权、合作生产、合资企业和外国直接投资等方式。

从转让方来说，有三种类型的公司，他们在转让技术时的出发点与兴趣各不相同：一是对对方市场感兴趣的公司，主要感兴趣的是销售活动。因为当地有市场，为了开展海外业务，有需要时，也可能愿意在当地建立一些研究开发机构。但是往往因为海外科研开发活动的费用较大，经济效益不好，而不愿意在当地建立研究机构。如果在当地设立研究开发机构，一般说，对母公司的相对独立性也会比较大。二是对本国市场感兴趣的公司，主要对对方资源感兴趣，可能为得到资源，投资一些工程项目；业务需要时，可能在当地建立研发机构。但往往也会因当地缺乏合格的科学家与工程技术人员，以及产品在当地不易找到市场，而不在海外设立研发机构。三是对国际市场感兴趣的公司，对当地的市场和技术感兴趣。考虑到在当地有某些特定技术领域和技术力量可依靠，一般愿意在当地建立一些科研开发机构，但母公司对它的控制程度较强。

出让技术的公司都要求能够得到经济效益补偿。例如，在当地投资，要求能有足够的收益，希望能有开展业务的条件和对技术保持控制权；要求当地政府政策稳定、明确、持续。从出让技术的公司来说，主要考虑投资的回收、当地对技术的保护程度大小、当地的市场情况、技术本身的生命力、转让技术的代价和成功的可能性等。

总之，国际技术的转让成功与否，是由各种复杂因素决定的，既有政府控制的问题，又有公司经济利益的问题，还与转让方态度，以及受让方要求的强烈程度，谈判能力强弱等有关。

美国行政管理与行政管理教育*

中国经济工作代表团访美期间，就行政管理及行政管理教育问题，访问了哈佛大学肯尼迪行政学院、美国公共管理学会和北卡罗来纳大学。同时会晤了世界银行负责人，就我国利用世界银行教育贷款培养行政管理人才问题进行了会谈，并取得了初步成果。

美国政府部门的行政管理

美国政府的行政管理是指联邦、州、地方各级政府的管理。美国全国公共管理学会理事长彼·斯达夫介绍了美国行政管理的有关情况。

一　政府部门预算和费用开支管理

政府设立预算办公室，作为总统的咨询机构，负责向总统提出预算分配、人员裁减等建议，也负责审计政府各部门的经费使用情况，并每年提出改进政府预算管理的建议。国会成立国家审计办公室，负责审核政府部门，包括军事部门的各项开支，也通过制定方案的形式，向国会及总统提出建议，经国会听证会通过后，总统和政府必须执行。国家审计办公室约有4000名工作人员，派驻在联邦政府部门、各州政府和军事机构中。由于审计办公室不是政府机构，不受白宫领导，所以能有效地进行预算执行情况的监督。

二　人事管理

人事管理是行政管理中最重要的管理。国会通过立法，规定政府工作人员的选拔、任用程序，以及训练等制度。政府则成立人事管理办公室，即人事任用委员会，负责为总统制定人事政策，并由政府各部门具体贯彻执行。

---

*本文原载1986年新华社《内部参考》第45期，系作者1986年参加以国家经济委员会主任袁宝华为团长的中国经济工作代表团访美，回国后撰写的报送中央和国务院的报告，1987年企业管理出版社出版。作者时任中国企业管理协会副秘书长。

三 生产率管理

70年代中期在国家审计办公室之下设立了生产率中心，总部设在休斯敦，在全国各地分设了40个办公室。生产率中心一般由原在政府机构中长期担任高级职务的人员领导，并吸收各种专业人员，如工程师、运筹学家等参加。为了加强领导，增加权威性，国会内部设立了由20人组成的国家生产率领导小组，归国会审计署署长直接领导。

国家生产率中心的任务是致力于提高联邦政府与民间企业的生产效率，推动政府、社会团体、经济组织、科研教育机构和企业提高工作效率。对政府来说，生产率的含义就是如何提高政府服务的有效性、工作质量和时间效率等。

美国重视行政管理教育

由于美国联邦政府和州政府每次换届时都有一批新人进入政府部门任职，要使他们能很快适应新的工作，就需要进行培训。特别是随着经济与技术的迅速发展，政府工作人员的结构发生了很大变化，从过去主要是搞文秘工作的人员，转变为包括工程师、经济学家、物理学家、地质学家、生物学家在内的，具有各种专业技能的人员。这些人员虽然都有自己的专长，但要适应政府行政管理工作，还需要通过多种形式的培训来提高他们的综合管理能力。

一 加强行政管理教育的措施

这些措施主要包括：

（一）国会通过立法对政府工作人员的培训做出明确的规定。例如1958年制定联邦政府人员训练法，规定各级政府工作人员都要接受训练，政府部门通过提供学费的办法，鼓励工作人员参加在职培训与脱产培训。

（二）建立多种形式的行政管理学院和研究机构，对各级政府工作人员进行培训。例如1968年成立联邦高级行政管理学院，训练政府高级行政官员。全国还有300多个公共行政管理研究机构，也对政府工作人员进行培训。

（三）将有长期政府工作经验的离职或退休人员集中起来，成立国家公共管理学会，进行行政管理研究与咨询活动，为行政管理教育提供教材，每年组织对五名杰出的政府工作人员颁发全国公共管理奖。通过以上活动来推动政府提高行政管理水平。该学会现任理事长彼·斯达夫曾长期担任美国联邦政府预算办公室主任和国会审计审计署署长等职。

二 行政管理教育的形式和教学方式

（一）行政管理教育的形式多样。除了有本科生、硕士生外，还举办多种形式的短期培训班。例如肯尼迪政府学院从60年代开始招收公共政策与公共管理硕士研究生，录取时要求学生有从事政府工作的经验、社会活动能力和领导能力，重点培养和提高分析问题的能力、制定公共政策的能力与行政领导能力，使之在担任要职时具有竞争优势。北卡罗来纳大学商学院举办的政府管理人员培训班，采用学习一周，回去工作三四周，带着改进工作的体会和问题再回来学习一周，循环数次的方式效果很好。

（二）教学方式主要采用案例教学。案例教学方式的优点是，可以使学员处在决策者的主动地位上进行学习，而不是被动地接受知识，通过学习，深入总结自己的工作经验和吸收他人的经验。例如肯尼迪政府学院对两年制的硕士生，在教学中要作200多个重大案例分析，使学员能在两年内获得常人需要花费上百年时间才能逐步积累起来的政府行政管理知识与经验。

世界银行支持我国加强行政管理教育

代表团拜会了世界银行负责亚太事务的副行长卡罗斯·曼诺格，与中国处处长科克·伟塞、教育处处长马斯、经济发展学院院长德罗克南、负责政策规划方案审核的高级经济学家杨叔进等，就双方合作加快发展我国行政管理教育问题深入地交换了意见。

袁宝华团长介绍了国务院关于在中国人民大学建立经济管理学院与行政管理学院的决定，科克·伟塞表示，世界银行愿意帮助中国加强行政管理教育，并提出如下建议：

一　中国有关方面与世界银行共同组织调查组，到世界有关国家考察行政管理教育情况，为今后制定具体方案提供参考。

二　世界银行可以采取不同方式对中国提供教育贷款，其中包括：建立独立的教育贷款项目，作为工业部门技术改造贷款的附属项目，与经济发展学院合作进行培训等三种形式。

袁宝华同志回国后，在北京会见了世界银行驻中国办事处首席代表林重庚、世界银行教育处处长马斯和高级经济学家杨叔进等人进行了第二轮会谈。

林重庚提出了世界银行行政管理教育项目援助的具体方案。他认为，中国应首先制定一个发展经济管理与行政管理教育的战略规划。从范围来看，以中国人民大学为中心，再包括全国各地有代表性的高等院校，进行统一规划，适当分工。从内容来看，既要吸取国外的经验，又要结合中国实际，具有中国特色。林重庚表示，世界银行经过研究，拟采用科克·伟塞提出的第一种贷款方式，设立一个5000万美元的教育贷款项目。但在正式确定项目前，需要做好以下准备工作：(1)世界银行需要用几个月时间，对有关国家行政管理教育状况做出调查评估。(2)召开座谈会，讨论这些国家的经验，并组织项目筹备小组的成员到国外实地考察。除了考察美、英、法等发达国家外，还可以考察第三世界一些国家，如印度等。(3)在考察的基础上，做出综合报告，提出具体规划，包括办学方针、有关政策、投资数额与课程设置等。(4)规划经中国政府批准后，世界银行即可根据规划提供援助。估计全部工作需要一年左右时间完成。

马斯表示，世界银行曾对孟加拉国、马来西亚、印度尼西亚、巴基斯坦等国提供过行政管理教育项目援助，现在对中国提供行政管理教育方面实质性援助的时机已经成熟，只要双方抓紧时间，以上设想就能够较快地付诸实施。

几点建议

一　加强对各级行政管理干部的培训

通过培训，提高行政管理干部的素质，是加快实现我国政治、经济体制改革的重要保证。世界银行对帮助我国加强行政管理教育，愿意给予支持。袁宝华同志与国家计委、国家教委、财政部、劳动人事部等部门的领导交换了意见，他们都表示积极支持。我们应抓住这个有利时机，迅速展开各项具体工作，争取尽早落实世界银行教育贷款项目。

二　加强我国行政管理科学的研究

我国有悠久的历史，有丰富的行政管理经验，其中有些管理制度还被其他国家所吸收。目前需要组织力量，研究我国自己的经验，同时积极吸收国外经验，逐步建立起具有中国特色的行政管理科学体系。

三　建立多层次、多类型的行政管理教育体系

除了在中国人民大学设立行政管理学院外，也可在有条件的大专院校设立行政管理系或专业，还可在各类管理干部学院增设行政管理课程。

四　加强对政府部门干部的行政管理培训

开展对政府部门在职干部的行政管理培训，通过学习，总结经验，较为迅速地提高我国各级政府工作人员管理政府事务的能力。

五　组织一批有条件的老干部参加行政管理培训工作

组织一批有条件的老干部，总结担任党和国家领导职务，从事行政管理工作的丰富经验，编写行政管理案例、著书立说，也可聘请他们担任教学科研工作。

美国企业管理培训考察及建议*

中国经济工作代表团访美期间，考察了哈佛大学、耶鲁大学和麻省理工学院，以及IBM公司、通用电器、布鲁斯·魏尔康医药公司和化学银行、北卡罗来纳大学，对管理教育、在职培训等做了深入考察。

企业管理人员的培训

由于国际经济竞争加剧，以计算机为主要标志的现代科学技术手段广泛应用，近年来美国更加重视管理人员培训，大公司普遍设立了培训中心。IBM公司副总裁自豪地说："IBM公司取得成功的秘密，就在于重视高级经理人员的培训。"通用电器公司建立了有一定规模、教学设备先进的经理人员培训中心，每年拨款1500万美元，对分布在全球各地的分公司的经理人员开展定期培训，公司内部直接培训5000人，组织到公司外部培训5000人。

美国化学银行预测到今后国际银行业的竞争会更加激烈复杂，经营环境会发生重大的波动，因此率先设立了人力资源部，由一名高级副总裁直接领导，每年拨出培训费2000万美元（约占企业净利润的5%），并制定了公司人力资源发展规划模型，积极培养造就能够对未来的竞争挑战与发展机遇做出灵敏反应，具有高度竞争力和创造力的复合型人才，以保持其在国际金融界的领先地位。

美国公司的培训具有以下几个特点：

一　培训工作制度化

新雇员无论学历高低，实际工作经验多少，都要一律先接受培训。培训的内容和时间长短，根据每个人的具体情况有所不同。美国化学银行规定，学士学

---

*本文原载1986年新华社《内部参考》第45期，系作者参加以国家经济委员会主任袁宝华为团长的中国经济工作访美代表团，出席技术转让国际会议，回国后撰写的报送国务院的考察报告，1987年企业管理出版社出版。

位的新雇员脱产培训28个星期，硕士学位的新雇员脱产培训20个星期，博士学位的新雇员脱产培训10个星期，以后再定期进行岗位轮调，结合进行在职培训。

晋升职务前必须进行培训。依照职务高低分层次设计课程进行培训。IBM公司规定，新任初中级经理，所在部门定向培训后，无论在哪个国家工作，必须集中到纽约总公司再培训一个星期，以后每年还要接受部门内40小时的专业培训。

定期参加全员培训。所有经理人员每年都要分期分批接受一两个星期，甚至更长时间的训练，可能是本部门的，也可能是总公司的或公司以外的。各公司都鼓励经理人员利用业余时间攻读硕士、博士课程。

二　重视工作岗位培训

通用电器公司认为，管理能力的获得20%是在课堂上，80%是在工作中。因此很重视工作岗位的培训，80%的培训活动是结合工作岗位进行的。

三　培训目标定位在提高管理能力

经理人员培训不进行书面考试。他们认为，成人教育不同于大学本科教育。对大学生不搞考试，就会放任自流。参加成人教育的学员，本身有明确的学习目的。他们学习的好坏，要看以后的工作表现。

通用电器公司通常采取的方法是：学员经过培训，回去工作6个月后，发考核调查问卷表，了解学员接受培训之后，工作上是否有创新或改进；对于受训练所获得的成果，自己的上级、下级和同事是否认可；根据半年的工作实际体验，对过去所接受的培训，有什么意见和评价等。

四　学员评价教学效果

训练方法是否正确，训练内容是否有用，应当由学员来进行评价。培训中心每天课后都要请学员填写教学评定表，对每位教员的讲课内容和教学方法提出评议意见。培训中心负责人汇总意见后，与教授共同商量改进教学的问题。

五　理论联系实际，教学方法灵活

从事经理人员培训工作的教员，大多数是有丰富实践经验的资深专家。IBM公司培训中心的30名教师，有29名担任过高中级经理职务，他们讲课不是纸上谈兵，而是理论联系实际，采取启发式讨论，大量使用实际案例，进行扮演角色的模拟教学，方法灵活，教学相长，互相学习。

六　以短期培训为主

管理人员，特别是中高级管理人员工作非常繁忙，因此培训时间安排得比较短，一般是每年一两个星期，多则两三个星期，有的是每月一个星期，连续进行三五个月。高层经理更多的是利用参加国内外、公司内外各种研讨会的形式进行在职培训。

对改进我国管理干部教育工作的建议

一 加快干部教育制度立法，制定鼓励各级干部参加职务培训的政策，逐步形成先培训，后任职或就职后限期培训的制度

这项制度应当从中央和国家机关开始，对新任命的局长、处长，应分层次进行短期岗位业务培训，请一些老同志和专家讲课，这对于加强机关建设，提高干部素质和工作能力，改变机关工作中的某些混乱现象，减少工作失误，提高工作效率，继承和发扬党的优良作风是很有必要的。

二 鼓励和提倡在职培训，转变单纯追求文凭、不重视实际能力的倾向

我国的大学教育是基础教育，干部在职培训是知识更新和实际业务的再学习、再提高。干部教育部门应借鉴国外有关机构开展在职培训的经验，结合职务岗位工作的实际需要，有组织、有计划地开展业务能力培训。对领导干部的脱产培训，时间安排要短些，内容安排要少而精。

三 在职教育要由知识传授型向能力开发型转变，从以传授知识为主过渡到以开发和提高管理能力为主

在中高级管理干部的在职培训中，借鉴国外的经验，取消书面考试制度，避免为应付考试而死记硬背。目前推行的国营厂长(经理)统考，最好是多出判断题、案例分析题，少出概念定义题、理论问答题，综合考察厂长(经理)的判断力、决策力和创造力。

四 大胆采用案例教学、模拟教学法

要改进教学组织管理工作，鼓励教师进行教学创新，大胆引进和采用案例教学法、模拟教学法。对教师的教学活动要组织考评，评价教师的工作成果，不能只看写多少文章，还要看教学实践有多少创新，不应把教学案例排斥在教学科研成果大门之外。建议教育部门和大学将优秀教学案例视同科研成果对待。

五 管理干部教育应逐步向高层次发展

近几年我国干部队伍的建设取得相当大的进展，经过干部队伍的调整，一大批有科学知识和实践经验的年轻干部被充实到各级政府和大中型企业领导班子，干部队伍的知识结构发生了很大变化。现在大多数高中级领导干部和大中型企业领导具有大专以上文化程度，干部教育培训工作，决不能只停留在前几年知识普及和知识补缺的阶段，应逐步向知识更新、知识提高方向发展。

目前国务院各部委的管理干部学院不宜继续扩大脱产的大专班的招生，应多考虑按职务层次和岗位类别，举办高级专题研究班，采取灵活学习的方式，逐步对各级政府部门和大中型企业领导人以及有发展潜力的领导骨干进行高层次的行政管理和工商管理硕士水平的培训。美国麻省理工学院、哈佛大学等著名院校都普遍为中高级管理人员开办一年制的硕士课程班。有些大学还专门为中高级管理人员举办不脱产的硕士课程班。建议我国教育部门借鉴西方国家在职教育的经验，尽快在我国开展中高级管理人员的在职硕士课程教育。

六 扩大教育科研单位对外交流的自主权

国外研究所和大学院系的国际交流很活跃，有权组织国际讨论会和对外开展学者、学生交换互访，这对于推动科研机构和大学的国际交流，提高科研、学术水平很有帮助。建议国家今后在科技、文化、教育对外交流方面，给高等院校、科研机构和大型企业以一定的自主权，鼓励他们扩大学术和业务交流，及时掌握国外的经济技术信息动态，更好地吸收国外先进经验和科技成果。

七 多选派一些有管理实践经验的人出国进修

我国企业管理比较落后，加强企业管理、提高企业经济效益是发展国民经济的当务之急。为了更加深入地学习借鉴西方企业管理经验，并使之结合于中国的实际，建议国家尽量多选派一些有管理实践经验的年轻干部出国进修，可以带着研究课题去学习。

2003年张重庆与澳大利亚中国和平统一促进会会长邱维廉、香港沿海国际控股公司董事长曾文仲考察新疆，与新疆侨联副主席阿地利江在火焰山

美国公众机构对总统的管理*

在国家权力机构的正常运行过程中，美国总统是国家行政权力的最高执掌人，如何对总统的权力进行监督管理，使之不能滥用手中的大权，这是美国国会和社会团体非常关心的重要问题。近年来美国国会发挥全国公共管理学会的作用，对总统的施政运作不断进行研究、监督和管理，很值得研究和借鉴。

美国公共管理学会宗旨

美国公共管理学会成立于1967年，是由当时国家航天管理局局长詹姆斯·韦布博士发起的。在公共管理学会18位前任主席的共同倡议下，仿效美国国家科学院的方式成立和进行工作。

成立美国公共管理学会的目的是组建一个有权威性的、有丰富行政工作经验的咨询机构，对联邦政府、地方政府的机构设置、管理、运行、工作表现等高度敏感的管理问题，进行评估、调查、研究和提出改进的意见，向政府和官方人士提供公共行政管理咨询服务，同时又对国家重大战略问题起到支持者和促进者的作用，使政府的行政管理工作能够做得更好。

美国公共管理学会聚集了300多名卓越的公共事务管理专家和学者，其中有前内阁成员和州长、白宫官员、政府专业机构的著名执行官、擅长政府管理事务的学者。美国公共管理学会的决策机构是理事会。理事会由推选出来的理事长负责。现任理事长彼·斯达夫曾长期在美国联邦政府担任政府预算办公室主任和国会审计长等要职。

为了促进政府官员高效率工作，公共管理学会在1983年设立奖励优秀公务

---

*本文原载1987年企业管理出版社《访美考察报告》一书，系作者参加以国家经济委员会主任袁宝华为团长的中国经济工作访美代表团，出席技术转让国际会议，回国后撰写的报送国务院的考察报告的附件。

员的公共管理基金，每年颁发五名全国杰出公共管理奖，授奖对象不是学术研究教学人员，而是从事实际工作的、政绩卓越的政府公务员。

公共管理学会的经费来源，一是国家科学基金会资助；二是联邦政府提供的研究咨询费用等。

国会授予管理总统的特殊使命

美国公共管理学会是非党派的、非盈利的、经验丰富的咨询团体。美国政府聘请全国公共管理学会作为政府的咨询机构。

1983年11月14日众议院以401票赞成、2票反对通过了给予全国公共管理学会联邦政府特许权的立法。参议院1984年3月27日一致同意通过该法令。罗纳德·里根总统1984年4月10日签署了众议院第3249号议案，准许给予美国公共管理学会联邦政府特许权。

在众议院第3249号议案中，明确提出：该学会的宗旨是形成该组织的各条款的规定，包括：（1）评价联邦政府、州政府和地方政府的机构设置、管理、运行和工作表现；预测、鉴定和分析重大的问题，并及时提出正确的做法。（2）预测和审查国家治理方面出现的紧急问题，明确表达对这些问题的解决方法。（3）评价在国家治理方面现行的和将要实施的公共规划、政策和程序的效率、机构、管理及其意义，并提出改革的建议。（4）指导联邦政府、州政府、地方政府的关系；促进公共关系官员、公民和学者理解各项规定，创造加强有效管理的机会，以及如何有效地获得这些机会。（5）学会的工作要显示其完成所承担的任务的理论和知识的最高专业水准。

里根总统在签署国会通过的这项议案时致电："我希望并确信，未来的政府和国会将从全国公共管理学会提供的调研和咨询服务中获益，来提高政府工作效率。我期望你们继续代表公共利益进行杰出的工作。"

在多数情况下，全国公共管理学会根据签订的委托合同，向政府机构、社会团体等提供咨询。咨询服务始终坚持董事会规定的严格职业道德准则和质量管理标准，在周密分析评估的基础上提出切合实际的建议。

公共管理学会对总统的管理

1973年以参议员欧文为首的特别委员会要求全国公共管理学会帮助总结从水门事件审判中应吸取的主要教训，解决对总统的管理问题。在福特基金会和约翰·洛克菲勒基金会的支持下，由公共管理学会成员组成的特别小组写出了题为水门事件的调查研究报告《负责任的政府的含义》。这份报告赢得社会公众的极大欢呼，并且很快出版。

美国公共管理学会多次给参议院特别小组提供过咨询意见，后来对美国的总统制度进行了大量调查研究，以确认1973年布朗劳报告制定的原则，以及由两个胡佛委员会和60—70年代其他特别小组制定的原则，是否适应80年代面临的挑战。在大量调查研究的基础上，一个由20多个社会团体、基金会和个人捐助者组成的委员会，整理出公共管理学会特别小组的讨论意见，并且公布了题为《80年代的总统》的研究报告。

总统人事任用程序效率的评估

最近美国贸易圆桌会议委员会委托全国公共管理学会，对美国总统的人事任用程序的效率进行评估。全国公共管理学会就此发表了报告：《美国未选举的政府：总统任命的领导班子》。

该学会通过大量调查研究发现，现在已经接近全国范围内紧急情况的一个实际政治问题，即历届总统周期性发生的没有能力说服绝大多数能干的公民以最大的责任心和使命感服务于联邦政府。从实际出发提出的一系列有关改进建议，是这份研究报告的重要贡献。这份研究报告建议，扩大有能力的被任命人员的队伍，改进被任命的人进入联邦政府的过渡，改进招聘和任命的程序等等。

这份研究报告结论性地认为有关这些重大问题缺乏数据基础。这样该学会进一步展开了有关历届总统是如何组成他们的政府，以及被任命的这些人履行职责的表现情况的最后的分析评估。估计这项工作要历时一年半以上，要在全国各地采访几百人，对国家政府任命的官员进行较大范围的调查。调查结果将使高级的公共管理职位，对有能力的美国人更具有吸引力。这项工作得到了里根政府和过去25年里白宫历任人事局长的支持。

总统如何选用优秀高级官员的调查研究，这是目前全国公共管理学会正在进行研究的一个课题，主要是研究总统的人事任用权问题，即总统如何选拔和任用优秀高级官员的问题。

根据美国的法律规定，总统有权提名部长，交众议院审议通过后，即可走马上任。美国公共管理学会通过对从肯尼迪政府到里根政府历届内阁成员的调查分析，认为总统任用的内阁成员往往专业水平不够高，比不上圈子以外的人。由于总统任用内阁成员有政治考虑，对在竞选中为自己出过力的人要给予当部长的回报。因此总统任用的部长、副部长往往不是最合格的人。所以该学会正在研究总统如何运用权力挑选和任用优秀高级官员的问题，准备向里根总统提出咨询建议报告。

帮助联邦、州和地方政府进行工作，为解决联邦、州和地方政府施政过程中遇到的一些特别的难题提供咨询服务，是全国公共管理学会的又一使命。这些工作，其中包括对一些复杂的技术工程项目方案可行性的审定。审定的具体方法是，每个工程项目都由全国公共管理学会的成员和应邀的外部专家组成特别小组加以指导，以取得均衡全面的审定意见。最后特别小组还会将调查研究的结果和推荐意见公布于众。

从全国公共管理学会成立到现在，已经完成了对150多个改进公共管理事务的专题项目的调查研究与咨询,其中有些项目是公共管理协会的成员个人从事的，有些项目是联邦政府、州政府和地方政府委托公共管理协会进行的。

美国政府的预算管理

美国政府的国家预算管理工作是由政府预算管理办公室负责的。预算管理办公室是总统的咨询顾问机构，负责向总统提出国家预算分配的方案。政府各部门分配多少预算经费，是增加还是减少，由预算管理办公室提出意见。同时预算管理办公室还负责提出各部门财政年度经费使用的审核报告，作为第二财政年度政府各部门改善经费管理、提高工作效率的依据。

国会在预算管理方面发挥着很大作用。在美国行政、立法、司法三权分立，国会设有审计署，参议院设有政府事务委员会，众议院设有政府作业管理委员会。这些机构都负有监督政府管理工作的责任。国会审计署有4000多名专业人员，包括财政、金融、公共管理、通信、文化、教育、卫生、工程技术等，各行各业的专业人员都有，范围极其广泛。国会审计署主要是负责审核政府各部门费用的使用情况，并提出审计报告，还可以召开听证会，广泛听取意见。如果大家认为，审计署的意见有道理，总统也得要求有关部门执行。由于国会审计署的监督，估计每年可使政府系统节约100亿美元的开支。国会审计署向政府部门，包括国防部，甚至连驻欧洲的军事基地都派出审计人员，专人监督经费开支。审计署人员经常出席国会听证会作证。国会一旦发现问题，立即派审计人员调查。

国会审计署是政府之外的独立系统，负责人不由总统任命，工作不受总统个人的影响。审计署人员是长期雇用的受过高等教育训练的专业人员。

美国上层人士对华贸易的态度及发展中美贸易的建议*

中国企业家代表团应美洲华侨日报企业集团邀请，赴美参加中美企业家贸易研讨会，进行经济技术贸易洽谈。代表团包括47名企业家、国家经济委员会和地方政府部门的有关同志。国家经济体制改革委员会副主任张彦宁、国务院副秘书长阎颖、国务院发展研究中心副总干事张万欣等同志，以及我国驻美使领馆的领导同志参加了主要活动。

访美期间，代表团先后在纽约、圣保罗、西雅图、洛杉矶、旧金山等城市，会见了880多位美国政界人士和企业家，包括GE、通用汽车、IBM、西屋、可口可乐、波音、英特等公司的总裁，考察企业管理与新技术，进行市场调研，交流经验，沟通信息，洽谈项目，在美国引起很大反响。

中美交流的一个新突破

中国企业家代表团的访问，受到美国社会各界的普遍重视和热情接待。中国企业家代表团抵纽约，白宫就发出了里根总统签署的公告，宣布1988年5月22日至27日为世界贸易周，把“有40多位来自中华人民共和国的主要企业的总经理出席，为新项目寻找合资合作伙伴，并举办研讨会”，列为世界贸易周活动的重要内容。美国副总统布什和商务部部长威廉·维里蒂发出贺电，称赞“研讨会为美国企业家接触中国同行，探索新的合作途径提供了极好的机会”。美国商务部

---

* 本文原载1988年《企业管理内参》第51期，系作者作为中国企业家代表团副团长兼秘书长，与美洲华侨日报社谭华焕董事长合作，1988年5月14日至31日在纽约、芝加哥、西雅图、洛杉矶、旧金山等地组织美中企业家经贸研讨洽谈会，回国后撰写的访问报告。同年夏季在北戴河中央政治局扩大会议上印发作为参阅资料。

助理部长塞尔、美国前副总统蒙代尔、前商务部长理查森、前财政部长西蒙等出席了在世界贸易中心举办的美中贸易研讨会，并发表了演讲。

在圣保罗，明尼苏达州政府为欢迎中国企业家代表团，将5月份定名为中华人民共和国贸易月，并由州长签发了文告，前副总统蒙代尔在会议上发表了演讲。在西雅图，米勒参议员从国会打长途电话对经贸洽谈会表示祝贺，莱亚市长发表了演讲。在洛杉矶，市政府举行了隆重的欢迎仪式和新闻发布会，议长主持，市长布莱德雷发表了热情洋溢的讲话，并向代表团赠送了标志洛杉矶最高荣誉的金钥匙，表示洛杉矶大门永远向中国企业家敞开。代表团途经旧金山，主管经济与规划的副市长何国杰出席酒会并发表演讲，希望加强同中国企业家的交流。

研讨会和贸易洽谈会场场爆满，参加者超出预定人数。有的人闻讯开20个小时的车或乘专机赶来，有的从加拿大和阿拉斯加赶来，有的从中国台湾专程赶来参加洽谈，愿意同大陆做生意。

中国企业家代表团在美国六大城市的经贸活动受到美国媒体的广泛重视，5月18日晚7点美国公共电视台作为重大新闻实况转播三分钟，《纽约时报》、《圣保罗先锋报》、《德梅因记事报》、《西雅图邮报》、《洛杉矶时报》等报纸均以很大篇幅作了详细报道。

中国企业家代表团访美达到了预期目的。一是宣传了中国的改革开放政策。中国代表团就沿海地区经济发展战略、三资企业、投资环境、海南开放、技术引进、民营企业、国有企业改革、企业集团等问题发表了演讲，并回答了听众提问，对于帮助美国企业家和官方人士进一步了解中国，消除疑虑，增强对华投资的信心产生了作用。二是吸取了先进的企业管理经验。中国代表团参观了波音飞机公司、英特公司、瑞侃电子公司、迪坎农机制造公司等几十家企业，听取了企业管理和国际市场营销经验的介绍，考察了生产技术与现场管理，学到了许多企业经营管理的成功经验。三是对开拓美国市场进行了积极有益的探索，在合资、引进和产品出口等方面签订了一些协议，取得了一些具体成果。同时收集了许多可带来大量经济效益的市场信息。

这次访美在国际上树立了中国企业家的形象。美方人士反映，过去中国来的经济代表团绝大多数是政府官员，这次来的代表团绝大多数是企业家，这是一个重大的变化，是中国企业家走向世界的标志。

一位美国企业家同佳木斯造纸厂副厂长王景亮进行了半个小时业务洽谈，异常兴奋地说："我在中国做生意，跑了一个多月时间没有解决的问题，在这里只用半个小时就解决了。"过去有的美国企业家在同中国做生意的过程中受到挫折，有些灰心，这次看到中国企业家谈生意敢于拍板，很受鼓舞。

开拓国际市场的有益探索

中国企业家代表团赴美考察的重要目的，就是了解和开拓国际市场、吸引海外投资。通过六次贸易洽谈会，洽谈项目112项，包括办合资企业47项，引进美国技术和购买设备及原料23项，从中国购买产品、加工订货、合作生产返销或代销中国产品82项，签订协议7项、意向书33项，并带回美方要在中国加工订货的样品6件。

武汉汽车标准件厂分别与美国西林公司等签订了合资生产汽车标准零配件的意向书，第一期美方准备投资400万美元，合资企业70%的产品将返销美国。北京棉纺一厂与美国杜邦公司达成了合作生产高防火性能的新型纤维的协议。这种新型纤维是杜邦公司的最新技术发明，杜邦公司愿意无偿提供原材料、技术资料和设计图纸，利用京棉一厂现有的设备生产试制样品，送美国进行技术质量鉴定，合格后投入批量生产。现在杜邦公司的原材料已经运到北京。北京棉纺一厂还与美国海外线业公司达成协议，在北京合资生产涤纶缝纫线，年出口80万至100万磅。西安石油仪器厂同西方·阿特托斯公司签订了购买1000万美元测井设备制造技术的合同，与洛杉矶敦煌公司签订了为美方加工价值400多万美元的印制电路板的合同。北京京海计算机技术公司与美国CACT公司签订了合资建立软件公司的协议。通过与美国企业家广泛接触，我们对美国市场特点和动向有了新的认识，归纳起来有：

一 美国市场潜力很大

访美之前，很多同志认为，到美国进行经济贸易洽谈，无非是美方向我宣传产品，推销设备，希望我方购买。但是实际结果出乎意料，更多的是美国厂商找我们，要求合资，要求从中国订货，要求在中国加工生产。在双方感兴趣的100多个贸易与合作项目中，主要属于美方对华贸易出口的只有25项、占24%，主要属于中方对美出口的80项、占76%。美国市场之大，对中国产品需求之多，令中国企业家感到震惊。大家深感我们对美国市场非常缺乏了解。实际上中国产品打入美国市场有许多机会，今后我们应大力开拓美国市场。

二 当前的机遇很好

由于日元、台币大幅度升值，美商试图把中低档产品采购重点从中国台湾、韩国转向大陆。机床、汽车标准件、家用电器、电子、五金、鞋帽、服装、塑胶制品，乃至钓鱼竿、养鱼柜等，这些过去主要由中国台湾、韩国生产的劳动密集型产品，美商和中国台湾厂商均想转移到大陆生产。中方代表团中的汽车零配件厂厂长、电子公司经理、纺织厂的厂长都成了最受欢迎的贸易洽谈对象，一路上总有人跟踪进行洽谈。武汉汽车标准件厂厂长吴家贤、京海计算机公司总经理王洪德接待的洽谈者都有八九十位之多。

三　美国中西部地区对华贸易热情很高

美国中部明尼苏达州、依阿华州，西部华盛顿州、加利福尼亚州很重视对华贸易。西雅图市所在的华盛顿州同中国的贸易与同各国的贸易相比已上升到第七位。西雅图市长莱亚热切盼望中国能在该市设立领事馆，盼望中国民航能开辟直达航线。中国企业在发展同美国中西部地区的贸易方面有许多文章可做。

美国上层人士对华贸易的态度

中国企业家代表团在同美国政界、贸易界、企业界人士的广泛接触中，深感美国各界对华贸易和投资的热情甚高。正如美国商务部长威廉·维里蒂贺电中所指出的，“中美两国当前的经济条件，对于扩大双边的贸易合作有利”。

一　美国对华贸易的现状与发展预测

美国商务部助理部长塞尔指出，10年前美中贸易额仅为30亿美元，1987年跃升为104亿美元，1988年可达120亿美元。从过去的10年预测今后的10年，1999年美中贸易额将达到200亿至300亿美元。

二　解决美中贸易三个关键问题需要双方共同努力

塞尔认为，美中贸易有三个关键问题需要解决：一是纺织品配额问题。他表示，这个问题已趋稳定，美国将于三年内对中国提高3%—4%的配额。二是技术转让问题。近几年美国对华技术转让有所进展，75%—80%的科技产品允许向中国出口，但由于中国专利法不够完善，这就使美国向中国出口科技产品时有顾虑。他希望中国能在不长时间内解决这个问题。三是投资问题。美商对大陆投资达30亿美元，对香港投资达60亿美元。美商对大陆的投资市场十分敏感。中方的低效率、繁文缛节、高收费都是影响美国商人投资的障碍。美国一些企业家对此有不少意见。他们希望我们能够克服官僚主义，提高工作效率，收费要合理。

三　中国投资环境的三大障碍需要克服

美国前财政部长西蒙认为，当前中国投资环境存在三大障碍：一是官僚主义。由于体制问题，使中方很难有一个人真正能够迅速对谈判结果做出决定。决策过程缓慢，往往使项目洽谈久拖不决，令人气馁。二是限制产品和劳动力自由流动。由于合资企业的工作被中国工人认为比不上国营企业牢靠，再加上国营企业高层人员通常不愿让最有才能的人到合资企业去，所以外商很难雇到理想的人才。三是利润不由市场决定。尽管中国政府保证外国投资者可获得与他们在其他国家投资相同的利润，但是由于投资利润不是由市场决定，所以在中国投资或合资的外商，心里不能不感到蒙着一层阴影。西蒙建议说，如果中国诚心想要参与西方市场的经济竞争，就必须学习商业的思维，不仅仅是美国，而且是全世界通行的商业思维。他认为，其中一个重要的观念，就是珍惜时间。西蒙说，企业家是极度繁忙的一群人，时间是他们最珍贵的财富，是他们最小心保护的资源，消耗时间的繁文缛节、官僚作风，只会扼杀新的投资意愿。

四　在对华贸易上持积极态度的力量增强

目前美国政界、传媒界和企业界的一些有识之士，在对华贸易上持积极态度，影响越来越大。历任美国司法部长、国防部长、商务部长的里察森在会议闭幕词中呼吁，美国应采取四项措施使美中贸易关系逐步达到正常化：一是给予中国永久贸易最惠国待遇，而不要像目前的办法，每年需要议会批准延期一次；二是将中国与其他发展中国家一律平等对待；三是取消对中国的贸易出口限制，不应把中国与苏联集团国家同等对待；四是取消因反倾销法而对中国的贸易歧视。

对发展外向型经济的建议

代表团通过对美国市场的考察，进一步认识到中央提出的发展外向型经济战略方针的正确性和必要性，大家对发展外向型经济，扩大对美国的出口贸易等提出了许多建议，归纳起来，主要有：

一　中国发展外向型经济，应把美国大市场作为重要战略目标

美国经济发达，有高科技产品和大量剩余资金可向外输出，这是我们所需要的；同时市场容量大，消费水平很高，从国外进口的商品数量多，这是我们可以充分利用的。当前，要利用日元、台币升值之机，利用中国台湾、韩国工业从劳动密集型向技术密集型转变之机，抓住美商试图把中低档产品的采购重点从中国台湾、韩国转向大陆的趋势，加速开拓美国市场，发展我国出口贸易。发展对美贸易，要重视美国中西部地区和中小企业。美国中西部地区有同中国进行贸易的强烈愿望和有利条件，中小企业可以合作的方面很多，有许多产品适合在中国组织生产和出口。

二　开拓美国市场，必须及时掌握信息，按国际市场需要组织出口

长期以来，我国对外出口贸易的一个致命弱点是，国内生产什么，就向国外卖什么。现在应吸取中国台湾和韩国的成功经验，在美国搞产品开发，按照美国客户的需要，根据美国技术标准和质量要求进行产品设计，在国内组织生产加工，然后利用美国或中国台湾的商标和销售渠道，把产品销往美国市场。常州电机电器总厂同美国PER公司达成协议，在美国建立机床数控系统技术开发研究中心，这种做法值得提倡。同时要允许生产出口产品的企业直接进入国际市场。企业不了解产品价格、销路及各种反馈信息，就无法在国际市场上竞争。

三　大力发展零配件和小商品的出口贸易

美国市场零配件和小商品的需求量很大。波音公司55%的配件从世界各地采购。美国各大汽车公司也主要是使用来自中国台湾、韩国的零配件进行组装生产。有些小商品虽然单价不高，但需求数量多，例如汽车用直流电机，每个虽然价值只有十几美元，但美商提出要几百万个。棒球帽虽小，但美商要200万顶。美国市场销售五金工具上万种，年销售额达40亿美元。据了解，大部分的五金工具我国都可以生产，但是中国生产的五金工具在美国市场的销售额只有2000万美元，市场占有率仅为5‰。养鱼缸不算复杂，但是美国销售的高档养鱼缸，市场零售价高达2950美元。美国一些厂商表示，愿意向中国乡镇企业和个体企业订货，因为他们生产成本低，交货及时。

我们应改变只重视大宗商品和整机出口，忽视小商品和零部件出口的状况，要发展多层次、多品种的出口生产。特别是要根据国外客户要求，不厌其少，不厌其杂，组织生产出口，而且小商品可由乡镇企业，或家庭加工生产，成本可以大幅度下降。

四　要给中国企业家提供了解国际市场、开拓国际市场的条件，逐步造就一支人数众多的外贸营销队伍

目前政府部门对企业家出国限制太严，往往妨碍正常业务往来，很不适应发展外向型经济的要求。1986年我国政府赠送墨西哥100台拖拉机，墨西哥总统主持交接仪式。一个退休将军对该产品很有兴趣，愿意经销，邀请常州拖拉机厂派人于一个星期之内到达墨西哥签署协议，条件很优惠。但是国内层层审批，三个月才办妥出国手续，到墨西哥后，由于别人插手，常州拖拉机厂失去了签约机会。常州电机总厂向底特律汽车公司提供试用样品，整整三年从未见过用户。这次厂长有机会去该公司，大吃一惊，同样的试用样品，日本公司提供了一大堆。据了解，日本公司每星期派工程师去两次，征求意见，随时改进。这位厂长感慨万分，说这样搞下去，我们很难竞争。中国台湾为开拓国际市场，派出了大批推销员，甚至总经理亲自出马，奔波于世界各地，使其20多个产品世界销售量占第一位。大陆发展外向型经济也必须采取上述做法。我们应允许企业直接同外商洽谈生意，并放宽对企业人员出国调查市场和推销产品的限制，最终形成一支人数众多的外贸推销员队伍。

附 件

中国企业家代表团名单

（1988年5月14—31日）

顾　问

张万欣　中国石油化工总公司副总经理、国务院社会经济发展研究中心副总干事

团　长

唐乾三　沈阳飞机制造公司总经理

副团长

楚孝忠　燕山石油化工公司副总经理

徐有泮　沈阳电缆厂厂长

张重庆　中国企业管理协会副理事长

秘书长

张重庆（兼）

团　员

王洪德　北京京海实业公司总经理

乔俊峰　北京制药厂厂长

王维民　北京制药厂副厂长

邸长明　北京第一棉纺织厂厂长

郭瑞久　北京市经济委员会处长

张忠庶　北京旅行车股份有限公司副董事长

徐孝纯　北京达美纺织联合公司董事长

朱子发　天津渤海无线电厂厂长

沈廷栋　天津市锻压机床厂厂长

张锡民　石家庄第三棉纺织厂厂长

刘相荣　沈阳薄板厂厂长
吴家贤　武汉汽车标准件厂厂长
杨　枫　陕西省经济委员会副主任
王献亮　湛江市经济委员会副主任
许继荣　沈阳合金厂厂长
严玉发　中国北方友谊家用电器公司副总经理
赵希友　沈阳汽车工业公司董事长兼总经理
江敦岩　大连冷冻机厂总会计师
黄春萼　大连石油化工公司经理
廉长山　瓦房店轴承工业公司副总经理
王景亮　佳木斯造纸厂副厂长
杨军浩　上海染料化工八厂厂长
吴熹初　常州市经济委员会副主任
韩听本　常州电机电器总厂厂长
谢寅堂　常州拖拉机厂厂长
王鸿志　常州绝缘材料总厂厂长
罗　孟　宁波电冰箱厂厂长
钱柏川　杭州天成丝织厂厂长
王国维　淮南市东风化肥厂厂长
刘翩天　江西省陶瓷工业公司总经理
胡　健　南昌柴油机厂厂长
王根源　德州棉纺织厂厂长
李怀清　河南周口地区味精厂厂长
林　峰　西安石油勘探仪器总厂厂长
童庆文　新疆天山化工厂厂长
黄有钧　海南经济委员会主任
黄天星　国家经济委员会处长
张立平　国家经济委员会副处长
张　军　中国企业信息交流中心副主任
李　莉　中国企业管理协会副译审
刘凤山　燕山石油化工公司英文科科长

台湾企业向大陆投资的新动向*

中国企业家代表团赴美参加中美企业家贸易研讨会，进行经贸合作洽谈，在美国引起很大反响。特别是代表团在访美期间，所到之处，无不见到来自台湾的企业家。国民党知名人士孙亚父的女婿、日立公司东南亚总代理武永贵先生，专程从台湾飞到旧金山同代表团见面。代表团部分成员还应邀参观了台湾企业家在美国设立的公司，并就一些感兴趣的项目进行了洽谈，达成一些合作意向，同时也了解到台湾企业向大陆投资的一些新动向。

台湾企业家到大陆投资的意向日趋强烈

在相互接触中，不少台湾企业家反复询问大陆的开放政策，表示愿意回大陆投资、合作办厂。有些人明确提出，要在大陆办宾馆、建港口、设厂或往大陆迁厂，有的人提出要把在美国销售的机床产品转移到大陆生产。原国民党财政部次长田雨时计划在海南租100个中小工厂的用地，现因客户需求增多，要求将意向书所列100个工厂用地增加为200个。

台湾企业热衷于到大陆投资和贸易合作，据了解有以下几个原因促成。

一　中国政府的对外开放政策，特别是在海南经济技术开发区实行更加开放的优惠政策，在台湾企业界产生了影响，有一定的吸引力

一些早年从大陆到台湾的企业家，现在已经年逾花甲，很想在有生之年为祖国、为家乡做点事情。有些在台湾出生未到过大陆的企业家也表示，愿为祖国强盛出力。

---

* 本文原载1988年《企业管理内参》第51期，系作者作为中国企业家访美代表团副团长兼秘书长，与美洲华侨日报社谭华焕董事长合作，在纽约、芝加哥、西雅图、洛杉矶、旧金山等地组织美中企业家经贸研讨洽谈会，回国后撰写的访问报告，同年夏季在北戴河中央政治局扩大会议上印发作为参阅资料。

二 台湾岛内生产成本迅速提高，产品竞争能力下降，迫使台湾企业家向岛外投资，寻求成本优势

首先，台币升值，工资报酬大幅度提高，劳工问题越来越严重。武永贵说：他在台湾有一个100名员工的工厂，最近聘请厂长，年薪5万美元，还要配一辆小汽车，年底分红25%，总算下来，比他本人工资都高。现在台湾招聘技术工人相当困难。一些美籍华人说：10年前我们这些从台湾来美国经商的人，回到台湾显得很“洋气”，5年前回到台湾就显得“傻气”，现在回到台湾则显得“土气”。台湾居民消费水平骤增，花钱不在乎，连我们都感到吃惊。他们对台湾消费水平大幅度提高感到忧虑。其次，台湾地域狭小，房地产价格猛涨。在台北等大城市建房，造价每平米高达五六千美元。台湾原材料缺乏，依赖进口，在国际市场原材料价格上涨的情况下，台湾企业家正在考虑把一些原材料需求量大的企业，如钢管厂等搬到大陆进行生产。

三 台湾资金大量过剩，已经成为负担

据台湾人士反映，过去到银行存款，老板在门口作揖表示欢迎。现在银行老板害怕存款，有人去存款，先问存多少，数目一大，就婉言谢绝。

四 美国政府对中国台湾和中国香港，以及韩国、新加坡关税政策的调整，促使台湾和香港民间资本向大陆转移

美国政府从1988年元旦起对中国台湾、中国香港，以及韩国、新加坡销往美国的产品，征收12.5%的进口税，客观上限制了这些地区对美出口，因此台湾企业家、韩国企业家都迫切希望到大陆投资办厂，利用廉价劳动力和土地，降低生产成本，提高产品的国际竞争能力。

台湾企业对向大陆投资的恐惧和忧虑

有的人过去在大陆有罪，怕返回家乡受到清算揪斗。代表团在美国见到一些专程从台湾来的人士，其中武永贵先生是东北人，谈话中流露出恐惧感。7月份他回大陆旅行，只到了北京和南京，不敢回东北老家，怕乡亲算旧账，进行“揪斗”。原国民党海南大学校长梁大鹏很想回家乡看看，但又感到害怕。这次特意派女儿梁启芳同海南省代表接触，探听口气。有个台湾商人约代表团成员到家里去，说自己的夫人想看看大陆共产党人是什么样子。

有些人担心共产党的现行政策若干年后会改变。一些台商有顾虑，担心现行政策改变。他们说，你们规定土地有偿使用，50年或70年不变，可是过10年、20年以后，你们若宣布政策规定改变，要将土地重新收归国有，我们的投资怎么办？房子、设备又搬不走。

有些人对同中国银行办理结算手续不放心，对在大陆投资设厂赚的钱能否拿到手不放心。从台商的反映看，对同中国银行进行结算不够放心，感到服务差、速度慢，希望能够同南洋银行办理结算手续。

台商普遍担心在大陆设厂管理困难，害怕工人不服从指挥，生产效率低，成本降不下来，产品质量得不到保证。

有的人害怕在大陆投资搞快了，台湾当局会处置他们，影响富裕安定的生活。另外，大陆宾馆服务态度差，交通和通信不便，卫生设施落后，也对台商到大陆投资产生了一些不利影响。

由于上述原因，有些台湾公司准备利用美国作为中转站，对大陆投资，他们认为这样做比较安全，既可避开台湾当局对直接投资的限制，也可在投资发生纠纷时，以美国公司的名义进行交涉。

对鼓励台商向大陆投资的政策建议

根据台商欲进入大陆投资的新动向，我们建议：

一　实行更加开放的对台政策，大量吸引台湾企业在大陆投资

当前台湾企业正在寻求向海外投资发展，我们要抓住台湾资金向岛外转移的机遇，大量地吸引台商来大陆投资，积极发展对台贸易。解放前夕大陆有不少人跑到中国台湾、新加坡、马来西亚和欧美等地经商，这些人现在都六七十岁了，由于受中华传统文化的熏陶，都有“落叶归根”的观念，愿意回祖国大陆投资。但他们的有生之年不多了。因此我们应抓住今后10年时间，这是关键时期，绝不能错过机会，加快实行更加开放的政策，把台资大量吸引到大陆，从经济上入手，最终实现祖国的统一。

二　为两岸经济贸易技术交流提供优惠政策

鼓励大陆企业与台湾企业的经贸合作关系，在税收和进出口贸易往来等方面给予中国台湾企业以其他地区外商所没有的优惠政策。

三　允许大陆企业与台湾企业在海外建立合资企业

利用台湾企业的商标，利用台湾企业经过多年苦心经营、在美国市场已经建立起来的强大销售网络，把大陆企业的产品打入美国和其他国家市场。中国台湾销往美国市场的产品，占其全部出口额的50%以上。有一些产品，如计算器、电话、电脑、显示器、游艇等的外销量占世界第一位。大陆产品进入美国市场，特别是在初期，应充分利用台湾商人已经开拓的市场销售网络。

为中国企业进入国际市场创造条件*

经国务院批准，应美洲华侨日报邀请，以袁宝华为团长的中国企业家代表团赴美考察访问，参加中美企业家经济技术合作与贸易洽谈，深入了解美国企业管理，进行国际市场调研。

美方对此次访问很重视，美中关系全国委员会主席蓝普顿在总部举行盛大午宴，近百名商界名流、大公司首脑参加，邀请袁宝华团长就中国经济形势与改革开放问题发表演讲，受到与会者的欢迎。联合国开发总署署长德雷波、康涅狄克州州长奥尼尔、美国前财政部长里察森和美国进出口银行副总裁弗里曼等分别会见了代表团。代表团访问考察了美国商会、康涅狄克州政府、布鲁金斯学会、普林斯顿生物医学研究所、通用电气、通用汽车、国家宇航喷气推动试验中心、耶鲁大学、纽约大学、南加州理工学院等单位。代表团在访问中了解到美国企业界、科技界的一些新动向。

美国企业发展的新趋势

一　公司股份全员化的趋向

美国艾威斯国际租车公司拥有30多万辆出租汽车，营业范围达130多个国家和地区，年营业额40多亿美元。五年前艾威斯公司面临破产拍卖的困境。当时工会号召工人购买股票。现在全体员工变成股东，参与管理，经营恢复景气，职工以在该公司工作感到自豪。这已引起美国联邦政府的重视，正在推广这种做法。

二　对华投资的新战略

美国通用汽车公司对华投资的战略具有竞争性，其他汽车公司在华投资是先

---

*本文原载1989年《企业管理内参》第55期，系作者1989年5月6日至22日作为中国企业家访美代表团秘书长，撰写的报送中央和国务院领导同志的考察报告。作者时任中国企业家协会和中国企业管理协会副理事长。

组装整车，再生产零部件，这样在起步阶段就碰到外汇难以平衡的问题。通用公司采取相反的战略，先在华生产发动机、后桥等零部件，提高中国汽车零部件生产水平，用于在中国生产整车，同时又为通用公司最终在中国组装整车服务，有利于平衡外汇和零部件国产化。

三 大公司破产、小公司崛起

美国计算机市场竞争十分激烈，波动很大。前不久，已经有20年历史的大型计算机公司CDC公司宣布破产。相反，一些小公司急剧崛起，成为计算机行业的明星。美国太阳微电脑公司是7年前由4个人成立的合伙公司，由于采取标准化经营战略，以其产品的兼容性、通用性取胜，产品供不应求，迅速成为全球最大的计算机工作站生产厂家，跨入美国10大计算机公司行列。该公司现有1万名职工，总部机构管理人员只有20人，下属22个自主经营、独立核算、相互竞争的生产制造单位，因此很有活力。该公司计划5年内跃居为美国第三大计算机公司。

加入世界管理协会的问题

在我国驻联合国副秘书长谢启美同志的安排下，袁宝华团长拜会了世界管理协会主席迪波德尔。会谈中，迪波德尔希望中国企业管理协会加入世界管理协会。他表示，今年9月将在纽约召开世界管理论坛大会，希望中国企业管理协会派高级代表团出席，计划在大会上宣布吸收中国企业管理协会和莫斯科管理协会为会员。为此，已经向戈尔巴乔夫主席发出邀请，请他借出席联合国大会之机，参加世界管理论坛大会并发表演说。同时迪波德尔表示，为了消除中国企业管理协会参加该会的障碍，对于台湾会员“中国生产率中心”名称进行技术处理，建议在“中国生产率中心”名称之后加“台湾”两字，在中国企业管理协会名称之后加“中国”两字。袁宝华同志表示，中国人民和政府反对“两个中国”和“一中一台”的主张，只有在解决了“中国生产率中心”更名问题之后，中国企业管理协会才有可能考虑加入世界管理协会和出席世界管理论坛大会，希望迪波德尔先生努力促成更名。迪波德尔表示，从组织上来讲，台湾会员“中国生产率中心”更名的决定权在亚洲地区协会，他不久将去香港，与亚洲地区协会主席进行商议。看来，解决这个问题还需要时间。我方也应对亚洲地区协会成员开展必要的工作。

中美企业家交流与合作的新成果

代表团访问了纽约、新泽西、哈特佛德、费城、底特律、洛杉矶、旧金山、芝加哥、明尼阿波利斯等城市，同通用电器公司、通用汽车公司、西屋公司、燃烧公司、默克制药公司、环球石油公司、太阳微电脑公司、艾威斯国际租车公司、伯斯尼海姆钢铁公司等百余个企业进行了接触，先后同近200名美国企业界人士进行了信息交流与贸易洽谈，取得了一些实质性成果。

通过去年和今年两次中国企业家代表团访美，沈阳金杯公司与通用汽车的合作关系加深，建立了互信，正式达成在沈阳合资兴建年产8万辆轻型卡车的意向。这个项目对我方很有好处：一是美方提供技术和部分设备，利用国内现有的厂房和生产线，基本上不需我方作新的投资；二是产品的海外市场潜力大，既可填补国内轻型卡车的空白，又可以外销40%；三是发动机、后桥等零部件，可由通用公司在中国的合资企业供应，降低整车生产成本，节省外汇支出。目前，通用公司态度积极，副总裁布朗先生已经写信给姚依林副总理，并准备派人来北京与国家计委、机电部、中汽联商谈，以促成这个项目。

天津达仁堂制药厂厂长曹惠民赴美前，感到中成药进入美国市场希望不大，抱着试试看的心情，结果出乎意料，找他谈生意的人最多。美籍韩国实业家权玉誉同天津达仁堂制药厂达成来料加工牛黄清心丸100万粒、成交额300万美元的协议。旧金山海外公司也同该厂达成每年经销乌鸡白凤丸400箱的协议。曹惠民同志深有感触地说，真是不虚此行。华北制药厂同美国赛塔医药公司商定向美国出口土霉素100吨，成交额为120万美元。乡镇企业家鲁冠球同费城汽车公司有一笔生意，由于双方在技术标准上有分歧，一直没有谈成。这次鲁冠球亲临客户生产现场，进行演示，对技术标准差异进行比较，双方很快取得一致，正式达成800万美元的出口协议。南京无线电厂厂长陈祥兴经过对美国哈利斯公司的实地考察，双方就组装HF-80系列短波自适应通信设备达成在南京正式签订合同的协议，这是一个直接为改进我国外交部通信系统服务的项目。目前我国每年要花2000万美元进口冷藏车，大连冷冻机厂同美国赛姆金公司达成在中国合资生产冷藏车项目协议，计划1991年建成，年产值可达3亿元人民币。齐齐哈尔机车车辆厂同伯斯尼海姆钢铁公司就生产摇枕车架并返销海外项目达成意向。燕山石化同环球石油公司就合资建设双酚-A和聚碳酸酯装置进行了洽谈。此外代表团还带回了一批美国企业家愿意在中国投资设厂、加工订货、购买产品、合作生产的项目，并准备帮助寻找有关厂家。

发展中美企业经贸关系的建议

美国经济发达，有先进的高科技产品和大量的资金可向海外输出，同时生活消费水平高，市场容量大，从国外进口的商品品种多、数量大。特别是近几年日元、台币大幅度升值，中国台湾、韩国正在从劳动密集型产业向技术密集型产业转变，我们应紧紧抓住这个机遇，加速开拓美国市场，大力发展对美出口。一些美方人士说，近十多年，中国台湾、韩国瞄准美国市场，大力发展加工出口业，赚取了大量外汇，使自身经济迅速发展。中国大陆人口多，劳动力便宜，很有条件发展加工出口业。通过考察访问，我们深感美国市场潜力很大，中国产品进入美国市场的机会很多，只是由于我们对国际市场缺乏了解，信息不灵，渠道不畅，加之现行企业管理体制难以适应多变的国际市场激烈竞争的需要，因而丧失了许多创汇的机遇。为了改变这种状况，提出如下建议：

一 给中国企业家提供走向世界的机会

了解和熟悉国际市场是参与国际市场竞争的前提条件。我们应该放开手脚，让更多的企业家和管理人员走向世界，广泛接触国外企业家，加深了解国际市场，寻找产品进入国际市场的渠道和机遇。大家认为，中国企协组织企业家经贸洽谈，是帮助企业走向世界，寻求经贸合作的好形式，今后应每年都组织这样的代表团出访。大家提出，从地理位置看，中国是日本的近邻。为了加强企业中间层管理人员的国际交流，我们可否借鉴日本生产性本部“友好研修船”的经验。日本生产性本部每年都要组织600多名企业经营管理人员，乘日中经营管理友好研修船到天津访问，在船上组织管理经验的交流，举办关于中国社会经济、文化艺术专题讲座，上岸参观工厂、商店、学校，收集信息，开阔视野，这个办法很受欢迎。同样，建议能否批准由中国企业管理协会每年组织几百名厂长、经理和管理人员，乘研修船去日本，学习先进管理经验和先进技术，收集国际市场信息，洽谈经济技术合作与贸易项目。前几年我们曾与上海航运局商量过，他们表示大力支持。采取这种办法，所有人在船上吃住，花钱不多，又能收到实效。

二 进一步改革投资管理体制

为了有利于吸引外资，发展国内急需项目，我国投资管理体制必须进一步改革。丁基橡胶的生产在国内是空白，每年国家要花大量外汇补贴进口。燕山石化为填补这个空白，同艾克森石油公司进行了4年谈判，美方多次派人来中国进行可行性研究，花了许多费用，但时至今日连个立项报告都没有批下来。美国公司对这种旷日持久的谈判失去耐心，宣布撤出谈判。这样的典型事例并不是个别的。因此，建议今后对国家急需发展的项目可否采取先准予立项的办法。否则，双方费很大工夫，一谈就是几年，结果还没立项，最后前功尽弃，贻误时机。

三 培养一批能够走向世界的经贸人才和管理人才

大家认为，这样的人才必须具备以下条件：政治思想素质好、熟悉专业、掌握外语、会做生意、身体好。目前有些企业想派人出去开拓市场，又选不出同时具备上述条件的合格人才。因此从企业中挑选一批思想好、熟悉专业、身体好的同志学习外语，送到国外进行国际经贸业务培训，对于我国企业参与国际市场竞争势在必行。

四　根据国际市场需要不断开发新产品

长期以来，国内企业在产品出口上，有两个致命弱点：一是不以客户为主，客户需要什么就生产什么，而是以我为主，我生产什么你就买什么。二是看见谁的产品赚钱，就跟着模仿生产出口，在国际市场上进行价格战，自相残杀。我们应该吸取教训，坚持以市场为导向，按国际市场的需要，不断开发新产品，不断开拓新市场。在产品开发方面，要根据国情，多搞一些消耗原材料少、使用劳动力多的产品，增强出口产品的国际竞争力。

五　重视改进出口产品的包装

中国产品出口包装太差，给人以劣质货的感觉，难以卖出好的价钱，投入和产出不成比例，消耗的原材料、劳动力和设备成本得不到应有的商业效益，这是一个应当引起重视的严重问题。美国五金工具商张文龙先生痛心地说，国内某企业生产出口5吨钳子，表面涂满机油，包装不好，又脏又难看，收到货以后，不敢拿给客户看，怕影响以后的生意形象，只好在修房时，全部倒进混凝土里当钢筋打地基用。建议政府有关部门能够通盘考虑，在全国搞几个专门为出口产品提供包装的高水平的大型企业，美方人士也有兴趣进行投资。

国内风波对中美贸易关系影响不大

代表团访美期间正值国内发生风波，在美国社会引起强烈反响。尽管美国社会各界对此持有各种各样的看法，但是从我们所接触的美国工商界人士和企业家来看，他们都把中国看作是一个巨大的潜在市场，对发展中美经济贸易关系热情很高。他们从切身经济利益出发，希望中国社会安定，以有利于发展同中国的经济贸易活动。

最近国内发生的风波，虽然给美中经济贸易关系的发展罩上了一层阴影，但是美国政府和美国企业家绝不会放弃拥有12亿人口的中国大市场，绝不会放弃在华投资获取经济利益的机会。特别是通过我国十年来改革开放，已经发展起来的中美企业家之间的交流与合作关系，是任何人也割不断的。可以预料，经过这场风波之后，中美经济贸易关系仍将进一步强势发展，这是当代国际经济发展不可逆转的趋势。

附 件

中国企业家代表团名单

（1989年5月6—25日）

团 长

袁宝华 国家计划委员会顾问、中国企业管理协会会长、中国人民大学校长

副团长

吴协刚 北京燕山石化公司总经理

秘书长

张重庆 中国企业管理协会副理事长

团 员

赵希友 沈阳金杯汽车股份公司总经理
陈祥兴 熊猫电子集团总经理
鲁冠球 杭州万向节厂厂长
王汝霖 华北制药厂厂长
张 和 大连冷冻机厂厂长
曹惠民 天津达仁堂制药厂厂长
何捷智 金城造纸厂厂长
高昌生 北京市出租汽车公司副总经理
冯静樵 齐齐哈尔机车车辆厂副厂长
刘文芳 国家计划委员会处长
齐鸣秋 国家计划委员会副处长
刘凤山 北京燕山石化公司英文科科长

发挥大中型国有企业的骨干作用*

大中型企业是我国社会主义现代化建设的主要支柱，是社会财富和国家财政收入的主要创造者，是公有制为主体的社会主义经济的主要体现者。

从经济效益看，据1988年底统计，我国独立核算的工业企业共有420929家，其中大中型企业10676家，占总数的2.3%，但是拥有的固定资产原值达6981亿元，占全部独立核算企业固定资产原值的65%；产值达7257亿元，占全部独立核算企业产值的50%；实现利税1448亿元，占全部独立核算企业利税总额的64%。大型企业和中型企业的劳动生产率分别是小型企业的1.9倍和1.6倍。这些数据充分说明，大中型企业是国民经济的主体和国家财政收入的主要来源。

从在国民经济中的地位看，大中型企业多数分布在国家的基础产业领域，除生产少量的消费资料外，主要从事生产资料的生产。在大中型企业的产值中，重工业占67%。国民经济建设急需的主要原材料和能源，大型、重型和关键技术装备等，大部分是由大中型企业生产的。目前我国的原油、铁路机车、货车、客车、飞机几乎全部由大企业生产；电力、成品油、发电设备、钢、拖拉机有90%以上由大中型企业生产；汽车、钢材、生铁、主要有色金属等大中型企业生产量也占80%以上。增加市场的有效供给，调整产业结构，用现代化生产手段装备国民经济各部门，主要依靠大中型工业企业。

近几年我国出现了经济过热，货币发行量过多，国民收入超额分配等现象。经过一年多的宏观经济的治理整顿，过高的工业发展速度已经降下来，固定资产投资规模有所控制，物价上涨的势头趋于缓和。但是也出现了市场销售疲软，某些企业产品滞销，工业发展速度回落过猛等新问题。许多大中型企业面临流动资金短缺、原材料和能源供应不足，产品市场销售不畅等困难，资金利税率和经济效益呈现日益下降的趋势。在这种情况下，国务院决定采取切实措施，加大政

---

* 本文原载1990年《中国企业家》杂志第4期，系作者为中央人民广播电台《理论学习》节目所作系列文章之一，由中央人民广播电台播出。

策支持力度，增强大中型企业活力，提高企业经济效益，这对于充分发挥大中型企业骨干作用，搞好治理整顿、发展经济、稳定大局具有特殊重要的意义。

发挥大中型企业的骨干作用应从两个方面着手，一是提高企业素质，建立自我发展和自我约束机制，增强企业活力；二是创造良好的企业外部环境。这两方面相互制约、相互影响，密不可分，因此必须采取综合配套的措施。

对大中型企业分类管理

多年的实践经验证明，对于不同地区、不同行业、千差万别的企业，简单地采取“一刀切”或“一个模式”的管理办法是有害的，应该采取实事求是，从实际出发的方针，根据不同企业的特点，采取分类管理的方式。

根据企业性质、获取资源的方式，以及在国民经济中的作用等因素，可以把大中型企业大体划分为以下三大类：

第一类，盈利性的、适于竞争机制的企业，这是大多数；第二类，盈利性的、适于有限竞争机制的少数企业；第三类，非盈利性的、需要由国家直接投资管理的极少数企业。

对盈利性的、适于竞争机制的企业，应使经营权和所有权分离，近期应着力完善承包经营责任制。对能够盈利的、适于有限竞争机制的企业，应通过企业兼并重组，发展企业集团，在此基础上，完善国家与企业集团之间的承包经营责任制。对非盈利性的、需要由国家直接投资管理的极少数企业。应由国有资产管理机构集中进行管理。

对符合国家产业政策的企业实行适度倾斜

国家产业政策要考虑对大中型企业适度倾斜。一是在资金、能源、原材料、动力、外汇等方面，给关系国计民生的大中型企业优先保证。当前，要重点解决流动资金短缺、“三角债”和产品积压滞销问题。二是对符合产业政策，效益好，产品适销的企业集团和几百个大中型企业，在技术引进和技术改造等方面，给予优先。三是利用治理整顿的有利时机，发展企业集团，推行企业兼并，引导企业调整产品结构，增加适销对路产品的生产。四是国家和地方经济综合部门要加强对大中型企业的调度工作，发挥专业部门对本行业企业的规划、管理和服务作用，做到上下衔接、畅通高效。五是银行信贷要充分体现国家产业政策，在贷款利率和额度方面，向大中型企业倾斜。

改革计划管理体制

对计划体制应作进一步的改革，一方面使指令性计划尽可能地符合经济规律和平等竞争的市场经济原则；另一方面深入研究和完善指导性计划的具体操作方法，逐步形成对市场经济运行的有力的宏观管理，以使大中型企业在带动经济发展和提高自身运营效率两方面获得机制上的保证。

近期在改革现行指令性计划方面，应做好以下工作：（1）指令性计划的制定和能源、原材料供应及资金保证程度的配套，主要生产要素的平衡与衔接。（2）计划下达程序要规范化、法律化，指令性计划应由国家计委一个口子下达。（3）在生产条件不能满足的情况下，要对能源、原材料的供应实行保量不保价，允许企业在价格上平进平出，高来高出，发挥市场价值规律的调节作用。

进一步完善和发展承包经营责任制

目前全国已有90%以上的大中型企业实行承包经营责任制。实践证明，承包经营责任制，对调动企业和职工的积极性，促进生产发展，保证国家财政收入，增强企业自我更新改造能力，起到了积极作用，目前还没有其他更好的形式取代它。但是承包制也存在一些不完善的地方，例如，承包基数不合理，影响平等竞争，承包企业存在着短期行为等等。因此对承包经营责任制，既要继续坚持又要不断完善。

完善承包经营责任制，应着重做好以下几方面的工作：（1）要逐步规范化，通过税种和税率的调整，变一户一率为同行业同一利润率，健全考核指标体系，适当调整承包基数和上交比例，保证国家财政收入；（2）发展全员承包或集团、法人承包；（3）逐步延长承包期；（4）承包经营要服从产业政策的要求，对需要限制发展的、不符合产业政策的企业及长线产品企业，应探索企业兼并承包或限期转产承包；（5）引入竞争机制，优选进行承包经营的企业家。

坚持和完善厂长负责制

“企业法”明确了国家与企业的关系，是规范企业行为的重要依据。从目前情况看，“企业法”贯彻不够，各方面对这一重要法规认识不足，依法治厂观念淡薄；“企业法”的监督执行部门不明确；企业经营自主权难以落实，各种摊派有增无减。今后应完善“企业法”的配套法规，明确执法监督机构，加强宣传，使企业及其主管部门能严格按照“企业法”办事。

“企业法”明确规定必须实行厂长负责制。厂长负责制是新中国成立以来在企业领导体制上，几经反复，最终确立的企业领导制度。这种制度有利于强化生产经营指挥系统，提高工作效率，符合现代化大生产的要求。

必须坚持和完善厂长负责制。厂长作为企业法人代表，要对企业的生产经营管理活动负全面责任，同时也要重视企业思想政治工作，坚持以法治厂，培育和建设企业文化，尊重职工的民主权利。

鼓励联合兼并 发展企业集团

以大型企业为骨干形成一批有实力的企业集团，对于调整产业结构，加强宏观调控，参与国际市场竞争具有重要而深远的意义。当前，由于产业结构调整，一批中小企业面临新的选择，这是促进生产要素按国家产业政策重新组合、发展企业集团的有利时机。

国务院决定要在全国重点抓好100个企业集团，赋予企业集团更大的自主权，包括外贸自主经营权，提高企业集团的国际市场竞争力。为此，应完善有关的政策法规。现在的问题是，已组建的企业集团大约18%是松散的企业联合体，不具备集团的基本特征。因此，要积极创造条件，壮大集团核心企业的经济实力，加强投资功能，鼓励核心企业通过兼并、参股、控股和以法人身份承包、租赁经营等方式，使企业集团由生产、技术的联合走向资产经营一体化。

建立激励机制 强化企业管理

现代企业制度的核心内容之一，是建立适合国情的科学完善的激励机制，培育国有企业及其职工的主动进取精神，调动广大干部职工的积极性，使生产要素中人的能动性能够得到充分发挥。

加强各项基础管理工作，推进管理现代化，是大中型企业面临的重要任务。当前要积极推广全面质量管理、价值工程和目标管理等18种行之有效的现代化管理方法，提高产品质量和一次合格率，降低消耗，办好厂内银行，加强对资金、费用、成本的有效控制，改善经营管理，提高企业素质，开展技术改造和技术革新，向经营管理要效益，向技术进步要效益，增强自主经营、自负盈亏、自我发展、自我约束的能力，这是发挥大中型企业骨干作用的关键所在。

发展信息服务业的几个问题*

今天的会议研究推进信息服务产业化问题，这个议题很重要。根据几年来从事信息工作的体会，谈几点意见。

一　增强全民信息意识

我国几千年长期存在的闭关自守的小生产方式和自给自足的封建经济形态，导致国民信息观念薄弱，信息资源分割，信息渠道不畅，信息获取困难，信息反馈缓慢。这种落后状况与飞速发展的国际信息产业形成鲜明对照。

笔者1980年到日本访问，看到日本中部产业联盟赠送的一本精美画册，这是日本电视台以“2000年我的理想”为主题举办的少年儿童画大奖赛的获奖作品。翻开一看，80%以上的图画，无论是天空的飞鸟，还是海底的潜艇，地面上的建筑，奔驰的火车，全部都标有“信息”、“情报”的字样，看了以后真让人吃惊。在日本国民的意识中，信息、情报的观念是多么强烈！连7—14岁的孩子们都把从事信息产业作为2000年的理想，这也许是日本信息产业和信息服务业能蓬勃发展的最重要的秘诀。我们应由此得到启发，加大对全体国民的信息意识教育，从少年儿童做起。

二　采用先进技术手段

现代社会人类面对信息的浩瀚海洋，随时遇到的是庞杂、繁多、猛增的信息。瞬息万变的市场信息、日新月异的科技资料、企业的大量数据报表等等，依靠手工方法已经难以处理，只有采用先进的电子信息技术及时准确地进行处理，才能满足社会的信息需求。

我国信息服务业限于资金、人力资源等条件欠缺，技术装备和技术手段还比较落后，很大程度上还是依赖手工方式从事信息服务，同西方国家相比，差距还很大。为了尽快改变这种状况，建议国家增加对信息服务业的贴息贷款，对一些

---

* 本文原载1991年9月4日《计算机世界》报，系作者在国务院电子信息系统推广应用办公室、中国信息产业商会联合召开的信息服务产业化问题座谈会的发言。

有发展前途的项目增加资金投入。同时国家宜采取措施支持信息服务业采用电子信息技术，并促进电子信息设备的及时更新。

三 加强信息资源开发

信息是不同于物质商品的特殊形式的商品。信息服务业也不同于物质商品流通服务业。数据库的生产周期比物质产品制造周期要长得多，而且数据还需要不断收集、录入、扩充和更新，需要有相当的资金和人力资源的投入。要发展信息服务产业，必须加强信息资源开发，逐步建立服务型的数据库，并同国内外有关数据库联网形成全国大中型企业电子信息网络系统。

四 创造必要的社会环境条件

目前，信息服务业的经营管理有些混乱现象，建议政府部门对信息服务业加强行业指导与管理，作为特种行业应该实行从业人员的资格认定制度。同时，要对信息服务业制定特殊的优惠政策，给予有效的扶植和支持。例如对信息服务业的优惠税收政策，应该宽于制造业和流通业，使其具有更多自我积累与自我发展的能力。

中国企业管理协会常务副理事长张重庆（前右一）、中国信息产业商会常务副会长王可、副会长荣兴全宴请美国信息企业家斯基普

对提高我国大型企业国际竞争力等几个重要问题的建议*

为了贯彻国务院提出的组建一批大型企业集团，提高我国大型企业国际竞争能力，使其成为参与国际竞争的“国家队”的战略设想，中国企业集团负责人代表团赴美进行国际市场调研和经贸合作项目洽谈。

通过培训调研、参观考察及经贸洽谈，学习国外企业集团的先进管理经验和运作方式，拓展中国企业海外市场渠道，促进企业集团的国际化进程。经过努力，基本达到预期目的。

关于企业集团参与国际市场竞争的战略选择问题

通过考察及经贸洽谈，许多同志深深感到，缺乏国际经贸知识和信息，不了解外国企业的经营行为、运作方式，以及有关的法律、税务、财务、金融制度，就无法参与国际市场的激烈竞争。

为了推动我国企业集团国际化发展的进程，应该增强我国大企业接触海外市场环境的频率，为中国企业家提供了解国际市场，开拓国际市场，参与国际市场竞争的机会和条件。通过考察访问，不少同志提出应该研究我国企业集团参与国际市场竞争的战略问题。

目前我国企业集团在向国际化发展方面，同时具备明显的优势和劣势，前者在于我国的劳动力资源丰富，生产成本比较低；后者在于缺乏国际市场的准确灵敏的信息和有效的市场营销渠道。因此我国企业集团向海外发展的最有利的战

---

* 本文原载1991年10月中央办公厅《综合与摘报》、国家体改委《国外经济体制比较研究》等，系作者作为中国企业集团访美代表团团长，率百名企业家和地方政府负责同志赴美参加经贸洽谈后撰写的报送中央和国务院领导同志的报告。

略选择，应该是把企业集团的产品设计部门和产品市场营销部门直接建在海外。这样可以根据瞬息万变的国际市场的需求，根据不同国家和地区的社会、经济、文化、习俗的要求，就地迅速地设计开发新产品，利用国内的劳动力优势，组织低成本生产，然后再利用建立在海外的市场营销部门推销产品。

这种国际性的“前店后厂”的生产经营管理模式，有利于发展中国家和地区开发新产品，参与国际市场竞争，提高产品质量，改进产品包装，提高产品竞争力，加强售后服务，扩大国际贸易市场份额，从而达到经济上的崛起。全美华商总会、加州进出口评议会的负责人建议，中国企业集团也应在国际上采取“前店后厂”的生产经营管理模式，以提高中国企业集团的国际市场竞争能力，提高国际化经营的运作效率。

关于中国贸易最惠国待遇问题

从我们与美国各界人士的接触看，很多人主张给予中国贸易最惠国待遇。据了解，明年将举行美国总统大选，布什总统因决定无条件给予中国贸易最惠国待遇已经得罪了不少议员，如果明年风波再起，布什总统为了保住自己的选票，能否行使否决权，将是一个未知数，因此需要积极做工作。

布什总统顾问、共和党加州负责人、著名华侨实业家方李邦琴女士说，凡涉及到这一类重大问题，许多国家都派部长到美国发表演讲，争取参众两院和美国公众的支持。中国也可以这样做。她建议中国派对外贸易经济部长访美，通过电视向美国公众发表演讲，阐述中国政府的政策，争取美国公众对无条件给予中国贸易最惠国待遇的支持，并表示她愿意在旧金山主持报告会。

全美华商总会林汉生博士，曾受布什总统邀请，在国会就中国贸易最惠国待遇问题发表演讲，他特别指出：美国政府应充分认识最惠国待遇符合美中双方的共同利益。最惠国待遇问题处理不好，不但会毁了香港和在美的华人社区，更重要的是会毁掉有3亿多人口的中国沿海地区经济，美国应该考虑失去中国这个大市场是多么重大的损失。

关于进一步改善投资环境的问题

当前国际资本来源短缺，由于海湾战争和东欧、苏联变化的影响，资金需求日益殷切。国际资本市场呈现供需紧张的状况。继东南亚各国和地区调整政策，采取吸引外资的措施之后，东欧和南美洲各国也正在调整政策，采取吸引外资的措施。在这种情况下，进一步改善中国的投资环境显得更加重要。

据美国商务部出版的统计资料表明，1984—1989年度美国对中国香港、台湾、大陆，以及新加坡、泰国、韩国、马来西亚的直接投资额，按美元计算为：257.41亿元、71.3亿元、15.74亿元、137.42亿元、69.12亿元、66.39亿元、78.43亿元。美国在上述地区总投资额达681.73亿美元，其中在中国大陆投资仅占2.3%。1989年美国直接投资，对中国大陆为3.7亿美元、对香港为58.53亿美元（15倍于中国大陆地区）、对新加坡为22.13亿美元（6倍于中国大陆地区）、对墨西哥为70.79亿美元（19倍于中国大陆地区）。

这次在美国访问过程中，我们感到，美国厂商对华投资的热情似乎有所降温，其原因是多方面的。据反映，主要原因是在华投资缺乏收益的问题。统计资料表明，1984—1989年度美国在世界各地投资的年末投资报酬率，中国大陆6年间一直为负增长，而中国香港地区平均为20.8%、中国台湾地区为21.6%、马来西亚为26.9%、新加坡为27%、韩国为20.3%、泰国为15.2%、墨西哥为13.7%。美国国内投资年末报酬率为13%。

美国在中国投资收益低的主要原因是，手工业、轻工业、纺织业等低技术“三资企业”的产品必须返销国外才能赢利，否则就要亏损；中高技术为主的“三资企业”以中国为市场都发生亏损，主要是市场销售和物资分配渠道不畅，价格高，不适应中国市场；美国在中国投资资本成本过高，例如场地费，假日旅馆的场地费用比美国高出二三倍。美国一些专家指出：目前美国企业在泰国、韩国、新加坡、马来西亚、中东及东欧的投资机会都在增加，由于这些国家投资环境比较好，所以投资的收益甚大，对比之下，历年来美国在华企业投资收益均呈现负增长。因此，中国应进一步改善投资环境，特别是要提高工作效率，使外商投资的收益保持在13%以上，才有可能更多地吸引外资。

关于美国、墨西哥自由贸易区问题

美国政府与墨西哥政府正在加紧商谈建立美墨自由贸易区，预计明年将正式签署协议。从发展趋势看，美墨自由贸易区的建立可能对东南亚和中国经济发展产生影响。

据了解，墨西哥投资的优势在于：劳动力价格低廉，每小时工资较美国低80%、较台湾低39%、较南朝鲜低27%；资本成本低，土地和设备便宜；与美国交界，公路运输条件优越，运输费用低廉，从墨西哥进货到洛杉矶的运输费仅是从南朝鲜或日本进货运输费的25%。尽管美国和墨西哥在自由贸易区问题上还有些不同意见，但是美国在墨西哥大量投资设厂，既可以取得成本低廉的商品，又可以为墨西哥人创造就业机会，带动墨西哥经济的繁荣，所以两国政府在建立边境自由贸易区问题上的态度都是积极的。1984—1989年美国在墨西哥直接投资高达318.01亿美元。

值得注意的是，若干美国公司已经将其设在韩国、泰国、日本的工厂迁至墨西哥，把在亚洲地区生产的一些产品转移到墨西哥生产。美国加利福尼亚州的林肯公司已将设在中国台湾的制造电子感应器的工厂迁往墨西哥，使其生产成本下降45%。这个动向对东南亚和中国经济发展可能会有所影响。

美墨自由贸易区很有可能成为太平洋区域经济发展的一个热点地区。我们应注意研究美墨自由贸易区可能对中国大陆经济和东南亚经济产生的影响，从而及时制定政策，促进我国有条件的外向型企业集团进入美墨自由贸易区，在新的一轮国际市场竞争中占领滩头阵地，掌握主动权。

附　件

中国企业集团访美代表团名单

（1991年7月26—8月16日）

团　长

张重庆　中国企业管理协会、中国企业家协会常务副理事长

副团长

黄　健　北京海外人才研究会常务副理事长
刘继生　吉林省政府财政厅厅长
陈力生　秦皇岛市政府副市长
黄雪林　河南省政府副秘书长

秘书长

张延屺　北京海外人才研究会秘书长

团　员

高亚彪　北京海外人才研究会常务理事
王纯新　北京海外人才研究会副秘书长
王光伟　北京海外人才研究会常务理事
刘伯庸　北京海外人才研究会常务理事
吴丹毛　北京海外人才研究会副秘书长
王忠杰　中国国际贸易促进会副主任

方中义 吉林省政府财政厅处长
许 军 黑龙江省经委处长
阮春福 绥化卷烟厂厂长
周义宗 佳木斯肉联厂副厂长
于洪禄 黑龙江和平糖厂厂长
徐寿山 黑龙江一面坡啤酒厂厂长
李奇生 吉林化学工业公司董事长
于俊武 吉林省油田管理局局长
李克俭 铁道部长春客车厂厂长
乔廷凯 吉林铁合金厂厂长
丁 福 吉林造纸厂厂长
吕伯春 鹤岗矿务局局长
王占山 阿城王泉酿酒厂厂长
张文柱 辽宁省计划经济委员会处长
田志祥 沈阳公共汽车总公司总经理
刘新水 沈阳泵业制造企业集团总经理
张星南 瓦房店轴承厂厂长
江敦岩 大连冷冻机厂总会计师
王忠懿 利美达化纤毛纺集团总经理
张全代 北方友谊家用电器集团总经理
高志新 秦皇岛市经济委员会主任
郭惠文 天津市经济委员会处长
董仪隆 天津汽车工业公司副总经理
杨树清 天津复印设备公司副总经理
詹原竞 天津中药集团副总经理
郭玉凤 天津通信广播公司副总经理
李温尚 天津洗涤用品集团公司副总经理
乔慕森 天津液压机械集团处长
李德芳 秦皇岛耀华玻璃总厂厂长
杨 斌 山海关第一关实业总公司总经理
卜文发 秦皇岛市色织总厂厂长
孔庆飞 秦皇岛市玻璃纤维总厂厂长
周忠明 黄石纺织机械厂厂长
傅国良 汕头海洋集团公司副总经理
梅在森 北京宏大纺织机械制造集团总经理
马玉良 北京宏大纺织机械制造集团副总经理
王凤林 邯郸纺织机械厂厂长
冯松顺 海南省纺织工业总公司总会计师
杨铨鸿 广州万宝电器集团公司副总经理
曾群惠 广州针纺织品采购供应站总经理
黄龙云 广州钢铁有限公司董事长
李启华 河南省计划经济委员会处长
夏永安 河南省纺织工业厅处长
武国瑞 郑州市第一钢铁厂厂长

刘同成 河南省林县钢铁厂厂长
张廷方 河南省烟草公司洛阳分公司总经理
曹茂臣 宋河酒厂厂长
孙前聚 宋河酒厂副厂长
杜明山 郑州市华侨友谊公司总经理
王佩明 河南省旅游产品生产公司总经理
韩清显 中原石油天然气开发总公司总经理
赵九来 郑州卷烟厂厂长
高维彬 河南省华新棉纺织厂厂长
张学仁 平顶山锦纶帘子布厂董事长
谢英涵 中原石油勘探局副局长
陈兆华 平顶山矿务局董事长
阮桂樵 平顶山化肥厂厂长
王英和 郑州中原铝厂厂长
郭继模 开封三联制冷空调公司总经理
张天中 河南豫北棉纺织厂厂长
张家驹 河南第二纺织机械厂厂长
吴美义 河南纺织产品质量监督检测中心主任
陈明礼 平顶山矿务局矿长
董昭和 山东省经济委员会副主任
梅刚国 湖北省经济委员会处长
王柏忠 湖北襄阳汽车轴承集团总经理
陈学林 湖北华鄂制浆造纸集团总经理
俞景荣 湖北盐化工业集团总经理
张哲仪 东风橡胶工业联营公司总经理
黄家振 宜昌磷化工业集团总经理
潘德富 葛洲坝工程局水泥厂厂长
张启铭 山东潍坊市红星工业公司总经理
王景胜 山东烟台新华印染厂厂长
冯怡生 山东鲁北化工总厂厂长
杨本贞 山东活塞厂厂长
张宝荣 包头拖拉机制造厂厂长
郎庆田 山东新汶矿务局矿长
陈向东 山东肥城矿务局矿长
张元玺 徐州矿务局副局长
黄国民 徐州矿务局庞庄煤矿矿长
顾建中 江苏省石油总公司总经理
华雨村 江苏省石油总公司扬州分公司总经理
胡汝庆 江苏省石油总公司常州分公司总经理
王继贤 中国机床总公司处长
周东昌 中国新型建筑材料总公司副总经理
郑义方 中国新型建筑材料总公司经理

我国大企业信息化管理问题*

全国企业信息管理高级研修班开学，张重庆（右一）常务副理事长主持会议。国务院信息产业办公室主任张五球、中国企业管理协会会长袁宝华出席

在我国改革开放的历史进程中，大企业正在转换经营机制，向集团化、国际化的方向发展，与此相适应，必须在经营管理技术手段上向信息化方向发展，借助现代高新技术手段，收集、分析、存储和利用信息，进行准确有效的决策、指挥、协调、控制和应变，这是我国大企业参与市场竞争，提高竞争力的唯一选择。

---

*本文原载1992年《环球企业信息》第5期，系作者在中国企业管理协会、中国企业家协会、中国信息产业商会联合主办的企业信息高级研修班的专题报告。

国际环境：面临信息化的严峻挑战

纵观历史，人类由于依靠不断开发物质、能量和信息资源才得以生存和发展。在远古蒙昧时期，生产力水平低下，人类依靠野生的动植物资源维持生存，这是一种自然界可以再生的资源。在整个传统农业时代人类都是以开发利用再生资源为主。18世纪发生以蒸汽机为代表的工业革命后，煤炭、石油、钢铁成为工业生产的基础。这些资源与动植物资源不同，使用后不会再生。人类对非再生资源的大规模的开发利用，不仅促进了社会的工业化，而且加强了可再生资源的开发利用。在工业化阶段人们把获得更广阔的资源地和原料市场，作为追逐的主要目标和谋求发展的手段。今天人类进入了以开发信息资源为主的时代，这个时代的特征是信息量急剧增长，信息技术迅速发展，信息竞争力成为每个国家、每个民族、每个企业的竞争力的主要标志。

据统计，全世界科学期刊19世纪初期约为100种，19世纪末期达到1万种，1965年突破10万多种，目前全世界每分钟出版一种书籍。除了文字信息以外，电信、广播、电影、电视、录音、录像、卫星通讯所传播的各种信息，急速增长。有人估计，科学技术信息正以每年13%的速度增长，很快就会达到每年增长40%。在这种情况下，人类面临着知识和信息爆炸的严峻挑战。

面对每时每刻浩如烟海的数不清的信息，人类仅仅凭借自身的感官、神经系统和思维器官等天赋能力，再也不能适应认识世界和改造世界的需要。这就必须采用现代科学技术，延伸和扩展人类接受、分析、处理和利用信息的器官。因此，近年来以计算机和通信为代表的信息技术获得了突飞猛进的发展。

随着信息技术的广泛应用和信息网络的发展，使地球这个庞然大物变成了小小的地球村，信息交流和经济联系大大增强。美国国会图书馆1800万册藏书通过电子网络几小时就可以全部传到欧洲。跨国公司遍布全球的电子网络几秒钟就能把世界各地的商情和企业运营信息传递到总部，提供决策参考。利用国际通讯卫星召开大规模国际学术电视会议，与会者犹如聚集一堂那样面对面地进行讨论。现场转播重要新闻、体育比赛实况等，更使信息传递瞬时化、全球化。

在经济发展中信息尽管不是唯一资源，但已成为现代社会最重要、最具有诱发性和可再生性的战略资源。一个国家或地区对于信息的敏感程度，生产、吸收、消化信息的能力，开发信息资源的广度和深度，成为决定这个国家和地区竞争力强弱的关键因素之一。日本、韩国、新加坡，以及中国香港、台湾地区的物质资源非常贫乏，在短时间内能够成为举世公认的经济繁荣地区，在很大程度上得益于信息资源的开发。日本每年信息生产量是中国的100倍，特别是信息技术在企业的广泛应用，使知识生产、信息生产和物质生产结合起来，大幅度提高了物质资源的利用率和产品的附加值，提高了劳动生产率的经济集约化程度，使社会生产力产生了新的飞跃。

20世纪80年代整个西方国家由于广泛采用现代信息技术，国民生产总值成倍增长，但是能源与原材料消耗却降低了1/3左右。据联合国统计，1983年全世界国民生产总值中，大约有65%与电子信息技术有关。今后，世界经济增长将不再主要依赖于物质资源的投入，而主要取决于信息、技术和知识资源的投入。

发达国家对信息资源的开发利用高度重视。日本三井物产公司环球商情网分布世界各地133个点，通信线总长44万公里，在东京、纽约、伦敦等地设有5大控制中心，由人造卫星连接通讯，昼夜24小时运转，每天通信量达5万件，及时提供世界各地的政治、经贸等信息。美国数据资源公司拥有世界最大的经济信息数据库，信息量达1000万件时间序列数据，可供各国用户查询。

近几年国外大公司纷纷增设负责信息管理的高级主管CIO（Chief Informatiom Office）。在此之前，大公司一般只设信息部门经理职位。信息部门经理大多数被当成技术性管理干部，不参与公司的决策。现在随着经济全球化和国际市场竞争白热化，技术、产品、服务和市场起伏变化不定，企业要在复杂多变的市场环境中生存和发展，就需要迅速地获取、准确地分析和及时有效地运用信息，进行科学决策，制定正确的经营战略和市场营销策略。在这种情况下CIO不仅是主管信息的最高负责人，而且是直接参与公司发展规划、经营决策的核心领导成员。

经济竞争、企业竞争、市场竞争将愈来愈成为信息之争、技术之争、知识之争。适者生存，不适者灭亡，这不仅是生物进化的规律，而且是一个国家、一个民族或一个企业生存发展的客观规律。在世界经济与科技发展激烈竞争的角逐中，谁能充分开发高新信息技术，综合利用信息资源和技术智慧成果，谁就能迅速发展并处于领先地位。否则就会面临被淘汰出局的危险，这对中国企业来说是极为严峻的挑战。

国内环境：大企业信息化的条件趋向成熟

随着经济全球化趋势逐步加强，我国将加入关贸总协定，中国经济和企业必然加快同世界经济和市场进一步融合的速度，我国市场国际化和大企业国际化问题已经不可避免地摆在我们面前。

经济全球化和我国改革开放的历史潮流，已经把大企业推向国际国内两个市场。市场就是战场，商战胜于兵战。面对瞬息万变，强手如林的市场竞争，靠传统的手工方式收集处理信息，已经不能适应新形势下企业经营的需要。企业要在商战中知己知彼，立于不败之地，就必须采用现代化技术手段及时收集处理信息，对市场变化做出灵敏反应。毫无疑问，中国改革开放和市场竞争机制的启动，既为我国大企业实现信息化提供了直接推动力，又为大企业开发和利用信息，在经济建设舞台上大展宏图提供了机遇和条件。

从技术装备投资状况看，10年来我国大中型企业用于建立管理信息系统的投资累计达300多亿元，装备计算机40多万台，为大中型企业逐步信息化奠定了初步物质技术基础。从技术应用程度看，计算机信息管理系统的应用正在从少数重点企业向大中型企业发展普及。北京、上海、江苏、辽宁等地大中型企业应用计算机辅助企业管理普及率达90%以上。在计算机应用的深度上，单项应用正在向综合应用转化，独立系统向集成系统发展。少数重点企业已经把计算机辅助管理、生产和营销全过程控制有机地结合起来，形成了具有一定技术水平的管理信息系统。这些为今后开发和完善现代化管理信息系统摸索出了成功的经验。

从电子信息产业结构和技术队伍看，我国已经有1万多家信息机构、全国性信息数据库130多个，信息产业从业人员达15万多人。我国从事计算机研究和应用的人数名列世界前3位，软件人员达10多万人，在技术上具有很大的优势。

综上所述，不难看出，我国大企业信息化的条件趋向成熟。我们应不失时机地进行推动，加快企业信息化的进程，迎接90年代国际经济发展的新挑战。

确立正确的信息管理观念

我国几千年来在自给自足的经济条件下，社会经济发展主要依赖于物质资源的开发利用，致使信息观念薄弱，信息封锁和分散，反馈缓慢。多数企业信息管理还很落后，一些企业甚至处于封闭或半封闭状态，这是一种可怕的“信息危机”。遗憾的是，至今许多同志还没有意识到这种危机，而被我国目前廉价的原材料、充足的劳动力资源和强势市场需求的表面现象所迷惑。随着市场经济的发展，市场竞争机制的建立，企业要参与市场竞争，没有灵敏有效的信息必然会陷入困境。

当前尽管越来越多的企业领导者逐渐认识到掌握信息的重要性，然而从调查数据看，还有许多同志对信息管理的概念，仍然停留在利用计算机提高资料处理速度的阶段，对于信息科技的认识则普遍局限于电脑及其外围设备方面。因此缺乏推进企业信息化的紧迫感。企业领导者必须树立正确的信息管理观念，充分认识信息管理系统功能及其对提高经营效益的显著作用，这是推进和实现我国大企业信息化的关键。

信息是指经过加工处理的资料。运用现代信息科技手段提高处理繁杂资料的速度只是其作用之一，更重要的是准确分析和选择出最重要的信息，以最快的速度，将这些信息送给决策者。因此要求管理人员具有信息管理专业知识和高度责任感。否则运用现代信息科技就会成为负担，面对未加筛选的浩瀚如海的信息，只会使决策者茫然不知所措。不仅如此，不正确的信息管理观念，有时甚至会误导决策者，做出错误决定。对寻求外销的企业，灵敏的信息管理系统更是拓展市场不可缺少的条件。在今日商场如战场的情势之下，经营者应了解市场信息的重要性，谁能明察秋毫、谁就能在激烈竞争的市场上超群绝伦。由于产品质量和价格差异的优势是有限的，所以能否及时掌握和运用信息，就成为经营者在市场上能否站稳脚跟的重要因素之一。

市场信息的获取和运用，只是信息管理的一个小环节。从日常生产安排、存货分析、一般行政事务管理工作，到复杂的产品品质改良、顾客服务满意程度的增进、生产成本的减低、顾客偏好转向的分析、市场趋势的研究与判断，以至于弹性生产、弹性销售、弹性定价等，所有这些产销策略全都需要依赖高效灵敏的信息管理系统，以及配套的信息科技手段，才可能有效的实现。

现代化的信息系统，是组织、调度和指挥现代化大生产，控制和监督企业经济活动的必要手段；是沟通各管理层次、各经济环节的纽带；是及时获取国内外信息和企业数据，进行科学决策的工具；是形成合理、有效、文明生产经营秩序的重要技术保证。因此，大企业的领导者务必增强信息意识，将信息作为重要的战略资源，在推进企业集团化、国际化的同时，配套推进企业信息化，建立和完善现代化的管理信息系统，使企业管理向信息化的方向发展。

推进大企业信息化的对策

一　制定切实可行的总体规划

建立企业管理信息系统，涉及管理思想、管理基础工作、生产管理组织、方法和制度等一系列的改革，是一项范围广、协调性强、人机紧密结合的系统工程。因此必须用系统的观点，搞好企业管理信息系统总体规划，确立总体目标，在总体规划指导下分期实施。对管理信息系统进行总体设计，既要立足眼前，又要兼顾长远。在现阶段要重视实用性，使其迅速发挥作用；同时又要注重科学性，提高企业整体现代化管理水平。为了适应计算机技术及通信技术的发展，实现计算机在企业全面应用的长远目标，管理信息系统的总体规划应当考虑与计算机辅助设计和计算机辅助制造的接口，使计算机应用逐步朝着集成制造系统和开放系统方向发展。

二 抓好企业信息数据的采集

建立企业管理信息系统，要充分做好信息数据采集，建立健全规章制度，加强数据收集等工作，根据经营管理工作的需要，及时准确完整地提供原始数据，避免信息紊乱和失真，提高管理信息系统信息数据运行的可靠性和灵敏性。

三 逐步建成集成开放的网络系统

计算机应用有基础的大型企业，特别是参与国际市场竞争的企业，应建立以计算机为主，辅以远程通信功能的集成开放的管理信息系统，要逐步达到既能及时准确处理、检索和存储本企业的生产经营信息，又能保持联网交流信息的功能，获取国内外最新的信息，为企业制定经营战略提供客观依据。

四 重视信息技术人才培训

要有一批管理、系统分析与设计、软件、硬件和信息分析专业人才。企业要有计划、有步骤地选拔和培训人才，尤其是要注意培养复合型信息技术人才。管理者不仅要有计算机专业知识，也要有经济管理专业知识。管理者不能技术性太强，否则，就会只愿意解决技术范围内的问题，信息系统就容易变成技术性很强的系统，而不是涉及到组织管理的信息系统。信息管理和分析人员不需要特别高的技术，也不需要亲自编程，首要任务是把信息系统组织好，然后才涉及到具体技术问题。在企业中管理人员一般有两种类型，学理工的和学经济的，对不同类型的人要根据需要补所缺少的课程。

五 建立有力的组织保证体系

要使管理信息系统发挥作用，必须建立强有力的组织保证体系，企业厂长要亲自抓管理信息系统的规划设计和实施方案的制定，建立具有计算机信息管理知识，能承担计算机应用系统的研制、开发与管理业务的专门机构，培训各级领导和有关人员，形成自上而下的组织保证体系。

六 加强软件的开发和推广

目前国内不少企业在管理系统软件开发方面做了许多工作，产生了一批成果，但是由于缺少功能强的管理信息系统大型配套软件，企业管理信息系统水平难以大幅度提高。同时由于部门分割等原因，已有的较好的信息系统软件也没有发挥应有的联动作用。大型管理系统软件的开发需要各方面专业人才的智力合成，应当提倡企业与科研单位联合开发，统一组织攻关。同时要加强软件开发管理，做好登记、评价、优化和推广工作，向企业推广性能优良的信息系统大型软件，推动企业管理信息系统的建立与完善。

九十年代中国经济发展的国际环境*

世界进入20世纪90年代,国际政治、经济风云突变，东欧国家发生剧变，苏联解体。以苏联为首的同西方国家抗衡的社会主义阵营解体。经济衰退的阴影笼罩全球大多数地区，国际力量对比发生重大变化，世界形势出现大动荡、大变动、大调整的局面。这些变化必将对各国的政治、经济、社会发展产生重大的影响。特别是中国在参加关贸总协定之后，经济将进一步同世界经济接轨，企业将加速国际化的进程。

面对新的形势，我们必须准确分析和认识中国经济与企业发展所处的国际环境，从而正确制定国家发展战略和企业发展战略，不失时机，抓住机遇，迎接挑战，发展壮大自己。

经济发展上升为世界的主要矛盾

回顾过去90年的世界历史，可以说，第一个45年，从1900年到1945年是危机、战争与革命为主流的年代，其间发生过30年代的资本主义世界经济大危机，在帝国主义集团联盟之间爆发过两次灾难深重的世界大战，诞生了社会主义国家苏联。这45年世界充满了战争的炮火与硝烟。第二个45年，从1946年到1990年是超级大国争夺霸权与两大阵营对立共处的年代。尽管有长期冷战，几年热战，几十次局部战争，70年代严重的资本主义世界经济危机，但主流是和平与发展。特别是以微电子技术为代表的新技术革命浪潮席卷全球，世界经济与科学技术获得巨大发展。

进入90年代世界力量对比发生突变，超级大国苏联解体。东西方军事对峙的两极状态结束，军备竞赛降温。各国军费开支1989年下降4%，1991年下降30%。

---

* 本文原载1992年8月中国管理科学研究院院刊《活水》，作者同年9月曾以这份报告为基础,应邀在中南海国情研究系列专题讲座作报告。

军火贸易额1991年下降25%。中国、独联体、美国、西欧国家纷纷裁军，柬埔寨、安哥拉等局部地区军事冲突以和平方式解决，缓和上升为主流。

各国的国际地位越来越取决于经济实力，而不是军事实力。争霸世界的超级军事大国苏联，由于经济实力严重衰落，迅速解体，国际地位一落千丈。日本、西德尽管军事实力远远不如苏联，由于有强大经济实力作后盾，国际地位迅速上升，大有与美国分庭抗礼之势。本世纪中期形成的美苏军事争霸局面逐步演变为美、日、德经济争霸。世界正在从以政治军事集团划分的格局，向以经济集团划分的格局转变。

经济发展上升为世界的主要矛盾。几乎所有的国家都已经意识到，在向世界新格局转变时期，只有加速本国经济发展，增强国家经济实力，才能在国际竞争中立于不败之地。各个国家都把注意力转向经济发展。中国80年代初率先改革开放，以经济建设为中心，从计划经济转向市场经济。90年代初，越南、北朝鲜、古巴和许多发展中国家也都相继实行改革开放，放弃闭关自守和僵化的意识形态，集中力量，发展经济。今年6月100多个国家的首脑史无前例地聚集里约热内卢，召开全球首脑会议，讨论全球经济、社会与生态问题。这标志着经济发展已经成为世界各国共同关心的首要问题。

在国际关系问题上，50年代到80年代，由于美苏两个超级大国进行军事对峙和政治对峙，激烈争霸世界霸权，政治和军事问题是压倒一切的迫切问题。大西洋两岸和太平洋两岸的经济矛盾与冲突被掩盖。美苏为了顾全军事战略利益，往往在经济利益上向盟国让步，求得阵营内部协调，甚至通过转让技术、输入资金、开放市场，扶持盟国发展。但是，随着两大阵营对峙状态结束，美国已经没有必要为盟国经济发展再继续牺牲自身的经济利益。美国、日本、德国之间的经济利益关系冲突如何演变发展，前途未卜。正如日本评论家石原真太郎预言的“21世纪将是经济战世纪”。

经济格局向多元化方向发展

第二次世界大战前，美国在世界经济中占绝对主导地位。1945年美国国民生产总值占全世界的75%，一旦出现世界性的经济衰退，美国有能力通过货币、财政政策等手段，刺激世界经济回升。

第二次世界大战后，日本、新加坡、韩国、马来西亚、泰国和中国台湾、香港地区，以出口贸易为导向，使其经济迅速发展。他们主要与美国进行贸易，以美国为主要出口市场。韩国出口额40%、中国台湾出口额70%销往美国市场。美国经济实力强大，市场容量很大，进口额只占国民生产总值的3%—5%。由于这些国家和地区的劳动力低廉、生产成本低，使美国的相关行业衰退。但是美国利用大量出口粮食、石油、高技术产品的优势，求得外贸平衡。这个时代被经济学家称为双赢的时代。从1945年到1980年初，世界经济（不含社会主义国家）以年平均增长率6%的速度发展，这在历史上是空前的繁荣时期。

从1945年以来，随着世界各国经济的发展，美国经济在世界经济中所占的比重逐渐缩小。50年代下降到只占50%，目前又进一步下降到只占22%—23%。由此引起了世界经济运行方式的变化，即从一极向多极经济结构变化，美国、德国与日本成为主要经济强国，形成了三足鼎立的世界经济格局。

工业从集成资源型转向集成知识型

纵览人类社会发展历史，人类是依靠不断开发物质、能源和知识、技术、信息资源得以生存和发展的。在不同阶段，人类开发资源的重点不同。在传统农业时代人类主要依赖于开发和利用动植物资源。在传统工业时代人类主要是利用原材料和能源进行生产。集成资源就像用焦炭和铁铸成钢锭那样，用简单的技术把这些资源结合在一起。在这样的历史时代，只要掌握了大量物质资源，就可以立足于世界之林。因此各个国家都把获得广泛的物质资源和原料产地作为争夺的主要目标，为此数千年来引发出无数次战争。

当代高新技术的发展使自然资源和劳动力的优势弱化，使知识、技术、信息的优势增强。许多新产品，如计算机软件和航天飞机主要依靠集成知识，而不是集成资源。在高技术产品的生产过程中，主要是用知识将一些物质结合起来，知识在产品的价值含量中占主体。科学技术的发展，使知识资本的增值程度远远高于物质资源资本。一种产品越近乎纯知识型，其收益就越大，知识资本带来的收益是无止境的。在以知识为基础的产品竞争中，输家往往一败涂地，赢家财源滚滚而来。因为集成知识的产品，常常要求预先支付高成本，但其边际成本很低，一旦成功就能带来巨额利润。例如开发一个计算机系统软件可能要花费几百万、几千万美元，但是复制这份软件的成本微乎其微，大大低于汽车公司复制生产第二辆汽车的成本，同样实际价格与成本间的利润也比低技术产品高出许多倍。

在20世纪20年代最具有代表性的工业产品是汽车。汽车生产所消耗的原材料、能源约占总生产成本60%。80年代最具代表性的工业产品是半导体器件。半导体器件生产所消耗的原料、能源仅占总生产成本2%。1985年日本制成品所使用的原材料及能源不到1965年的一半。信息服务产业几乎没有原材料、能源的消耗，纯粹是知识集成的产品。这表明，今后世界经济的增长已经不再主要依赖于劳动力和原材料投入的增长，而主要取决于知识、技术和信息的投入。工业生产正在从集成资源型向集成知识型转变。

跨国公司激烈争夺国际市场霸权

90年代世界经济演变的一个特点是多国企业转变为无国籍公司。传统的多国企业由美国及德国在19世纪中叶率先建立，产品设计、制造等主要业务在国内母公司进行，销售市场也主要在国内，子公司完全不做设计工作，只生产母公司所设计的产品，并在当地市场销售。公司国属和总部指挥系统一目了然。跨国公司则不同，在跨国公司内部财务经理集中管理所有分支机构的资金，任何分支机构都能从事设计、研究、开发，并依据经济合理原则自行组织产品生产制造，公司的最高主管是跨国性的，公司业务计划、策略及决策也是跨国性的。跨国公司在国外实验室里取得许多技术突破，并大量发行股票、进行公司兼并和拓展市场，使国外业务大大超过国内，从而使跨国公司国属界限越来越模糊，因此有人称之为无国界公司或无国籍公司。

目前在全球范围内约有3万余家跨国公司，其中几百家大的跨国公司控制着西方约2/3的工业生产。跨国公司机构庞大，实力雄厚，在国际市场上角逐霸权。30年前，大部分汽车公司均以能在本国市场占据霸权地位而满足。今天则努力称霸世界市场。美国通用电器公司长久以来在美国市场称霸，80年代他们决定放弃所有无法在国际市场上称霸的部门，集中力量扩张能在国际市场上取得霸权地位的业务。他们卖掉了包括小家电、半导体等许多部门，这些部门虽然很赚钱，而且主导美国市场，但在国际市场却毫无称霸的机会。同时他们也在国外买了许多公司，尤其是欧洲的公司，这些公司都有可能成为世界市场的霸主。

信息产业发展速度超越传统产业

从世界范围看，产业经济发展的重点正在逐步转向第三、第四产业。20世纪50年代以前在工业发达国家经济中第一产业（农业和畜牧业）和第二产业（加工工业和制造业）占主导地位，第三产业（服务业）处于次要地位。此后由于机械化、自动化的不断发展，第一、第二产业部门的劳动人数日益减少，劳动时间缩短，但生产规模不断增大，劳动生产力迅速提高，物质财富总量大幅度增长。这样就为社会服务性产业和教育科技等知识、信息产业的发展创造了雄厚的物质基础，促使其大规模地发展起来。劳动力大批转移到第三、第四产业，尤其是转向教育、科技、信息等领域。1950年美国的信息产业只拥有17%的劳动力，1985年拥有量达到60%以上，而制造业就业的劳动力只有13%。据统计，第二次世界大战以来,西方发达国家信息产业就业人数在劳动力总数中的比例大约每5年增加2.8%。

从劳动力结构看，社会生产力的智力成分正在变成社会经济发展的决定性因素，脑力劳动者的比重大为提高，体力劳动者的比重明显下降。据统计，西方发达国家的就业人员中，科技人员与非科技人员的增长比例大体上是6:1，1930年至1968年美国职工增长60%，其中工程技术人员增长4.5倍，科研人员增长9倍。在西方发达国家，白领职员的数量已经超过了蓝领工人的数量。有些国家蓝领工人的支出在整个生产成本中的比重已被降低到10%以下。有求立供，供随求止的零存货管理已经将管理成本骤减40%。据美国兰德公司预测，到2000年美国制造业的职工将仅占总人口的2%，相当于现在工业发达国家农业人口所占的比例。

从工业产业结构看，以微电子技术为中心的新兴工业，包括电子、计算机、机器人、航空航天、原子能应用、生物工程等迅速发展。据预测，发达国家电子信息产业产值的年增长率是传统产业的3—5倍。到90年代中期全球信息产业的产值将突破1万亿美元，成为跃居传统产业之上的最大产业之一。发达国家信息产业的产值占国民生产总值的比例已达40%—60%，新兴工业化国家为25%—40%，发展中国家低于25%。

最近几年国际信息服务业的发展速度令人瞩目，全球信息服务业年总营业额已达1792亿美元，其规模远远超过计算机制造业销售额1534亿美元的规模。

世界财富向高技术拥有者大转移

知识资本导致世界财富的大转移，正在从自然资源拥有者向高技术拥有者转移。发达国家对原材料的依赖程度大大降低。

由于高技术广泛应用，原材料消耗总量不变，也能使国民生产总值成倍增长。美国1亿美元国民生产总值所消耗的钢，1970年为1.23万吨，1980年降到0.42万吨，1985年降到0.28万吨。美国国民生产总值1989年比1960年增长2.5倍，但是钢铁消耗量不仅没有增加，反而从1.2亿吨降到0.85亿吨。美国的石油消耗量1991年比1973年每月减少180万桶。日本1979年以前国民生产总值每增长1%，能源消耗量增长0.6%，1980年以后国民生产总值每增长1%，能源消耗减少0.94%。1991年和1971年相比日本每生产一辆汽车对钢铁的消耗量减少40%。

原材料经济不再影响工业经济。最明显的例证是，原材料价格长期剧跌，但工业经济不受影响，持续繁荣。从1981年开始世界市场农产品和工业原料价格剧跌，采购量剧降，相对成品价格、原材料价格下跌之大，甚至超过20世纪30年代经济大恐慌时期。1985年9月美元汇率下调，其后15个月内美元兑日元的汇率跌落一半，然而原本对汇率波动最为敏感的原料价格却没有上升，反而下跌。而美国的物价和工资并未如预期的上升，甚至还稍有下降，这说明全世界所有的农产品及原材料成本均大幅度下跌。1988年日本支付农产品及工业原料的成本（以日元计算）不到1985年前的1/3，其中主要原因是由于美元贬值57%，使农产品及工业原料的美元价格下跌。巴西等原料出口国的情况也一样。依据循环经济理论，一旦农产品及工业原料的价格大幅度长期下跌，则18个月内工业经济将遭遇严重危机。然而时至1989年，全世界工业原料经济经历近十年的严重衰退，但工业经济仍持续繁荣。这主要是因为在整个工业经济中原料密集程度愈来愈低。

20世纪60年代和70年代，由于发展中国家利用手中掌握的原料资源和能源对抗西方发达国家，迫使其提高原料和能源价格，中东产油国和非洲产矿国一度赚取了大量外汇，成为国际市场的金元大国。20世纪80年代西方发达国家采用高科技，节约原材料和能源1/3左右，使依赖原材料和能源出口的发展中国家收入大减。80年代非洲人均国民收入下降25%，拉美人均国民收入下降10%。

据联合国1992年人类发展报告指出，1991年占世界人口20%的发达国家拥有世界82.7%的收入，占世界人口60%的发展中国家只拥有世界5.6%的收入。1960年占世界人口20%的工业国家的人均收入是占世界人口60%的贫穷国家的30倍，到1989年，这一差距扩大到60倍。到2000年随着科学技术差距的加大，发达国家与发展中国家的经济差距还将进一步扩大，世界财富将愈来愈集中到发达国家。

科学技术成为最重要的生产力

科学技术是最重要的生产力，是推动社会发展的革命性力量。20世纪70—80年代的世界新技术革命极大地推动了世界经济的发展，改变了国际力量对比，成为引起世界力量格局大变动的驱动力。

发达国家以发展高新技术，作为国家发展战略目标进行激烈竞争。美国星球大战计划几乎囊括了新型材料、超导体、半导体器件、数字影像技术、高密度数据存储、计算机、光电产品、人工智能、柔性制造系统、传感器技术、生物技术、医疗器械技术等目前正在发展的所有新兴技术领域。西方普遍认为，美国星球大战计划将成为21世纪的宏伟工程。日本制定了人类新领域研究计划，进行宇宙空间开发，决心成为航天大国。西欧19个国家共同制定了尤里卡计划，拨款800亿法郎，支持500个研究项目。一些新兴工业国家也把发展高技术放在极其重要的地位。印度仿效美国的硅谷模式，建立电子技术科学城，把发展高技术放在战略对策的核心地位，重点研究和开发计算机、原子核能和航天技术三大领域，近期目标是在这三个领域超过中国，争取在21世纪跻身世界强国之林。

海湾战争是一场高科技战争，高新科技发挥的巨大作用，使全世界为之震惊。这场战争已经成为促进全球高新技术发展的催化剂。目前美国正在采取各种措施，包括加强基础教育，力图保持国际高技术产业的优势地位。美国1992年度财政预算，科研经费达756亿美元，比上年度增加13%。韩国政府今后十年将投资46亿美元，用于发展高新技术。从1991年看，墨西哥政府科研经费增加24%，巴西科研经费增加52.7%。英国帝国化学公司科研经费同1981年相比增加1.4倍，高达12亿美元，相当于英国政府全年科研预算经费的3/4。

预计90年代世界高技术产业将进入黄金时代，获得高速发展。从1990年到1995年高新技术产业市场营业额的增长将是其他产业的两倍。后期高新技术产业将会有新的重大突破。

区域性经济集团联盟加速形成

90年代与以往非竞争性的世界经济相比，发达国家之间的竞争加剧，出口导向型的经济发展道路会越走越困难。美国、德国、日本等发达国家都在划分新的经济势力范围，筹划建立区域性经济联盟。区域性经济联盟是世界经济发展的一种必然的战略选择，是自由贸易与贸易保护主义的结合。经济落后的发展中国家不可避免地被卷入区域性经济联盟的旋涡。新的世界性经济联盟正在加速形成，世界将逐步出现三大主要经济联盟。

以美国为主，纵贯南美洲、北美洲的自由贸易区；以欧洲经济共同体为主，横跨全欧的欧洲联盟；亚太地区，包括东盟、东北亚有可能形成自由经济贸易区。世界三大经济联盟的形成，将进一步改变世界经济的格局和力量对比。欧共体12个国于1986年签署了统一欧洲法案，确定从1993年1月1日零点起，欧共体各国建立统一市场，实现商品、劳务、人员和资金的自由流动。贸易壁垒一旦拆除，生产、流通、劳动力和资金等可以在欧共体内更有效地配置，统一生产标准将使工厂的同一产品能分配销售到整个共同体市场各国。据估计，欧共体市场一体化后，将使欧共体国家工业生产增长4.5%—7%，商品价格平均下降6%，创造新就业机会200万至500万个，贸易量也会激增。

最近欧共体12国达成协议，1999年前建立欧洲中央银行，统一货币。奥地利、瑞典、芬兰和瑞士也都表示要尽快加入欧共体。欧共体的下一步目标将是扩大北欧、中欧市场，兼并东欧市场。欧共体与欧洲自由贸易联盟达成协议，逐步实现商品、劳务、人员和资金的自由流动。这意味着从1998年起欧洲19国将结合成为一个拥有3.8亿人口的市场，占有世界贸易总额的46%。同时欧共体还与非洲、亚洲的69个发展中国家签订了洛美协议，加强相互经济联系，延伸欧共体市场。为了在欧共体内部占有生产份额和市场，美国和日本也都在此大举投资，扩大竞争的基础和能力。

在美洲，美国、加拿大、墨西哥3国拥有3.6亿人口，国民生产总值达6万亿美元。1991年美、加、墨三国之间贸易总额达2500亿美元以上。根据美、加、墨三国签署的北美自由贸易协定，5年内将废除商品、劳务、资金流通方面的2万项关税和所有非关税障碍，实现自由贸易。北美自由贸易区最终将兼并拉美市场，形成纵贯南北美洲自由贸易区。

为了实现建立南北美洲自由贸易区的长远战略目标，进一步吸引拉美国家参与，美国表示愿意与美洲开发银行合作，设立3亿美元投资基金，减免拉美国家70亿美元债务。南美各国也在加速推进南美洲的经济一体化，阿根廷、巴西、巴拉圭和乌拉圭4国已经达成协议，从1991年11月起建立共同市场。哥伦比亚、厄瓜多尔、秘鲁、玻利维亚和委内瑞拉5国紧随其后，从1992年1月1日开始实施经济自由贸易区协议。

近年来亚太地区经济发展速度超过世界经济发展平均水平，成为经济增长最快的地区。据统计，亚太地区1990年国民生产总值超过4万亿美元，相当于美国的75%、欧共体的70%。到2000年东亚（包括日本）国民生产总值可能达到9万亿美元，几乎达到美国国民生产总值的水平，为欧共体国民生产总值的4/5。

亚太地区经济联盟的趋势进一步发展，亚洲、太平洋国家正在酝酿成立亚太经济合作体。以1985年美元贬值、日元升值为转折，日本为保持国际竞争力，开始在亚洲地区投资，扩展生产加工业，截至1989年底投资总额已达544亿美元。日本在亚太地区大量投资，极力加深与亚洲国家的经济联系，试图组织东亚经济圈。东盟国家已经达成协议，15年内逐步形成东盟共同市场。

中国面临的严重挑战与对策

展望20世纪90年代和21世纪，高科技产业迅猛发展，国际力量对比向多极化演变，世界各国正在展开一场经济科技竞争。这是一场没有硝烟的战争，每个国家、每个民族都要经受这场人类历史上空前的经济科技竞争的洗礼。在新世纪，谁具有经济发展的强势，谁占有科学技术的制高点，谁就在国际政治经济新秩序中掌握主动权。发展经济科技事关国家、民族的生死存亡。中国作为发展中国家，必须审时度势，顺应潮流，全力以赴，抓经济发展和科技革命。

一　争取和维护和平与发展的国际环境

政治和经济是不可分的。政治是经济的集中表现。国际经济集团联盟的形成，一方面通过更激烈的经济科技竞争，把世界经济发展水平和人类的物质生活水平推向新的高度。另一方面也可能在经济科技高度发展的条件下产生新的危机和灾难。关键在于要防止国际经济集团联盟变成政治和军事联盟，防止在经济联盟发生世界性利益对抗时，导致重大军事冲突。对此我们必须保持警惕性，与发展中国家一道争取和维护和平与发展的国际环境。

二　坚持把发展经济作为党和国家的中心任务

党的十一届三中全会提出把全党工作重点转移到社会主义经济建设上，实行改革开放。这是一个具有伟大历史意义的决策，标志着中国共产党人经过半个多世纪的艰苦奋斗，完成了求民族生存、求国家独立的政治任务之后，转向发展生产力，求社会经济发展，求人民生活富裕。十多年来国际形势的重大变化，特别是苏联和东欧剧变已经充分证明，以邓小平同志为代表的中国共产党人的这一选择，符合人民群众的利益和愿望，符合历史发展的潮流，是唯一正确的选择。在世界各国全力以赴发展经济与科技的浪潮中，我们绝不可坐失良机，必须迅速行动，调动一切积极因素，利用一切有利条件，把发展经济作为中心任务。

三　以发展科学技术作为立国之本

当代科学技术的迅猛发展及其对人类社会产生的巨大作用，越来越显示出科学技术是最活跃、最重要的生产力，在相当大的程度上影响并改变着人类活动的战略、组织和方式。日本在20世纪70年代提出技术立国的战略，大力发展科学技术，同时积极吸收消化各国科技成果，迅速走上经济强国之路。邓小平同志指出，科学技术是第一生产力。对此我们要有清醒的认识，确立科教兴国战略，采取切实措施，发展科学技术，加强科技成果转化，生产省资源、低成本、知识含量高、竞争力强的产品，参与国际市场竞争。

四　坚持改革开放，发展市场经济，实现同国际经济的接轨

近年来全球化市场机制迅速加强，各国市场日趋一体化。跨国公司的经营活动使各国经济密不可分。1991年我国出口贸易额达791.1亿美元，占国民生产总值20%。参加关贸总协定以后，利用普惠制还会有更多的产品进入国际市场。中国国内市场与世界市场接轨、中国经济与世界经济融合势在必行。我们必须坚定不移地走改革开放的道路，发展市场经济，提高企业竞争力，参与国际竞争，促进生产力的发展和人民生活水平的提高。

五 推进企业的集团化、国际化和信息化

面对跨国公司掀起的世界性兼并与联合，追逐国际市场霸权的狂潮，我国企业明显处于劣势，这是一场弱者与强者的竞争。要在竞争中以弱胜强，必须重视战略与策略。我国具有向海外发展潜力的企业，必须走大联合的道路，通过联合兼并，逐步形成有实力的集团，依靠集团的合力，向海外扩展，进行国际化经营，参与国际市场竞争，而不是依靠势单力薄的单个企业孤军奋战。

企业要参与国际竞争，必须实现信息化。当今世界正在进入一个以机器部分取代人类脑力劳动，知识、技术、资金在全球快速流动的信息智能时代。电子商务网络的快速发展，实现了从原材料、零部件的采购、供应到产品的订货、销售全过程的信息化。生产活动正在逐渐以信息库为中心展开。电子数据交换技术正在取代纸的公文、票证、单据。无纸贸易方式将从根本上改变传统的国际贸易作业方式。我国企业必须适应科学技术发展的新形势和国际市场的新变化，向集团化、国际化、信息化的方向发展。

张重庆（左二）与广东省企业管理协会常务副会长卢明高、广东省企业家协会常务副会长郑林书、广州有色金属集团公司总经理梁锡如

推进工业资本与金融资本的融合*

中国总会计师协会成立五年来，发扬艰苦创业精神，不断开拓前进，取得了很大的成绩。俗话说，万事开头难，短短几年能够取得这样大的成绩是不容易的。这为进一步发展奠定了良好的基础。在这里，我代表中国企业管理协会、中国企业家协会，向会议表示热烈的祝贺，作为协会顾问，谈几点意见，供参考。

面临新机遇

党的十四大提出从计划经济体制向市场经济体制转变。目前国有企业正在进行产业结构调整、股份制改造和资产重组，活化沉淀凝固的物化资本；政府部门实行政企分开的原则，国务院的行业管理部门将逐步向国家控股公司转变，原有的政府部门行业管理的职能，有些会放权给企业，有些将转交给行业协会。

国务院已经委托中国有色金属工业总公司等单位进行试点，将总公司改组为国家控股公司，还要成立中国有色金属工业联合会，负责对有色金属工业企业进行行业内部协调。今后随着我国经济体制改革的不断深化，政府体制的改革调整，行业协会将进一步发展壮大，这是专业协会和行业协会发展的历史性机遇。可以说，中国总会计师协会今后大有用武之地，大有发展前途。

创造性工作

协会要坚持为总会计师服务的立会宗旨，发挥桥梁纽带作用。去年江总书记曾给中国企业管理协会题词："发挥桥梁纽带作用，更好地为企业和企业家服务。"中国总会计师协会作为企业总会计师的组织，要代表总会计师的利益，反映

---

* 本文原载1993年《总会计师》杂志第3期，系作者在中国总会计师协会第五次年会开幕式上的讲话。

总会计师的呼声，维护总会计师的合法权益，帮助总会计师解决一些实际问题，这样才能扎根于总会计师之中，具有牢靠的工作基础，形成强大的生命力。同时，总会计师协会要在政府部门与会员之间发挥桥梁纽带作用，多向政府部门提供政策建议，积极参与制定相关的政策、条例、法规的讨论。

研究工作很重要，课题可以放开些。除会计师的工作之外，不妨从宏观角度出发，研究一些更高、更深层次的问题，譬如企业资本经营、集团财务管理、国际会计规则、股份制改造、资产评估、企业并购、参加世界贸易组织后企业经营成本等方面应采取的对策问题等，这些问题研究得越深入，对提高总会计师的专业素质，对推动企业资产重组和资本运营，以及参与国际市场竞争就越有利。

协会要创造性地开展工作。人的生命力在于运动，协会的生命力在于活动。建议协会每年搞几项有较大影响的活动。例如评选优秀总会计师、举办专题讲座、召开国际论坛、组织出国考察等。要充分发挥协会的服务功能，从着重学术研究、编辑出版，进一步向为总会计师提供综合智力服务方向发展，在培训、咨询、研究、信息、出版、国际交流、会计事务等方面都有大量工作可做。建议发展个人会员，全国有总会计师2.7万多人，还有许多高级会计师、财务总监，以及“三资企业”的财务首席官，都可以吸收进来，能否发展几千个或上万个高级会计师作为个人会员，这样总会计师协会在国内外的影响就会更大，有利于参加国际会计师协会组织及其活动。要加强媒体宣传，进一步扩大总会计师协会的影响，更好地发挥总会计师的作用。

发挥管理会计的作用

西方国家很重视财务管理和财务会计工作。1992 年我作为访问学者去英国参加国际项目合作研究，英国教授说，大公司的总裁都是名牌大学财务管理专业的。如果没有财务管理专业背景，没有担任过财务主管的经历，很难提升到总裁的位置上，这在英国几乎是不成文的规定。所以英国的一些工商管理硕士、理学硕士都要进修财务学位。在西方国家财务管理师发挥着非常重要的作用。

我国过去搞计划经济，企业由国家投资，无须进行资本筹集和运作。在市场经济条件下，资本运作问题凸显，这一转变为总会计师提供了资本运作和发挥财务管理作用的舞台。我认为，进行资本运营，拓展企业生存和发展的空间，扩大融资渠道和投资领域，这是总会计师在市场经济条件下承担的重要职责。协会要研究在市场经济新形势下，总会计师职能与角色的新变化，帮助总会计师跳出传统习惯，尽快适应改革开放和市场经济发展的新变化。

工业资本与金融资本的融合

工业资本与金融资本的融合，这是市场经济发展的大势所趋。如果工业资本不与金融资本融合，工业产业就没有出路。研究西方跨国公司的发展历史，不难发现，他们都经历了工业资本与金融资本相互融合的过程。中国市场经济发展的结局，也会形成一批工业资本和金融资本融合的财团。只有这样，中国的企业集团才会有强大的竞争力，才有可能在国际市场上与实力雄厚的跨国公司较量，否则就没有前途。从西方经济发展史看，金融资本在整个资本主义社会经济发展过程中的作用不断强化。列宁精辟地分析指出，帝国主义的一个重要特征，就是金融寡头垄断，这是市场竞争引起金融资本集中的结果。

我国市场经济的发展越来越呈现出金融资本的优势。最近几年，金融资本在国民经济发展中的作用越来越显著。总会计师协会要顺应市场经济新形势，研究怎样使工业资本与金融资本融合的问题，推动两者相互融合，在加强财务会计的同时，加强财务管理人员的职业训练，提高资本运作的水平，这是总会计师协会在从计划经济向市场经济的巨大历史转变中应当向社会交出的一份答卷。

张重庆（右二）、国际货币基金组织执行董事张志骧教授与美国诺贝尔经济学奖获得者蒙代尔教授

创造企业家队伍成长的社会环境*

张重庆常务副理事长在会议上发言

企业家是市场经济运行的主体力量。中国企业家队伍建设问题直接关系到社会主义市场经济的创立与发展。因此，今天的会议研究的主题非常重要。在这里，我想谈一些看法，供参考。

市场经济与企业家

党的十四大确定了我国社会主义市场经济的基本框架，十四届三中全会提出建立现代企业制度，标志着我国企业改革转向进行制度创新的阶段。通过制度创新，建立适应市场经济要求的现代企业制度，对于加速形成市场机制，推动国有企业参与市场竞争具有重大战略意义。

---

*1994年中国企业家协会与民建中央、光明日报、中央电视台联合召开“中国企业家队伍建设问题研讨会”。中共中央政治局委员、中央书记处书记吴邦国出席并发表讲话。全国人大常委会副委员长王光英、中国企业家协会会长袁宝华、中央统战部副部长刘延东、光明日报总编辑徐光春、中央电视台台长杨伟光等出席会议。会议由民建中央常务副主席冯梯云和中国企业家协会常务副理事长张重庆主持，本文系作者在会议上的专题发言。

建立现代企业制度需要培养一支企业家队伍。企业是市场经济运行和发展的主体力量。企业家是企业全部经营管理活动的统帅。强手如林的市场竞争如同战场，企业时刻面对巨大的市场经营风险的考验。企业需要有善于经营管理和善于进行战略决策，敢于冒风险的企业家。企业家通过科学组织和管理生产的基本要素，提高企业竞争力，出奇制胜地开拓占领市场，使企业获得最大的经济效益，这是企业生存和发展的关键。

建立社会主义市场经济需要大批有所作为的优秀企业家。没有企业家的运营，没有企业经济的充分发展，就不会有发育健全的公平竞争的市场经济。同样企业家也离不开市场经济。市场经济为企业家提供了发挥能力的巨大舞台，离开公平竞争的市场，企业家就没有用武之地。可以说，当代中国企业家队伍的成长与社会主义市场经济同步成长。

企业家是推动中国改革开放，发展市场经济，走向法制化的最重要、最活跃的力量。我们务必把培育企业家队伍，作为建立和完善社会主义市场经济的重大举措来抓。

爱护和扶持企业家队伍成长

企业家概念是一个历史的、动态发展的概念，不是一成不变的。国外有人评论说，中国没有真正的企业家，国内也有类似的种种议论。对于这种看法，我们不敢苟同。

世界各国的政治、经济制度和文化背景不同，经济发展的程度不同，但是在现代社会经济条件下，或多或少，不同程度，都会涌现出一批对社会进步，特别是对企业发展做出卓越贡献的优秀的企业经营管理者。这样的人就是企业家，如同科学家、教育家、文学家、艺术家、军事家、政治家一样。当然人们在很多时候，谈到企业家，是泛指成功的企业经营者群体。如果是指个人，毫无疑问，应当是指这个群体的优秀代表人物。

要客观公正地认识企业家。目前，对企业家有很多议论。例如，一提到民营企业家，就把吃喝嫖赌、欺诈等违法犯罪行为与之相联系；一提到国有企业厂长、经理，就把贪污受贿和国有资产的流失、侵吞与之相联系。这是不公正的，是以偏概全。我们不否认，在企业家群体中有这样的人，但是，这是极少数。绝大多数企业家是奉公守法、诚信经营、履行社会职责的。我们要同企业家队伍中的害群之马作斗争，但是绝不赞成丑化企业家的形象。

要在全社会大力宣传和表彰优秀企业家，树立企业家的良好社会形象，培养造就更多的诚信经营、履行社会职责的优秀企业家。这是实现我国经济振兴目标的根本希望之所在，是各级政府部门、企业家组织应尽的历史责任。

要实事求是地评价企业家。经常看到新闻媒体的一些报道，以及一些学者的理论研究文章，其中有一种倾向非常令人不安，就是把企业家神化。在谈到衡量企业家的标准时，对企业家提出的要求是，企业家应该有“政治家的风度、外交家的口才、哲学家的思维、军事家的战略才能、经营家的头脑、科学家的博学、艺术家的细胞”等等，还有许多，这真是神化，把世界上经济、政治、外交、军事、科技、艺术、理论、企业界杰出人物的全部优点和特长，统统都集中到企业家的标准上，要求企业家做到，简直不可思议，这样无所不能、无所不包的通才和完人，在现实生活中恐怕永远都不可能出现，永远都难以找到。

新闻媒体和社会舆论要坚持实事求是的态度，使企业家的标准从虚无缥缈的梦幻世界回到活生生的企业家成长的现实中来。以较为客观的标准，实事求是地衡量和对企业家提出要求。

要客观地宣传企业家。企业家是人不是神，不要把企业家神化，不要把企业家神化到高不可攀的地步。作家们为企业家写传记，总是要写企业家成功的经历和辉煌的业绩，思想的升华也是需要的，但是切忌不要把企业家神化，不能只是给他们头顶戴上光环,也应当实事求是地写出成长与发展过程中的曲折与起伏、挫折与失败。同样对国外企业家的宣传也不要神化。

要敢于大胆地培养和保护优秀企业家。对中国企业家队伍的认识，从总体上来说，必须分清主流和支流。应当看到，企业家队伍的主流是好的，有问题的只是极少数。企业家肩负的任务很重。企业的生产经营管理活动是“硬碰硬”的，企业家在商战的战场上不容半点懈怠。我们对优秀企业家不要苛求，不要求全责备，不要提出脱离实际的过高的企业家标准要求，要允许企业家有缺点、有失误。对企业家的缺点要满腔热情地帮助，对企业家的失误要给予允许纠正的机会。当然对极少数害群之马、腐化堕落分子，要在弄清事实的基础上，坚持原则，依法办事，严肃处理。

为企业家队伍成长创造条件

一 支持企业家在改革中探索前进

企业家队伍是社会经济发展最为重要的一个群体。中国有大大小小的数百万个工商企业，需要有一支宏大的职业化的企业家队伍承担经营管理的重任。党和政府的各级领导机关需要为他们的工作创造有利的环境和条件。

企业家是企业利益的代表，企业家与企业同命运。要使企业家有持久的动力支撑企业长期经营行为，就必须把企业家的利益与企业发展密切挂起钩来。企业家处于企业领导的中心地位，承担着企业经营的巨大风险。企业没有搞好，首先要追究企业家的责任。但是，企业搞好了，也应该承认企业家的特殊贡献，给予企业家相应的物质利益回报。对企业家的合法的物质利益要予以保护。

二　要承认和保护企业家的合法权益

企业经营和企业改革的探索是有风险的，要允许探索成功，也要允许探索失败。“企业法”把企业家的责权利以法规形式进行规范，使他们对自己的经营行为承担法律责任，同时也应享有相应的权利。要运用法律手段保护企业家的合法权益，支持企业家在改革中探索前进。现在的突出问题是，企业改革涉及权力和利益格局的调整，往往触动个人利益。因此企业家不仅面临巨大经营风险，也面临安全风险，必须强化社会安全系统，加强对企业家的生命财产安全的保证。

三　积极建立竞争性的企业家人才市场

建立企业家人才市场，让更多具有企业管理经验和经营才能的优秀人才进入市场，接受人才市场的考验和选择，通过人才市场的竞争机制，使优秀的企业家人才脱颖而出。企业家人才市场的竞争，是激励企业家和加强对企业家监督的有效机制。国际社会的经验表明，当存在一个有效的职业经理人才市场时，在职经理总是受到市场潜在经理的挑战，他们会更加努力地工作和严于律己。在市场经济条件下，企业家不应通过政府行政任命产生，而应通过人才市场竞争产生，在实践中展现智慧和能力，从创造新财富中证明自身的价值。

四　公正客观地评价企业家的经营管理绩效

各地企业家协会应努力承担起公正客观评价企业家的社会责任，与企业家尽可能保持密切联系，掌握他们的经营业绩和职业道德水准，建立企业家的经营业绩案例库，探索能反映衡量企业家经营业绩和职业道德水准的客观标准；有条件的地区可以试点进行企业家的推荐工作，既为企业家提供更多的有效的人才需求信息，又为企业提供可供选择的企业家人才信息。

传统的观念仍然影响着许多企业家的自我评价以及社会对他们的客观评价。作为企业家协会组织，我们要进一步破除传统观念的影响，大力提倡尊重企业家的劳动，充分肯定企业家的社会作用和重大贡献，研究对企业家的物质利益激励机制，建立在市场经济条件下我国企业家的评价标准，推动企业家人才市场的形成，积极为企业家的成长创造有利的社会环境。

创建企业相互保险公司的思路*

保险业在中国尚处于幼稚阶段。最近国务院领导同志在全国保险工作会议上指出：中国的保险事业必然会有一个很大的发展，现在的发展程度还远远不够，或者说我们现在还刚处于拓荒阶段。保险事业对于社会主义市场体系的建立是非常重要的，也是保护职工利益的一个很重要的手段。保险对调节社会矛盾起了很好的作用，要把我国保险事业大大发展起来。应该鼓励和允许竞争，要开展竞争，不要怕竞争，特别是保险事业远远不够。保险事业一家独办既办不好，也办不过来，应该让大家都来办保险事业。

根据国务院领导的指示，我们引进国际保险经营管理的先进理念，筹划创办企业相互保险公司，这是适应建立社会主义市场经济的新形势，发展中国保险事业之举，是利国利民、深化企业改革、推动开放的一件大事，现将有关情况向常务理事会进行汇报。

相互保险公司的优越性

相互保险公司是国际保险业务的一种法人组织形式，其特点是成员单位之间相互提供保险。相互保险公司设立时，其成员单位不得少于2000家。公司成员对公司债务仅以其应缴保险费为限。它介于股份公司与合作社之间，既有股份公司的公众性和资合性，又有合作社的互助性，且克服了地域和规模的限制。

目前世界上最大的五家保险公司全部是相互保险公司。由于相互保险公司是只适合保险业的一种特殊公司组织形式，各国公司法中通常对此不作规定，只是在保险法中加以规定。

---

*本文系作者为筹建中国企业家保险公司在中国企业管理协会、中国企业家协会常务理事会上所作的“筹建方案”汇报。天安保险股份公司（中国首家民营保险公司）创建人付福利同志参加了企业家保险公司的筹建和本文的撰写。

相互保险组织形式具有独特的优越性，表现在：

一　解决保险公司与投保人之间利益矛盾的一种好形式

鉴于目前我国经济体制尚存的诸多难以克服的问题，设立专业自保公司的时机尚不成熟。现有的国有保险公司和股份保险公司均存在以下无法克服的障碍：首先是保险公司与投保人之间在利益上对立和冲突。由于保险公司为谋求自身利益往往将返还利率控制在低水平；在通货膨胀时期，采取规避责任，将风险推给保户。其次是保险公司的投资收益归为己有，与保户无关。最后是保险公司与保户利益上的对立严重影响我国目前经济环境下的企业投保。这是我国目前国有大中型企业投保率低的一个重要原因。设立企业相互保险公司将有助于从根本上消除保险人与投保人之间利益的对立与冲突。保户缴的保费，既为自身买了保险又在保险公司实施了投资，实现了保户与“老板”的统一。公司经营收益归全体保户所有，被保险人在实现风险转移的同时又能获得收益。这种向相互保险公司投保的双重好处可以最大限度地调动投保人的积极性。

二　全方位体现保险机构的服务性和社会性

相互保险公司不同于股份制保险公司。股份制保险公司盈利归股东(少数人)，相互保险公司盈利归全体保户。因此，股份制保险公司以商业性为基本特征，相互保险公司则以服务性为基本特征。相互保险公司的社会意义是股份制保险公司无法相比的。

三　降低企业风险保障成本的有效途径

在市场竞争中，每个企业为提高效益都尽量降低风险保障成本。相互保险公司将其盈利，通过扩大保额或冲减保费的办法回归投保企业。这是投保企业降低成本，以最小保费支出换取最大风险保障的有效途径。

四　稳健的经营有利于政府主管部门监管

由于全体被保险人都是相互保险公司的“老板”，经营者是为被保险人服务，受到直接监督，对经营者的行为具有良好的约束机制，其经营方针必然趋于稳健，可以最大限度地避免恶性竞争的市场风险，有利于政府对市场的监管。

五　既有利于微观经济增长，又有益于宏观经济调控

相互保险公司的分红形式可以灵活多样。一般不以现金形式进行分配，而是采取增加保险金额或减免保险费的形式。这种分红形式既有利于被保险人的利益，又有利于公司的财务稳定，既可以避免市场现期消费的增加，又有利于避免国家信用膨胀。

六　相互保险公司的业务来源可靠稳定

普通的保险公司完全受制于市场，由于市场的不确定性因素，会有高潮、繁荣，也会有明显的停滞，有时连基本的业务量也难以保证。由于相互保险公司成员单位之间的内部契约关系，由于相互保险公司与被保险人利益上的共同性，又由于成员单位的基数不得少于2000个，这就等于具备了一个稳定的市场基础，在基本业务量上消除了不确定性。

七 有利于我国保险业提高风险管理水平

风险管理水平是制约我国保险业发展的瓶颈，也是国内保险业与国际保险业差距的主要表现之一。人类的生产活动和社会活动的方方面面都需要风险管理。保险业务涉及面之广，上至天文，下至地理，各行各业，这是任何行业所无法企及的。随着科技的发展，风险管理的社会需求无论在广度还是深度上均有快速增长，而一般国内商业性保险公司无力应对这种市场需求。由企协创办的企业相互保险公司可以凭借涵盖宽、涉猎广、人才众、技术专的独特优势，在短期内可以整合培育出一批能够应对各行各业风险管理的队伍，缩短我国保险业和与国际保险业的差距，提高我国保险业的风险管理水平。

可以肯定地说，企业相互保险公司具有独特的优势和很强的市场竞争力，建立企业相互保险公司的条件是成熟的，企业相互保险公司的出现必将为我国新兴的保险市场注入新的活力。

组建企业相互保险公司的必要性

到目前为止，我国尚未有一家相互保险公司。设立相互保险公司，是我国金融体制改革的必然要求，是培育和发展我国多元化的保险市场的必然要求，是推动我国保险市场走向组织结构合理化的必然要求。

一 培育发展多元化保险市场的需要

社会主义市场经济运行机制的逐步确立，需要有相应的较为成熟的保险市场，同时也为保险业提供了发育的市场基础。最近5年我国国民生产总值年均增长9%。1993年国民生产总值达到31342亿元，经济增长率高达13.2%，保费收入与国民生产总值的适度比值应在4%左右，而中国1992年仅为1.45%。中国保险市场潜力预测有2000多亿元，而1993年全国保费收入仅456亿元，尚有70%的保险业务等待开发。

当前我国保险机构力量不足，保险密度、深度不够。解放前，1949年仅上海市注册登记的保险公司就多达232家。目前香港有1000多家保险公司，美国有4000多家保险公司。我国不仅与美国、欧洲相比，即使与发展中国家，如印度、巴基斯坦等国相比，在保险的密度、深度上差距也是很大的。

从保险密度看，我国人均保费只有0.7美元，仅按城镇人口计算也还不到4美元，在全世界年收保费超过1亿美元的国家中排名属倒数第一，与我国的国际地位严重不相称。

从金融资产结构比重看，我国保险资产的规模明显偏低。1963年全世界保险资产占全部金融资产的17.5%，而我国1989年保险资产在全部金融资产中的比重仅为0.7%，1993年仍未达到1%，这种局面与我国保险机构数量少，保险组织形式单一有直接关系，所以中国市场经济的进一步发展势必要催生出一批新生的保险公司。

随着改革开放我国已出现了几家保险公司，但是目前我国依然属于世界上采用完全垄断模式的少数国家，这种状况不利于我国对外开放，更不利于国内保险市场的良性发育。改革开放要求保险深化。保险深化的政策导向必然要求保险机构多元化、费率市场化。保险机构多元化与保险价格市场化是建立开放型竞争模式保险市场的核心。创建相互保险公司将在保险组织形式多样化的层面上，打破保险机构单一化格局，向多元化迈出重要的一步。

二 建立现代企业制度及其风险管理机制的需要

国有企业改革是整个经济体制改革的重点和难点。其中一难，就难在社会保障制度不健全。尽管当前社会保险制度改革正在进行，但集中在养老和失业保险方面，国有企业的财产保险，由于保险组织形式单一，投保率很低。这种情况不能满足企业改革发展的需要，设立以企业相互保险为特点的股份制保险公司这一举措，可以成为当前国有企业改革的配套措施之一。

西方发达国家现有的健全的社会保障体系，只是整个社会保险事业的一部分。发达的商业保险形式作为社会保障体系的重要的补充，在社会生活中发挥着重大的作用。特别是近年来相互保险公司的组织形式对于其成员单位的经营、管理均产生了不可忽视的影响。这方面的成功经验很值得我们学习借鉴。吸收借鉴西方发达国家先进的保险制度和经验，对于逐步形成有中国特色的社会保险体系，保持我国企业的持续发展和社会稳定具有重要的意义。

西方发达国家大中型企业内部均设立有专职的风险管理部门，对企业面临的风险进行科学的识别、分析、评估，选择合适的方法，以最低的成本获得最大的安全保障。保险公司已经成为企业风险管理的主要伙伴，在企业的风险管理中有效地发挥着作用。在国际上，保险公司这种组织形式的综合保障范围已经不只限于静态风险，正逐步向包括动态风险的方向发展。

长期以来，我国的国有企业由于受计划经济体制和保守封闭的小生产方式的束缚，以及社会价值观念取向的偏差，在企业管理工作中忽视风险管理，使企业缺乏应对和化解市场风险的能力与手段。设立企业相互保险公司，以国有工业企业为主，组成利益与风险共享的保险公司，无疑将有助于国有企业增强风险管理意识与能力。

三 工业资本与金融资本相互融合的需要

从发达国家工业化历史进程看，都经历了工业资本与金融资本相互融合的过程。我国从计划经济转向市场经济。市场经济的竞争杠杆已经在社会经济生活中发挥愈来愈大的作用，推动工业资本与金融资本的融合，这是当代中国金融界面临的历史责任和发展机遇。

实现产业资本与金融资本的融合，是我国经济发展的必然趋势，也是当前建立现代企业制度的难点之一。由企业自愿组合设立"企业相互保险公司"是克服这一难点的便捷之路。筹备中的"中国企业家保险公司"，成员单位主要以国有企业、股份制企业、乡镇企业、"三资企业"、民营企业为主体，其资金来源不是金融资本的搬家，既不会增加国家财政的负担，也不会影响企业自有资金的运用，反而可以将社会上部分闲置的产业资本转化为市场条件下的金融资本。

四 与进入中国保险市场的外国保险公司进行竞争的需要

西方保险市场已基本饱和，中国保险市场还有70%待开发。西方保险业巨头早就瞄准了中国保险市场，垂涎三尺。1992年以来美国友邦保险公司、日本东京水灾火险公司等相继进入上海，目前已有美、英、日、德、瑞士等100余家外国保险公司在我国设立了代表处。西方保险业吞食中国保险市场大蛋糕的阵势已经摆开。面对实力雄厚、经验丰富的国外强手，我们必须迅速奋起，学习借鉴国外的先进经验，创建能够与国际保险业巨头进行竞争的保险公司，加快我国保险事业的发展。

组建企业相互保险公司的有利条件

中国企业管理协会和中国企业家协会牵头组建企业相互保险公司，具有许多有利的条件，主要是：

第一，协会成立16年来在中央和国务院领导的支持下，围绕改革开放，推进管理现代化，培育企业家队伍，发展社会主义市场经济，做了大量工作，在企业界有良好的信誉和影响。

第二，协会的组织机构覆盖全国36个行业、30个省和260个大中城市，拥有10多万家大中型企业会员，形成了组建企业相互保险公司的组织基础。

第三，协会聚集了大批掌握管理理论知识，富有管理实践经验，熟悉现代化管理方法，了解国内外经济发展动态，热心为企业和企业家服务的人才。

第四，协会建成了以北京为中心，联结国际数据库、全国70多个大中城市、2000多家大企业的现代化的电子信息数据交换网络系统，为相互保险公司开展业务提供了有利条件。

第五，协会在多年推动企业改革的过程中，对社会保障体制改革与发展有深入研究，了解企业的需求，有助于相互保险公司发挥高质量的服务功能。

第六，协会在国际上与40多个国家和地区、70多个管理团体和一批国际性财团，以及金融保险机构建立了合作交流关系，相互保险公司建立后，能够凭借这些渠道开拓国际业务，走向国际市场。

第七，协会拥有两万平方米建筑和相当规模的培训中心、咨询中心、信息中心、研究机构、法律服务机构、国际交流机构、报纸、出版社、杂志社等，相互保险公司设立之后，能以最低的成本、最快的速度投入运行。

第八，凭借与国际保险业的良好关系，可以获得先进的企业经营管理经验和人才培训帮助，如瑞士再保险公司、美国再保险公司等均有承诺，并对拟创建的企业相互保险公司给予了宝贵的建议。

企业相互保险公司的组织设计

“中国企业家保险公司”拟成为一家以产物险为主的相互保险公司。公司将在中国人民银行的监管下规范地开展业务活动。

在组织形式上采取相互保险公司的形式，资产属全体成员所有。任何法人组织或自然人，在向公司投保的同时，就自动具有公司成员的身份，享有公司分红权利及保险保障权利。即被保险人与保险人两种身份合一。公司的最高权力机构是成员代表大会。董事会是公司的决策与执行机构。

企业成败的关键在人才。在管理策略上，将坚持“以人为本”，以诚信的态度和良好的待遇,聘请具有保险理论与实践经验的优秀管理人才和精干的专业人才，组成结构合理的企业职工队伍。公司将定期、高标准地对全体员工进行职业教育、岗位培训，在条件许可的情况下，分批分期对业务骨干人员进行境外培训，为公司员工提供全面发展的有利条件。

“企业相互保险公司”在管理手段上建立现代化的信息管理系统，借鉴发达国家保险公司的管理系统及手段，实施信息化管理，建立财务管理系统及财务稳定预警系统，建立公司与被保险单位相结合的风险管理网络。

市场竞争 知识资本 创造思维*

张重庆在中国总会计师协会第七次年会上发表演讲

21世纪的脚步，正伴随着中国进一步扩大开放、深化改革的号角，清晰可闻地向我们走来。再过五年，人类将进入21世纪。新世纪将是人类历史上高新技术产业飞速发展的时代，面对新世纪经济的全球化和日趋激烈的国际市场竞争的挑

*本文原载1996年《总会计师》杂志第6期，系作者1995年11月作为中国总会计师协会顾问在第七次年会开幕式上的演讲。

战，我们应该如何应对？这不能不引起我们的深入思考。

市场竞争

竞争是推动社会经济发展的动力。市场经济的本质就是平等竞争，优胜劣汰。我们要充分认识市场竞争和发挥市场竞争作用的问题。

市场竞争主要从两个方面观察：一看国内市场，二看国际市场。现在世界经济走向全球化，国内市场正在融入国际市场。所以考察市场竞争，既要看国际市场的状况，也要看国内市场的状况。

发展经济已经成为当前世界各国的首要任务。最近美国的一家杂志主编采访我，问我：美中贸易额去年达到500亿美元，美中贸易发展的根本原因是什么？我回答说，有两个原因。一是合作愿望的一致性。东西方两大军事集团的对抗消失，使世界政治、经济环境发生了根本性的变化，和平与发展成为国际关系的主流，大国都在谋求在世界经济竞争中地位的提升，中美两国都在为发展本国经济而多方努力。二是中美两国经济上的互补性。中国拥有12亿人口的巨大的消费市场。美国拥有充裕的资金、先进的技术设备、丰富的管理经验和过剩的生产能力。美国需要中国的大市场，中国需要美国的技术与资金。经济上的这种互补性和东西方经济合作的国际环境，是中美贸易额快速增长的最重要的原因。

1992年由于苏联解体，东西方两大军事集团的长期对抗消失，世界主要国家开始裁军，缩减军费开支。在这种情况下，各个国家有可能把主要的精力和更多的资金投入经济发展。

从我国的情况看，邓小平同志早在1978年就提出要把工作重点转移到经济建设上来，实行对外开放政策。近年来其他社会主义国家也都在仿效，以经济建设为中心。过去拉丁美洲国家因为历史原因，与美国矛盾很深，为了反对美国，实行闭关锁国政策。现在这些国家也都开始实行对外开放，在经济上恢复和发展同发达国家的交往。对外开放是一个历史潮流。随着时间的推移，越来越看出，1978年党的十一届三中全会全党工作重点转移的伟大决策是英明正确的，是中国历史发展的必然选择。

从全球经济看正在走向一体化，这主要是由于交通、通信的发展，使得高山大海不再成为人们进行商业交往的难以逾越的障碍。目前在全球任何一个城市乘飞机，24小时之内一定能够到达世界上另外任何一个城市。光纤通讯几秒钟内就能接通越洋电话。在交通和通信高度发展的今天，国家之间、大洲之间相互交往，如同邻居互相串门一样方便，这就使得整个世界贸易量近几年来成倍地增长，每天全球的资金流动量达到一万多亿美元。国家之间的经济交往越来越密切，这是我们目前生活的这个时代的一个显著特点。

跨国公司争夺国际市场的斗争越来越激烈。目前全球排名前500家跨国公司，年销售都在上千亿美元，销售网络遍布全球。这500家跨国公司占有整个西方世界工业总产值的2/3以上，直接投资占全球总投资量的85%以上。

跨国公司竞争激烈的主要表现是：一些大公司、大银行互相兼并，规模越来越大。美国的第三和第六大银行合并后变成美国第二大银行，合并后雇员裁减几万人，一年可节省成本开支50亿美元。全球出现的大公司互相兼并、合并的热潮，正是跨国公司争夺市场矛盾激化的表现。

跨国公司争夺国际市场出现了新的特点，过去可以说这个跨国公司是美国的，那个跨国公司是日本的，或者是法国的。现在互相兼并，公司总部从一个国家迁移到另一个国家，有些公司的国籍已经难以分辨，所以人们给这些公司一个新名称，叫做“无国籍公司”。无国籍公司的出现是经济全球化和跨国公司竞争加剧的表现。

目前的经济竞争已经不限于跨国集团之间的竞争，现在上升成国家与国家之间的竞争。1945年美国国民生产总值占全球的75%，当时美国领导世界经济发展。到1950年美国国民生产总值占全球的50%，现在美国国民生产总值只占全球的22%—23%。第二次世界大战后日本、德国经济迅速发展，形成美国、日本、德国在国际市场上鼎立的局面，美国对世界经济的主导作用已经不复存在。

美日汽车贸易战就是美日国家之间经济竞争的一个突出表现。日本吸收借鉴美国先进的汽车生产技术，提高了本国汽车生产的竞争力，反过来把美国从欧洲汽车市场上往外挤，很多市场份额都让日本厂商夺占，引起美国汽车业的不满。从前年开始美国三大汽车公司联合起来，共同开发新型汽车，应对日本汽车工业的挑战。美国汽车公司联合开发生产同样性能的汽车，与日本相比生产成本更低。原来美国汽车被日本挤得够呛，现在情况起了变化，日本国内买美国汽车的人也越来越多，美国人要求增加对日本的汽车出口量，日本政府不同意，因而爆发了美日汽车贸易战，这是两个大国之间的经济竞争。欧洲与美国的农产品贸易战也是同样原因，欧共体为了保护自己的农产品消费市场，对抗美国农产品的输入，也曾爆发过激烈的农产品贸易战。这些都是国家与国家之间的经济竞争战。最近几年各国元首出访都带着一大批企业家，政治为企业开道，为发展本国经济贸易开道。国家元首出面帮助本国企业拿生产订单，连克林顿总统也出面为美国波音公司拉生意。这反映出历史性的潮流，就是政治为经济开道，外交为经济服务。目前的经济竞争不仅是公司之间或国家之间的竞争，而且出现了国家与国家联合起来，组成区域联盟进行竞争，变成超级经济竞争。如欧共体 12 个国家从 1993 年 1 月 1 日零点开始，取消边界、海关，实行商品、资金、劳务、人员的自由流通，组成统一市场，使得生产组织更加合理化，可以大大降低生产成本费用，增强产品的竞争力，对抗欧共体以外的国家，特别是美国、日本的经济竞争。美国也采取了相应的措施，与加拿大、墨西哥联合，组成北美自由贸易区，其目的就是要对抗欧洲自由贸易区，现在南美一些国家也要求加入北美自由贸易区。就我们所处的亚洲、太平洋地区来说，现在东盟七国准备组成自由贸易区，就两万项关税问题达成协议，计划到 2000 年形成东盟自由贸易区。面对世界性的超级经济竞争，我们怎么办？国务院提出组建大公司、大集团的战略。这是中国企业走向世界，参与国际竞争的一个重大战略措施。

从国内看，国内市场正在国际化，这是一个不可逆转的新趋势。1990 年我去深圳，站在街头一看，感触很深、水果、大米、百货很多都是来自国外或香港，回到北京后，我就在一些会议上提出一个观点：中国的国内市场正在国际化。当然那时候还不允许外国人在中国搞商业，后来允许外国人在中国合资搞连锁商店，大城市出现了许多洋货专卖店和洋快餐店。外国商品和外国服务业进入中国市场，这是国内市场正在国际化的一个重要反映。

从资金市场来看，外国资本通过合资、融资、租赁等形式，也在进入中国市场。现在大约有一百多家外国金融保险机构在中国设立了办事处。金融和保险业是我们目前尚未完全开放的少数领域，但是随着我国将要加入世界贸易组织，开放金融保险业和通信业的日子也为期不远了。

在国内市场上外国产品的竞争力是很强的。外国汽车、通信设备、电器产品大量进入中国。美国摩托罗拉公司占领我国无线通信市场 70% 的份额。中国政府已宣布明年关税降低 30%，在这种情况下，我们的企业怎么办？我们的产品竞争力怎么样？我们能不能抵挡住外国产品？我们自己生产的很多产品本来在国际市场上就不行，若在国内市场上再卖不掉，抵挡不住进口货，你往哪里销？你的工厂怎么办？这是个很大的问题。

最近我去韩国访问，看到满街跑的都是韩国车，只见过几辆奔驰轿车。他们不是买不起外国轿车，而是强烈的爱国精神，提倡使用国货，从心理和制度上构筑了一道保护民族工业的钢铁长城。我国参加世界贸易组织，关税还要进一步降低，这个问题很严峻。我们为什么要大讲市场竞争，就是要唤起全民族的危机感。要有这种忧患意识，以此促进民族精神的振奋，应对参加世界贸易组织的挑战，这是一篇必须做好的大文章。

知识资本

知识资本，包括知识、信息、管理、技术等。知识资本是当代社会发展最为重要的资本。

第一，工业生产正在从资源集成型转向知识集成型

从全球看工业生产正在从资源集成型向知识集成型转变。什么是资源集成型工业？就是在工业生产过程中主要依靠大量消耗能源、原材料、劳动力来进行生产的工业。什么是知识集成型工业？就是在生产过程中主要依靠消耗知识、技术、信息来进行生产的工业。传统的钢铁工业生产需要大量矿石、燃料，再加上一些简单的机器设备和技术诀窍，就可以把钢铁生产出来，所以钢铁生产是一种资源集成型的工业。汽车工业呢？大家可能觉得汽车工业很赚钱。其实不然，汽车工业是20世纪20年代有代表性的产品，并不是今天有代表性的技术产品。因为每生产一辆汽车所消耗的能源、原材料占总成本的60%以上，换句话说，汽车工业的知识附加值只占40%。过去汽车工业曾经属于知识集成型产业业，风光一时。现在变成了资源集成型的产业。20世纪80年代最有代表性的知识集成型工业是什么呢？是半导体器件。半导体器件在工业生产过程中消耗的能源、原材料只占总成本的2%。换句话说，半导体器件生产总成本的98%是知识、管理、信息、技术的含量，也就是说用很少的一点能源、原材料就能生产出附加值很高的智力密集型工业产品。20世纪90年代最有代表性的知识集成型工业产品是计算机软件。一份计算机软件可以卖几万、几十万乃至上百万、上千万、上亿美元，而复制这个软件的材料和复制的生产成本却微乎其微，其价值含量主要是知识、技术、管理、信息的附加值。现在发达国家的工业生产正在从资源集成型向知识集成型转变。美国已经把汽车、计算机硬件等产品，越来越多地转移到发展中国家生产，他们自己则更多地从事技术开发、软件开发、研制高科技产品，这是当前世界工业发展的新特点。

第二，科学技术发展出现新的跨越

大家从报纸、电视上看到许多有关报道。现在由于生物计算机的出现，使得计算机具备了记忆功能、思维功能和逻辑推理功能，智力水平达到初中生的水平，将来进一步发展，可能达到高中生的智力水平。计算机的体积会越来越小，可做成像糖块一样大小，安装在人的身体里可以指挥人的动作，使盲人见到光明，使瘫痪人能站立行走。半导体器件的知识价值含量为什么那么高呢？海湾战争中，美国人使用激光制导的战斧式导弹，准确命中伊拉克水坝下的发电机组，而不伤大坝。战斧式导弹之所以这么精确，是因为上面安装了具有存储记忆功能的半导体器件。日本生产的这种半导体存储器，卖给美国人，美国人把它安装到导弹上，使用后效果非常好。特殊的功能大大提高了半导体存储器的附加值。

第三，信息产业的发展超越传统产业的发展

计算机软件的销售额超过计算机硬件的销售额。1993年全球计算机软件的销售额是9000亿美元，而硬件的销售额只有700多亿美元。到2000年全球整个计算机市场的销售额将达到1万多亿美元。计算机技术的发展，多媒体技术的出现，使信息产业加速发展。美国EDI公司在总部中央大厅里，曾经举办了一次由全球几千名音乐家同时演奏一支交响乐的音乐会，通过多媒体计算机网络，使分布在全球各地的音乐家都能随着美国乐队指挥家的动作，同时演奏一支和谐的交响乐。这是在过去任何历史时代都无法实现的梦想，但是由于有了计算机网络，有了多媒体技术，梦想变成了真正的现实。

信息技术的发展会产生令人难以想象的巨大成就。大型计算机网络的应用，能够瞬间完成任何个人，甚至千千万万人的集合体也难以做到的事。美国在海湾战争中拦截导弹，正是运用高科技手段，空中卫星把接收到的伊拉克导弹轨迹图像传送到在澳洲的美国海军基地，再转送到美国北卡罗来纳州空军司令部基地，大型计算机计算出伊拉克导弹飞行轨迹数据，推算出美国拦截导弹的数据，再转送到沙特前线，以及美军导弹发射架，指挥导弹升空拦截，整个过程只用15秒钟，如果靠手工计算，多少人也难以在这么短的时间里完成。

计算机网络和多媒体技术在社会生活中的广泛应用，将引起人类生活方式和工作方式的变革。现在西方出现没有办公室的公司，可以在自己家里上班，今后生产方式也将随之发生变革。我考察过美国国家数据中心，很受启发。美国社会是允许个人持枪的，为什么没有打得一塌糊涂，因为美国有一个庞大健全的计算机社会安全网络系统。在计算机网络上有公民出生时确定的个人安全卡号和不良行为记录。例如，开车违反交通规则，都会写入计算机网络个人电子档案。你没有不良表现，记录就是清白的。你若求职，人家一定要查阅计算机网络，看你是否有不良记录，若无不良记录才会录取你，若有不良记录，就会受到影响。你有什么不良表现，或者经营过程中有违规行为，都会写进电子网络。美国人在做生意签协议前，都要打开电脑看一看，查对方的信誉，这样一般人就不敢轻易违规。违规者就没有饭碗。作为企业来说，也就无人跟你做生意。我国现在没有这样的社会治安信息系统，难以掌握和检索全国性的、大量的和动态的信息。诈骗犯、大牢里释放出来的人、违法犯罪分子等等，脸上又没有刻字，他和正常人一样，表面上是识别不出来的，所以诈骗行为屡屡发生，在很多地方通行无阻。北京有个大学教师，私刻校印，办培训班赚了十几万元，拘留三个月又放了出来，学校勒令他三个月调离。假如他调离以后，再继续骗人，谁又能知道他有前科呢？所以像美国那样,在中国建立一个庞大健全的计算机社会治安网络系统是必要的。

第四，世界财富从资源拥有者流向高技术拥有者

由于高科技的发展和应用，80年代西方国家对能源、原材料的消耗减少了1/3。1960年美国的钢铁消耗量为1.2亿吨，1989年国民生产总值增长两倍半，钢铁消耗量反倒下降到8000多万吨。日本也是这样，1979年以前国民生产总值每增长1%，能源消耗量增长0.6%；1980年以后采用高科技节能，国民生产总值每增长1%，能源消耗不仅不增加，反倒要减少0.94%。由于西方国家对原材料、能源的需求减少，使得整个国际市场的供求关系发生了变化。本来在六七十年代亚非拉国家卖原材料是很赚钱的，到80年代非洲国家人均收入减少25%、拉丁美洲国家人均收入减少10%，就是因为原材料、能源长期处在低价位上，多少年都上不去。由于供求关系出现的这种变化，使得世界财富由资源拥有者迅速流向高技术拥有者。据联合国1992年人类发展报告指出，世界上20%的最富的国家和20%的最穷的国家人均收入差距，1960年是30倍，1989年是60倍。收入差距的迅速加大，说明了世界财富从东方向西方的大转移。

造成这种状况的最根本的原因，是由于迅猛发展的世界新技术革命的推动。这也充分说明当代知识资本的重要。不是说你人多、资源丰富，就一定能够发展快。过去我们盲目陶醉于中国地大物博、人口众多的优势，可是在现代生产过程中起决定作用的，不是人口多少、也不是物质资源多少，而是取决于知识、技术、信息、管理的开发应用程度。知识、技术的优势在强化，而自然资源、劳动力的优势在弱化。在企业发展上过去规划企业增加生产时，往往首先考虑增加多少投资、多少厂房设备等，这是我们在长期计划经济体制下形成的一种传统思维定式。而西方国家往往首先是考虑如何在不增加厂房、设备、劳动力的前提下，提高利用率，降低成本，更多地增加产量和市场销路。

前不久我到韩国大宇和三星公司访问，看到人家的厂房利用率很高。回过头再看我们自己的汽车制造厂、电视机厂，厂房又高又大，生产线之间的空间那么大。韩国咨询公司总经理到我们的汽车厂和电视机厂参观，对厂房利用率之低感到惊讶，说你们至少可以把利用率再提高30%。这就是在两种经济体制下，不同的观念所造成的。北京每年开全国计划工作会议时，省长带着市长、厂长，几十人会内会外跑，一股劲地争投资，这也是观念问题。到底经济效益主要靠什么取得，账怎么算，这也与我们的总会计师有很大的关系，怎么样才能把我们有限的资金、设备、资源更充分地利用起来，不断提高经济效益。

知识资本的价值应当得到社会的承认。现在大家都重视有形资产，重视硬件，不大重视知识资本，知识资本的价值往往得不到体现。比如收入“脑体倒挂”现象。这个问题会随着经济发展水平的提高，特别是随着企业经营管理从生产经营管理，提高到资本经营这个高度之后，逐步解决这些问题。一些台湾学者曾对我说，台湾60年代的情况与大陆现状差不多，不大重视企业管理，那时候在台湾进行企业管理咨询、培训等服务，学费和咨询费也很难收。现在台湾不同了，大家重视企业管理，咨询、培训等服务发展起来了，成为很赚钱的行业。

我接触到一些美日专家，他们提出合作开展培训。我说培训可以搞，就怕付不起你们派来的教授的费用，他们感到无法理解。一位日本营销大师提出在中国办三天一期的培训班，每个学员收2000美元。我说可能交不起，他说优惠，每个学员交500美元，我说3天培训，收学费500美元，不会有多少人报名。1992年我到英国兰开斯特大学参加中英企业管理决策过程比较研究，该大学信息学院给英国航空公司董事会举办专题研讨培训班，研讨如何处理公司内部的劳资关系问题，十多名董事参加，一个星期的学习研讨，付费25万美元。在曼彻斯特大学企业家培训中心，我问该中心的主任，讲课费如何付，他说，按照讲课人的具体情况，讲两个课时，最多的付5000英镑，最少的付2500英镑。这不单是个付费多少的问题，主要是反映了社会的知识价值观，反映了社会对知识资本、无形资本的重视和认可程度。

创造思维

从人类的职业活动看，基本上分属于劳动生产领域、科学探索领域、艺术活动领域和军事活动领域，从而形成与此相应的四种职业思维：技术思维、科学思维、艺术思维和军事思维。管理者的思维更带跨领域的综合性。从管理者职业思维的特征看，大体可分为两类：一类属于保守思维，因循守旧、不思进取；另一类属于创造性思维，推陈出新，积极进取。在实际工作中，经常可以看到，办事跟风，随着潮流跑，“一刀切”、“一个模式”。所有这些都是缺乏创造性，或创造性受到压抑的表现。由于我国几千年封建思想的束缚，创造性思维很难充分形成和发挥作用，对创造性思维的研究则更少。国外非常重视创造性思维的研究。1980年我到日本访问，日本能率大学送给我一套教材，就是“创造学”。我非常赞赏西方大学开设的创新学课程，培养学生的创新思维能力和创新精神。希望有一天，创新学课程也能够登上中国大学的讲坛。

有人把创造性思维看得很神秘，其实不然。例如新产品的开发创新，就是通过综合、移植等办法，改变形态、功能，或者放大、缩小、或者转换、代替，或者颠倒、重组，都可以创造出新的产品。举个简单的例子，把手写的贺年片加上芯片，可以变成会说话的贺年片，这就是创新。如果能够把茶杯和发音设备结合起来，变成会说话的茶杯，这就是创造。又如把电视机的外形、大小和显示方式加以变化，加大到像电影银幕，缩小到像袖珍收音机，出现各种各样显示方式的电视，适应各种消费者在各种场合的需求，这都是创造性思维的结果。创造并不神秘，人人都有创造的巨大潜能，就看你的潜能有没有开发出来，有没有发挥的空间。比如，有人把磁铁放在杯子底，变成磁化杯专利；把磁铁放在梳子里，变成磁化梳专利；把磁铁放在脸盆里，变成磁化美容盆专利；把磁铁放在裤带里，成了保健磁化带专利。甚至少年儿童也可以搞出专利，报纸上登载过这样的事例。可以说，人人都有创新和发明的潜在能力，无论做何工作，只要充分发挥创造性思维，就一定会做得有声有色，生动活泼。

因循守旧则是创造性思维的大敌，往往会闹出很多笑话。美国共和党总统竞选委员会副主席方李邦琴女士曾对我讲过一件事。她听说四川的皮蛋很好吃，就开车到旧金山唐人街买了一坛皮蛋。但是，回家后，这一坛皮蛋放在客厅茶几上三天没有吃成，因为碰到一个解不开的谜，就是坛子盖打不开。她想把坛子砸开，但是坛子很好看，是一件工艺品，不忍心打碎。后来，方李邦琴女士又返回唐人街，费了很大周折，才找了一个80多岁的福建老太太，这个老太太告诉他，坛子盖的边沿是用胶泥封的，胶泥干了以后，用手是掰不开的，必须用热水泡，胶泥泡软了才能打开。方李邦琴女士非常感慨地说："世界上所有国家生产的产品都有说明书，唯独中国的皮蛋没有说明书，你不写清楚怎么启封坛盖，我们怎么能打开呢？其实，怎么吃法也应当说明。"直到现在，我国有些出口产品，还是没有符合国际标准的说明书，这在国际市场上是万万不行的。出口到海外的五金工具，外面涂满厚厚一层黄油，再用旧报纸包上，这种防锈方法早已落后且不雅观，更不受人欢迎，美国进口商拿到货，不敢摆到样品间，只好倒在混凝土里盖房打地基用。就像改进产品包装这种小事，难道我们都不能做到吗？

总会计师是企业资本运营的主管，责任重大，一定要有创造性思维，善于盘活沉淀的资产，加强现有资金的运作，强化财务会计管理，降低成本，提高竞争力，为企业赢得更多的经济效益，如果能做到这一点，总会计师在企业里的地位就会大大提高，成为企业内运筹帷幄、决胜于市场的"参谋长"，受到企业干部职工的欢迎，为企业的发展和国民经济的振兴做出更大的贡献！

对我国经济发展重要问题的建议*

7月18—20日国际管理学者协会联盟、中国人民大学、国家自然科学基金会、中国工业经济联合会、国家经贸委经济研究中心、中国投资协会、中国总会计师协会、人民日报、首都企业家俱乐部等单位主办，以“经济全球化与管理革命”为主题的'99世界管理大会在北京召开。这是世纪之交的一次全球性的管理科学大会。国内外近600位著名教授、专家和企业家汇聚北京，深入探讨了经济全球化的国际环境中，管理科学家的历史使命及其不断进行管理创新等问题。

管理创新：面临的重大战略问题

经济全球化、信息网络化、产业知识化是21世纪世界经济发展的大趋势。经济全球化是一把双刃剑。对发展中国家来说，经济全球化是新的机遇。通过资本在全世界的自由流动，信息的跨国瞬间传播，以及资源的全球化合理配置，可以加速科技成果向市场化的转变，提高社会劳动生产率，保持经济在较长时期内稳定增长，有利于发展中国家引进资金、人才、先进技术设备，学习先进的管理经验，开拓国际市场。经济全球化又是严峻的挑战，主要是对决策因素的影响增大，经济泡沫较易形成，金融风险传递加速等。

由于世界经济的“游戏”规则是在发达国家主导下制定的，使发展中国家往往处于不利地位，甚至在国家经济安全和国家主权方面也有可能受到威胁。为了迎接挑战，就必须适应世界经济发展的大趋势，在国家管理和企业管理上有所创新。从这个意义上说，管理创新是关系到21世纪国家经济繁荣、政治稳定、企业

---

*作者受国际管理学者协会联盟委托，1999年7月18日至20日负责在北京组织召开'99世界管理大会，担任大会组织委员会常务副主任和主席团秘书长，会后撰写观点综述，报送国务院和国家经贸委，本文原载《全球化与管理革命》文集。

蓬勃发展的重大战略问题。推动管理创新，需要从战略目标、人的素质、组织素质和战略合作关系等方面着手进行。

一 转变管理战略目标

制定管理战略目标，不仅要考虑短期利益，更要考虑长远利益；不仅要着眼国内，还要着眼国际。管理的首要战略目标定位应当是，由追求数量增长转向追求竞争力的提高，企业要培育核心竞争能力，国家要培育具有优势的核心产业。

二 把人放在首位

联合国21世纪教育委员会在《教育：财富蕴藏其中》的研究报告指出：21世纪是强调以人的发展为中心的世纪。综合国力竞争和企业市场竞争实质上是人的素质的竞争。人的素质高低决定国家的前途和企业的命运。

三 提高组织素质和应变能力

组织素质是国家、社会、企业组织的根本优势之所在。组织素质和应变能力的提高需要通过不断学习和实践。当今已有许多国家提出要建设学习型社会。70年代初联合国教科文组织提出向学习型社会前进。80年代美国、日本等发达国家提出由学历型社会向学习型社会过渡。1991年美国政府提出教育发展战略，强调把美国变成人人学习之国、把社区变成大课堂。不久前新加坡政府提出要建立学习型政府。在21世纪，国家、团体、企业都需要创建学习型组织，通过学习新知识，不断创新，不断提高组织素质和应变能力。

四 从竞争转向竞争与合作

传统的竞争方式是采用消灭竞争对手，占据行业垄断地位，进行你死我活的竞争。近年来人们开始认识到单纯强调竞争的思维定式有许多缺陷，为了实现管理创新，大企业开始与供应商、客户，甚至与竞争对手建立战略合作伙伴关系，既竞争又合作，将各自的优势综合起来扩大和开拓市场，共同分享利益。

加快由传统经济向知识经济的转变

知识经济是建立在知识和信息的生产、分配、使用之上的经济体系。在知识经济体系中，知识作为独特而无限的资源，成为经济发展的核心要素。加快由传统经济向知识经济的转变，是我国经济发展面临的一个重大问题。

一 有重点地发展信息产业和其他高新技术产业

从我国的比较优势与劣势出发，在硬件生产方面，多数行业应以劳动密集型的产品开发生产为主，不能不顾实际经济效益而去发展中国不具备比较优势的资本密集型产品的开发和生产，使我国经济走入歧途。在软件生产方面，尤其是中文软件的开发与生产，文化技术的优势和市场的优势在我们手里，我国完全可以与发达国家争高低。

二　运用高新技术改造提高传统产业

在现阶段我国发展知识经济应该坚持发展与改造并举的方针。这是因为我国尚处于工业经济时代，企图全面实现跨越式发展是不可能的。具体地说，发展与改造并举的方针，就是在有重点、有步骤地发展高新技术产业，实现重点产业领域、重大项目的技术跨越的同时，运用知识、信息和新的思维方式，改造传统产业，使其提高竞争力。

三　进一步发挥宏观调控作用，增加科技的投入

为了促进知识经济的发展，政府应适度加强宏观调控，为科教兴国战略提供资金保障。同时，逐步使企业成为科技进步和科技投入的主体力量，推动大部分科技力量进入以企业为主体的技术开发体系，实现科技与经济结合、科研机构与企业融合，以及产学研联合。

四　实施引进吸收创新战略，加强外资引进导向能力

吸收国外先进技术是发展高技术的一条捷径。我国高技术产业化的战略选择应是：在引进技术的基础上加强研究开发，通过高技术及其产品在各个产业部门的广泛应用，促进技术的提高和产业的升级，形成高技术产业的国内大市场。

五　重视知识的生产、分配和应用，提高人力资本素质

加快发展教育，促使大学集教学、科研和社会服务三项基本功能为一体，成为发展知识经济的动力源泉。加强具有普遍意义的基础理论、基本知识和基本技能学科建设，从以传播知识为主的教育体系转向以全面提高公民素质为主的教育体系，增加教学制度与方法的灵活性，积极为优秀人才创造参与经济与科技产业开发活动的条件。

六　促使高新技术产业区成为迎接知识经济挑战的前沿阵地

目前由于缺乏统一规划管理指导，高新技术开发区各自为政，重复建设，相互掣肘，对高新技术项目的鉴定和产业转化能力薄弱，缺乏风险投资机制，缺乏与国际上的稳定有效的联系等。建议由科技部组织力量，建立高新技术开发区网络，形成合力，发挥应有的优势；制定全国开发区总体规划，避免项目重复建设和产品互相残杀；尽快完善有关的优惠扶持政策等。

七　创建国家创新体系，使之成为发展知识经济的引擎

国家创新体系，包括观念创新体系、知识创新体系、技术创新体系、制度创新体系和管理创新体系等。建议国务院加强对实施“国家创新体系纲要”的指导和监督，确保各级政府部门既有侧重又有协作，协调地逐步实施。

八 加强软科学研究，建立经济和社会发展的科学支撑体系

综合运用多学科的知识和决策理论、系统工程和技术经济分析方法以及现代科技手段，对各种复杂的自然现象和社会问题，从经济、社会、科学、技术、管理、教育等各个环节之间的内在联系入手，研究其规律性，找出对经济、社会的运行进行必要的协调与控制的手段，为有关的发展战略、目标规划、政策原则及组织管理等提供科学的决策依据。

杜绝人才管理的腐败

21世纪是知识与智力资本制胜的世纪，作为经济发展核心要素的货币资本让位于知识资本。经济发展的动力来自具有知识与创新能力的人。人才竞争居一切竞争之首。人才管理是各项管理的核心。如果能充分发挥现有人才的全部潜力，将对我国经济、教育、科技和企业管理的发展产生不可估量的推动作用。

人才的智力能量一旦进入生产领域，与货币资本和物质资本结合，就会转化成现实的巨大的生产力，带来超常的经济效益。在进行社会物质利益再分配的过程中，不仅要按照物质资本和人才自身劳动力的投入进行分配，而且要把人才作为一种智力资本的投入，参与收益的按资分配，真正确立人才资本在市场经济中的主导地位。当前必须加快人才管理机制的改革，建立人才评估制度，开辟通过市场配置人才的通途，发挥人才的作用。

一 确立体现时代精神的新的人才管理机制

建立强有力的人才流动与调控管理体系，完善有关的法律法规和社会保障体系，保障人才流动、公平竞争、合理使用，维护人才的合法权益，使人才管理做到有法可依、违法必究，杜绝人才管理的腐败。

二 人才管理与市场经济接轨，通过市场配置人才

对高级经理人才应逐步改变由政府部门选配的行政管理方法，让优秀人才走向市场，发挥价值规律调节人才市场的作用，在人才市场的竞争中由市场来进行调节，促使人才资源配置趋向合理。

三 建立社会人才评估机构

企事业单位选聘经理人才和确定待遇报酬，需要有能够正确反映被聘用者的真实状况和社会水平的参考依据，因此很有必要建立人才评估专业机构，由人才评估专业机构向企业提供可靠公正、信誉值高的用人依据。企业参考评估专业机构对经理人的气质、作风、能力、知识、业务水平，以及贡献大小的科学评估，给他们确定相应的等级和报酬，以利于企业进行科学的人力资源管理。

尽管现在实行职称评定考试制度，在某些领域可以给人的能力水平以一定的评价，但是大多数专业领域尚属空白，而且仅凭职称评定考试的成绩，对各类专门人才也难以做出科学合理的综合素质的评价。因此，配合人事干部制度的改革，组织具有专业水准的人才评估机构，作为权威性的社会中介组织，以确定对职业经理人的培训、考核、资格认证、能力和实绩评价，以及聘用、解聘的科学标准和程序，制定测评的规则，确定能力素质的要求指标，审定拟测评人员资格等等，是非常必要的。

社会对建立高层次专业人才评估机构有广泛需求。通过科学方法对经理人员进行全方位考核、评估，确定相应级别，赋予优秀者更大的权责和宽松的发展环境，对相形见绌者及时淘汰。经理人的价值在于社会评价。优者市场价值高，各家争相聘用；良者价值平平，可能降级使用；劣者被社会抛弃。只有这样才能够形成对企业家有力的激励与约束机制。

掌握开放金融体系与自我保护的均衡点

在经济全球化的背景下，各国金融市场相互依存关系加深。我国金融体系逐步融入国际金融大舞台是大势所趋。

目前国际金融舞台形成的格局是：几乎所有的国家和地区都登上了这个舞台，舞台的游戏规则对所有参加者一视同仁，这似乎是公平的，但参加者的实力极其悬殊，因而按同一规则较量，就很难是公平的。弱者力争有利的参加条件，强者不得不做些让步，但整个游戏规则的决策权掌握在强者手中。

面对这样的格局，中国别无选择，只能是寻求逐步融入和注意自我保护的均衡点。从中国是发展中国家的实际出发，坚持权利与义务均衡的原则。西方发达国家中的某些势力，要求中国金融业彻底实行对外开放，甚至鼓噪果断彻底实行自由化。这是一种脱离中国经济发展实际的主张。按照这种错误主张行事，只会给中国和世界经济发展带来灾难。任何有理智的决策者绝不会按照这种主张决策。当然世界上也不乏贸然采取极端措施的事例，但那是由于极度动荡的政局，使得有发号施令权的决策集团事实上丧失了选择的可能性，而绝非这种理论指导的功劳。

在人们经历了处置东南亚金融危机的过程后，西方一些有识之士承认经济实力弱的国家有必要根据具体情况安排本国金融自由化的进度,并实施某种程度管制的观点。有些国际会议的文件中也不时有实施必要管理的思路。这对于我国金融业寻求逐步融入和注意自我保护的均衡点是有益的。

加强金融风险管理

在世界经济活动中，全球化以一系列重要现象为标志，如实行浮动汇率制、资本自由流动、贸易壁垒逐渐减少等现象相继出现。最可怕的是数以百万的电子投资群遍布全球，通过电脑鼠标轻轻一点，就做出直接或间接投资的决定，可以一天之内在资金市场上成交上万亿美元的交易。

资本的自由流动和经济危机相联系。金融风险不仅有流动性风险、信用风险、利率风险、外汇风险、通货风险、政治风险、管理风险等多种类型，而且具有潜在性、长期性、广泛性、多样性等特性。因此对金融风险绝不可放松警惕，必须坚持预防为主、防范当先的原则，针对不同类型风险及其特性，采取切实可行的措施，严格监控，预防和及早化解风险，重点是及早化解流动性风险、信用风险、利率风险、外汇风险等。

从国内的情况看，我国在由计划经济向市场经济转型的过程中，尽管国家对金融实行垄断经营，但在放权政策下追求增长的高速度必定会促使地方政府和企业介入金融领域；在金融垄断条件下，尽管国家可以有效控制住潜在的金融风险，但在国有金融尚未控制的地方则有可能产生一种非规范行为，即把计划经济时期的主观任意性同市场经济时期的盲目逐利性结合为一体。如此行为作用于金融领域必定会产生无序现象，把以前受抑制的金融风险迅速转化为局部地区的金融危机。只有认识到这种特定时期的特定现象，采取有效措施和科学方法对局部金融风险予以化解，才能从全局保持金融的合法稳健运行；地方金融风险的化解还要与国有银行的改革同步迈进。要尽快培育和完善金融市场，确立独立的金融主体，为步入国际金融市场竞争奠定坚实的基础。

警惕通货膨胀危机的复发

国家的货币币值的稳定，不是靠政府部门的主观愿望和行政命令所能实现的。最重要的是宏观决策的科学化。实行赤字理财政策、发行巨额国债、扩大固定资产投资、降低银行存贷款利息等政策要适度。背离经济规律必然会受到惩罚，不能忘记历史教训，盲目乐观。

要警惕通货膨胀的潜流，关键是要走出理论误区。推行赤字理财政策务要谨慎，对“通货膨胀有益论”要予以抵制。按照货币流通规律，控制货币超额发行和信贷膨胀，实行财政收支平衡政策。

各级政府要狠抓市场供应的源头，运用所掌握的经济调控手段，建立农业生产扶持基金、专项储备基金和市场风险基金等，下大力气扶持农业。

物价改革不能用政府的行政行为代替客观经济规律。采用行政命令调整物价的方法只会引起连锁涨价，推动新一轮的物价上涨，加剧通货膨胀。应该遵循市场价值规律原则，让商品价格在市场竞争中围绕商品价值上下浮动，调节供求关系，达到优胜劣汰。物价改革不是保护落后、掩盖管理不善，不能片面强调某一种商品或服务价格偏低或亏损，就用行政命令大幅度地提价。物价改革也不能满足个别部门追求利润最大化的欲望，不顾消费者的损失，片面地大幅度地涨价，使局部得到暴利而全局受损。

国家应加强对市场物价的管理监督，对商品物价进行分类管理，具体操作可分为直接控制与间接控制。既不撒手不管，又不行政干预。国家通过税收、信贷、法律等手段调节利润分配，不能只靠提价。

发挥国家政权威力，制定法规，规范市场秩序，运用政府行政手段和法律手段对扰乱市场、哄抬物价、欺诈消费者、牟取暴利等不法行为严加惩处。建立长期固定的物价监测制度和全民监督网络，发挥新闻舆论的监督作用。

国有商业最能体现为人民服务的宗旨，不反映私有者只图私利的本质。国有商业参与市场竞争，不靠垄断和官商作风，要靠优质服务、高效率和低成本，薄利多销。国家要扶持国有商业的发展，发挥国有商业的作用。

逐步建立环境会计制度及其法规

在工业经济时代，传统的国家经济体制，大多数以追求经济利益为主要目标，评价指标体系，主要包括国民生产总值、国内生产总值和人均收入、人均产值、利润等，因此，往往采取大量开采自然资源→大规模生产→大量消费→大量产生废弃物的经济发展模式，导致国家自然资源和生态环境的严重破坏，迫使人类进行反思。目前发达国家已经改变过去单纯追求经济利益的生产方式，转变为追求经济利益、社会利益、环境利益等多个目标的平衡发展。企业不能为追求自身经济效益，而无偿和无节制地、不负责任地开发自然资源；同样，企业亦不能以牺牲社会生态环境为代价追求自身经济效益。与此相适应，发达国家在会计制度上改变了传统会计制度单纯追求经济利益的成本核算法，将环境、自然资本计入成本，综合评价企业经济效益和社会经济发展的代价，加强对自然资源和生态环境的保护。这已经成为许多国家可持续发展战略研究的重要内容。

在我国随着经济快速发展，资源短缺、环境污染和自然生态被破坏的矛盾日益尖锐，建立环境会计制度势在必行。建议采取如下措施：

第一，建立由经济、环境、资源、会计管理、法律等专家组成的机构，对环境会计理论、自然资源成本、环境影响成本、企业行为规律、产品市场规律、价格体系变动、会计核算项目、法律体系变动等问题进行深入研究和试点，研究立法或修改有关法律，考虑市场手段，调整会计教育，以及审计制度。

第二，制定环境会计制度、法规。推行环境会计制度必须以法律为依据，具有一定强制性。政府部门要制定环境会计制度、法规，对企业最低限度地披露信息做出明确的强制性规定，企业必须披露尽可能多的环境资源信息。

第三，加强国民环境保护意识教育。实行环境会计制度必须以政府行为、企业行为和公众行为的有机结合为保障。加强对全体公民的环境保护意识教育、在校学生的环保基础知识教育，在大中专学校增设环境会计与审计专业课程。加强在职会计人员的培训工作，加大环境会计制度实施的宣传力度。

第四，实行环境会计奖惩制度。加大环保执法力度,做到奖惩分明。建立环保会计研究基金，奖励举报破坏生态环境，以及研究环境保护会计的有功人员。

参加综合运输体系的国际合作研究

综合运输体系是利用信息技术、通信技术及其他高科技手段创建的现代高科技交通系统。在这个体系中，以人为中心，人、道路、车辆三者有机结合。从国际上看，综合运输体系经历了70年代兴起，80年代迅速发展，90年代真正有历史意义地被建立起来的发展过程，全面的系统化发展要到21世纪才能完成。

综合运输体系的出现，改变了传统意义上的运输工具与交通的含义，使其包含了道路交通、运输工具及其信息接口的使用。综合运输体系，实质上是信息通信技术意义上的道路。不同的传感技术、显示技术、电子数据交换技术，将道路与运输工具有机地结合起来。综合运输体系的出现，会不断孕育出一个又一个新的产业，来适应人类的需求，如汽车的数码设备等。不同交通方法的多样化，促使产业基础设施逐步扩展，信息通信的基础设施、城市建设、环境保护等。

综合运输体系涉及微观管理领域、综合运输体系产业，以及综合运输体系与社会经济、与城市环境问题等多个领域。综合运输体系的发展，将会推动高科技产业，并带动其他多种新产业的发展，促进国民经济的高涨。初步估计，2015年前世界综合运输体系的市场容量将达5000多亿美元。欧美、日本都在加紧竞争，韩国已经进入这个市场，其他数十个国家也开始关注这个新兴市场。美国运输部制定的战略计划，将与联邦财政支持有关的标准按照先后顺序确定下来，优先考虑支持州际交互运营能力，其次考虑支持大城市综合运输体系的基础设施。由欧盟委员会建立泛欧综合运输体系系统结构，推进欧洲综合运输体系。日本有五位内阁大臣参加综合运输体系推进委员会。

国家综合运输体系的系统结构需要建立一套完整的标准，以保证其兼容性，促进全国系统相互依赖。同时系统结构的评判分析与系统集成的性能价格比都被列在中心地位。标准制定国提出的标准，如果成为国际标准，如同计算机的标准一样，将在经济上获得无比巨大的利益。

目前处于创建综合运输体系全球性标准的关键时期，这是一个千载难逢的机遇。日本综合运输体系研究权威人士野口佑先生认为，日中两国应当联合起来，开展合作研究，制定亚洲综合运输体系标准，这对于避免亚洲财富大量流入欧美，避免由于欧美的国际通信标准与亚洲不同所引起的国际危机，具有重大经济意义和社会意义。

我国作为12亿人口的世界大国，综合运输体系市场极大，我们绝不能把庞大的综合运输体系市场拱手让给外国人，必须尽快参加综合运输体系国际技术标准的合作研究。

加强经济监测与经济预警研究

经济监测是通过建立一套指标体系，对经济运行情况进行描述和测量。通过经济监测，确定近期内经济景气与否，经济运行何时进入回升、扩张和高涨阶段，何时转向下滑、萎缩和萧条阶段，经济循环波动的长度、振幅以及与以往的异同点，经济波动是否正常，是否存在警情，何时出现及警度多大等。经济预警通过对经济运行情况的分析和评价，预测经济发展偏离正常运行轨道的情况和出现的不正常状况。

建立经济监测与预警系统就是建立经济活动的晴雨表。经济预警的主要任务是根据经济监测的结果和景气循环的特点，对经济发展前景做出超前判断，预先发出警告，以便国家宏观经济调控部门和企业决策部门及时分析经济环境和经济因素及有关情况，找出影响经济变动的根本原因，采取对策，调控和化解危机，避免或减少损失。一些专家建议，建立国家和企业经济监测与经济预警系统，希望设计经济景气与预警指标体系，以及预警信号系统，编制企业景气指数等，便于在国民经济宏观调控和企业重大决策中运用现代化高科技手段，对可能出现的经济风险和经济危机进行科学管理，加强防范风险的能力。

对我国企业发展重要问题的建议*

国际管理学者协会联盟、中国人民大学、国家自然科学基金会、中国工业经济联合会、国家经贸委经济研究中心、中国投资协会、中国总会计师协会、中国管理科学研究院、人民日报等单位主办，以“经济全球化与管理革命”为主题的’99世界管理大会在北京召开，这是世纪之交的一次全球性的管理科学大会。国内外600位著名教授、专家和著名企业家汇聚北京，深入探讨了新世纪在经济全球化的国际环境中管理科学家的历史使命,以及如何不断推动管理创新等问题。

实现企业家与企业的最佳匹配

当前宏观经济进行调整，国有企业面临许多困难。如何使国有企业走出困境，众说纷纭。

有人认为搞好国有企业的关键是改革财产所有制，有人认为关键在于资金的大量注入。但是有些企业家和学者认为这两种看法是片面的，至少解释不了以下问题：为什么有些国有企业搞得很好，而有些民营企业反而垮台？为什么有些募集了大量资金的国有上市公司仍然搞不好，而有些民营企业、乡镇企业，国家没有分文投入却能搞好？

也有人认为搞好国有企业的关键是调整产业结构。在他们看来有些国有企业陷入困境，主要原因是所处行业不景气，整体衰退所致。但是有些企业家和学者认为这种看法不全面，至少难以解释为什么有些处于衰退行业的企业，如上海第三毛纺厂、邯郸钢铁公司等能够搞得好，而有些新兴行业的企业，如三株口服液、珠海巨人公司等反而衰败。他们认为世界上没有绝对衰退的产业，任何衰退产

---

*作者受国际管理学者协会联盟委托，1999年7月18日至20日负责在北京组织召开’99世界管理大会，担任大会组织委员会常务副主任和主席团秘书长，会后撰写观点综述，报送国务院和国家经贸委。本文原载《全球化与管理革命》文集。

业，只要注入创新活力都会焕发生机，孕育出优秀企业。

一些学者和企业家，包括民营企业家认为，搞好国有企业的关键在于，有没有足够数量的合格的企业家，以及这些企业家能否与国有企业实现最佳匹配。他们认为企业能否搞好，最主要的因素是两条：一是有没有一位真正的企业家；二是这位企业家能不能真正掌握这个企业的命运。只要有真正的企业家，真正掌握了这个企业的命运，那么这个企业不愁办不好。无论是国有企业，还是非国有企业都一样。

有些国有企业换了几任厂长、经理，依然不能走出困境，关键的原因还是未能找到一个合格的企业领导人，未能建立起以这个领导为核心的领导班子；或者是有这样的人，也走上了领导岗位，但由于管理体制的原因，不能真正掌握这个企业的命运。有些厂长、经理在国有企业里干了一辈子就是搞不好，但跳出来办民营企业突然就搞好了。这说明不是没有能力，而是原来没有能够真正掌握这家企业的命运。

为什么现阶段民营企业总体上好于国有企业呢？根本原因是，在一个好的民营企业里总会有一位好的民营企业家在经营，否则这家好的民营企业就不会存在；一位好的民营企业家总会缔造出一家好的民营企业，否则他就不是好的民营企业家。这里不存在一个好的民营企业家不能掌握企业命运和一家好的民营企业里不存在一个好的民营企业家的问题。

如何实现企业家与国有企业的最佳匹配呢？要转变企业家与国有企业配置的传统方式，即由政府选拔企业家过渡到市场选择企业家。政府的职能不是去选拔企业家，而是要创造一种由市场来选择企业家的环境和规则。严格说来，企业家是不可选拔的，只能由市场来选择和证明。

市场把企业家选择出来之后，政府、社会应加以培养、提高、激励和保护。激励国有企业里现有的已被实践证明的企业家，使他们能够为搞好企业奋斗终身。最需要避免的是，因为对企业家的激励保护不够，导致企业家犯所谓经济错误而被淘汰。有些国有企业家为社会创造了巨额财富，为国家做出了重大的贡献，但社会给予的却非常微薄，与其创造的价值极不相称。一旦发生所谓损公行为，就严厉处罚，断送了许多优秀企业家的职业生涯，这样做虽然严肃了党纪政纪，但是同时也给这些企业的发展造成很大的损失。当然对企业家违纪违法问题处罚是必要的，但是对企业家的贡献也应当给予相应的奖励。有奖有罚，奖罚得当，现在的问题是奖励不够，越是奖励不够，可能越容易带来处罚。企业家年薪制或其他奖励措施一旦到位，企业家损公现象和因此受处罚的现象就会相应减少。企业家涌现的速度就会更快，对社会的贡献就会更大。

对国有企业的企业家，既要有激励，也要有保护，包括法律上、政治上的保护。保护的前提是对他们要有正确的认识。企业家是特殊的优秀人才群体。他们的工作极度繁忙，又富有创新精神。成功的企业家往往就是与众不同的创新家，表现出一些常人难以理解的思维方式和行为方式。对他们社会要给以宽容和厚爱。只要他们是在法律法规允许的范围内活动，就应该允许他们有许多不同于常人的独特之处。企业家不是政治家，不能拿政治家的标准去衡量他们，只能用经济的标准、资产是否增值的标准，去衡量他们是否称职。只有这样，才能真正保护企业家，特别是国有企业的企业家，使他们长期服务于所在的企业。也只有这样，才能实现企业家与国有企业的最佳匹配，并最终使国企走出困境。

我国企业督导机制亟须改进

建立适合我国特点的企业督导机制，对改革开放和经济发展至关重要。一些外国学者认为，中国在建立现代公司制度中，中央政府采用的基于英美体制的外部市场为基础的企业督导机制，与中国渐进的改革模式是相悖的，没有像预期的那样发挥功效。因为西方企业处于长期形成的竞争性市场中，其法律、法规和制度不能照搬来约束中国渐进改革中所建立的股份公司或私有企业。

主要问题在于：一是在现行的公司督导模式依赖于竞争性的外部控制市场，我国还不存在真正的外部控制市场的条件。法人股和国有股不能上市流通是完善我国资本市场的主要障碍，所以发展公司控制市场的基本条件尚不具备。二是企业督导过程被各级政府部门的官员掌握，董事和监事不能履行相应职责，不能为相关利益者的利益服务。三是经理由官方任命，代表政府组织这一大股东的利益。因此这些经理类似东欧私有化企业中的内部人，控制着整个企业督导过程。

采取基于外部市场的企业督导机制需要有竞争性的市场和能够起强大作用的稽查制度，但是我国现在还没有相应的经济机制和社会机构能够使这一制度充分发挥作用。有鉴于此，我国企业督导机制发展中应考虑如下问题：选择什么样的企业督导机制；有限的相关利益者框架中的经理等雇员的角色；地方政府的作用和国家股的交易；宏观调控、信息服务和导向。海内外一些专家、学者认为，可行的我国企业督导机制新模型是：更有效的发挥股东、董事、监事、经理与员工的作用；董事会与监事会之间的职权分工予以调整，赋予监事会更多的职能，在指定领域中有否决权，达到责任之间的新平衡；在选举监事会成员时，新的监事会必须设置职业的顾问为整个督导过程服务，这些服务可来自金融组织或专门的公司；政府组织直接参与企业督导，作用是保证督导过程能够顺利进行。

跨国公司全球制造网与我国企业的入网战略

近年来跨国公司全球生产经营系统正在向全球制造网络系统转变。这种网络系统分布于世界各地，内部相互协调结合，具有分享、节约机制及动态反应能力，极具发展的战略潜力。跨国公司全球制造网有两种基本类型，规模经济型和市场导向型。这两种类型的全球制造网各有特点和优势，在当今和未来的跨国公司全球制造网络系统中同时存在。

改革开放以来，我国累计批准外商投资企业 28 万家，其中有 200 多家跨国公司投资建厂，实际上每个中外合资企业都将成为跨国公司全球制造网中的一个节点，这些合资企业不仅与中外方母公司发生直接联系，而且还和中外方母公司下属各子公司发生联系，这种网状结构给我国企业带来了新的发展机遇和压力。中国企业要进入跨国公司全球制造网，就要使企业成为大型跨国公司中的一个子公司，并入全球制造网中运行，从网上获得先进的、适用的技术、产品及管理技能，同时也对全球制造网贡献自己的技术、产品及管理技能。但是这些问题并没有引起我国企业界的重视。

现在，我们必须加强对跨国公司全球制造网的深入研究，特别是要研究中国企业加入全球制造网的战略和策略，包括入网的指导原则、入网方式的选择策略、入网技术的引进策略、入网企业的控制策略等等。

大力引进跨国公司投资,为我国企业入网创造机遇。在经济全球化趋势下，中国经济正在融入世界经济。中国经济的未来取决于中国企业在全球竞争中的地位和作用，走跨国化、集团化、网络化的国际化经营道路，是我国企业在经济全球化中求生存、求发展的必然选择。跨国公司是世界经济发展的引擎，加入跨国公司全球制造网是我国企业提高国际竞争力、走向国际化经营的重要阶段。政府有关部门应加大引进跨国公司投资的力度，为我国企业入网创造更多机遇。

加强指导、协调和服务，培养人才，提高企业素质，消除企业加入跨国公司全球制造网的障碍，营造企业入网环境，为我国企业入网提供支持。各级政府在企业入网问题上既要增强服务意识，积极参与，加强指导、协调和服务又要避免行政命令式的直接干预。

正确认识和加快发展中小企业

随着信息技术的不断创新和在生产管理过程中的广泛应用，许多企业的产品制造，正在逐步由少品种、大批量生产状态向多品种、小批量生产状态转变。柔性生产方式的出现，以及大企业病的困扰，使人们开始重新认识传统的规模经济，企业结构出现了向专业化、分散化和小型化发展的趋势。

这种趋势给中小企业带来新机遇，主要表现在市场和资源方面：一是产品或服务的市场空间扩大。全球市场较之国内市场，由于地理、民族、文化、宗教等差异因素影响，更为细化、多变和不确定，市场机会也相应增加。企业之间专业化分工协作、竞争和联盟也趋于全方位和多样化。二是资源流动和配置在更大范围内进行，使其流动配置成本降低。资源在竞争中寻找位置，企业在比较中选择资源。资源来源的广泛，资源获取技术的发展，使企业对自然资源的依赖减少，使绝大多数资源的不断开发和有效利用更为重要。企业发展的关键在于控制成本和风险，以及对各种内外部资源的配置开发利用。

在此背景下，中小企业的发展面临着两种思路和目标完全不同的选择：一是通过特定的组织结构、战略及行为的改革，实现阶段性的跨越，成长为大公司；二是通过富有特色的经营服务成为专业化的中小公司。小而专、小而精、小而特，是一些中小企业发展的思路与目标。经济全球化为这种思路与目标提供了更多的空间和机会，知识、通信、计算机和互联网络为这种思路与目标的实现提供了条件和可能。这类企业更容易形成自己的核心专长，从而更有市场竞争力，也适合知识工作者的追求与偏好。

在我国经济发展中，中小企业数量上占绝大多数，尽管规模较小，但是成长率较高，劳动力就业量大，是我国经济发展的重要基础和动力源泉。目前社会上片面理解规模经济，只看中小企业存在的弱点，看不到在经济发展中的特殊作用和重要地位。因此，我们必须对中小企业改变视角，提高认识，重新定位，这是国家立法、政府进行政策引导扶持的前提，也是中小企业能否抓住机遇，加快发展的重要条件。

制定保护中小企业发展的法规是发达国家的普遍做法。日本有“中小企业基本法”、“中小企业团体组织法”、“中小企业指导法”等；美国有“社会均等法”、“中小企业奖励法”、“中小企业经济政策法”等；加拿大有“小企业减税法”等；韩国有“中小企业基本法”、“中小企业协同组织法”、“中小企业振兴法”等。我国虽然制定了一些有关中小企业的政策法规，但还存在不少缺陷，对中小企业保护力度不够，也没有专门的中小企业法。建议全国人大尽快制定“中小企业基本法”。同时还需要政府给予政策引导，在生存环境、竞争力形成、资源获得，以及资金、税收、信息、人才培训、技术开发与创新等方面给以扶持。

建议建立中小企业指导促进机构和服务中心。鼓励商业银行向中小企业贷款，建立为中小企业服务的金融机构、贷款担保基金、风险投资公司，设立二级市场，财政贴息补贴，发展股份合作制企业等。

发挥名牌、名企、名家的凝聚效应

当今世界大集团已经成为国家经济实力和国际竞争力强弱的重要标志。明星企业、名牌产品、名人企业家是组建大集团的三块重要基石，是拉动大集团快速前进的三驾马车。在我国产业结构大调整和企业大改组时期，组建大企业、大集团要注意发挥名牌产品、明星企业、名人企业家的凝聚效应和无形资产作用。

一　以明星企业为核心

充分利用和发挥明星企业在资产、资金、技术、管理、人才、产品、经营机制、商业信誉等方面的优势，把一些资产负债率较高、资金短缺、机制不活，但又有市场潜力或产品优势的企业重组起来，更加有效地实现企业资源的重新配置和多方共享，从而产生裂变放大效应，使困难企业借船出海，迅速摆脱困境；使明星企业，走低成本扩张之路，迅速发展壮大，使重组的大型企业集团真正大而实、大而强。

二　以名牌产品为龙头

在激烈的市场竞争中，部分企业败下阵来，关键是缺乏名牌产品、拳头产品。因此在企业重组过程中，要认真实施名牌产品带动战略，使那些在国内外市场享有声誉的名牌产品，进一步发挥更大的规模效益，促进重组后企业快速发展。

三　以名人企业家为统帅

企业重组不应仅是外在量的拼凑，更重要的是内在质的共同融合。要实现质的共融，重组企业就必须要有一个合格的统帅。名人企业家有丰富的知识和管理经验，有统帅和驾驭企业的领导能力和经营决策水平，德高望重，业绩骄人，能更好地发挥领导核心的作用。

解决上市公司管理严重混乱的问题

最近几年许多企业领导热衷于公司包装上市，通过股票市场融资，获取股民的资金。但是他们缺乏对股票市场和公众投资者的社会责任感，不遵守股票市场的运行规则，缺乏商业道德准则，不是以对社会和公众投资者履行回报的责任和义务为前提，而是不择手段，以圈钱为目的，圈钱之后不负责任地乱投资。实际上这是一种掠夺股票市场和公众投资者的商业欺诈行为，具有极大的危害性。

这种现象的突出表现，一是营私舞弊，制造虚假的公司财务报告，欺骗股市、欺骗股民。二是从股票市场融资后，对资金的使用缺乏严格管理和使用程序，内部管理混乱，投资决策缺乏可行性，往往是无效投资或投资效益不佳，造成投入产出比例严重失调。更为严重的问题是，目前对上市公司缺乏完善有效的市场监督机制。上市公司的董事会和监事会形同虚设，缺乏运作的规范化和透明度，经济效益大幅度滑坡。前几年上市公司大部分因效益不佳，大股东频繁易手。股票市场关系到金融市场的稳定和社会的安定团结。这种情况不能不引起政府部门的重视。

从政府部门来说，主管部门往往认为上市公司实行董事会领导下的决策管理体制，企业内部管理是上市公司自己的事情，缺乏对上市公司企业内部管理的研究、指导和监督。根据我国市场经济发展的现状，建议政府部门加强对上市公司企业管理的指导和法人代表的培训。特别是在批准上市前，证监会应对公司的法人代表和高层管理人员进行培训。培训的内容应包括：企业和企业家的社会责任、职业道德、接受公众监督的观念、股份制公司的管理规范、企业内部科学管理等。上市后还应定期进行培训。对于违反股份公司管理规范的上市企业的法人代表要予以严肃处罚。

从企业家来说，应当尽快摆脱片面强调资本运营作用的观点的干扰，认识到并在行动上体现出资本运营的基础是企业内部科学管理。没有正确的企业经营战略和企业内部严格科学的管理，股票市场融资越多，造成的损失和对社会的危害就越大。上市公司只有把社会责任、科学管理同资本运营结合起来，才能实现国家和企业的发展战略目标。

迎接21世纪管理革命的挑战

21世纪知识经济蓬勃发展，企业成长从主要依赖物质资本转向依赖知识资本。企业成长核心要素的变化导致管理重心转移，企业外部环境的剧烈变化，知识型企业的大量涌现和因特网的普遍应用，导致企业管理模式的革命。企业管理者必须及时转变观念，适应企业成长的要求，不断进行管理创新，才能形成企业与外部环境的动态适应能力，使企业保持和不断提高竞争力。21世纪的管理革命向企业家提出了新的思维、新的挑战。

衡量管理的标准，不再仅仅是劳动生产率、销售量和盈利额的标准，而是由社会、环境、信息、政治、经济、道德等方面组成的综合标准。企业不仅要创造社会财富，而且要承担相应的社会责任。

企业之间的竞争与相互依存。各国经济相互依存、相互渗透，经济发展的区域化、全球化相互交织。在这种网络式的全球经济组合模式中，任何环节一旦出现问题都可能产生联动效应，导致经济崩溃。企业必须适应这个互相依赖的世界。协作生产将成为世界经济发展的流行方式。企业竞争从针锋相对、你死我活，走向互相依存、协作生产。

全球化背景下的企业竞争与以往竞争的最大区别在于全方位和国际化，从而使影响企业竞争力的因素更复杂多样，要求企业必须构建自己的核心能力。企业要提高整体竞争力，更需要发展自己的核心能力。寻求和重点发展企业核心能力，这是经营者理想的经营之道。只有环绕着核心专长能力，作深入思考，才有可能发展出具竞争性的策略规划。

企业虚拟运作和无中心趋向。这种趋向的出现使企业组织结构转向扁平化。传统企业实体运作遇到全新的虚拟运作方式的挑战。这种运作通过因特网连接工作以实现确定的目标。每个企业只从事最擅长的工作，将难以胜任的工作分包给别人。这样每个企业都可达到最佳效率，而整个工作只是最初承接者与最终用户打交道。戴尔公司的虚拟运作的成功，已为全球许多公司效仿。传统的功能齐全的企业形式将逐渐消亡。在虚拟运作的同时，企业内部将呈现无中心趋向。因特网使知识和信息公开化，没有任何人可独占。权力来自知识分享，不再需要传统的管理。因特网就是典型的无中心企业。它的发展证明，传统工商管理面临着巨大挑战。专家预测，今天的经理人10年后90%将被淘汰。企业组织结构在内外因素的影响下将向扁平化发展。

无形资产的创造与保护。知识是当代社会发展最重要的资本。企业在创造物质财富的同时，也创造以知识资本为核心的无形资产。由于人们对知识资本所有权的认可，企业对无形资本所有权的关注与维护，将成为企业经营的重要内容。从资本体系而言，无形资产的重要地位会使企业权利从资本所有者手中转向技术专家体系手中。储蓄有过分增长的趋势，资本已不再是最紧缺的资源，也不再是借以掠夺权利的主导生产要素。企业无形资产的新特征对企业管理的权利体系产生影响。通过法律渠道保护无形资产的企业所有权，通过人力资源开发实现智力资本的潜能，是企业无形资产创造与保护的重要内容。

以知识资本管理为重心。企业通过对知识资本的驾驭，驱动传统资本，使各种资源与知识资本有机结合，形成区别于传统资本经营方式的新的资本管理体系。随着以知识资本管理为重心的新的资本管理体系的形成，企业家将把主要精力用于管理知识资本。

活化国有凝固资产
补充社会保障基金*

国务院制定的《完善城镇社会保障体系试点方案》(以下简称“方案”)，提出了我国城镇社会保障体系的初步框架，明确了完善社会保障体系的总目标、原则和当前的任务，这是一个积极的向社会保障制度规范化、管理服务社会化方向发展的方案。

关键在制度规范化和服务社会化

“方案”成功实施的关键在于社会保障制度的规范化和管理服务的社会化。这是目前我国社会保障体系最为薄弱和广大群众最为不满的环节。社会保障工作机构处理问题的随意性、运行方式的官僚化、办理手续的繁琐化，是妨碍广大群众信任和积极参与社会保障服务体系的主要瓶颈。因此实施“方案”应强调，建立和完善有群众和传媒机构广泛参与的、有效的监督机制。同时从开始建立社会保障体系起，就要使社会保障运作机构及其全体工作人员明确树立为公民提供社会保障服务的崇高职责，树立服务第一的思想，不要把服务机构当成是权力机构，不要使广大职工群众花钱买气受。

多种渠道解决社会保障资金

企业缴纳基本养老金保险费的比例为企业工资总额的20%。这个比例对特困企业、小企业和个体工商户可能会有些问题。目前企业的经营条件和环境差别悬

---

*本文系作者2000年12月受委托，对国务院《关于完善城镇社会保障体系的试点方案(征求意见稿)》提出的报送中央办公厅的修改建议。

殊极大。有些企业占有较多的国家资源，例如，土地、房产、技术科研成果、资金、设备、矿山、铁路、公路、河流、海洋、森林、通信线路、航线、级差地租以及政府给予的垄断性经营特许权等等。这些企业赚钱比较容易，收入颇丰，待遇甚高，但是，为数众多的小企业不占有国家的任何物质资源、金融资产和特许经营权，两手空空，为了谋生，有一碗饭吃，苦苦支撑，微利经营，甚至亏损经营，在必要劳动力的价格基础上支付职工报酬之后，再增加20%的基本养老金、6%的医疗保险费等等支出，往往感到难以承受。特别是一些早年从东南亚归国的归侨侨眷，由于文化水平较低、年龄较大，为解决就业和谋生的的需要，举办的一些小企业，在缴纳养老保险和医疗保险的比例上应适当放宽一些。如果不放宽，势必影响小企业参加社会保险的积极性，或者挫伤个体工商户和技术人员创业的积极性，不利于进一步拓宽社会劳动力的就业面。从国家和地方财政收支的总量上计算，可能还会增加各级政府的财政经费开支的负担。

社会统筹基金与个人账户基金实行分别管理。基本医疗保险费规定，用人单位按照职工月工资交费3%，划入个人账户，用于小病或门诊治疗。按照这个比例，低工资的职工医疗费太低。以月工资500元者为例，用人单位交费3%，划入个人账户，每月仅15元；个人交2%，每月仅10元。以上两项合计25元。除去医院门诊挂号费，所剩无几，只够买几袋感冒清热冲剂。因此建议国务院将用人单位交费划入个人账户的比例提高到5%；对平均工资水平线以下的低收入职工，建议将用人单位交费划入个人账户的比例提高到8%。大病统筹部分的资金缺口可由国家税收补贴，体现税收取之于民，用之于民，体现社会主义优越性。西方国家和东南亚一些国家也都是从税收中解决公民医疗问题的。

从活化凝固的国有资产中补充社会保障经费

从我国社会主义的发展历史过程看，建国以后相当长的时期内对干部职工一直实行低工资制度，不允许私人所有制的存在，老干部、老职工为新中国的创建和发展，为现代化工业体系的建立做出过巨大的历史性贡献，创造了大量的剩余价值。这些剩余价值通过各种形式已经转化为庞大的国有资产。应当说，他们拥有对既往劳动所创造的剩余价值的追索权，在改革过程中应注意保护他们对国有资产的实际享有权。因此建议国务院考虑将历史上凝固沉淀的国有资产，通过股票市场合理交易的办法逐步激活，从中分离出一定数量资金，用以补充养老社会保障制度经费之不足，作为对过去为新中国的诞生和建设发展做出过历史性贡献的老干部、老职工的补偿。

巩固和增强共产党的执政地位[*]

20世纪中叶世界进入和平与发展为主流的历史时期，西方国家的科学技术和社会经济获得巨大发展。90年代苏联解体和东欧国家发生剧变，世界上第一个社会主义国家苏联和东欧各国共产党相继丧失执政地位。这标志着苏联社会主义模式的历史终结。

世界社会主义运动的历史实践，向中国共产党人提出了一个关系生死存亡的严峻课题：如何重新认识社会主义，巩固和增强共产党的执政地位，走出一条具有中国特色的社会主义治党、治国之路。

历史的怪圈：数千年政权兴亡周期率

纵观人类社会发展的历史，奴隶社会、封建社会的历代王朝政权都经历了兴衰交替的历史循环。从古罗马帝国，到近代拿破仑封建王朝；从秦皇汉武大帝国，到“康乾盛世”的清王朝，都没有能够摆脱诞生、兴盛、衰败、崩溃和覆灭的历史命运。

1945年7月著名民主人士黄炎培先生访问延安，与毛泽东就关于如何跳出政权兴亡周期率问题进行了交谈。回到重庆后，黄炎培先生发表了《延安归来》一文，记述了这次涉及国家前途与命运的重要的历史性精彩对话。正如黄炎培先生所言：“一部历史，‘政怠宦成’的也有，‘人亡政息’的也有，‘求荣取辱’的也有。” 几千年来人类社会发展的历史实践反复证明，剥削阶级革命跳不出政权兴亡周期率，这是剥削阶级生存的经济条件所决定的。正如马克思、恩格斯在《共产党宣言》中所指出的：“过去一切阶级在争得统治之后，总是使整个社会服从于

---

[*] 本文原载2001年《中国社会发展战略》杂志第4期，2002年获中央、国家机关党的建设优秀论文征集评选一等奖，入选中央、国家机关党的工作委员会出版的《党的建设》一书。

它们发财致富的条件，企图以此来巩固它们已经获得的生活地位。”因为“过去的一切运动都是少数人的或者为少数人谋利益的”。中国历史上的农民革命，同样也跳不出政权兴亡周期率。农民革命即使推翻了旧政权，建立了新政权，这个政权也不可避免地走向封建化，农民革命领袖也会变成新的封建统治者。农民阶级的局限性决定了它们不可能跳出政权兴亡周期率。

历史上一切革命运动，只有无产阶级建立的政权才有可能跳出政权兴亡周期率，这是由无产阶级政权的性质决定的。只要无产阶级政权的性质不发生改变，忠实地代表和保护人民群众的利益，它就不会受到政权兴亡周期率的支配。共产党是由马克思主义思想理论武装的无产阶级政党，是先进生产力的代表者，是最伟大、最革命的政党。无产阶级革命建立的由共产党执政的国家政权，是代表最广大人民群众利益的政权。共产党执政的政权的根本性质决定了它不会受到政权兴亡周期率的支配。只有在阶级完全消灭、实现共产主义之后，无产阶级的国家政权才会自行消亡。它的最后归宿是同纺车、青铜斧一起，被放入历史的博物馆。

现实的教训：苏联、东欧共产党丧失政权

马克思、恩格斯逝世后，资本主义从自由竞争阶段发展到垄断阶段，世界进入帝国主义时代。少数金融寡头控制的西方帝国主义国家，对内加紧剥削和镇压人民，对外瓜分和争夺殖民地，加深了资产阶级与无产阶级之间的矛盾，激化了殖民地半殖民地与帝国主义之间的矛盾和帝国主义国家之间的矛盾，使无产阶级革命在一定条件下成为直接实践的问题。

列宁依据对垄断资本主义政治、经济发展不平衡规律的科学分析，提出了社会主义将首先在一个或者几个国家内获得胜利的理论，在沙皇俄国领导无产阶级革命，建立起世界上第一个社会主义国家。斯大林领导苏联实现了国家工业化和农业集体化，取得了反法西斯战争的胜利和社会主义建设的巨大成就，形成了以苏联为首的能够同西方抗衡的社会主义阵营。但是，仅仅70多年苏联共产党就丧失了执政地位，苏维埃联盟国家解体。1991年12月25日午夜，飘扬在克里姆林宫上空的苏联国旗落地。苏维埃政权由兴盛走向衰亡，教训惨痛。

堡垒最容易从内部攻破。苏联共产党之所以顷刻之间丧失执政党的地位，最主要原因在于，长期坚持高度集中的计划经济模式，排斥富有活力的市场经济制度，忽视民主法制建设，阻碍了社会主义的健康发展；党对改革认识滞后、思想僵化，脱离广大人民群众的既得利益特权阶层的存在，延缓了社会主义改革的历史进程；推行霸权主义政策，损坏了苏联社会主义的国际形象；执政党改革策

略的失误，加速了社会主义的剧变，导致了苏联共产党执政地位的丧失。

苏共解散前夕，苏联社会科学院进行过一次问卷调查，被调查者认为：苏共仍然能够代表工人的只占4%，认为代表全体人民的占7%，认为代表全体党员的占11%，而认为代表党的官僚干部和机关工作人员的竟占85%。

人心向背决定执政党的生死存亡。由于苏联共产党严重脱离广大人民群众，在颠覆苏维埃政权的历史悲剧突然发生时，再也看不到“十月革命”时期人民群众和广大共产党员用鲜血和生命捍卫苏维埃政权的壮烈场面。70多年间苏联共产党与人民群众的关系从鱼水关系变成对立关系，反差之巨大，令全世界共产党人的心灵受到极大震撼。这再一次给处于执政地位的世界各国共产党人敲响了拒腐防变的警钟。

严峻的考验：跳出政权兴亡周期率

共产党是马克思主义理论武装的无产阶级政党，是先进生产力和最广大人民群众利益的代表者。共产党执政的政权有条件跳出政权兴亡周期率的支配，但是能不能真正做到，取决于共产党人自身的表现。

由于无产阶级革命首先发生在经济落后国家，这些国家向成熟的高度文明的社会发展需要几百年、甚至更长的时间，在相当长的过渡时期共产党员面对个人物质利益的巨大诱惑和腐朽思想的侵蚀，国家政权机关和共产党内部产生腐败现象的土壤将长期存在，党的领导集团发生严重失误的可能性仍将长期存在，因此无产阶级国家政权还有变质的危险，共产党还有丧失执政地位的危险。苏联、东欧剧变就是例证。

无产阶级革命领袖意识到巩固政权的艰巨性和复杂性，每当无产阶级夺取政权或者夺取政权提到议事日程上的时候，伟大的无产阶级革命家总要多次郑重提出如何防止政权变质和政权得而复失的这一重大历史课题。

马克思、恩格斯总结世界上第一个无产阶级政权巴黎公社失败的历史经验教训，提出要防止无产阶级国家政权性质从社会公仆变为社会主人的问题。马克思用雇主和管理人员的关系来比喻人民和国家干部的关系，认为国家干部应当由人民来选择，如同企业雇主为自己招聘管理人员一样。恩格斯明确指出：“工人阶级为了不失去刚刚争得的统治，一方面应当铲除全部旧的，一直被利用来反对工人阶级的压迫机器，另一方面还应当保证本身能够防范自己的代表和官吏，即宣布他们毫无例外地可以随时撤换。”十月革命前夕，列宁在《国家与革命》一书中提出，要把防止国家由社会公仆变为社会主人，看成是无产阶级国家政权区别于以往国家政权的基本特征。

毛泽东同志在取得全国政权前夕，党中央从西柏坡迁往北平时说："今天是'进京'赶考嘛。我们绝不当李自成，我们希望考出好成绩。"毛泽东同志特别重视李自成起义和太平天国起义的教训。这两次农民起义在取得政权后，由于农民领袖的骄傲和腐化，终于导致失败。毛泽东同志多次以史为鉴，告诫全党不要在糖衣炮弹面前打败仗。

伟大的实践：社会主义政治与西方市场经济的结合

第二次世界大战后马克思主义在全世界获得广泛传播，西方国家工人运动高涨，展开反对垄断资本寡头的斗争。在东方国家共产党人相继夺取政权的同时，西方发达国家鉴于30年代资本主义世界经济大危机的教训，普遍进行生产关系和上层建筑的调整，对社会经济运行进行国家宏观调控，推行资本社会化和股权分散化，调和劳资关系，完善市场经济制度，缓解社会矛盾，为社会生产力的发展开辟了新的空间，交通和通讯手段的高度发展，使地球缩小，变成地球村，出现了经济全球化的趋势。生产力要素在全球范围的合理调整和配置，形成全球性的生产协作体系和全球性的营销网络。世界贸易组织和国际货币基金组织在规范协调世界市场运行中发挥着越来越大的作用。西方国家社会经济与科学技术取得了长足发展,创造出其他任何历史时代都无法比拟的巨大生产力和辉煌的科学成就。与此同时，东方的社会主义国家由于思想僵化，受中央集权式的计划经济模式的长期束缚，拒绝采用富有活力的市场经济机制，国民经济发展缓慢，甚至濒临崩溃的边缘，致使东西方国家的经济发展的差距迅速加大。

邓小平同志高瞻远瞩，依据对当代世界基本特征、基本矛盾及其发展趋势的分析，总结社会主义建设的经验教训，从中国经济文化欠发达和人口众多的国情出发，提出了社会主义初级阶段的理论，恢复了党的实事求是的思想路线，把党的工作重点从以阶级斗争为纲转移到以经济建设为中心，把经济体制从僵化的计划经济体制转变为富有活力的市场经济体制，把社会主义公有制的单一实现形式转变为公有经济为主导、多种经济共同发展，把闭关自守的对外政策转向对外开放合作。中国通过渐进的方式，平稳地实现了经济体制的改革，抛弃了苏联计划经济模式，创建了适合自身特点的社会主义市场经济新模式，创造性地解决了在经济文化落后国家，如何建设社会主义初级阶段的战略道路问题。

在计划经济模式下，市场经济制度被视为异端邪说、如同洪水猛兽，但是我国经济体制改革的实践证明，市场经济制度比计划经济制度更适应社会生产力发展的要求，更具有发展的活力和创造性。我党成功地把社会主义政治与西方市场经济制度相结合，这是马克思主义和科学社会主义发展史上的伟大创举，是建设有中国特色社会主义的伟大实践。社会主义市场经济在中国经济发展进程中已经开始释放出巨大的能量，使生产力进一步解放、人民生活水平大幅度提高、综合国力增强，为巩固和增强共产党的执政党地位奠定了坚实的物质基础和更加丰富多彩的思想文化基础。

历史性难题：战胜党内的腐败势力

在新的历史条件下，中国共产党的执政地位面临严峻的考验。从国际环境看，苏联解体和东欧剧变使这些国家的共产党相继丧失执政地位。从国内形势看，市场经济制度大大解放了生产力，使人民群众的物质文化生活水平显著提高，共产党赢得了广大人民群众的拥护。但是市场经济的价值观也渗透到党政机关内部，渗透到社会政治生活中，对党的思想建设和组织建设带来重大的负面影响。

随着市场经济的发展，社会成员之间、不同利益群体之间的收入分配差距显著加大。不少共产党员和群众劳动致富，个人财富迅速增加，以及经济成分、利益主体、社会组织和生活方式的日益多样化，给人们的思想观念和人与人之间的关系不可避免地带来新的重大影响。基于市场经济运行规则所产生的金钱价值观，容易诱发拜金主义；按市场经济精神塑造的经济人，带有个人主义的人格特点；市场经济的行为逻辑演进，必然产生享乐主义生活方式。历史上产生并遗留下来的腐朽落后的东西，在市场经济条件下一定程度地复活。所有这些都不能不反映到共产党内部来，党内的腐败现象加剧，特别是高级领导干部发生腐败的案件比例呈现明显上升的趋势。市场经济向共产党员和领导干部保持人民公仆本色提出了严峻挑战，党的建设遇到了许多前所未有的新矛盾、新问题。

1982年邓小平同志十分敏锐地指出："我们自从实行对外开放和对内搞活经济两方面的政策以来，不过一两年时间，就有相当多的干部被腐蚀了。卷入经济犯罪活动的人不是小量的，而是大量的。""这股风来得很猛。如果我们党不严重注意，不坚决刹住这股风，那么，我们的党和国家确实要发生会不会'改变面貌'的问题。这不是危言耸听。"陈云同志指出："执政党的党风关系到党的生死存亡。"1989年邓小平同志又进一步指出："对我们来说，要整好我们的党，实现我们的战略目标。不惩治腐败，特别是党内高层腐败现象，确实有失败的危险。"邓小平同志对第三代党中央领导集体的最重要政治交代之一，就是"常委会的同志要聚精会神地抓党的建设，这个党该抓了，不抓不行了"。

联系近年来党内发生的一些领导干部严重腐败的现象，不难看出，反腐倡廉，战胜党内腐败势力，保持党的先进性，这是中国共产党面临的高难度的历史性课题，这是历史对中国共产党提出的最严峻的考验。历史经验反复证明：创业难，守业更难。解决好党内反腐败和保持党的先进性问题，是中国共产党跳出支配中国数千年历史的政权兴亡周期率的关键。

积极的探索：新的历史条件下保持党的先进性

各个不同历史时代、各个历史时代的不同时期，由于生产力发展水平不同，社会发展面临的矛盾的性质不同，社会发展所要解决的任务也不同。在人类数千年的文明史上，革命者、革命团体和革命政党，由于种种原因，不能跟随历史前进的步伐而落伍，失去曾经有过的先进性和革命性，从先进变成后进、从改革变成保守、甚至从革命变成反动的事例屡见不鲜。

21世纪是经济全球化、信息网络化、产业知识化的新世纪。这个世纪将远远不同于自由资本主义的19世纪，也不同于垄断资本主义的20世纪。随着几千年来人类积聚的知识能量的巨大释放，科学技术突飞猛进的发展，巨大的社会生产力必将把人类社会推向更高物质文明和精神文明的崭新时代。中国共产党作为拥有6000多万党员的世界第一大党，领导着13亿人口的世界大国，肩负着发展中国社会主义市场经济和参与经济全球化历史进程的伟大光荣的使命。

在知识经济为主导的新的历史条件下，随着多种所有制经济的发展，共产党的阶级基础，中国社会生产力的主体力量，工人阶级队伍的结构都发生了重大变化，共产党的组织结构也发生了重大变化。这些重大变化已经达到的现实程度，是过去任何历史时代不曾有过的。同样社会主义初级阶段理论和社会主义市场经济理论，从马克思、恩格斯、列宁、斯大林、毛泽东的著作里也是找不到现成答案的。发展社会主义市场经济和参与经济全球化的历史进程是前无古人的崭新事业。这是我们党和人民面临的一场新的革命，没有现成模式可遵循，要靠共产党人不断进行理论创新和实践创新。

人民群众是巩固和增强共产党执政地位的力量源泉。在新的历史条件下保持共产党的先进性，全心全意为人民服务，是巩固共产党执政地位的关键。只要我们党始终代表生产力发展的方向，代表先进文化的前进方向、代表人民群众的根本利益，就能够保持与人民群众的血肉联系，把握历史发展潮流，凝聚人民群众的力量，不断推动社会的全面进步和经济的繁荣发展，为巩固和增强共产党执政地位提供坚强的思想基础和物质基础，使共产党永远立于不败之地。

关键在制度：市场经济和民主政治的健全

巩固和保持共产党的执政地位，关键是要抓好社会主义市场经济制度和民主政治制度的建设。邓小平同志指出："我们过去发生的各种错误，固然与某些领导人的思想、作风有关，但是，组织制度、工作制度方面的问题更重要。这些方面的制度好可以使坏人无法任意横行，制度不好可以使好人无法充分做好事，甚至使人走向反面。即使毛泽东同志这样的伟大人物，也受到一些不好的制度的严重影响，以至对党对国家和对他本人都造成很大的不幸。""领导制度、组织制度问题更带根本性、全局性、稳定性和长期性。这种制度问题，关系到党和国家是否改变颜色，必须引起全党的高度重视。"如果不坚决改革现行经济政治制度存在的弊端，过去出现过的一些严重问题，今后就有可能再重新出现。只有对这些弊端进行有计划、有步骤，而又坚决彻底的改革，人民群众才会信任拥护共产党的领导和社会主义的目标，中华民族的伟大复兴才会有无限的希望。在反腐败的斗争中，我们必须抓住制度建设这个根本。

近年来共产党内开展反腐败斗争，取得了很大成绩，一些贪赃枉法之徒，包括少数高级官员，受到严惩，或落马，或杀头，在一定程度上遏制了腐败现象和腐败势力的蔓延，受到人民群众的欢迎。但是，从现实状况看，腐败之风远未刹住，形成腐败的土壤远未铲除，不少地区，腐败势力盘根错节，祸害百姓，危害极大，腐败现象仍有向恶性化方向发展的趋势。多年的实践证明，反腐败斗争，仅仅靠纪检和监察部门办案，范围有限，力量有限；仅仅靠严惩严打和思想教育两手，还不能从源头上解决腐败不断滋生蔓延的问题，必须认真考虑从完善市场经济制度和健全民主制度入手，从源头上解决腐败问题。

完善市场经济制度，关键是要创立兼顾公平与效率的机制，寻求各种社会利益群体在财富分配和个人财产占有关系上的协调平衡，消除不同利益集团、不同阶层和公民实际上对国有资产和社会资源占有的严重失衡，以及由此带来的收入过分悬殊的问题。应该借鉴企业高级管理人员年薪制、期权制报酬方式，改革公务员现行薪酬制度，在逐步提高公务员固定年薪报酬的同时，对终生保持廉洁奉公的公务员退休后给予高额廉政奖励金。通过这种方式，解除公务员退休的后顾之忧，同时又给公务员戴上一付"金手铐"，以期权的方式抑制和避免在职期间，为离职后的生活待遇问题以权谋私，缓解收入过分悬殊引发的社会矛盾，从源头上化解政府权力部门和公务员内部腐败现象的蔓延滋长。

人民民主制度和党内民主制度，是从源头上战胜腐败现象和腐败势力的基本保证。共产党从解放区建立人民政权开始，就倡导实行人民当家作主的民主制度。问题是直到今天，由于封建意识形态根深蒂固，官本位思想仍然盛行，人民主体、党员主体的思想意识，尚未真正确立。在许多时候、许多问题上，人民民主和党内民主还没有真正到位。这种状况往往给腐败现象的发生蔓延和腐败势力的产生滋长造成可乘之机。在新的历史条件下，必须认真研究共产党执政的经验教训，在实践中不断探索创新，加强民主与法制建设，在社会生活中发挥人民主体作用，在党内生活中发挥党员主体作用。

党内权力过分集中是滋长腐败的催化剂，制衡监督机制是限制和消除党内腐败的有效组织保证。列宁高度重视健全党内民主制度，特别强调建立对党的最高领导机构的制衡监督机制。列宁设想，将党的中央监察委员会与中央委员会在组织上并列，同时变成党的最高代表会议，具有同等权力等。列宁关于党的组织内部制衡机制的这个设想是加强和改善党的领导的聪明的主意。党内监督机制的有效性取决于监督权力体制设计的科学性。为了加强对党的领导机构的监督，不妨吸取列宁晚年提出的宝贵意见，逐步扩大党内民主监督制衡机制，从领导制度和组织制度上加以改革，使党和国家领导机构逐步形成法制化、程序化的规范运转体系，避免历史悲剧重演，保证党和国家的长治久安。

广大党员的直接监督是战胜党内腐败势力的最有力的武器。要使党的高级干部真正做到这一点，就必须进一步改革领导干部选拔机制，有步骤地扩大直接选举制度的范围，使各级领导人不仅对上级领导机关负责，更对广大普通党员群众负责，不仅接受上级领导机关的监督，更接受广大普通党员群众的直接监督。

在严惩腐败和进行思想教育的同时，要加强制度建设，完善市场经济制度，健全人民民主制度和党内民主制度，从源头上化解和控制腐败现象和腐败势力的滋生蔓延，战胜党内和政权内部的腐败势力，这对于巩固和增强共产党的执政地位有着决定性的意义。

共产党人是彻底的辩证唯物主义者。共产党人的信仰来自对人类社会发展客观规律的正确认识。在生产力与生产关系矛盾运动的作用下，人类历史正在朝着新的更高级的社会形态发展,世界上没有任何力量能够阻止或改变这个客观规律。只是由于各国的国情不同，发展速度和发展途径不完全相同。但是总趋势是一致的。人类历史总要进入马克思所指出的生产力高度发展、人的全面自由发展的新社会。无论人类新旧社会形态更替的速度和更替的形式怎样，生产力和科学技术愈发展，为社会主义创造的物质文化基础愈充分，人类历史距离社会主义的目标就愈近。尽管社会主义发展的道路曲折漫长，但是我们坚信，马克思、恩格斯关于人类未来社会的崇高理想必定会变成光辉的现实。

中国上市公司管理机制分析*

近年来中国股票市场大起大落，反复无常。中国上市公司管理失控的现象尤其突出。上市公司经济效益严重滑坡，编制虚假会计报表，欺骗股民，愚弄股市的事件屡屡发生。出现这种混乱，根本原因在于：首先是公司治理结构和管理机制存在着重大缺陷；其次是外部缺乏强有力的监管机制，特别是缺乏强有力的社会舆论力量的监督。

随着中国证券市场规模的不断扩大，上市公司违规违法的事件急剧增多。本文将从上市公司经济效益滑坡和管理者违规违法问题入手，着重探讨上市公司内部管理机制和外部监管机制存在的缺陷，以及需要采取的对策。

中国股票市场的基本状况

从1991年深圳、上海建立股票交易所开始，中国的证券市场从无到有，从小到大，逐步发展。股票市值从1991年只有109.19亿元，2002年底达到3.833万亿元，股票市价总值与国内生产总值的比例已由1991年的0.5%跃升到37.4%，上市公司数量达到1211家，投资者开户总数从1992年的216.65万户增加到2003年的6881.76万户，上市公司的数量增长逾百倍，上市公司总股本金增长逾千倍。

我国国民经济证券化的比率远远低于西方发达国家。从股票交易市场的市价总值与国民生产总值的比例看，1996年美国为115.6%、英国为151.9%、加拿大为83.9%，截至2002年12月我国仅为37.4%，尤其是流通股只有1.248万亿元，比例仅为12.19%，我国证券市场机构投资者所占的比例不足总开户数的1%。由此可以看出，中国证券市场的发展空间还很大。关键问题是要确立对证券市场的科学管理机制，尽快使证券市场运作规范化，承担起应尽的社会责任。

---

*本文系作者为2004年国际管理学者协会联盟在瑞典哥德堡召开的第八届世界管理大会撰写的论文，获得会议学术委员会通过，作为大会发表论文。

上市公司经济效益滑坡

近年来中国上市公司的平均盈利能力和水平呈现出逐年下降的趋势。通过对比和分析历年上市公司的年报，可以清晰地观察到这样的反比例现象：随着上市公司数量的增加，股票的平均收益率大幅度下降。从1994年到2002年中国上市公司的数量增加4.16倍，但是股票平均每股收益从0.35元下降到0.133元，降幅达62%；平均净资产收益率从13.19%下降到-4.89%，降幅达137%以上。据统计，自2001年7月至2003年11月仅有50只股票价格上涨，这部分股票的流通股东人数约为300万人，仅占同期市场全部股票流通股东总数的5%。换言之，从2001年7月以来95%以上的股票投资者绝对亏损。

管理机制存在重大缺陷

西方发达国家的股票市场有百年历史，中国股票市场只有短短12年。中国股市暴露出的监督和管理混乱的现象，以及上市公司经济效益逐年下降问题，说明中国股市的不成熟性，特别是在外部监管机制和公司内部管理机制方面存在着重大的缺陷。

一　外部监管机制的缺陷

（一）监管机制不健全。证券监督机构对上市公司缺乏有力规范的法律和财务监督，上市公司勾结会计师事务所违法制作假财务报表，欺骗股东和证券监管部门的现象严重。例如郑州百文股份有限公司为了上市圈钱，把亏损做成赢利，欺骗交易所和股东。1996年4月上市时竟然对公众宣称：1986年至1996年10年间收入增长45倍，利润增长36倍，1996年实现销售收入41亿元，人均劳动生产率470万元。按照郑州百文股份有限公司的年报数字，1997年营业规模和资产收益率在中国全部商业上市企业中名列第一，直到1999年才暴露出做假账的马脚。经查，实际资产不到6亿元，亏损超过15亿元，拖欠银行贷款25亿元。

（二）缺乏优胜劣汰的市场竞争机制。美国纳斯达克市场在过去五年里共有5000多家企业上市，其中已经有1000多家退市。仅1996年至1999年的三年时间里退市公司数量达727家，占1999年底纳斯达克市场上市公司数量的15%。在2000年一季度纳斯达克市场新上市公司176家，而退市公司数量为173家。中国股票市场缺乏优胜劣汰的竞争机制，长期在股市上推行终身制。在长达10年的时间中，多年连续亏损、严重资不抵债的公司，没有一家退市。直到2001年

4月23日才出现了第一家退市公司，即上海水仙股份公司。 对于连续严重亏损和严重资不抵债的上市公司，中国证监会对其实行ST和PT制度，对连续两年亏损的上市公司用ST加以标示，对连续三年亏损的上市公司用PT加以标示，其目的是为了揭示这类个股的市场风险，从而减少投资者的利益损失。

由于对上市公司长期实行终身制，缺乏退市机制，加剧了财务管理的混乱和资金运用的暗箱操作。上海农工商股份公司自1994年上市以来连续五年亏损，一直未退市。该公司年报资料显示，1997年度每股收益-0.3967元，1998年每股收益-1.6786元，1998年度每股收益-1.68元，1999年度每股收益-6.17元，2000年度每股收益-1.06元。其他主要经济指标均为负值，每股净资产为-8.93元、资产负债率为176%，负债总额高达12亿元，远远大于净资产。这样的上市公司很长时间也没有退出股市。由于中国股市缺乏竞争，淘汰退市的制度不完善，客观上往往是保护落后，保护亏损公司，损害广大社会公众股东的利益。

如果是在成熟的股市中，连续严重亏损的个股将受到投资者的放弃，其股价也应大幅度下跌，并处于较低位。然而在中国股市的实际操作中，连续严重亏损的个股往往却成为投资者爆炒的对象。究其原因，是由于地方政府为了维护自身的利益，不愿让连续严重亏损的公司退市。为了弥补和掩盖亏损局面，地方政府往往慷慨地给资源、给政策，使其起死回生。而某些投资者则认为，严重亏损公司一定会由政府帮助进行资产重组，出于对未来高回报的预期，驱使他们对其大力炒作。可以说，ST和PT制度成了某些严重亏损的上市公司的保护伞。由于没有真正退市的压力，企业限期的重组改革往往没有真正的实效，因此企业业绩的再次下降就在所难免。此外资源配置是证券市场的重要功能之一。由于没有完善的退市制度，有限的资源不能很好地集中到产品对路、质量效益好的企业中去，从而给社会资源造成极大浪费。

（三）政府对上市公司的行政干预。据中国企业家调查系统发布的2001年中国企业经营者调查数据表明：59.2%的上市公司经营者是政府部门任命的。49.4%的上市公司经营者关注最多的是政府和企业职责不分。经营者所期望的任职方式是：组织选拔与市场选择相结合、市场双向选择方式，最终应由董事会挑选聘任经营者，经营者对董事会负责，对全体股东负责。正如澳大利亚学者谭安杰先生所指出的："企业督导过程，现在被各级政府部门的官员掌握，董事和监事不能履行自己的相应职责，不能为相关利益者的利益服务。总经理由官方任命产生，代表政府组织这一大股东的利益。因此，这些总经理类似东欧私有化企业中的内部人，控制着整个企业的督导过程。"

（四）中介服务机构缺乏职业道德。资产评估事务所、会计师事务所、券商、律师等中介机构为了蝇头小利，违背职业道德准则，互相勾结，共同帮助上市公司提供虚假的资产评估报告、财务审计报告、上市报告书、法律文件等等，这样的事件屡屡发生。红光实业公司是一个典型案例。1997年5月该公司以每股6.05元的价格发行7000万股社会公众股，募集资金42350万元。在招股说明书中披露，1997年盈利预测为净利润7055万元，每股税后利润0.3515元。10个月之后，该公司宣布向证券交易所申请停牌，公司当年上市就出现巨额亏损，当年就停牌，这在中国证券业界史无前例。出现这样的闹剧的原因在于：首先是该公司上市前编造虚假利润报告，骗取上市资格，在股票发行上市申报材料中，将1996年度亏损10300万元编造为盈利5000万元。其次是公司上市后，少报亏损，欺骗投资者。该公司在1997年8月公布的中期报告中，将亏损6500万元虚报为净盈利1674万元，虚构利润8174万元。不难看出，缺乏职业道德的中介机构在帮助违规公司提供虚假报告，欺骗公众股东方面起了非常恶劣的作用。

二　内部管理机制的缺陷

中国大多数上市公司股权过于集中，国有股一股独大，内部人控制，难以形成有效的制衡机制，这是内部管理机制先天性的严重缺陷。按照国家对股份制公司进行规范管理的要求，上市公司必须明确股东会、董事会、监事会和经理层的职责，形成各负其责、协调运转、有效制衡的公司法人治理结构。根据公司法人治理结构，所有者对股份公司拥有最终的控制权。董事会要代表和维护全体出资人的权益，对公司的全体股东负责。董事会应负责对公司的发展目标和重大经营活动做出决策，挑选和聘任经营者，并对经营者的业绩进行考核和评价。但是，国有企业在转变为股份公司上市时，由于中国的特殊性，不仅国有股一股独大，使上市公司股权过于集中，而且国有股和法人股在股票市场上不能流通，从而为股票市场平等竞争机制发挥作用设置了藩篱。

目前中国大多数上市公司股权结构严重不合理，上市公司总股本的大部分属于国家股和法人股，不能进入股市流通。据统计，股票市场从创办到2002年12月，不流通的国家股和法人股占总股本的69.25%，流通的社会公众股只占30.75%。不流通的国有股占总股本的50.77%。国有股占不流通股总额的73.31%。

综上所述，许多上市公司仍然由不流通的国有股垄断，市场流通的公众股的比例很低，社会公众股的持有者根本没有机会行使对公司的监督权和控制权。因此在国有股占大股的公司，经营者往往由控股公司的党政部门任命，发生出资人的代表（董事长）与经营者（总经理）的角色混淆的问题。在股份制公司内部，董事长本来是作为出资人的代表参与管理，应当在重大决策和监督管理方面发挥作用，不应该直接充当经营者。实际上，很多上市公司没有将董事长和总经理职位分开。同一个人既是董事长又是总经理，大权独揽，决定重大事项，形成内部人牢牢控制的局面，上市公司和控股公司人员、财务、资产不分，法人治理结构形同虚设，股东会、董事会、监事会的制衡机制发挥不了作用。社会公众股的持有者，更没有机会行使对公司的控制权。根据董事会表决权的规定，内部人控制可以使相当一部分侵犯中小股东利益的做法在董事会得以合法通过。例如上市公司在内部人的绝对控制下，一直存在着利润不分配现象。从1992年到1999年仅有28.77%的上市公司分配过纯现金股利，即使加上采用股票股利、转赠股本部分，分配股利的公司也不到52%，而美国上市公司纯现金分配比例高达85%。

近年来内部人控制的一些上市公司，由于制衡机制不能有效发挥作用，第一大股东坑害社会公众股东的事件多次发生，有的把上市公司的资金大量非法转移，有的大量从银行贷款逾期不还，有的大量为关系企业非法提供银行贷款担保，直到把上市公司资金掏空为止。济南轻骑的大股东不仅挪用上市公司所募集的16亿元资金，而且还挪用上市以来所创造的全部利润十多亿元，几乎掏空了这个老牌绩优的上市公司。粤金曼公司曾经是世界鳗王，连续几年烤鳗产品出口世界第一。1996年上市后由于公司法人治理结构长期不合理，金曼控股公司与金曼股份公司领导人和财务人员合二为一，控股公司到上市公司非法提取资金，犹如把钱从左口袋放到右口袋那么容易，第一大股东侵占小股东及上市公司的资金达10亿多元。控股公司多次非法动用上市公司的大量银行贷款向外投资，最多的时候投资的企业达到20多家。作为当地最有影响的企业，投资决策也受到地方政府的影响，匆匆上马的政府工程也不少。被当作提款机的命运让粤金曼苦不堪言，机体的完全失血，使其无可挽回地陷入退市的危机。中国证券监督委员会主席周小川指出：大股东“大量采用掏空上市公司的做法，侵害中小投资者的利益，这需要引起我们相当大的警惕”。由此可以看出，国有股和法人股不能上市流通，上市公司由内部人控制，这是中国股票市场走向规范和成熟的主要障碍。

三 缺乏对经营者有效的激励和监管机制

激励机制是调动上市公司经营者的积极性，推动经营者尽职尽责，加强经营管理，促进企业发展，提高企业经济效益的动力。激励机制的关键是要使企业经营成果与经营者的利益密切挂钩。

中国对上市公司经营者虽然开始实行年薪制，但是在年薪制实行过程中还存在着不少的问题，主要是企业经营成果与经营者利益挂钩不够密切，激励的力度不够，激励方法过于单一。按照有关规定，首先是经营者的年薪大多为职工平均工资的3—5倍，限制了经营者的年薪收入水平。其次是不同企业之间经营者的年薪收入差距太小。经营者的年薪收入与企业规模、效益好坏、行业发展状况的相关性较小。这种对经营者缺乏有效激励的状况必须尽快改进。

监管机制是促进上市公司经营者遵守法规，规范管理，提高透明度，对股东负责的强大约束机制。目前证券监督机构对上市公司在许多方面，缺乏规范配套的法规监督和财务监督，特别是缺少严格的专业执法机构，使本来就不健全的监督法规更加难以落实，这个漏洞给上市公司与会计师事务所互相勾结，违法制造虚假财务报表，欺骗股民和证券监管部门造成可乘之机。因此必须采取果断措施，加强对上市公司的有效监管。

完善管理机制的必要措施

面对经济全球化的大趋势，以及中国加入世界贸易组织的新形势，中国政府必须采取切实有力的措施，推动上市公司健全法人治理结构，发挥股东会、董事会、监事会的相互制衡作用，整顿中介机构，加强监管，提高经济效益。

一　有步骤地减持国有股份，健全证券交易市场制衡机制

从西方上市公司的趋势看，第一大股东掌握企业相对控股权所需持有的股份是逐步降低的。在股份制早期洛克菲勒家族曾持有洛克菲勒公司65%的股份。随着西方国家资本社会化和股份公司规模的扩大，公司的股份逐渐分散、行使控股权所需的股份比例大大下降。第二次世界大战后，美国上市公司第一大股东持有的股份比例下降到20%左右，60年代进一步下降到15%左右。特大型上市公司的比例更低，西门子公司仅4%，艾克森石油公司仅4.84%。与西方上市公司相比，中国上市公司的第一大股东，多数为国有股东，加上法人股等，不流通股约占70%，必须有步骤地进行减持。根据目前的情况，第一大股东所占比例如果能减持到20%—30%比较好。这个比例有利于在保持第一大股东控股权的同时，增加次大股东的制约力量。通过有步骤的减持第一大股东所占股份比例，要达到的目的是，一方面使上市公司有个能够控制生产经营局面的大股东，另一方面又可以保持和维护产权竞争，防止垄断带来的管理机制僵化，形成健全的制衡机制，最终解决控股股东与上市公司长期在人员、资产、财务等方面不分，将上市公司当作提款机，通过不正当的关联交易等手段，对中小股东大肆进行掠夺的行为。

二　有效发挥股东、董事、监事、经理与员工的作用

修改“公司法”，增加设立独立董事的有关条款，进一步完善监督机制。独立董事来自公司外部，从法律上和经济上代表和保护中小股东的利益。调整董事会与监事会之间的职权责任分工，赋予监事会更多的职能，在指定领域中有否决权，达到责任之间的新的平衡。在选举监事会成员时，采用集中的投票制度，即

以一名股东一票的制度代替一股一票，雇员代表在监事会中的席位应不少于20%。新的监事会应设置赔偿、提名和审计委员会，这是监事会充分发挥作用的关键因素。同时新的监事会必须设置职业的顾问，为整个监督过程进行服务。这些服务可以来自金融机构或专门的顾问公司。实行董事长与总经理分设的制度，改变由党政部门任命生产经营者的干部制度，引入人才竞争制度，由董事会挑选聘任经营者，特别是在董事会内部，要实行表决回避制度。

三　培育优胜劣汰的市场竞争机制

股票市场的活力存在于竞争之中，没有优胜劣汰的退市机制的市场是僵化的、不规范、不完全的市场。中国证券监督委员会发布的《亏损上市公司暂停上市和终止上市实施办法》，对连续三年亏损的上市公司，就暂停上市、恢复上市和终止上市的条件、法律程序、信息披露、处理权限等做出了明确规定。这标志着中国证券市场的退出机制正式出台，从而结束了中国证券市场只进不退的历史。这是规范证券市场、活化证券市场的重要步骤。

退市制度将有助于证券市场发挥资源优化配置功能。优化资源配置就是通过价格信号，使社会资金流向经营业绩良好的企业，使其更方便、更容易地从股票市场筹集发展资金。这样才能使中国股票市场摆脱绩优股长期低迷，亏损股受人追捧的反常现象。退市制度有助于对上市公司形成有效的外部约束机制。

目前中国上市公司法人治理结构不够科学，公司内部监督机制失效，经营管理存在混乱现象，关联交易肆无忌惮，关键在于缺乏公司内部所有权的约束和外部的监管约束机制。退市制度是监管约束的重要环节。实行退出机制，好比是在证券市场上设置了死刑和缓刑。只有这样，生者才会更加珍惜现有的上市资源。因此实行退市制度，建立优胜劣汰的市场竞争机制，就能激励上市公司改善生产经营状况，重视保护广大股东的权益，进而为证券市场的规范发展奠定基础。

四　完善对经营者的有效的激励机制

中国股票市场的主体是国有控股的上市公司，对经营者的激励机制普遍以年薪制为主，不仅激励的力度远远不够，而且容易使经营者关注企业的短期利益，不注重企业的技术进步和长远发展。因此需要对激励机制加以完善。首先是提高经营者的持股比例，重新配置股权结构控制权，使经营者的利益与企业利益、股东利益趋于一致，提高激励的长期有效性。其次是借鉴西方国家的股票期权制度，推行股票期权激励制度，这是一种真正低成本的激励方式。通过赋予经营者对剩余劳动价值的索取权，能有效地将经营者个人的劳动贡献同企业未来的发展和经济效益挂钩，防止企业经营者的短期化行为，有利于促进经营者行为的自我约束，形成经营者个人收入和公司经济效益同步增长的激励机制。

五　依法维护证券市场运作规则和信息披露的严肃性

在股权分置等制度缺陷下，社会公众投资者是事实上的中小投资者，其利益往往最容易受到侵害，在目前股市制度不健全的环境下，社会公众投资者也缺乏足够的自我保护的手段和工具。要充分运用法制的力量，采取切实有力的措施，防止虚假包装上市，随意改变募集资金投资方向，损害投资者利益。

要注意加强对证券公司、上市公司、中介机构以及指定的新闻媒体和一些股评人士的管理，防止相互串通勾结，披露虚假信息，误导社会舆论和公众投资者。要提高信息披露的质量，推进会计标准的国际化进程，保证上市公司和中介机构披露的信息的真实性、准确性、完整性、合规性和及时性，维护社会公众投资者的合法权益不受侵犯。

参考资料

1.《2003中国上市公司年鉴》，中国证券监督委员会2003年5月出版
2.《买壳上市、接管威胁与上市公司亏损》,《投资与证券》2001年第5期
3.《1999年中国证券期货统计年鉴》，中国财政经济出版社2000年6月出版
4.《全球化与管理革命》，国际管理学者协会联盟1999年12月出版

张重庆在江西上饶农村进行扶贫调查研究，向农户介绍澳州南德温牛的特点

警惕腐败从经济向政治领域蔓延*

20世纪末苏联、东欧各国共产党相继丧失执政地位。世界社会主义运动的惨痛教训，向中国共产党人敲响了历史警钟，提出了一个关系党的生死存亡的严峻课题：如何在改革开放、发展市场经济的同时，坚持反腐倡廉、立党为公、执政为民，增强共产党的执政能力，巩固共产党的执政地位，走出一条具有中国特色的社会主义治党、治国之路。

腐败与政党、政权兴衰规律

纵观人类历史，奴隶社会、封建社会的历代王朝政权都经历了兴衰交替的历史循环。从古罗马帝国，到近代拿破仑王朝；从秦皇汉武大帝国，到“康乾盛世”的清王朝，都没有能够摆脱诞生、兴盛、衰败、崩溃和覆灭的历史规律。

几千年人类社会发展的历史实践反复证明，剥削阶级革命跳不出政党、政权兴衰周期率。这是剥削阶级赖以生存的经济条件决定的。正如马克思、恩格斯在《共产党宣言》中所指出的：“过去一切阶级在争得统治之后，总是使整个社会服从于它们发财致富的条件，企图以此来巩固它们已经获得的生活地位。”因为“过去的一切运动都是少数人的或者为少数人谋利益的”。

共产党是马克思主义理论武装的无产阶级政党，是先进生产力和最广大人民群众利益的代表者。共产党执政的政权最有条件摆脱政党、政权兴衰规律的支配，但是能不能真正做到这一点，完全取决于共产党人在执政时期自身的实际表现，是否能够始终获得广大人民群众的拥护和支持。

由于无产阶级革命首先发生在经济落后国家，这些国家向成熟的高度物质文明和精神文明的社会发展，需要几百年、甚至更长的时间。在相当长的历史过渡

---

*本文系作者2004年3月为中央宣传部纪念邓小平同志诞辰100周年征文活动所作，获中央机关工委《邓小平生平和思想征文》论文奖。

时期，共产党员面对市场经济条件下的个人物质利益的巨大诱惑，政权机关和共产党内部产生腐败现象的土壤将长期存在，党的领导集体发生决策失误的可能性仍将长期存在。

马克思主义政党的最大优势是密切联系人民群众，执政后的最大危险是脱离群众，最容易犯的错误也是脱离群众。执政的共产党也有可能失去人民群众的支持，国家政权也有变质的危险，共产党还有丧失执政地位的危险。

堡垒最容易从内部攻破。貌似强大的苏联共产党之所以顷刻之间崩溃，丧失执政党的地位，最主要原因在于脱离广大人民群众。人心向背决定执政党的生死存亡。对执政党的选择权，最终掌握在广大人民群众手中，而不是领导集团及其既得利益阶层。由于苏联共产党严重脱离广大人民群众，在颠覆苏维埃政权的历史悲剧突然发生时，再也看不到“十月革命”时期，人民群众和广大共产党员用鲜血和生命捍卫苏维埃政权的壮烈场面。70多年间苏联共产党与人民群众的关系从鱼水关系变成对立关系，反差之巨大，令处于执政地位的各国共产党人的心灵受到极大的震撼。

政党、政权是由具有生命活力的群体来运转的有机体。健康力量和腐败力量相伴而生。战胜腐败势力，健康力量占主导地位，政党、政权的生命力就兴盛；反之，就会走向衰败、崩溃和覆灭。腐败是政党、政权机体上的癌症和毒瘤，是政党、政权衰亡的决定性因素。共产党人对反腐倡廉的斗争决不可掉以轻心。

腐败从经济领域向政治领域蔓延

当今的历史条件，已经完全不同于150多年前《共产党宣言》发表时的历史环境，共产党的阶级地位、阶级基础、组织结构已经发生重大变化，这些重大变化是过去的历史时代所没有的。如何发展社会主义市场经济、参与经济全球化历史进程，如何反腐倡廉、保持共产党的先进性，这些在马克思、恩格斯、列宁、斯大林、毛泽东的经典著作里是找不到现成答案的，需要不断探索和创新。

从现实情况看，我党反腐倡廉的斗争面临着严峻的新挑战。腐败有迅速蔓延之势，腐败的范围数越来越大，腐败的人数越来越多，腐败的层次越来越高。2003年全国对3.6万多名领导干部进行了经济责任审计，查出违规资金671亿元，建议给予党纪、政纪处分的317人，移送纪检监察和司法机关查处的749人，现已受到降职撤职处分的267人。数据显示，2003年上半年内地共有6528名党员及党员干部失踪，8371人外逃，1252人自杀，其中县处级以上干部外逃3908人，占逃往国外总数的近一半。2003年因腐败被查处的省部级领导干部多达13人。尤其值得警惕的是，腐败正在从经济领域迅速向政治领域蔓延，突出表现是吏治腐败问题越来越突出，任人唯亲、结党营私之风盛行，卖官买官现象泛滥，为升官杀人的案件不断出现。卖官的人是赃官贪官，买官的人自然也是赃官贪官。个别市县和地区甚至出现几乎全部官员都用钱买官，这样的地区很难说是共产党人在执政掌权。腐败从经济领域正在向政治领域蔓延。政治腐败与经济腐败的伴生与结合，犹如风助火势，其危害性之大，不言自明。为了国家长治久安，党必须坚决打击经济、政治腐败分子，这已经到了刻不容缓的地步！

一手抓改革开放，一手抓惩治腐败

根据国际社会主义的历史经验，从政党、政权的兴衰看，除中国共产党执政的政权外，其他所有共产党执政的政权几乎都没有逃脱兴衰交替的历史命运。对我党来说，反对和防止腐败是高难度的历史性课题。

早在1982年邓小平同志就敏锐地指出："自从实行对外开放和对内搞活经济两方面的政策以来，不过一两年时间，就有相当多的干部被腐蚀了。卷入经济犯罪活动的人不是小量的，而是大量的。""这股风来得很猛。如果我们党不严重注意，不坚决刹住这股风，那么，我们的党和国家确实要发生会不会'改变面貌'的问题。这不是危言耸听。"1989年邓小平同志又指出："整个改革开放过程中都要反对腐败。""对我们来说，要整好我们的党，实现我们的战略目标。不惩治腐败，特别是党内高层腐败现象，确实有失败的危险。"邓小平同志要求中央领导机构要"一手抓改革开放，一手抓惩治腐败"。

1989年邓小平同志发表这一讲话的时候，党内才出现了两位受处理的省部级高官，而到现在受处理的省部级高官已经有60位之多。仅2003年就处理了14位省部级高官。这充分说明了问题的严重性。在新的历史时期，我们务必认真学习和坚决贯彻邓小平同志关于"一手抓改革开放，一手抓惩治腐败"的指示，坚决惩治腐败，加强廉政建设。

从政治制度和经济制度上反腐败

多年来的经验反复证明，反对和防止腐败仅仅靠纪检部门办案，范围有限，力量有限；仅仅靠"严惩"和"思想教育"两手，还不能从源头上解决腐败滋生蔓延的问题，必须考虑从完善市场经济制度和健全民主制度入手，从源头上防止腐败，关键是要抓好民主政治制度和社会主义市场经济制度的建设。

邓小平同志指出："我们过去发生的各种错误，固然与某些领导人的思想、作风有关，但是，组织制度、工作制度方面的问题更重要。这些方面的制度好可以使坏人无法任意横行，制度不好可以使好人无法充分做好事，甚至使人走向反面。即使毛泽东同志这样的伟大人物，也受到一些不好的制度的严重影响，以至对党对国家和对他本人都造成很大的不幸。我们今天再不健全社会主义制度，人们就会说，为什么资本主义制度所能解决的一些问题，社会主义制度反而不能解决呢？斯大林严重破坏社会主义法制，毛泽东同志就说过，这样的事件在英、法、美这样的西方国家不可能发生。他虽然认识到这一点，但是由于没有在实际上解决领导体制问题以及其他一些原因，仍然导致了'文化大革命'的十年浩劫。这个教训是极其深刻的。不是说个人没有责任，而是说领导制度、组织制度问题更带根本性、全局性、稳定性和长期性。这种制度问题，关系到党和国家是否改变颜色，必须引起全党的高度重视。""如果不坚决改革现行制度的弊端，过去出现过的一些严重问题,今后就有可能重新出现。只有对这些弊端进行有计划、有步骤而又坚决彻底地改革，人民才会信任共产党的领导和社会主义的目标，我们的事业才会有无限的希望。"在反对和防止腐败的斗争中，我们必须抓住领导制度和组织制度改革、建设这个根本，立足于制度反腐。近几年党内开展反腐败斗争，取得了很大成绩，一些贪赃枉法之徒，包括少数高级官员，受到严惩，或落马，或杀头，在一定程度上遏制了腐败现象和腐败势力的蔓延。但是从现实状况看，腐败之风远未刹住，形成腐败的土壤远未铲除，不少地区腐败势力盘根错节，祸害百姓，危害极大，腐败现象仍有向恶性化方向发展的趋势。

如何从源头上解决反腐倡廉，要从四个方面入手：

一　完善党内民主制度和人民民主制度

党内民主是党的生命，没有党内民主，党的生命也就结束了。共产党从解放区建立人民政权开始，就提倡实行人民民主制度。但是在执政前，由于党处于险恶环境而难以有完整的党内民主，在执政后又由于实行高度集中的计划经济模式，党内民主也没有发展起来。直到今天，官本位思想仍然盛行，人民主体、党员主体的意识还没有真正确立。在许多时候、在许多问题上，人民民主和党内民主还没有真正到位，往往给腐败现象的发生和腐败势力的滋长造成可乘之机。在新的历史条件下，我们必须认真研究共产党执政的经验教训，加强民主与法律制度的建设，发挥党员的主体作用，健全党内民主制度，同时发挥人民的主体作用，健全人民民主制度。

二　建立党内制衡监督和纠错机制

权力过分集中是滋长腐败的催化剂，制衡监督机制是限制和消除腐败的有效组织保证。胡锦涛总书记指出："不受监督的权力必然导致腐败。"列宁高度重视健全党内民主制度，特别强调建立对党的领导机构的制衡与监督机制。列宁同志设想，将党的中央监察委员会与中央委员会并列，使中央监察委员会同中央委员会一起变成党的最高代表会议，使中央监察委员会具有中央委员会的权力等。列宁提出的这个党内制衡纠错机制是一个聪明的设想。监督机制的有效性取决于监督权力体制的科学性。为了加强对党的领导机构的监督，不妨吸取列宁同志晚年提出的宝贵意见，逐步扩大党内民主监督制衡机制，从领导制度和组织制度上加以彻底改革，使党和国家领导机构逐步形成法制化、程序化的规范运转体系，避免由于决策错误引发的历史悲剧重演，保证党和国家的长治久安。

三 改革领导干部的选拔机制

广大党员群众的直接监督是战胜党内腐败势力的最有力的武器。领导干部是人民的公仆，不是骑在人民头上的老爷。要使党的各级领导干部真正做到这一点，就必须进一步改革领导干部的选拔机制，有步骤地扩大直接选举的范围。通过有步骤地扩大直接选举制度的范围，使各级领导人不仅对上级领导机关负责，更对广大普通党员群众负责，不仅接受上级领导机关的监督，更接受广大普通党员群众的直接监督，逐步解决吏制腐败的问题。目前传统的对领导班子考核的办法应予以改革。对每个单位每一届领导班子工作的成绩与失误、经验与教训，应当经过由上级部门批准的独立的专业型的委员会进行客观的调查评估，提出负法律责任的报告。

四 动态协调平衡不同社会利益群体对财富的分配和占有关系

创立兼顾公平与效率的市场经济制度，寻求各种社会利益群体在财富分配和个人财产占有关系上的协调平衡，消除个人收入和社会资产占有过分悬殊的问题，消除国有资产实际上个人或集体占有的问题。借鉴企业管理者年薪制和期权制的方式，改革公务员现行的工资和生活待遇制度，在逐步提高公务员固定的年薪报酬的同时，可以对廉洁奉公的公务员离职后予以一次性的高额廉政奖励，给公务员戴上一副"金手铐"，以期权的方式抑制和避免公务员在任职期间为离职后的生活待遇问题以权谋私，缓解收入过分悬殊引发的矛盾，从源头上化解政府权力部门和公务员内部腐败现象的蔓延滋长。

总之，在严惩腐败和进行思想教育的同时，必须加强制度建设，完善市场经济制度，健全党内民主制度和人民民主制度，从源头上化解和控制腐败现象和腐败势力的滋生，防止向政治领域的蔓延，这对于巩固和增强共产党的执政地位有着决定性的意义。

强化对社会公众权益的维护*

随着市场经济体制的建立和逐步走向完善，根据新情况，对公司法作出修改是十分必要的。国务院法制办公室提出的《中华人民共和国公司法(修订草案)》是比较成熟的。对于其中的个别条款，提出以下修改建议，主要是为了强化对社会公众权益的维护。

一　应明确规定工会在维护劳动者合法权益方面的权力及其重要作用，为在市场经济条件下确立和推行劳资关系三方协商对话机制，从公司法的角度奠定必要的基础

目前在民营企业、“三资企业”就业的劳动者数量迅速增加，劳动者权益受到侵犯的现象比较普遍严重，劳动者的正常工作和生活条件往往难以得到应有的基本保证，这是影响社会稳定的重大隐患。

推行劳资关系三方（政府、雇主、工会）协商对话机制是所有市场经济国家维护社会稳定的基本手段之一。工会有维护劳动者权益的权力。然而在我国，工会维护劳动者权益的权力往往不能得到资方（雇主）的承认和尊重。在启动劳资关系三方协商对话机制中，资方往往枪打出头鸟，首先打击报复工会干部。只靠政府劳动部门来维护劳动者的合法权益，力量有限，人数再增加几十万也不够。因此建议将第16条“公司职工依法组织工会，开展工会活动，维护职工的合法权益”，修改为“公司职工依法组织工会，开展工会活动。工会有权维护职工合法权益”。这样有利于强化工会在公司法中维护职工合法权益的法律地位。

二　应强调对上市公司欺骗社会公众的行为依法追究刑事责任

目前上市公司最大的问题是财务管理暗箱操作，缺乏应有的透明度，甚至以虚假财务报表欺骗股民，在股票市场上圈钱，从而造成广大群众财产的巨大损失和严重的社会隐患。对于不按规定公开其真实财务状况，或者对财务报告作虚

---

* 本文系作者2005年2月受委托，对《中华人民共和国公司法（修订草案）》向全国人大常委会提出的修改建议。

假记载的公司，不能只是给予暂停股票上市的处罚，而应依法追究其法人代表和高管人员的刑事责任。因此，建议在第186条第2款增加“对不按规定公开其真实财务状况，或者对财务报告作虚假记载，误导投资者的，要依法追究其法人代表和相关高管人员的刑事责任”。

三　应强调公司对会计师事务所拒绝、隐匿、谎报会计凭证、会计账册、财务会计报告及其他会计资料的行为，依法追究刑事责任

在实际追查涉嫌经济违法犯罪行为的过程中，涉嫌违法行为的公司经常出现拒绝向会计师事务所提供真实完整的会计凭证、会计账册、财务会计报告及其他会计资料，甚至进行隐匿和谎报。

在这种情况下，会计师事务所，甚至连主管单位都往往束手无策，无法解决，致使一些涉嫌犯罪分子得以逍遥法外。因此建议将第209条“公司应当向聘用的会计师事务所提供真实、完整的会计凭证、会计账册、财务会计报告及其他会计资料，不得拒绝、隐匿、谎报”，修改为“公司应当向聘用的会计师事务所提供真实、完整的会计凭证、会计账册、财务会计报告及其他会计资料。凡拒绝、隐匿及谎报者，依法追究刑事责任”。

首届中日经济合作高层峰会在东京举行，中方出席会议的演讲人俞晓松（全国政协港澳台侨委员会副主任）、高铁生（中国市场学会常务副会长兼理事长）、张重庆（中国市场学会副会长、右二）、陈雨露（中国人民大学副校长）

第三篇

理论探讨

Section 3 Theory Discussion

传统的标准化大批量生产方式，已经被正在形成的个性化消费型小批量生产方式逐步取代。现代企业管理的基本要求是，创建更具弹性的生产作业体系，提供更具多样性的产品和个性化的服务，生产成本更加低廉的优质产品。面对生产体制的巨大变化，企业的全部管理功能，从会计制度、生产过程控制、市场销售、绩效考核方法，到组织结构模式等，都需要重新设计组合。

19世纪资本主义的超级富翁是钢铁大王。20世纪西方经济繁荣时期的超级富翁是计算机制造商、软件生产者、电视节目制作者、IT经营者。这种变化标志着传统工业经济时代社会财富的生产和实现形式逐步消退，显露出社会财富直接地与人类最宝贵的智力资本挂钩的新趋势。21世纪“软件”创造的财富远远高于“硬件”；智力资本创造的财富远远高于物质资本；社会财富的主要源泉是技术密集型产业，不再是劳动密集型产业；社会财富的主要创造者是知识工作者，不再是体力劳动者。知识工作者的生产力成为社会生产力的核心。

知识工作者的脑力劳动取决于个人的自觉性和责任感。对知识工作者的管理方法不同于体力劳动者。从外部对体力劳动者进行有效控制的方法，在无形的脑力知识工作者面前已经无用武之地。对知识工作者的管理必须从外部控制方法转向自我控制、自我约束、自主运转的轨道。

企业管理现代化观点综述*

为了推进企业管理现代化，加快企业技术进步，提高企业经济效益，中国企业管理协会在北京召开企业管理现代化座谈会，与会的专家、学者和企业、政府部门代表，对企业管理现代化进行探讨，现将会议有关情况综述如下。

一　企业管理现代化的含义

第一种意见认为，企业管理现代化是指从国情出发，用科学的思想、组织、方法和手段，最大限度地调动人的积极性，达到最佳社会经济效益。第二种意见认为，企业管理现代化，即适应生产力发展要求，对企业进行有效管理，获取最佳经济效益。第三种意见认为，企业管理现代化，是科学的责任制和计算机管理的配套。这些说法从不同侧面反映了企业管理现代化的内容特征。

为了完整确切地表述其含义，会议进行了深入讨论，认为完整确切的表述必须包含质的目的性。大家比较一致的看法是：企业管理现代化是指适应现代生产力发展水平的客观要求，运用科学的思想、组织、方法和手段，对企业进行有效的管理，达到国际水平，创造最佳经济效益的过程。

这一表述包含以下两重含义，首先从质的方面看，是实现管理思想现代化、管理组织高效化、管理方法科学化、经营决策合理化、管理手段自动化、管理人员专家化、管理方式民主化，达到国际水平；其次从时间看，企业管理现代化是一个动态过程，是循序渐进，不断发展变化的。

二　企业管理现代化的指导思想和应遵循的原则

推进企业管理现代化，必须坚持既解放思想、又实事求是，既博采众长、又以我为主，遵循以下各项原则：

---

*1984年国家经济委员会和中国企业管理协会在北京召开“全国企业管理现代化座谈会”，本文系作者所整理的会议观点综述，原载中国社会科学院《经济学动态》杂志1984年第9期。

第一，企业管理现代化必须充分考虑我国的社会制度、经济发展水平、民族特点、文化传统等因素，发挥社会主义制度的优越性；循序渐进，做艰苦细致的工作，从低级向高级逐步发展，同时，又积极进取，敢于打破常规，加快步伐；对国内外的先进管理经验，既反对不顾国情、民情、厂情，不加分析，盲目照抄照搬的倾向，又反对故步自封、盲目排斥的态度，要有分析、有选择地学；要吸取以往经济建设中那种不顾企业的实际条件，强制推行某种固定的管理方式，给企业造成严重恶果的教训，允许企业根据自身条件进行多种管理方式的试验和探索，并不断总结经验，逐步形成适合本企业特点的管理方式。

第二，企业管理现代化必须与技术进步相互促进。管理随着社会生产力和科学技术的发展而提高。科学技术的发展水平决定着管理水平，管理水平又给予科学技术的发展以反作用。两者相辅相成，相互促进。在实践中要把企业管理现代化和技术进步放到同等重要的位置上，根据技术进步的客观要求，推进企业管理现代化，用现代化管理促进技术进步。

第三，企业管理现代化必须与经济体制改革同步前进。企业管理现代化在很大程度上取决于经济管理体制的合理化。经济体制改革是推动企业管理现代化向前发展的动力。在进行经济体制改革的同时，要积极探索中国企业管理现代化的道路，使企业管理现代化与经济体制改革同步协调发展。

第四，企业管理现代化必须认真总结、继承、发展中国传统的管理经验，同时又虚心学习外国经验，两者不可偏废。对我国传统的管理经验，要认真总结继承，不断发展完善。同时，又要坚持“以我为主，博采众长，融合提炼，自成一家”的方针，积极吸取国外有益的管理经验，努力使之中国化。

第五，企业管理现代化必须以经济效益高低和满足社会需要程度作为衡量的标准。提高经济效益是现代化建设的根本。满足社会不断增长的需要是生产的目的。归根结底，企业管理现代化就是为了提高经济效益和满足社会需要。

第六，企业管理理论研究必须与企业管理现代化的实践相适应。企业管理现代化要以科学的管理理论为指导。实现企业管理现代化的过程，就是建立有中国特色的社会主义企业管理科学体系的过程。

三 企业管理现代化的基本内容

企业管理现代化的内容，包括管理思想现代化、管理组织现代化、管理方法现代化、管理手段现代化、管理人才现代化，这五个方面相互联系，相互促进，相互制约。要在推进企业管理现代化的过程中，对上述内容不断加以总结，使之逐步丰富、完善和发展。

第一，管理思想现代化，是在继承中国传统的管理思想的基础上吸收借鉴国外现代管理科学和管理经验，从我国社会主义现代化建设的实际出发，逐步建立起具有中国特色的企业管理科学体系。

第二，管理组织现代化，是指按照统一指挥、集权和分权相结合、专业管理和综合管理相结合，以及民主管理、信息化和高效化的原则，适应科学技术和生产力发展的需要，从本企业的特点和实际出发，对企业组织机构、生产指挥系统、服务系统进行调整，使组织机构合理化、高效化，建立科学的责任制和严格的规章制度。针对我国企业管理的实际，当前在企业中要推行厂长负责制，建立经济责任制，改变"大而全"、"小而全"的组织形式，按照行业管理的要求，组织专业化协作，使企业管理组织适应现代化大生产的客观要求，职责分工明确，指挥灵活统一，应变能力强，信息准确灵敏。

第三，管理方法现代化，是指在企业管理中要广泛采用符合客观规律的科学方法，要根据生产、技术和经济规律办事，进行科学管理，实现决策合理化、管理业务标准化、管理数据准确化、信息传递网络化，争取最佳经济效益。目前，许多现代化管理方法已经开始在我国企业广泛应用。企业推广应用现代化管理方法，应根据企业实际，强调适用、效能的原则，反对违背客观实际，强求一致、求全求新的形式主义做法。

第四，管理手段现代化，是指在企业管理中采用计算机等现代化管理手段，以及经济、行政和法律手段，达到推进企业管理现代化，提高企业素质的目的。我国计算机管理应用正处在起步阶段，就大多数企业来说，首先是要做好规划，搞好管理基础工作，吸取国内外先进经验，培训人才，为推广计算机辅助管理创造条件。大中型企业应用计算机辅助管理，可以循序渐进，先从库存管理、财务管理、人事管理等方面突破，取得经验。但是从开始起步，就一定要有系统的思想、网络的思想。人才培训、软件开发，都要树立长远战略观点，考虑整个企业形成计算机管理网络体系的需要，最大限度地发挥计算机管理的优势。同时国家有关机构应组织力量，根据行业和专业的不同特点，适应不同企业的需要，加快开发软件系统。对众多的小企业和乡镇企业，有条件的可从微机应用入手，没有条件的也可运用其他现代管理方法和手段，逐步打开管理现代化的局面。

第五，管理人才现代化。人才是管理现代化的核心。没有大批具有现代化管理科学知识，富有实践经验，善于吸收先进科技成果和管理经验的开拓型人才，就没有管理现代化。要把人才开发作为推动管理现代化的中心环节，认真抓好，改变我国管理人才严重缺乏的状况。

对企业文化建设的分析与思考*

企业文化作为一种社会现象早就存在，但作为一种系统的管理理论的提出是在20世纪80年代初。企业文化之所以成为我国管理界研究的热点问题，根本原因在于，在新的历史条件下，中国企业需要通过培育和塑造企业文化，汲取传统文化的精华，结合当代先进的管理思想，为企业职工树立明确的价值观念和行为规范，帮助企业有效地进行经营管理活动。企业文化建立的企业价值观念体系，将比企业内部的正式制度规则更能有效地引导企业向前发展。

企业文化理论产生的重要意义

企业文化理论的产生和发展，标志着管理科学从单纯对生产力的研究到兼顾对企业文化的研究，这是管理科学的一大进步。

首先，表明对企业组织行为的研究已深入到社会文化这一更深的层次。从社会文化深层次开展对企业组织行为的研究，有利于从本质上揭示企业发展与企业文化的内在联系，有利于培育出适合企业管理要求的、优良健康的企业文化，有利于形成适合中华民族特色的优良的管理思想和管理方法。

其次，表明对企业内部职工个体的研究向职工整体研究的深化。企业文化是指被全体职工普遍接受的一种价值观念体系和行为规范准则，所追求的是企业整体优势、卓越和良好的集体感受。现代管理理论已经把激励理论和激励方法分别运用到单个对象，研究如何从激励个别职工过渡到树立企业整体观念，使每个职工融入企业整体中。企业文化理论注重企业整体的感受，即关心企业团体共同的情绪状态。企业集体情绪与价值观念的和谐一致，可以调节企业的集体行动，创造最佳的工作氛围。企业管理的实践表明，当向上的群众情绪在机构中占上风时，人际关系就会纳入良性运转的轨道，企业就有了与外界进行竞争的实力。

---

*本文原载1987年8月12日《企业文化报》。

再次，表明企业经营管理从硬性的制度方法向软硬兼施的艺术技巧的转变。优良的企业文化如同一套非正式规则，它比正式的规章制度更有效。管理者的方法正是通过这种非正式规则的约束、文化的微妙性暗示、集体精神的感受来取得成效的。企业文化具有综合性的内容，企业的目标、作用、价值观、传统习惯等都可以成为左右企业经营成败的重要因素。

最后，企业文化理论第一次突破了企业是纯粹的创造利润的机器的观念，提出了企业社会责任理论。企业文化理论对管理本质的认识，从以物为中心转向以人为中心,认为管理更主要的是一种对不同文化背景特征加以人为运用的艺术，雇员已经不是被动地接受管理，而是身兼劳动者和管理者的双重义务。这表明企业文化理论是对传统的管理理论，以及行为科学理论的升华和突破。

企业文化现状分析

要把握未来，就必须了解历史、认识现状。同样，企业要建立符合国情、符合本企业实际的企业文化，就必须认真分析中国企业文化的现状，剖析造成这种现状的历史原因，认识这种现状可能的变化趋势。

我国企业文化受传统文化的影响很深。中国社会独特的传统文化背景，决定了中国企业文化呈现独特的模式。主要是中国封建社会制度延续时间长达两千年之久，具有超常的稳定结构，中国社会的商品经济不发达，缺乏社会服务观念。因此，中国传统文化的价值观，受封建主义的影响较深。

从历史发展的角度看，中国企业文化产生的这种环境，对中国企业文化的生长将发生重要的影响。对中国传统文化，我们要采取分析的态度，既不能全盘肯定，又不能全盘否定。要取其精华，去其糟粕。

首先，中国传统文化对中国现代企业文化的生成提供了许多可供汲取的基因，例如，崇尚吃苦耐劳的精神有利于职工形成正确的工作态度，注重感情和人伦关系有利于企业形成共同的行为规范和道德标准，增强企业的凝聚力。其次，中国传统文化与中国现代企业文化之间也存在不少矛盾，主要是现代管理要求在组织结构上打破传统的垂直隶属型，代之以横向网络型，这与传统的以等级本位和家长宗法为核心的等级隶属观念相冲突。这种以自然经济为基础的等级观念，以独特的方式侵蚀着商品经济的平等原则。现代管理提倡创新和寻求开拓的进取精神，与传统文化中的保守和封闭的心理状态相冲突。这种保守和封闭的心理状态，限制以至禁锢创新精神。现代管理激励各类人才，尤其是企业家的脱颖而出，与传统文化以中庸思想为核心的适应平衡心理相冲突。这种以中庸思想为核心的适应平衡心理压抑了人的主体性，以致造成企业的巨大内耗。

从我国企业职工的行为方式和管理人员行为方式分析，中国企业文化的现状主要有以下八个特点：

一 职工教育层面

我国的职工教育处在整个社会教育水平很低的基础上。思想教育是我国企业长期引以为豪的法宝，但是，今天已经遇到严重的挑战，以往那种企图以简单方式统一思想的方法已经引起职工的反感，那种空谈大道理，不解决实际问题的精神说教，往往被人们嗤之以鼻。

二 企业精神层面

受传统文化的影响，我国企业重视精神因素的作用。但是由于长时期受计划经济模式束缚，企业文化建设有些扭曲。在物质生产上是全国一盘棋、精神生产上也是全国一个调，全国成千上万个企业，不同地区、不同行业，全部都是一个精神、一个调，没有企业个性，没有自身特色，体现不出多样性，很难真正持久地调动广大职工的积极性，再加上受极“左”思潮的影响，再好的企业精神也被弄得虚伪了。现在不少企业都在探讨建立具有个性特点的企业文化，但是企业文化的形成，不仅受社会环境、历史传统，企业的现状、产品、规模、目标等因素的影响，而且还有一个文化的选择问题。例如，是强调团队至上还是尊重个人？是提倡竞争还是保持和谐？是开拓创新还是稳扎稳打？是节约成本还是注重服务质量？每个企业都可以从自身特点出发，做出不同选择。

三 企业形象层面

企业形象指社会各界和企业职工对企业的整体感觉和评价。企业要树立良好形象，对内对外都要舍得合理投资。在内部形象的塑造方面，重要的一条，就是要为本企业职工创造一个良好的生产、生活条件。在外部形象的塑造方面，企业除了为社会提供产品、上缴税利以外，还要为社会多做贡献，对社会的文化、教育、体育、艺术等事业进行额外投资，这就必然加重企业负担。现在的情况是四面八方都向企业伸手，企业已经应接不暇、叫苦不迭。

四 决策方式层面

根据比较研究，中日美三国企业的决策方式差别很大。首先，从决策主体看，美国是个人，日本是包括中层在内的集体，中国是高层少数人。其次，从决策过程所花费时间看，美国少，日本多，中国也多。再次，从执行决策看，日本快，美国慢，中国也慢。最后，从决策责任承担者看，美国是个人，日本是集体，中国也是集体。很遗憾，在这些特征中，中国的决策方式都处于不利的地位。

从决策时间权衡，日本花时间虽多，但执行快。从决策责任权衡，美国是个人决策、个人负责；日本是集体决策、集体负责。唯独中国是少数或个人决策，却要集体负责，这是多么不合理的状况。撇开文化的差异不谈，一般把决策方式分为个人决策和集体决策，迅速决策和缓慢决策，科学决策和经验决策几种。他们自身并没有什么优劣之分，都有取得成功的范例。但是，究竟哪种方式更适合本企业的特点，往往在选择时会很困难。例如选择个人决策，同集体领导原则相违背；选择集体决策又会出现大家拍板，无人负责。选择科学决策，但是曲高和寡，必要的科学手段跟不上。所有这些都使中国企业的决策者左右为难。

五　经营模式层面

在经营模式上，我国企业受传统文化重义轻利思想的影响，长期以来是算政治账，不算经济账，职工吃企业的大锅饭，企业吃国家的大锅饭。现在，按“企业法”的规定，企业成为独立的经营者，自负盈亏、承担风险，要想在市场竞争中生存与发展，就得重视经济效益。但是，由于改革措施不配套，法制不健全，也出现了重利轻义，不择手段、坑害顾客的现象。在市场经济条件下，要研究如何处理义利关系问题，兼顾社会效益。

在经营规模上，西方经济学界曾流行规模经济观点，认为企业的规模越大，生产成本越低，利润越高。现在人们认识到，大有大的难处，企业规模越大，需要协调的工作越多，如果前者以算术级数增长，后者就会以几何级数增加，协调的成本往往会压倒由技术所决定的规模经济性。

在经营方式上，一般认为有四种循序渐进的经营导向：生产导向、销售导向、技术导向、市场导向。导向不同，经营方式也不同。西方各国企业早已进入以技术或以市场为导向的阶段。而我国企业还基本停留在以生产或销售为导向的阶段，就是以企业为中心，大批量生产和大批量销售，这同当前我国的短缺型经济是相适应的。但是这种状况很难长久维持，特别是长线产品的生产企业，如不及时向以市场为导向，在激烈的市场竞争中，就有被淘汰出局的危险。

六　管理手段层面

美国企业管理突出个人主义，日本突出集体主义，中国与日本的文化背景相近，集体主义的气氛很浓。但是，日本式集体主义能够激励个人为所在集体多做贡献；而中国式集体主义则迫使个人忍让、服从和自我牺牲，抑制个人创造性。这就造成了在管理手段上的两难状态：如果强调个人，则成绩突出者，会成为东方式嫉妒的对象；如果强调集体主义，又难逃“大锅饭”的厄运。

七　人际关系层面

国外管理学家把企业人际关系划分为三个历史阶段：工业化之前以家庭为中心阶段、工业时代的敌对阶段、信息社会的命运共同体阶段。我国目前正处在工业化时期，新旧经济体制交替，企业内部存在的各种矛盾正在逐步暴露出来，人际关系趋于紧张。对于这种现象有两种意见。一种意见认为，既然处在工业化阶段，企业技术结构和职工素质普遍比较低，为了保证企业的生产质量和效率，只能采用泰罗时代强制性的管理方法，由此而产生的某些副作用，诸如人际关系的疏离乃至对立，只能看作是分娩时的暂时痛苦，这是发展过程中所不可避免的现象。另一种意见认为，工业化同人际关系紧张并无必然联系，日本就是一个很好的例子。日本企业在生产管理中推行全员质量管理制，在分配制度上推行年功序列工资制，较好地处理了企业内部的人际关系。泰罗制反映了西方文化背景下的某些必然规律，使企业内部人际关系紧张对立。具有东方文化背景的日本企业可以使管理者和被管理者之间的对立关系披上温情脉脉的家庭主义的外衣，转化为劳资合作关系。我国同样具有东方文化背景，加上实行社会主义制度，又处在信息化时代，应该而且完全能够避免企业人际关系的恶化。

八　公共关系层面

近几年来，公共关系业务已经逐渐进入我国，但是，在这股公共关系热的背后，也有不少令人担忧的地方。人们很可能由于没有真正把握公共关系的精神实质，而在实际运用中往往大相径庭。

公共关系是一种独特的管理职能。企业公共关系部门的任务，就是确定并强调企业为公众利益服务的责任，使用有效的传播技能和研究方法作为基本工具，监视社会经济变动的趋势，帮助企业了解民意和消费者的愿望，并做出积极正确的反应，建立并维持与公众之间的交流、理解、认可与合作。

企业公共关系部门的根本职能，就是取得企业与公众之间的协调。这种协调的本质是企业文化与社会文化之间的交流融合。因此开展公共关系工作，必须密切注意社会道德准则、行为规范、大众心理、生活方式、文化教育事业等，自觉地实现企业和社会之间在文化上的协调。看来，中国企业要达到这种协调，恐怕还要付出相当大的努力。

建设有中国特色的企业文化

一　坚持企业文化建设与深化企业改革相结合

企业文化与企业制度是意识和存在的关系。良好的企业文化是深化企业改革的精神支柱，陈旧的文化观念是深化企业改革的障碍。例如，没有竞争观念和效率观念，企业内部优化劳动组合的改革就难以推行。现代企业制度的建立又决定了人们必然要选择新的价值观念。因此应把深化企业改革同建立优秀企业文化结合起来，以企业文化建设促进企业改革，以企业改革巩固企业文化建设。

二　坚持企业文化建设与加强企业管理相结合

要坚持在加强科学管理的同时，推进企业文化建设。我国的企业，不仅文化落后，管理更落后。我们应当避免以企业文化代替科学管理的倾向。正确的抉择，应当是在加强企业科学管理的同时，促进企业文化建设，决不可削弱企业自身的科学管理。科学管理是企业管理发展史上不可逾越的阶段，企业文化不能取代这个阶段。如果在缺乏科学管理、缺乏理性思维的基础上，片面强调企业文化建设，夸大企业文化的作用，将会把企业文化建设引进歧途，甚至会倒退到狂热的年代，重新陷入唯意志论的泥潭。

三　坚持有分析地吸收西方企业文化

人类文明是没有国界的，作为文化却存在着社会差异、地域差异。西方文化观崇尚个人奋斗。东方文化观崇尚集体主义。日本企业取得成功，原因很多，重要的一条就是融合东西方文化。建立中国企业文化，要结合中国传统，考虑国情、民情、地理、历史、人文、伦理等因素。中国有几千年文明史，有几十年社会主义建设史，有优秀文化传统，这些当然应该成为建设我国企业文化的应有内容。对于西方文化要坚持有分析地吸收，对其腐朽思想和作风必须坚决抵制。要坚持“以我为主、博采众长、融合提炼、自成一家”的方针。

四　坚持吸收优秀的历史文化传统，融合现实有益的文化观念

企业文化要在现实的实践中塑造形成，但是不能割断历史。文化具有继承性，要坚持吸收优秀的历史文化传统。当然，对传统文化中的糟粕部分必须抛弃，对优秀部分要继承，对现实中有益的文化观念要提炼，做到两者结合。

五　坚持从实际出发，运用发展的观点对待企业文化建设

优秀的企业文化不会自发产生，需要全社会提倡，提供良好的环境支持。企业领导人要带头培育企业文化，要从实际出发，运用发展的观点对待企业文化建设，不搞形式主义。企业要根据自己的特点，塑造具有独特风格的企业文化，不要照搬照抄，不能简单化。

六　企业文化建设要重视思想观念更新

我们正处在经济体制改革的初始阶段，思想观念滞后是普遍现象。为了推动企业建立社会主义的企业文化，增强企业竞争力，提高经济效益，寻求企业新发展，我们必须强调思想观念更新。当前要特别强调树立以下几个思想观念：

（一）社会责任观念。企业作为社会财富和文化的创造者，不仅要有追求利润目标的动机，还必须有比追求利润更崇高的社会责任感和使命感。社会责任感能够使企业经营目标有更深刻的意义。从社会责任的高度向职工提出要求，职工会更容易接受企业严格的标准和管理，更能激励职工的献身精神。现代成功的企业，都把对社会的责任作为企业追求的最高目标。

（二）企业社会性观念。现代企业不仅是生产经营组织，还是社会生活组织，不仅是国民经济的细胞，也是社会文化阵地。职工作为社会人，在企业中不仅享有取得劳动报酬的满足感，还要有接受教育、享受福利、文化生活、参加管理、发挥才能、取得成绩、得到尊重和信任等精神的满足感。职工在这种环境下才会产生主人翁责任感和荣誉感，才能为企业目标奋斗。如果企业仅仅是生产经营单位，职工只有劳动的义务和取得报酬的权利，那么不管企业是何种所有制，职工都会把它视为异己力量，不会热爱这样的企业，更不会为它的发展而献身。

（三）职工主体观念。传统的经济学家总是从产权关系来判断人们在企业中的不同地位，却忽视了一个基本的事实：人们在企业生产经营活动中所处的地位。从这样一个基本事实出发，无论职工是不是所有者，他们实际上在企业生产经营活动中始终处于主体地位。当今的企业文化理论就是以职工主体为根据的。我国的企业不论进行何种形式的改革，职工主体观念不能变。不论从经营学角度，还是从社会学角度来看，职工在企业中始终处于主动地位，是他们的生产经营活动决定企业的命运。企业家应当牢固地树立职工主体观念，只有这样才会形成新的价值准则和行为规范，职工的主动性、创造性才能得到充分发挥。

张重庆（中）与加拿大福建华联总会执行主席林金龙出席哈尔滨经贸洽谈会

信息资源的开发与管理*

随着微电子和通信技术的迅速发展，信息在社会经济发展中的作用愈来愈突出，以美国为首的工业发达国家正在信息产业领域加紧进行竞争。未来学家通过对大量社会经济发展数据的科学分析研究，力图揭示出当代飞速发展的信息技术和信息服务业对人类社会经济发展正在和将要产生的深刻影响。对此有必要加以认真的跟踪研究。

信息的概念

当今世界，“信息”这个词广为流行，但究竟什么是“信息”呢？信息是物质与能量之外的第三种东西，既不是物质，也不是能量，但又与物质和能量密切相关，不可分离。对于信息这个奇特的概念，至今没有统一的定义，人们从不同的角度，赋予不同的内涵与外延。

目前，关于信息有各种不同的数十种定义。作为日常用语，信息是指音信、消息、指令、情报等等；作为科学术语，可以简单地理解为接收者收到预先不知道的报道、知识。从自然界看，信息是物质借助能量发出的信号；从人类社会实践看，信息给予人们的是知识、智慧。英文里“信息”和“情报”，都是information这个词，对于什么是信息，也可以简洁地概括为信息是物质的一种存在方式及其直接或间接的反映。信息的存在绝不仅仅是与人的行为、认识、观念相关的一种形式。在物质世界中普遍存在的自然信息与人的主观意识无关，例如生物体遗传基因DNA分子中的遗传密码，能够经过复制、转录、转译传递给下一代，这是维系物种特性的遗传。遗传密码的这种信息传递同人的主观意识无关。

信息的概念目前被广泛应用到各个领域，从不同的来源、不同的性质、不同

---

*本文系作者1991年3月在中国企业管理协会、中国企业信息交流中心召开的企业信息化工作会议上的专题报告。

的范畴，可以做出各种不同的分类。但对从事经济工作的人来说，最重要的是善于开发和有效利用信息资源。

信息的产生与发展

人们通过对信息的研究，发现信息的起源是和生物的出现同时开始的。有人按人类对信息的认识和利用程度，把信息的产生与发展划分为个体信息阶段、社会信息阶段及现代信息阶段；有人按信息的媒体与载体的发展所造成的社会变革，划分为语言、文字、印刷，以及通信等四次信息革命。

一 信息发展的三个阶段

个体信息阶段。早期人类在生产实践和相互交往中，自然地交流和利用各种信息，产生了语言、图形和文字等。最早的信息储存形式是结绳记事和刻木记事。最古老的信息传递方式是烽火台。据《易·系辞》记载，约在5000年前，人们就会利用口头宣传方式叫卖商品。非洲的许多部落用击鼓声的高低、烟火的长短作为传递信息的信号。

社会信息阶段。随着生产力的发展，社会从奴隶制向封建制转变，信息传递和利用的方式也在不断发展。在商品交换中出现了招牌、幌子、店面广告等方式，传递商业信息；利用驿站传递公文、诏书等，下达命令及公告臣民。同时，信息传输、处理、储存的形式与手段也在不断发展，隋唐时期出现了雕版印刷，北宋中期出现了活字印刷术。

现代信息阶段。1844年美国莫尔斯发明了莫尔斯电码电报，在华盛顿至巴尔迪摩电报线上传递了第一个编码电报信号“上帝创造了何等奇迹”！这是人类第一次使用表达信息的共同语言，是一种超越民族特点的语言。电报的发明是人类第一次利用电流作为载体来传递信息，从而大大扩展了通信距离、缩短了通信时间。1876年贝尔发明了电话。19世纪末20世纪初，电子、粒子的发现，相对论、量子论的创立，引起了以信息技术应用为标志的新的技术突破。1946年美国发明了第一台电子计算机，1957年苏联发射了第一颗人造通信卫星，从此，人类社会开始了从工业化向信息化的过渡。

二 信息发展的四次革命

人类到现在为止，已经历过数次的信息革命。第一次信息革命是语言革命；第二次是文字革命；第三次是印刷革命；第四次是电信、电话、电视等与计算机连接起来的计算机通信革命。

语言革命是指随着人类自然发展过程逐步形成的自然语言。不同的民族各有其不同的语言。语言成为人类表达认识、观点，交流思想、感情的有效工具。语言包括书面文字形式，还可以用符号表示，如灯号、旗号、暗号、电码等。文字革命是指文字作为记录符号，使语言及信息能够超越时空限制，并固定下来。文字与语言相结合，出现了人造语言，如数学语言，用各种符号分别代表加、减、乘、除、等于、因为、所以等，还有计算机语言和医疗语言等人造语言。由于自然语言结构不够严谨，往往同一句子代表的意义不够明确而易于造成误解，加上自然语言的重复率高，又要进行修辞，因而产生了计算机语言等人造语言。其特点是语言结构严密、用逻辑方法编成，重复率低等。印刷革命是指由于印刷术发明带来的信息革命，使信息的传输、储存量大增加，品质大提高。通信革命是电信、电话、电视等与计算机的连接，使信息处理与传输、储存都产生了质的飞跃，人类社会开始进入信息化时代。

信息运动的新趋势

托夫勒在《大趋势》中指出：21世纪是信息和知识占优势的时代。劳动力、原材料的优势将不复存在。随着信息在人类社会中地位和作用的日益提高，随着人类思维功能的不断增强和信息科学技术突飞猛进的发展，社会信息运动呈现出越来越多的新特点。

一 加速度发展

在现代社会，信息的运动从生产到传递、利用等各个环节，速度越来越快，数量越来越大，这就是人们在惊呼的“信息爆炸”。人类知识量的激增，推动着信息量的加速增长。人类知识量翻一番的时间日益缩短。假设公元1750年人类知识量为两倍，则1900年为4倍，1950年为8倍，1960年为16倍。英国科学家詹姆斯·马丁推测，人类知识在19世纪是每50年增加1倍，20世纪中叶每10年增加1倍，70年代每5年增加1倍。

美国科学家普赖斯统计：全世界科学期刊1750年约10种，19世纪初期约100种。19世纪中期约1000种，1900年约为1万种，到1965年达到十万多种，几乎每50年增加10倍。目前仍以每年增加1500种的速度在发展。全世界每一分钟出版一种书籍。电信、广播、电影、电视、录音、录像、卫星通信所传播的信息如雪片一般地增长。据估计，科学技术信息正以每年13%的速度增长，很快就会上升到每年增长40%，每20个月翻一番。比较谨慎的估计认为，科技信息的总容量每10年至15年增加一倍。

由于交通的发达和通信技术的现代化，信息传递越来越快。西方科技杂志的航空版，几天之内就可以传送到世界各地读者手中。美国国会图书馆的1800万册藏书，通过卫星8小时内就可全部传到欧洲。美国实验室的新发现通过计算机信息网络几秒钟就能传遍整个世界。跨国公司遍布全球营销点的电子信息网络，几秒钟就可以把世界各地的市场信息和企业运营信息传递到总部。国际通信卫星可以现场同步转播重要新闻、体育比赛实况。美国有限新闻电视网24小时播送新闻，美国航天飞机爆炸、多国部队飞机轰炸巴格达等重大事件，都是在事件发生的瞬间就把信息传遍全世界，布什、梅杰、戈尔巴乔夫、密特朗的办公室都有特别收视机。国际学术电视会议使与会者如同汇集一堂那样进行讨论，使信息传递瞬时化、全球化了。从这个意义上说，时间、空间在压缩，地球在变小，有人把地球称作地球村并不过分。

从教育领域看，基础教育、职业教育、成人教育、在校教育、函授教育、刊授教育、远程教育等普遍发展。西方发达国家受过高等教育的人数比例已超过40%。特别是由于教育思想从过分强调掌握过去的知识，到强调集中传递人类社会近代以来的新知识；从强调以灌输方式传授知识，到强调在掌握知识基础上发展创新能力和培养获取新知识的方法技能，使社会信息普及速率大大加快。从大众传播媒介看，广播、电视的迅速普及，报纸、期刊、信息资料的大量增加，也加速了信息的传播和普及速度。

二 传递网络化

面对规模日益巨大、种类日益繁多的社会信息，单一单向的传输渠道已经远远不能适应需要，为了使信息畅通，传递渠道正向全方位、多层次、多类型的传递网络发展。

社会专业信息机构联合网络。由各种类型和层次的图书馆、信息机构、档案馆和博物馆等组成的专业信息机构，正逐步用计算机、激光、缩微存储技术及先进的通信手段武装起来，实现信息检索网络化、文献缩微化、管理自动化，尤其是大型信息文档库的联机检索系统，通过通信卫星的传输，可进行全球各国信息检索服务，从而成为全球信息传播网中的重要组成部分。例如，美国的DIALOG信息系统、ORBIT信息系统、欧洲联机信息系统等拥有的文献信息资源，随时可供全球用户检索。

政府部门专业信息系统迅速强化。随着信息技术的发展，政府部门和经济、科学、教育、文化、统计、金融、审计等行业的信息系统不断加强，及时反映动态信息，为决策服务，为社会公众服务。各种行业协会、专业学会、研究会，以及近年来纷纷成立的各类信息中心、数据库等，也在加强基础建设、发展横向联系的基础上，形成了各具特色的信息传递网络。

三 信息综合化

当代信息综合化趋势已经成为信息产业发展的主导趋势。信息知识的高度分化，科学的门类总数超过2400多门，其中基础科学的专业领域达500多门，技术科学的专门领域达400多种。在这种情况下，需要加强科技信息知识的综合研究。所以，综合学科、横断学科不断涌现。系统论、信息论、控制论、耗散结构论、协同论、突变论等横断学科，环境科学、城市科学、海洋科学、能源科学等综合学科，就是这种系统信息综合的突出成果。

综合就是创造，综合产生效益。日本就是善于进行综合创新的典范。日本科学界没有获得过诺贝尔科学奖，新的重大科学发现很少，但他们十分注重对新的科技信息的吸收、消化、应用，信息综合能力极强，有力地推动了工业和科技的发展，迅速成为世界经济大国。

以半导体技术为例，日本最初是1952年作为专利技术从美国引进的，但是由于日本善于综合消化吸收新技术，所以半导体器件工业发展很快，迅速超过了美国。日本东海大学教授唐津一在《东洋经济》1991年3月号上撰文论述，如果没有日本的半导体器件及其应用技术的支持，美国是打不赢海湾战争的。据美国国防部资料表明，在美国的各种飞机、坦克、导弹上，总共使用了92种日本生产的半导体器件。爱国者导弹使用的砷化镓器件、战斧式导弹使用的CCD摄像器件，以及作为记忆地形和景物图像使用的大容量存贮器，全部都是日本供应的。

汽车工业曾经是美国工业骄傲的象征，长期以来在经济发展中占有重要地位，每六个工作职位，就有一个与汽车工业有关，直接从事汽车工业的劳动力有400万人。汽车工业耗用美国全国21%的钢铁、20%的机械设备、25%的玻璃，以及大量的塑料制品和电子产品。1960年以前，日本的汽车产量只是美国的1%，但是经过短短20年的奋斗，到了1980年日本就变成了全世界最强大的汽车制造国和出口国，占领美国市场份额30%以上。

究竟是什么原因促成了日本汽车工业的巨大变化呢？尽管其中的因素很多，但是最重要的一条，是日本人善于充分地、综合地利用技术专利、市场需求信息资源。几十年来美国一直偏重于研制开发和生产制造大型豪华汽车。日本通过市场调研，准确掌握消费信息，瞄准广大消费者家庭，偏重于生产省油的、功能齐全的小型汽车，在引进美国和西欧汽车生产技术的基础上不断进行创新。前轮驱动、四缸引擎、回转引擎、辐射轮胎、圆盘刹车、五段变速、防晒车顶、安全带、后窗除雾器等等，都是日本最先采用或最先成为标准设备的。信息意识极强的，善于吸收、消化、创新，善于捕捉信息，以求共享的日本终于在世界汽车工业的竞争中捷足先登。

信息成为最重要的战略资源

纵览人类历史，人类是由于依靠不断开发物质、能量和信息资源得以生存和发展的。尽管三种资源的开发都很重要，而且紧密相连，但是同人类认识和驾驭自然的能力相适应，人类在不同的阶段，资源开发的重点是不同的，而总趋势则是信息资源的开发显得越来越重要。

在远古蒙昧时期，人类依靠自身十分有限的力量，只能从地球表面获取极少的物质资料，即野生动植物来维持自己的生存和延续。这种有生命的、可在自然界再生的资源被称为第一资源。依靠这种可再生资源，人类渡过了漫长的岁月。整个传统农业时代，都是以开发第一资源为主的时期。直到18世纪以蒸汽机为代表的工业革命以后，煤炭是工业的粮食，石油是工业的血液，钢铁是工业的基础。所有这一切，与过去那种动植物资源不同，它们使用之后不会再生，所以叫做非再生资源，被称为第二资源。人类对第二资源的大规模开发利用，不仅促进了社会的工业化，而且大大加强了可再生资源的开发利用。

传统工业时代及其以前的历史时代，人们开发利用的主要是物质资源，只要掌握了物质资源，就可以立足于世界之林。因而很多人习惯地认为，只有物质资源才是人类赖以生存的财富，从而把获得更广阔的物质资源产地和原料市场，作为追逐的主要目标和谋求发展的主要手段。

全球性信息革命的兴起，从根本上动摇了只重视物质资源、不重视信息资源的传统观念。信息产业的迅速发展，极大地推动了经济发展与社会进步，特别是像日本这样资源贫乏、矿产奇缺、面积狭小的国家，也跻身进入超级经济大国的行列。同样，中国台湾和香港，以及韩国、新加坡经济迅速崛起，而非洲及其他地区的一些资源非常丰富的国家，经济却长期处于落后状态。鲜明的对比，使人们开始认识到，信息是极其重要的战略资源。我们已经跨入了以开发信息资源为主要特征的新时代。

为了适应信息时代激烈竞争的需要，许多跨国公司都开始设置专门的信息资源开发与管理机构。这些机构名目繁多，有“战略信息网”、“环境扫描系统”、“风险分析处”、“未来研究室”等等。由于信息资源在社会经济发展中的作用越来越突出，最近几年，一些跨国公司纷纷在领导班子中配备信息管理与应用高级主管，即首席信息管理师(Chief Information Officer)。在此之前，公司中只有管理信息系统或信息部门的经理人员，他们大多数被当成技术性管理干部，不参与公司的决策。现在不同了，随着经济全球化和市场竞争的激化，企业要在复杂多变的环境中生存和发展，就必须迅速获取、及时有效地利用信息。在这种情况下，信息变成战略性资源，CIO不仅是企业信息系统的最高主管，而且成为直接参与公司发展规划、经营决策的核心人员。信息主管人员在企业经营决策中战略地位的提升，直接动因是产业经济从物质经济向知识信息经济转变，这是一个巨大的历史性的推动力。具体表现在：

一　在现代社会生产中，产品的物质含量与信息含量的比例关系正在发生明显的变化

由于在社会生产过程中信息处理人员不断增加，直接在生产第一线工作的人数大量减少，劳动者的能力不仅取决于经验、技能和体力，而且主要依赖于知识和智力，企业管理也日益信息化，物质产品的价值含量越来越取决于凝结其中的知识、信息、技术的含量。

西方经济学家提出，任何一个产品或者一种劳动服务，都包含着两个组成部分，一部分是生产这个产品所消耗的物质资源，另一部分是生产这个产品所消耗的知识信息资源。如果说工业化时期的经济，以大规模使用和消耗原料、资源和能源为基础，叫做“物质经济”，那么，现在正在过渡到“信息经济”，尽量减少产品和劳务中的物质消耗，提高其中的智能和信息含量。人们在尽量减少物质消耗的前提下，利用知识、信息来生产更多更好的产品，提供更多更好的服务。采用电脑商务采购系统，美国通用食品公司一年可为食品零售店节约3亿美元成本开支，美国汽车厂商能使每辆汽车的生产成本降低上千美元。统计资料表明，美国每生产1美元产品所花费的信息处理成本，1935年为15美分，1955年为25美分，1975年为36美分，上升很快。按产品的单位重量计算，信息、知识、技术创造的附加价值大致是，汽车每吨100美元、彩电每吨550美元、计算机每吨3300美元、航空发动机每吨15500美元。

大量事实证明，现代企业的生产经营管理离不开信息资源的开发利用。企业的生存发展能力，产品的竞争能力，都取决于对信息资源开发利用的广度与深度，取决于产品中信息含量对物质含量比重的提升状况。

二　在西方发达国家，劳动生产率的提高主要依靠信息和技术的综合创新来实现

西方发达国家从20世纪20年代到70年代，国民生产总值数倍增加，物质资源消耗并没有同步增加。美国平均1亿美元的国民生产总值所消耗的钢材，1970年为1.23万吨、1980年为0.42万吨、1985年为0.28万吨。美国制造业生产等量产品所使用的社会劳动时间，1998年比1973年减少60%以上。1979年以前，日本国民生产总值每增长1%，能源消耗增加0.6%；1980年以后，国民生产总值每增长1%，能源消耗减少0.94%。日本电子器件、电脑及外围设备生产所消耗的原料，1981年比1971年减少49%，1991年比1971年减少73%；重型机电产品所消耗的原料，1981年比1971年减少43%，1991年比1971年减少59%；家电产品所消耗的原料，1981年比1971年减少36%；1991年比1971年减少51%；每部汽车所消耗的钢铁，1991年比1971年减少40%。

三 信息资源的开发程度和信息综合能力的强弱，成为一个国家经济兴衰的关键

信息，尽管不是唯一的资源，但已经成为现代社会最重要的战略资源。一个国家或地区对于信息的敏感程度，生产、接收、消化知识和信息的能力，开发信息资源的广度和深度，已经成为这个国家和地区生产力、竞争力和经济兴衰的关键因素。日本、韩国、新加坡，以及中国香港、中国台湾的物质资源贫乏，但他们能够在短时间内成为举世公认的经济繁荣地区，很大程度上得益于对信息资源的开发利用。日本全国每年的信息总量是中国的100倍。美国前总统卡特认为，美国取得的所有成就有1/3来自信息活动。

日本的国土只有37.2万平方公里，由四个大岛和约1000个小岛组成，山地占总面积的4/5，人口1.1亿，资源短缺，能源匮乏。为了生存和发展，日本人普遍怀着紧迫感和危机感，始终不渝地追求、获取、消化各种信息和知识。日本学者认为，日本奋斗的突破口，是对外开放，竭尽全力捕捉信息，在他人已有成果的基础上发展创新。据统计，日本通产省每昼夜获取的国际信息，以电报的纸带计算可以绕地球一周。日本五大贸易公司驻海外的信息人员有1.4万人。三菱公司每天获取的信息是日本外务省的3倍。这是日本产品迅速占领国际市场的秘诀之一。美国、西欧没有任何产品能够占有日本市场份额10%以上。而日本占领了欧洲电视机市场80%、大轿车市场70%、美国收音机市场50%。

在信息化时代，不重视信息，不发展信息产业，不从物质经济向信息经济转变，在国际经济竞争中就要落伍。苏联就是典型的例证。苏联钢的年产量超过美国50%，机床年产量等于世界产量的总和，使用的化肥量占世界第一位，小麦产量占世界第一位。可谓主要物质指标超过了西方资本主义。但是，在市场上消费品极其匮乏，居然买不到不锈钢家具，肉类和水果等也供不应求。苏联人用于排队购买消费品的时间竟达一生的15%。原因何在？根本原因就在于苏联的经济是在低技术的物质经济的轨道上运行的。在当代历史条件下，谁拥有和能够有效地利用信息资源，谁就能在历史性的竞争中取胜。

信息化与工业化同等重要。就其世界历史意义来说，信息化可与300年的工业化相比，信息化不仅改变人类的生产方式，而且改变社会生活的面貌。

现代社会的信息产业

信息产业，亦称信息工业、知识工业。信息产业是指从事信息的收集、储存、生产、处理、传递、流通、服务和销售等业务的实体，包括工业、新闻业、广播业、报刊业、出版业、印刷业、电信业、金融业、广告业、数据库服务业等。简单地说，信息产业包括两个产业群：信息技术产业和信息服务产业。信息技术产业，是指开发、制造、销售硬件、软件及提供信息媒介的产业。信息服务产业，是指使用信息机器进行信息收集、加工、分配等提供信息服务及培养人才的产业。国外把信息产业称为第四产业。

从世界范围看，产业经济发展的重点，逐步转向第三、第四产业。20世纪50年代以前，在工业发达国家经济中，第一产业(农业和畜牧业)、第二产业(加工工业和制造业)占主导地位，第三产业(劳务服务部门)还处于次要地位。此后，由于机器人的大量使用，自动化工艺技术的不断发展，第一、第二产业部门的劳动人数日益减少，劳动时间缩短，但生产规模不断增大，社会劳动生产力迅速提高，物质财富总量大幅度增长。这样就为各种社会服务性产业和教育科技等知识产业的发展，创造了雄厚的物质基础，促使它们大规模地发展起来，劳动力大批转移到第三、第四产业部门，尤其是转向教育、科技等部门，从事知识和信息的传播、创造、整理、利用等工作。

从当代世界看，第三、第四产业的比重不断提高，在西方发达国家中越来越占主导地位。1950年美国信息产业只拥有社会劳动力的17%，1985年达到60%以上，而制造业拥有的社会劳动力只占13%。苏联和东欧国家第三、第四产业的就业人数也超过了第一、第二产业的就业人数。据统计，第二次世界大战以来从事信息产业的人数在劳动力总数中的比例，大约每五年增加2.8%。美国整个信息产业的营业额年增长率高达20%—30%。据预测，世界信息产业在90年代的平均增长率将在10%以上，许多分支产业可达20%—30%左右，甚至更高。上述趋势在发展中国家同样存在。

从工业结构看，新兴电子工业、计算机工业、机器人工业、航天工业、原子能工业、通信工业、微生物工业等迅速发展。美国信息产业的营业额1989年为724亿美元、1990年为845亿美元、1991年将达到991亿美元。

从劳动力结构看，社会生产力结构中的智力成分正在成为社会经济发展的决定性因素，脑力劳动者的比重大大提高，体力劳动者的比重明显下降。据统计，西方国家的就业人员中，科技人员与非科技人员的增长比例大体上是6:1。1930年至1968年间，美国职工人数增加了60%，而工程技术人员增加了450%，科研人员则增加了900%。目前在西方国家，白领人数已经远远超过蓝领人数。据美国兰德公司预测，到2000年，美国制造业的职工人数将只占总人口的2%。

社会信息化的前景

一 计算机技术的不断突破

计算机的发展有两个明显的特点，一是不断创新，二是不断飞跃。大约每5—8年，速度提高10倍，可靠性提高10倍，体积缩小10倍，成本降低10倍。计算机发展的总趋势是巨型化、微型化、网络化、智能化。

目前巨型计算机运行速度达到每秒100亿次以上。由于巨型机运算速度更快、存储量更大、功能更强，因而能够承担信息量巨大、时间要求紧迫的计算任务。有了巨型计算机的帮助，人们在探索宇宙空间、基本粒子、生命奥秘、中长期天气预报、研究和设计原子武器、调整飞行器、分析和处理卫星拍摄的地球资源照片、判断农作物长势、确定矿产储藏量等方面，就能做到及时、准确、高效。

微型电子计算机的核心部分是微处理器。微处理器由一片或几片大规模集成电路组成。集成电路模块的集成度正在迅速提高，具有高度集成、调整化、多功能三大特性的超大规模集成电路，将把整个电子计算机的电路嵌在一块硅片上，称为单晶片系统，体积小、功能全、速度快，可以装到机器人的头部、眼部和臂部，真正成为机器人的电脑。

计算机网络系统的发展趋势是不断突破部门、系统和地区的界限，由小范围向大范围发展，由小网络转化为大网络，从地区性网络扩展到全国性网络，直到跨国、跨洲际的网络系统。计算机网络系统的重要特点，就是可以实现远程信息处理，共享系统存储的数据和资料信息。

智能模拟就是利用电子计算机模拟人的大脑的某些功能，把原先需要由人承担的智力活动转交给计算机去完成。智能模拟正在从按固定程序进行信息处理，向能听会说和具有简单思维能力的方向发展。

第五代计算机将不用算法而代之以自然语言，不用描述程序的细节，而代之以面向问题的命令，不一定再通过按钮、键盘等进行信息输入，除了能接受符号序列外，还能接受和处理声音、图像、文字等复杂信息，具有听、说、写、读和思考的功能，能像人一样从事推理、假设、联想、学习、知识积累、经验积累，进行句子和图形识别、翻译、解释等工作，以及辅助规划和决策。智能机将使信息处理过程大为简化，配上不同的专家系统软件，能够面向问题自动工作。

第五代计算机可能是光学计算机，或超导计算机，或生物计算机。光学计算机运算速度极快，其理论速度就是光速，大约为现代最先进的大型电子计算机的1000倍。美国国际电报电话公司已经研制出光学晶体管。超导计算机，由于用超导器件制成的逻辑电路，开关速度极快，产生的热量极少，可使电路组装体积小，大大缩短信号传送时间，极大地提高计算速度。生物计算机将更加奇特。科学家发现生物分子能像现在的芯片那样传递信息。由于生物分子非常小，完成一项计算大约只需今天计算最快的芯片万分之一的时间。同时，细菌里的DNA具有很强的记忆能力，可以用来做计算机的存储器。据此，科学家们认为可以用细菌作为软件，代替集成电路，构成一部有生命活力的计算机，日本正在研究和开发生物芯片。一个生物芯片只有0.1微米大小，但具有比现在的集成电路大10亿倍的存储量和快1亿倍的运算速度，足以代替现在的大型电子计算机。在1立方毫米生物芯片中，将能容纳1000万亿个逻辑元件，运算速度可能达到每秒1万亿次。这种计算机可以做得像一块糖球，却有着巨型计算机的全部功能，可能实现人脑与计算机的直接通信。假如将其植入人的大脑，可使盲人重见光明；将其植入人体血管之中，则可监视与调节人体内的生理化学变化，治疗和促使病情好转。

二　通信技术迅速发展

在信息化社会中，将大力发展以视觉通信为主的新技术。电话作为重要的信息交流手段有局限性。这是因为电话传递信息的速度受语言速度的制约，不适应大量信息的传递、存储和处理；缺乏原始记录，准确性与可靠性均无法满足要求；日常交流的信息中，只有15%—20%来自听觉，60%—80%通过视觉接受。在信息化社会，光纤通信将取代目前使用的同轴电缆和微波通信线路，数据通信、图像通信、电子信函、智能用户电报等将获得大发展。

三　以计算机和通信为主的信息产业的发展推动物质生产过程的变革

经统计分析，在西方发达国家社会产品总价值量中，信息价值超过有形资产价值。信息经济的迅速发展使信息产业在产业经济结构中占主要地位。经济活动的基本组织方式将由工厂转向信息库。工厂是传统工业生产的象征，人们以工业设备武装的工厂作为从事物质产品生产活动的中心，辅以产品运输、开发、市场调查等诸多活动。信息化社会的生产活动，将以收集、生产、储存、传播、分配和提供信息服务的信息网络为中心来展开，同时辅以其他相关组织的活动。

各个生产部门将越来越多地使用计算机、智能机器人和管理信息系统，监控生产过程，管理生产流水线、车间以及整个企业或整个生产系统，实现生产管理过程全面自动化。这实质上是使信息科学技术全面渗透到物质生产的各个领域与整个过程。这样就能极大改变旧的生产方式，使产品从设计、定型到投产的周期大为缩短，劳动生产率得到空前提高。需要更换品种时，只需更换软件程序。这样就能使生产多样化和适应瞬息万变的市场，更加符合社会的需要。到21世纪初，钢铁、石油、化工、水泥、电子等产业将实现完全自动化，届时生产力将得到很大发展，经济效益将达到新的高峰。海湾战争是一场信息化、自动化的战争。美国爱国者导弹成功拦截伊拉克飞毛腿导弹的事例说明，高科技手段远远超过了人类本身的速度和力量的生理极限，实现了人们做梦也不敢想象的事情。

四 信息经济高度发展推动生产方式和生活方式改变

在信息化的生产体系中，生产自动化、办公自动化、家庭住宅自动化，劳动者不仅摆脱了用体力推动机器的状况，也改变了按操作程序通过双手直接推动机器的状况，甚至利用电子计算机代替人的部分脑力劳动。劳动者的主要职能转向程序设计，通过计算机系统指挥、监督调节机器及机器体系的运行。生产过程中体力劳动比重越来越小，脑力劳动比重越来越大。

工作方式由集中化、大型化、标准化转变为分散化、小型化、多样化。工业化社会的基础是大规模成批生产，要求并促进管理的集中化、标准化。工人集中到工厂上班，孩子集中到学校上课，病人集中到医院就医，人口集中到城市工作生活，使整个社会伴随着工业生产机器的节奏跳动，造成交通拥挤和物资、能源、人力的巨大浪费。电脑的广泛使用，促使劳动单位小型化，千百万工作岗位重新回到家庭。生产是“非成批的生产”，以小批量、多品种的产品，来满足社会消费多样化和个性化的需要。人们可以分散在各自家庭中，通过信息网络与同事协同完成工作任务。这种工作方式带来社会生活分散化，将减少外出、出差、交通拥挤等等，增强个体工作与集体协作的效率。

家庭信息化正在美国逐步发展。家庭办公在美国已经相当普遍。1988年美国劳工部的统计数据表明，参与家庭办公的人数已经达2000多万，约占社会劳动力资源总量的19%。据统计，1983年家庭办公用电脑为190万台，1988年达到600万台，1993年将达到1610万台。同时，调制解调器、传真机、打印机、个人复印机等典型家庭办公设备也同步增长。

信息通信技术及其装备，随着性能价格比的不断提高而迅速渗透进家庭，促进家庭信息化技术的发展。电动机是工业时代的产物，平均每个美国家庭拥有45个。微处理器是信息时代的产物，平均每个美国家庭拥有的数目超过了90个。微处理器和电动机是家庭信息化的技术基础。借助于这些现代科学技术的重大发明成果，主人可以得到时间信号服务、自动家务劳动服务、安全报警服务、休闲享受服务，以及家庭办公服务等。

增强企业活力　培育市场体系*

在举国上下，贯彻邓小平同志“南巡讲话”和中央政治局全体会议的精神，进一步解放思想，深化改革的新形势下，国务院及时制定和颁布了《全民所有制工业企业转换经营机制的条例》，这是我国经济体制改革取得的又一重大突破，是涉及经济基础和上层建筑领域的一场深刻变革，是广大企业干部和职工群众盼望已久的事情，得到社会各界的热烈欢迎。我们一定要认真贯彻执行《条例》，采取切实措施，进一步转变政府职能，增强企业活力。

还自主权于企业

全民所有制企业是国民经济的主导力量，是国家财政收入的主要来源。但是，长期以来由于实行高度集中的计划经济体制，全民所有制企业成为行政机构的附属物，缺乏经营自主权，因此，企业活力不强，经济效益不高。

为了增强国有企业活力，党的十一届三中全会以来，中央和国务院采取了一系列措施。1984年《中共中央关于经济体制改革的决议》提出，所有权同经营权适当分开，使企业真正成为相对独立的经济实体，成为自主经营、自负盈亏的商品生产者和经营者。1988年全国人大会议通过的“企业法”明确了全民所有制企业的法律地位，确立了现阶段具有中国特色的社会主义企业制度。但是，从实际情况看，“企业法”并没有得到真正贯彻落实，根本原因在于，政府机构维护本部门、本地区的权力和利益格局，不愿打破现状，不愿放弃已经掌握的权力和利益。所以国务院放给企业的经营自主权，往往被各级政府机构以种种动听的词语，诸如“党管干部”、“爱护厂长”等等，“收、截、侵、搁”，使国有企业的经营管理一直不能真正活起来。因此，贯彻“条例”的核心问题是打破现有的权力和利益格局，解决还经营自主权于企业。

---

* 本文原载1992年《环球企业信息》第8期。

“条例”用法规性的语言，界定了企业的所有权和经营权。“条例”关于企业生产经营决策、产品劳务定价、产品销售、物资采购、进出口经营、投资决策、留用资金支配、资产处置、联营兼并、劳动用工、人事管理、工资奖金分配、内部机构设置、拒绝摊派等14项经营自主权的规定，在坚持“企业法”的原则下，突破了现行的有关政策、法规和规章制度。

“条例”在明确企业责任的基础上，确定了企业与政府的关系和各自应负的法律责任,明确规定，如果政府有关部门出现干预企业经营权的情况，要视情节轻重予以处罚；构成犯罪的，司法机关依法追究刑事责任。这些规定使企业自主权不受侵犯有了法律保障，也是对某些漠视法律，权大于法，随意干预企业经营的官僚主义者的惩戒。

落实企业自主权，关键在各级政府部门。贯彻落实“条例”，应当首先从政府部门做起。政府部门应按照“政企分开”的原则，把该放的权力坚决地放给企业，不该管的事不要干预。凡是地方、部门所制定的政策和规定，与“条例”相矛盾的，都应该予以修订或废止，并不折不扣地执行“条例”，坚决做到有法必依，依法办事，维护企业的合法权益。近年来，尽管“企业法”已经颁布实施，但是，少数行政部门领导人侵犯企业合法权益，侵犯企业家合法权益的事件屡屡发生。在官僚主义者面前，企业家有苦难言、有冤难申。因此，司法部门应真正负起责任来，切实依法行事，保护企业的经营权，保护企业家的合法权益，使企业和企业家能够集中精力，主要依靠自己的努力，挖掘内部潜力，转换经营机制，把企业搞活搞好。

关键在政府部门真正转变职能

企业经营机制能否转换，关键不在企业本身，而在政府主管部门。政府主管部门，特别是综合部门往往是抓宏观管理少，抓微观管理多，管来管去把微观经济管死了。实践证明，政府管微观，责权脱节，越管越糟。政府职能不转变，企业经营机制难转换。十年来的深刻教训是，如果只给企业以简政放权的允诺，而不对计划、投资、财政、税收、金融、价格、物资、商业、外贸、人事和劳动工资等政府主管部门动大手术，仍然难免口惠而实不至，形成反复拉锯、相互掣肘、此放彼收的复杂局面。因此要真正贯彻落实“条例”，就必须对政府经济管理部门进行真正的改革。

计划部门的主要职能要从倾向于管微观经济转为侧重于管宏观经济，要从过去的分钱、分物、审批投资立项，转为研究分析经济形势、市场动向、经济比例关系，以及研究制定经济政策。其他综合经济部门，包括财税、银行、审计、工商、劳动、物价等部门既要强化管理职能，促使企业合法经营，维护市场的正常秩序，又要积极探索“管而不死、管而更活”的新方式，完善国家的有关政策、法规，逐步为各类企业创造大体平等的竞争环境。企业主管部门必须破除企业是政府附属物的旧观念，打破检查、评比、验收等老一套的工作方法，重点做好本行业的规划、协调、服务与监督工作，防止对企业经营的不必要的行政干预。

要转换企业经营机制，不仅政府主管部门要转变职能，而且各级党委也要相应转变职能，组织、宣传、纪检部门都应当树立为发展经济服务，为企业服务的思想作风。目前，政府机构改革滞后，机构层次重叠，部门林立，职级交叉，冗员过多，办事效率低。转变政府职能，必须进行精兵简政。1978—1990年政府机关人员平均每年增长6.7%，是全国人口增长速度的4.8倍。政府机构人员太多，机构臃肿，已经到了非精兵简政不足以解决问题的地步。要有计划地把一些非生产性机构逐步转化为生产性机构，减轻财政的负担，彻底转变政府管理经济的职能。

大力培育和完善市场体系

没有社会主义市场体系，企业就没有动力基础，就难以形成具有生机与活力的经营机制。社会主义市场体系，包括消费品市场、生产资料市场、资金市场、技术市场、劳务市场、信息市场、房地产市场等等。只有建立和完善市场体系，企业才能从市场体系中获得生产经营的各种要素，真正地走向市场。

要进一步推进价格改革。目前已基本具备放开价格的条件，价格放开的商品品种不少，只要我们管住货币投放量，那些存在竞争的商品和劳务的价格，原则上都是可以放开的。有些商品尽管眼前还略显短缺，但价格放开之后，经济规律很快就会发挥作用，变短缺为丰裕。当然，对少数或个别垄断性的、供给弹性过小的商品和劳务，则应另当别论。

要建立健全有利于公平竞争的市场规则和市场秩序。首先是要立法。尽快制定“市场法”、“反垄断法”、“促进公平竞争法”等有关法律法规，建立健全科学合理的市场规则。其次是严格执法。通过执法，保护和促进公平竞争，坚决制止垄断和割据市场等非法行为，维护正常的市场秩序。

要健全市场中介组织。这种组织，包括有关的研究咨询服务机构、各种协会、商会、会计师事务所、公证机构，以及各种代理机构等。这些中介机构应遵循国家有关规定，为进入市场的企业提供各种服务，保护企业的正当权益和消费者的合法利益，促进整个市场体系的正常运行。

企业要全面履行社会责任

企业要用“条例”指导、规范和约束自己的行为，维护国家、企业和职工的合法权益，把全部生产经营活动和深化改革的进程纳入法制轨道，实现“条例”确定的目标，使企业适应发展社会主义市场经济的要求，成为自主经营、自负盈亏、自我发展、自我约束的独立享有民事权利和承担民事责任的企业法人。企业要按“条例”规定，进一步完善经济责任制和厂长（经理）负责制，规范内部的各项制度，逐步建立健全规章制度和工作标准，加强经营管理，依法治厂，做到职责分明，奖惩有据，强化自负盈亏的责任制，建立和完善自我约束机制，正确处理国家、集体、职工三者的利益关系，全面履行社会责任。

企业要加强民主管理，既要实行集中统一的指挥，又要尊重职工的民主权利。西方企业管理经过200多年的发展历程，从物本管理发展到以人为中心的管理。这个大转变说明，重视和发挥人的作用，调动人的积极性、创造性，是现代管理所必须遵循的、不可抗拒的规律。如何把改革和贯彻“条例”变成职工的自觉行动，是当前许多企业面临的共同问题。要通过细致的思想政治工作，充分调动职工参与改革的积极性。这种思想政治工作应贯穿于落实“条例”，深化企业改革，转换企业机制的始终。

抓紧制定和完善相关的实施条例和配套法规

“条例”只是依据“企业法”制定出来的有关企业权利和责任的实施细则。要真正落实“条例”，保证企业经营自主权，还需做大量艰苦细致的工作。首先，要制定和完善各相关方面的实施条例，如厂长、党组织和工会的工作条例等。其次，应清理近几年政府颁布的调整经济关系的临时性措施或指令。凡有利于增强企业活力的予以保留，凡有悖于“条例”规定的应明令废止，力求这些措施和指令同“条例”的规定保持一致。特别是要逐步建立较完备的经济法规，使社会经济关系和经济活动有法可依，还应该抓紧制定“计划法”、“预算法”、“银行法”、“投资法”、“公司法”、“价格法”、“劳动法”、“工资法”和“审计法”等基本经济法律、法规，把宏观经济调控制度化、法制化，使政府在调控企业的经济活动中有法可依。总之，转换企业经营机制涉及意识形态和经济关系的变革，涉及上层建筑诸多方面的变革，是一场深刻的思想观念革命和制度创新，肯定会有阻力。我们要有充分的思想准备，克服困难，实现国有企业经营机制的转换。

国有企业改革的探索*

近年来，许多国家都在进行国有企业的改革。但是，由于中国的特殊社会环境和历史传统渊源，使国有企业的改革更加具有复杂性和渐进性。本文将对国有企业改革动因、改革进程中的矛盾以及解决矛盾的方法等进行初步分析。

一　国有企业改革的动因

从1949年中华人民共和国建立，到改革开放前的1978年底，在这30年间，中国建立了约38万家国有工业企业，工业固定资产达4000亿元人民币，形成了较完整的国家工业化体系。但是，从宏观经济管理的角度看，中国政府对于国有企业的管理存在着三大失误：

第一，在企业所有制关系上，长期采取反对和排斥私人财产所有制的极端政策，不允许私有企业的存在，推行单一的国家所有制和集体所有制，形成了国家垄断经济，控制和包揽企业生产、经营与管理的僵化局面。

第二，在国家与企业的关系上，政府不是站在指导者的角度，运用宏观经济调控手段，调节企业及社会各利益集团之间的经济关系，规范和引导其行为，而是直接干预企业的生产经营管理，包揽企业行政事务，形成了政企不分的局面。在这种高度集中的计划经济体制下，企业没有生产经营自主权，甚至连盖个卫生间都无权自行决定，而要层层上报，盖几十个红色公章。

第三，在计划与市场的关系上，排斥市场经济机制，推行僵化的计划管理体制。企业生产什么产品，生产多少数量，都由国家指令性计划决定。产品由国家统购包销，企业不必关心能否销售。盈利全部上交国家，企业无权使用。亏损由国家承担，投资由国家决定。国有企业缺乏发展的动力和竞争的市场环境。

二　国有企业改革的进展

1978年12月邓小平提出改革开放的方针，中国政府开始对计划经济体制进行改革。这场改革首先从扩大国有企业经营管理的自主权开始。到目前为止，国

* 本文原载国际管理学者协会联盟1994出版的《第三届世界管理大会论文集》。

有企业改革大致经历了两个阶段：

第一阶段，1978—1984年主要是政府对企业放权让利，调整国家和企业之间的利益分配关系，实行利润分成、盈利包干，扩大企业经营自主权，给企业注入了活力。

第二阶段，1985—1993年实行利改税，进一步确定国家和企业之间的利益分配关系，推行企业承包经营责任制，以契约形式扩大企业经营自主权。这种围绕扩大企业经营自主权，以政策调整为特征的改革，取得了明显的成效，使国家与企业之间的经济关系逐步明晰，确立了企业的法律地位，提高了企业对市场经济机制的适应能力。

三　国有企业改革的深层次矛盾

目前，国有企业经济效益仍处于明亏、潜亏、盈利各约占1/3的状态，制约国民经济的发展。中国国有企业改革与社会发展深层次的矛盾日渐突出。

第一，政府转变职能滞后。政企不分的利益和权力格局，难以尽快改变，使企业经营自主权难以真正得到落实。

第二，企业产权关系模糊。企业缺乏法人财产权，无法实现真正意义上的自负盈亏。企业行为不规范，约束机制不健全，使国有资产的保值和增值流于形式，资产流失日趋严重。

第三，企业社会包袱沉重。由于缺乏社会保障体系，国有企业承担着大批退休职工“生老病死、衣食住行”等负担，企业办社会，历史包袱沉重，在市场竞争中处于非常不利的地位。要解决这些深层次的问题，单靠以有限的放权让利为主要内容的政策调整是不够的，必须采取同步配套的改革才有出路。

四　国有企业改革的出路

要解决国有企业改革面临的深层次矛盾，必须从三个方面突破，一是尽快转变政府职能，调整权力和利益格局，使政府不再包揽企业事务，真正落实企业经营自主权。二是加快培育和发展市场经济机制，把企业推向市场，帮助企业到市场上去求生存、求发展。三是在企业内部，改革计划经济体制下传统的企业管理制度，建立适应市场经济发展要求的管理制度和分配制度，以及对市场变化反应灵敏的企业信息管理体系。

五　国有企业改革的新举措

中国政府以建立市场经济为目标，正在加大改革力度，采取一系列重大步骤，推进财税、金融、计划、投资、外贸、国有资产管理体制和社会保障体系改革，为国有企业改革和吸收外资创造条件。

第一，明晰产权关系，确立国有企业法人地位。在计划经济时期国有企业为政府的附属物，没有独立法人地位。改革开放初期，实行有计划的商品经济政策，国家虽然通过立法形式建立了企业法人制度，但是法人制度很不完善。国有企业名义上有法人地位，实际上却没有法人所必须具备的独立财产权，难以建立起财产的约束机制，国家对企业仍负有无限责任，企业也难以自主经营、自负盈亏，还不是真正独立的法人。

在进一步向市场经济转变的过程中，必须确立国有企业的法人财产制度，也就是确立国家对国有企业拥有所有权，国有企业拥有独立法人财产权，并以此享有民事权利，承担民事责任，解决企业从有人负责到有能力负责的问题。实现国有企业民事权利能力和行为能力的统一，使国有企业真正成为能够自主经营、自负盈亏的法人实体。

第二，适应市场经济要求，重新构造国有企业的组织形式。在计划经济时期，我国企业组织形式是以所有制性质划分的。按照市场经济的要求，企业的组织形式只能按照财产的组织形式和所承担的法律责任划分。公司体制是在市场经济体制下，企业组织制度的主要法律形式。

在市场经济体制下，企业制度是多种多样的，按财产关系来划分，可以有独资企业、合伙企业、公司制企业等等。国有企业可以采取国家独资有限公司、国有企业法人持股的有限责任公司，以及国有资本控股和参股的股份有限公司等多种组织形式。

目前，一些特大型国有企业正在改建为有限责任公司控股的企业集团和股份有限公司控股的企业集团。少数经济效益较好、发展比较稳定、信誉良好的优质国有企业，正在依法组建为股份有限有公司的上市公司。

但是，中国目前组建股份制公司仍处在初期阶段，由于股份有限公司设立程序严格、公司章程规范、公司账目公开透明，许多企业一时还难以完全做到。相对来说，有限责任公司具有公司制企业的一般优点，股东较少，只是内部认股，设立程序较为简单，因此，一般国有企业宜先改组为独股或多股的有限责任公司。有的可以依法改组为吸收内部职工入股的股份有限公司。

小型国有企业可根据不同的实际情况，实行灵活多样的经营管理形式，例如，实行承包经营、租赁经营，或改组为股份合作制企业，有些企业也可以拍卖出售给集体或个人经营，收回国有企业资本金，投入急需发展的瓶颈产业和社会福利保障事业等。

提高竞争力　创世界名牌*

张重庆常务副理事长（右一）与出席全国市场产品竞争力研讨会暨家庭爱用品牌颁奖大会的全国人大副委员长程思远、中国工业经济联合会会长吕东、中国企业管理协会会长袁宝华

今天是中国市场名牌产品获奖企业的盛大聚会。会议的主旨是探讨提高产品竞争力与创造中国企业名牌的问题，这是在经济全球化新形势下，中国企业发展

---

*本文原载1994年《环球企业信息》第8期，系作者在全国市场产品竞争力研讨会的专题报告。作者时任中国企业管理协会、中国企业家协会常务副理事长兼《市场观察》杂志社社长、全国市场产品竞争力调查评价活动组织委员会主任。

面临的一个重大的战略问题。我代表中国企业管理协会、中国企业家协会、中国企业信息交流中心、全国市场竞争力调查评价活动组织委员会，向荣获最佳中国市场名牌的企业表示最热烈地祝贺！希望你们不仅在中国市场，而且在国际市场上创造名牌，为中华民族争光！为伟大祖国争光！

国际社会对竞争力问题的研究

西方发达国家很重视竞争力研究。最早提出竞争力的问题是1980年达沃斯经济论坛年会，出席会议的企业家、银行家、经济学家和政府官员，对企业竞争力问题展开了热烈地讨论。此后，世界经济论坛开始专门研究竞争力问题。1986年为提高美国工业的国际竞争力，民间设立了学术和政策研究组织“竞争力委员会”，成员来自企业界、行业协会、高等院校和劳工组织。竞争力委员会采取了以下行动：（1）增强公众对竞争力的宏观认识，促使人们从战略高度，认识美国经济面临的严重挑战；（2）动员政界调整美国过于自信的经济方针；（3）推动政府制定提高竞争力的规划和政策。竞争力委员会着重关注财政政策、科学和技术、国际经济和贸易、人力资源方面的问题。1988年美国竞争力委员会发布研究报告：《赢得新优势：美国未来技术的优先权》，提出的很多分析意见、研究结论和行动建议，已被美国政府所接受。世界经济论坛1986年发表《关于竞争力的报告》，阐述了竞争力的概念、评估方法，初步形成了与美国不同的相对独立的体系。该报告公布后在世界范围内产生了一定的影响。

对于竞争力的含义，有几种不同的解释。世界经济论坛认为，企业竞争力，是指企业现在和将来在各自的环境中，以比其他竞争者更具有吸引力的价格和质量来进行设计、生产、销售和提供服务。美国《关于工业竞争力的总统委员会报告》认为，国际竞争力，是指在自由竞争的市场条件下，能够在国际市场上提供优良的产品和服务，同时又能增加本国收益，有益于提高本国人民生活水平的能力。尽管欧美国家对竞争力含义表述不同，但都认为应当用产品和服务质量、经济效益、社会贡献，作为评价竞争力的标准。

全国市场产品竞争力调查评价活动

企业竞争力是构成国家综合竞争力的核心部分。企业竞争力具体地体现在它的产品或服务上。产品或服务的竞争力是企业竞争力的集中体现。自世界经济论坛1980年提出竞争力问题以来，随着时间的推移，愈来愈受到各个国家的重视。

从1980年起中国企业管理协会每年都组团出席达沃斯年会。从1982年起又每年与世界经济论坛在北京联合举办国际会议，是国内最早开始研究竞争力的机构。1982年就竞争力问题向胡耀邦总书记写过报告。十几年来我们一直在思考，如何采取实际步骤推动我国企业提高竞争力。1993年我写报告给袁宝华会长，提出组织全国市场产品竞争力调查的方案和衡量产品竞争力的六条标准，得到肯定。当时没有想到，后来这个活动会得到政府部门、企业界、学术界和广大消费者这么热烈的参与。去年10月在总结调查评价活动经验的基础上，决定第二届调查评价活动扩大产品范围，把中外产品置于同一考核水平。

今年的这次调查活动历时两个多月，得到广大消费者的支持，取得了圆满的结果，产生出1994年全国市场产品竞争力排行榜。这项活动的开展，提高了优秀产品和优秀企业的知名度，促进了更多的企业提高竞争力，起到了引导市场和消费的作用，成为企业与消费者观察市场的“晴雨表”。这项由全国众多的消费者填写问卷而产生的排行榜，与市场的实际情况基本吻合，荣列榜首的产品，如松下电视、春兰空调、霞飞化妆品、小鸭圣吉奥洗衣机、春都火腿肠、莲花味精、红塔山香烟、力士香皂、茅台酒等，都是在国内外享有盛誉的产品，它们在质量、服务、价格、营销等方面有卓越之处。出乎意料的是，这次进入前三名的140个品牌，其中国内品牌有104个，海外品牌36个。海外品牌只占前三名品牌总数的26%。这表明，改革开放15年来，国内企业通过艰苦奋斗和勇敢探索，已逐步造就出一批可与国际名牌争雄的中国品牌。这是民族工业的骄傲和光荣。然而，还必须看到，尽管这次国产品牌在排行榜上占了绝对优势，但不能就说，国产品牌已超过世界名牌。由于目前中国尚未恢复关贸总协定缔约国地位，关税高，海外名牌很难以较低价格进入中国市场，中国消费者对他们还不太熟悉，所以，在这次调查中消费者选择的大多是国产品牌。随着经济全球化的发展，国内市场与国际市场接轨，中国市场国际化，国产品牌受关税政策保护的优势将不复存在，国产品牌将面临国际名牌的严峻挑战。

创世界名牌的关键在提高竞争力

国产名牌要继续保持目前的市场优势，必须及早动手，吸取世界驰名品牌的成功经验，进行市场营销战略布局，进一步提高品牌竞争力，主动迎接挑战。

一 确立品牌意识和竞争观念，创造观念优势

消费者购买商品，也是购买品牌。驰名品牌往往是尊荣显贵的体现和地位、身份的象征。品牌使消费者形成定势心理，在消费者心目中产生趋之若鹜的

消费欲望。品牌一旦驰名，本身就是一种巨大的无形资产。据评估，“万宝路”品牌价值300亿美元，“可口可乐”品牌价值244亿美元，“百威”啤酒品牌价值102亿美元，“雀巢”品牌价值85亿美元。品牌就是美元、就是人民币。企业必须重视品牌这个无形的、巨大的战略资源。

竞争力概念在我国是近几年才逐渐被社会所接受的。过去计划经济时期没有市场，没有竞争，市场与竞争被排斥于经济生活之外。企业是国家的，只需按国家计划下达的品种、数量进行生产，供给没有选择余地的客户或消费者使用即可。现在向市场经济转变，企业要走向市场，参与竞争，接受市场的选择。要参与市场竞争，企业必须转变观念。首先，要有投入产出的效益观念。追求“投入最小化，产出最大化”的目标，是市场竞争的直接表现。企业经营活动要围绕经济效益展开。其次，要有优胜劣汰的竞争观念。优胜劣汰是市场竞争的规律，企业要有危机感，必须动态适应市场变化，不断进行技术创新、管理创新、产品创新、服务创新，保持市场的领先优势。再次，要有市场导向观念。要突破传统管理模式，逐步按市场经济要求和国际惯例规范运作，在标准体系、营销管理、财会核算和外贸方式等方面与国际市场接轨。

二 提升产品和服务，创造质量优势

长期处于巅峰并持续发挥影响力的品牌，是那些为数不多的质量坚挺、服务良好的产品。产品和服务的质量是企业的生命，企业要把强化质量管理作为增强竞争力的重要环节。要更新传统的质量观，丰富质量内涵。传统的质量观，过于强调经久耐用，而对产品的款式、功能、档次和售后服务等不大重视，甚至把优美的包装视为浪费。这种观念对于企业产品和服务的总体质量，尤其是感官质量和软性服务的提高具有负面影响。企业要重视拓展质量的适用性，做到从产品设计开始，到制造、运输、包装、储存等各道工序，都充分考虑消费者的特殊要求，并加强工艺、卫生管理，提高消费者对最终产品的满意度。完善质量保证体系，建立健全质量责任制，使质量管理工作制度化、标准化、科学化和程序化，严格执行质量内控标准和质量奖惩制度。

三 强化顾客服务，创造服务优势

企业要不断提高为顾客服务的水平，千方百计地满足顾客的需求，建立服务优势。倾听顾客意见，了解需求，是为顾客服务的钥匙。通过认真倾听，能够发现顾客的很多愿望，是生产销售人员从未想到的。对于顾客的每个要求，都应换位思考，分析是否具有可行性，并依照优先顺序和价值量，利用产品和服务加以满足。顾客的需求得到满足，就能减轻企业的压力。企业满足顾客的需求，顾客也会满足企业的需求。企业要努力使产品与服务，符合顾客的需要。企业家和市场营销人员应该把顾客视为上帝，不要只看到一连串的数字。要善于持续运用营销和服务，稳定顾客和开拓市场。大多数成功的公司，在创造名牌上有一个共同点：不放过细微之处！这并不表示他们不以成长为导向，而是表示他们从个别顾客的角度来思考营销。要建立信息反馈系统，持续评估和改善对顾客的服务。在信息时代，企业必须紧跟不断变化的顾客、竞争者、市场与科技。

四 开拓市场，创造品牌优势

企业要重视创造品牌文化和历史。优势品牌经历长期发展，融入社会大众，融入亿万家庭，如同家庭里的一员，对消费者不可或缺。美国可口可乐骤然改变口味，引起消费者情绪愤怒，就说明了这一点。名牌企业要创造实质的产品差异性。成功品牌不可能永远雄霸市场，必须持续发展，保持领先地位。可口可乐在某些国家曾特意改进包装，市场策略因地制宜。要研究不同地区，不同国家，不同市场的特点，在决定进入当地市场之前，必须做好市场调查。在行销全球性品牌时，产品往往会视当地情况而做必要的改进。雀巢咖啡在进入日本市场时，就改变过它的口味。在人们一个月只洗一次头的国家中，销售品牌洗发精，强调需要每天洗头用洗发精是不妥的。要对市场营销进行适当投资。在营销广告和经过策划的商业活动、市场资源调查等方面进行一定投资是必需的。品牌定位、促销及经销，都要形成自己的特色。如果企业不在市场营销上作适当投资，消费者往往只会把注意力集中在价格上。

五 培养人才，吸引人才，创造知识优势

美国竞争力委员会在《赢得新优势》的报告中指出，加快新技术应用速度是占领世界市场的关键，制定国家关键技术发展战略规划是提高美国国际竞争力的首要措施，并要求政府采取紧急行动，改善宏观经济环境，扩大国家科研与发展的重点，增加对教育、科研的投资，认识技术决策的重要性，设立科技事务总统助理内阁级职务等。技术创新的关键在人才。美国劳工部长、经济学家罗伯特·赖克强调，国家竞争力大小，不再是国家的名牌企业赚不赚钱，或国民生产总值高不高，甚至不是外贸是否有顺差，即不再是看国家的国民拥有什么，而是看它的国民有能力做什么，对世界经济能有多大的贡献。显然，在高附加价值生产时代最具有竞争优势的，不是价格低廉的熟练劳动力，也不是只能提供人际服务的各类人才，而是富有技术创新、知识创新、管理创新能力的人才。名牌企业务必要加强人才培养，提高吸引人才的凝聚力，创造知识优势，为技术创新、质量提高和服务创新奠定坚实的基础。

提高竞争力是企业面临的长期重大的战略性课题，是一篇大文章。我们希望企业家重视品牌，创造优势、铸造出越来越多的中华民族工业的国际名牌。

确立政府与国有企业职能分离新体制*

中国从1978年改革以来，逐步从计划经济向市场经济转变，多种所有制经济，包括民营企业、乡镇企业、三资企业都有很大发展。但是从总体上看，国有企业仍然在国民经济发展中占主导地位。1994年注册的国有企业总数达220万户，其中国有大中型工业企业1.44万户。这些大中型国有工业企业资产占国有资产总量的62%、占社会工业总产值的44%、实现税利占59%。

然而国有企业还不能充分适应从计划经济向市场经济转变的需要。这些不适应主要表现在：一是企业经济效益低。1985年国有企业销售利润率是13.9%，1993年只有3.5%。据对全国40万个国有工业企业统计，1995年这些企业利润总额为1676.8亿元人民币，其中亏损企业的亏损额达883.1亿元人民币，占盈利企业盈利总额的34.5%。二是产品销售不畅，积压严重。三是资产负债率高，据15万户国有企业统计，资产负债率达74%，

造成国有企业的上述困难，原因是多方面的，既有历史形成的、企业承担的社会包袱过重的问题，也有由于经济体制改革需要付出成本代价的问题。要使职工的收入增加，感受到经济改革的实际成果，最终都会体现在企业产品成本的大幅度攀升上。

还有一个重要原因，就是政府部门过多地干预国有企业的生产经营管理。国有企业缺乏经营管理自主权，也无法承担其经营后果的财产责任。尤其是企业的生产经营成果大小、经济效益高低，不与个人物质报酬挂钩，从而严重影响和制约了企业负责人、经营管理人员与职工的生产经营积极性。

要使国有企业摆脱当前困境，一个重要环节就是必须寻求解决政府与国有企业职能分离的有效途径，从根本上解决政府管理企业与国有企业自主经营之间的矛盾。本文将着重探讨如何确立政府与国有企业职能分离新体制问题。

---

* 本文原载国际管理学者协会联盟1996年出版的《第四届世界管理大会论文集》，系作者与金城天宝纸业公司总经理苏宝成共同撰写。

改变国有企业隶属于政府的局面

要改变长期形成的国有企业隶属于政府的状况，必须明确政府与国有企业是两个不同的行为主体。国有企业是有法人地位的独立经济实体，是市场竞争的主体，政府不应再把国有企业当作行政机构管理。企业不能再套用政府行政级别，高级管理人员不应由政府任命，要使国有企业真正成为自主经营、自负盈亏的独立的法人实体。

政府要充分发挥行政管理职能的作用，切实把职能转到决策、规划、协调、监督和服务上来，通过经济杠杆、法律手段、政策手段等对企业行为进行规范和调节，监督管理企业的国有资产，而不是直接干预企业的生产经营活动。国有企业要合理承担社会义务，但不应再承担政府行政管理职能。目前，大型国有企业承担的政府行政管理职能应逐步转交所在地区的地方政府，真正做到政府与企业各司其职，各负其责。

国有资产所有者职能与国有资产经营职能分离

政府社会经济管理职能与经营性国有资产所有者职能、经营性国有资产的管理监督职能与运营职能的分离，是中国经济改革的关键问题之一。

政府的国有资产所有者职能，主要是对国有资产实施占有、使用、调配、处分和收益的权力。国有资产的行政管理职能，由政府国有资产管理职能部门统一行使，主要是运用行政、法律等手段，规范、检查、监督国有资产的运营状况。国有资产的运营职能，则是一种经济职能，要求根据市场变化，迅速对经营性资产进行配置和运用，在市场竞争中实现经营性资产的保值、增值。这种职能适合多个经济组织自主行使，建立若干国家授权投资机构，如国家投资公司、国家控股公司等，将是一种有益的尝试。

通过设立国家授权的国有投资机构将建立起国有资产管理的新体制。这个新体制应包括三个层面：在上层建立专门的国有资产管理机构，实现政府社会管理职能与国有资产所有者职能的分离；在中层建立国家投资公司、国家控股公司、国有资产经营公司等，专司国有资产的经营与管理，实现国有资产管理与国有资产经营职能的分离；在下层实现国家终极所有权与企业法人财产权分离，使国有企业真正成为独立自主的法人实体。

建立国有资产投资的中介机构

通过建立政府主管部门和国有企业之间的国家投资公司、国有控股公司，可以在政府与国有企业之间形成国有资产投资的中介机构，作为两者之间的缓冲器，在政府与众多的国有企业之间形成一个隔离带，促进政府管理职能与国有企业经营职能的分离。政府只能通过正常的法律程序，任免授权投资机构的董事会成员，并通过董事会去影响授权投资机构的决策，但不再干预企业的正常运营活动。国有资产出资者机构对政府负有国有资产保值增值的具体责任，专司国有资产的管理，享有出资者的全部权利，国有资产的经营则由他所控股的国有资产公司和各企业来完成。这样可以保护国有企业免受不必要的行政干预，有助于解决国有企业的传统体制与市场竞争机制的深层矛盾。

对国有企业进行股份制改造

建立国有控股公司要以资产为纽带。国有控股公司作为专门从事国有资产经营的投资机构，是独立的企业法人。建立国有控股公司应该以资产为纽带，主要通过企业自身的联合、兼并、股份收购等办法来实现。从目前情况看，将大量国有企业进行公司制改造，转变为股份有限公司，才能实现国有控股公司对大量国有企业实现控股的需要。但是，应该保障企业产权的独立性，要处理好国有资产管理部门与国有控股公司之间的关系。国有控股公司依法行使国有资产所有权，有独立的企业产权。国有资产管理部门和其他政府部门不得任意干预国有控股公司的经营活动。还要处理好国有控股公司与控股企业之间的关系。国有控股公司与控股企业之间是一种由投资控股引起的经济关系，彼此都是独立的企业法人，要保证双方企业产权的独立性，才能有序发展。要从国家产业政策、国有资本投向、产业分布和资本结构出发，对涉及国家主权、安全和公益性的产业，由国家独家经营；对关系国民经济发展命脉的产业，如能源、交通、通信、基础原材料产业等，国家实现控股，建立若干专业性国家控股公司。对一般竞争性企业，国家也要通过参股、联合、协作、组建集团等，带动更多的非国有企业发展。

中国正在从计划经济向市场经济转变，从根本上解决政府职能与企业职能分离问题已经提到议事日程上。建立若干国有控股公司将是一个良好的措施。但是采取和实现这个步骤的难度很大，需要循序渐进。

中国企业并购特点和趋势分析*

从20世纪50年代初起到70年代末，中国一直采用高度集中的、僵化的计划经济模式，实行企业单一国家所有和政府管理企业的制度。在计划经济模式下，企业受政府支配，没有真正的法人地位，从生产、销售到企业合并、调整、重组，一律按照政府指令进行。因此不存在本文讨论的市场经济条件下的企业并购和资产重组问题。

进入80年代中国实行对外开放政策，开始摆脱计划经济体制模式的羁绊，向市场经济转变，多种所有制经济代替了单一的国家所有制经济，混合经济、民营经济获得较大发展，从而在我国引发了产权交易、企业并购与资产重组的浪潮。本文将对中国经济体制转轨时期的企业并购特点和发展趋势进行初步分析，供海外学者了解改革开放过程中经济管理体制与企业产权交易市场的新变化。

不同时期企业并购特点的比较

一　80年代初始的、不规范、不成熟的企业并购

中国企业并购起源于1984年保定市锅炉厂兼并风机厂，开创了企业兼并收购的先河。1988年5月武汉市率先建立了中国第一家企业产权交易市场。之后，保定、郑州、洛阳、太原等地相继组建了企业产权交易市场。但是这些交易市场都是一种探索，不够规范，又缺乏监管法规和监管手段，包含着许多无序混乱的现象，仅仅是一种企业体制改革的试验。

中国政府在1989年制定了“关于企业兼并的暂行办法”，尽管这是一个不成熟的规定，但是表明中国政府决心把企业并购纳入法制的轨道。据统计，在整个80年代中国有6966家企业被兼并。当然由于对兼并的理解和认识的不同，这

---

* 本文原载国际管理学者协会联盟1999出版的《全球化与管理革命》论文集。

个数字可能有夸大。然而，产权交易、企业兼并确实在经济活动中不断出现和发展。这些并购是在中国市场经济发育的初期，在市场经济立法和监督机制极不完善的情况下进行的，难免带有浓厚的计划经济的成分和政府行政干预的色彩。因此，这些兼并并不是严格按照市场经济的规则进行的。这是一种幼稚的、不成熟的和不健全的企业并购行为。

二 90年代企业并购逐步走向规范化和走向成熟

1992年中国正式宣布建立社会主义市场经济体制，政府对企业的干预逐步减少，基本上按照市场经济的原则进行的企业并购活动越来越多。仅1993年中国16个城市统计，有2900多家企业被兼并，转移存量资产8亿美元。引人注目的是1993年10月深圳宝安公司收购上海延中股份公司16.8%的上市流通股票，成为延中公司的第一大股东。1994年4月深圳宝安公司代表取代上海延中实业公司董事长的地位，这是中国股市发生的首例公司并购案例，在中国股票交易市场引起轩然大波，使人们领教了市场竞争的严厉无情。

1997年中共十五大提出"实行鼓励兼并"的政策，进一步为企业并购打开绿灯。据不完全统计，到1998年中国有200多家产权交易机构，兼并企业总数达几万家，有数百亿元人民币的资产被重组。90年代，特别是90年代中后期，一些公司通过并购和资产重组，使大量存量资产活化和增值，加速了资本聚合速度，使分散的社会资本走向集中，促进了企业集团化和集约化经营。在这方面青岛海尔集团和长春汽车集团取得很大成功。

海尔公司原是青岛一个集体所有制小企业，资产只有一两百万美元，经过八年苦心经营，到90年代中期陆续兼并14家家电企业，总资产规模扩展到5亿多美元，年净利润1亿多美元，1996年跃居为中国家电行业霸主。青岛市空调设备厂产品大量积压，亏损严重，海尔公司兼并6年后，形成规模生产，空调年产量达到100万台，销售额达2亿多美元。最近几年海尔公司通过兼并企业，产品从冰箱、空调进一步发展到电脑等行业，成为多元化经营的大型集团。

长春汽车厂90年代中期，依靠技术和管理优势，通过兼并、控股、参股，进行资产优化重组，从单一生产厂变成拥有37个专业厂、12个全资子公司、11个控股公司、3个上市公司、18个中外合资企业、250多家参股关联企业，短时间内可运作资产达到50多亿美元，成为中国汽车工业龙头企业，新产品开发能力、工艺技术水平和经济效益显著提高，年销售额达50多亿美元。

同80年代初期相比，90年代以来，特别是90年代的中后期中国企业的兼并重组，伴随着市场经济环境初步形成，无序混乱的初始状态有很大改变，逐步走向法制化、规范化、市场化。

企业并购发展的基本动力和客观条件

企业并购的迅速发展，绝非偶然。考察原因，最基本的因素是市场经济环境的创建、多种所有制经济的蓬勃发展、海外企业在中国进行兼并的成功示范和国有企业产权制度改革的需要。

计划经济体制是主观的、僵化的经济体制。这种体制造成资源和资金配置的巨大浪费及其经济效益低下。市场经济体制是反映客观实际的，灵活的、规范化的、法制化的经济体制。这种体制不仅驱动企业从追求最大限度利润和最大限度为社会服务的目标出发，通过企业并购，达到资源配置合理化和资本的优化组合，而且提供与之配套的环境、条件与服务。正是市场经济较之计划经济的巨大优越性，推动着中国企业并购的迅速发展。混合经济、民营经济迅速发展和外国资本的大量涌入，促进了多种所有制经济的形成与发展，形成了多种所有制之间产权交易的需要和可能，从而推动了不同所有制企业之间的兼并、产权交易，以及股票证券交易市场的发展。

中国政府1994年颁布《公司法》，标志着新型企业产权制度对传统的企业产权制度的取代，为新型企业产权制度及企业并购运作奠定了法律基础。1990年上海、深圳证券交易所的建立，以及全国证券交易电子信息系统的开通，为通过证券交易市场进行企业并购，创造了必要的条件。

这里不能不提到的是，海外资本在中国的并购活动。在中国市场经济发育不健全的历史条件下，在中国公司自己还不清楚如何有效地进行公司并购和在海外上市融资的情况下，海外精明的企业家窥视到了在中国进行公司并购能带来巨大的经济收益，因此，他们在中国产权交易市场上填补空白，扮演了先行者的角色，在中国大手笔地进行公司并购，以购买企业整体或部分股权的形式进入中国产权交易市场。

最为典型收购兼并案例是，1992年以来，香港中策公司在国内接连取得180家国有企业的控股权，建立了35家合资公司，每家公司都由中策公司控股51%以上。中策公司在控股中国大陆一批企业后，又将其中的两家轮胎厂在美国注册成立一家由中策公司全资控制的中国轮胎公司，于1993年7月在纽约上市，获得9400万美元的融资。截至1996年底，中国医药行业最大的13家企业中有12家、橡胶行业最大的59家定点轮胎厂中有10家被外商控股；啤酒行业年产10万吨以上的企业只剩两家没有合资，年产5万至10万吨啤酒的企业合资率达到70%，其他行业也有类似的现象。外国资本抓住赢利率高的行业，通过购买和控股大型国有企业，垄断中国部分行业市场，获取高额垄断利润。这对中国公司利益是一种损害，同时又是一种示范，使中国公司加深了对市场经济运行规则的认识，激发了参与产权交易和企业并购重组的积极性。

经济转轨时期企业并购的特点

中国企业并购是在市场经济不够完善和股份制不够规范的条件下进行的，因此不可避免地带有某些缺陷和不成熟性。从目前的情况看，频频出现的企业并购案例，大体有以下四种类型及不同特点：

一　上市公司兼并、控股非上市公司，扩充资本实力

上市公司利用股市资金优势，并购和控股非上市公司。嘉宝集团控股上海东锦仪器公司，东北华联集团并购三家定向募集公司，宁波中百公司收购五家国有商业公司，万科公司投资入股的几十家企业，其中新能源、美的、长印等公司已经上市。上市公司积极参与股权投资，体现出中国大公司以参股、收购为先导，使其产业资本与金融资本齐头并进，相互融合，向集团化方向发展的新特点。

二　非上市公司收购上市公司，买壳上市

由于政府对挂牌上市审批控制严格，一些非上市公司采用收购上市公司股权的方法，达到部分买壳上市的目的。长春汽车集团出资收购金杯汽车股份公司股权。海南万通公司通过收购东北华联公司股份成为第一大股东。北京住总集团收购重组琼民源公司，利用“中关村”的高科技概念，借壳上市，取得了成功。

市场如战场，优胜劣汰，水火不容。有收购就有反收购。有兼并就有反兼并。在证券交易市场上企业之间展开的收购与反收购、兼并与反兼并的较量逐步升级。1999年新疆轻工业供销公司将持有的啤酒花股份公司21.875%的股份转让给中国航空技术进出口总公司，转让完成后的第二天，原第二、三、四、五大股东以各自持有的股份作为投资，组建新疆恒源投资公司。新疆恒源公司持有啤酒花公司29.875%的股份，变成了第一大股东，取得了啤酒花股份公司的控制权。这场反兼并说明股票交易市场股权收购与反收购斗争的激化。

三　股票市场炒作性并购

并购方直接从流通市场购买目标公司的流通股。由于中国政府目前规定上市公司的国家股和法人股不能流通，只允许公众股流通，因此，形成一些并购概念股。许多收购行为不属于战略性投资，带有股市炒作性质。

四　外资协议转让法人股

目前，中国政府不允许上市公司的国有股和企业法人股上市交易。因此国

有股和企业法人股出售，即使外资收购，也只能采取协议转让的办法。1995年日本五十铃汽车公司和伊藤忠商事株式会社通过内部协议收购的办法，持有北京旅行车股份公司25%的法人股。福特汽车公司受让江铃汽车新发行的20% B股。由此掀起了广电、广华、深房等“购并协议”的飙升。从实际效果看，通过协议转让法人股，有利于吸引外资和获得经营管理经验，拓宽企业经营渠道。

公司并购的发展趋势

随着中国经济稳定、持续、快速地发展，市场经济体制和法律体系的逐步完善，在企业并购过程中存在着五种对社会经济发展具有重大影响的趋势：

一 资本迅速向大型企业集中，形成一批具有较强综合经济实力，金融资本和产业资本结合，能够参与国际竞争的跨国财团

已上市公司大多属于国有资产中的优质资产部分，上市后容易从股市获取大量资金，不断并购其他企业的优良资产。通过大量并购，以低成本方式，优化资本组合和资源组合，提高竞争力，加速产业资本的集聚和集中。只要中国继续保持政治、经济的稳定和对外开放的政策，今后会逐步形成一批具有较强综合经济实力，金融资本和产业资本结合，能够参与国际竞争的跨国财团。

二 在有形资产和无形资产的交互作用、市场产品多样化发展的同时，逐步向名牌产品集中，名牌产品企业市场份额迅速扩张

随着市场经济的迅速发展，社会大众消费心理的变化，无形资产价值凸显，市场品牌效应愈加突出和明显。名牌产品企业不仅拥有产品的生产技术和市场开发的优势，而且拥有品牌的无形资产优势和销售网络优势。名牌产品企业以其大量有形资产、无形资产和市场销售网络的优势，积极并购非名牌产品企业，进行低成本扩张。通过企业并购重组，名牌企业的资产迅速增值、生产规模迅速扩大，成本迅速降低，社会资产节约，提高了名牌企业的市场竞争力，迅速扩大了市场的占有份额，使行业内部的同类产品逐步向名牌产品企业集中。

这个趋势使一些非名牌企业正在积极向名牌企业靠拢，加盟名牌企业，利用名牌优势,寻求发展新机遇。这个趋势在今后会给国内外名牌产品企业迅速扩大市场份额和扩大企业资本实力，提供了千载难逢的良机。

三 国有产权从游离交易市场之外的凝固沉淀状态，向进入市场自由交易方向发展，为企业并购的产权交易扫清道路

目前上市公司的国有股和法人股不能流通，由此造成公司兼并的人为障碍，使公司并购经常出现违规行为，即使是国有股、企业法人股、外资股和一般法人股的相互交易，价格相差也很悬殊。国有股、企业法人股的凝固，不仅使国有资产和企业资产的活化及增值受到很大损失，而且严重妨碍不同所有制产权之间的公平合理交易。这种违背市场规律的政策规定，必将被市场经济等价交换、公平交易的原则所冲破，激活国有股和企业法人股，使其走向市场交易，从凝固物向流动体转变，最终实现上市公司的国有产权股和企业法人股的流通。

四　私有企业并购上市企业，通过股票交易市场融资筹资，促使少数民营企业向跨国集团公司方向发展

改革开放以来民营企业发展迅速，部分企业已完成原始资本积累。这些具有投资能力的民营企业在灵活经营机制和低成本运营的有利条件基础上，叠加合法的筹资和融资渠道，犹如猛虎添翼，发展更会加速。目前由于政府对上市的控制严格，能够获准上市的只是个别企业。因此有的民营企业开始借壳上市，解决在股票交易市场合法融资筹资的问题。今后民营企业兼并上市公司的速度会加快。民营企业掌握了股票交易市场融资筹资的渠道，就会产生质的飞跃，促使少数民营企业迅速向大型集团公司方向发展，对中国社会经济的发展产生重大影响。

五　大型企业集团从国内产权并购逐步向海外产权并购发展

伴随经济体制转轨过程中出现的资本向大型企业集中，企业产品向名牌产品集中的趋势，以产业资本和金融资本相融合为特点，成长起来的一批综合实力较强，具有跨国经营能力的财团，会在海外开展金融投资和产业投资，进行企业并购。今后中国企业进行跨国投资并购的趋势会大大加强。

公司并购需要解决的难点

目前，中国处于从计划经济向市场经济转轨时期，市场经济机制不够完善，公司并购的产权交易，还面临一些困难复杂的问题需要认真解决。

一　产权关系需要进一步明晰

除民营企业、合资企业、有些股份制企业产权关系比较明晰以外，乡镇企业、集体企业、国有企业的产权关系比较复杂。许多企业的产权关系需要界定，工作难度很大。尤其是国有企业的产权，往往既有人负责，又无人负责。企业并购遇到的许多复杂的产权交易的实际问题，需要政府部门协调和中介机构帮助解决，但是由于缺乏规范和法律依据，缺乏公正的市场经济规则，裁判不到位或不完全到位，产权明晰过程中的许多问题解决不力，需要政府有关部门协调。

二　条块分割需要进一步打破

产权交易市场应是全国统一的、规范的市场，否则就缺乏运转效率。但是

现行的条块分割的管理体制尚未打破，使跨地区、跨行业的企业并购重组，比地区内、行业内的并购重组困难得多。建立统一协调的全国范围内的产权交易市场，是一个必须尽快加以解决的重大问题。

三 政府的监控行为需要进一步规范

企业并购活动的主体是企业。企业应遵循市场经济规律办事。政府需要在政策指导、法律规范和监控调节等方面发挥指导和服务作用。政府能否正确发挥作用，将影响企业并购重组的成败。在改革的初期企业进行并购，由于政府与企业职能不分，政府部门习惯采用行政指令方法，忽视经济可行性，强制经济效益好的企业，兼并面临倒闭的企业，帮助政府甩掉包袱，因此，给企业并购带来许多负面效应。今后，政府部门应对企业并购着力于政策指导、法律规范和监控调节，使之纳入规范化、法制化的轨道。特别是为了防止国有资产的流失和保证股民的利益不受损失，国家要加强对产权交易的规范化监控。

张重庆（左四）与中央党校进修班学员康英（福建高法副院长）、陆素杰（江苏省旅游局局长）、王江琦（军事科学院研究室主任）、王荣华（国家民航总局司长）、卜新民（广东省统计局局长）、、缪兵（鹰潭市市长）、郑杰民（宁波市市委副书记）、秦良玉（山西大学党委书记）、李贵显（黑龙江检察院副检察长）

学习型组织与管理创新*

创新是一个民族进步的灵魂，是一个国家兴旺发达的不竭动力。没有创新，就没有出路。创新能力是国家综合国力和企业竞争力的重要组成部分。同样管理创新也是每一个领导者不断进取和获得成功的灵魂和动力。

创新是社会发展的重大战略问题

创新是人类社会发展的主旋律。人类社会总是在不断创新中求发展。几千年的人类文明史就是一部不断创新的历史。人类社会的进步从来都是在创新中向前发展的。

从历史发展总趋势看，在生产力与生产关系基本矛盾运动的推动下，各个民族、各个国家的社会经济形态都在由低级向更高级的方向发展。没有任何力量能够改变这个客观规律。只是由于各个民族、各个国家的特殊性，发展速度有快有慢、道路有曲有直。但是，人类社会总是在不断创新中向前发展。

创新是人类通过创造与变革达到生存发展的表现形式。人类的创造力是无限的。几千年来人类在社会制度、经济形态、思想理论、科学技术、生产发展、生活方式等方面进行了无数次创新，使人类的许多梦想变成了现实。创新不仅具有极高的经济价值、技术价值、社会价值，而且具有极高的环境价值、精神价值。因此，国家的强盛，企业的发展，经济的繁荣，社会的进步都离不开创新。

创新伴随着发展，守旧必然落后。从人类发展文明史看，世界各国和中国的发展都是在创新中前进。第二次世界大战后，马克思主义在全世界广泛传播，西方国家鉴于20世纪30年代发生的经济大危机的深刻教训，普遍进行宏观经济调控，推行资本社会化，调和劳资关系，完善市场经济制度，缓解社会矛盾，为生产力和科学技术的发展开辟了新空间，创造出史无前例的巨大生产力。

---

* 本文系作者2001年在国家行政学院的授课提纲。

在过去40年间全球贸易额增加15倍，在人类历史上第一次实现了大量人口的生活水平在一代人的时间里提高4倍。与此同时，东方社会主义国家由于思想僵化，受计划经济模式束缚，拒绝采用富有活力的市场经济机制，国民经济发展缓慢，致使东西方国家的差距迅速加大，导致苏联解体和东欧剧变。

邓小平同志高瞻远瞩，正确观察分析当代世界的基本特征及其发展趋势，总结国际社会主义运动的历史经验，从中国国情出发，提出了社会主义初级阶段的理论，把全党的工作重点从"以阶级斗争为纲"转移到"以经济建设为中心"，把经济管理体制从僵化的计划经济转变为富有活力的市场经济，创造性地解决了在发展中国家，如何认识和建设社会主义初级阶段的战略性问题。这是我党历史上的一次伟大创新。

经过20多年的改革开放，市场经济制度在中国已经释放出巨大的能量，使社会生产力进一步解放、人民生活水平显著提高，综合国力明显增强。在新的形势下，我们面临着继续推进改革创新的伟大任务。经济是基础，上层建筑必须适应经济基础的变革。当前不仅需要继续探索和完善社会主义市场经济，同时也需要调整改革建立在计划经济基础上的上层建筑，包括领导体制、管理体制、法律制度、意识形态等。这些问题都是马克思、恩格斯、列宁、斯大林、毛泽东所没有遇到过的，在马克思主义的书本上是找不到的。

市场经济是自由竞争经济。自由竞争和追求经济效益是市场经济的动力杠杆。随着市场经济的发展，自由竞争和经济效益原则确立，行政指挥的权威逐步弱化，民营企业和外资企业迅速发展，社会成员之间的收入分配差距显著加大。不少共产党员劳动致富，个人财产和雇工人数迅速增加。经济成分、利益主体、社会组织和生活方式的日益多样化，给人们的思想观念和人际关系带来巨大影响，对传统观念和传统制度形成巨大的冲击。如何把社会主义与市场经济巧妙结合，带领人民群众建设有中国特色的社会主义，这是摆在各级领导者面前的、涉及党和国家前途的重大战略问题，是每一个领导者时刻都会遇到的现实问题，需要我们在领导工作中创造性地解决市场经济条件下出现的各种新问题。

创新是知识经济时代的成功之道

决策者进行管理创新，需要具备一定的条件。最重要的条件是决策者的思想观念。观念支配着人的行为，素质高低主要取决于观念和技能。美国企业管理协会的调查表明，高层管理者在全部技能中，思想观念技能占47%，人文技能占35%，技术技能占18%。要改变现状，进行创新，首先要转变思想观念。观念更新具有决定性的意义。要想成功就应该抛弃旧观念，以新的眼光看世界、看事业、看发展，勇于开辟新天地。

聪明的人善于抓住机遇，更聪明的人善于创造机遇。在市场经济涌流的大潮中，任何一个企业和个人要想获得成功，关键在更新思想观念，提高创新意识和创新能力。没有创新能力的企业是死企业，没有创新能力的人是死人。在依靠智慧创新取胜的时代，只有不断创新，才能抓住机遇、创造机遇，在优胜劣汰的激烈竞争中不断求得生存和发展。

纵观保持世界领先地位的企业，都具有一个重要的共同特征：他们都依靠不断创新获得成功。国外管理学者指出，企业竞争的时空已经从90年代的信息时代走向21世纪的创新时代。企业光靠新资本、新材料、新技术的追求已经不够。智力资本成为企业竞争的核心资源，人才成为企业制胜的关键因素。今天，创意已成为最重要的经济投入，知识成为创造、生产、市场营销的首要条件。

创新需要预见力和不畏风险、大胆决策的精神。日本索尼公司是创新型企业，不断开发和向市场投入独特的新产品，在日本同行业中独占鳌头。敏锐的技术和商品感受力是索尼公司的成功之道。第二次世界大战后不久，公司创始人井深先生看到美制磁带录音机，敏锐地意识到，将来一定会大有市场。之后，在他跻身于企业的40多年间接连开发出一系列领先产品。最近索尼公司推出光盘存储图像的数码相机，很有创意，投放市场大受欢迎。20世纪80年代松下总经理山下俊彦之所以把经营领域扩大到办公设备、新闻传播媒介等领域，是因为他有一种危机感，认为仅仅靠家电是不够的，录像机之后就不知道该生产什么了。他意识到公司需要进入办公设备领域。由此可见，企业不能等到陷入逆境才考虑创新，必须主动创新，在处于顺境时就开始创新，这才是富有远见的战略性创新。

培育学习型组织是实现创新的保证

创新要通过全体员工知识技能、积极性和创造性来实现。面对科技迅猛发展和经济全球化的形势，学习愈来愈成为全体公民生存和发展的第一需要。

建立学习型组织是实现创新的首要任务。建立学习型社会的主张，起源较早，真正成为国际性议题，始于1965年。当年联合国教科文组织在巴黎召开会议，蓝格朗的“终身教育”提案获得支持，成为联合国推动发展教育的基本理念。1968年美国学者赫钦斯出版《学习型社会》一书，提出建立“学习型社会”，说明学习型社会的重要性。70年代初联合国教科文组织明确提出创建学习型社会和向学习型社会前进的目标。1991年美国政府提出教育发展的战略，第三项是把美国变成成人人学习之国，第四项是把社区变成大课堂。新加坡提出建立学习型政府。日本大阪提出建设学习型城市。美国比尔·盖茨提出把微软建成学习型企业。

联合国于1993年成立了以欧盟主席雅克·德洛尔任主席的国际21世纪教育委员会，用三年时间提出《教育财富蕴藏其中》研究报告，着重指出：新世纪是以人作为发展的中心的世纪，认为"教育是人的发展和社会发展的主要途径，教育是社会和经济发展的首要推动力，教育不再是发展的手段，教育本身就是社会发展的基本内容和目标"。也就是说，接受教育不再仅仅是为了谋生，而是为了社会的和谐发展、个人能力的充分发挥。《美国2000年教育战略》指出："今天，一个人如果想在美国生活得好，仅有工作技能是不够的，还需不断学习，以成为更好的家长、邻居、公民和朋友。"

美国总统克林顿认为：19世纪获赠土地便是获得机会。进入21世纪，人们最期望得到的赠品，不是土地，而是政府奖学金。因为他们知道，掌握知识就等于掌握了一把开启未来生活大门的钥匙。当今许多国家政府和领导人提出，要把自己的国家建成学习型社会，把自己的城市建设成学习型城市。为了适应社会发展的需要，个人必须成为终身学习者，企业必须创建学习型组织，国家必须创建学习型社会。1998年新加坡政府在金融危机冲击之后，削减各方面开支，将教育经费一举增加20%，同时决定将中小学课程减少30%，使学生有更多的时间从事创造性活动。1997年克林顿总统的国情咨文强调："美国政府今后四年的头等任务是确保每个人享有世界上最好的教育。8岁以上儿童，人人必须能读会写；12岁以上的青少年，人人必须会用因特网；18岁以上的青年，人人必须能读大学；成年人，人人能够活到老、学到老。"

21世纪接受终身教育将成为生存和成功的先决条件。过去把不识字叫做文盲。现在国际上对文盲有新定义，即不会寻求新知识，或不会把知识应用于实践的人是文盲。文盲新定义发人深醒。为什么会出现这样重大的变化？首先是因为科学技术飞速发展，知识老化速度加快。近30年产生的知识总量等于过去2000年的总和。现在每5年可利用的知识会翻一番。到2050年目前的知识只占届时知识总量的1%。农业经济时代只要7—14岁接受教育，就足以应付往后40年工作生涯之所需；工业经济时代求学时间延伸为5—22岁；21世纪在每个人一辈子的工作生涯中，必需随时接受最新教育，人人必须持续不断增强学习能力，把12年制的学校义务教育延续为80年制的终身学习。美国联邦储备署主席格林斯潘指出："中学或大学教育能管一辈子的时代已经一去不复返。学习越来越成为一种终身行为。"其次是因为市场瞬息万变，技术日新月异，企业遇到前所未有的挑战。美国平均每年倒闭几万家企业，新技术企业只有10%的寿命超过5年。1998年上半年日本企业倒闭数创历史纪录，达1.3万多家。1996年德国连续6个月企业倒闭数每月突破2000家。我国每年也有数万家企业破产关闭。因此，当代怎样的企业才能成功？已成为世界各国共同关注的大问题。权威人士认为，“学习型组织”是未来成功的政府、政党、团体、企业的最佳组织模式。凡是不能随着变化及时进行调整的机构、单位、企业与个人，在激烈的竞争中越来越难以生存。

当今世界只有变化才是永恒的，唯一不变的就是变。一家著名跨国公司总裁在办公室墙上挂着一幅图画，作为对自己的警示。画面是一只巨大的恐龙，下方写着一句醒目的话，“即使是庞然大物，如果不能适应变化，也将难逃灭亡的厄运”。学习型组织强调领导者应充当优良系统的设计师，实现共同目标的服务者和优秀导师的角色，强调组织成员要依靠团队学习和共同目标进行自我引导，使整个机构成为充满学习能力和创造能力的系统，这样才能不断自我超越，不断向极限挑战，不断创造新的辉煌。学习型组织是开发人力资源，提高队伍素质，激发个人主动性，迎接外界环境变化的组织模式。

学习型组织将逐步取代
等级权力控制型组织

目前，世界上所有的实体和机构，从政府到企业，遵循的管理组织模式，大致为两种：一是传统组织模式，即等级权力控制型；二是现代组织模式，即非等级权力控制型，也就是学习型组织。等级权力控制型企业是建立在等级基础上，以权力为特征的，对上级负责的垂直型的纵向线性系统，强调以制度+控制使人更勤奋地工作。学习型组织是建立在共同目标基础上，以团队学习为特征，对顾客负责的扁平化横向网络系统，强调以学习+激励，提高群体智商，不但使人勤奋工作，尤其注意使人更聪明地工作，不断进行创新。

创新制胜的大量实践证明，学习型组织的生命力优于等级权力控制型组织。原因在于等级权力控制型组织管理对生产有序进行和有效指挥具有积极意义，但是在科技迅速发展、市场瞬息万变、信息瞬间公开化的形势下，这种管理模式越来越不能适应竞争取胜的需求。经济学家和管理组织学家都在寻求一种更有效的能顺应时代发展需要的组织管理模式。学习型组织管理的理论就是在这样的背景下产生的。学习型组织不仅仅是学习问题，实质是智力经济时代政府、团体、企业组织管理的新模式。在智力经济时代，只有建成学习型组织，才能实现全面创新，保持组织的活力，在迅速变革的时代不断获得发展。

马克思主义哲学的思考*

20世纪是人类历史的辉煌世纪。伴随着社会生产力的巨大发展，经济全球化和智力经济时代来临，90年代苏联、东欧社会发生剧变，中国从计划经济转向社会主义市场经济。面对国际国内形势的历史性变化，在共产党员和人民群众中间出现了信仰危机，对于马克思主义产生了种种困惑。我们必须重视引导各级领导干部和广大党员学习马克思主义哲学基本原理，运用辩证唯物主义的哲学思维，认识苏联、东欧社会的剧变和西方资本主义的新发展，认识我国正在进行的经济、政治体制改革，摆脱扭曲的马克思主义的阴影的束缚，正本清源，恢复本来面貌，遵循人类历史发展的客观规律，推动社会进步，最终实现马克思所指明的生产力高度发展、人的全面自由发展的新社会。

哲学思维是马克思主义的精髓

马克思主义的最伟大贡献是创立辩证唯物主义，揭示出人类社会发展的客观规律。辩证唯物主义是马克思主义理论体系的精髓。学习马克思主义关键在于掌握辩证唯物主义的哲学思维。

辩证唯物主义是共产党员的世界观和方法论。如果把马克思主义的理论体系比喻为一棵参天大树，那么辩证唯物主义就是它的主干。学习马克思主义，必须紧紧抓住这个主干。否则，只注意细枝末节，拘泥于革命导师就资本主义、社会主义、共产主义提出的具体论断、设想、措施、观点，在新情况、新问题面前采取教条主义态度，只能是糟蹋马克思主义理论和扭曲社会主义理想。

辩证唯物主义作为科学的世界观和方法论，是对自然界和人类社会具体事物的高度抽象概括。它舍弃了自然界物质的具体存在形式和物质的具体运动形态，舍弃了人类社会发展各个阶段的矛盾的具体存在形式和矛盾运动的具体形态，具

---

*本文系2001年作者在中共中央党校学习进修所作论文。

有严谨的科学性和广域的真理性。这些从具体中抽象出的辩证唯物主义哲学思维，不同于对具体事物及其具体发展阶段的论断，不会随着历史条件的变化而“过时”，也不会随着历史条件的变化而失去对未来发展方向的指导意义。因此，学习马克思主义理论体系，必须紧紧抓住核心和精髓部分，即哲学思维。我们要吸取历史的经验教训，不能把学习马克思主义仅仅停留或局限于对具体事物及其具体发展阶段的论断上，更不能把这些具体论断教条式地套用在对社会主义改革和发展的现实事物的认识上。

辩证唯物主义是共产党人观察世界的钥匙。马克思、恩格斯正是运用辩证唯物主义的世界观和方法论，研究资本主义的商品经济运动，揭示了资本主义经济运动规律，写出了迄今为止受到世界公认的经济学千年巨著《资本论》，透彻地分析了自由竞争时代的资本主义经济运行规律，为推动人类社会的进步，建立了不朽的功勋。在人类历史经历了自由竞争资本主义、垄断资本主义，进入社会资本主义的今天，我们应当像马克思、恩格斯一样，积极进行理论创新，运用辩证唯物主义哲学思维，具体分析当代中国社会的基本矛盾和发展规律，具体分析当代西方社会的基本矛盾和发展规律，为实现马克思、恩格斯提出的生产力高度发展、人的全面自由发展的新社会奠定理论基础。

客观认识苏联、东欧剧变

苏联、东欧剧变是对高度集权的政治经济体制的“扬弃”，是对扭曲的社会主义的否定，不是对马克思哲学所揭示的人类社会发展的客观规律的否定。相反，恰恰证明：马克思主义关于新的更高的社会形态取代落后于社会生产力发展要求的旧的社会形态的科学理论的正确性。

马克思、恩格斯逝世后，资本主义发展到帝国主义时代，少数金融寡头控制国家机器，对内加紧剥削和镇压人民，对外瓜分和争夺殖民地，加深了资产阶级与无产阶级之间的矛盾，激化了殖民地、半殖民地与帝国主义之间的矛盾和帝国主义国家之间的矛盾，使无产阶级革命在一定条件下成为直接实践的问题。列宁在俄国领导无产阶级革命，建立起世界上第一个社会主义国家。斯大林领导苏联实现了国家工业化和农业集体化，确立了社会主义制度，取得了反法西斯战争的胜利。但是由于苏联生产力低下，经济文化落后和小农人口占多数，专制主义传统甚深，又长期处于帝国主义包围之中，战争的特殊历史条件和缺乏社会主义实践经验，导致斯大林片面强调阶级斗争和无产阶级专政，忽视民主法制建设，长期采取高度集中的计划经济体制，实行单一公有制，否定市场经济，忽视人民群众物质文化生活需求。这种严重偏离马克思主义，在战争的特殊历史条件下形成的政治经济体制模式，没有随着战争结束及时调整，反而当作神圣教条推展到东欧。随着世界向经济全球化和政治民主化方向的发展，实践越来越证明，这种僵化的、高度集权的政治经济体制，严重脱离社会发展的现实和人民群众的要求，不改革就没有出路。

社会主义国家的改革有渐进和突变两种形式。苏联的改革，由于领导集团认识滞后、改革策略失误和各种社会力量作用的结果，发生了带有破坏性的剧变，并导致了东欧剧变。恩格斯指出："根据唯物史观，历史过程中的决定性因素归根到底是现实生活的生产和再生产。""历史是这样创造的：最终的结果总是从许多单个的意志的冲突中产生出来的，而其中每一个意志，又是由于许多特殊的生活条件，才成为他所成为的那样。这样就有无数互相交错的力量，有无数个力的平行四边形，而由此就产生出一个总的结果，即历史事变。这个结果又可以看作一个作为整体的、不自觉地和不自主地起着作用的力量的产物。因为任何一个人的主观愿望都会受到任何另一个人的妨碍，而最后出现的结果就是谁都没有希望过的事物。所以，以往的历史总是像一种自然过程一样地进行，而且实质上也是服从于同一运动规律的。"

苏联、东欧发生的剧变，是在社会生产力与生产关系矛盾运动过程中，对阻碍生产力发展的、高度集权的、缺乏民主与法制建设的政治体制和计划经济模式的最终扬弃，是社会螺旋式上升过程中的一个突变的环节，不是对辩证唯物主义世界观的扬弃，也不是对人类历史发展规律及其未来社会主义和共产主义发展方向的扬弃，而是人类社会发展的客观实践，对苏联在马克思主义原理运用过程中发生的科学社会主义的扭曲部分的扬弃。

人类历史是按照社会内在的规律，在各种社会力量的共同作用下发展的。这种发展不是由任何个人的主观意志来决定的，也不是简单的由少数人的意志来决定的。剧变后的独联体、东欧各国的任何领导集团不可能，也不能脱离社会主义已经创造出的比过去历史时代大得多的生产力和社会文明，只能在社会主义已经创造出的生产力和社会文明的基础上或快或慢地向前发展。可以肯定，历史绝不会倒退到沙俄时代，也不会倒退到19世纪欧洲资本主义时代。马克思揭示的人类历史走向未来新社会的发展规律不会改变。

全面观察西方资本主义的新发展

西方资本主义的新发展为马克思主义所揭示的未来新的社会形态创造着充分

的物质基础和精神条件。第二次世界大战后，西方国家工人运动高涨，马克思主义广泛传播，法国、英国、德国、意大利、西班牙、瑞典等欧洲国家的社会党、工党“以议会为战场”，展开反对垄断寡头的斗争，成为执政党，推行了一系列社会主义性质的措施。东方国家的共产党人相继夺取政权，形成了社会主义阵营。在这样的历史条件下，西方资本主义国家普遍进行生产关系和上层建筑的调整，例如，国家对经济进行宏观调控，调和劳资关系，推行资本社会化，发展股票债券市场，建立共同投资基金，确立社会福利保障体系，加大科技教育和基础设施的投入，扶植中小企业等等，协调和缓解社会矛盾，维护社会稳定，促进经济发展，使社会主义因素逐步增长，从垄断资本主义进入社会资本主义阶段，为生产力和科学技术的发展开辟了广阔的空间。

当代世界出现了经济全球化的趋势，生产力要素在全球范围的合理配置，全球性的协作生产和全球营销网络的形成，全球电子商务系统取代了传统的国际贸易方式。欧盟国家建立统一市场和中央银行，发行统一货币，取消海关，资本、商品、劳动力和货币自由流动。美加墨三国建立北美自由贸易区。世界贸易组织、国际货币基金组织在协调规范世界贸易、世界金融市场方面发挥着越来越大的作用。机器人、计算机辅助设计和辅助制造弹性系统的使用，使制造业的劳动力减少30%以上。发达国家从事商品生产和运输的传统工人只占全体劳动者的10%。体力劳动者数量大大减少，中产阶级发展成为社会的主体，使阶级结构发生重大变化。协作能够创造无比巨大的生产力。生产力要素在全球范围内的协调和合理配置，已经和将要创造出比以往任何历史时代都高得多的生产力，为共产主义的最终实现奠定充分的物质文化思想基础。

从人类历史发展的总趋势看，在生产力与生产关系矛盾运动的作用下，世界各个国家都在循序渐进，由低级的社会形态向更高级的社会形态方向发展。没有任何力量能够阻挡、背离和改变这个规律，只是由于各个国家的具体国情不同，影响其发展的速度会有快有慢、道路会有曲有直。但是向前发展的总趋势是一致的。无论人类新旧社会形态发生更替的速度和实现更替的形式怎样，西方国家的生产力和科学技术愈发展，为社会创造的物质文化基础愈充分，社会成员享有的物质财富和精神财富愈多，人类社会距离马克思、恩格斯所揭示的“未来新社会”的光辉目标就愈近。

正确认识从计划经济向市场经济的转变

从计划经济向社会主义市场经济的转变是中国近代历史上的第二次革命，是当代马克思主义理论和实践的新发展，具有深远的世界历史意义。

毛泽东同志根据旧中国经济、政治、文化发展的不平衡性，走农村包围城市的道路，领导无产阶级夺取政权，在人口占人类总数四分之一的土地上建立起社会主义国家。由于生产力低下、经济文化落后和小农人口占多数、封建专制传统思想根深蒂固，毛泽东同志在夺取全国政权后，基本上沿袭苏联模式，政治上采用高度集权体制，以阶级斗争为纲；经济上采用高度集中的计划经济体制，片面强调公有制，闭关自守，忽视不断提高人民群众的物质文化生活水平。这种倾向阻碍了民主法制建设和社会生产力发展。特别是发动“文化大革命”，更是极大地破坏了生产力，使国民经济处于崩溃的边缘。

邓小平同志高瞻远瞩，运用辩证唯物主义，观察当代世界的基本矛盾，总结历史经验，提出社会主义初级阶段理论，把经济管理体制从僵化的计划经济转入富有竞争活力的市场经济；把高度集权的政治体制转向民主法制的政治体制；把闭关自守的对外政策转向开放合作，与国际经济接轨。中国通过渐进方式，平稳地实现了经济体制的转变，抛弃了计划经济旧模式，创建了适合自身特点的经济发展新模式，创造性地解决了在经济、文化落后国家，如何认识和建设社会主义初级阶段的问题，这是对当代马克思主义理论与实践的重大发展。中国经济改革取得的巨大成功，向全世界表明，共产党人有能力纠正前进道路上发生的失误，有能力恢复马克思主义的生机。

解放思想 实事求是 与时俱进

恩格斯在1888年为《共产党宣言》再版所写的序言中指出：“阐述的一般原理直到今天还是完全正确的，但是对未来社会的具体设想已经过时。”“这些原理的实际运用，随时随地都要以当时的历史条件为转移。所以，第二章提出的那些革命措施根本没有特别的意义。如果是在今天来写，许多方面都会有不同的写法。”可以看出，马克思、恩格斯当年提出的实现社会主义的道路和许多社会主义的措施，都是随着历史条件为转移的。仅仅经过30多年，连恩格斯本人都认为，《共产党宣言》对未来社会的具体设想已经过时，原理的实际运用随时随地都要以当时的历史条件为转移。同样，列宁、斯大林、毛泽东当年提出的对东方国家无产阶级革命和社会主义建设的许多论断，也都是随着历史条件为转移的。十月革命后列宁面对社会主义的实践出现的许多新情况，强调“一定要以实践，而不是以书本作为认识社会主义的标准”。“对俄国来说，根据书本争论社会主义纲领的时代已经过去，”“今天只能根据经验来谈论社会主义。”列宁在对十月革命后社会主义建设的经验教训进行反思时说："我们不得不承认我们对社会主义的整个看法根本改变了"。我们要把马克思主义当作行动的指南，而不能当作行动的教条。从马克思主义认识论看，认识来源于实践，认识是实践的反映。对历史，我们可以做出科学的、准确的总结；对未来，我们只能指出发展方向。至于如何达到这个方向，只能是在实践中不断探索、不断认识。

观察人类历史，不难发现，新社会形态代替旧社会形态需要几百年、乃至上千年时间。社会主义代替资本主义的历史过程不会比封建社会代替奴隶社会、资本主义社会代替封建社会短。从俄国革命算起，80年的社会主义实践在人类历史发展长河中只是一个小片段。站在这个片段上是无法从全局和全过程来认识社会主义的。正因为这种历史局限性，对于什么是社会主义，如何建设社会主义的问题，列宁、斯大林、毛泽东没有，也不可能完全搞清楚。现在我们在建设社会主义的许多重大问题上，也还有待于今后在长期实践发展过程中逐步去认识。中国共产党人的历史使命是不断推动社会，向着马克思所指明的方向发展。这里没有固定模式和现成经验可循，不能固守书本结论，不能"为死教条而牺牲活的马克思主义"，要依靠全体共产党人和广大人民群众，坚持辩证唯物主义，从具体国情出发，解放思想，实事求是，与时俱进，在实践中不断创新。

长期以来，由于东方国家封建主义思想根深蒂固，专制主义占统治地位，对马克思主义理论的片面阐述，成为领导决策阶层的专利，曲解马克思主义的言论，甚至变成金科玉律，一句顶一万句，不容质疑。"文化大革命"使这种思想专制达到登峰造极，"宁要社会主义的草，不要资本主义的苗"等谬论泛滥，就是典型。谁敢于发表不同意见，就将谁"打翻在地，再踏上一只脚"。出现这种不可思议的闹剧，实在是历史的悲剧。居于最高领导地位的领袖人物，自信是在按照马克思的在天之灵行事，实际上恰恰背离了马克思主义理论体系。今天再读马克思的《共产党宣言》，看到关于对欧洲封建社会主义的批判，深感似曾相识。

在社会缺乏民主政治、人民缺乏较高文化素养、经济落后的土壤中，个人崇拜、教条主义、本本主义很容易滋生和泛滥，背离马克思主义的思想行为往往被贴上马克思主义的标签，装扮成马克思主义，进行广泛宣传和强令贯彻执行。在这种情况下，学习马克思主义理论体系，变成了摘录领导人的只言片语。党的各级组织缺乏对马克思主义理论体系的全面宣传，共产党员缺乏对马克思主义理论体系的全面学习，在理论思维上形成了各种各样非此即彼的思维定式，这些思维定式违背辩证唯物主义原理，禁锢人们的思想观念，妨碍社会经济、文化、政治的正常发展，必须果断予以摈弃。

辩证唯物主义哲学是认识世界、改造世界的科学的世界观和方法论。政治经济学和科学社会主义正是运用这种科学的世界观和方法论，对自由资本主义时代政治、经济的综合分析判断。马克思主义基本原理的实际运用要随时随地以当时的历史条件为转移。同一百多年前相比，人类历史已经进入经济全球化、产业知识化、信息公众化的时代，人类文明程度大为提高，物质享受程度大为改善。这是自由资本主义所望尘莫及的。在社会生产力蓬勃发展的驱动下，西方的生产关系和经济基础已经发生了巨大变化。邓小平指出："马克思去世以后一百多年，究竟发生了什么变化，在变化的条件下，如何认识和发展马克思主义，没有搞清楚。"他还说："世界形势日新月异，特别是现代科学技术发展很快。现在的一年抵得上过去古老社会几十年、上百年甚至更长的时间。不以新的思想、观点去继承、发展马克思主义，不是真正的马克思主义者。" 马克思主义者的历史使命就是要善于运用辩证唯物主义世界观，分析认识当代世界政治和经济全球化趋势、智力经济的基本特征、社会生产力与生产关系的矛盾运动，遵循人类历史发展客观规律，推动社会进步。

在经济全球化和智力经济时代，我们必须以历史条件为转移，坚持马克思主义辩证唯物主义哲学思维，破除陈旧过时的理论观念，实事求是，与时俱进，结合国情，不断创新，在发展生产力的具体实践中，坚持发展是硬道理，以有利于发展生产力为标准，只要有利于发展生产力，就大胆实践、大胆探索。

马克思主义的巨大生命力

马克思主义诞生至今已经150多年，作为人类几千年来最为宝贵的思想财富，有着无比巨大的生命力。马克思主义在全世界获得广泛传播，深刻地影响和改变着世界的面貌。马克思主义理论的科学性及其对人类社会发展的巨大影响力，超过人类迄今为止任何一位理论家和革命家。

在世界历史即将进入21世纪，社会主义国家发生对马克思主义的"信仰危机"的时刻，英国广播公司在全球范围举办的"千年思想家"和"千年风云人物"网上评选活动，马克思名列榜首。这是对马克思及其理论学说的历史地位和巨大作用不带偏见的客观评价。这是马克思主义科学理论和实践在西方的巨大影响力和广泛社会认同度的再次证明。这不能不引起我们的深刻反思：如何从世界历史发展的全方位来认识马克思主义科学理论和社会主义的实践问题。我们不仅要正确认识在生产力落后的国家，而且要正确认识在生产力发达的国家，马克思主义科学理论的发展和社会主义的实践问题，这对马克思主义科学理论和社会主义实践在21世纪的新发展具有重要的时代意义。

企业经营战略与外部环境的动态适应*

适者生存，不适者灭亡，这是生物演变、社会进步、市场竞争、企业发展的普遍规律。在经济全球化时代，面临外部环境剧烈变化的挑战，企业生存发展之路，只有一条，就是与时俱进，不断创新，保持经营战略与不断变化的外部环境的同步动态适应。舍此，别无选择。纵观全球，企业经营成功与失败的许多案例都证明了这个规律。要在市场激烈竞争中取胜，企业的领导人和管理团队必须高屋建瓴，认识和把握机遇，实施科学管理，实现企业经营战略与不断变化的外部环境的同步动态适应。

20世纪80年代以来中国企业管理的主流经历了两次大飞跃，从以生产为导向的管理向以市场为导向的管理转变，再向以战略为导向的管理转变。所谓以战略为导向的管理，就是要求企业把握外部环境变化趋势，强化自身优势，保持企业经营战略与外部环境变化的同步动态平衡，提高企业的竞争力。

本文将着重结合中国的现实状况，分析企业经营战略现在和未来将要发生的变化，以及引发这些变化的国内外环境因素，希望有助于海外华商加深对正在与国际经济和国际管理接轨的中国企业管理的认识，并从中分享有益的经验。

影响企业经营战略主要因素的分析

改革开放20多年来，中国社会经济环境和国际环境发生了一系列重大变化，驱动着中国企业不断调整经营战略，求得与外部环境变化的同步动态平衡。将影响企业经营战略的主要因素归纳起来，有以下几个方面：

---

* 本文原载2003年吉隆坡《第七届世界华商大会纪念文献》，系作者为第七届世界华商大会所作论文。

一 经济体制从计划经济向市场经济转变

政府围绕发展市场经济，进行企业、财税、金融、计划、投资、外贸、国有资产管理体制和社会保障体系的配套改革，给国有企业注入了巨大活力，推动国有企业进入市场，与乡镇企业、民营企业共同发展。

二 政府职能从政企不分向公共管理型转变

我国在相当长时期内实行政企合一，政府包揽企业事务，弊端甚多。近年来，政府改革机构，简政放权，转变职能，实行政企分开，使国有企业脱离政府行政体系的保护与束缚，进入市场，参与竞争，自主经营，自负盈亏。

三 多种所有制经济取代单一的国家所有制经济

股份制企业、民营企业、外资企业获得很大发展，打破了国有经济一统天下的垄断局面，竞争杠杆推动着国有企业进行经营战略的调整。

四 国民经济从短缺经济向相对过剩经济转变

近年来中国经济改革的巨大成效日益凸显。在社会生产总供应量有较大增长的情况下，国民经济从长期短缺经济，向相对过剩经济转变。在供求关系上，消费购买力略显不足，产品供应相对过剩，由此，加剧了市场竞争，彩电价格大战、汽车价格大战、手机价格大战等，就是明显例证。

五 消费市场从分割垄断向开放竞争转变

在经济全球化的国际环境下，中国加入世界贸易组织，贸易壁垒打开，市场更加开放，加速了国内消费市场的国际化，全球性竞争凸显在国内消费市场上，中国企业面临跨国公司及国际知名名牌的巨大挑战。国内市场逐步从内部竞争向全球性竞争转变；从单纯的产品竞争向以服务和技术为重点的竞争转变；企业竞争的制胜因素从生产规模、市场份额等单一能力，向以服务为重点，以效率、速度、创新、灵活反应等为基础的核心竞争能力转变。这种以智力经济为特征的高水平的国际性竞争，推动着中国企业不断提高产品竞争力。随着管理水平和产品质量的提高，中国对外贸易出口激增，2002年进出口总额已经跃居世界第六位。中国已经成为世界贸易的主力军之一。中国有实力的大型企业集团正在走向海外，进军国际市场，扩大市场份额，进行海外投资并购，向全球市场营销模式转变。

六 世界经济从资源经济向智力经济转变

19世纪和20世纪上半叶，人类处于资源经济时代，经济发展主要依靠大量消耗能源、原材料、劳动力来进行工业生产，钢铁、煤炭、石油工业获得巨大发展。20世纪后半期世界经济从资源经济向智力经济转变，工业生产主要依靠知识的收集消化、综合吸收、应用创新。智力资源成为生产力的核心要素，经济发展越来越依靠知识的力量。以半导体器件为例，作为20世纪80年代最有代表性的工业产品，原材料、能源消耗的成本在总价值的含量中不到2%。今天基因组序、电脑程序、甚至标志图案都能成为正式的产品进入市场，这些产品几乎没有原材料及能源的消耗，纯粹是智力集成的产品。正如美国联邦储备委员会主席格林斯潘所强调的："在当今的世界，商品的价值量取决于他们内含的知识，而非实际重量。"智力资本的增值程度远远高于物质资源资本。智力资本带来的收益是无止境的。黄金作为货币的等价物，几千年来形成的尊贵地位，受到了高科技产品的挑战。不少高科技产品的价格往往高于黄金。

智力经济的蓬勃发展，把世界推进到经济全球化时代。智力经济呼唤出超过以往任何历史时代的巨大生产力，奇迹般地改变世界面貌。美国总统科学技术顾问布鲁斯·梅尔曼指出：技术是经济发展的动力。美国国民生产总值1/3来自高技术产业，38%的新就业机会由高技术创造。1996—1999年高技术使劳动生产率提高58.4%。全球电子商务系统迅速发展，虚拟企业将与传统企业组织形式并驾齐驱，发达国家30%以上的生产经营活动部分或全部通过电子商务实现，全球1/5的人口将融入网络经济，每天有15亿份电子邮件在网络上传递，有1.5万亿美元资金通过网络跨国流动。协作创造巨大生产力。网络为智力资源和物质资源的全球合理配置提供了条件。经济全球化突破了国家、地区、民族、宗教的屏障，为人类社会的共同发展创造了条件。

企业经营战略的同步动态适应

20世纪80年代以来，中国企业面临的外部环境发生巨大变化，与此相适应，企业经营战略也正在同步动态发生重大调整，与国际经济接轨。中国企业面临着一次重新洗牌的机会。这种经营战略的调整主要表现有：

一　企业的战略目标向提高竞争力转变

随着政府与国有企业分开，市场竞争逐步取代国有企业享有的某些垄断地位。在自由竞争的市场上人人平等，消费者只承认等价交换的原则。消费者的选择性只集中于所购买的商品的质量、性能、服务及其性能价格比诸因素。消费者不会怜悯缺乏竞争力的产品和滞后的服务。市场竞争对缺乏竞争力的企业是致命的挑战。一些缺乏竞争力的企业盲目扩大生产能力，追求产量或销售额，结果陷入增产不增收的困境。有的企业产成品大量积压，生产能力大量放空，负债率不断上升，面临破产的危险。少数技术落后的企业不得不关闭。职工下岗和失业的压力进一步加剧。在激烈的市场竞争中，企业的经营战略目标，从追求产品的数量增长转向提高本企业的竞争力，加快管理、技术、产品、营销、服务创新，大幅度降低运营成本，提高经济效益。

二 企业战略重心转向智力资本的管理

按照经济合作与发展组织（OECD）的定义：知识经济是以知识为基础，直接依赖于知识和信息的生产、分配和应用的经济。现代经济的增长则越来越依赖于其中的知识含量的增长。从经济时代的角度来看，知识经济是继自然经济、工业经济在人类财富创造形式上的一种更高的经济形态。自然经济时代创造新社会价值的主要是人的体力劳动，工业经济时期创造新社会价值的主要是先进的机械力，智力经济时代创造新价值的主要是知识资本。

近年来随着中国经济的迅速发展，市场供求关系的变化，相对过剩经济取代短缺经济。在短缺经济时期，由于市场需求膨胀，供给不足，物质资源供应不足，因此中国企业最重视实物资本管理。进入相对过剩经济环境，消费品、原材料、能源、房屋建筑、机器设备、货币资金都程度不同地出现了相对过剩的趋势，企业竞争不再是简单地争夺稀缺原材料、能源等物质生产要素，也不再是单纯追求产量的粗放扩张式经营的竞争。企业竞争成为知识、技术、人才和管理创新的竞争。这一发展趋势促使越来越多的企业开始从物质资本管理逐步转向智力资本管理，通过智力资本驾驭和驱动传统资本，使企业物质资源与智力资源有机结合，建立不同于传统资本经营方式的资本管理体系。近几年企业逐步重视智力资本管理，知识创新、技术创新、管理创新的速度明显加快。公司竞争的秘密武器就是智力创新，企业经营者应具有敏锐的知识产权保护意识。企业知识产权一部分存在于企业群体之中，一部分存在于知识所有者个体的头脑之中。发挥存在于个体头脑中的这部分知识产权的功能，是智力管理的重要内容，企业必须通过法律渠道保护凝结全体员工智慧的知识产权的企业所有权。

三 企业战略资源的核心向人力资源转变

企业竞争不仅体现在自然资源方面，还体现在技术、资金和智力资源方面。智力资源成为企业核心战略资源。企业要生存发展，就必须重视智力资源的开发和利用。通过智力资源开发，发挥智力资本潜能。中国许多企业开始从物本管理转向人本管理，注重智力资源开发，培育有利于发挥人的积极性和创造性的管理环境，寻求人与工作的相互适应，培育个人和企业共同发展的经营理念，大大提高了企业竞争力，在管理实践中取得了成功。

四 企业战略体系向高效灵敏的风险反应机制转变

在信息技术高度发展的智力经济时代，由于信息网络全球化和传递瞬间化，坐在办公室里轻轻一点鼠标，就能进行商业成交，使企业身处瞬息万变的经营环境，风险丛生，要求企业建立对风险具有灵敏的反应力和应变力的信息系统和运营体系。如果企业没有建立完善的风险反应机制，很容易被突如其来的经营风险淘汰出局。在竞争日趋激烈的市场上，企业必须增强忧患意识。许多企业建立了通畅的智能数字化的信息传输系统和企业经济数据综合分析预警系统，为正确制定经营策略，减少风险隐患，组织适时生产，跟踪服务客户，提供高效准确的管理信息和市场信息。

动态适应的关键是企业组织创新

企业要实现经营战略与不断变化的外部环境的同步动态适应，关键是要进行企业组织结构的创新，使企业的运营机制，具有不断创新的精神和活力。

在组织结构上，当今世界上所有的企业，不论遵循何种组织理论进行管理，大致可分为等级权力控制型和非等级权力控制型两种类型。等级权力控制型企业以等级为基础，以权力为特征。这种组织结构是对上级负责的垂直型的纵向线性系统，强调制度+控制，使人更勤奋地工作，达到提升效益的目标。非等级权力控制型企业以共同目标为基础，以团队学习为特征，是学习型企业。这种组织结构是对顾客负责的扁平化的横向网络系统，管理层次较少，管理幅度较大，强调学习+激励，使人更聪明地工作，提高群体智商，超越自我，不断创新，达到企业财富速增、服务超值的目标。美国麻省理工学院对世界级顶尖企业的效益进行对比分析表明，非等级权力控制型企业前三名利润之和为等级权力控制型企业前三名的35倍，销售利润为39倍。正如《财星》杂志指出的：成功企业是构建成学习组织型的企业。智力经济的发展把世界推进到智能数字化时代，公众事务的网络管理将取代若干行政管理职能。超级计算机网络能够完成许多高难度的行政管理工作。公司组织结构正在发生革命性的变化，学习型企业组织结构不可避免地将逐步取代等级权力控制型组织。

20世纪是工业企业家的世纪，大工业创造了人类历史的辉煌奇迹。21世纪是人类更为辉煌壮丽的历史时代，是知识工作者为主体、知识管理者大显身手的时代，智力产业和智力资本经营者将成为社会发展的主导力量。

参考文献

1. 成思危:《新世纪的机遇和挑战》，载《'99世界管理大会文集》，2000年出版
2. 科利斯、蒙哥马利：《公司战略》，北京机械工业出版社1998年出版
3. 杜拉克:《管理思想全书》，九州出版社2001年出版

激发知识工作者的生产力*

张重庆在第三届亚太华商领袖大会作题为《激发知识工作者的生产力》的演讲

人类历史已经进入21世纪，社会生产力获得了过去任何历史时代都无法比拟的巨大进步。随着科学技术的迅猛发展，体力劳动越来越被高度自动化所取代，在产业队伍中从事知识劳动的白领人数比例大增，蓝领人数比例减少。特别是全民教育普及，公民受教育程度大为提高，知识工作者已经成为社会劳动大军的主体力量。智力劳动在社会劳动构成中的比重越来越高，已经是不可逆转的历史潮流。

脑力劳动及其知识创新活动的特点是看不见、摸不着的，其劳动的强度和质量在更大程度上取决于劳动者的自觉性和责任感。从外部对体力劳动者进行有效控制的传统管理方法，在无形的脑力劳动面前已经显得苍白无力。管理科学及其实践面临着新的严重挑战，必须解决如何激发知识工作者的生产力的问题。管理者必须从对体力劳动者进行外

---

*本文原载香港《华商财富》杂志2004年12月号，系作者在第三届亚太华商领袖大会的演讲。

部控制的方法，转向鼓励知识工作者自我控制，使其能够遵循公司的统一目标，协调地自主运转。

智力经济与智力资本

19世纪80年代西方第一代管理理论以经济人假设为基础，认为人都是追求经济利益最大化的经济人，主要是为金钱工作，只要满足金钱和物质需求欲望，就能调动积极性。基于这种认识，他们视金钱杠杆为唯一的激励手段，推行时间与动作研究，把人作为机器的附属物，当作僵化的物品进行管理，强调要雇员适应机器的需要，对雇员实行物质激励和金钱激励。这种管理理论，见物不见人，把具有智慧和生命力的人当作死物来对待，忽略了管理者和雇员之间的交流互动关系，忽略了雇员的精神和心理需求，从根本上忽视了劳动者的主观能动性的调动与发挥。20世纪30年代西方第二代管理理论以社会人的假设为基础，认为员工不是经济人，而是社会人，影响雇员积极性发挥的因素，除了物质利益之外，还有精神需要、心理因素和社会因素的影响。在一定程度上雇员获得团队的承认和自我安全感，甚至比物质利益的刺激显得更为重要。这种管理理论主张协调组织目标和个人目标，满足雇员精神需求，给雇员荣誉感，激发内在动力，促其自觉发挥，达到组织的目标。

在20世纪60—80年代，日本经济获得高速发展，国际市场竞争力迅速提升，一个重要原因是日本企业借鉴美国戴明提出的全面质量管理理论，开展组织质量管理，收效甚佳，使日本企业的国际竞争力迅速提高，直接威胁到美国在世界市场的霸主地位。然而当时在美国，许多人还不知道全面质量管理为何物？这种现象引起美国管理界的严重不安和关注。他们通过对美日企业管理差异的比较研究，发现不同的管理模式背后存在着巨大的文化差异，文化对企业管理具有重要的作用和影响。从此国际管理学界改变了对企业、对员工作用的传统看法，提出了新的认识，认为企业不单纯是追求利润的经济组织，人不单纯是创造财富的工具，而是企业的资本、资产、资源和财富，是企业的主体。在这种管理理论中对物的管理是通过对人的管理来实现的，人在企业中的地位和作用被肯定了，人的价值被发现了，人力资源得到了有效地开发和利用。

20世纪90年代以来，国际管理学界对知识工作者创造力的关注日益增长，主张充分挖掘人的智力潜能，发挥知识工作者的创造力。美国经济学家加尔布雷思（JohnKennethCalbraith）提出，智力资本在本质上不仅仅是一种静态的无形资产，而且是一种思想形态的过程，是一种达到目的的方法。美国学者托马斯·斯图尔特（Thomas.A.Stewrt）将智力资本定义为，公司全部成员所掌握的能够为企业在市场上获得竞争优势的事物之总和。管理大师彼德·杜拉克指出，依靠传统的资源，即劳动力、土地和货币资本，获取的利润已经越来越少。信息和知识已经成为社会财富的主要创造者。现代知识生产力将日益成为一个国家、一个产业、一个公司的竞争力的决定性因素。知识工作者的创造力将在21世纪新经济发展过程中起主导作用。

智力经济是以智力和知识为基础，依赖于人的智力运作，对知识和信息进行生产、分配和应用的经济。智力资本的增值功效远远高于人、财、物这些传统的生产要素，成为所有创造价值要素中最为重要的要素。20世纪80年代美国经济学家保罗·罗蒙提出新经济增长理论，在计算经济增长时，就把知识列入生产要素函数中。在现代企业发展过程中，外在于劳动过程的企业管理也成为创造商品价值的重要因素。没有现代化的管理，就没有现代高科技产品、高附加值产品的问世。可以说企业管理也是现代社会创造价值的主要要素之一。

知识工作者的生产力

随着现代社会经济的蓬勃发展，知识工作者越来越成为社会劳动大军的主体力量，知识工作者的生产力也成为社会核心的生产力。

从经济时代的角度看，智力经济是继农业经济、工业经济之后在人类财富创造形式上的经济形态。价值理论以及增长理论是经济学的基础理论。亚当·斯密、大卫·李嘉图第一次真正深入到人类经济的核心，揭示了生产创造价值这一人类社会财富增长的实质，说明在一定经济时代里新的社会价值的形成，是和一定的生产方式相联系的。在农业经济时代，创造新社会价值主要是依靠体力劳动；在工业经济时代，创造新社会价值主要是依靠先进的机械力；在智力经济时代，创造新价值主要是依靠智力劳动。

微软公司作为智力经济的象征，仅十多年资产就增值到2000亿美元，远远超过了经历100多年艰苦奋斗才拥有400亿美元资产的美国通用汽车公司。微软公司的业务并不是直接生产可供消费者充饥解渴的面包或饮料，也不直接生产汽车、钢铁或电脑硬件，他提供给社会的只是能够处理信息，满足智力经济发展所需要的各种电脑软件系统。微软公司进行软件系统的生产，既不需要大规模的机器、车间、厂房和库房，也不需要消耗大量的能源和原材料，但是需要大量消耗计算机软件知识。微软公司的生产过程主要是通过消耗人的脑力和知识、创意，进行软件技术开发，至于复制软件所消耗的能源和原材料更是微乎其微，所使用的设备也极少。在这里突出地反映出智力经济新时代的特征，智力资本创造的财富远远高于厂房、机器设备、原材料所创造的财富。

虚拟经营是智力资本取胜的重要例证。耐克公司采用虚拟运作经营模式，本身没有一家生产工厂，公司依靠“耐克牌”商标、市场销售能力和产品设计开发能力，以许可证方式组织产品的生产加工。这种放弃实物生产过程的虚拟经营方式，使耐克公司以生产低成本的优势称霸运动鞋世界市场。从1986年股票上市以来，每年收益率平均增长47%。2004年耐克公司实现销售额123亿美元，利润近10亿美元，股票交易价达到每股78美元。虚拟经营作为一种全新的经营模式，是对传统企业自给自足生产经营方式的一种革命，是新型的经营模式和现代管理方式的融合。

19世纪西方资本主义的超级富翁是钢铁大王。20世纪中后期西方经济繁荣时期的超级富翁是计算机制造商、软件生产者、电视节目制作者、IT经营者等。这种变化标志着传统的工业经济时代社会财富的生产和实现形式逐步弱化，显露出智力经济时代社会财富直接与人类最宝贵的知识、技术、信息挂钩的新趋势。在智力经济时代，社会财富的主要泉源是技术密集型产业，不再是劳动密集型产业；社会财富的主要创造者是知识工作者，不再是体力劳动者。知识工作者的生产力已经成为社会的核心生产力。

智力资本管理成为最重要的管理

20世纪企业最有价值的资源是生产设备，企业管理最重要的贡献是在制造业里使体力劳动的生产力提高了50倍之多。21世纪企业最宝贵的资源是知识工作者，企业管理最重要的任务，不再仅仅是怎样提高体力劳动者的生产力，更重要的是怎样激发知识工作者的生产力，实现对智力资本的科学管理，充分发挥智力资本的作用。

最近几十年，西方发达国家的劳动力结构发生了重大变化，机械操作工、泥瓦工和农民等体力劳动者所占比重持续大幅度下降，职业经理人、会计师、工程师、金融分析师、社会工作者、医生护士、教师和科学研究人员等知识工作者在劳动大军中所占比重上升得最快。美国知识工作者的人数已经占就业总人数的40%以上。今天依靠传统的资源，即劳动力、土地、货币资本获取的利润愈来愈薄，创造超额利润主要是依靠知识、技术和信息。社会生产力的提高愈来愈依赖知识工作者生产力的发挥。

智力资源是世界上所有资源中最为宝贵的一种资源。知识工作者的智力劳动所创造的价值远比其工资所体现的价值要大得多，其他任何资源都无法同智力资源相比。但是智力资源的充分发挥和利用，要依靠人性化的科学管理。只有通过人性化的科学管理，智力资源才会转变为生产资源，成为直接的生产力要素。这种人性化的科学管理可以称为智力资本管理。

智力资本和物质资本两者具有完全不同的特点。物质资本是有形的，可以直接计量的，智力资本是无形的，难以直接计量的；物质资本的回报和增值主要依靠市场机遇的把握，智力资本的回报和增值主要依靠自身的创新能力；物质资本的运作是循序渐进、有规律可循的，智力资本的运作是跳跃式、没有规律可循的；物质资本运作不善可能会使回报减少或资本发生贬值，智力资本运作不善也会使回报减少或使智力资本陈旧。

传统管理往往把体力劳动者当作需要控制和降低的成本对待，尽量压缩成本费用。知识工作者与体力劳动者截然不同。从事知识工作的雇员没有传统的生产设备和生产工具，他们拥有的宝贵知识、丰富经验和创造能力都存储在自己的大脑里。大脑是他们个人的生产工具，既不能随意转移，也不能复制，只能供本人使用。特殊的生产工具使他们来去自如，潜力的发挥完全要靠个人的意愿。知识工作者是公司的宝贵资产。智力企业家的管理工作，核心任务就是要充分激发知识工作者的生产力。

知识工作者享有所创造剩余价值的分配权。20世纪70年代以来西方发达国家企业分配激励模式发生了深刻的变化，产生了新的要素贡献分配理论，企业广泛流行利润分享、市场价值分享、所有权分享和管理权分享等模式。例如，60%以上的法国上市公司实行利润分享，50%以上的美国上市公司广泛实行职工股票期权制，60%—70%的美国国民持有公司股票，85%的德国职工参与企业民主管理，这种新的收入分配激励模式在高新技术企业尤为普遍，其实质就是智力资本逐步获得了与股东资本相同的分配地位和权力。

智力资本企业家必备的特殊素质

人之所以成为生产力发展的第一要素，关键在于人的大脑能够存储和产生知识、智慧和指挥行动的能力。激发知识工作者的生产力的关键，是要有一批善于进行智力资本管理的新型企业家。智力资本企业家的职责，就在于善于进行综合协调，跨越时空界限，实现智力资本、技术创新和物质资源等生产要素的有机整合，使之转化为生产力，创造服务，创造财富。

科学家、专家、教授拥有知识成果，是知识成果的所有者，其中有些人可能和盖茨一样，亲自经营企业，成为智力资本企业家，但更多的人选择终生献身科学事业，或由于缺乏经营能力，无法亲自进行智力资本经营，不会成为企业家。社会需要一批具有创新和献身精神的、受人尊崇的科学家、发明家，也需要一批善于管理和经营智力资本的新型企业家。智力企业家拥有管理智力资本的专业知识，拥有把智力资本转化为经济效益的专业能力，从而不断满足社会发展的需要，不断满足人民群众生活水平提高的需要。

在智力经济时代，智力资本企业家面对史无前例的巨大挑战。经济全球化进程加速，信息网络传递瞬间化，资金来源和经营渠道多元化，各国经济竞争力普遍提高，使世界市场的竞争日趋激化，市场环境的不确定性增加。所有这一切，把智力企业家推向更高的科学管理的新境界，同时也对智力企业家的素质和作用提出了更高的要求。

智力资本企业家必须具备下述管理经营智力资本的能力和素质：

一　智力资本观念。在现代高新技术产业，企业的智力资本的组织管理比物质资本管理更为重要。智力企业家不仅要重视对企业内部有形资产（物质资源、硬件设备和货币资金）的科学管理，更要重视对智力资本进行有效的组织与管理。在经济全球化的条件下，中国企业家面临跨国公司的巨大竞争，必须具有创新的思维和经营管理素质，善于调动和发挥知识工作者的生产力。

二　驾驭全局能力。要善于把握时代的发展脉搏，把握行业的发展趋势，把握企业的发展方向，将个人的知识能力、实践经验与社会信息、专家学者的智慧、集体的力量有机地结合，达到水乳交融的程度，也就是善于把个人的智力和社会的智力转化为能够带来增殖的智力资本，这是智力企业家作为掌舵人，不断走向成功的必备条件。

三　公众人物形象。面对信息网络技术的迅速发展，信息传递的瞬间化，企业的产品和服务愈来愈社会化，知识企业家逐步从公司内部人物转变为社会公众人物，个人情况的披露愈来愈厉害。如果企业经营和服务失败，会产生完全否定的描述；如果企业经营和服务成功，会产生积极的描述。能否向社会展示出良好的公众人物形象是知识企业家经营与服务成功的关键因素之一。

四　超常分析能力。面对剧烈变化的外部环境及其大量生成的浩瀚如海的信息，知识企业家要具有超常分析能力，善于对庞杂信息进行科学的过滤和分析，筛选出对企业具有现实价值和潜在价值的各种信息，作为决策的依据。

五　知识吸收能力。总的来说，企业家是管理特别困难和富有挑战性的事务，以及具有丰富知识与实际经验的高层管理人员。企业家每天都会被很多日常紧急事件所困扰，每天都需要寻找解决新问题的答案。信息技术容量无限增大和技术支持的统一性催生的电子商务全球市场，迅速改变着传统管理的本质。在知识创新和具有竞争力的市场经济中，劳动者成为知识工作者，管理工作对知识工作者要有吸引力。企业家除对知识工作者和熟练劳动者的硬吸引外，还需要有使知识工作者和熟练劳动者对自己信赖的知识基础。企业家的知识应该是系统的、集合的，面向生产、面向效益、面向发展的知识。企业家在其职业生涯中必须大量地、及时地、不断地进行知识更新。

六 知识重组能力。企业家需要具备的基本技能之一，就是具有组织和整理杂乱无章的知识的能力，在收集到大量无序的原始信息以后，善于组织专业人员进行筛选整理、分析消化、重组加工，把无序信息转变为可利用的有价值的知识，成为公司的无形资产。为了促进公司内部的知识交流和分享，知识企业家还必须对公司积聚的知识信息资料组织加工整理，以利于员工方便快捷地获取所需的知识，提高知识的利用率。

七 知识创新能力。创新是推动社会经济科技发展的最重要的因素。众多的企业家不断地将创新和现代生产技术手段结合，这是推动世界经济飞跃向前发展的最主要的原因。

智力企业家最重要的任务就是运用集体的智慧，培育提高公司应变力和创新力，在市场竞争中加以充分发挥。创新的主体是雇员。雇员整体素质决定公司的兴衰。企业家必须善于把公司变成学习型组织，提升公司的创新能力，激励雇员参与知识共享，赋予雇员更大的权力和责任，给成功的创新者权益金，鼓励公平竞争，鼓励冒险，激发雇员的集体创造力，参与知识交流和创新，形成公司集体的知识资本。

八 知识保护能力。知识产权，包括知识产品的所有权、使用权、处置权和受益权。由于知识所有权与使用权、经营权的分离，使得智力产业迅速发展。知识使用者或经营者通过购买知识产权，可以无限地进行智力资本的扩张。智力资本的扩张成本是极低的，这就是知识收益不会递减的根本原因。

对于智力密集型企业来说，知识产权的保护尤为重要。这些公司提供的是知识商品，就其本质来说，公司出售的仅仅是知识的使用权。以微软公司为例，出售计算机软件时，售出的只是软件的使用权，软件的所有权仍属于微软公司。微软公司的生产经营方式是通过软件的不断复制，把软件的使用权卖给消费者。这就是微软公司财富滚滚而来的原因。

知识创新是公司竞争的秘密武器。企业家应具有知识产权保护意识，对公司创新成果加以保护，借助法律手段，申请专利或版权等，形成知识产权。

获取智力资本管理的最大效益*

人类社会发展经历了农业经济时代、工业经济时代，正在步入智力经济时代。在依靠开发动植物资源的农业经济时代，创造新价值主要是依靠人的体力劳动；在依靠开发原材料、能源的工业经济时代，创造新价值主要是依靠先进的机械力，尤其是工业经济的成熟期，以机器为主的机械力劳动成为社会财富基本的创造形式，商品价值的大小及其得到社会认可的程度，都直接地取决于生产它们所使用的机械设备的先进性。进入依靠智力开发进行生产的智力经济时代，创造新价值的源泉主要是智力资本。

智力资本概念及其产生的历史背景

智力经济是以智力和知识投入为主的经济，是主要依靠消耗智力资源进行生产和提供服务的经济。智力资本是智力经济的基础。在智力经济发展中，智力资源的地位日益提升，智力资本在很大程度上决定现代企业经营的成败。随着智力经济时代的到来，知识日趋资本化，智力资本将主导社会财富的分配。社会成员将以追求知识取代直接追求物质财富作为主要目标。国家之间的竞争也将从主要追求和占有物质资源优势，转变成主要追求和占有智力资源优势。

一　智力资本概念和定义

智力资本是智力和知识相互融合形成的能够带来经济效益的资本。智力资本相对于传统的物质资本而言，从自然形态看，是潜在的、无形的、动态的；从功能效用看，能够带来价值的增值；从表现形式看，体现为企业市场价值与账面价值的差距；从形成过程看，是物质资本与非物质资本的合成。

最早提出智力资本概念的学者，是美国经济学家约翰·加尔布雷思（John

---

*本文系作者2005年8月18日在中国总会计师协会举办的“全国企业财务会计管理高级论坛”的专题报告。

Kenneth Calbraith)。他于1969年首次提到智力资本概念，指出智力资本在本质上不仅仅是一种静态的无形资产，而且是一种思想形态的过程，是一种达到目的的方法。最早提出智力资本定义的是美国学者托马斯·斯图尔特（Thomas.A. Stewart)，他在美国《财富》杂志上发表了许多有关智力资本的文章，将智力资本定义为，公司所有成员掌握的能为企业在市场上获得竞争优势的事物之和。瑞典斯堪的亚集团(SkandiaGroup)的首席智力资本执行官安德威森（Leif Edvinsson）对智力资本定义为：智力资本是所有对企业的市场竞争力做出贡献的专业知识、应用经验、组织技术、客户关系和职业技巧。

简单地说，智力资本在财务报表上表现为公司市场价值与账面价值之差。这个差值正是智力资本存在的具体表现形式，也是智力资本被经济学家发现的原因。建立智力资本核算体系，量化智力资本的目的，就是平衡公司市场价值与账面价值之差、体现智力资本的市场价值。

二 智力资本概念的提出

智力资本概念的提出，是人力资本理论研究的不断深化和西方经济发达国家智力经济迅速发展的结果。

人力资本概念产生于20世纪五六十年代。西方经济学家经过长期研究，由费舍尔、舒尔茨、贝克尔等人提出人力资本理论，对长期困扰人们的经济增长之谜作出了科学解释，指出人力资本是经济增长的根本动力，知识、能力、健康等人力资本的提高对经济增长的贡献比物质资本、劳动力数量的增加更重要。人力资本对经济增长之谜的理论解释，代表着经济学理论的新发展。人力资本包括体力和智力两个主要方面，智力作为人力资本的重要组成内容，在西方社会经济学界已经被广泛认可。

智力资本是在不同的历史背景下被提出的，进入20世纪七十年代，西方经济学家在对人力资本理论的研究中，有两个重要发现：一是发现人力资本概念中的智力要素比体力更具有增值作用，智力资本在经济增长中起关键作用；二是发现在高新技术产业迅猛发展过程中，企业的市场价值高出有形资产价值、高出其账面价值，人们开始发现，人员的技能、高效的管理、品牌忠诚度等无形资本是企业超值收益的主要来源。企业的市场价值，虽然有资本运作的因素在其中，但是企业的无形价值是市场价值增值的主要原因。智力资本的提出正好解释了智力经济发展的动力问题。

智力资本概念的提出具有重要的理论意义和实践意义。一是揭示出在企业运行过程中，无形资产与有形资产结合创造价值，并带来剩余价值，从而拓展了物质资本与非物质资本的概念，显示出企业和其他组织真正有价值的资产，即以员工和组织的技能与知识为基础的资产；二是揭示出企业的人力资本、结构资本、绩效资本日益成为企业最为重要的智力资本要素；三是揭示出智力资本要素，例如企业信誉、商标、员工知识、顾客满意度、经营关系等这些被传统理论所忽视、但却日益与成为企业重要资源和企业核心竞争力的组成要素融合在一起，并与企业的组织结构、生产能力、技术创新能力、生产开拓能力、企业的财务状况等紧密相连，共同形成企业核心竞争力和经营资产，也就是无形资产与有形资产共同结合创造财富。

三 智力资本的结构和内容

资本是一种特殊的商品，表现为价值形成和增值的手段，具有货币表现的价值形式和实物存在形式。智力资本的价值表现形式仍然是货币，而其存在形式由隐含部分和外显部分构成。隐含部分，可以称为脑力资产，即人力资本除去体力劳动的部分；外显部分，可以称为成果资本，即一切可以带来价值或效用的智力成果，包括创意、发明、专利、著作、作品、商标、声誉、有价信息等。脑力资产和智力成果构成了智力资本，其核心要素是智力和知识。

智力资本是智力与知识的融合，这种融合不是智力和资本的简单组合，也不是人力资本、结构资本和顾客资本的简单结合，而是两者真正融合所形成的一个有机整体。智力与知识的融合越好、越紧密，智力资本的效益就越高、价值就越大。智力作为获取知识的基础，是先天素质和后天教育的结果，同时知识又是智力发展的源泉。智力与知识两者具有相互促进的作用。在学习中发展智力，智力的增长又创造新的知识。

智力资本既不能等同于智力，也不能等同于知识，更不能视为两者的简单相加，而是智力和知识相互交融后形成的可以创造财富的资本。智力和知识两者是密不可分的整体，是一个不断交互累积的过程。

智力资本是一种以员工和组织的技能和知识为基础的资产，是在无形资产基础上提出来的，但与无形资本的概念有区别。智力资本通过人的智力运作发挥其创造力，在企业运行中创造使用价值和市场价值，并带来剩余价值，实现智力资本价值的增值。

智力资本在内容上包括三个部分：人力资本（员工的知识、技能和能力等）、结构资本（规章制度、企业文化、营销渠道、客户关系等）、绩效资本（品牌、商誉、知识产权等）。在这三部分中，人力资本是员工为顾客提供解决方案的能力。结构资本是人力资本应用的结果，通过不断地进行积累，加强企业竞争力，并最终体现为公司的价值提升。绩效资本是通过前两项价值的综合作用，将智力资本直接转变为企业账面资本。

从物质资源经济向智力资源经济转变

纵观历史，人类是依靠不断开发物质和知识资源得以生存和发展的。在不同阶段，人类开发资源的重点不同。

一 物质资源消耗型经济和智力资源消耗型经济的不同

在远古蒙昧时代，生产力低下，人类依靠野生的动植物资源维持生存。这是一种自然界可以再生的资源。在整个传统农业时代，人类都是以开发利用再生资源为主。18世纪发生以蒸汽机为代表的工业革命后，煤炭、石油、钢铁成为工业生产的基础。这些资源与动植物资源不同，使用后在相当长时期内不可能再生。人类对非再生性自然资源的大规模开发利用，不仅促进了社会的工业化，而且增强了可再生资源开发利用的能力。在工业化大规模生产阶段，人们把获得更广阔的自然资源产地和原料市场，作为追逐的主要目标和谋求发展的主要手段。

科学技术的发展，使自然资源和劳动力资源的优势弱化，使知识、技术、信息的优势增强。许多新产品，例如生物“克隆”、计算机软件生产等，没有多少原材料及能源的消耗，近乎是纯粹集成知识、技术、信息的产品。在20世纪20年代，最具有代表性的工业产品是汽车。汽车生产消耗的原材料、能源约占总生产成本的60%。到80年代，最具代表性的工业产品半导体器件生产，所消耗的原料、能源成本不到总价值的2%。

进入智力经济时代，西方发达国家对物质资源的依赖程度大大降低。由于高技术的广泛应用，原材料消耗量不变，也能使国民生产总值成倍增长。美国1亿美元国民生产总值所消耗的钢，1970年为1.23万吨，1980年降到0.42万吨，1985年降到0.28万吨。美国1989年国民生产总值与1960年相比增长2.5倍，但是钢铁的消耗量不仅没有增加，反而从1.2亿吨下降到0.85亿吨。美国的石油消耗量1991年比1973年每月减少180万桶。日本1979年以前国民生产总值每增长1%，能源消耗量增长0.6%，1980年以后,国民生产总值每增长1%，能源消耗反而减少0.94%。1985年日本制成品所使用的原材料及能源，不到20年前的一半。日本每生产一辆汽车，1991年和1971年相比，对钢铁的消耗量减少40%。这表明，20世纪80年代是西方发达国家从物质资源消耗型经济向智力经济转变的转型时期。

二 智力经济创造出物质资源消耗型经济无可比拟的巨大生产力

在高技术产品的生产过程中，主要是用知识将一些物质资源结合起来，知识在产品的价值含量中占主体，智力资本的增值程度远远高于物质资源资本。一种产品越近乎纯知识型，其收益就越大，智力资本带来的收益是无止境的。一小片中央处理器晶片 CPU 的价格，比同样一块黄金还贵。在以知识为基础的产品竞争中，输家往往一败涂地，赢家财源滚滚而来。因为集成知识的产品，虽然常常要求预先支付高成本，但其边际成本很低，一旦成功，就能带来巨额利润。例如开发 1 个计算机系统软件可能要花费几百万、几千万美元，但是复制这份软件的成本微乎其微，大大低于汽车公司复制生产第二辆汽车的成本，同样销售价格与成本间的利润也比低技术产品高出许多倍。

19 世纪的超级富翁是钢铁大王，20 世纪前期的超级富翁是汽车大王，20 世纪中后期的超级富翁是计算机制造商、软件生产者、电视节目制作者、IT 经营者等。举几个例子：

第一个例子：微软公司资本增值速度使通用汽车公司望尘莫及。

微软公司作为知识经济的象征，白手起家，在地下室车库开始创业，但是凭借计算机软件新技术创造出巨额利润，仅十多年资产就增值到 2000 多亿美元，远远超过经历 100 多年艰苦奋斗才拥有 400 亿美元资产的通用汽车公司。通用汽车公司曾经是美国工业的骄傲，但是在年轻的微软公司面前却顿时黯然失色。现在微软公司经过 30 年奋斗，已经从两个人发展到 5 万多人，股票市值 3000 亿美元，年营业额 300 亿美元，每月利润 10 亿美元以上，创始人比尔·盖茨个人资产达到 465 亿美元，成为世界首富。这让工业经济时代的钢铁大王、汽车大王、石油大王、家电大王望尘莫及。

第二个例子：传媒产业的出口总额超过传统产业。

美国传媒产业作为新兴智力集成型产业，发展速度之快，创造利润雄居世界之首，令全世界震惊。美国视听产品出口销售总额占有国际市场 40% 的份额，已经超过航天航空产品的出口额，成为美国出口的第一大产业。2004 年美国在线收购时代华纳公司，成为一家市值达 3500 亿美元的超级传媒企业。美国一部电影《泰坦尼克号》创造了 18.3 亿美元的票房价值。英国文化产业的年营业额达到 600 亿英镑。日本文化产业的年营业额从 1993 年开始就超过汽车工业的年产值。2004 年世界网络经济产值增加 5070 亿美元，大大超过电信产业和民用航空工业产业的增长幅度。

第三个例子：IT 经营者不断创造智力资本增值的奇迹。

网易公司 2003 年净收入为 6550 万美元，净利润为 3900 万美元，每股净利润为 1.25 美元。2004 年阿里巴巴网站交易额超过 100 亿美元，2005 年将超过 200 亿美元。新浪公司营业收入 2003 年 1.143 亿美元、2004 年 2 亿美元，增长率近 80%。上海盛大网络公司创办于 1999 年 11 月，主要从事网络游戏、电子竞技、网络音乐、网络文学、网络信息服务等互动娱乐产业，同时在线人数最多达到 140 万人。

盛大公司连续5年实现了年增长率100%以上。2003年公司营业收入6.33亿元人民币，2004年13.67亿元人民币、净利润6.10亿元人民币，2005年将达到30亿元人民币。盛大网络公司仅用5年时间，就登上中国最大的互动娱乐企业宝座。盛大网络2004年5月在美国纳斯达克成功上市，市值约30亿美元，成为在海外上市的市值最高的中国IT企业。

第四个例子：企业组织创新创造出巨大财富。

企业运作的组织形式属于结构性资本（智力资本的一种形式）。企业组织形式的创新能够带来巨大经济效益。虚拟经营就是典型代表。虚拟经营突破了传统的有形的企业组织界线，发挥企业的核心能力，利用外部优势条件，高弹性地组织生产经营活动。戴尔公司正是依靠智力资本进行生产经营模式创新，采取虚拟运作一举成功，成为美国近年来成长性最佳的典型。

1984年迈克尔—戴尔个人以1000美元创办戴尔计算机公司，不通过传统的零售商店渠道，而是直接向消费者出售个人电脑。这种管理创新，使戴尔公司仓库存货量大大降低，使用员工人数只有同等传统企业的1/10，虽然为消费者提供的服务支持相对有限，但却有效地降低了个人电脑的售价。多年以来，戴尔公司的这种低价直销模式赢得了高额利润回报，从1999年到2003年营业额涨幅达到59.58倍。戴尔公司经过20年的努力，已经发展为年营业额410多亿美元的全球性大企业，占有世界个人电脑市场17.9%的份额，位居世界第一，比竞争对手惠普公司和IBM发展速度更快。

三 发展中国家物质资源消耗型经济面临的挑战

西方发达国家的工业生产从资源消耗型经济向智力消耗型经济转变，把汽车、钢铁、化工、计算机硬件、家电等一般性技术产品的加工生产越来越多地转移到发展中国家生产。他们自己则专门从事核心技术的研究开发，发展智力集成型工业，这是当今世界工业发展的一个重大动向。

这种状况使发展中国家面临两难的选择。一方面成为世界工业的加工生产基地，增加了对外出口，扩大了劳动力就业，另一方面成为世界物质资源消耗和浪费的大户。由于发展中国家物质资源利用率不高，造成资源严重浪费。从我国物质资源消耗情况看，国内生产总值仅占世界生产生产总值4%，但是物质资源的消耗比例却高出几倍，石油为7.4%、原煤为31%、钢铁为27%、氧化铝为25%、水泥为40%。从单位产值能耗水平看，我国为世界平均水平的2.3倍。据调查，我国工业产品成本中能源、原材料消耗占75%左右。从总体上看，我国工业仍然处于物质资源消耗型阶段，我们应当加紧智力资源的开发利用，发挥智力资本的作用，建立智力资本管理体系，推动经济转型，向智力经济方向发展。

智力资本加速改变世界面貌

智力资本已经创造和正在创造出巨大的生产力，加速改变世界的面貌，把世界推进到智力经济时代。

一　智力经济促进全球经济和文化融合

因特网是人类智力创造的杰出成果。因特网的出现，以不可阻挡之势迅速改变着社会生产方式和人类的生活方式。

全世界因特网用户快速增长，1996年4000万户，2000年达到2.6亿户，2004年达到10亿户，网页的总量超过10亿页。全球约1/3的人口已经融入因特网经济，每天共同在因特网上进行交流和工作。美国福特汽车公司内部网络联结全球数十万员工，网络上有50万种产品的设计资源、生产管理工具和战略信息，每天有80%的员工通过因特网进行汽车设计、生产、质量检验和销售工作。根据预测，2006年全球每天在因特网上传递的邮件将从2002年的310亿份增加到600亿份。全球电子商务系统以其低成本、低售价的优势，迅速发展。全球电子商务交易总额，1994年12亿美元，1997年26亿美元，1999年1000亿美元，2000年3500亿美元，2002年1万亿美元，2004年2.7万亿美元，预计2007年将达到8.8万亿美元，同1994年相比增长幅度为7300倍。

因特网跨越时空界限，打破国家、民族、宗教的界线，把世界紧密联系起来，使各个国家、各个民族的经济、文化加快融合。过去在地球村发生的事情，传到你的耳朵在时间上已成为历史，而现在因特网却可以在一秒钟内把信息传遍全世界。知识和信息瞬间公开化，没有任何人可以独占。权力来自知识的分享。智力经济时代已经不再需要传统的等级集权式的管理中心。因特网是全球性的基础设施，但是没有国家与政府行政部门的管辖和控制，是典型的无中心国际企业联盟。公众事务的网络管理将取代某些政府行政管理职能。超级计算机系统网络在短时间内可以完成许多高难度的行政管理工作。这种跨越国家、地区、民族的亿万人的大协作，是其他任何历史时代都无法比拟的。因特网所形成这种全球性的资源配置大协作，将进一步使国家、地区、民族的界线弱化，推动企业变革传统的等级制管理体制，促进全员参与企业管理，加快经济和管理全球化的发展。

二　智力资本引发世界财富大转移

由于高科技的迅速发展和广泛采用，一方面西方国家工业生产从物质资源集成型转向智力资源集成型，对能源、原材料的消耗量相对大幅度减少，导致亚非拉原材料输出国家的收入大量减少；另一方面西方国家高附加值的智力消耗型产品在国际出口贸易中的比重迅速加大，智力产品收入迅速增加。这种情况，使世界财富向西方国家大转移，迅速加大了贫富国家之间的差距。

世界经济的两极分化趋势日益明显。1820年西方发达国家人均收入是非洲国家人均收入的3倍，到1990年这个差距扩大到13倍。联合国《人类发展报告》显示，1966年世界上最富的20%人口与最穷的20%人口的收入之比为30∶1，到1996年这个差距扩大到61∶1。2000年世界上49个贫穷国家、6.3亿人口，人均国民生产总值只有235美元，发达国家人均国民生产总值高达2.5万美元，差距达100倍以上。据世界银行统计，全球最富的五个国家卢森堡、瑞士、日本、挪威、丹麦，与最贫穷的五个国家布隆迪、刚果（金沙萨）、坦桑尼亚、埃塞俄比亚、莫桑比克相比，人均国内生产总值相差数百倍。全球约有30亿人生活在贫困线下，每天的生活费用不足两美元，40%的非洲人每天生活费不足1美元，而在欧洲国家，一头牛每天的生活标准是3美元。粗略地测算，世界上最富有的3个人所拥有的财富，相当于最穷的47个国家的国民生产总值之和。

创建智力资本管理体系的建议

智力资本管理就是对智力资本要素进行投资和管理。1991年《财富》杂志撰稿人托马斯·斯图尔特（STEWART）发表了《脑力》一文，介绍美国智力资本是怎样成为最有价值的资产，由此引发了智力资本管理研究和实践的浪潮。

目前，智力资本管理工作已经在全球许多公司启动。在世界500强企业中，有42%建立了智力资本管理平台，出现了首席智力资本执行官、首席知识主管、首席学习执行官、全球知识经理等新职位，专门从事人力资源管理和智力资本管理，建立企业内部的智力资本管理辅助系统，进行传统营销方法的创新，发展企业的结构资本，保护知识产权等。与此相适应，智力资本管理咨询业务在国际市场上应运而生。据1997年美国《福布斯》杂志预测，智力资本咨询业务在未来的10年中年营业额将达到40亿美元。我们应吸取国外智力资本管理的理论及其实践经验，从以下几个方面着手，建立中国的智力资本管理体系。

一 确立智力资本观念

传统管理是以物本管理为中心，重视有形资产的管理，不重视智力投资，更不重视智力资本管理。只有在思想上确立智力资本观念，才能发挥智力资本的作用，降低非人力资本运用的成本，通过广义的资本概念把企业与员工紧密联结，使员工有主人翁意识，乐于为企业效力，共同创造财富、分享利润。

确立智力资本观念，首先要改变重视有形资产、轻视无形资产的倾向，克服重硬件、轻软件传统观念，确立智力就是资本、就是货币的观念；其次要认识到物质资源和人口众多的优势正在弱化；企业规模大、人员多，并不完全是构成核心竞争力的最主要因素。知识的储备量、管理的科学程度、信息的捕捉速度、创新开发的能力，这些才是企业可持续发展的真正优势。发展新事业，开拓新项目，创办新企业，都不能只考虑投入多少资金、设备和厂房，更要考虑投入多少知识、技术、管理、信息和创意。通常说，企业投入的是资金、设备、原料，产出的是产品。但事实上，随着时代的变迁，企业的投资将不再主要是机器设备，而主要是知识、技术、信息等智力要素及其载体，即从事智力劳动的知识工作者。

二　开发以隐性方式存在的智力资本

秘鲁经济学家索托在其《资本的秘密：为什么资本主义在西方获得胜利而在其他地方遭到失败》一书中指出，“在发展中国家，由于法律上财产权不明晰，隐藏的大量财产未能用来创造价值，因此，发展中国家获得发展的秘诀并不是从西方得到更多的贷款，而是采取新的政策，解放业已存在的隐性财富。要把财产重新塑造成能给穷人力量的东西。”在发展中国家，知识资本隐性化严重地制约着经济的发展。这表现在，一是对智力开发和知识创新的投入严重不足，造成智力资本匮乏；二是对现存的、有限的智力资源重视不够，形成智力资本浪费严重；三是对知识产权、技术秘密和核心技术等智力资本保护不够，难以有序地实现其市场价值，造成智力资本巨大浪费。所以，发展中国家必须重视发挥现存的智力资源的作用，加大智力资源开发的力度，逐步推行智力资本管理，为智力资本转化为市场价值创造良好的社会环境条件。

三　提高智力资本合理配置的协调能力

将视角深入到政府、教育、科研机构和企业，就会发现行业之间、机构之间和部门之间存在着大量的信息孤岛和知识孤岛，造成信息梗阻、知识隔离、智力资本分割，直接导致社会整体利益蒙受损失，效率低下，透明度差和智力资源浪费，不利于政府、行业、企业的决策和发展。这就要求政府部门、行业组织、社会团体、企事业单位必须对智力资本进行科学管理，相互配合，开展智力资源开发大协作，建立透明化的知识、信息交流系统，对智力资本进行全社会范围的协调与配置，达到智力资本的科学合成，获取最大的社会效益和经济效益。

四　建立智力资本核算制度

对智力资本的评估最早开始于瑞典斯堪的亚集团(Skandia Group)。该公司于1995年5月发布了世界上第一个智力资本年度报表，作为传统报表的补充，它通过评估模型，设置一系列指标来考核和量化智力资本。但是，关于智力资本的度量及其价值的决定，现有的学科研究甚少，知识产权法也只是在处理那些最容易描述的智力资产(如专利和商标)方面有所贡献。从企业的层次上看，智力密集型企业的市场价值与账面价值存在着很大的差额，这暴露了现代会计核算制度的局限性，因为这种会计制度主要是度量有形资本和金融资本的。所以，有必要建立一种描述能力更强的智力资本核算系统，以界定智力资本的组成要素，并提供核算方法来对这些要素进行评估和汇总。

五 将智力资本纳入企业总资产

现在许多大企业的市场价值往往大大高于其实际的资产总额，大部分高速增长的公司如英特尔、微软等，其价值更远远高于账面价值。比如微软公司的市场价值约3000亿美元，其总资产仅相当于其市场价的10%，市场价值与资产价值之差体现的就是智力资本的价值。由于智力资本市场价值的实现，使比尔·盖茨名列个人总资产世界榜首。在名牌产品企业和高技术企业中，智力资本在企业的总资产中所占的比例越来越高。公司应当改变过去企业总资产的计算方法，通过企业财务补充报表的形式，把智力资本列入企业总资产的一部分。

六 赋予员工分享智力资本转化价值的权利

按照公司内员工的智力知识水平、技术程度，以及付出的智力劳动的多少，确定员工的报酬，并且随着员工知识水平和技术程度的提高，不断地进行调整。这种分配制度应充分体现资本投入—产出的投资机理，激励员工不断进行智力资本投资，加强学习培训，提高知识水平和技术素质。西方国家在智力资本运作方面采用职工持股计划、利润分享计划、生产率利益分享计划、利润共享制等，部分地将智力资本化。这些初步方法是可以参考借鉴的。

七 制定和完善保护智力资本的法律、法规和制度

智力资本化是产权制度的一次重大变革。从我国当前情况看，非人力资本产权已有相应的法律，法规保护，并有相应的社会伦理道德体系支撑。但是，人力资本，尤其是智力资本的保护，还缺乏相关的法律、法规和制度。现有的知识产权法是对智力资本运作成果（专利技术、商标等）的一种保护形式，但还没有一部对智力资本本身进行保护的法规出台，包括人力资源流动、智力资本如何转移、收益如何处置等都应有相应的法律规范。

参考文献

1. 徐笑君:《智力资本管理》，华夏出版社2004年出版
2. 刘爱东:《试论管理会计发展新方向——智力资本》，《财会通讯》2001年第7期
3. 李茹兰:《智力资本的投资与价值实现》，《东北财经大学学报》2002年第1期
4. 联合国计划开发署：2003年度《人类发展报告》

建设城市大动脉 发展地铁产业链*

享誉世界的历史名城巴黎、伦敦、纽约、东京、莫斯科，地铁宛如人工编织的蜘蛛网，密布于庞大的城市高楼大厦之下，把政治、经济、商业、文化、教育、科技、体育活动中心和各种重要的服务设施，以及居民社区贯通相连，提供交通便利，创造了城市地下交通网络奇观。尤其是巴黎、莫斯科地铁建筑设计之精美，简直可与欧洲宫殿媲美；蕴藏文化艺术内涵之厚重，如同博物馆，令各国游人刮目相看，赞叹不已。

地铁作为城市现代化的重要标志，在经济现代化和城市现代化的历史进程中发挥着重大的作用。国际社会把以地铁、公交为主体的立体综合交通系统作为衡量城市现代化的一个重要标志。

美国曼哈顿中央商业区80%的人选择公共交通作为主要出行手段。伦敦交通70%依靠地铁。东京地下交通承担着全市流量的80%，为世界之最，即便地面交通全面瘫痪，地铁也可以完全承担交通任务。

地铁作为城市交通大动脉，具有得天独厚的流动性，压缩了城市的时间、空间距离。当今社会生活节奏越来越快，时间就是金钱，时间就是资源。地铁提高出行速度，既节省时间资源，又减少交通费用，真是惠及广大群众。

地铁作为人们活动的集散地，为城市注入新的活力。凭借飞奔疾驶的地下轨道列车所汇聚的人气、物流、资金流，为城市的躯干重塑血脉，使经济资源得以优化配置，孕育地铁经济，创造新的“产业链”，开拓新市场，增加新岗位，从吃穿住行，到文化娱乐，带动城市经济发展。

地铁作为快捷的通勤交通方式，推动城市中心区域人口向郊区分流，重塑

---

* 本文原载2006年香港《建筑设计》杂志《南京地铁》建成纪念专刊。

居民工作圈和生活圈版图。地铁使人们有条件以城市郊区作为生活、购物、休闲场所，不必再拥挤在狭小的城市中心地带。地铁使人们可以工作在城区，生活在郊区，改善和提高居民的生活质量。

历史经验证明，发展地下交通网络是现代大城市解决交通、居住拥挤，合理配置资源，创造新的产业链的有效途径。

近年来我国经济持续高速增长，城市人口集聚程度迅速加大，地铁建设速度加快，工程设计和施工建设水平提高，服务设施配套功能加强。南京地铁建设，经过四年零九个月的奋战，成功建成和通车运营，这标志着古城金陵成为继北京、上海、天津、广州、深圳之后中国第六个拥有地铁的城市，对于缓解南京城市交通压力，构建立体化综合交通运输网，增强城市综合竞争力，促进经济社会发展，必将产生重大的影响。特别是南京地铁建设在国内工程造价最低、国产化率最高、运营用人最少，创造了地铁建设史的新辉煌，为我国地铁建设事业提供了新经验，增添了新光彩。

我们相信，以南京地铁一号线开通为起点，随着地铁建设和公共交通的逐步完善，南京必将进入现代化的立体综合交通体系新时代。

张重庆常务副理事长（右一）与南京天加制冷公司总经理蒋立在中国企业家协会

第四篇

管理科学

Section 4 Management Science

管理是人类社会发展的永恒主题。管理科学的精髓，在于高瞻远瞩，把握趋势，顺应潮流，不断创新，使管理思想、管理制度、管理方法、管理手段和管理组织动态适应多变的外部环境，持续实现智力资本、创新要素和物质资源的优化整合，使之转化为巨大的生产力。

知识工作者正在成为社会劳动大军的主体。新世纪管理者面临的最重要的课题，将不再完全是怎样提高体力劳动者的生产力，而是怎样提高知识工作者的生产力。

智力资本是当代经济发展最为重要的资本。企业在创造有形的物质财富的同时，也在创造无形的智力财富。从资本体系而言，智力资本的重要地位会使企业权力从传统的资本所有者向技术专家体系转移。

储蓄有过分增长的趋势，使金融资本不再是最紧缺的资源，也不再是在生产过程中借以掠夺权力的主导要素。优秀的管理者必须善于通过对智力资本的驾驭，驱动传统的金融资本、物质资源的优化整合，形成区别于传统资本经营方式的新的资本管理体系。

日本企业经营管理诀窍*

日本经济团体联合会会长土光敏夫采访录

1981 年 2 月 25 日《企业管理》杂志社记者张重庆在东京采访日本经济团体联合会会长、日中经济协会会长土光敏夫

记　者：最近，美国和西欧纷纷派人到日本学习企业管理经验，请会长先生谈谈日本企业经营管理与欧美比较，有哪些独特的做法？

土光敏夫：日本在经营管理方面超过美国。在国际市场上日本的商品在品种、价格、质量和交货期上都有很强的竞争能力。因此，同西方，特别是同美国在贸

---

* 本文原载 1981 年《企业管理》杂志第 3 期。

易方面引起了一些问题，目前正在协商解决。众所周知，在第二次世界大战之后，日本几乎处于被毁灭的状态，在极其困难的条件下，经过多方面努力，经济很快得到恢复，并发展到目前的水平。

日本是个岛国，面积狭小，资源缺乏，甚至连粮食也不能够自给自足，因而要尽力发展工业，发展技术，提高生产率。在这些方面，整个工业界都下了很大的功夫。要提高生产率，所有企业必须进行协作，高效率地从事生产经营活动，这不仅需要在生产和技术方面做很多工作，更需要经营者搞好企业管理，确立有效的经营组织形式。

日本的经营组织形式与美国不同。企业的最高经营者，对经营负全部责任，但是并不垄断全部责任。中间有管理者（中间管理层），下面有一般职员，以及在车间第一线劳动的工人。我们就是这样一种有层次、有秩序的组织形式。生产第一线的工人努力进行工作；中间层管理者搞计划、搞技术，构成指导生产、提高生产率的管理部门；上面的经营者，分别负责各方面的领导工作，有主管技术、设计的，也有主管工厂运营或财务会计的。这种组织形式也许和贵国现在的情况比较相近。

第二次世界大战以后，日本企业对生产第一线工人的训练非常重视，几乎每天都有训练工作。一般新工人（高中毕业生）进厂后要经过6个月的训练，然后才分配到车间工作。中间层管理干部一般都要有大专学历，公司很重视对他们的教育。他们进厂，先要接受至少6个月严格训练，然后才分配工作岗位。

日美企业的最大不同在于：首先，经营者虽然掌握着全部的管理权力，但是，善于把权限与责任依次委让。社长分权给总经理，由各位经营者分担责任。经营者再向下委任给中间层干部，放手让他们进行工作。中间层干部也同样依次委让，让生产第一线工人自主地工作。因此，形成了不是少数人负责任，而是全体职工动脑筋、负责任的局面。其次，日本中间层的干部比较有能力，而且有干劲。美国的经营者和一般职工相比，阶层观念比较强，经营者有特权，处于特殊地位，工人与干部往往说不上话，想不到一起。在日本，经营者、中间层干部、第一线的工人，只是工作的分工不同，一旦工作完毕，他们就能够像朋友一样打成一片。譬如说，在食堂吃饭，部长也好，课长也好，工人也好，可以谈在一起，相互关系比较融洽。西欧国家人员来日本看到这种情况，感到吃惊，觉得不可思议。在日本，人们进入公司以后，一般是先从社员当起，从下往上干，直至提升为社长，人员比较稳定，流动性少。在质量管理、提高技术水平方面，日本除了工程师、专家努力之外，第一线工人，几个人、十几个人凑在一起，组成小组，动脑筋，想办法，搞好工作。这种小组活动很活跃，很有效果。这在欧洲和美国没有。

日本产品在世界上有很强的竞争力，主要是因为日本对产品质量管理非常严格，不允许产品出故障或者有不良品，而且在质量管理上不断创造新的技术和方法。所以，日本产品的出口贸易在世界上对其他的国家构成威胁。这是各个企业能够长期坚持把经营组织、管理运营与职工培训结合起来所收到的成果。

记　者：会长先生热心中日经济交流和合作事业，愿意帮助中国改善企业管理，对此您有哪些设想？

土光敏夫：关于日中两国在企业管理领域的合作，应该不断加强，但并不是说，我们把经验介绍给你们就完了，而是说，我们双方应当携起手来搞。首先是把企业经营管理经验介绍给贵国工厂。三年前，邓小平副总理来日本访问时，和我谈话，表示非常重视企业管理。当时，我表示，日本企业经营管理在世界上算是先进的，比中国先走了一步，愿意在这方面协助贵国，我们愿意协助中国改善企业经营管理。

最近几年从贵国来了很多的企业经营管理考察团，我看到过他们回国后写的访问考察报告。报告写得很好，但是在工厂实际搞起来会碰到很多问题。

我们想按照行业的不同，把日本工厂有经验的人派到中国去，到现场和他们一起工作，可以把经验留在那里。另外，日本的企业管理，是从基础性工作，例如，从技术培训和质量管理培训开始的。重视基础性工作，这是日本企业管理的一个特点。贵国是一个非常大的国家，工厂的数目很多。工厂中间层管理干部的训练非常重要。经过训练，培养出一批有能力的中间层管理干部，这对贵国今后工业发展能起决定性作用。

在质量管理方面，可以说，日本的水平在世界上是最高的。要想生产出好的产品，必须搞好质量管理。这个问题涉及许多理论问题，我们愿意与你们很好地合作。举例来说，目前，日本电子工业正在飞跃地发展，非常重视产品质量。质量问题，包括原材料问题、产品合格率问题、产品性能问题，也有成品率问题等等。刚刚起步时，日本电子企业不良品很多，合格率只有20%—30%，经过改进，合格率达到70%—80%，这样做的结果，使工厂生产的经济效益提高了几倍。例如，合格率从30%提高到90%，生产率就提高3倍，不但节省原材料，而且节省工时。因此，这些方面请贵国多加注意。

贵国是文明古国，不论是在科学技术上，还是在文化艺术上，各个方面，过去都有很多的成就，日本有很多东西是从贵国学习来的。为了使贵国在技术管理、质量管理、经济管理方面，尽快掌握日本管理的方法，迅速实现工业现代化，我们愿意把好的经验尽量向贵国介绍，不好的东西加以去除。在企业经营管理方面，日本同中国多少有些差别，但是在根本方面是一致的。

记 者：日本企业和政府在发展经济方面比较协调，有哪些方面的经验？

土光敏夫：日本从战争遭受破坏到把整个产业恢复起来，政府发挥了很大作用。战后，民间企业白手起家，政府贷款，提供资金支持，使民间企业的力量增加。随着经济的高度增长，民间企业逐渐发展起来，平均每年增长10%左右，缴纳的税金逐年增加。

从日本政府来说，能够对民间企业进行指导，在金融方面给予协助，与民间企业之间的协调搞得比较好。最重要的一点，是政府经济计划工作做得比较好。对中国来说，最重要的问题是政府能够制定一个合理的经济计划，在计划的基础上，按照合理的程序逐步发展。由于贵国是一个大国，作这样一个经济发展计划可能不容易，农业、工业、交通运输等等都要想到。日本政府的计划工作积累了各种各样的经验，并注意和外国政府的计划相比较。因此，日本政府在经济发展计划方面做得很优秀。在制定整体计划方面，日本是有一定经验的，尽管它的规模和贵国比较是很小的，但是对贵国制定计划可以起一定的参考作用。中国正处在发展的起步时期，这一步非常重要。我们认为，走好第一步，中国很快就会成为先进国家。我根本就不认为贵国是落后的国家。要成为先进国家，制定计划是很重要的事情。

记 者：日本政府和民间机构共同组织了很多审议会，有些是您亲自主持的，请谈谈日本采取政策审议会形式，对协调政府和民间意见，对政府制定政策有什么作用？

土光敏夫：我主持了很多政策审议会，主要是一些和生产技术有关的政策审议会，也有一些经济方面的政策审议会。民间团体和政府之间就一些共同关心的政策问题进行讨论。刚开始时，有些东西搞审议会是必要的。经过一段时间以后搞了很多审议会。随着形势的发展，有些审议会就不需要存在了。不过，总是要有个联络协商机构。例如，目前的能源问题、石油问题、核聚变问题、原子能问题等等。政府和民间必须就这些问题进行讨论，解决存在的问题。现在讨论的问题是面向21世纪，发展哪些科学技术，在哪些方面增加研究费用等等。从已取得的成绩看，我期待日本科学技术能够在21世纪居于世界上风。在这些方面，通过审议会疏通政府和民间的意见是必要的。

作为个人的预言，中国经济进一步发展以后，将来的世界经济中心必将由西方转到东亚。遗憾的是，我已经是一个老人，这种情况，我不能亲眼看见了。当然，我们也不能瞧不起美国和西欧，还是要一起发展的。但是，我想，今后世界经济中心一定会逐渐转向东亚。中国经济发展起来，日本经济就会稳定，这对亚洲和平与世界和平一定会是重大贡献。

经营诊断专家给企业治病*

请经营顾问给企业咨询诊断，在我国是刚刚出现的新鲜事物。其实，在美国、西欧等地，企业咨询诊断的产生和发展，已经有30多年的历史，在帮助企业改进经营管理的实践中收到巨大的成效，受到企业家的欢迎和社会的认可。能不能把国外企业咨询诊断引进并运用到我国，找到一条改变我国企业管理落后状况的有效途径呢?

中国企业管理协会在我国首开先河，进行了积极的探索，邀请日本生产性本部的经营顾问武内忠男、松本绂、永野直、青木三郎、河口千代胜和铃木英武先生，与我国企业经营咨询人员一起，对哈尔滨铅笔厂等企业进行了历时15天的咨询诊断，收到良好的效果。本文将介绍这次企业经营管理诊断的几个特别技巧和方法，供经营管理工作者研究参考。

对比调查找差距

哈尔滨铅笔厂生产的“天坛”牌铅笔，驰名中外，畅销世界47个国家和地区，供不应求。在这种情况下，怎样进一步寻找差距，提高质量呢?在日本专家指导下，这个厂改变了过去征求意见的老办法，进行了一场有趣的市场购买意愿对比调查测评。

咨询专家将该厂生产的“天坛”牌铅笔和上海生产的“长城”牌铅笔分别命名为一、二两个组，除掉商标，分发给111名被调查者，同时发给每人一张调查表，分10个质量项目，对两组铅笔进行使用前和使用后的对比调查测验。实际使用对比调查的结果，使该厂领导和职工大吃一惊。使用铅笔前，愿购“天坛”牌铅笔者占多数，是“长城”牌铅笔的141%；使用铅笔后，情况突变，愿购“天

---

* 本文原载新华社1981年11月9日《经济参考报》，系作者随同日本生产性本部经营管理咨询专家武内忠男等在哈尔滨进行企业咨询诊断后所撰写。

坛”牌铅笔者人数大减，只有“长城”牌铅笔的50%。

为什么顾客测评以后，购买“天坛”牌铅笔的消费欲望会发生如此之大的变化呢？对比调查项目的答案统计分析表明：“天坛”牌铅笔的图案漂亮美观，颜色鲜艳，所用木材质地好，外观形象上乘，使用前很受消费者的欢迎。但是，由于内在的质量问题，铅芯的滑度和硬度不如“长城”牌铅笔好，所以，使用后对消费者购买的吸引力就大大降低。

对比调查像一面镜子，详尽地反映出哈尔滨“天坛”牌铅笔，同上海“长城”牌铅笔相比，在外观质量和内在质量上的优点和弱点所在。目前，该厂的领导和职工正在积极落实日本专家咨询诊断时提出的10条重要措施建议，改进生产技术和操作工艺，争取使产品质量能更上一层楼。

瞬时观测挖潜力

多年来，该厂生产铅笔所使用的固定橡皮头的铝套一直不能自给，每年大约需要从上海等地购进5000万只。娇气的铝套很薄怕压，只能用飞机空运，运输费用非常昂贵，生产成本增加不少，全年要多花十多万元，相当于全厂职工两个半月的工资。多年来人们对此习以为常，从未认真算过这笔经济账。

在企业咨询诊断中，日本专家通过车间作业现场的反复调查发现：一方面该厂生产铅笔装橡皮头用的铝套不能够自给，每年需要从上海等地大量外购；另一方面，本厂铝套生产设备的利用率却很低。因此，咨询专家组织了对铝套车间生产的瞬时观测。通过对14台套设备的62次观测，取得了868个数据，测定设备的开工率只有37.2%—57.5%。观测取得的数据确切说明，铝套车间的生产潜力很大，只要合理安排生产作业，适当提高生产设备的开工率，增加生产，铝套的产量完全可以满足需要，并且可以大大降低铝套生产加工的成本开支，提高企业的经济效益。现在该厂正在积极落实日本专家提出的改善方案，为明年铝套的自给做准备。

跟踪试验降消耗

该厂木材消耗率一直高于国家标准。怎样才能使木材消耗率迅速降下来呢？这是一个比较复杂的问题。因为从大圆木加工成细小的铅笔杆，要经过许多道工序。要降低木材的消耗率，必须逐一弄清每道工序的实际损失率是多少，才能有计划地控制各道工序的消耗指标。

日本专家运用技术手段，在木材加工车间组织了跟踪试验生产，方法是将0.66立方米木材投入生产，对开解、切板、分级分支、烤板、刨糟、成品等工序，进行跟踪计量，算出每道工序的损耗率，从而准确地找出了木材消耗高的原因，有的放矢，提出了68条改进措施。经过初步改进，这个厂从9月份起，木材消耗率已经降低到国家标准之下，木材加工车间开解合格率从70%提高到81%，烤板损失率从3.6%降低到2.4%，每万支铅笔的木材消耗从0.31立方米下降为0.269立方米，仅这个车间，每年就可以为国家节约价值1万多元的木材。

动作分析寻捷径

该厂有9台印花机，每台机器有123个油孔，每天固定一人给这9台机器的上千个油孔加油。过去，浇油工没有固定加油路线，凭感觉随意走动。在咨询诊断中，日本专家通过动作分析，发现浇油工重复走动，很不合理，就组织人绘制出印花机油孔分布图，标出浇油工的巡回走动路线。之后，专家们用红笔在图上标出最佳巡回走动路线，拿给浇油工看，工人高兴地说："按照这条巡回走动路线，能少走许多路，一年起码少穿两双鞋。"经过现场浇油工的实践，按照咨询专家设计的科学合理的路线给机器注油，不但防止了油孔漏浇，加强了设备的保养，而且大大减少了工人行走的路程，减轻了劳动强度。

后　记

这里报道的只是哈尔滨铅笔厂管理咨询诊断的几个小插曲。其实，日本咨询专家在这个厂咨询的内容，比本文的介绍丰富广泛得多。这次咨询诊断涉及企业管理的各个环节，从生产管理到财务管理，从思想观念到市场营销，从企业现状到发展趋势，日本专家都进行了系统周密的调查研究和咨询诊断，提出了解决方案。这次诊断注重现场调查和数据分析，尽量把复杂的管理问题数据化、图表化，具体形象生动，使人一目了然，有说服力，很受领导和职工的欢迎。

经过这次诊断实践，哈尔滨铅笔厂的领导、管理人员和职工群众，以及省、市政府有关方面人员都认为，日本企业咨询诊断是现代管理科学与大工业生产实践相结合的产物，咨询诊断的技法是科学有效的，很值得我国吸取和推广。在我国开展企业咨询诊断，对于改变企业经营管理的落后状况，从实际出发，学习运用外国先进管理经验，提高企业经济效益具有重要意义。

积极开展企业咨询试点工作*

新华社讯 1981年4月总理在国务院办公会议上提出："中国企业管理协会可以搞咨询公司。"这一建议有力地推动了企协正在全国开展的咨询试点工作。

该会从1980年开始着手组织我国的企业管理咨询工作。一是抓企业咨询人才培训，二是抓企业咨询试点工作。该会先后邀请日本生产性本部50名专家来华连续举办"企业经营咨询"讲座，组织企业咨询试点，为全国各地培训了300多名咨询人员；同时还先后派出40名年富力强、有专业知识和实践经验的管理干部赴日本学习咨询诊断。两年来，该会与北京、天津、安徽、黑龙江、江苏等省市政府主管部门合作，对轻工、纺织、电子、机械、仪表等行业的15家企业进行了管理咨询试点。这些试点大多数是由中日双方咨询专家合作进行的，由于重视现场调查和数据分析，方法先进，因此对生产现场和经营管理中存在的问题抓得比较准，改进措施提得比较符合实际，体现了国际先进管理经验与我国企业管理实践相结合的特色。大家认为，这是普及现代化管理知识，改善经营管理，挖掘企业生产潜力，提高经济效益的有效方法；是促进主管部门转变作风，深入实际的有效措施；是整顿企业和增强企业素质的重要手段。

目前，我国拥有近40万个国有工业企业、5000亿元固定资产，基础力量雄厚。但是，由于历史的原因，造成管理水平和技术装备落后，生产效率低，经济效益差。特别是中小企业缺乏管理人才，因此迫切需要培养和造就一支高素质的咨询专业队伍，深入企业，具体指导企业改善经营管理。

去年以来，不少地方政府和企业，纷纷上门要求该会帮助培训咨询人才和开展咨询试点。为此，中国企业管理协会正在筹备成立中国企业管理咨询公司，计划在总结咨询服务试点经验的基础上，进一步在更大范围开展企业咨询工作。

---

*从1980年起，在国家经济委员会主任袁宝华的倡导下，中国企业管理协会率先引进日本企业诊断，结合我国实际开展管理咨询，同时派出2000多名中青年企业领导赴日本、欧洲学习现代化管理，为我国改革开放和经济建设培养了一批优秀领导骨干。本文系作者所写汇报，原载新华通讯社1982年2月7日《内部动态》和有关报刊。

西方企业组织结构*

最近荷兰威茨玛博士访问中国企业管理协会，围绕企业组织结构等问题，同国家经济委员会领导同志进行了座谈交流，有不少意见值得参考。

高效率与灵活性

组织机构的高效率与灵活性，是西方国家组建新公司时，首先要考虑的两个不同的出发点。

如果考虑组织结构的管理效率，一般应特别注意生产过程管理组织形式，组织机构越标准化、越专业化越好。这是一种职能型的组织结构。然而，专业化程度高会出现两方面的弊端：一是会造成互相之间合作的困难，规章制度多起来、细起来，容易产生僵化，主观上想提高效率，实际结果反而降低了；二是各专业机构成了“独立王国”，彼此之间不考虑相互间的联系，眼界变窄，只注意自己的部分，使自己变得越重要越好，最后变成了僵化的官僚性质机构。

如果强调组织的灵活性，使组织机构有较强的适应性，注意力就应该放在总成果上，减少专业化程度，更多地考虑最终的目标和市场。这样的组织机构灵活性强，是一种目标型的结构。

需要指出的是，如果机构属于职能型，发展到一定阶段，企业组织就要随着外界环境、产品市场等的变化进行调整，或按产品、或按地域重新划分。这样职能型组织结构，又会变成另外的一种组织结构。例如，由于技术发展，竞争加剧，荷兰的邮电公司，为了提高效率，增强竞争力，把邮政部门变为邮政局、电信部门变成电信公司。当然，大公司与小公司各有各的好处，有时候还会根据情况再变回来，但无论怎样变化，都应考虑到有利和不利的方面。要使企业组织机

---

*本文原载1987年《企业管理内参》创刊号，系作者与中国企业信息交流中心副主任张军合写。作者时任中国企业管理协会副理事长兼中国企业信息交流中心主任。

构适应市场和技术的变化，就要做到，市场发生变化，产品马上变，经营组织结构也要跟着变。

层次与矩阵型结构

一般说来，企业组织结构层次多，会影响组织机构运行的有效性。层次多，各层都要显示其重要性，相互之间就会有不同的看法或争执，再加上层层都想按照自己的需要来解释统一的决策，从而会使得组织机构的效率变得很低；层次多，上下不易沟通，信息传递缓慢，互不通气，高层领导人了解下情很少，很难恰当解决基层的问题，也无法控制整个企业的运行。这样的组织结构使企业无法统一进行协调。

矩阵型结构，从理论上看很好，但具体实行很难，只有在特殊条件下才能实现。企业总体上不可能有矩阵型组织结构，但是在某个项目、某个局部、某个综合性问题上，有可能组成这样的结构。西方国家的设计、咨询公司一般都是矩阵型组织结构，依照项目来工作，是任务型、目标型的，只要目标和任务一致，这种组织形式是有效的。但前提是工作人员要有能力应对多变的环境。由于环境和任务不断变化，所以，需要有很高的专业水平和良好的团队合作精神，具有共同的奋斗目标，以及一定的独立性，工作才能有成效。

以前，企业与企业的供应关系，基本上是按市场供求关系签订合同，现在发展成在保证长期稳定供应基础上建立长期伙伴关系。这个趋势在欧洲发展较慢，在日本较快。日本大企业通过与供应商建立伙伴关系，减少了库存量，减少了质量控制问题，取得了成功。欧洲人目前也朝这个方向发展。日本公司组织模式，是大公司站在中央，周围一大圈中小企业。这种模式也有不利的一面，即大企业倒闭，中小企业跟随着倒闭；大企业需要变化，中小企业也跟着变。

跨国公司的财权与人权

跨国公司的财权是相当集中的，因为一般的财务都是标准化的，否则便无法统一和控制。荷兰菲利浦公司的财权由总公司直接掌握，国外分公司也同样照此办法执行。分公司会计直接面对总公司，财会人员直接向总公司汇报。由于菲利浦公司的产品是消费品性质的，所以，市场条件显得特别重要。不同的市场，有不同的消费需求。这些重要问题必须由总公司来决定；重大问题作决策之前，由总公司和分公司双方进行调查。

西方公司在财权上基本是垂直型关系，采取直接控制的方式来领导。在人事权上，西方企业一般是采取较分散的，一级控制一级的办法。如荷兰菲利浦公司，只是下发一个总的指导性文件来管理人事。而舍尔公司在人事上却另有一套，规定子公司的经理不能长时间在一个地方工作，而且在签订聘用合同时，就明文规定必须同意工作几年后易地调整的条件，在选拔提任时还必须要有在第三世界国家工作的经历。在工作中还要经常地从一个国家换到另一个国家，防止经理人员把自己管辖的小天地变成“独立王国”。这种变换工作地点的概念，是一种典型的西方概念。它强调的是任务型，而不是关系型。日本人在这方面下了很大的工夫，两者兼顾，从而开拓了市场。总之，西方公司的人事权要比财权分散，有时过多地注重工作任务，而忽视人际关系。

董事会与总经理

西方企业管理组织结构变动的决策，从一个公司来说，可以由董事会讨论决定，但是在执行中，总经理可以进行修正，董事会也可以授权总经理执行。实际上董事会在组织结构的改变等问题上管得不多。董事会主要是负责同外界的关系，即与政府的关系和与其他公司的关系。董事会一般不参与调整企业内部组织结构的决定，但是，董事会有权决定对不合格的总经理进行撤换。菲利浦公司规定了总经理的任职期限。

工会的作用

在西方大企业中工会的情况各不相同。西德政府在法律上规定，大企业工人委员会要有一定数量的职工代表和一定数量的管理人员参加。在英国，工会和资方的矛盾非常严重，它的工作是分散型的，很少为工业的发展提出建议，只是在工资问题上和老板讨价还价，进行激烈的争执。法国就不一样，它的等级界线很清楚，整个公司金字塔形组织结构很明显，贫富差异大，内部矛盾大，宗教信仰划分得很厉害，工会与资方争执很多，主要表现在工资和福利上。在荷兰，工会有全国性的组织，它们考虑的是企业怎样在竞争的环境中站住脚，工作上更多地取代一些管理人员所负的责任。企业经理要听取工会的意见，做什么事，要告诉工会，互相讨论，目的是使大家和谐地工作。工会作为一个党派可以参加选举，发表意见。荷兰国家经济委员会内有 1/3 的委员来自工会的头面人物。

跨国公司的人力资源开发*

在美中关系委员会安排下，中国经济工作代表团访问了国际商用机器公司（IBM）、通用电器公司(GE)和化学银行（注：化学银行1996年与美国大通银行合并）等机构，对企业管理教育和人力资源开发进行了较为深入的考察。

迎接未来的挑战

化学银行是美国第六大银行，拥有资产570亿美元，在许多国家和地区设有分支机构，职工近两万人，去年盈利3.9亿美元。该行重视人力资源开发，把人力资源作为最重要的资源。在人力资源中，又把管理人员作为核心资源。在组织机构上，专门设立了人力资源部，由一名高级副总裁领导。在经费开支上，不是把培训当作一种额外的消耗，而是作为一项重要的战略性投资，每年拨出净利润的5%，作为培训经费，开展全员培训。

两年前化学银行对未来国际金融业趋势进行了预测，估计今后银行业竞争会更加激烈复杂，经营环境会发生较大的波动，业务会出现不稳定性，优秀的专业人员可能向外流动，雇员数量将有所裁减。要适应这种巨大变化，必须不断提高雇员的管理技能和业务技能，增强银行的竞争力。

从上述人才需求预测出发，该行做出两项重大决策。一是利用计算机等先进技术设备手段，向客户提供热情、周到、忠诚的服务；二是加强人力资源开发，培养造就一批能够对未来的挑战与发展机会做出灵敏反应，具有竞争力、创造力的人才。为了在上述两方面保持其在国际金融市场上的领先地位，该行制定了人才资源模型，根据业务发展和适应环境变化的需要对职工进行培训。

---

*本文原载1987年《企业管理内参》第9期和企业管理出版社《访美考察报告》一书，系作者参加国家经济委员会访美代表团后，为报送国务院的考察报告《美国企业管理培训考察及建议》所撰写的附件。

一 分层次地培训职工

化学银行的雇员培训，大致分为三个层次进行。第一层是对新参加工作的大学本科和硕士、博士毕业生进行业务技能培训；第二层是对部门管理人员进行管理技能培训；第三层是对高级经理人员进行专题培训。新人必须经过培训考核才能够上岗工作，半年之后，还要对是否能胜任本职工作做出评定。工作三四年后，要进一步评定工作态度、工作成绩，决定是否继续留在原工作岗位上，还是晋升到管理层工作。大约八九年之后，再考虑可否担任负责工作。该行对职工培训建立了详尽完整的档案材料。人力资源部门定期收集各部门对管理人员的评定意见，整理储存到计算机信息系统，随时可以查询。

二 专业技能训练

专业技能训练是由化学银行总部和下属部门共同负责，以部门为主进行的。化学银行总部培训机构，每年直接吸收150—175人参加专业技能培训，其中85%是新毕业的学士或硕士，还有15%是银行内部需要调整到新岗位工作的有经验的人员。同时各部门也都对新雇用人员进行专业技术训练。

化学银行各部门对雇员采取不同的训练模式。资本市场部门和银行业务部门每年大约吸收70多个新毕业的管理硕士，对他们进行为期三年的培训计划，采取课堂教学和实际岗位定期调换的办法进行专业技能培训，使之掌握业务工作的各个侧面。对于内部有经验的人员，由他们自己对需要培训的科目提出申请，同上级商量，经批准后列入训练计划，但培训期限短一些。最近开办了有400人参加的银行信贷员培训班，课程分为必修课和选修课。新雇员必须全脱产参加为期7个月的信贷分析课程学习，结合分析信贷案例。同时学习信贷业务和贷款合同等法律文件的起草。工商管理硕士脱产课程可以压缩为20个星期，主要学习会计等课程。20个星期之后，进行信贷案例教学分析。工商管理博士培训时间就更短些。但是银行案例、银行信贷分析等10个星期的课程是必修的。选修课根据本人岗位需要和愿望进行选修。这个阶段是进行在职培训，要接受更复杂的银行信贷分析和管理技能训练，使信贷员善于对信贷市场做出正确的分析，从银行利益出发，决定是否对客户提供信贷，以及怎样向客户提供信贷对银行更为有利。同时还要选修外汇业务等课程。在进行上述培训之后，还要接受两个星期的高级银行金融业务训练。通过这个训练，学会用什么样的方法筹措资金和满足客户对资金的需要。还要使信贷员了解政府的法律和工会的有关规定，学会按照政府法律及有关方面的规定，正确处理信贷业务工作。

三 管理技能培训

部门选派人员参加总行组织的管理技能训练。管理技能训练内容包括：

（一）业务管理课程。这门课程的主要内容是向企业管理人员提供咨询，解答问题，教他们学会管理。对于新提拔的管理人员，30天内按规定要参加这门课程学习。对管理人员进行定向培养，做什么学什么。学习内容包括成本管理、社交技能、谈判技能、文书写作技能、销售服务技能等等。

（二）管理应用课程。这门课程主要内容是讲授新晋升的管理人员应该如何解决岗位工作遇到的困难。工作6个月以后，还要再接受这门必修课训练，帮助他们实现从一般工作人员向管理负责人的过渡。

（三）各种选修课程。例如时间管理、人员管理等，培训时间长短没有固定要求，主要是帮助各级管理人员学会如何向下级授权，如何做表现不良的下属人员的工作，如何挑选新雇员等等。根据需要由本人选修。化学银行总裁认为，最重要的资产是人力资源。所以课程设置都以人力资源管理为中心。目前化学银行根据市场竞争需要，正准备开设应急计划等新课程。

四 高级管理人员培训

化学银行对副总裁以上的高级管理人员和副总裁后备人员，设立了特别训练项目，推行每年为期3个星期的训练计划，方法是与哈佛大学工商学院联合举办高级执行主管人员研讨会，讨论关系银行长远发展规划方面的重大战略问题。当前正在讨论研究怎样使化学银行的管理信息系统发展到最佳程度。

人力资源开发

美国通用电器公司是全球性的跨国公司，现有职工40万人，其中专业技术人员和管理人员10万人，该公司在总部所在地费尔德拉市设有一所培训中心，拥有教职员工125人，及一批兼职教师，配备有现代化的计算机教学设备，每年划拨经费1500万美元。该中心以短期培训为主，每年大约培训5000人，此外还组织到公司外培训5000人。培训中心成立以来，已经对十多万名职工进行了培训。

一 进入公司先受培训

通用电器公司每年大约新雇用员工5000人，其中新毕业的大学生2000人，有实际工作经验的3000人。这些人背景不同，有的是新毕业的大学生，有的是经验丰富的技术人员、管理人员，根据每个人的具体情况，确定培训的内容和时间。对新的大学生雇员一般安排两三年的受训期，由总公司统一组织综合培训，采取实践和培训结合的方法。一方面全公司设立了六七种不同类型的培训项目，按照每个人工作岗位性质的不同，接受不同种类的训练。另一方面将受训人员的工作岗位调换两三次，使之学用结合，取得比较广泛的工作经验。大学毕业生接受两三年的训练后才算正式雇员，分配工作。分配后，各部门还要对他们进行特有的专业技术训练，使之对本部门的技术有深入了解。

二 晋升职务必须进行培训

依照职务高低，该公司推行五个层次的培训。如果一个雇员能够终生为公司服务，随着职务的上升，除了参加各部门、各分公司的培训之外，还需要到总公司培训中心接受下述五个层次的训练。一是新进公司；二是新任初级经理；三是晋升为部门领导；四是被挑选为600名高级管理人员预选对象；五是担任600名高级管理人员以后。经理人员除了在总公司接受培训外，回到部门还要定期参加每年两三个星期的技术训练，使之既能从事管理工作，又能不断了解新技术。

三 培训选拔高级管理人员

根据人事部门的考察，对于可能被挑选担任公司高级总裁职务的600名有发展潜力的高级经理人员，专门由总公司培训中心重点进行为期五年（总计15个星期）的特殊培训，开设四五个科目课程，每个科目学习三四个星期，主要是进行领导能力、财务成本利润、经营风险控制、市场营销和竞争策略等训练，以及公司经营哲学、文化传统教育，并讨论一些世界经济方面的重要问题。教学采取模拟教学和案例教学法，通过创造性地讨论，交换意见，提高分析判断和决策能力，而不是去寻找现成的答案。

四 主要在实际岗位上进行培训

该公司职业培训部门认为，雇员的能力发展80%是在工作中、20%是在课堂上，因此80%培训活动结合工作进行。

五 公司培训和部门培训相结合

该公司经营范围很广，专业广泛复杂，从飞机发动机到医疗器械都有，每年仅新任命的经理就有1000名，因此采取公司和部门结合的体制进行培训。80%的专业技术训练活动由部门根据公司总体计划分别组织，20%的培训活动，主要是领导能力的培训由公司统一组织。

六 重视对新学知识的实际运用

该公司培训中心教学人员，40%从内部聘请，60%从大学和咨询公司聘请。但是课程设置、教学计划，都从实际出发，采取与大学不同的训练程序。对学员不进行书面测验。他们认为：学员到培训中心学习，不是为了得到测验分数，而是为了提高解决问题的能力。学习好坏最准确的测验是工作岗位的表现。

七 由学员来评价训练的效果

训练方法是否正确，训练对学员是否真正有用，学员最有发言权，应当由学员来进行鉴定评价。每天学习结束后，培训机构负责人都要请学员填写教学评定表，评定教员的讲课和训练的价值，回答受到的训练是否有用，是否有价值等等。最后由课程管理人员把学员的各种意见综合起来，与教授和培训中心负责人共同分析，研究课程安排、授课内容、教学方法应做些什么改进等等。学员受训结束，回单位工作6个月之后，培训中心进行教学效果问卷调查，包括培训之后工作上是否有所创新？业务有哪些改进？根据半年的工作实践，现在对接受的培训课程有何意见和评价？受培训获得的成果，自己的上级、下级和同事们是否接受？培训中心在教学效果调查的基础上，不断改进教学组织和课程内容。

经理人员管理制度

IBM公司是世界最大的计算机制造销售商，拥有资产520亿美元，职工40万人，产品销售到130多个国家和地区，在42个国家有生产厂、29个国家有研发机构，目前年销售额500多亿美元、利润60多亿美元。IBM公司从事高新技术产品生产，因此十分重视职工培训。在纽约总公司有一所中高级经理人员培训中心。该公司副总裁自豪地说，15年来，IBM公司不受外界经济兴衰的影响，坚持不懈地培训高级经理人员，这就是IBM公司成功的秘诀。IBM公司作为一个庞大的全球性的跨国公司，培训工作是分级进行的，总公司主要负责培训经理人员。

一 初、中级经理的培训

初级经理人员培训。当雇员被任命为初级经理时，先由所在地区的部门进行定向培训，之后不论在任何国家或地区工作，30天内必须集中到纽约总公司培训中心训练一个星期，主要是接受综合性的、公司统一安排的训练。然后回到所在地区工作。每年还要接受所在地区公司40小时的培训，其中32小时用于训练经理人员的管理能力。

中级经理人员的培训。新任命的中级经理由所在地区的部门进行定向培养之后，不论在任何国家和地区工作，90天内必须集中到纽约总公司培训中心接受为期一个星期的训练，主要是明确自己的责任和了解如何处理上下级关系等。回到

本地区之后，还要接受所在地区公司每年40小时的训练。中级经理人员分别在任职5年或10年之后，再集中到纽约总公司培训中心接受第二次、第三次的培训。回到本地区以后，仍要继续接受所在地区公司每年40小时的培训。

二 高级经理人员的培训

高级经理人员培训班每年举办7期，每期20天。参加对象是1500名高级经理人员或一年内可以晋升为高级经理的人员。国际高级经理人员培训班每年举办一期，每期2个星期。由总裁从国内和国外各挑选10名高级经理参加。高级经

理座谈会每年举办四次，每次一星期，邀请60名任职5年以上的高级经理参加，讨论经营、销售、生产、技术等方面的重大问题和国际性问题。

高级经理训练以领导能力为中心，着重提高经理人员的管理能力、领导能力、交往能力。IBM公司培训中心30名教员，有29名担任过中高级经理，具有丰富的实践经验和理论知识，因此讲课不是纸上谈兵，而是理论联系实际。

三 培训与选拔高级经理相结合

IBM公司培训的一个重要特点是把培训与选拔高级经理结合起来，特别注意培养跨地区、跨部门、跨专业工作的通才。他们认为：培训中心的任务就是要善于发现和培养有潜力的领导型人才，始终保持公司在全球各地随时有足够的高级经理后备干部。

为此IBM公司建立了三种较为完备并经常进行更新的个人档案系统。一是每个职工的档案；二是逐层推荐的5000名有发展潜力的人才的培训档案；三是能够担任高级经理的后备干部的登记表。这些档案登记表比较详细，不仅记录了个人的学历、工作经历、晋升情况、上司的评语，还有个人在公司内外接受过哪些培训，还需要参加哪些培训，同时按照实际情况，估计什么时间可以担任什么职务，以及提升职务的极限等，从而有计划、有步骤地对这些人进行定向培养。

1994年中国企业家协会会长袁宝华、常务副理事长张重庆（左二）、副理事长李东江，劳动人事部常务副部长焦善民会见日本国际营销大师夏目志郎

美国技术创新战略及其启示*

近年来美国大企业兴起技术创新战略，小型高科技研发公司与大集团内部研发机构日益趋向结合，企业获取新技术的渠道越来越广。随着企业内部研发机构下放权力，以及从外部获得新技术成果的显著增加，企业技术创新战略正在发生新的重大变化。

现代企业技术创新战略的出现，将永远改变传统企业战略管理的面貌。但是，人们真正认识到企业技术创新战略的重要性，还是最近几年。过去，在企业战略管理的思想研究和实践中，很少有人把技术创新看成是综合战略的必要组成部份。技术创新战略的出现，展示了现代企业战略管理的一个重要的新领域。

技术创新战略的内涵

传统观念认为，技术创新与管理实践，包括战略管理，两者是无关的。今天，作为创新管理研究，对技术创新过程研究已经很深入，技术创新被看作是决定产品寿命周期的关键性因素。现代企业技术创新是一种复杂的活动过程。他是一个由不同的部份、不同的参加者、复杂的演变模式和信息反馈渠道，以及冗长的时间组成的过程。“市场吸引力”和“用户需求”是技术创新的动力源泉。

企业技术创新战略研究重点，是管理者在有效推进技术创新中所发挥的重要作用。“技术”和“战略”是两个意义较为含糊的概念。“技术”可以理解成：创造、生产更好的产品和提供更优的服务，而能够重复进行的方法和能力。“战略”的定义很多，但是，一般认为战略包括：“现在与将来”、“内部与外部因素的考量”、“正规与非正规的管理实践”等相互作用的因素及其选择比较。第二次世界大战后相当长时期，美国的技术创新与全局性战略是相互分开的两个活动领域。

---

*本文原载1987年企业管理出版社《访美考察报告》一书，系作者参加国家经济委员会访美代表团后所撰写《美国对华技术转让政策考察及建议》的附件。

工业技术活力的关键在于企业技术创新所发挥的推动作用，以及小型高技术公司创新与大型公司创新的相互作用。企业管理部门是执行技术创新战略的重要基础，是技术创新活动所依靠的组织机构，为完成技术创新任务分配资源，制定保证实现战略方针的技术资源开发和供给计划。企业技术创新战略与企业的其他功能性战略有紧密关系，包括销售、制造、资金及劳动力资源，以及建立企业间最佳协同关系、延长或转变产品的寿命周期或为联合创造机会等。

推动技术创新战略的历史力量

意识到技术创新是每个公司决策层领导应考虑的战略问题，是在20世纪80年代。当时至少有五种历史力量的聚合，将技术创新推到了显著的战略位置。

第一种力量，传统战略规划的弊病

20世纪70年代是战略规划的黄金时代，各公司都配备战略规划人员、信息网络和研究机构，并且在一定程度上，战略规划的重心由先前那种强调领导、人际关系、经验及洞察力的传统战略管理，转移到了似乎更为严格、客观、正规的，与战略计划相关的技术标准上。外国竞争者广泛聘用战略规划人员明显地获得成功。但是由于国际市场竞争的加剧，在这种情况下人们对从前与战略规划有关的种种设想，例如大的市场份额的好处，又产生了疑问，战略规划变成成了被攻击的对象，人们越来越把它看成是一项成本费用极高的管理工作。

第二种力量，高技术的小型公司

在仪表、半导体、计算机等技术性强的行业，大批企业取得成功，还有一批致富的成功典型，他们既不靠战略规划人员，也不靠行业研究创新组织，而是靠冒险精神、技术尖子和企业家的工作，非正规和灵活的组织，以及对市场变化的迅速反应。有些大公司，如惠普和3M公司，已成功地将这些特点融入自己的管理系统。其他大公司也准备这样做。这种对技术创新的新组织方法的推崇，提高了技术决策的位置，使之达到战略的高度。

第三种力量，美国公司的外国竞争对手

竞争对手对技术创新高度重视，尤其是日本在国家发展战略中把技术创新摆在核心位置。日本通产省认为，日本的前途在于高附加值工业的技术创新。20世纪70年代后期日本通产省成功地组织完成了超大规模集成电路工程，使工业水平大为提高，由仿制发展到创新。80年代初期日本在技术性很强的世界性行业中，如机器人、集成电路、计算机、无线通信、陶瓷业取得巨大成功，促使美国公司把技术创新提到战略的地位。

第四种力量，生产制造业地位的提高

由于生产制造业的重要性和地位的提高，使技术创新战略的作用更为突出。六七十年代美国制造业的竞争力减弱，主要原因之一是美国对制造业的重视程度下降，制造业日益变成公司的辅助业务。由于外国对手的竞争，生产制造业的重要战略意义凸显，性能好、质量好、效率高、工艺先进的设备和技术越来越受到人们的重视。此外电子信息技术应用在生产制造业领域，为制造业再次注入了新的活力，使传统的经验曲线及生产管理的概念发生改变，同时也使人们再次发现机械制造业是一种重要的战略武器。

第五种力量，战略管理、技术管理研究的力量

在战略管理领域和技术领域，尽管以战略计划为代表的正规的专家管理的方法是成功的，但传统的战略管理仍然没有完全消失。20世纪70年代末，当传统的战略规划的弱点越来越明显时，人们再次看到了传统战略管理方法的一些弊端，而且新的研究成果也证明了这一点。所有现代企业战略管理的思想都强调技术创新的极端重要性。实践也证明，技术创新对于企业发展至关重要。因此人们开始对技术创新领域内传统的条块分割和狭窄的专业划分产生不满，呼吁技术主管领导应进行公司级合成，这种合成带有战略性的发展趋势。

到20世纪80年代初，这5种历史力量的全部影响，包括对战略规划的消极反应，高技术小公司的成功，国外对手的激烈竞争，特别是日本公司竞争的加剧，技术研究与开发的重要性凸显，使技术创新战略的地位迅速提高。技术创新战略已经变成公司的日常管理工作的重要内容。

技术创新战略的主要特征

这种出现在80年代初，称为技术创新战略的现象的主要特征是什么呢？要了解当前以技术创新战略的兴起为标志的转变的重要意义，必须回顾历史。

事实上，私人企业技术创新的两种较早的形式：小型高技术开发企业与大型公司的研究开发，已有过战略混合。大约在70年代，美国私人企业技术创新，大体是由以下两种组织形式或比较理想的组织形式构成：（一）技术开发型的小公司；（二）大型公司内部的研究与开发组织。

高技术开发型的小公司可以恰当地称为创新的硅谷模型。它代表的是美国企业史上的一个新现象，受过高度训练和良好教育的技术创新型企业家，从20世纪50年代至70年代，在高质量大学聚集地区，例如，加州的硅谷、波士顿的128号公路、北卡罗来纳州的科研三角区、新泽西州普林斯顿附近的一号公路等地创办了大批高技术开发型小公司。

这些小公司的重要特征是：业务一般只负责单一狭窄的或集中的技术领域；组织规模小、非正规、灵活性强；技术尖子为公司负责人；具有冒险精神。技术开发型小公司也有明显的弱点：缺少基本的企业技能；创建人的人品可能起到巨大的，有时是消极的作用；缺乏各种资源、硬件的支持，依靠的是单一的技术和产品市场。

与技术开发型小公司同时存在的，是大公司内部研发组织及传统技术创新体系。大公司内部研发组织是多部门、多产品和多市场的，即使在技术战略创新决策确定后，仍然有许多复杂的内部协调工作要做，包括技术资源分配、工程监测与技术评价、合理的机构设计与创新、位置确定、技术交流及早期研究开发组织工作、开发工作与业务处之间的关系等等。由于传统的大公司的研发组织存在突出的弱点，是缺少高技术开发型小公司的那种起决定性作用的企业家冒险精神，因此，在大公司培养冒险精神，是实施现代技术创新战略需要提出的重要任务。

技术创新的界限正在逐步消失

到20世纪80年代初，随着技术变得越来越有战略性，私人企业技术创新活动的两种主要形式，即小公司技术创新与大公司内部技术创新之间的界限开始消失。这些原来泾渭分明的两种形式的混合是现代技术战略的主要特征。高技术开发型小公司在实践中变得越来越专业化，他们了解资金市场，能与大公司进行有效的谈判。与此同时，大公司也想在内部建立高技术开发型小机构。改变以往那种分隔状态，经过初步的混合，形成了美国公司现代技术创新战略雏形。

技术性强的大型公司制定技术创新战略决策，一般需要从竞争与合作（竞争性战略）、内部与外部创新（范围）、传统研究创新组织与权力分散的小型企业创新（结构）等方面找出多种选择方案，这是制定技术创新战略的一项主要任务，但在实践中往往难以做出简单的选择。

最近通过对大公司数据研究发现，高技术企业有许多不同的种类。经过对行业种类的分析，发现在纵向联合部门之间、共用设施及共有市场方面，有一组复杂的成功模式。这组模式表明：成功与高技术的企业种类有关，与衡量成功的标准（市场占有率）及结构有关。很明显，为了给技术战略设计一个合理的结构，使之更有效，不仅需要通过分析、比较，选择有关行业研究创新的主导力量，以及拥有研究开发自主权，富有冒险精神的企业，还涉及到许多其他方面。

技术创新将改变生产制造业的夕阳地位

美国机械制造业在技术开发和企业发展史上起过重要的作用。19世纪后期机械制造业是美国工业技术发展的决定性环节，到20世纪中期机械制造业发展到成熟阶段，失去了早期所具有的大部分技术活力和重要性。第二次世界大战后，直到1980年，从技术战略观点看，机械制造业失去了昔日的辉煌。

机械制造业在美国是一个小行业，1982年仅占国民生产总产值的0.12%、就业人数仅占0.1%。传统的美国机械制造企业一直是规模小、结构紧凑、生产范围狭窄的公司。该行业的生产并不是高度集中的，1977年四个最大公司的销售量仅占行业销售量的22%。1982年美国机械制造业的技术创新费用降低到1975年的水平，国际市场占有率从1968年的25%降低到20%。1973年至1981年美国机械制造业的增长率和生产率落后于耐用消费品的生产。因此美国机械制造业似乎成了典型的夕阳行业，在世界市场竞争中无法追赶国际机械制造业的新技术，利润日趋减少，市场逐步丢失。除了机器人领域之外，在其他方面也没有重大的技术创新。甚至在机器人制造方面大部分领先的技术也都属于日本公司。

机械制造业在20世纪70年代，几乎没有早期个人计算机行业在“第二次浪潮”中所显示出来的那种蓬勃的创造性，以及专业技术创新的小公司与大公司内部创新之间的重要的相互推动作用。美国机械制造业的这种停滞不前的状况，恰好被世界各国的竞争者所利用。但是，对于机械制造业的这种悲观看法，今天有重新认识的必要。如果将机械制造业的定义放宽一些，不只是金属加工和切削，而是将生产过程技术包括在内，那么这个行业正在经历重大的重新组合。软件、计算机辅助设计和计算机辅助制造、机器人系统的开发，以及工厂的完全自动化，将会把一个看来已“日落西山”的机械制造业，奇迹般地变成技术活力很强的行业。这个行业将具有一些现代高技术所显示出的技术战略新格局。

在机械制造业战略集团迅速扩大的同时，机器人行业吸引了更多的合作者，包括新出现的高技术小公司和大公司。通用、西屋及IBM公司加入机器人制造业战略集团，进行重点合作研究，就更加清楚地显示出这种发展趋势。

在1980年以前，美国机器人的技术开发是零碎的，仅限于几家公司，缺少关键投资者，缺少大公司和政府的支持。直到不久前，美国机器人行业实际上集中在几家小公司，与机械制造业一样处于技术创新停滞期，1982年只占有美国市场销售额的50%。80年代以前美国没有把技术创新放在首位，在关键技术上没有形成竞争力强、占有较大市场份额的大型企业。1980年形势起了变化，美国机器人制造业销售额不断增加，开始出现新的有强大生产制造技术能力的大型企业，以技术为基础的机器人制造业即将起飞。

从公司角度分析现代技术创新战略的兴起

依据美国500家公司的数据，挑选出几家，对其技术创新战略进行分析。这些公司1982年的技术创新费用都在8000万美元以上。假设这些公司现在都有庞大研究开发机构，而且也能从外部获得内部所没有的技术。这些公司内部研究开发能力达到要求后，也还需要从外部获得所需技术。在选择需要获得技术的外部公司时，选择标准侧重直接控制技术开发的公司。通过调查，了解这些公司是否已在使用并准备继续利用更多的技术战略去开发新技术，或更多地使用过去很少用的外部技术。目前，企业开发创新和获取新技术有两种方法：首先是在自有的工业研究与开发实验室，或在企业附属机构中逐步发展起来的新技术，即内部创新的结果；其次便是获取外部技术的方法。

通过抽样调查证实，20世纪70年代后期到80年代中期，技术创新的外部资源的重要性相对增加，而公司内部中央研究与创新实验室的重要性减弱。目前面向外部的方法和创新工作的种类猛增。许多人认为技术创新战略会得到加强，预计中央研究与创新实验室的相对重要性不会再减少，可能维持在现有水平，尽管组成联合经营体、领取专利许可证、为开发和获取技术而收购公司的相对重要性在增加。许多公司比较重视技术战略规划，包括确定在目前的技术力量条件下，公司可进入的新市场和新的销售渠道；确定用于目前主要生产线的研究与开发经费的额度；确定需要开发的新技术；确定开发和获取技术的方法。大多数公司总部有专人负责。技术创新已成为一项日益普遍的战略管理任务。

启　示

一　通过从历史的、概念性的论证和从行业及公司两个角度进行分析，可以看出，今天技术已成为推动产业、行业、企业发展的战略要素。在所有高技术行业中能促进技术创新的战略关系和技术研发机构，在企业发展中越来越起决定性作用。公司高层领导必须以某种形式参与技术战略的规划设计。

二　技术创新开发与获取成果的渠道多样化。技术创新开发与成果获取的方法渠道很多，大体可分为：机构内部的技术创新开发，机构外部的技术创新开发，或通过其他手段获得。进行内部开发可利用总部的技术创新组织和各处室的技术力量，也可进行内部开发试点或由子公司开发。外部开发可通过领取技术专利许可证，或签订合同进行，或建立联营企业，或收购技术开发公司，以便购买新技术。从发展趋势看，各公司已从实质上增加了对外部技术开发力量的利用。

三　在实施技术创新战略中竞争对手间的联合倾向在加强，原有的各种技术创新模式迅速混合。大多数以技术创新为基础的公司都在实际工作中以多级形式应用技术创新战略。近年来是使用面向外部的战略方法获取技术创新成果最多的历史时期。这种情况表明行业内部的联合增多，意味着把技术开发创新作为单纯商业竞争武器的程度越来越小。由于技术创新变得越来越普遍，竞争可能会从技术转向其他方面，比如销售、生产制造和服务等。很明显，自20世纪70年代中后期起，在技术创新战略领域，美国企业经历了一场巨大的实验、创造和发展变化的暴风雨。早期那种主要由私人企业进行单一领域的技术创新的形式已经不复存在。面对技术创新的热潮，现代技术创新战略会比20年前的技术创新和技术战略更趋多样化、复杂化。毫无疑问，技术创新战略仍将是企业战略管理不可缺少的基本组成部分。

出席第五届世界管理大会的中国代表团访问美国，张重庆团长与南京交通银行行长李一敬，长岭炼油集团常务副总经理周芳富，北京电讯局副局长王志钢，高级工程师李强、杨晓燕，燕山石化总公司动力事业部经理刘新建，深圳国税分局局长吴玉民，红塔集团李海英等访问美国中文电视台

哈佛大学肯尼迪政府学院*

哈佛大学肯尼迪行政管理学院是美国政府培养高级官员的摇篮，教学目标定位在通过不断的公共管理学术研究创新与教育培训，帮助政府公务员提高公共管理水平和工作效率。

肯尼迪政府学院创立于1935年，当时纽约州有一位众议员提供了一笔资助，建议在哈佛大学设立一个专门训练政府官员的学术研究机构，这就是肯尼迪政府学院的前身。

由于美国政府高级官员大多是经过选举产生出来的，他们并没有受过专门的公共管理训练，所以从30年代至60年代初，美国政府的高级官员几乎都要到肯尼迪政府学院学习一年，课程与大学行政管理课程基本相同。该学院从1969年起开始招收公共政策与公共管理硕士研究生，同时开设新课，使学员具备制定政府政策的知识与能力。

培养对象

学院根据政府行政管理工作的实际需要和学员任职角色的不同，设立了相应的专业培训课程。两年制公共政策硕士和公共管理硕士生，招收在大学担任过学生社团领导工作，在政府机构工作过一两年的人，着重培养分析问题的技能、制定公共政策的能力和领导才能。一年制公共管理硕士生，属于政府部门在职人员职业训练，要求有五年以上政府工作经验，由于这些人知识体系比较松散，所以，学院给他们提供一个学习环境，可以自由选课，还可以到别的学院听课。短期训练班时间长短不一，有一周、三周或更长的。参加人员主要有两种，一是各级政府机构的专职工作人员，他们已经是在本人从事的领域中工作了几十年的高级专

---

* 本文原载1987年企业管理出版社《访美考察报告》一书，系作者参加国家经济委员会访美代表团后，为报送国务院的考察报告所撰写的附件。

门人才，如科学家、工程师、经济学家、律师、财务专家或人事专家等，通过培训提高综合协调能力。二是政府新委任的公务人员，通过培训提高行政管理工作能力。

教学方式

教学方式最重要的特点是注重案例教学，课堂讲授与案例教学各占一半。在课堂讲授中，教员穿插案例分析。政府管理是综合性的领域，没有自然规律可循。学院的目标是培养具有综合管理协调能力的官员，采用案例教学，可以使学员处于决策者的地位，而不是处在被动接受知识的地位。通过案例教学，能帮助学生提高观察分析环境的能力，认识客观存在的问题，及其决策时所要受到的种种压力，使他们在权衡利弊得失之后，找到解决问题的方法，并做出决策。

在两年的硕士课程的教学过程中，一般要研究分析 200 个案例，这些案例都是从政府行政管理实践中总结出来的。如果一个人要亲身经历这些实践活动，并吸取有益的经验，或许需要几辈子的时间，而现在只需在两年内，就能基本掌握，并吸取其经验。

进行案例教学，要有合格的师资。一般来说，案例教学与课堂讲授相比，对教师的要求更高，不仅要求教师在课堂上能把问题讲清楚，而且要求教师带领学生去吸收消化有益经验。这样，除了要求教师本人具有比较丰富的实践经验外，还要求教师善于听取和及时分析学生的不同意见，启发持有不同意见的学生展开争论，特别是更要善于向学生提出启发性的问题，引导学习不断深入。

教师应尽量做到课堂讲授与案例教学相结合。例如，在讲解农业政策评价课程时，教师首先要用课堂讲授的方法，教会学生掌握数理统计的方法，用以确定农民使用各种不同的生产方法，能提高的农产品的产量。这些统计数据可作为决策时的依据。然后通过案例来说明，如何设计一个方案，解决好政府官员与农民之间的关系，以利于说服农民采用某一种新的生产方法。又如，财政管理课是一门比较专门的课程，包括会计的内容，按常规说，要用课堂讲授的方法。但是由于学院不是培养会计师，而是培养政府管理人才，因此要结合案例进行教学，教会学生解决会计师和管理人员所遇到的各种问题。正是因为上述原因，对师资水平要求较高，所以学院采用各种措施提高教师水平，其中包括组织进行各种讨论，互相观摩教学等，以及从事研究，共同探索与改进教学方法。要选择好教学用的案例，这是教师搞好案例教学的关键。

案例就是对历史的一种描述或总结，也可以说是对一些历史事件发生、发展过程及结局的场景的描述。要选择适用于教学的案例，可采用以下三种方式：一是由教授本人进行采访、观测与进行科学研究来撰写；二是从报纸杂志上选择典型案例；三是利用别人所进行的历史性的学术研究成果。具体采用什么方法选择案例，可以因事而异、因人而异。

行政官员培训

高级行政官员研究班。该项目安排13周教学，帮助高级官员提高政府工作的组织管理能力。教学目标是为晋升更高职位的公务员，提供制定公共管理政策和领导行政工作所必须的知识训练。核心课程是一系列关于有效的政府管理实践的课程。选修课是加强学员在方法论领域中的知识背景的课程。核心课程通过众多访问学者、客座教授进行。

高级政府管理者研究班。该项目为3周强化教学班，对象是那些谋求新职，并想回学校接受培训的高级官员，目的是增强工作能力。受训对象，包括能够在制定和贯彻公共政策中起主要作用的职业官员、联邦政府高官、接受政府任命的官员、在议会及其他机构中担任高级职位的负责人。课程设置注重成功地管理政府部门所需的特殊素质。管理者们学习如何规划一个连续性的政策，了解在政府运作中组织政策制定的过程。所有教学案例，突出在一个权力分割的环境中谋求支持的途径。该教学还就政府行政官员的职业责任的道德问题进行培训。它的最终目标，是通过训练使行政官员们在政府组织内取得创造性的成就。

州和地方政府的高级行政官员研究班。该项目教学活动为3周，目的是使内阁官员、非盈利组织的领导人、州立法委员、市长和地方官员相互之间，以及与教师共同探索他们的思想和实践。课程突出行政官员对重大的政府责任的理解，加强在综合性机构中解决问题的能力，对其进行提出、分析和解决问题的训练。课程以组织机构的有效管理、为实现所选定目标而调度人力、物力资源为重点。参加学习的人为改进组织的战略和发展生产力而考虑多种选择，可以是建立控制机构，选派领导以及在决策中利用管理知识等。

国家和国际安全高级官员研究班。该项目课程设计两周。政府和私人组织的一些高级官员们的决定，影响到美国的关键性的政治、军事、经济利益。这个教学活动就是为满足他们的特殊需要而开设的，其目标是加强学员对诸如地区性安全、武器控制、国际经济秩序，能源和军队发展等主要的有关安全课题的理解。参加该教学活动的学员是将军，以及关心外交和国防的文官，以及从私人部门挑选出来的高级官员。

高级国防官员研究班。该项目教学活动为8周，最初是应国防部的要求开办的，学员来自国务院和中央情报局，是为军队校级军官和同等级别的军队文职人员开设的。该教学活动，是为这些人晋升到更负责的工作岗位做准备，为他们提供制定和贯彻防务政策、防务计划的知识和训练，提高处理问题的效率，增强领导素质。

政府管理研究班。该项目由白宫和国会开设。学院开创了一些特别的行政官员教学活动，例如，为总统任命的助理国务卿级别的高级官员开发了系列专业的政府管理研究班。

州政府最高行政官员特别训练班。该项教学得到历届州政府的支持，帮助学员开阔战略眼界，提高在人力资源管理、财政管理和控制、行政事务管理方面的素养和能力。

新当选官员(国会议员和市长)研究班。该研究班与哈佛大学政治研究院、国会管理委员会联合主办，对象是新选出的议员，通过教学，使他们了解国会面临的主要政策议题，解释关于这些议题的立法程序，分析研究预算过程、税收政策、国会和法院、防务开支及区域性对外政策问题，使新议员们为其工作做好准备。

硕士的培养

两年制的公共政策硕士的培养目标是，为学生将来担任政府领导职务或处理政府部门工作中的重大问题做准备。在公用事业部门所遇到的政策问题和管理问题是很复杂的。这些问题往往把法律的、经济的、政治的或管理的因素以及其他更多的因素结合在一起。公共政策硕士教学要使学生具备以下能力：明确提出问题，依据最可靠的根据，集中各方面的有益建议，制订计划方案并加以合理的选择，从而采取行动，达到预期的结果。学生们像实际上的决策者一样，必然要接触公共部门存在的大量争端问题和制度规则。他们要具备应对各个领域内形形色色的问题的判断能力、方法和多方面的知识，还需要有更深入的知识和对综合政策的选择能力作为补充。正是各种能力的结合，才使公共政策硕士毕业生出类拔萃，在担任要职时具有竞争优势。

公共政策硕士主要课程有分析学、政府管理课，把学生引入了管理的责任领域。教学使用案例分析、图解和角色表演，供学生实践学习的新技巧。学生们进入模仿真正的公共政策制定过程中的个人和集体的项目。次要课程有政治和组织分析、公共管理、决策方法、公共政策制定及其实践和运用。

两年制的公共管理硕士（MPA）的培养目标是，为特殊职业需要和学习愿望设立的比较灵活的课程，培养在政府和私人机构担任管理要职的人。

9个月强化的公共管理硕士学位课程是该校历史最悠久的课程，是为来自世界各地的在管理、政治或学术研究上具有极强能力、呈现出强烈社会责任感的人设计的课程。通常那些决定中断工作而深造的人，一般都是事业生涯的中年人，希望提高管理水平和政策分析技能，以便改进现有工作或为新的工作岗位做准备。这个项目的突出特征是灵活性，学生制定出适合于自己工作岗位和事业目标需要的切实可行的学习计划，同导师磋商，挑选出8门课程。公共管理硕士项目，每年从发展中国家的政府机构、法律部门、公共事业单位，以及其他公共政策研究机构中，招收50名经验丰富的工作人员。通常由发展中国家的政府提名，个人也可申请。学员的经费要有保证，可由其政府或推荐机构提供，不允许申请贷款或申请研究基金。

公共管理硕士项目在学习课程内容要求方面，考虑到每个人的工作背景、爱好兴趣和需要的多样性，没有规定事先应学习过的课程。硕士课程的开发设计，主要是为了提高学员对实际政策领域的理解和分析能力、管理技能。学生在指导教师的帮助和同意下，设计出符合需要的、感兴趣的课程。重点的政策领域课程有：犯罪审判、能源问题、环境、政府、商业、卫生、住房、社会发展、人力资源、国防事务和安全、国际发展、科学和技术、运输、城市经济发展等。推荐学习的课程有经济学、数量方法、制度分析、伦理学和公共管理的训练等。

博士的培养

公共政策研究方向哲学博士，主要是培养公共政策研究人员和公共政策专业教师，使个人具备为政府政策实践提供高水平政策分析的资格，或者为进入政府领导岗位做准备。哲学博士学位获得者将进入学术研究机构、政府或私人组织工作。通过哲学博士资格考试后，要写出博士论文并进行论文答辩。

政治、经济和政府方向哲学博士，主要是需要充实高等经济学和政治科学知识、对学术研究或政策制定职业感兴趣的学者开设，攻读国际发展、重大经济政策的议会决策、国际经济、外交、国防和军队指挥韬略等。此学位攻读者在通过一般性考试和准备论文之前，要在大学里做两三年学术研究工作。所攻读的课程通常包括关于经济理论、系统的政治理论、定量方法，以及附加的有关经济学、政治学和其他社会科学的三个领域的一套综合课程。

面向实践的大学商学院*

中国经济工作代表团访美期间，由美中贸易关系全国委员会安排，参观了北卡罗来纳大学商学院、麻省理工学院斯隆管理学院，对美国的企业管理教育进行了深入考察。

北卡大学商学院的培训教学

北卡罗来纳大学是州立大学，已有200年的历史，商学院的突出特点是面向实践。该学院除本科外，还重点培养在职人员，数量是本科生的3.5倍。

硕士研究生招收有管理实践经验的学员，第一年学习必修课，第二年学习选修课与案例分析，重点培养学员分析解决问题的能力。博士研究生，主要是培养学术研究与教学人员。

在职高级管理人员培训班，有以下几种：半脱产的培训班，根据50年来的经验，采取教学与岗位工作结合的方法，其过程是：看书、听讲、研究、讨论、回工作岗位实践、再回学校继续学习。各种训练班，视学员的具体情况，决定以上程序的循环次数。这种形式的培训，从内容上又可以分为以下类型：

高级经济管理人员培训班。学员一般年龄在40岁左右，至少有15年管理经验。还有较年轻的管理人员培训班。学员年龄在30岁左右，至少5年的管理经验。这两种培训班，都采用上述循环学习方法，内容有生产、市场、财务、行为、结构、预测、电脑、与政府关系等。学员可以相互交流与总结经验。

政府管理人员培训班。培养对象大多数是州政府高级管理人员。学习方式是：来校学习一周，回到工作岗位工作三四周，再回来学习一周，循环三次。教学主要采用案例教学，学校只教给一般的管理思想，然后通过案例作分析研究。

---

*本文原载1987年企业管理出版社《访美考察报告》一书，系作者参加国家经济委员会访美代表团后，为报送国务院的考察报告所撰写的附件。

案例既可由学校提供，也可由学员提供。培训班新增加一门自觉性训练课程。首先由学员花一周时间认识自己，包括各种测验，如管理技能测验、领导才能测验等，还包括学校向学员下属发出调查表，以无记名方式返回，学校做出统计分析后，把情况返回学员。在这个过程中，学校让学员分成若干小组，每个小组分工完成某项任务，写出报告，用以分析学员的才能。也可以交给一个难题，让学员解决。其次是第二周，要学员设法改进自己，通过多种交谈与讨论，找到改进的途径。最后在第三周，进行实际应用，看改进效果。学员可选择不同的内容，总结实际应用效果。

技术管理人员培训班。学员都是准备晋升管理职务的技术专家，培训的主要目的是增加管理知识，提高管理能力。学习方式是：每周来校学习三天，然后回企业工作三天，循环五次。学习内容较广泛，有市场学、法律、行为科学、人事管理等，还有自我意识、对下属的激励、如何分权等。受过这种训练的人员，以后每年还要返校一次，以不断提高其管理能力。

大学行政教学管理培训班。为改进大学管理工作设立，这种形式在美国很少见，有以下两种训练内容：一是大学管理培训，主要培训行政管理与教学管理人员；二是学术座谈会，专为当系主任的教授举办，提高行政管理的能力，使他们由学术专才转为通才。

公司特邀训练班。专门为公司所设计的培训班，其内容与该公司的领导人共同商定。通过这种培训班，使教师有深入公司作调查研究的机会，使学院与公司之间建立密切的联系，得到捐款。这种培训班对某个公司来说，可以重复进行三四次，所以在三四年内，学院与某一公司始终保持着较密切的联系。商学院已为医院、水电公司、药剂公司、服装公司、烟厂等举办过培训班。

同业工会特邀训练班。为行业培养管理人员，涉及的面很宽，有各种不同的产业工会，也包括银行、保险公司、广播电台、地产公司等，每年培训三次，每次学习一周。

专题项目培训班。由教授根据本人特长和企业需要，设计出来的专项培训班，可以由一位教授设计，也可以由几位教授共同设计，培训时间一般为三五天，专题有：如何使财务管理计算机化、如何使小企业成功地增长、如何进行市场营销、如何筹组与发展小企业、小企业的组织机构设置等等。学院所提出的各种题目被人接受的成功率约为85%。

青年管理研讨班。对象是20—30岁，具有良好理解力，5年以上管理经验的青年，期限5个月。研讨班提供能自我发展，集中浓缩学习和探讨知识的环境。这种环境在美国仅有几所主要大学才具备。

小企业（孵化器）成长研究所

最近，北卡罗来纳大学副校长梯尔曼教授主持成立了小企业成长研究所，有5名研究人员，主要课题是研究美国小企业的发展和成长。之所以成立该研究所，是因为最近几年美国私人小企业迅猛发展，1963年新成立公司只有6.9万家，到1985年新成立公司猛增到83万家，但是其中许多公司是要失败的。因此该研究所着力于研究小企业失败的原因，从而提出改进的方向。

该研究所采用三种方法来加强研究工作，一是邀请世界各地知名的学者来研究所做一年的研究工作，为此新建成一座6万平方米的科研大楼，为小企业孵化器创新项目研究提供必要的条件。二是寻找一些小企业作为研究对象，帮助他们研究如何减少企业经营风险损失，找到企业发展方向，并实现这种发展。例如该研究所正在一家倒闭的纺织厂的基础上，研究新企业的建设与发展，他们把这里比喻为孵化器。三是邀请一些经营成功的大企业，帮助设计课程，先在大学试教，然后在企业中推广。他们认为，这是一件很有意义的工作，总结出来的成功经验，会具有世界意义。

斯隆管理学院的特色

斯隆管理学院成立于1914年，依靠麻省理工学院师资力量做后盾，办学很有特色。它的主要特点是：在教学内容上强调理论研究及定量分析，保持教学内容的超前性，把估计在未来发展中可能应用的方法作为教学的重要内容。在教学方法上强调定量分析方法与案例教学相结合，侧重于定量分析方法。他们认为，有的课程适合采用定量分析方法，有的课程适合案例教学，视具体课程不同，采用不同的教学方法。教学方法的确定主要取决于教授的意见。强调师生互相对话，控制学生数量，保证师生有足够的接触交流，鼓励师生、学生之间互相学习。

硕士教育。硕士研究生的来源较为广泛，包括工程、经济、管理等不同专业的学士，或有经验的人才。挑选学生的原则，是他们能在某种程度上显示出具有高级领导者的潜力。在校学习期间，学生可以得到在他们做出和执行决策时所必须的分析能力的培养。核心课程是必修的，培养学生的基本能力。选修课着重专业技能培养。商业事务交往指导课程培养学生口头及书面交往能力；合作研究课题，帮助学生提高处理人际关系的能力。通过硕士学习可得到管理方面比较全面的综合教育，以及在自己感兴趣的某一领域深入提高能力的机会，帮助学生了解管理人员所面临的不断变化的客观世界的基本现象及其相互关系。

学院与其他管理学院的不同之处，在于着重发展学生的基本数量分析能力，强调对经济和社会环境的了解。在理论方面的严格训练，能帮助学生应对新问题，应对日益增加的专业复杂的挑战。通过应用研究，组织学生利用大部分时间，将理论学习与管理实践问题结合起来。学院向学生提供广泛的应用研究领域，包括：会计、计划、控制、应用经济学、公司战略及政策、财政、保险管理、人事管理、工业关系、国际管理、管理信息系统、市场学、运筹学和统计、组织学、系统动力学和技术创新等。学生可根据自己确立的职业生涯目标，是从事一般性的管理工作，还是做更加专业的管理人员，来选择应用研究课题方向。

技术管理教育招收具有5年以上实践经验的不同专业背景的学生，全职学习1年。由于国际市场竞争加剧和财政赤字，国家越来越重视技术产业。新技术是创造新产品和提高劳动生产率的源泉。技术进步的管理、技术效益的计算、制定公司发展战略考虑技术变化，所有这些问题的解决，都需要技术和管理能力。该项目培养出来的硕士有较深入的科学或工程的理论知识和实践经验，同时还具有计划和控制技术项目方面的基本管理知识，他们能指导工程设计和质量管理、市场开发人员，把企业制造功能与市场开发结合起来。

张重庆（右一）副会长与日本国际贸易振兴机构理事长左藤在东京

虚拟公司运作与管理*

随着电脑通信自动化时代的来临，通过电子邮件方式进行工作，逐步取代传统的办公室运作，使人们能够运筹自己家中，决胜千里之外，英国国际艾芙公司已经成为这项划时代的革命典范。

艾芙公司是1962年创建的一家没有办公室，职工在家里上班的电脑公司，专门为客户设计整体性软件系统，评估电脑的硬件设备与软件程序，更新电脑系统，提供软件开发服务，协助客户利用电脑处理业务。公司创建人史蒂芙女士是电脑专业人员，希望能在家里上班，因此她成立了这家虚拟公司。公司成员超过1000人，分别居住在英国、荷兰、丹麦等国。与其他公司的最大区别是，所有职工都在家里上班，几乎都是清一色的女性。尽管如此，公司业务仍然发展相当快，每年保持30%的增长率，年营业额已达到1000万美元。

对任何一家迅速发展的公司来说，如何适度而有效地进行组织内部控制，无疑是一门大学问，尤其是像艾芙公司大部分成员属于没有签约的自由流动的雇员，而且都在家里工作。本文将对这家公司独特的管理运作方式进行介绍。

质量管理最重要

史蒂芙主要是通过质量管理进行控制。她注重的不只是设备效率、服务品种、文件管理，而且包括顾客付款方式和顾客重复光顾次数等指标。一旦这些数字发生变动，她就会警觉到一定是公司的服务质量出了问题。服务性公司的发展主要是靠每个月新增加的客户，但是旧客户的继续光顾，则表示公司所提供的产品和服务价格适中、质量优良。

艾芙公司平时的督察工作做得很多，希望所有的错误都能事前发现、及早预防。艾芙公司有很强的集体合作精神，职工可以相互监督、检查彼此的工作。经

---

*本文原载1987年《企业管理内参》第16期。

过通力合作，为顾客提供更高质量的服务。艾芙公司对职工控制的是产品和服务、生产力和质量，而不是工作所花费的时间。只要按质按量完成任务，花多少时间是他们的自由。

掌握人才资源

艾芙公司在各地区设有人才招募中心，负责接收应征函件，进行初次面试。由于公司的工作相当疏离，因此招募人才喜欢采用面对面的方式。不过由于原来划分的区域愈来愈大，现在即使是地区经理也很难认识每一位职工。于是他们开始佩戴统一的小胸章，以便出门或在客户面前，可以认出公司的同事。

负责协调各工作小组的是地区经理。业务工作由各地区自行负责。在一个地区的人力无法应付时，才寻求从其他地区派人支援。一个区域大约有100名工作人员。但是当区域过于庞大而变得无法分辨每个人的时候，公司就将缩小区域划分。公司所有的人才资料都存在电脑里，假如B区有个工作，需要一位有特别技能的人，但是B区缺乏这种人才，只要调出人才登记表，一定可以从其他区域找出最适当人选。

由于公司组织结构性质特殊，艾芙公司必须掌握所有职工的专长，以便随时满足客户需要，同时也可以根据专长为职工提供事业生涯的发展计划。公司所有的训练计划都是配合职工专长与潜能而设计的。每一项工作结束时，公司都会对职工表现进行评鉴，以便详细地掌握每个职工的情况。

分层管理 注重训练

艾芙公司有七个阶层的管理人员，对职工的考核评价由项目经理负责。为了拥有充分的人力资源，不至于欠缺所需的人才，他们在每个地区都保留20%左右的、随时待命的后备人力资源。这些暂时没有承担具体工作任务的人员，也并非真的无事可做，他们可以趁此机会了解公司业务，熟悉工作标准，参与一些社交活动，认识更多的人。由于这些人都没有跟公司签订雇用契约，所以人事费用的支出就很少。

艾芙公司非常注重职工训练，避免职工因专业技术落伍而被淘汰。资历浅者每年至少接受一次训练，资深人员大约每年接受八次训练。由于职工分散，集中训练不便，有时也借助外部训练。同时他们担心内部训练成效不佳，外部训练或许可以注入一股活力，但是外部训练费用相当高。他们也发现，如果让所有职工分成小组，利用周末聚集在一起进行训练，效果会更好，可使大家步调一致，有共同语言。他们认为，训练是提高职工凝聚力的一大利器。大家分散在各地区工作，平常只靠电话联系，也都很高兴能有机会共聚一堂。

人际互动 良好沟通

虚拟公司的组织方式较有弹性，只提供沟通场所给职工交流，不仅节省成本，而且有效率。每当公司举办社交集会时，所有职工才能真正齐聚一堂，看到那么多人，人们不禁暗暗心惊："要是每个人都得准备一张桌位的话，那还得了吗？"光这笔经费，就会令人吃不消。目前该公司在全世界只有十处小办公室，每处有一两间会议室。

艾芙公司管理的秘诀，就是发扬民主，职工参股。大多数项目都要征求职工的意见。尽管不见得言听计从，但征求意见、吸收意见是必需的。各级经理人员都这样做，让职工人人都有参与管理的机会。同时许多职工拥有公司的股份，使职工更加积极投入公司的管理工作。为了加强职工之间的沟通，公司重视组织交际活动。地区经理都有一笔交际活动预算经费，举行聚会列为本职工作。每年圣诞节，公司给职工赠送礼物。董事长最喜欢参加公司的化装舞会。她可以戴一顶假发使别人认不出来，能够四处乱逛，听到各种原来不会传进耳朵的意见。

从全公司来看，职工留在家里的时间不超过40%。在这种松散型组织体系内沟通非常重要，面对一个远在千里外，仅靠电话联系的人，你不得不更加开放，努力去熟悉了解对方。人际关系是使公司紧密结合的黏合剂。大多数人在办公室里上班，有了问题，想明天再谈也不迟，可是最后往往不了了之。但是在艾芙公司有了问题，就必须马上澄清。尤其是对表现良好的职工更是必须尽力安抚。

按单元计算工资

艾芙公司每月发给职工月薪以及加班津贴。按工作合同规定，一个星期只需上班20个小时，可是他们的实际工作时间往往达到30—35个小时。因为职工愿意多工作一些时间。所以公司合同只要求工作20个小时，超过的时间另计加班费。这个做法使公司、职工及客户都能有更具弹性的选择。

通常他们是把工作分解成许多较小的单元，然后再按各种工作的性质和具体情况来估算完成任务所需的时间。例如，有一个项目由387个单元组成，其中每个单元约需一个星期才能完成。每次接受项目以后，他们都要把项目划分为许多细项，按单元监督整个工作的进展情况。公司把工作交给某个职工，会将资料传送给对方。对方接到项目，如果发现算法不合理，他们会当场和经理讨价还价。艾芙公司福利待遇虽然不算丰厚，但是职工可以拥有公司配给的汽车，还有奖金等。目前正在拟定一项退休金计划。

掌握全局 保持形象

艾芙公司有完善的呈报制度。只有较特殊、风险大的事情，才往上呈报，而不是不分大小一律推给上级。对经理充分授权，但是权限分明。所以当经理接一些风险较大的项目时，会先向总公司汇报。

史蒂芙为了掌握全局，采取多种方式，例如，在董事会上听取正式报告，两家主要营运公司每家一年大约开10次董事会，在会上史蒂芙需要阅读六七页标有星号的重要资料，包括几家公司的营业额、利润或亏损等情况，了解公司发展趋势。另外还有一份关于所有风险项目的报告。为了向客户推销公司的服务，他们把项目管理工作的程序解说图，全部储存在电脑里，接洽时现场进行示范。

艾芙公司注意保持专业形象。例如接受记者的采访，绝不让记者拍到这些职工抱着孩子、像个家庭主妇的照片。因为客户不会信任一家像托儿所的公司，所以这个时候一定会有公司的人在场，确认记者没有拍到这类照片。

创造总体效益

通过电子邮件作业可以创造出更好的总体效益。例如避免交通阻塞、节省燃料费、医疗费和育婴费等。整体而言，对社会的影响显然利多于弊。史蒂芙说：“有时候我对像曼哈顿这类市区，着实有点担心，从上面俯视下去，人行道脏乱不堪。整个市中心由于只供作办公区用被破坏无遗。如果我们能将办公、住宅和商业区结合起来，城市或许会更加有生气，更加适合居住。”

随着科学技术的不断进步，微型化的机器设备将取代传统的庞然大物。今后现代化的工厂，可能就和一家商店，或者像高科技研究室一样。这对传统的建筑和室内设计装修，将是一项很大的冲击。

艾芙公司在不改变人们的生活方式的同时，开辟了各种就业门路。这在电脑尚未普及之前，是根本不敢想像的事情。在这种组织机构里，电脑可以代替部分人脑的工作，但是还不能全部代替。不可能像有些人设想的那样简单，干脆把人员削减到最少，一切都由电脑取代。

企业信息系统的建设与发展*

最近，比利时根特大学信息学教授德斯古·斯特尔博士访问中国企业管理协会，与国家经济委员会领导同志，就企业信息系统问题进行了深入座谈交流。

一　信息系统的发展过程

计算机信息系统产生于1965年。20世纪80年代微型计算机的出现，推动了信息系统的发展。从比利时情况看，80年代计算机已经完全普及，甚至一个人开的小商店、小车间都要使用计算机。计算机使用从大企业开始，逐步推广到小企业。如今，那些在70年代就采用计算机的大公司，已把计算机能力扩大了几十倍，甚至更多。不少企业把营业额的1%—2%用于计算机系统。文字工作量大的公司，如银行、保险公司，一般把营业额的2%用来发展计算机系统，建筑工程公司的行政管理事务少些，一般只占营业额的0.5%。

世界各国应用计算机的发展过程有许多相似之处，大致可分为四个阶段：⑴试验阶段，看到别人使用计算机，觉得很有意思自己也用。参与这个阶段的人，主要是技术人员，主要用于财务会计。⑵扩散阶段，更多的人要求使用计算机，企业家感到值得投资，但还没有真正认识到重要性。在这个阶段企业各部门都想试用。虽然有技术人员掌握和控制计算机，有软件设计人员开发应用软件，但还没有统一的规划。⑶微机阶段，企业使用微机的数量愈来愈多。突然之间，企业领导人一方面发现花钱很多，另一方面看到计算机信息存储和处理能力很强等。因此提出有效地利用计算机的问题，公司内部出现争夺计算机的现象，需要根据各部门需求程度的差别，提出先后次序，做出统筹安排。因此企业开始制定统一规划。⑷成熟阶段，经过长期使用，企业知道怎样统筹规划，有效地使用。问题是信息技术发展非常快，不断出现新技术。例如，70年代进行批量处理，计算工资、职工人数等；80年代进行生产过程控制；随后计算机又进入办公室，用于文字信

---

* 本文原载1987年《企业管理内参》第32期，系作者与中国企业信息交流中心副主任张军合写，作者时任中国企业管理协会副理事长兼中国企业信息交流中心主任。

息处理。这是两种不同技术的混合阶段。一方面是老技术，一方面是新技术，老技术还未完全被吸收，新技术又出现了。所以，在这个转折点上，管理人员中出现许多思想混乱，面临着各种各样的选择，是进行简单数据处理，还是进行生产过程控制，或是信息处理加工。但是，采用计算机新技术，企业需要从头做起，这又需要经过试验、扩散和联机。联机问题，是80年代微机出现后的新情况。微型电脑可以独立地进行数据处理，但是，这些微机和其他一些现有的计算机更需要进行联网，共享信息数据资源。

二　信息系统中各类人员的比例关系

国外搞计算机的人，大约占人口的1%，中国达到这个比例约需15年。中国劳动力价格便宜，不一定需要那么多计算机，也许只有西方国家的一半就够。国外信息系统管理人员占10%、系统分析人员占25%、软件人员占25%、维修人员占10%、操作人员占30%。如果中国2000年赶上世界水平，需要培训500万至800万人，还不包括最终用户。这个数字非常大。在这些人中，有的专业水平较高，有的较低，但总地说，要对计算机知道很多。在近5年之内，最终用户可能要增加到500万至1000万个，因此要大力培训计算机人才。

管理人员需要懂计算机，还要懂管理，最好有管理硕士学位，懂得整个系统机构运转情况。但这些人又不能技术性太强，如果技术性太强，就会只愿意解决技术范围内的问题。如果整个信息系统操纵在技术性很强的管理者手中，就会变成技术性很强的系统，而不是一个涉及到组织管理的信息系统。产生这个问题，有时是由于企业经理本身对计算机了解太少，他们总觉得计算机是技术问题，而不是管理问题，不是组织结构问题。通常信息系统分几组人员，每组都需要一个领导来监督管理，也许这个人技术上并不很强，但他知道别人在做什么，要从管理的角度去工作。他们需要了解的信息，甚至比总经理还要多，大大小小的事都清楚，才能建立起各种信息网络。建立系统还必须有一部分人进行信息分析，这部分人并不需要特别强的技术，也不需要亲自编程序，首要任务是把信息系统组织好，然后才涉及到具体的技术性的程序问题。在企业里，管理人员一般可分为学理工和学经济的两种类型，对不同类型的管理人员要进行知识补缺。

三　信息系统软件的开发

开发个性化软件是计算机产业发展的必然趋势。企业要把先进软件应用于本企业，但是，最重要的是要开发适合本企业、本行业特点的应用软件。当然，做到这一点比较困难。因为即使同一行业的两个工厂，产品差不多，实际上还是各有特点。由于社会分工日趋细致，每个工厂都有特殊的地方，包括产品、市场、技术和管理等方面。在这种情况下市场，通用软件就很难能适应各种企业的特殊需要。中国使用计算机正处于起步阶段，有些软件可以通用。但是，随着计算机使用领域的扩大和效率提高，要逐步解决软件适合各种企业不同要求的问题。就这点来说，中国与国外正处于不同的发展阶段。

四 建立信息系统应注意的问题

首先是选型问题。西方大公司往往同时购买几个厂家的产品，他们不希望只从一个厂家购买。但在购买时，必须兼容，以便互联，形成企业计算机信息网络系统。其次，购买计算机容易，培养计算机信息系统专业人才不容易。过去比利时出现过企业领导人不知道计算机系统需要专业人员掌握，所以，他们签订合同，买来计算机，但是没有人能用，放在地下室闲着。造成这种问题主要是三个原因：一是销售公司希望多卖出一些产品；二是企业领导人认为，通过购买计算机已经加强了企业管理；三是对本单位使用和开发软件的人才缺乏培养。因此在购买计算机时，必须要求推销商提供软件和根据需要在规定期限内开发新软件，以及提供必要的培训服务。如果对方能够满足这些要求，才可商谈购买计算机的问题。对此，企业领导人要给予足够的重视。因为建立新的计算机系统，必然涉及到公司结构的重组，所以，从法律的意义上来讲，签订合同必须包括硬件维护、软件开发及其应用，缺一不可。

张重庆（右二）与中国侨联副主席林淑娘、中国驻纽约总领事馆参赞张卫超、哥伦比亚大学张穆涵在曼哈顿

激励职工的创新精神*

在科技飞速发展时代，如何不断鼓励职工创新,是企业面临的最重要课题。企业领导人高瞻远瞩、重视创新，建立真正能鼓励创新的环境，是推动企业创新的最基本条件。惠普公司重视创新，鼓励职工创新精神的成功经验发人深省。

一　创造鼓励创新的环境

从现实来说，大部分职工尚未充分发挥个人的智慧。因此，要创造激发职工发挥智慧潜力的环境，使职工乐于在工作中激发创意。

创新意识来自安定的工作环境。企业应给职工提供有安全感、满足感的工作环境，保持福利待遇在一般平均水平之上，并且不会轻易解雇。只有这样，职工才能长期为公司服务，将荣辱系于企业成败，愿意为企业贡献力量。

激发创新意识需要投资。在激发创新意识过程中，即使短期看不到回报，也要进行必要的投资。惠普创始人，有一天下班后，到研究发展部门巡视，发现零配件库的门锁着。他立刻具名写了一张便条贴在门上，说：“从现在起，下班后零配件库不能再上锁。”惠普创始人认为，如果有热心的职工愿意在下班后做实验，却没有新的零配件，不但会使他感到不便，也会打击他的热情，公司必须提供足够的条件,使职工具有工作热忱和高度的使命感。由于惠普创始人的理念,惠普公司对工作环境的投资，一直不遗余力。

创新意识来自全体员工。不论是经理，还是员工，只有每个人都能发挥创新精神，公司的创新活动才会形成凝聚力，步调一致，协同配合，收到最佳效果。目前,开展全面质量管理活动，就是旨在通过质量管理，发动兴趣共同群体创新。

创新意识源于丰富的专业知识。企业应注重职工训练，提高职工的专业水准和综合素质。职工具有丰富的专业知识和生产经营实践经验，才能辨别现有的工作流程、运营方法、管理制度是否合理有效，是否需要改进。职工若能自己主动发现问题，有解决问题的积极性，创新的动力就会远比上级的命令更为强烈

*本文原载1987年《环球企业信息》杂志第15期。

二 创新的立意不分大小

创新立意不在大小，只要是建设性的，就应尽可能地给予奖励和支持，并提供必要的条件，使之具体化，转变为现实。只有坚持这样做，才能帮助职工提高对公司鼓励创新政策的信心。创新不怕微小，重要的是要鼓舞员工都能够养成不断创新的精神。创新精神一旦形成，就会落地生根和开花结果，变成企业文化，形成无形的动力，不断推动创新活动。不过在奖励创新方面必须谨慎小心，如果单以高额奖金为诱因，会产生不良的影响。比如，职工对其创新意见，会严格加以保留，不肯与他人分享成果，或是想累积到石破天惊的程度才肯提出，但是，创新意见又往往有连锁关系，这样难免会阻碍全面创新的步伐。

三 正确对待创新过程中的失败

要能够接受和正确对待创新过程中发生的失败。在推动员工全面创新计划时，应鼓励职工大胆地向现有规章、制度与方法进行挑战。挑战有成功和失败的两种可能性。对成功的创新，领导者要给予奖励，对创新失败的行动绝不可予以处罚，要尽量避免职工因担心创新失败导致受处罚，而不愿发表创新意见，不愿展开创新行动。要挑选有创新精神，敢于革新的员工担任主管，带动创新活动的开展。对提拔绝无犯错误经验的职工作为主管务必慎重，因为这样的人虽然一般不犯错误，但是，由于缺少创新精神，对企业所能做出的贡献也就很有限。

四 领导人要具有创新精神

榜样的力量是无穷的。具有创新精神的领导人是创新活动的组织者、指挥者，是推动企业创新的关键因素。企业经营无所谓运气，也没有捷径。所有成功企业都有一个共同点，那就是领导人勇于突破现状，接受挑战。惠普公司的产品和服务素有盛名，尤其是在仪器界占据首位，已有悠久历史，但惠普总裁杨格先生仍然提出宏伟目标："90年代的10年间，惠普公司要全面增长10倍。"有挑战，才有创新。在这个具有极大挑战性的目标鼓舞下，产生了多方面创新的突出成就。

专业知识和丰富经验。领导人必须具有丰富的专业知识和实践经验，善于及时捕捉国内外市场的各种变化因素和信息，掌握政治、经济动态和竞争对手的状况，才能具有敏锐的技术开发、产品研制和市场营销的嗅觉，抓住商机，制定正确的经营战略和技术开发战略，带领企业不断走向辉煌。

重视创新意见。在高度竞争、变化急速的国内外市场上，企业必须不断创新突破，才能掌握先机，出奇制胜。企业领导人必须鼓励创新，持之以恒。经营企业，不怕改变，只怕不变。在多变的市场环境下，企业若不能主动应变，就会被淘汰出局。企业领导人与全体职工有此共识，才能不断求新、求变，在市场竞争中立于不败之地。

从生产自动化向管理自动化转变*

据《日本经济新闻》报道：最近日本又开始掀起一场“工厂信息化”的革命，这是继20世纪60年代专用生产线和70年代机器人化后的“第三次产业革命”，其特点是正在从生产自动化向管理自动化方向转变。这一浪潮不仅涌向机械制造行业，而且波及到汽车制造、住宅业和纺织业等。

日立制作所在传统的工厂里，正在进行着世界上最尖端的工业与技术计算机综合管理信息系统试验。发电用的燃气轮机机翼的生产设备是电脑控制的自动换刀的数控机床，这是一套用光纤以联机方式控制自动输送机等设备的最新型的自动化生产线，从产品设计到整个生产工序都由电脑进行全面综合管理。同过去的生产线在设计上大相径庭。它是日立制作所引进的计算机生产管理系统(CIM)的样板企业。日立公司还在东海和神奈川等4个企业引进了计算机生产管理系统。

引进计算机生产管理信息系统的目的，是为了降低设计、材料采购，加工订货和工程管理等间接成本费。从过去情况看，采用机器人和数控装置等自动化生产线系统，已经基本达到了极限程度。随着多品种、小批量生产的市场消费趋势的强劲发展，如果不能准确掌握每个千变万化的品种的市场信息，并及时安排设计开发与生产的计划，就不能供给符合市场消费需求的产品。这种信息管理工作过去主要依靠手工进行操作，甚至连生产自动化取得重要进展的汽车工厂也是使用传票交换信息。现在使用计算机管理信息系统，从生产活动的上游（设计、采购等），到下游（质量检查、货物发送等），全部进行自动化控制，对库存也能够进行全面管理，建立“零库存系统”，不再需要传票等“纸团炸弹”，只用很少的人就能够从事与市场需求联动的实时生产，建立边操作、边按照品种订货进行生产的自动化系统。

计算机生产管理信息系统原本是美国首先研究开发出来的，目的是为了以信息科技优势为武器，对日本以低成本制造优质产品的批量生产技术进行反击。但

---

* 本文原载1988年《环球企业信息》杂志第2期。

是日本企业很快就吸取了美国的这一最新科学技术成果，经过分析研究、吸收消化，使计算机生产管理信息系统很快日本化。

东芝公司已经着手在青梅等地的工厂，使用计算机生产管理信息系统，建立今天订货、明天生产的柔性生产管理体制。日立和东芝还在研发市场销售、原材料采购与供应、产品订购与发货，以及财务管理等在内的大型计算机信息管理综合控制系统。

综合电机厂家之所以在产业界首先采用计算机生产管理信息综合控制系统，是因为他们作为先行者，在使用计算机和生产自动化机器设备等方面积累了许多技术和管理诀窍。

计算机生产管理信息综合系统正在迅速向其他产业扩展，例如，日本精工公司在福岛工厂引进了计算机生产管理综合系统，丰田汽车正在构筑灵活运用信息的新的计算机生产管理综合系统。日本的制造业在“工厂信息化”新浪潮中又开始走在世界前列。

计算机和自动化控制软件，以及机器人和数控机床等生产与管理自动化设备活跃在工厂自动化的舞台上，它能迅速提取经营管理信息和市场信息，在短时间内组织生产和批发销售产品。由于自动化的计算机生产管理信息综合系统展现出的优势，工厂信息化的浪潮开始向纺织和建材等行业波及。

市川毛织厂大型纺织机纺织底布的生产自动化系统，从去年夏天开始运转。这个系统是生产管理一元化自动控制系统，由机器人从事纺织机断纬交换作业，让控制各纺织机的终端机同本公司的主计算机连动。过去依靠熟练工人用双手从事的断纬接续作业，现在用机械手瞬间即可完成。生产管理综合系统把从各个营业部门收集来的关于纺织机的生产品种、数量和规格等信息加以分类整理，然后输入存储在计算机数据库里，然后利用联机系统输送到工厂。安装在各纺织机的调节器接受到这一数据信息后，自动控制调节机械的动作，同断纬交换机器人配合起来进行生产，夜间也可以自动运转。市川毛织厂采用生产自动化系统后，职员减少一半，生产量成倍增长。

三协铝工业公司是生产楼房窗框、幕墙等建筑材料的公司，在生产各道工序安装了65台计算机，由长达4000米的光缆把各道工序相互联结起来，形成自动化生产线，无人自动输送机和天棚行走机纵横行驶，生产现场各道工序之间几乎看不到人影。

随着日本国际贸易的发展和国内需求的迅速扩大，采用自动化的生产管理综合系统已成为日本企业的当务之急，以信息化为核心的工厂革命已经到来。

企业组织结构扁平化趋势*

在世界经济加速全球化和科学技术取得突破性进展的历史条件下，跨国公司在全球市场的激烈竞争中进行较量，使传统的生产方式和经营理念受到巨大的挑战，传统的企业管理面临着新的突破，正在发生一次革命性的转变。

企业生产体制全面更新

传统的大批量生产型经济，已经被正在形成的多样化消费型经济所逐步取代。现代企业管理的基本要求是，更具弹性的生产作业，更具多样性的产品和服务，以及更加低廉的生产成本。

面对生产体制的巨大变化，企业所有的管理功能，都需要进行重新设计组合，包括会计制度、生产过程的控制，以及绩效衡量的模式。这些原本各自独立的运作项目，现在已经无法完全划清它们之间的界限。以质量管理为例，原来的质量管理，着重于事后的检验与修正。但是，目前已被“一次就要合格”的要求所取代。要做到这一点，必须有新的信息反馈系统和会计制度来配合。管理会计在未来企业发展中，势必成为主宰企业的关键之一，而许多新的控制方法也会纷纷出笼。

究竟是什么因素使企业生产管理方式产生质变？技术和市场的变化，无疑是其中最主要的两项推动力。技术上，标准化的大批量生产方式，已经被更具弹性的小批量生产所逐步取代。而在行销观念上，企业宁愿去专攻某个区域化的市场，也不敢再妄想占领全部的市场份额。

科学技术突飞猛进的发展态势，无疑是19世纪工业革命时代辉煌历史的重演。当时，企业界所推行的生产过程标准化，不仅大大提高了纺织业及钢铁业的生产能力，也影响到饭店、医院、零售服务业，以及各行各业。虽然我们至今仍

---

* 本文原载1991年《环球企业信息》杂志第2期。

能买到一些传统的手工艺品，但大批量生产的商品才是现代经济活动的主宰。这种生产方式的历史影响力，甚至可长达200年。

现代科学技术的重大革新必然伴随管理方式的重大革命。显然，农业社会手工业家庭作坊式生产的管理方法，无法应用到拥有成千上万员工以及许多大型设备连续生产运转的大工业生产过程。这种落后的管理方法、制度必然发生变革，使其适应大批量生产技术和大工业标准化生产方式的需要。例如，一个家庭式餐厅本来不需要任何管理方法，但突然有一天，有人预定2000份餐盒，这时候餐厅管理就不会再像从前那样单纯。老板需要去订购足够的、配套的原材料，要经过不断协调，以确定材料是否能准时送达，这些牵扯到供货计划和生产流程的运作。同样道理，像麦当劳这种大型的连锁店，就更需要标准化、制度化的作业，以及生产、销售、服务、公共关系等方面的控制方法。

大批量生产的尴尬难题

传统的大批量生产可以发挥规模经济的最大效益，同时也使低廉的价格成为最主要的竞争武器。因为生产设备的固定成本太高。所以企业只好大批量生产统一规格的标准产品，以降低单位生产成本，提高产品的市场竞争力。若想开发不同的产品，以适应多样化的市场需求时，生产成本势必提高，而市场竞争力则会相应降低。结果，使企业在差异化和低成本之间，进退两难。

由于大批量生产无法满足消费者多样化、个性化的需求，所以大企业只好把一些较小的市场拱手让给其他竞争者，导致消费市场愈分愈细。消费者已经无法再从统一规格的大批量产品，或单一的服务中获得所有的满足，因此以消费差异化和顾客购买为导向，逐渐成为市场营销的主流。例如冰淇淋原本只有三种口味：香草、巧克力和草莓，但在今日任何口味的冰淇淋都有可能在市场上见到。另外，各式各样商品的专卖店，也已逐渐取代传统百货公司的地位。15年前电话只有两种形态，一是桌上型，一是壁上型，但今日却产生了多种的变化：插卡电话、手提电话、儿童电话、传真电话、汽车电话、甚至防水电话，而这些产品都创造出了无数新的商机。

传统的大批量生产所追求的效率化和今日的市场差异化所追求的弹性化、个性化，是互相抵触的。前者虽然也存在一些例外管理的原则，但是今日消费市场的巨大变化，却使得每一件事情都可能成为例外，因此高级主管人员开始疲于开会。如何调整各部门职能，也成为高级主管最头痛的问题。在这种情况下，只有运用更先进的技术和生产手段，培养使用更优秀的员工，才能突破这种窘境，使企业既能满足消费者多样化、个性化的需求，又能将生产和服务成本维持在大批量生产时代的低水准。

个性化的弹性生产体系出现

利用计算机控制的弹性自动化生产设备系统，在较短的循环时间内，按照个性化的消费需求，即时变换调整生产线，而不中断设备的运转，才能达到生产弹性化的要求。

要实现个性化的弹性生产，员工的高素质和先进的技术设备，两者同等重要，缺一不可。唯有如此，企业总经理才有可能做到向部属充分授权，而不致延误任何可能的市场商机，以适应瞬息万变的市场竞争。

个性化的弹性生产原理也可以应用在服务业领域。例如保险公司不再销售统一内容的保单，而是利用精算电脑软件，输入客户不同的理财目标，设计出能够满足客户个别需求的不同保单来。

自20世纪80年代开始，许多大公司规模逐渐缩小，中级主管编制人数减少。虽然许多行政费用开支在不断被缩减，但是，传统的管理流程、会计业务，以及其他的绩效考核制度仍被保留。尽管职工人数减少，但工作还是一样多，结果不仅导致管理人员负担加重，而且又增加聘请顾问的费用。由于传统管理方式未能革新，生产经营虽能产生短期绩效，但管理的僵硬性依然存在。

组织结构“扁平化”的趋势

鉴于80年代弹性化生产技术迅速发展，传统企业管理方式和组织结构已经难以适应需要，必须进行变革。到80年代末期，有些公司的管理组织模式，已经从传统的金字塔形改变成扁平化组织结构形，这是一种更具弹性、更具效率和活力的管理组织模式。

扁平化组织结构的特点是，领导方式由集权式改为分权式，减少管理层级，把总公司许多功能下放到基层，赋予部属更多的权力，鼓励团队合作，在办公室和生产现场采用计算机控制的弹性自动化设备，与销售商、供应商建立密切的伙伴关系，甚至在早期的设计和生产制造过程开始时，就邀请他们参与。

市场经济的发展使企业越来越认识到，不能只埋头生产已有的产品，而要满足消费者个性化需求。只有通过更富有弹性的扁平化组织结构和个性化生产方式，公司员工才有机会与消费者直接接触。

此外，许多企业开始和供应商建立相互投资关系，既分享资讯信息与管理经验，又降低成本，获取经济效益。目前，大部分汽车公司都采用这种方式。福特公司透过这层关系，可以在90分钟内从供应商取得所需要的全部零件。运用联盟方式，成衣业甚至不需要再预测流行款式，即便是流行乐团在全国巡回表演时所带动起来的短暂服装时尚，企业一样能及时有效地掌握，适时推出新款式。在传统的服装大批量生产管理制度下，这是绝对办不到的。

管理会计师的角色

在个性化消费需求时代，信任和互利将取代不信任和监控。在“扁平化”的、更分权、更能适应消费者需求的企业组织结构中，管理会计师对决策发挥着重要的作用，所扮演的角色就是协助企业决策者制定一套提高竞争力、强化组织弹性、降低成本的控制方法。

控制方法不外乎数量化和人性化两种，后者效果尤其显著。全面质量管理活动就是人性化控制最好的例证。质量管理小组透过集体主义方式解决问题，提出合理化建议，并持续进行生产绩效改善。人性化控制体系的成本不高、花费不多，效果极大。这正是日本、韩国、新加坡经济赖以崛起的关键。

在人性化控制方面，信息资讯师、质量管理师、管理顾问的作用在迅速增加。不过管理信息系统专家、质量管理专家所重视的层面往往偏重作业性层面，一般会计师只满足于传统式管理账目的要求，因此若欲使管理提高到策略性层面，适应现代企业管理的潮流，只有管理会计师才能胜任。在海外经济发达地区，管理会计师(CMA)非常活跃。对他们的工作，赋予了新定义：管理会计师扮演高层决策小组专家角色，凭借对现代管理控制流程的深入了解，参与企业未来发展的战略规划决策，协助企业顺利实现经营战略目标。

管理会计师必须具备以下基本特点：一是直接参与管理决策，而不只是咨询参谋；二是深入了解管理控制流程，而不只是传统的成本会计专家；三是财务会计与企业管理两方面的通才；四是能够提供更多策略性的贡献，而不只是负责例行的事务性工作。

在计算机信息技术与企业管理日益结合的新形势下，管理会计师面临着两大抉择：是继续留在传统的工作岗位上，处理例行成本会计业务，还是等待被电脑财务专家，甚至被财务成本管理软件所淘汰；还是适应潮流，突破传统，在角色扮演上创新，引导企业走向生产高度弹性化的时代。如果多数人选择后者，管理会计师无疑就会成为新时代的最佳见证人。

信息化社会的企业人力资源管理*

近代日本社会经历了三次大变迁。第一次是1868年由江户幕府时代转为明治维新，即由农业社会过渡为工业社会。第二次是1945年由军国主义转向民主主义社会，这个时期分两个阶段：前10年是农村土地开放、财阀解体、实行普选制，宪法允许工会存在，这期间日本经济基础形成；1955—1973年是日本经济高速成长期，年均增长率10%，被看成是世界奇迹。1973年石油危机使日本经济发展速度放慢。第三次是现在由工业社会进入信息化社会。

信息化社会的特征

信息化社会，日方也称之为“工业发展成熟化社会”，与工业化社会相比，今天的日本经济具有以下特征：⑴工业化社会以物质为中心，信息化社会把精神需要提升到重要位置。日本赴海外旅游人数，1987年为600万人，1988年达800万人，1989年达1000万人。现在日本加入高尔夫球俱乐部等高级娱乐组织的人数占职员总数50%以上，每人需交2000万日元的会员费，许多职员业余时间参加各种体育、文娱协会的活动。⑵工业化社会追求少品种、大批量生产，信息化社会推行多品种、小批量生产。现在精工制作所生产的手表品种极多，每个品种只生产1000块，全国各城市几乎没有相同品种的精工手表出售。人们的穿着打扮也十分个性化。⑶工业化社会重视重、厚、长、大的产品，如钢铁、造船、化工、汽车等工业，信息化社会重视轻、薄、短、小的产品。信息化社会的产品，消耗的智力劳动越多，附加值就越高。按每克重量来计算，日本部分产品的价值分别为：钢铁0.1日元/每克、汽车2日元/每克、电视（摄像机）150日元/每克、照相机200日元/每克。⑷工业化社会重视泰勒的科学管理，信息化社会既重视

---

* 本文原载1989年《企业管理参考》第33期，系中国企业家协会第八次访日代表团考察报告。

科学管理，又重视行为科学倡导的企业文化。日本企业重视企业精神建设，倡导“和谐、友爱、诚信”的企业文化。不同企业表述形式不同。例如，五霞公司精神是“乐业偕悦”，即同甘共苦、共同工作、共同克服困难、共同享受快乐。中川企业精神是“和而严”。东日铁精神是：“顾客第一、确保安全、企业发展”。(5)工业化社会的企业多是生产单一产品，信息化社会多是综合经营，生产多品种产品，并不断进行技术创新。精工株式会社手表的销售额只占40%，同时还生产计算机、打字机等。东日本铁道公司除从事运输外，也开始进入其他行业。

企业人力资源管理

一 职务制和资格制并举

日本企业普遍推行以调动职工积极性为核心的人力资源管理，虽然每个企业的组织结构不尽相同，但是对各级人员的提拔、使用，一般都实行职务制和资格制同时并举的人事工资管理制度，以职务制为主，资格制为辅。企业干部晋升提拔的标准是能力和业绩，必须逐个台阶晋升。日本企业每个层次只设一长，职员在行政系列上的提拔晋升机会较少，为此设立了资格晋级的制度，作为鼓励职员上进的组织措施。

二 职务晋升考核的内容

企业提拔干部必须有基层的考核评分。考核内容有两个方面：一是工作业绩，包括完成任务情况、本职工作以及技术革新成果是否显著、责任心是否强烈、纪律是否严明、创新意识是否浓厚、是否接受监督等。二是智力开发、自我训练情况，要求有较强的判断力、执行力和理解力。

三 企业内部领导机制

日本企业领导体制采取直线职能制，管理干部人数少，一个部门只设一长，职责明确，一级对一级负责，不允许越级指挥或越级反映情况，非常严格。藤田至孝原是企业科长，由于背着处长向总经理反映处长能够解决的问题，结果被解雇，只好到大学当教授。

四 企业职工培训

日本企业非常重视职工培训。新日铁名古屋制铁所大厅里张贴着一条大标语，“资源有限，智慧无限”。对新职员入厂必须进行岗前培训；对上岗人员进行专业培训和阶梯教育；职务晋升与资格升格前进行训练与考试；鼓励职工通过多种途径提高业务水平，包括现场学习、业余函授学习、派往国外进修等。企业内部的教育均由企业领导亲自讲课。

五 企业工资体系

企业职员的收入一般分为三部分：工资、奖金和补贴，参股的还有分红。日本企业工资制度经历了两个发展阶段。第一阶段为年功主义工资，主要考虑年龄、学历和性别，即年龄大的比小的工资高。第二阶段为年功主义加能力主义的工资制。所谓能力主义，主要指的是知识水平、工作能力和努力程度。现在普遍推行年功主义加能力主义的工资制。

六 日本与欧美工资体系比较

日本企业工资制度重视能力业绩考核，但年功因素仍占一定比重，这也是东方的文化传统，欧美则不考虑年功和学历因素，而是干什么工作挣什么钱。日本企业工资制度有两个特点：一是45—50岁年龄段工资水平最高，50—55岁以后逐渐降低，这一变化是基于50—55岁这个期间子女均结婚了，负担相对减少，而45—50岁期间工作付出最大，家庭负担也最重；二是工资制度有年功因素，有较为牢固的终身雇佣制。日本学术界将这一现象归纳成三个公式，即终身雇佣等于终身企业，个人生存等于企业生存，工资等于生产效率。相反，欧美工资体系造成工人职员流动性较大，企业对职工缺少凝聚力。

几点建议

一 企业管理要从“以物为中心”向“以人为中心”转变

过去抓思想政治工作与精神文明建设存在着形式主义的弊病。日本企业把行为科学的原理融化在日常职工教育工作中，效果很好。建议把我国企业的思想政治工作纳入行政序列，融合在日常的生产与经营管理工作之中。党委主要抓党的建设，以党员的模范作用来影响群众。

二 重视解决企业领导短期行为问题

企业领导短期行为与承包经营任期制有关。企业领导人一般任期3—5年，对企业经营管理很难做长远打算。国家应从政策上促进经营者、管理者和劳动者同企业建立共同利益机制，形成命运共同体，增强企业凝聚力，使每个职工都树立起与企业共兴衰的观念。

三 切实加强企业职工教育

我国企业职工教育形式主义严重，教育费用支出很大，但效果不佳。职工学函授、上电大、进党校，往往是为文凭、为职称，许多人学不对口，学而无用。还有一些人是花钱买“文凭”。建议国家今后对企业再不要搞“一刀切”的培训。企业教育要强调学以致用，进行专业培训，以及配合选拔干部的阶梯教育。

四 改革企业人事管理制度

借鉴日本职务晋升与资格晋级的做法，建立正常规范的用人制度。没有机会担任领导个干部的可参加资格晋级。每年一次评议，记录存档，增加企业的凝聚力。干部提拔要有必要的台阶，成绩突出的可缩短台阶停留时间。

五 建立有活力的企业内部分配机制

借鉴日本经验，在企业应尽快推行年功主义 + 能力主义的结构工资制，使工资等级体系与职务岗位晋升提拔和资格晋级体系同步。建立适合我国国情的、科学规范的内部分配机制，消除职工不公平感，激励职工奋发向上。

六 加强企业的民主管理，充分发挥职工的聪明才智

日本企业重视合理化建议活动。这原本是中国的，但是我们没有很好的坚持和发展，却被日本企业吸取发挥得淋漓尽致。每个职工提多少合理化建议，已成为衡量企业是否先进的标志之一。我们应该反思，采取措施，加强企业的民主管理，充分调动和发挥广大干部职工的积极性。

七 经济体制改革是从搞活市场，还是从搞活企业入手，需要研究

从日本经验看，要搞活市场，首先要搞活企业。日本市场繁荣是多年企业发展所致。生产第一性，交换第二性，企业搞不活，经济发展没有基础。我国宏观经济的治理整顿，一定要坚持以搞活企业为中心环节，不要把企业搞死。

八 切忌空谈，狠抓实际

企业是国家经济命脉的细胞。企业效益是国民经济增长的基础。考察日本企业，发现有很多管理思想、方法，都是我国首创的，例如。为人民服务、以厂为家、从实际出发等等，而我们自己反而落实不太好。要把企业搞上去，必须从基础工作点滴做起，提出口号很容易，只有认真贯彻落实，一丝不苟，才能制度化、规范化、经常化，收到预期的效果。

九 政企分开势在必行，国家应从法律、制度、政策上给予明确

现在政府包揽企业事务的问题尚未完全解决。企业承担的许多应由政府管理的社会服务功能也没有完全剥离。企业的厂长（经理）往往要用一半以上的精力和时间，应付上级的会议和名目繁多的检查评比。照此下去，企业难以搞活。建议国家从法律、制度、政策上对“政企分开”问题给予明确规定。

日本经济发展有许多经验值得借鉴，但是也存在许多问题，例如，日本经济发展速度正在放缓，物质资源严重不足，劳动力严重短缺，这些矛盾制约着日本经济的发展。我们认为：只要我国改革开放的政策稳定，安定团结，全国人民继续艰苦奋斗，加强企业管理，提升技术，坚持质量第一，努力开发市场适销对路产品，中国的富强是大有希望的。

芝加哥期货交易所*

继“股票热”在我国掀起狂潮之后，期货交易热又开始引起人们极大的关注。期货市场和现货市场有很大不同。现货市场成交以后，货品便即时交收。而期货市场，主要是买卖标准化的、可转让的合约，才能以交易时订的价格，在将来某一特定日期，买入（收货）或卖出（交货）某一种类一定数量的产品，有关的产品，可能要到1年或更久的时间才能交收。最近，我们怀着极大的兴趣，访问了芝加哥期货交易所，对国内尚不太熟悉的期货经营方式进行了考察。

期货交易所的创立

芝加哥期货交易所首创于1848年，是世界上历史最悠久、规模最大的期货交易所。芝加哥期货市场的设立，最初是用来改善农民和买家间的交易状况的。促成期货交易所成立的直接原因，是当地农产品仓库严重不足，市场需要大量流动资金周转。19世纪40年代芝加哥农民在农产品收获后，通常都要尽快将所有的收成运到市场销售，因而转瞬间芝加哥所有的仓库都被塞满，过剩的农产品便弃置街头，使市场价格急剧下降；几个月之后，农产品又出现短缺，价格遂再攀升。受价格波动影响的往往是主要食品，如面包等。所以，受害的是消费者。制造商也由于原料短缺，纷纷宣告破产。要避免这种供应不稳定和价格波动所造成的混乱现象，亟须确立一种完善合理的市场交易制度。于是，在1848年芝加哥出现了期货交易所以及远期交易合约制度。远期交易合约，对于买家和卖家双方于某时间和某地交收某一数量的产品，具有约束效力。但是，不久买家和卖家都觉得需要有一种可转让的合约，同时，又觉得需要将农产品分等级和对交易有公证机构进行监管。凡此种种原因，促成1860年芝加哥期货交易所走向正规化。

---

*1992年以张重庆为团长的中国企业信息工作代表团，考察芝加哥期货交易所后，由作者所撰写的介绍文章，原载于1992年《环球企业信息》第12期。

期货交易所的业务

芝加哥期货交易所并不直接从事于商品的买卖，也不订定商品价格，而只提供中央设施系统、供会员从事期货选择权合约的交易买卖。最初，包括小麦、玉米、燕麦、大豆、大豆油、大豆粉的期货，以及这6种期货的选择权合约。现今已经扩展至非农产品类，如国库券、能源产品、贵重金属（如金、银）等期货及期权合约的交易。期货交易的这些合约，是经过标准化处理的、可转让的法律的契约，买卖双方同意在某一特定的交割月份、收受或交付某一特定品质与数量的商品，交易的月份可远达18个月以后，交易员在交易池内所站位置，代表其所要买卖的月份。

为追踪交易订单的流程，交易厅四周布满了电话机与传真机的柜台。这些柜台都是由会员向交易所承租，供接受外面客户订单所用。交易所总共有1万多条电话线。当接到订单时，首先将它写下，签上收到的时间后，立即交给该公司穿金黄色衣服的跑单人，将此订单传达到交易池内的经纪人，以便执行该订单。

期货交易所是一个没有中央拍卖员的公开拍卖市场，如此可以确保每一位交易员，都具有同等买入与卖出的机会。交易所采用的是竞争喊价，并配合手势的交易方式。当看到一交易员手臂向上伸直而掌心向外时，这表示他要卖出；如果他的掌心向内时，这表示他要买进。垂直方向的手指，则代表买或卖的合约数；横放的手指，就表示买或卖的价格。谷物的最低价格变动额是每蒲式耳1/4美分。而每一单合约是5000蒲式耳，当两位交易员达成协议时，双方便以眼睛传神表示交易完成，并高喊“成交”。合约可以在同一价格上作无数次买卖，当价格向上或向下变动时，必须向交易厅市场价格报价员报告。报价员坐在交易池凸出的报价台上，他们是被交易所雇用的职员。他们必须把价格变动的资料输入电脑，经过审核后电传到交易厅四周墙上的报价板，由此处再传到一边墙上的绿色电动荧幕上，最后,再由此而经过人造卫星传送到全球80多个国家的交易所。

每位交易员身穿不同颜色夹克，表示他们代表着不同的会员公司。这种夹克既随便，又宽松，有许多口袋。因此，比穿平常的西装来进行交易要舒服得多。看一看交易员的手，会注意到他们每人手上有他们个人的交易卡。他们使用这些卡片来记载当天买入与卖出的合约。在一天之内的某特定时段里，这些卡片会被送到清算公司，该公司便在法律上变成了每一笔交易的对手方。该公司每日为每一笔交易作结算，同时按交易法规，所有会员必须在第二天市场开盘前，将手上的每一笔交易经由该公司结清。

芝加哥期货交易所是非营利性，又有自律性的组织，拥有1402名正会员，以及700多名副会员。此外，还有政府债券会员，指数、债券与能源会员，以及商品选择权会员等。目前，只有会员才能进场从事交易。会员可以由他们所佩戴的黄色牌子辨认出来。名牌黑色字体，代表姓名缩写。在交易所内不能有两位会员，具有同样姓名缩写的字母。副会员所佩戴的是红色名牌，他们只能在金融产品交易厅内进行交易。至于会员席位的取得，是当有席位要出售时，经由“讨价还价”的程序进行买卖的。每一申请人，必须符合一定财务上的要求，以及有两位会员作担保。会员席位的价格依供需情况而波动。

有两种期货交易人：一种人是属于套期保值者或者避险者；另一种人是市场创造者，或者称为投机者。所谓避险者，乃是通过期货市场来获得价格的保险。他们使用期货市场，把某一商品将来的价格锁定在一个价格水平上，以便成为有效的风险管理工具，使产品价格不受市场价格波动的影响。规避风险者，例如，农民、谷物储藏商，食品及其他类的加工商、出口商及抵押贷款银行家。农民用保值价来保障农产品价格；基金管理人用保值价保障基金价值等。市场投机者是为自己进行交易的自营商，基于他们所掌握的市场行情，以及对利润的预测，愿意承担规避风险者所不愿意承担的风险。市场投机者能提供市场流动性资金，也就是风险投资资金，如此，能够使规避风险者可以容易地进行期货及期货选择权合约的买卖。没有市场投机者在市场内的活动，便不可能有如此活跃的期货市场。

期货市场的经济效益

在期货市场公开拍卖制度下，所有叫价和出价都是买家和卖家个人判断订定的，达成的交易价是一个真正反映买卖双方意见、需要和预测的价格。通过期货市场公开拍卖的过程，有助于调节市场供求平衡，维持市场物价的稳定。对农民和其他原料生产商来说，期货市场是个活跃、竞争激烈和持续的市场，能为其产品建立一个市场价值。对于消费者而言，假如食品制造商要承担原料价格突涨的风险，制造商便会将增加的成本转嫁给消费者，而期货市场的存在有稳定物价的作用。对投资人或基金管理人来说，又可运用投资策略在期货市场进行买卖，赢得合理收益。再者，由于期货市场价格能真实地反映世界市场供需状况，因此，对于未来市场供求变动，有“预先警告”的重要作用。例如，一种农产品远期价格上升，那么，对买家便有警告作用；同时，也提醒供应商增加产量，反之，远期价格下跌，亦会刺激需求，警告供应商减少产量。又倘若市场价格不稳定，亦表示经济出现困难，如货币供应量和通货膨胀大幅度上升等等。

期货交易知识问答*

一　在期货市场买卖哪些类期货合约？

最初从农产品期货交易开始，现今已扩展至国库券、能源产品、贵重金属等期货以及期货合约的交易。在芝加哥期货交易所买卖的，是远期合约在某指定时间和地点交收的单一数量和品质（等级）的产品的法律承诺。

二　期货买卖价格如何定？

价格是由场内的交易决定的。买卖双方忙乱的手势和喊叫声，就是买方想争取最低价格和卖方要争取最高价格所致。任何时刻，期货市场每类货品确定的价格，都是真正通过公开竞争，并由买家和卖家一致同意而定出的。根据交易规例，芝加哥商品交易所内所有的叫价和出价，都要公开地大声喊叫出来，让各卖家都听清楚各买家提出的价格，各买家知道各卖家想要的价格。因为在期货交易所内，叫价和出价，很容易被沸腾的人声所淹没，所以在期货交易所内，叫价和出价，很容易被用手势来帮助沟通。

三　什么原因令价格改变？

价格的改变，能反映出全球市场供应状况和变化。任何有关的消息，如依阿华州降雨量、大国的人口需求，以致银行利率调整等，都会影响市场供求关系的改变。这些因素变化，价格也会随之改变。

四　期货价格会追随现货价格升降吗？

虽然并非绝对一致，但期货和现货的价格多多少少都会同步升降的，因为两者都是反映供求关系的变化。由于现货价格和期货价格之间的关系能够合理预测，就产生了所谓的保值作用，即保障商品免受未来价格升跌影响所造成的损失。

五　有人会利用价格改变而从中获利吗？

有的，投机性质的投资人，提供市场所需的流动资金，使保值者能自由进

---

*1992年以张重庆为团长的中国企业信息工作代表团，考察芝加哥期货交易所后，由作者所撰写的介绍文章，原载1992年《环球企业信息》第12期。

出市场，同时又代保值者承担因拥有商品所带来的财务风险。利用价格变动而获利的投机者，决定买进或卖出期货，是以他相信价格会上升或下降而定。倘若投机者能准确地估计到价格何时上升或下降，便有利可图，反之亏损。

六　期货到达交收之日，又如何处理呢？

买家或卖家都有权提取买得或运交卖出的商品，或金融票据。不过，买卖期货的投资人很少这样做，因为他们通常会在买卖的商品交收到期前，以反交易方式将到期的期货合约抵消。而期货合约一旦达到投资目的，例如，为保值者提供暂时的价格保障，或帮助投资者达到赚取利润之目的，期货交易者大都愿意作抵消的购买人或卖出的交易人，因为这样可免除交收货的责任。至于真正希望买入或卖出商品，买入或卖出金融票据者，交易所订有买卖双方依循的规则。

七　何时缴付或收取期货合约的款项？

期货交易所之外设有期货交易结算公司，专门负责验证及处理交易所内全部有关的交易。结算公司要在第二天的交易前，整理好所有相关的贷项和借项。

八　何谓保证金？

期货交易者，需缴付一笔保证金，以确保履行期货的合约，通常保证金约为合约价值的5%—10%。

九　何谓“基差”？

“基差”是指某一特定时间内，期货价格与现货价格之差。例如，农民将作物卖出，每蒲式耳现货价格“低于期货价格一角”。换言之，现货价比交易所期货价低一角，在这种情况下，“基差”就是一角。基差的改变，会有损或有利保值者。保值者愿意承担基差改变的风险，因为基差风险通常远较价格风险为低。

十　如何保证交易所的合约有效？

芝加哥期货商品交易所不仅提供交易服务的硬件设施和服务，让有意从事期货交易活动的商家能够聚集在一起，而且还制定和执行交易所有关的操作规则，确保所有的交易价格，都是在公正和公开竞投的情况下订立的。交易所的结算公司作为运营的后盾，保证交易所内每一宗期货买卖得以顺利进行。美国政府的期货交易委员会，则负责监管期货交易所及其他由联邦政府签发牌照的交易所。

十一　何谓保值者和投机者？

期货市场提供集中场所，让保值者能将持有商品的部分财务风险转嫁他人。因此，保值者不仅密切注视期货和现货市场，同时也密切注意“基差”的变化。投机性质的投资者，对期货市场功能是很重要的。保值者寻求免受未来价格作不利变动的保障；投机者却寻求价格变动带来的利润。投资性质的投机者最有价值的贡献，是他们乐意在市场内提供活力，承担因期货价格变动所带来的财务风险。

美墨边境自由贸易加工区*

从1966年5月开始，墨西哥政府利用毗邻美国的地理位置优势，给予外国投资者优惠税收政策和建厂的便利条件，吸引外国投资者在墨西哥境内的自由加工贸易区，利用廉价劳动力和土地资源，设立生产装配厂，进行组装加工，扩大出口贸易，对解决劳动力就业，刺激国内经济发展起到了促进作用。

1989年美国与加拿大实施自由贸易区协议之后，又加紧与墨西哥进行自由贸易区谈判，计划1992年底正式签署协议。最近布什总统发表谈话，表示要争取在11月份大选之前在美墨自由贸易区谈判方面取得进展，达成重要协议，同时表示要加快签署包括美国、加拿大、墨西哥三国在内的北美自由贸易区协议。

美国、加拿大、墨西哥三国占据整个幅员辽阔、自然资源丰富的北美洲，拥有3.6亿人口，生产总值达6万多亿美元，具有很强的经济优势。北美自由贸易区的形成将对世界经济发展的格局，对南美洲、亚洲、太平洋地区和欧洲的经济发展产生重大影响。不久前，笔者及其中国企业家代表团百名成员前往美墨边境城市圣地亚哥进行了访问考察。

在美墨边境，远远望去，可以看到许多厂房、仓库，以及正在施工建设的项目。公路两侧，建有许多商店，货架上堆满了琳琅满目的货物，服装、鞋帽、电器、五金、食品、工艺品等，应有尽有。货摊前人群熙熙攘攘，生意兴隆，大批游客光顾。在国界线上，耸立着一块醒目的界牌。公路上，一辆辆大货柜车从美国开往墨西哥，不必办理入境手续，也看不到检查站和检查人员阻拦，呼啸而过，长驱直入。人行道上，边界线铁栅门大开，从美国进入墨西哥无人值守，行人不需要接受检查和办理入境手续，一迈腿就可以从美国跨入墨西哥境内，可自由深入墨西哥境内100公里。有不少人从美国到墨西哥帝华纳市观光旅游。与此相反，从墨西哥进入美国需要严格查验护照，汽车和行人排成长龙阵，依次缓缓办理入境手续。不过，美国对边境的管制并不严格，在光天化日、众目睽睽之下，

---

*本文原载1992年香港《中国现代经济》杂志第3期。

竟然可以看到非法入境者，从墨西哥翻越边境屏障进入美国。

近几年美日韩等国大企业很愿意在墨西哥投资。因为墨西哥劳动力、土地和设备价格低廉，生产成本比美国低很多；地理位置与美国南加州接壤，通信和基础设施条件好，人员来往方便，公路运输距离短，运费低廉。从墨西哥进货到洛杉矶，运输费仅是从韩国或日本进货的1/4；且交货期短，商业运营效率高。在墨西哥生产产品交货周期仅需5—6天，就可运达美国市场，而在新加坡生产，交货周期需35—50天。墨西哥在吸引投资方面具有很强的优势。美国在墨西哥大量投资，既取得了成本低廉的商品，又为墨西哥创造了大量就业机会，带动了墨西哥经济的发展，所以，在建立自由贸易区问题上，两国政府态度积极。1984—1989年，美国在墨西哥直接投资已达318亿美元。过去3年，美国对墨西哥出口增长2/3。现在，美墨自由贸易区已经有1600多家外国企业，包括电子、电器、纺织、机械、家具、汽车、运动器材、医疗器材、食品饮料、皮革、玩具、塑胶制品、建材、船用零件及设备、纸张、化工等行业，这些企业大多数属于美国。值得注意的是，若干美国公司已将其设在中国台湾、韩国、泰国、日本的部分工厂迁至墨西哥。据介绍，美国加州的一家公司将设在台湾的电子工厂迁往墨西哥，其生产成本下降45%。美国投资转向墨西哥这个动向值得注意。

美中企业家经贸洽谈会在洛杉矶市政府会议大厅举行，中国企业家代表团副团长兼秘书长张重庆（右一）与美国企业家进行洽谈

培养和造就职业化的企业家队伍*

中国企业管理协会和中国企业家协会常务副理事长张重庆与会长袁宝华

今天，我们怀着十分喜悦的心情，迎来第二届全国企业家活动日。来自全国各地的企业家代表汇聚邕城，共商企业改革大计，同议企业发展之举，这是全国企业家的一次盛会，也是全国企业界的一件大事。我代表中国企业家协会、中国企业管理协会向大会致以热烈的祝贺！向全国的企业家们致以节日的问候！向

*本文原载1995年4月22日《中国企业报》，系作者在全国企业家活动日大会上所致的开幕词。

来自全国各地的企业家代表表示诚挚的欢迎！向给予全国企业家活动日以支持的党和国家的领导同志，向各级政府部门，向广西壮族自治区的党政领导同志表示衷心的感谢！

党的十一届三中全会以来，随着我国从计划经济向社会主义市场经济的迅速转变，一批优秀企业家脱颖而出，企业家队伍逐步形成。作为市场经济的主体力量，对推动我国经济体制改革和企业改革与发展的历史进程，做出了重大的贡献。为了增强我国企业家勇于改革创新的历史使命感，激励企业家奋发向上，锐意改革，开拓进取，培养和造就职业化企业家队伍，去年年初，在福州召开的16个省、自治区、直辖市企业家协会联席会议提出在全国举办企业家活动日的倡议，经中国企业家协会、中国企业管理协会会长联席会议决定，从1994年起，每年4月21日举办全国企业家活动日活动，组织企业家研讨企业改革与发展的重大问题，表彰优秀企业家，举行企业家同政府领导人座谈等多种形式的有益活动。

党中央、国务院的领导同志，对开展全国企业家活动日非常重视。江泽民、李鹏和薄一波、邹家华、李岚清等中央、国务院领导同志为全国企业家活动日题词，要求企业管理协会和企业家协会“发挥桥梁纽带作用，更好地为企业和企业家服务”。中央、国务院领导同志的重要指示，为协会工作指明了前进方向，我们要认真学习贯彻党中央、国务院领导同志的指示精神，进一步发挥企协的服务功能，促进企业发展，促进企业家队伍成长。

今年全国企业家活动日的主会场设在南宁，与此同时，全国30个省、区、市和200多个大中城市也都隆重举办企业家活动日。今年企业家活动日的主题是“深化国有企业改革，造就优秀企业家队伍”，我们要交流企业改革与发展的经验，探讨搞好国有企业，建立现代企业制度，造就职业企业家队伍的问题，总结交流企协在新形势下加强自身建设，为企业和企业家服务的经验。通过企业家活动日，我们要动员广大企业和企业家进一步贯彻邓小平同志建设有中国特色的社会主义理论，落实党的十四届三中全会精神，为促进国民经济持续、快速、健康发展做出新贡献。希望大家共同努力，把全国企业家活动日大会开成深化企业改革，增强企业家素质，造就企业家队伍的总结动员大会，继往开来，继续奋斗，为企业发展和国家经济振兴创造辉煌！

根据党中央、国务院领导的指示，协会要进一步发挥桥梁纽带作用，拓宽服务领域，深化服务功能，以建立现代企业制度为重点，为企业和企业家提供高层次、多方位的配套服务；在抓好调查研究、培训、咨询、信息服务、法律顾问、国际交流和书刊报纸出版工作的同时，积极创新，开拓新的业务。

今年要集中力量重点抓好以下12件大事：（1）撰写和发布年度中国企业

改革与企业管理研究报告；（2）追踪调查现代企业制度试点企业，帮助总结经验，进行宣传推广；（3）举办第二届全国企业家活动日；（4）评选优秀企业和优秀企业家，协会的报刊要加强对优秀企业、优秀企业家管理经验的总结、推广和宣传；（5）审定表彰一批全国企业管理现代化创新成果；（6）成立法律顾问工作委员会，维护企业和企业家的合法权益；（7）组织力量编写《企业家知识更新教学大纲》，开展资产评估、企业上市等培训活动；（8）与中央电视台合办《现代企业内部管理电视系列讲座》；（9）组织全国市场产品竞争力调查，发布《'95全国市场产品竞争力评价报告》和《'95中国市场产品竞争力排行榜》；（10）建立中国企业家和企业数据库，为中外企业家合作交流提供企业和企业家资信查询服务，为企业家人才进入市场流动提供服务；（11）评选1995年度10大企业新闻；（12）与世界经济论坛、澳中贸易理事会及其他机构合作，继续办好企业领导人国际会议等有影响的国际交流活动。

我们坚信，中国企业管理协会和中国企业家协会的工作，在党中央、国务院领导的关怀下，在各级政府部门和广大企业家的支持下，在协会工作参与者的共同努力下，一定会不断开拓进取，取得更大的成绩。

张重庆常务副理事长与出席企业家联席会议的华北五省市企业家协会、企业管理协会负责人

满足顾客　经营革新*

在“满足顾客、经营革新”大会隆重开幕之际，我谨代表中国企业家协会和中国企业管理协会，以及我本人向韩国能率协会和韩国企业家致以最热烈的祝贺！向荣获“满足顾客、经营革新”大奖的企业卓越领导人表示最衷心的祝贺！作为中国的同行，我们对能率协会和获奖的“十大企业”在韩国经济腾飞过程中发挥的重要作用深表敬意！

“满足顾客、经营革新”，高悬在会场上的这八个醒目的大字，非常绝妙形象！它反映了现代企业管理科学的精髓。顾客是“上帝”、“服务至上”，这是商界的至理名言。只有满足顾客，才能开拓市场，把产品变成美元。市场瞬息万变，经营者只有不断进行经营革新，企业才能动态适应市场，具有生命力。从这个意义上说，经营就是革新。

大企业的成功经营是韩国经济腾飞的基础。韩国能率协会和韩国企业家如此重视经营管理，在“满足顾客”和“经营革新”上下工夫，正是抓住了现代企业管理科学的精髓，抓住了现代企业运营的关键，使我们从中感悟到韩国大企业迅速崛起和实现国家经济腾飞的秘诀，这很值得各国企业经营者学习和借鉴。

中国企业管理协会和中国企业家协会是在改革开放之初，由国家经济委员会主任袁宝华先生倡导和创建的，理事会包括300多位大企业领导人、政府部长和专家学者，目前组织机构已经覆盖全国200多个大中城市，拥有30000多名会员，与37个国家的管理组织建立了合作交流关系。

从80年代起，中国政府推进改革开放，从计划经济向市场经济转变，国民经济快速增长，发展前景诱人。同时中国12亿人口的消费市场，对各国企业家具有强烈的吸引力。中韩两国企业家的交流是十分有益的。中国企业管理协会、中国企业家协会愿意为两国企业家的交流贡献力量。最后，预祝会议圆满成功！

---

* 本文系作者1995年11月5日在韩国能率协会召开的“满足顾客、经营革新”大会开幕式的致词。

迎接经济全球化的挑战*

’99世界管理大会主席团秘书长张重庆致开幕词

我代表大会组织委员会宣布，国际管理学者协会联盟’99世界管理大会现在开幕。这次会议是世纪之交的一次全球性管理科学研究成果交流盛会。“全球化与管理革命”这个主题是各国管理学者和企业家所共同关心的热门话题。通过这次会议，各国管理学者和企业家将展示和分享彼此的研究成果，进行深入的探讨

*1999年7月18—21日国际管理学者协会联盟在北京人民大会堂召开’99世界管理大会，本文系作者代表大会组织委员会所致开幕词。

交流，这对新世纪管理科学的发展和繁荣必定产生积极的推动作用。

国际管理学者协会联盟出席大会的有，联盟主席团的四位执行主席，加拿大行政管理科学协会主席皮迪特教授、法国会计协会主席布尔罗教授、美国管理科学院主席比耶尔教授、日本工商行政管理协会主席野口佑教授，以及芬兰管理协会主席赫博格教授、法国管理教育基金会主席佩斯奎教授等80多位国际著名的管理学专家。

中国方面出席会议的有，全国人大副委员长成思危教授、国家经济贸易委员会常务副主任郑斯林、财政部副部长张佑才、中国社会科学院副院长陈佳贵，中国企业联合会和中国企业家协会名誉会长袁宝华、中国工业经济联合会会长林宗棠、中国投资协会会长陈光健、中国人民大学校长李文海等领导同志，以及来自全国各地的学者、企业家、政府部门代表等600多人。

对这次大会，中国管理界反应之热烈，参与人数之多，超出预想。组织委员会收到了来自世界各地的论文186篇，经学术委员会审定，其中150篇论文作为大会正式论文，参加会议交流，并编入了大会文集，其中有一批水平较高、富有新意的优秀论文为这次大会增添了光彩。

这次大会筹备期只有5个月，能够如期顺利召开，这同国家经济贸易委员会、教育部、财政部的支持，同中国人民大学、国家自然科学基金会、中国工业经济联合会、中国投资协会、中国总会计师协会、人民日报、首都企业家俱乐部等单位参与主办，所做出的努力是分不开的。

特别要提到的是，联盟执行主席、法国布尔罗教授4月份曾来人民大学讲学，两周前又腿部受伤，现在拄着双拐，不远万里，亲自来参加会议。这种精神实在令人感动。让我们以热烈的掌声，向世界管理学者协会联盟各位领导人，向各国管理学者协会代表，向中国政府部门领导和学者、专家、企业家们表示最热烈地欢迎，向为大会的召开作出贡献的单位和个人表示衷心地感谢！

管理科学是科学与艺术长期发展的结晶。博大精深的管理科学充满了无穷的活力和迎接挑战的精神。管理科学与科学技术都是生产力。管理科学的研究与实践是推动社会经济发展的一个关键性因素。

在未来的新世纪，发扬管理科学家不断创新、勇攀高峰的精神，迎接经济全球化、信息网络化、产业知识化时代的挑战，发展和繁荣管理科学，推动人类经济与社会发展，这是当代管理科学家面临的重要历史使命。我相信，国际管理学者协会联盟和各国的管理科学家一定会为此做出应有的历史性贡献！

国际管理科学的世纪盛会

国际管理学者协会联盟主办的'99世界管理大会，于1999年7月18—21日在北京人民大会堂召开。联盟主席团执行主席皮提特教授（加拿大行政管理科学协会主席）、布尔罗教授（法国会计协会主席）、比耶尔教授（美国管理科学院常务主席）、野口佑教授（日本工商行政管理协会主席），全国人大副委员长成思危、国家经济贸易委员会副主任郑斯林、财政部副部长张佑才、中国社会科学院副院长陈佳贵、中国企业联合会名誉会长袁宝华、中国工业经济协会会长林宗棠、中国投资协会会长陈光健、中国金融学会会长黄达、中国侨联副主席陈兰通、中国管理科学研究院院长田夫等领导同志，以及来自中国、美国、加拿大、法国、英国、德国、荷兰、丹麦、芬兰、瑞士、日本、澳大利亚、马来西亚等国家的700多位代表出席会议。

大会组织委员会常务副主任和大会主席团秘书长张重庆主持会议，代表大会组织委员会和学术委员会作会议筹备情况报告，致开幕辞。中国人民大学校长李文海教授代表各主办单位向大会致辞。大会共收到国内外论文186篇，经学术委员评审，选出150篇论文作为会议正式论文，收入大会出版的中英文文集《全球化与管理革命》。

高质量的大型报告会

在大会开幕式暨大型报告会上，大会主席成思危和皮提特教授发表了主题报告，联盟领导人和中方领导同志、海内外著名教授和企业家作了专题报告。大会两主席的主题报告是：成思危《新世纪的机遇与挑战》、皮提特《全球化与管理科学的关系》。中方专题报告是：郑斯林《促进国有企业改革发展的宏观政策体系》、张佑才《中国财政状况与会计管理制度的改革》、林宗棠《产业结构调整与行业管理体制改革》、黄达《面向经济全球化的中国金融改革》、胡景岩

《利用外资和对外资的管理》、李京文《知识经济与中国经济发展》、李留恩《建设技术创新型企业》、郭立文《企业管理三要素：简洁、实用、有效》。外方专题报告是：比耶尔《管理组织文化》、野口佑《发展综合交通体系的战略研究》、布尔罗《会计制度的全球化与协调发展》、谭安杰《督导机制在中国发展现代企业制度过程中的作用》、布洛克《项目管理的革命》等。

大会主题报告和专题报告，内容丰富新颖，具有吸引力，连续8个小时的大会，会场秩序井然，无人随意走动，代表专心听讲。参加大会的外交部的同志说：这次会议很成功，像这种情况很少见。会议代表反映，这些报告层次高、水平高，听了很受启发，对实际工作很有指导意义。

论坛会议气氛热烈

大会举行了两天论坛会议，中外论文作者分别在管理科学、管理战略、管理创新、资本管理、管理科技、综合管理等6个论坛上发表了论文，并就管理科学理论、管理方法、管理制度、管理组织、管理战略、管理创新、财务会计、金融财政、资本管理、企业创新、企业改革、企业家精神、企业文化、管理实践、信息网络、信息科技、通信与计算机、管理教育等问题，进行了深入的交流和探讨，气氛热烈，发言踊跃，参会人数多，探讨交流有一定深度。

新闻媒体对这次大会给予了充分的宣传报道。中央电视台“新闻联播”和香港凤凰卫视播发了人民大会堂报告会的实况。中央人民广播电台制作了40分钟的专题报道节目，中国国际广播电台播发了15分钟的大会专题采访和报道。新华社、《人民日报》、《经济日报》、《中国日报》、《经济参考报》、《科技日报》、《中华工商时报》、《中国财经报》、《中国改革报》、《科学时报》、《中国引进时报》、《北京日报》等报纸刊发了大会的专版、综合报道、照片、主题报告与专题报告、部分论文的摘要等。

会议的主要收获

参加会议的代表普遍认为，这次会议规模大，层次高，内容丰富，气氛融洽，论文和发言准备比较充分，进行跨国界、跨文化的交流，使中外双方获益匪浅。特别是探讨全球化环境下的管理革命，及其应采取的对策等方面的问题很有新意，对促进管理者和企业家确立新世纪的发展战略，推动管理创新和管理科学的发展，深化企业改革，建立现代企业制度具有指导和借鉴作用。

会议期间，一些国际著名学者受聘担任中国大型企业集团的顾问，或受到中国企业的邀请，约定会后专程前往作专题报告和提供企业发展战略咨询，他们感到特别高兴。

大会主席团秘书长张重庆在闭幕式上作总结发言，他强调，联盟及其各国协会领导人、海外学者和中国学者、企业家发表了许多高质量、高水平、富有新意的论文和演讲，展示交流了管理科学研究的新成果，这不仅是各国管理学者对科学研究成果的相互分享，而且对管理科学和社会经济的发展都会产生积极的促进作用。他特别指出，这次管理大会能够短时间内在北京筹备和成功召开，显示了中国管理科学界的强大阵容及其学术研究水平，表明中国管理学界有能力举办大型国际学术会议，我们愿意承办 2008 年的第 10 届世界管理大会，请联盟执行委员会予以考虑。

中国人民大学校长代表冯俊在闭幕式上发表了讲话。他指出，这次大会筹备时间只有短短 5 个月，能够取得成功，主要是领导重视、关系和谐、各方共同努力。他代表主办单位向出席大会的联盟领导人和海内外代表表示衷心感谢。

联盟领导人对会议的评价

联盟领导人对这次大会给予高度评价。皮提特主席致闭幕词，他说：“我对这次大会很满意。大会组织者充分利用了联盟的力量，邀请了历届主席参加会议和作报告。”“会议探讨的全球化与管理革命，是所有人都将面对的共同问题。”“通过参加这次会议和阅读大会论文集，感到有所收获。我会把大会论文集带在身边，经常阅读，从中得到启发。”“人类将进入 21 世纪，我们将要谱写人类的第三个千年史。回顾本世纪有太多的遗憾：无数的战争；不同的文化背景下的人们缺乏沟通，缺乏对于相互价值观的理解。我们只能企盼新世纪，让我们一起祝愿，人类将变得更睿智，头脑更开放，更能接受文化差异。我们能享有一个更加和平的世界，一个充满着希望、不断进步的高品质的世界。”

布尔罗主席说：“这次大会安排政府官员演讲很好，谈到中国经济发展的许多关键性问题，这对海外代表尤其重要，听后很有收获。”联盟前主席比耶尔说:“这次大会是联盟发展的一座里程碑。”野口佑主席说:“这次大会在北京召开，显示了亚洲管理学界的实力，表明在联盟的活动中，亚洲管理学界的作用会越来越大。”未参加大会的联盟主席团主席埃克瓦拉教授在会议结束时，专门从西班牙发来贺电，对大会取得成功表示热烈祝贺。

美国经济与企业发展动力探析*

中国企业家代表团在加拿大蒙特利尔，参加第五届世界管理大会之后，访问美国，参观考察企业，进行国际市场调研。

在考察访问中，通过广泛接触，大家明显地感觉到，近年来，美国经济发展所带来的市场繁荣。目前，美国经济仍然处于高涨时期，科技市场、股票市场、房地产市场、旅游餐饮服务市场看好。

美国的经济和企业发展为什么能达到如此程度？代表团认为，以下几个方面的重要原因，值得我国企业吸取借鉴：

一　对企业的高级管理人员实行年薪制

美国企业对高级管理人员的报酬实行年薪制，在企业里享有工资、分红、股票、管理股等，企业经济效益与个人的报酬紧密挂钩，薪酬待遇优厚。因此，企业高级管理人员工作勤奋努力，经营管理绩效突出，企业经济效益提高，个人薪酬待遇自然同等提高。这种个人报酬与效益密切挂钩的多种方式的分配机制，有利于激励高级管理人员发挥积极性、创造性，不断改进和加强企业管理，提高企业经济效益，推动国民经济的迅速发展。

二　给所有的人平等竞争、发挥能力的机会

按照美国的法律规定，任何企业聘用员工，必须明示：不问宗教信仰、不问民族、不问年龄、不问性别、不问个人背景和个人隐私。也就是说，“以人为本”，尊重所有的人，给所有想要工作的社会成员创造发挥个人能力和作用的机会，提供参与平等竞争的舞台，使“人尽其能、人尽其才”，最大限度地发挥全体社会成员的劳动积极性、创造性，提高社会生产力。

三　采用高薪制度，提高效率，降低社会成本

---

* 本文原载《第五届世界管理大会中国代表团文集》，系作者2001年率中国学者代表团出席国际管理学者协会联盟在蒙特利尔召开的第五届世界管理大会，回国后撰写的访问加拿大、美国的考察报告的节选。

美国政府以高薪制度，推动工作的高效率，降低社会成本，促进国民经济发展。由于美国普遍实行高薪制度，人工成本费用很高。因此，所有政府机构、社会团体、服务机构和企业的负责人，每做一件事都要考虑成本预算，尽量减少用人，提高工作效率，以减少人工费用成本的支出。

这种高薪制度，发挥了双重激励作用，既激励和调动个人的劳动积极性、创造性的充分发挥，又激励和推动所有的政府部门、企业、社会团体和公益事业机构改进工作，提高效率，降低运营成本，从而形成追求高工资和高效率的良性循环局面。

在我国，由于长期实行低工资制度，人工成本费用支出低，既影响职工积极性、创造性的充分发挥，又导致政府部门、社会团体、企事业单位，普遍不重视减人增效的问题。至今，虽经几次政府机构改革和企业优化组合，但是，政府机构庞大臃肿、重叠交叉，甚至人浮于事、缺乏效率的问题，并未得到真正彻底地解决。企业冗员过多，包袱过重，生产效率低下的问题，也还没有从根本上解决。相反，在一些中外合资企业，由于实行高薪制度，报酬待遇丰厚，管理者不得不注意充分发挥职工的作用，运用现代化管理技术手段，提高工作效率，减少人工成本费用的支出。对西方企业行之有效的实行高薪制度的经验，很值得我们认真研究和吸收，尽快进行工资分配制度的改革，采用工资、分红、股票、管理股等多种形式的报酬制度，鼓励市场竞争，提高工作效率，激发工作者的活力，促进社会经济快速发展。

四 政府不干预企业的经营管理，只过问税收、安全与环境保护

美国政府尊重企业的合法权益，不干预企业的经营管理，只过问税收、安全与环境保护。政府官员和议员不伸手从企业为个人捞取利益。UAD金属工程公司总裁说，最近几年，公司业务发展很快，通过公开招投标，我们承包了政府的许多建筑工程项目。多年来我们与负责发包的政府官员、税务监察机构频繁打交道，联系了许多朋友，包括政府官员、国会议员等等。逢年过节，想请他们出来吃顿饭。但是，他们从来都是婉言谢绝，绝不参加，如果实在推辞不了，也一定自付饭费，这一点从来都不含糊。相反，议员还会定期来公司拜访，征求意见，询问有什么事情需要提供帮助。

对于企业，政府部门及其官员，只管照章收税，只管生产安全和环境保护问题，从不随意干预企业自身的生产经营和管理。这种透明的政府为企业服务的管理机制，以及官员和公众机构的自我约束机制，既有利于树立政府的廉洁形象，保证招投标的公正性，又有利于防止官商勾结，严格保证工程的质量和坚持质量验收标准，以及企业工程项目的有序运作。

第五篇

中国经济

Section 5 China Economy

企业竞争力是构成国家综合竞争力的核心要素。产品或服务的竞争力是企业竞争力的集中具体，是衡量企业竞争力的主要标志。

市场品牌是企业宝贵的智力资产，是产品、服务、文化、营销与历史交融的升华和结晶。重视市场品牌效应，创造企业的知识优势、质量优势、服务优势、文化优势和营销优势，铸造民族品牌，是提升竞争力的关键。

因特网的诞生，使地球公民不分国籍、不分民族、不分肤色、不分年龄，共同畅游在IT世界里。知识和信息的瞬间公开化，使之没有任何人可以独占，传统的等级集权式的管理体系在弱化。因特网作为全球性自发的公用基础设施，没有政府行政部门的集权式管辖和控制，是典型的无中心国际企业联盟。

在经济全球化的历史条件下，市场经济机制的能量将得到充分释放。智力资本、金融资本和物质资源在全球范围的优化配置，将进一步弱化国家、民族的界线，推动各国、各民族经济与文化的融合，加快经济全球化和社会民主化的历史进程。

采用先进技术 发展生产力*

邓小平同志亲自主持制定的《工业三十条》，提出“加强科学研究，采用先进技术”，这是提高劳动生产率，高速度发展社会生产力，迅速改变我国经济落后状况，改善人民群众物质文化生活的重要战略措施。

现代科学技术正在以空前的规模和速度应用于生产，特别是电子计算机、控制论和自动化技术的发展，使社会劳动生产率几十倍、几百倍地增长。几十年前一个炼钢工人一年生产不出几吨钢，现在西方发达国家一个炼钢工人的年劳动生产率达到四五百吨。事实充分证明了马克思关于“大工业把巨大的自然力和自然科学并入生产过程，必然大大提高劳动生产率”的科学论断。

据统计，世界工业生产劳动生产率的提高，在20世纪初只有5%—20%是依靠采用新科技成果取得，而现在是60%—80%，有的甚至是100%依靠采用新科技成果取得。以燕山化工研究院为例，最近研制成功出一种高密度聚乙烯新型高效催化剂，由于采用新的生产技术，使催化剂的活性提高100倍，工艺流程简化50%，单釜生产能力翻一番，装置总产量翻两番。胜利化工厂吸收消化国外先进工艺技术，使合成橡胶的产量短时间内翻了两番，实现了“一厂变两厂”的目标，每年可为国家多积累几千万元资金。这些事实说明，劳动生产率的大幅度提高，社会生产力的大发展，越来越依靠现代科学技术的力量。

先进科学技术创造出无比巨大的社会生产力。从一定意义上说，先进科学技术是推动历史前进的火车头。努力采用国外先进科学技术，是赶超世界先进水平的重要途径。

从世界各国经济发展的历史经验看，经济落后国家要赶上和超过经济发达国家，除了其他条件之外，最重要的原因就是依靠采用先进的科学技术。美国在19世纪30年代经济发展程度远远落后于大英帝国，可是到19世纪80年代就远远超

---

* 本文原载1977年8月23日《北京日报》，系作者在燕山石油化学工业总公司工作期间所写。

过了号称世界工厂的英国，其重要原因就在于，一方面依靠国内的发明创造，革新生产技术装备；另一方面大量采用英国等发展较早的资本主义国家的先进生产技术和企业管理经验。近十多年日本经济迅速崛起，缩短了同美国之间存在的三四十年的差距，重要原因之一，就是日本对新技术具有很强的吸收消化能力，采用的新技术比美国多，设备更新的速度比美国快。20世纪30年代苏联在经受了长期国内战争的磨难之后，赶超西方发达资本主义国家，重要措施就是广泛吸收和应用世界先进科学技术。十月革命胜利后，在列宁、斯大林的领导下，苏联重视采用先进科学技术，发展社会生产力。在大力开展本国科学技术研究的同时，积极吸取欧美先进科学技术成果，使当时的苏联工业迅速接近了西方发达国家。我们要在经济上赶超世界先进水平，一定要广泛采用世界先进技术，大幅度提高社会劳动生产率。只有这样，才能改变我国经济落后的状况，建立起强大的物质技术基础，彻底摆脱被动挨打、受人欺侮的地位。

科学技术没有国界，没有意识形态之分，是全人类的共同财富。采用先进科学技术，既包括采用本国创造的科学技术成果，也包括引进外国先进的科学技术成果。我们既要反对妄自菲薄，一切依赖外国；也要反对盲目排外，闭关自守，故步自封。要大胆地有计划、有重点地引进我国现代化建设所急需的先进技术和先进设备，洋为中用，加快经济发展步伐。

新中国成立以来，周恩来总理正确贯彻毛主席关于向外国学习的方针，既坚持独立自主、自力更生，大力发展国内科学研究，进行工业化技术应用开发，又积极引进外国先进科学技术和先进技术装备，提高我国科学技术水平，推动社会经济的发展，奠定了新中国工业发展的技术基础，从而使社会主义建设取得了辉煌成就。我们用很短时间造出了汽车、火车、飞机、万吨水压机，爆炸了原子弹、氢弹，发射和回收了人造卫星，在世界上第一个人工合成了胰岛素等等。

但是，近几年来，由于林彪、“四人帮”的疯狂干扰破坏，使我们同世界先进科学技术水平正在缩小的差距又拉大了，为了迅速改变科学技术落后的状况，我们必须深入揭发批判“四人帮”散布的种种谬论，肃清极“左”思潮流毒，排除干扰，坚定地引进外国先进技术，为发展壮大社会主义经济所用。

现在，尽管“四人帮”已经被彻底粉碎，但是，他们的思想流毒和恶劣影响还远未彻底肃清。有些同志虽然对学习国外先进管理经验，采用外国先进技术，引进外国先进生产设备，也感到是必要的，但是心有余悸，放不开手脚，还没有完全摆脱“四人帮”精神枷锁的束缚，思想还没有得到彻底解放。为了加快社会主义现代化经济建设的步伐，我们必须大胆地采用外国先进科学技术，特别是在引进外国的先进技术和设备方面，思想应该更加解放一些，胆子应该更大一些，办法应该更多一些，步伐应该迈得更快一些。

发展社会生产力，提高物质文化生活水平，是广大人民群众的根本利益之所在。我们必须指出，引进外国先进技术和设备并不妨碍我国在政治上坚持独立自主原则。我们绝不接受西方国家奴役性的政治条件，但是在经济上可以做出一些必要的妥协让步，这绝不会损害广大人民群众的根本利益，而且正是为了人民群众的根本利益和长远利益。引进外国先进的技术和设备，也不是要躺在外国身上，一切依赖外国，而是洋为中用、吸收消化，使外国先进的技术为我所用，变成中国的自有技术，增强自力更生的能力。

前进的方向已经明确，今后的任务已经确定，关键是如何动员亿万人民群众朝着社会主义方向和既定目标，加快现代化建设的步伐，把过去的损失夺回来。为了实现社会主义现代化建设的宏伟目标，途径和方法可以是灵活多样的。

对于外国的技术和设备，凡是先进的，对我有用的，我们都应该大胆学习，大胆引进，大胆吸收，大胆采用，博采众长，在此基础上迅速提高我国工业的现代化技术水平。

以俄罗斯工业家企业家联盟副主席、原苏共中央书记吉里连科为团长的俄罗斯工业家企业家联盟代表团拜访中国企业家协会，张重庆常务副理事长与俄罗斯企业家联盟代表团交换合作项目资料

在新形势下怎样当好厂长*

为了探讨在新形势下怎样当好厂长、经理的问题，中国企业管理协会在无锡召开了厂长、经理工作经验交流会，有20个省市的96名厂长和专家、学者出席。这是中国企业管理协会自1979年成立以来首次召开的全国厂长、经理工作经验交流会。

参加会议的厂长来自各地的先进企业，如首都钢铁公司、大庆石油管理局、第二汽车制造厂、东北轻合金厂、上海棉纺十七厂、邯郸第二建筑公司等。大多数厂长都在企业里工作了二三十年，积累了丰富的管理经验。他们向会议提交了近40篇经验总结文章。会议期间大家敞开思想，交流经验，共同探讨了在改革开放的新形势下企业管理面临的新问题。

努力适应新形势的要求

大家认为，当前摆在厂长面前的一个重要课题，是如何使厂长适应社会主义现代化建设新形势的要求。

党的十一届三中全会以来，国家实行对外开放和对内搞活经济的政策，我国的工业企业管理进入了一个大转变时期，主要表现是：在指导思想上，从片面追求产品的数量、产值向注重提高经济效益和产品质量转变；在领导制度上，从党委过多地干预厂长的行政工作向党委领导下的厂长负责制转变；在管理体制上，从全国一个模式，高度集中统一，对企业管得过死，向扩大企业自主权，推行经营责任制，实现责、权、利三者结合转变；在管理方式上，从小生产方式向现代化大生产方式转变；在管理范畴上，从单一的生产管理，向包括开发、生产、销

*本文原载1982年6月10日新华社《经济参考》报，系同年5月23日至29日中国企业管理协会在无锡召开的首次全国厂长经验交流会的综述，著名的企业家尉健行、周冠五、黄墨宾等出席会议。

售在内的综合管理转变等等。

在实现上述转变的过程中，厂长面临着许多新情况、新问题。因此要当好厂长，单凭过去的经验知识是不够的，必须在指导思想、工作作风、管理方式、领导方法、个人素质等方面适应新形势的要求。

怎样当好厂长

会议认为，坚持四项基本原则和对领导干部革命化、知识化、专业化、年轻化的要求是当好厂长的前提。围绕这一前提，会议着重研究讨论了厂长的经营管理思想、修养与作风、工作的着重点、领导方法和领导艺术等问题，初步总结出一些行之有效的好经验，主要是：

要有艰苦奋斗、勇于创新的精神。作为社会主义企业的厂长，要坚持四项基本原则，具有坚定的信念、坚忍不拔的意志、艰苦奋斗的精神，大胆负责的品德和勇于创新的气魄。

要有正确的指导思想。厂长受党和政府的委托负责管理企业，绝不能搞本位主义，只顾个人和小集体利益，要坚持把国家利益放在首位，顾大局、识大体，把微观经济效益同宏观经济效益、当前经济效益同长远经济效益结合起来，为社会创造最佳的经济效益。

要有善于决策的战略眼光。企业不仅是生产经营组织，而且是涉及政治、经济、科技、教育、卫生、服务等方面的综合体。企业工作千头万绪，错综复杂，厂长必须要有深谋远虑的战略思想、高瞻远瞩的战略眼光，把握发展变化的趋势，才能作出正确的经营决策。

要善于知人、用人、育人。企业一切活动都离不开人。人才是企业发展的基础。厂长必须善于发现人才、识别人才、培养人才和使用人才。

要讲究工作方法。厂长面临大量事务工作，千头万绪，最容易陷入事务堆，变成群众所说的消防队长、总裁判，失去工作的主动权，因此，厂长必须讲究工作方法，提高领导艺术，分工授权，发挥副手和职能部门的作用，把自己从事务堆里解放出来，抓大事，抓关键。

要勤奋学习，不断提高。企业生产技术和经营管理向现代化方向发展的客观趋势，要求厂长既要有较高的政治素质和知识素质，又要有较强的专业技术知识。因此厂长必须善于学习，学习的知识面应该尽可能宽一些，既要学习马克思主义基本理论，学习党的路线、方针、政策和国家的经济法规，又要学习生产技术、科学管理知识和现代化管理方法。

“利改税”的第二步改革*

国务院总理在六届人大二次会议上宣布：从今年第四季度开始，国务院决定在全国实施利改税的第二步改革，从税利并存逐步过渡到完全以税代利。最近全国利改税第二步工作会议在北京召开，在总结利改税第一步经验的基础上，研究部署利改税的第二步改革。

一　利改税的第一步，以税代利、税利并存

国务院决定实施利改税的第二步改革，这是经过几年时间酝酿的。早在1980年，为了更好地发挥税收在经济活动中的调节作用，解决好国家同企业的利益分配问题，中国就开始在400多个工业企业进行以税代利的试点，其中有的是在市县范围内进行全面试点，有的是在城市范围内进行行业试点。1983年在总结试点经验、权衡利弊的基础上，中国政府在国有企业全面实行以税代利、税利并存的制度，作为利改税的第一步改革。

利改税的第一步，以开征国有企业的所得税为中心，把企业原来向国家上缴利润中的大部分，改为征收所得税，对不同规模的企业和不同的行业采取不完全相同的征税办法。这较之过去那种完全上缴利润的办法是前进了一大步，取得了明显的效果。首先是给予企业一定的压力和活力，有利于调动企业的积极性，促进生产的发展和经营的改进；其次是保证了国家财政收入的稳定增长，扭转了前几年国有企业的新增收入，基本上为企业所得的状况。

但是利改税第一步还存在一些重大的缺陷，主要是：第一，没有完全解决国家同企业之间的分配关系问题，未能革除企业吃国家大锅饭的弊病。因为企业税后剩余利润仍然继续采用利润包干、分成上缴，或征收调节税（一户一个税率），实质上还是利润上缴形式。在扣除核定留利部分外，仍然是利大多缴，利小少缴，无利不缴，亏损由国家补贴。第二，没有充分发挥税收杠杆的调节作用，真正解决由于价格体系严重不合理造成的行业之间、企业之间苦乐不均问题。因为利改

---

* 本文原载1984年7月2日香港《经济导报》。

税第一步核定的企业留利比例或数额，是以1982年的原留利水平为计算依据的，对影响企业利润高低悬殊的因素，一般并未通过税收进行合理调节，还是维持了原来的不合理的基础。因而经营效益高、贡献大的企业并不能多得，搞得不好的企业并不一定少得，不能起到鼓励先进、鞭策后进的作用。第三，企业缴纳的所得税和税后利润，仍然按照企业行政隶属关系划分，难以削弱部门、地方因涉及自身经济利益而对企业进行不必要的行政干预。

二　利改税第二步，从税利并存到以税代利

为了妥善解决利改税第一步在制度上仍然存在的弊病，逐步建立和完善税收新体系，国务院果断地决定推行利改税第二步的改革，从税利并存逐步过渡到完全的以税代利，这是深入进行经济体制改革的一个重要举措。

利改税第二步改革的具体内容是：将国有企业应当上缴给国家财政的收入部分，按11个税种，即产品税、增值税、营业税、盐税、资源税、房产税、土地使用税、车船使用税、城市维护建设税、所得税和调节税，向国家缴纳，由现行的税利并存状况逐步过渡到完全的规范的税收制；税后剩余利润留归企业支配；国有小型企业可以实行集体承包或个人承包、租赁经营，依照集体企业的办法向国家缴纳税金。实行利改税第二步改革的范围是国有企业。外商投资企业不在利改税的范围之内。

利改税第二步的改革是中国税制逐步走向完善的重要步骤，对经济体制改革和企业发展具有重要深远的意义。第一，将彻底改变企业向国家上缴利润的做法，而只采用税收形式，把企业与国家的分配关系用法令形式固定下来，从而确保国家财政收入能够随着经济发展而稳定增长。第二，将使企业从新增利润中得到较多的可自行支配的收益。从利益分配上，为企业实行盈亏责任制创造条件，调动企业积极性，增强改善管理，提高效益的活力。第三，通过税收杠杆调节作用，缓解目前价格不合理带来的矛盾，使企业在利润悬殊状况有所改善的条件下开展竞争，鼓励先进，鞭策后进。第四，企业不再按行政隶属关系缴纳所得税，而只是照章向中央和地方纳税，可以逐步削弱行政隶属关系对企业经营的影响，合理解决"条条"与"块块"、中央与地方的经济关系问题。在推行利改税第二步改革的同时，国务院还决定从十个方面进一步扩大国有工业企业自主权，实行厂长（经理）负责制，企业对工资、奖金发放有自主权。

通过利改税第二步的改革，企业将在技术改造、扩大再生产等方面拥有更多的资金，自主权愈来愈大，国际贸易必将大幅度增加。值得指出的是这些改革措施互相配套，同步实施，必将产生巨大的推动力，揭开中国工业振兴的序幕。

企业领导制度的探索创新*

常州、大连作为全国厂长负责制的试点城市，从今年4月起，已经在上百家企业开始进行试点。从初步情况看，取得了显著进展。他们的主要经验是：

统一思想，提高认识。实行厂长负责制是我国企业领导体制的重大改革，广大干部、职工积极拥护。但是，也存在一些不同的认识问题，主要是有的同志怕推行厂长负责制以后，厂长个人说了算，削弱党的领导，不要民主管理等。针对这些思想认识问题，常州、大连等地在试点中，组织干部、职工认真学习党中央、国务院的有关文件，回顾建国以来企业领导体制演变的历史经验教训，分析企业面临的新形势，使大家认识到：实行厂长负责制，是为了从根本上解决党政不分、以党代政、责权分离、决策与指挥分离的现象，加强企业生产经营管理的集中统一指挥，改善党的领导，这是社会化大生产的客观需要，是克服现行领导体制决策慢、效率低、无人负责的弊端的需要，是搞活企业，提高经济效益，加快现代化建设的需要，势在必行。

选好厂长，确立组织保证。选配好厂长，是实行厂长负责制，加强生产经营指挥系统的关键。常州、大连等地采取以主管部门为主，上下结合的形式进行厂长的选配。试点企业一律都由上级行政主管部门按照干部年轻化、专业化、知识化的要求，重新任命厂长。由厂长组阁，提名副厂长，任命中层行政干部，从组织上保证厂长负责制顺利实施。

分清责权，各司其职。实行厂长负责制的核心问题，是正确处理企业内部党、政、工关系，明确划分厂长、党委、职工代表大会职责权限，使厂长的责任，从过去生产经营和行政工作的执行性指挥，转变为行使生产经营的决策权、指挥权和行政干部任免权；使党委从过去对生产经营的直接决策指挥，转变为保证监督作用；使职工代表大会从权力机构，转变为对企业重大决策和干部行使民主管理的评议监督权。只有明确党、政、工职责权限，才能各司其职，各尽其责。书

---

* 本文原载1984年10月22日中国社会科学院《经济学周报》。

记要做“开明书记”，支持厂长正确决策和行政指挥，保证监督党的方针政策的实施和生产经营计划的完成；厂长要当民主厂长，增强党的观念和群众观念，依靠党委的保证监督和职工的民主管理，共同办好企业。

明确决策组织形式。在社会化大生产过程中，要做出正确决策，仅仅靠个人智慧是不够的，需要依靠集体智慧。因此，实行厂长负责制，必须明确厂长在其职权范围内进行生产经营决策的组织形式和工作程序。许多试点企业设立管理委员会（厂务会议），吸收党委、行政、工会的主要领导和职工代表，以及有关人员参加。重要决策由厂长主持管理委员会集体讨论研究，最后由厂长拍板。有些企业还建立了咨询机构，在厂长的领导下对重大问题进行调查研究，最后提交决策机构决策。有的企业还聘请了技术经济顾问。

配套进行内部改革。政府主管部门简政放权，为实行厂长负责制创造了有利的条件；实行厂长负责制，又促进和带动了企业内部的各项配套改革。企业领导体制的改革必须同企业内部的其他改革配套进行，这是实行厂长负责制的需要。许多试点企业在分配制度上，实行浮动工资、浮动升级、职务工资、岗位津贴等办法；在人事劳动制度上，实行干部任期制或选聘制、工人由班组择优录用；在机构设置方面，大胆改革，减少层次，建立高效率的组织机构。

加强理论研究，在探索中前进。常州、大连实行厂长负责制时间不长，但是，在实践中已初见成效，给企业增添了活力。厂长对生产经营管理的集中统一领导加强，工作效率显著提高；“党不管党”的状况显著改善。企业党委摆脱了日常行政事务的束缚，开始集中主要精力抓党的建设、思想政治工作和路线、方针、政策的贯彻；生产经营出现了新气象，分配的平均主义和干部职务终身制开始打破，出现了干部能上能下、工人择优录用、分配随贡献能多能少的新局面，激发了干部、职工奋发向上的积极性。但是实行厂长负责制，毕竟涉及到企业内部各方面的工作关系和经济利益的调整，涉及到思想观念、领导方法的转变，情况复杂，任务艰巨，许多问题有待于探索和在实践中不断总结经验。

当前必须加强厂长负责制的理论研究，发挥理论对实践的指导作用。厂长负责制的试点，提出了一些值得深入探讨的问题，例如，党对企业的领导和企业党委领导的关系，党委领导下的厂长负责制和厂长负责制的关系与区别，实行厂长负责制后如何搞好厂长决策，如何发挥党组织的作用等等。同时必须对试点工作加强领导。思想要解放，态度要积极，头脑要清醒，步子要稳妥，要坚持从实际出发，在实践中不断探索创新。

企业家的社会位置*

《中共中央关于经济体制改革的决定》指出："经济体制的改革和国民经济的发展，迫切需要大批既有现代化的经济、技术知识，又有革新精神，勇于创造，能够开创新局面的经营管理人才，特别是企业管理干部。"为了推进经济体制改革，建设有中国特色的社会主义，我国不仅需要大批的思想家、政治家、理论家、科学家、发明家、文学家，在当前，尤其需要大批优秀的社会主义企业家。企业家在我国今天和未来的经济发展中，都将占有举足轻重的位置。

科技与管理：两个轮子
企业家：两个轮子的轴

当代国际经济发展有三个显著特征：

第一，科学管理在企业生产经营活动中的作用日益突出。一般来说，随着企业由小到大，生产活动的重心逐步由技术转向经营管理。在西方发达国家甚至强调"三分技术，七分管理"。

第二，科学技术的发展和经济增长的速度呈现出交错发展的局面。一个国家的科学技术的发明往往在他国获得成功，并因此给后者的社会经济发展带来重大的影响。这种状况大都是由于各国之间企业家在信息敏感程度、经营决策能力等方面的差异造成的。

第三，人们探求经济增长的方式，已经不再仅仅停留在资本积累和技术进步等因素上，而是把更多的希望寄托在企业家身上，因为企业家是生产经营要素的组织者。离开企业家，企业就失去了灵魂。在西方发达国家，有胆识、有能力、有

---

*本文原载1987年《中国企业家》第8期，系作者与中国企业管理协会孟国强处长合写。作者时任中国企业管理协会副秘书长。

创新精神的企业家身价百倍；故步自封、思想僵化的企业管理者则会被市场竞争无情淘汰。

有人说："科学技术和经营管理是经济发展的两个轮子，而企业家则是这两个轮子中间的轴"，这种说法既形象又深刻。纵观世界各国近代工业发展的历史，不难看出：拥有大批优秀的企业家是一个国家经济腾飞的基础。正因为如此，工业发达国家几乎无一不把培养和造就企业经营管理人员放在经济发展的首位。

美国从1921年开始，在胡佛总统的推动下，建立了斯坦福大学工商管理研究院。50多年来先后为美国各大公司以及政府部门培养了上万名企业家和各类专门人才，以后又陆续在各地设立了大约700所工商管理学院。

日本从20世纪40年代末开始引进美国企业管理人员培训方式，系统培训国内需要的各类企业家。大企业还相继建立了各种培训所、研究所、行业教育中心等机构，为日本经营管理现代化培养了一代又一代的新人。日本的许多有识之士认为：管理人才不仅决定今天日本的命运，也决定着日本的未来。法国到1982年有20所培养高级经营者的高等经济院校和17所高级商业学校。

西方发达国家大力培养和造就企业家，推动社会经济发展的历史实践，对于我们当前培养和起用一代新人，造就企业家队伍，充分发挥企业家的作用，推进现代化建设有着深刻的启示和借鉴意义。

企业家——企业生存和发展的灵魂

职业经理人阶层或者说企业家阶层，从1841年开始在美国兴起，到今天成为推动世界经济高速发展的重要力量，100多年来，历史一再向人们发出忠告：企业的命运与企业家的经营管理能力息息相关，紧密相连。企业家素质的优劣、应变力的强弱，往往决定着企业的生死存亡、胜败兴衰。

美国福特汽车公司创始人亨利·福特，16岁到底特律当照明工人，两次创办汽车公司均告失败，直到他聘请企业家库兹恩斯担任总经理。库兹恩斯就任后在生产和管理方面采取了一系列重大改革措施之后，黑色T型福特汽车才从底特律冲向了全世界。亨利·福特成为世界著名的汽车大王。而当亨利·福特被胜利冲昏头脑，辞退了库兹恩斯后，他的公司又开始走下坡路。

德国大众汽车公司是闻名全世界的企业，由于前任总经理经营管理的决策失误，仅1974年就亏损8.07亿马克，濒临破产的绝境。1975年该公司董事会聘请企业家施米克尔担任总经理，他一上任，就大刀阔斧地整顿组织机构，调整产品方向，结果当年转亏为盈，第二年就宣布盈利。

前几年，哈尔滨汽车齿轮厂订货合同不足全年任务的1/4，该厂领导到北京等地承揽业务时，偶然发现西单体育用品商店门口挂着冰刀无货的牌子，他们立即抓住这个信息，组织冰刀生产，投放市场，大受消费者的欢迎，既搞活了企业的生产经营，又满足了社会的消费需求。与此相反，某市三家国有电子企业在半导体收音机市场产品已经出现严重饱和滞销的情况下，还投资大上收音机生产线，结果造成产品大量积压，损失惨重，给企业自身发展和职工的生活造成了严重困难。

企业是国民经济的细胞，是社会经济结构的基础。作为企业生产经营活动的组织者、指挥者，企业家是企业生存和发展的灵魂。企业家往往能够以其独特的经营理念、创新的思维，高超的管理艺术、卓越的组织能力，最大限度地发掘和充分运用一切物质资源、信息资源和人力资源，推动企业提高经济效益。如同思想家、军事家、艺术家、文学家等专门家一样，企业家是探索研究和实践管理科学、进行经营决策和管理组织的职业经理人阶层，所担负的企业经营管理的特殊职能是不可缺少的。无视企业家在生产经营活动中的核心地位和主导作用，就会遭到客观经济规律的无情惩罚。

改革需要大批优秀的企业家

在我国目前经济改革与发展的重要历史时期，能否尽快培养和造就大批优秀的社会主义企业家，将成为改革开放成败的关键问题之一。

培养和造就大批优秀的企业家既是改变落后的经营管理，搞活企业，提高经济效益的迫切需要，又是实行对外开放、搞活经济的一项根本性措施，也是理顺经济关系，顺利进行经济体制改革的重要环节。

可以预见，从现在起到21世纪，我国和世界强国进行的国际经济竞争的本质，将主要表现在人才和智力的竞争上。企业家的智力、能力和创新精神的竞争，将成为这场竞争的焦点。今后我国经济体制改革越深入，对企业家素质的要求就越高，企业家的队伍越壮大，经济发展的速度也就越快。

什么是企业家？社会上流行着一种偏见，就是把企业家与资本家混为一谈，这是极其不正确的。资本家是指生产资料的占有者和剩余价值的剥削者，企业家则是企业经济活动的组织者，从事创造性劳动的脑力劳动者。当代西方国家随着社会经济的发展，企业家逐渐同资本家分离，资本家成为食利者阶层，企业家成为一个新的创造剩余价值的职业阶层。

在社会主义社会，企业家虽然同样作为企业经济活动的组织者出现，担负着企业领导者的重大职责。但是其性质和资本主义社会完全不同，他们和任何其他劳动者的社会分工一样，是用劳动、知识、才华和智慧，推动经济发展和社会进步，满足人民群众日益增长的物质和文化生活的需要。

从我国经济的社会主义性质特点出发，我们需要培养和造就的企业家必须是具有高度社会责任感，能够坚持党的方针、政策，属于知识型、经营型、开拓型、开放型的现代化高级管理人才。

所谓知识型，就是要有丰富的现代经营管理理论知识和实践经验，懂得按照客观经济规律办事，具有专业素质，掌握企业管理理论和有关经济法规，懂得企业的生产经营与组织管理，了解国内外企业管理的方法和经验，掌握与本行业生产有关的产品、设计、工艺制造、设备运转、原材料使用和对外贸易等方面的基本知识等等。

所谓经营型，就是要适应我国企业转轨变型和发展社会主义市场经济的新形势，提高经营决策能力和企业管理水平。过去在高度集中的僵化的计划经济管理体制下，企业厂长、经理是各级政府下达的生产任务计划的执行者，主要精力用于完成国家指令性计划指标。现在随着我国改革开放的深入和经济的高速发展，企业由生产型向生产经营型转变，过去单一的执行型管理正在向动态的经营型管理过渡。企业家要在剧烈变动的市场竞争环境中选择战略目标、制定经营战略和策略，而影响战略和策略管理的因素，既有市场上用户需求的迅速变化，又有竞争对手的战略和策略的变化，以及国家有关政策对企业、对市场、对产品销售的重大影响。这就要求企业家必须不断地提高自身的决策水平和决策能力，掌握国家政策信息和不断变化的市场信息，积极研究国内外各种变化的因素对市场环境的相关影响，提高经营决策的科学性，尽量减少经营决策的失误。只有这样才能做出正确的经营决策，提高企业的应变力和市场竞争力。

所谓开拓型，就是要有远大的目标、科学的预见力、勇于开拓的精神。在企业生产经营上要敢于冲破束缚生产力发展的条条框框，勇于探索；在产品规划上要能够总揽全局，善于扬长避短，积极采用新技术，开发新产品，在市场激烈竞争的缝隙中打开通道；在企业发展上要有明确的近期、中期和长期目标，为了达到这些目标，要有强烈的事业心和高度的责任感，正确贯彻厂长（经理）负责制、民主集中制和经营责任制。此外，企业家还必须知人善任，重视挖掘人才潜力和发挥人才的作用，调动一切积极因素，善于进行组织协调和指挥。

所谓开放型，就是具有社会交往和沟通能力，善于建立各种联系，打通渠道，广泛收集与企业发展相关的信息。当今社会正向信息时代迈进，信息已成为企业生存发展的重要资源。生产经营型企业的一个重要特点，是企业直接同市场、同客户打交道，以市场为导向，根据市场需求信息组织生产。

管理是一门综合性艺术。企业家作为企业、市场和客户之间联系的轴心，必然要开展广泛的社会交往，如果不具备社会交往能力和捕捉信息的能力，就很难在国内外市场的激烈竞争中开拓市场，赢得胜利。对企业家来说，内向的思维、生活和工作方式已经远远跟不上时代前进的步伐。企业家必须是开放型的，善于眼观六路、耳听八方，善于进行社会交往。对外能够及时地传递产品信息，扩大影响；对内能够积极利用各种信息反馈，努力改进产品质量和服务，使企业在强手如林的竞争舞台上，保持发展的稳定性，并不断创新，不断前进。

随着我国经济体制改革的深入，企业经营管理人才的开发正在引起各级领导部门的普遍重视。国务院从去年开始在全国试行厂长、经理国家统一考试制度，各级政府经济主管部门也都在积极开辟企业管理干部培训基地，设立经济专业社会团体，通过多种形式，为企业经营管理干部和有志于从事企业管理的青年人才创造更多的学习和实践机会。

我国的经济体制改革为广大企业管理工作者开辟了大显身手的广阔天地。在党和政府的引导支持下，他们努力学习企业管理科学知识，积极吸取国内外先进的管理经验，勇于进取，敢于向落后的经济管理体制和旧的企业管理方式大胆挑战，开拓创新，为我国的企业管理和企业发展注入了新的生机和无限的活力。

但是，我们也必须看到，目前我国经营管理人才培训体系还很不完善，高等院校和经营管理培训教材的内容相对陈旧落后。特别是与西方经济发达国家相比，对作为大中型企业领导干部的高级经营管理人才还缺乏相应的培训进修、知识更新和提高经营管理能力的在职管理干部教育体系。我国高等经济管理院校理论教学与管理实践相脱节的现状亟待改变，对改革中涌现出的大批具有开拓精神的管理人才还缺乏系统的理论指导和知识更新培训。所有这些都严重地影响着培养和造就合格企业家的速度，不利于迅速推进我国现代化建设事业的发展进程。各级经济领导部门对此都应给予高度重视，积极采取一切措施，尽早动手，狠抓高级经营管理人才的培养。

我们相信，只要按照党中央提出的干部队伍革命化、年轻化、知识化、专业化的要求，吸收借鉴西方发达国家的历史经验，在现代化建设的实践中，对企业领导人才和经营管理人才积极选拔、大胆培养、破格使用、注重提高，在不久的将来，我们一定能够造就出大批无愧于我国现代化建设宏伟事业，无愧于我们伟大时代的优秀企业家，推动中国经济蓬勃发展，实现国家的繁荣昌盛。

领导者的品质和风格*

最近日本经济新闻社的一份研究报告指出，西方国家优秀企业的平均寿命为30年。企业若缺乏不断创新的能力和不断注入新鲜血液，必然难逃衰亡的命运。如果企业今天的产品仍然以十年前的旧方式来进行生产、管理和营销，其生存必将遇到急剧变化的经济环境和市场竞争的严重挑战。这表明：在市场环境发生剧变的历史条件下，没有创新精神的企业，就无法继续生存。过去几年，美国、日本以及其他许多国家的报刊都发表了许多有关卓越企业的报道，它们都谈论到企业文化的力量，但是对于企业文化的力量是从哪里来的？是如何产生的？却没有进行深入地说明。

企业是一个组织体系。优秀组织体系是由具有共同目标的职工组成的团队集体，充分发挥每一个职工在这个组织中的作用和潜能，这是比其他企业组织优越的地方。企业组织的差异是由企业群体思想行为、共同价值观与行为习惯模式不同所致。这种企业文化是依靠领导者长期精心培育建立起来的。不同的领导风格塑造成不同类型的企业文化。这种无形的企业文化力量是企业成败的最重要因素。因此要塑造强有力的企业文化，就不能撇开领导者的品质和风格。

时代的新挑战

社会发展进步的直接动力，源于其社会成员对现状的不满足和对变化革新的要求与行动的结果。而人对现状的不满足和新的需求，是人类行为的内在动力。

现代社会是领导者以身作则、示范引导的时代。在传统工业时代，领导者可以随意发号施令，部属唯命是从，不得违抗。但是，随着时代环境的急速改变，领导者的权威已经在逐渐衰落。其原因，一方面是由于过去的知识、技术及经验的价值在贬值；另一方面是由于社会富裕程度的提高，生活水准差距缩小；再加

* 本文原载1987年《环球企业信息》杂志第15期。

上信息的瞬间公开化，使领导者的权威日渐削弱。因此，领导者的力量并非依靠职位权威，而是要依靠影响力，或者依靠他的品德和人格魅力来执行任务。

新时代企业领导者的品质特征

许多成就卓越非凡的企业领导者有其特有的领导品质和风格，最重要的是，他们知道如何尊重人，了解生产力的泉源在于劳动者的心理状态、智慧和创新意识。他们懂得如何去激励人，用自己的行动去启发人。他们所拥有的领导品质和风格特征，可综合如下：

质量第一原则。其他的任何事情都可以妥协，唯独质量标准绝不妥协。优秀的领导者不但对自己工作质量要求甚严，对部属亦同样要求，绝不放松。只有上下坚持质量标准，才能在社会上形成高品质形象，在市场竞争中持久不衰。

诚信原则。实现承诺是获得消费者信赖的最重要的利器，坚持诚信，实现承诺，往往是随企业领导者的人格特有的品质——诚实、正直和忠诚而来的。

自我革新的品质。在市场急速变化的时代，要取得立足点，抓住商机，必须具有不断自我革新的品质，热爱工作，勇于克服困难，维持活力与效率，努力使自己动态适应环境变化，以实际行动争取企业未来的成功。

学习能力。每个人都可以成为顶尖高手。只要高标准、严要求，发挥内在追求卓越的特殊品质，愿意活到老、学到老，随着知识的增加和能力的成长，充分发挥潜在本领，就有可能达到成功的彼岸。

敢冒风险的行动力。机会和风险并存。不敢行动，绝对没有成功的机会。领导者要善于发挥和利用应变力和行动力，来掌握加速变化所带来的好处。用应变力来预测和提出应对商业环境变化的战略和策略，用行动力来成功地执行应变的战略和策略。也就是说，当别人都被风险吓住的时候，你能勇往直前，成功的果实就会属于你。

团结包容力。这是自我管理及团队运作的不可缺少的能力。具有包容人格的管理者的最大优点在于，胸怀博大，具有雅量，能充分发挥人才的作用，能接受批评，能包容不同意见的人。这种品质容易增强团队的凝聚力和向心力。

给予人与培养人的能力。假如你不拥有任何东西，就没能力给予人。假如你的东西有限，也无法继续给予人。领导者必须不断学习和工作才能不断充实知识财富来源。只有具备能够给予人、培养人的能力才有可能成为优秀的领导者。

热忱的精神。个人沟通能力、超越常人的种种能力，通常不是先天与生俱来的，而是通过后天学习得到的。传播价值观念与理想，建立企业文化的热忱，燃烧自己，照亮别人。领导者须具备为群众奉献的热忱精神。

如何成为新时代的企业领导者

职工是企业的力量源泉和财富源泉。只有充分发挥职工的积极性和创造性，才能使企业成为跟随时代步伐前进、充满活力的顶尖企业。否则，无论企业拥有多少资金，拥有多少高学历干部，也无法给顾客提供优质产品或满意服务。

主管干部应该怎么调动和发挥职工的积极性和创造性？简单地说，就是要当好职工的服务员，为职工提供充满活力的工作环境。如何提供充满活力的工作环境呢？重要的是你用什么样的眼光看待职工。你认为他们是会动脑筋的人？还是只会动手，听从指令的机器人？假如你认为，他们是人而不是机器，则需要倾听他们的意见，掌握他们的思想脉搏，了解他们的生活需求和心理需求。当你学会开始倾听时，就点燃了职工的智慧之火。你想要许多职工都点燃他们的智慧之火，则你必须学会如何准确传达信息。行动是最好的证明。你要不断地传递你对企业的价值观念与理想，鼓励职工创新，发挥聪明才智。建立新的企业文化并不很难，但要有虔诚精神，教育和训练是加速企业文化建设的最佳方法。

中国企业家协会常务副理事长张重庆与韩国能率咨询公司申永澈社长在首尔会谈

企业领导制度改革的几个重要问题*

我们在太原和石家庄调查承包经营责任制的同时，对推行厂长负责制的情况进行了调研。调查表明，这两个城市在贯彻中央、国务院关于全面推行厂长负责制的“三个条例”、“两个通知”方面，领导重视，态度坚决，进展比较顺利，但是也遇到一些新问题，需要进一步研究解决。

对推行厂长负责制的基本反映

太原市工交系统234个企业，已有220个实行厂长负责制，占94%。石家庄市工交系统259个企业，已经有252个企业实行了厂长负责制，占97%。据太原市委工业部调查，厂长负责制推行好的企业占30%、一般的占50%、差的占20%。据石家庄市委工交部调查，厂长负责制推行得好和比较好的企业大体占80%，一般的占16%，差的占4%。

最近石家庄市委工交部采取无记名问卷方式，对厂长和党委书记进行调查。在163名党委书记的答卷中，认为厂长在支持党群工作方面做得好的和比较好的有127名、占78%，一般的有27名、占17%，差的有9名、占5%。在137名厂长的答卷中，认为党委在尊重支持厂长行使职权方面做得好和比较好的有114名、占83%，一般的有18名、占13%，差的有5名、占4%。在127名厂长的答卷中，认为党委在发挥保证监督作用方面做得好和比较好的有101名、占80%，一般的有23名、占18%，差的有3名、占2%；认为党委思想政治工作做得好和比较好的有91名、占72%，一般的有27名、占21%，差的有9名、占7%。

从上述统计数字可以看出，全面推行厂长负责制等“三个条例”和“两个通知”的条件是成熟的，工作进展是顺利的。企业厂长、党委书记和主管部门

---

*本文原载1987年《企业管理参考》第36期，系作者1987年5月参加国家经济委员会调查组，对太原、石家庄企业领导体制改革情况进行调研后所写。

的同志普遍反映，实行厂长负责制以后，企业内部决策快、指挥灵、效率高。最近，华北制药总厂同省财政厅签订承包经营责任制合同，几个厂长算了两天账，管理委员会开了一次会，同上级部门谈了一次，不到一个星期就签了合同，承包四年，每年保证上缴利润1000万元。这样高的办事效率，在实行厂长负责制以前是难以想象的。

厂长负责制的推行，促进了经营责任制的完善，推进了企业改革，提高了企业经济效益。许多同志认为，坚定不移地推行厂长负责制，理顺企业内部关系，是深化企业改革，增强企业活力的关键。

思想上需要进一步统一认识

调查中，反映出不少思想认识上的问题，归纳起来主要有以下几种：

一　厂长全面负责的含义是什么

有人认为厂长全面负责是指对企业全部工作负责。有人认为是指对企业生产经营全面负责。有人认为过去实行党委领导，书记是一把手，厂长是二把手，现在厂长是中心地位，书记、厂长两个一把手。因此有些同志提出，尽管一把手、二把手的提法不够科学，但从有利于企业工作的集中统一领导出发，还是应当明确厂长是一把手。

二　党、政、工意见不统一，由谁来主持协调

部分党委书记认为，厂长只负责行政工作，不负责党委和工会、共青团工作，而党委成员包括党政工团和行政负责人，因此应当树立党委的威信，由党委书记来协调企业内部各方关系。有的书记认为，书记协调企业内部关系同厂长中心地位有矛盾，应当由厂长协调。

厂长普遍认为，企业党委成员大体上是由党委书记、纪委书记、组织部长、宣传部长、党办主任组成，这些同志并不直接负责生产经营活动，行政系统往往只有一两个厂长参加党委，占少数，而企业有些工作，如思想政治工作、职工民主管理、劳动竞赛等等都涉及企业行政工作，应围绕生产经营活动进行。在这些方面如果意见不统一，应当由厂长召集会议来协调。

目前不少企业采取吸收党委书记、工会主席定期参加厂长办公会的办法，或采取厂长召集党、政、工、团联席会议的办法，或采取厂长同党委书记交换意见的方式，使党委、工会了解企业生产经营活动，达到企业内部关系的协调。

三　《党章》有关条文如何同《厂长条例》相一致

有些同志反映，尽管“厂长条例”明确了厂长全面负责，处于中心地位，但是“党章”规定：“企事业单位中党的基层委员会和不设基层党委的总支部委员会或支部委员会，领导本单位的工作。”这个规定尚未进行修改。因此有些厂长在行使职权时仍有顾虑，怕出现反复。去年有的地区、有的企业曾经一度出现“书记收权、厂长交权”的现象。目前仍有少数负责党委工作的同志以党章的上述条文为依据，对厂长行使职权加以种种限制和干涉。

四 党的思想政治领导如何体现

推行厂长负责制以后，企业党委从领导一切转变到实行思想政治领导，起保证监督作用。这个重大转变要求企业党委从思想观念、工作方式、工作内容等方面作出相应调整。不少企业党委认识到这一点，正在实践中探索。

但是，也有不少党委书记和厂长认为，思想政治领导含义不够明确，缺乏确切解释，在实际工作中很难掌握。有的党委书记认为，脱离生产经营，空谈思想政治领导，无法落实。有的党委书记认为，厂长手中权实，书记手中权虚。没有物质手段，思想工作不好做，政治领导就谈不上。有些党委书记反映，企业生产经营插不上手，感到“有劲使不上”。有些党委书记认为，思想政治领导，就是党对企业的领导，因此，坚持党委过问行政工作，不愿意实行“党政分开”的原则。有些厂长怕被人指责为不要党的领导，小心翼翼，不敢放开手脚大胆地工作，对职权范围内应该自行处理、承担责任的问题不敢处理，而是提交党委解决，以便党委承担部分责任，增加保险系数。

五 “党管干部”的原则怎样理解

有不少党委书记和厂长都认为，党管干部就是指按照党的干部路线和干部标准考察、选拔、任用干部，厂长只要按这个原则办事，就体现了党管干部的原则。但是，有些党委书记认为，党管干部的原则体现在企业，就是党委管干部，厂长提名，由党委书记拍板。因此有些企业党委把厂长管干部同党管干部对立起来，对厂长管干部不放心，不敢把中层行政干部任免权交给厂长，在干部工作中仍然实行党委统管，只是在任命中层行政干部行文时，用厂长名字。有些厂长把干部管理视为禁区，不敢负责，一怕复杂的人事关系网，二怕被斥为“向党争人权”，不少企业厂长到现在不愿设人事科。

六 党委如何进行监督

目前个别企业存在厂长在前边干，书记在后边查的现象。有的党委书记反映，厂长全面负责，党委对行政工作不了解，无法监督。多数党委书记和厂长认为，监督这个提法欠妥，党委应当协助行政工作，书记应当配合厂长工作，两者不应当是监督和被监督关系。现在对厂长不是监督太少，而是监督太多。上级主管部门要监督，财税、银行、审计等各业务部门要监督，职工代表大会要监督。

作为党员要受党的纪检部门监督，要受党员群众监督。不少同志希望在党政关系问题上，少强调监督，多强调支持比较好。

厂长的用人权尚需进一步落实

同过去相比，目前大多数企业厂长对中层行政干部的任免权有所落实，基本上能够根据任免程序，厂长提名，组织人事部门考察，征求党委意见，厂长决定。但是厂长的用人权还没有从根本上落实，主要表现是：

一 管人管事还不完全一致

不少企业在干部管理上没有实行分管分任。石家庄去年对188个企业调查，实行中层干部分管分任，即党政中层干部分别由党委和厂长决定任免，分别由组织部和人事科进行管理和履行手续的企业有42个，仅占23%，实行统管分任，即党政中层干部分别由党委和厂长决定任免，由组织部统一进行考察管理，分别以党委和厂长名义履行手续的企业有146个，占77%。一些厂长和书记反映，为了把管事管人一致起来，设立人事科是必要的，因为厂长同中层行政干部接触多，对其实际表现比党委更了解，由厂长直接负责中层行政干部的管理更有利。

二 厂长对副职的提名权难落实

目前大中型企业领导班子大多数还是由地方党委组织部门考察、选拔、任免，厂长提名副职的发言权不大。一是副职往往由上级部门提名，征求厂长意见，一般情况下，厂长即使有意见，也不好驳回。二是正职、副职同时任命，没有或来不及征求厂长意见。三是不少地方，一个领导班子，正职、副职分别由不同层次的两个部门任命，由于考察角度不同，影响班子的配套性。

行政干部管理体制上下脱节。现在企业实行厂长负责制，地方工业主管部门仍然是党委负责制，在行政干部管理方面的关系不顺，上下脱节。例如企业设人事科，但是主管局并没有设人事处，局长也不管审批干部，因此厂长签发的人事科任免干部的报告，还需转送厂党委组织部，由党委书记再签发后，转报局党委组织部，手续繁多，效率很低。

此外，中央组织部下发的有关文件和会议精神的传达，往往是在党委组织部系统内进行，厂长和人事科不甚了解，难以做好中层行政干部的管理工作。

石家庄和太原市为解决上述问题进行了一些有益的尝试，主要措施是：第一，逐步把管人和管事统一在一个部门。石家庄市委从1984年7月开始把1300多名县团级干部的管理权限全部交给业务主管局，使其管事又管人。第二，积极改革主管局领导体制。去年石家庄市一轻局、城建局、物资局，太原市冶金局、机械局试点，把局党委改为局党组，由局长兼任党组书记，成立机关党委和直属单位党委，由直属单位党委领导企业党委日常工作。这个改革促进了政府部门进一步简政放权，推动了厂长负责制的实施。第三，通过承包组的合理搭配，帮助理顺内部关系。石家庄市在总结承包经营经验的基础上，提出承包经营企业，由承包组组长担任厂长，承包组组长选择的副手，即承包组副组长担任党委书记。这样做把干和看的关系变成共同干的关系，厂长和书记为了共同的经营目标结合在一起，既有利于解决思想工作和经营管理两张皮的问题，又有利于明确厂长中心地位。第四，实行干部提拔公开化。太原铝厂推行厂长负责制，打破干部选拔的神秘化，实行公开选拔，征求职工意见。他们认为，公开选拔干部，让大家充分发表意见，既有助于防止不正之风，又加强了职工民主管理。

推行厂长负责制和厂长任期目标责任制同步进行

一 先明确任期目标，后委任厂长较为有利

太原市在“三个条例”颁布后，开展了厂长资格认定，称职者留任，不称职者免任。多数企业是先认定厂长，后推行厂长任期目标责任制。厂长被认定后，吃了定心丸，对制定任期目标责任缺乏动力和压力，加之各种客观因素影响，因此，厂长任期目标责任制推行迟缓，在工交系统215个企业中只有43个企业签订了厂长任期目标责任，仅占20%。

石家庄市采取先明确厂长任期目标，后委任厂长的做法，所以，厂长制定和实施任期目标的动力大，在工交系统259个企业中有82个企业实行了厂长任期目标责任制或经营责任制，占33%，其余企业实行当年利润目标滚动承包。不少同志认为，实行厂长任期目标责任制和任期终结审计制，是推行厂长负责制不可缺少的重要环节。否则，厂长负责制就会流于形式。因此，推行厂长负责制必须与厂长任期目标责任制同步进行。

二 承包经营与厂长任期目标必须互相衔接

当前不少已经实行厂长任期目标责任制的企业，现在又面临实行承包经营的问题。厂长任期目标与承包经营目标之间有一个互相衔接的问题。有些企业采取承包经营期限与厂长任期相吻合的做法，签订两年或三年承包经营合同，使两者互相衔接，保持一致，但是也有一些企业采取当年承包经营的办法，与厂长任期目标脱节。这种做法不利于克服企业短期行为，不利于实现厂长任期目标。看来，在签订承包经营合同时，保持与厂长任期目标的一致是必要的。

国有企业改革与利用外资

1988年5月25日美中企业家贸易论坛在西雅图开幕，中国企业家代表团副团长兼秘书长张重庆在会议上发言，会议由美国前驻华大使安崇武先生主持

从邓小平先生提出经济改革和对外开放政策到现在已经9年。中国的经济发展已经摆脱了历史上多次出现过的大起大落的局面，走上持续稳定快速发展的轨道。同1978年相比，国民生产总值、财政收入和城乡居民人均收入增长1倍以上。中国的改革开放已经初见成效。

改革开放之前，中国经济是国有企业一统天下。因此，经济体制改革首先是从1979年扩大国有企业自主权开始启动，逐步使国有企业从政府附属物的尴尬地位，向独立的法人经济实体转变。随后是1987年启动转换国有企业经营机制，推进国有企业所有权与经营权的分离，实行多种形式的承包经营责任制。中国正在探索国有企业改革的道路上不断前进。

国有企业改革的进展

中国经济所有制结构的特点，决定了经济改革的核心问题是，增强国有企业的活力。中国政府采取的主要措施是：

赋予国有企业自主权。改革国有企业利润分配制度。打破财政“统收统支”、企业利润全部上缴国家的办法，在企业中先后试行了企业基金、利润留成、盈亏包干、利改税、承包经营责任制等措施，使国有企业利润留成增加，企业开始有了自主支配的财力，增强了自我发展的能力，可以利用自有资金进行技术改造和产品更新换代。

实行政企分开。国有企业推行厂长（经理）负责制，改变政企不分、职责不明、效率低下的状况，强化企业生产经营管理系统，开始出现了指挥灵、决策快、办事效率高的新气象。

改革劳动工资制度。国有企业普遍进行了分配和劳动制度改革，打破平均主义的大锅饭制度。有的企业实行工资总额与经济效益指标挂钩浮动，有的企业试行工资与实物产量挂钩的方法。企业可以自选工资发放的形式，有权择优招工和辞退违纪职工。

打破条块分割的行政区域束缚，发展企业横向经济联合。全国已有7000多个经济联合体、投入资金110多亿元，参加联合体的企业有1.5万多家。

推行企业承包经营责任制、股份制经营，以及小企业租赁经营等多种经营方式，搞活企业。目前全国已有80%以上的大中型企业实行了承包经营责任制，有3000多家国有小企业试行租赁经营。企业经营机制的改革调动了企业发展生产，改善经营管理的积极性和创造性。

改革开放推动利用外资

改革开放使中国经济高速发展，财政收入快速增长,人民生活水平显著提高。同时为利用外资和引进技术设备提供了经济基础。先进技术设备的引进、合资企业的兴办，又进一步刺激企业更大胆地利用外资和引进技术。

改革开放以来，国家投资1800亿元对工业进行技术改造，引进国外技术一万多项，已经有60%的项目投入生产，使企业管理、工业技术和产品质量有很大提高。到1987年底已有37个国家和地区的外商来华投资，批准的“三资”企业超过一万家，投资总额228亿美元。

国有企业改革的趋势

改革开放给国有企业带来蓬勃生机，为外商投资创造了有利的环境。国有企业改革在以下几个重要方面，将会有新的突破。

完善承包经营责任制。把国有企业的资产占有权、使用权、支配权交给企业，强化企业经营者的经济责任，建立既有激励、又有约束的企业经营管理新机制，逐步把企业推向市场，自主经营、自负盈亏。

引入市场经济机制。鼓励市场竞争，推动经济发展。采用招标等多种形式确定国有企业经济责任承包经营者。承包经营者对企业负全面责任。承包经营者可在本企业范围内或同行业中选聘，也可面向全社会招聘。

建立企业自我约束机制。企业必须严格执行国家物价政策，不得损害消费者利益。企业增加的留利部分，大部分要用于发展生产和技术进步。完不成上缴任务时，用包括风险基金在内的企业自有资金弥补，做到既负盈又负亏。

促进管理制度改革。推行国有企业承包经济责任制、厂长（经理）负责制、任期目标经济责任制和任期终结审计制，推行厂内银行结算制，逐步形成企业内部目标管理体系和经济责任制。

改革企业劳动工资制度，扩大劳动合同制范围，推行企业内部劳动择优组合，推广各种形式工资总额与经济效益指标挂钩浮动办法，严格考核和奖罚制度。

推动企业技术进步和产业结构调整。在国家产业政策指导下，推动企业技术改造，促进产业结构、企业结构和产品结构的合理调整，发展集约化经营。

进行企业重组，发展企业集团，逐步形成一批实力较强的企业集团。大型企业集团经批准可相应扩大固定资产投资、新产品开发、经营销售范围、自销产品订价、对外贸易进出口配额、用自有外汇引进技术等方面的权限。

中国的消费市场潜力巨大，投资环境逐步改善，越来越多的外资进入中国市场。中国政府正在进一步扩大改革开放，加大利用外资和技术引进的力度，给外国投资者提供更多的优惠条件。我们欢迎美国企业家扩大对华贸易、推动技术转让和到中国进行投资。

中国五金工具在美国市场销售策略分析*

美国手工工具市场年销售额为45亿美元，据业内人士分析称，按照中国现有的工业基础和工艺水准，取得10亿美元以上的市场份额是可能的。但是，去年中国五金工具在美国的销售额只有2000多万美元，市场占有率不到5‰。据市场销售商反映，造成上述情况的主要原因是，中国五金工具外贸出口缺乏行业内部的统一协调，公司之间恶性竞争，打价格战，自相残杀。

生产、外贸与市场脱节

过去多年在计划经济体制时期，国内企业在生产经营管理上，绝大多数都是内销型，不是出口导向型。所以国内企业的生产加工、外贸出口、经营管理与国际市场严重脱节，缺乏有效的相互配合和行业内部的统一协调。这个问题在美国市场表现尤其突出。

从中国手工工具在美国市场上的营销表现，及其市场营销策略进行分析，情况更加令人痛心，突出的有两个特点：

一是只要我国的产品进入美国市场，就能很快垄断市场。目前，中国在美国销售的几十种工具，进入美国市场后，样样都把外国同行产品打死。例如，大陆生产的多用台虎钳，做得非常好，物美价廉，到了美国市场，台湾的产品立刻被打死，美国的产品也被打死，垄断了美国市场。

二是出口厂家自相残杀。由于台虎钳市场不大，很快就供过于求，可是外贸出口一窝蜂。台虎钳卖得好，家家都上，沿海地区本来不生产，就到内地收购

---

* 本文原载1988年《企业管理内参》第69期，系作者对美国五金工具市场进行调研后所撰写。

再卖。全世界只有大陆向美国卖台虎钳，没有别人竞争。几年前，一台5寸台虎钳卖50多美元，现在，只卖十多美元，这是国内外贸公司互相火拼的结果。最大的问题是，外贸和市场脱节，缺乏市场导向，缺乏行业组织的统一协调。

效率和服务影响资金周转

从资金周转看，经销商反映，与台湾厂商做生意，资金流转快；与大陆做生意，资金流转慢。同样投资100万美元，与台湾每年可做400万至600万美元的生意，与大陆只能做200万美元的生意。原因主要是，大陆的外贸公司和银行缺乏灵活性，办事效率低。

从物流效率看，从台湾、香港、日本采购进货，18天可以运到洛杉矶的仓库。从大陆采购进货，外贸公司动作缓慢，一个多月才能发货，偶尔没发出货，也不及时通知，要等到撤销货单为止；货来得慢，单据来得更慢，货到口岸提不出来，还要接受海关的罚款。由大陆进货，一般是三个月才能拿到货、一两个月卖掉、一两个月收款，大约需要六个月。从服务的周到程度看，台湾公司派人常驻洛杉矶，负责为客户订货和提货，主动上门填写订单，货到口岸，及时点货验收，办妥海关手续，送给客户。从大陆购货，不管什么货物，也不管能否卖掉，硬要凑完整的集装箱才受理。台湾很灵活，贸易商可以向50个不同的工厂购货，可以凑在一起装货柜。

从银行结算看，大陆的银行转账单很慢，收款也很慢。账单转到，买主才能付款，国内收款也慢，这是非常不合算的。美国银行（BOA）是全美效率最低的银行，美国厂商都不愿与他们打交道，面临倒闭的边缘。但是中国银行同他们合作，账单经过BOA银行转，两个低效率凑到一起，效率就更低了。美国经销商反映说，若中国银行不通过BOA银行转账，生意上的困难就减少一半。

从知识水平看，国内对外经贸机构官僚化严重，工作人员缺乏经贸知识，经常闹出笑话。不久前美国工具商到辽宁省外贸口岸谈合作意向。中方起草一份协议，要派两个人常驻洛杉矶，全部生活费用由美方负担，美方有责任把全部客户介绍给他们等等。这些条件违背国际经贸常识。况且生意还没有开始，就提出这么多苛刻条件，实在让美国商人大为吃惊。

开发新产品是制胜之道

美国手工工具市场很大，销售的品种有上万种，大多数产品中国都可以制造。问题是国内厂商都把目光盯在几十种产品上，互相拼打。这几十种产品，样样都把台湾、韩国、美国商家打败了，独占了美国市场，可是其他占市场份额很大的产品没人去碰。国内企业不重视新产品开发，往往是你看我，我看你，你做我也做。很少有人致力于研究开发市场需求的新产品。

中国在美国五金工具市场销售的产品只有三四十种，不仅品种实在太少，而且每个品种的市场容量也很有限，难以从总体上占有更大市场份额。从五金工具的销售策略看，以少数品种打市场是极端不明智的，除了自己打自己，把利润打掉以外，还有政治上的问题。中国企业集中力量攻占几十种产品的市场，可以把全世界做这几十样产品的厂商，包括美国厂商都全部打垮。可是打得太厉害，工厂倒闭，工人失业，老板哇哇叫，美国政府就会出面干涉，关税贸易保护措施就会出台。反之，如果产品的品种很多，每个品种都做一些市场，尽管不独占每个品种的市场，但是销售的价格会保持在较高水平，销售额和利润会大幅度提高，且不会把美国厂家逼上绝路。

要解决上述问题，国内企业必须学会根据美国市场的需求开发新产品。不开发适销对路的新产品，现有的产品即使全部占领美国市场，总销量也很有限。目前中国向美国出口的几十种工具，在美国市场已经饱和，扩张余地不多。从市场销售实际情况看，中国的老产品扩张势头在衰减，新产品销售势头很好。中国工具生产厂家欲想占领20亿美元市场份额，必须注重开发新产品。

开发新产品必须注意提高产品的质量水准，提高产品档次。在美国市场，最赚钱的是中高档产品。世界上赚钱最多的汽车是奔驰车，生产低档汽车的公司，价格竞争一来就要赔本。美国最大的手动工具公司卖高档货最赚钱，年销售额高达7亿美元。大陆厂商销售低档货没有多少利润可图。工具市场、成衣市场与汽车市场都差不多。

大陆产品材质一般都不错，但是表面处理差，包装外观不佳。在洛杉矶一家五金工具经销商的仓库里，我们看到，同样是12英寸扳手，材质相同，但是表面光洁度不同，摆在货柜上比较，确实有精美与粗糙之分。德国的扳手很精美，每个售价9.8美元；美国扳手次之，每个售价5.8美元；大陆的扳手粗糙，每个售价只有1.8美元。有一家经销商从中国南方进口了5吨钳子，打开货柜一看，每把钳子都用黄油涂抹，包一层透明塑料纸，让人不敢伸手拿。这个经销商不敢让美国客户看这批货，只好在修仓库时当作钢筋埋入混凝土作地基。

开发新产品必须重视市场信息。无论是组织研发新产品，还是改进产品质量，都需要建立在了解美国市场需求的基础上。市场信息非常宝贵，其实许多市场信息连美国商人也不是人人都知道，都有准确认识。据经销商反映，大多数国内代表团访美是走马观花，不易透彻了解信息。迄今为止，大陆负责销售工具的多数外贸人员还不知道该发展什么新产品，不懂得怎样包装产品容易使外国人接受，这是很大的问题。山西省机械公司与美方合作，派两个人到洛杉矶实习培训，回国后立刻发挥作用，新产品发展速度明显加快。美国商人反映，同这个公司做生意比过去容易多了，贸易额大幅度增长。这说明，国内企业不是不愿意做，是实在不知道该怎么做。企业有了准确信息，产品上得也快。国内主管部门和行业协会应鼓励企业多了解海外市场，包括派人出去开店，收集信息。

中国工具出口的黄金机会就要到来

由于国际货币汇率的变化，日元、台币大幅度升值，中国台湾、香港和韩国、新加坡、马来西亚的产业，正在从劳动密集型转向技术密集型。这种情况对中国大陆的贸易出口有利，预计中国大陆工具出口的黄金机会两三年内就会到来。今年，中国机械进出口公司工具处的订货单就比去年增加几倍。扩大工具出口的关键，在于能否及时按照国际市场的要求组织生产。

两三年以后，将是中国外贸出口的黄金机会。这是世界经济变迁的必然趋势。国际币值的波动是世界市场经济体系自行调节的方式，这是不可避免的。最好的出口机会就要到来，只需两三年时间，我国一定要把五金工具的生产依照国际市场的需求组织起来。国内企业要适应国际市场多品种、小批量方式的生产要求，外贸口岸也应当给客户拼装货柜，帮助海外销售商做生意。如果两三年内我们能够能组织起来，提高产品质量，改善贸易服务，外贸出口就会天下无敌。我国产品只要符合国际市场需求，就有能力占领市场，经过几年努力，在美国工具市场年销售占10亿、20亿美元是可能办到的。如果我们最近两三年组织不起来，美国五金工具市场的机会就会永远失掉，泰国、马来西亚就会取而代之。

在抓住五金工具出口机遇的同时，一定要注意选准合作伙伴。中国企业面对的外商，一般不是贸易商，就是生产商。找生产商进行合作的缺陷是，生产商一般不大了解市场；生产商的利益关系与中国厂商相冲突，绝不会把最好的技术交给自己的竞争对手。找贸易商也有问题。目前中国外贸有一群特殊客户，在国际市场上贱买贱卖，从中国进货把价格压得很低，在美国卖得也低，而且是价格一个比一个卖得低，进行恶性竞争，把市场打乱，实际上连自己也赚不到钱。找国外的大贸易商合作也须小心。不能找本身没有开发能力的公司合作，要找有发展新产品能力的贸易商，对市场有充分了解，这才是好的伙伴，以其市场知识和经验，同国内企业的生产能力结合，才能够成功开拓和占领国外市场。

大陆企业改革的动向*

1989年下半年以来，围绕要不要继续推行企业经营承包责任制、厂长负责制和发展企业集团等问题，一度出现争论，对近年来的改革措施褒贬不一。但是经过认真反思，最近在全国经济体制改革会议上认识趋于统一，国有企业改革将继续向深层次发展。

一　实行多种形式的经营承包责任制。近几年国内企业实行承包经营责任制效果明显。这种经营方式有利于调动企业和职工的积极性，保证国家财政收入。尽管承包经营责任制也有许多缺陷，但是目前还没有其他更好的办法可以取代，因此对承包经营责任制，政府将采取稳定和完善的方针，保持其稳定性和连续性。对承包到期的企业将根据实际情况适当调整承包基数和上缴比例，健全考核指标体系，或顺延承包期限，或实行滚动承包，或实行新一轮承包。

二　坚持和完善厂长负责制。厂长负责制是建国以来几经反复，确立起来的企业领导制度。这种领导制度有利于强化企业指挥系统，提高工作效率，符合现代化大生产的要求。厂长负责制和企业承包经营责任制紧密相连。没有厂长负责制，承包经营责任制就难以落实。要稳定承包经营责任制就必须稳定厂长负责制。今后国有企业仍然继续实行厂长负责制。

三　发展一批企业集团。以大型企业为龙头，逐步形成一批有实力的企业集团，对于调整企业结构、加强宏观经济调控、走向国际市场具有重要作用，因此将鼓励发展企业集团。从当前情况看，中国约有70%—80%的企业集团是松散的，不完全具备企业集团的基本特征。针对这种情况，今后将采取如下措施：一是壮大集团核心的经济实力，加强投资功能，增强主导产品辐射力度等。二是形成紧密层，发展集团核心企业控股公司等。三是强化联结纽带，通过兼并、参股或控股等途径，使集团成员企业走向深层次的资产联合。四是对优势企业实施的兼并联合，政府给予政策支持，如资产无偿划转、承担债务、吸收股份等，以缓解资金不足给企业兼并带来的困难。

---

* 本文原载1990年香港《中国现代经济》杂志第1期。

发展中美大企业的交流合作关系*

我们一踏上洛杉矶这片美丽的土地，就受到美国朋友们的热情接待，“天使之城”给我们留下了美好难忘的印象。今天东道主又在世界贸易中心举行盛大欢迎仪式和经贸洽谈会，有许多尊贵的朋友出席，使我们深受感动，这充分体现了中美两国企业家之间的友谊和合作愿望。请允许我代表考察团全体成员，向加州出口贸易评议会、加州总商会、大洛杉矶世界贸易中心和出席会议的朋友们表示衷心的感谢！

我们考察团有100位成员，其中22位是政府经济官员，78位是大型企业的总裁，包括冶金、化工、钢铁、石油、机械、电子、纺织、建材、食品、造纸等行业。我们此行的目的是学习跨国公司运作经验，寻求项目合作伙伴。

实行对外开放政策，吸收外国资本，向市场经济转变，这是当代中国社会发展的大趋势。伴随着企业联合、兼并和参股等形式，中国正在形成一批富有活力的企业集团。这些集团管理方式灵活，经济力量充实，具有吸收国外资金、技术、人才和管理经验，走向国际市场的内在动力，在组织加工生产、出口贸易、合资合作等方面有比较优越的条件，是外资在中国可以优选的合作伙伴。中国是一个拥有12亿人口的巨大市场。中国经济发展孕育着大量商机。一些具有远见卓识和冒险精神的企业家，正在开拓中国市场。贵国一些大公司，如IBM、麦道、通用等都在中国建立了合资企业。

尽管中国目前的投资环境还不够完善，但是同10年前相比，确实有了很大改善，而且还在继续改善。中美两国发展经贸关系的空间很大。中美两国企业家面临着共同的巨大商业机会。中国有句古语，“百闻不如一见”。中国企业家到美国考察，开阔眼界，获益匪浅。美国企业家到中国，亲临其境，实地考察，一定也会有同样的感受。最后，祝愿经贸洽谈会成功，祝愿中美经贸关系不断发展！

---

*本文系作者作为中国企业集团访美代表团团长，1992年7月27日在大洛杉矶世界贸易中心举行的欢迎仪式和经贸洽谈会开幕式的致词。

转换企业经营机制
关键在政府职能同步转变*

转换经营机制是国有企业深化改革、走向市场的重大举措，是不可逆转的发展趋势，然而截留企业经营自主权的现象仍然屡屡发生。应当清醒地看到，转换企业经营机制绝非易事，还存在着各种阻力。从半年来落实转换企业经营机制条例的情况看，关键是企业转换经营机制必须与政府转变职能并转联动。

政府职能不转变，国有企业机制难转换。转换企业经营机制必须动真格的，首先要破除几千年来封建社会遗留的“官本位”观念，确立管理就是服务的新观念。也许有人认为，历来都是百姓听从官府、企业服从政府，怎么能变成政府为企业服务？实则不然，在欧美常常可以听到，服务是官员的口头禅。企业是纳税人，政府为纳税人服务，天经地义。我们党是人民群众利益的代表，我们的政府是人民的政府，各级官员都是人民的公仆，不应该迷恋手中的权力。凡属企业的权限应当坚决地归还给企业。

政府转变管理职能，必须从微观管理为主转向宏观管理为主，逐步建立适应市场经济发展要求的宏观调控体系；必须改变以行政手段，检查、评比、验收，直接干预企业的工作方法，转变为主要以经济、法律手段进行调控；必须本着“小机关、大服务”的原则，精兵、简政、放权，提高政府服务质量、服务水平、服务效率，搞好“规划、协调、服务、监督”，培育和搞活市场，为企业经营机制转换创造条件。

转换企业经营机制与政府转变管理职能并转联动，是上层建筑领域的一场改革。两者能否并转联动、同步配套进行，关系到企业的竞争力和生存力的保持与增强，关系到国有企业的前途与命运。各级企协要积极推动转换企业经营机制与政府转变管理职能的同步配套改革，为国有企业走向市场，参与竞争，创造优势。

---

* 本文系作者1993年3月为《市场观察》杂志首刊号所作卷首语。作者时任中国企业管理协会、中国企业家协会常务副理事长，兼任《市场观察》杂志社社长。

建设有中国特色的企业文化*

20世纪80年代初，美国管理学界创立企业文化理论，揭示了企业文化与企业发展的必然联系，发现培育优秀企业文化，创造最佳工作气氛，是企业成功的关键因素，这是传统管理科学和行为科学发展的飞跃。企业文化理论的产生使苦心孤诣地探索出路的企业家们豁然开朗、耳目一新。企业文化理论迅速席卷世界管理论坛，成为80年代企业管理理论和实践的主题，迅速形成了企业文化研究的世界性热潮。

中国是文明古国，有着光辉灿烂的文化成就，向来重视文化建设。中国又是社会主义国家，重视精神文明建设，这是我们的光荣传统。新中国建国初期，在全国宣传倡导的“孟泰精神”、“大庆精神”，就是企业精神文明建设的光辉代表。在新的历史条件下，我们要发扬中华民族文化传统，总结党的思想政治工作的丰富经验，吸取国外企业文化建设的思想成果，融合提炼，建设和发展有中国特色的企业文化。

一　吸取中国传统文化之精华

我国的企业文化受传统文化影响很深。中国社会独特的文化背景决定了企业文化呈现独特模式。主要是封建社会制度延续时间长达两千年之久，具有超常的稳定结构，中国社会的商品经济不发达，社会服务较差。因此中国传统的价值观，受封建主义思想影响较深。从历史发展的角度看，中国企业文化产生的这种社会环境，对中国企业文化的生长将产生重要的影响。

传统文化对现代企业文化的生成提供了许多可供吸取的宝贵基因。同时传统文化与现代企业文化之间也存在不少矛盾，主要是现代管理要求在组织结构上打破传统的垂直隶属型，代之以横向网络型，这与传统的以等级本位和家长宗法为核心的等级隶属观念相冲突。例如，现代管理理论提倡创新精神，与传统文化

---

*本文系作者1990年8月为中国社会科学院青年历史学家吴廷嘉《中国企业文化》系列丛书所作序言。

中的保守和封闭的心理状态相冲突，这种保守和封闭的心理状态限制以致禁锢人们的思想意识和创新精神。现代管理理论强调人本主义，激励各类人才发挥作用，尤其是鼓励企业家脱颖而出，与传统文化以中庸为核心的适应平衡的心理相冲突。这种以中庸为核心的适应平衡的心理压抑了人的主体性，窒息优秀人才的积极性和创造性，造成人才资源的极大浪费。

今天的时代是解放思想、改革开放、创新前进的时代，中国传统文化与之不相适应的方面明显地显露出来。在现代企业文化理论与中国传统文化观念的碰撞中，我们对中国的传统文化要采取科学分析的态度，既不能全盘肯定，又不能全盘否定，要取其精华，去其糟粕。

二　有分析地吸取国外的企业文化

东西方文化产生的社会历史条件不同，政治与经济制度不同，民族特性和社会意识形态不同，所有这些对企业文化的影响也不同。从比较管理学的角度看，中国、日本、美国，由于在历史传统、社会制度、文化背景等方面存在着很大的差异，因而在企业文化方面也形成了各具特色的模式。

人类文明是没有国界的。但是作为文化却存在着社会、地域、民族和宗教的差异。西方文化观念崇尚个人奋斗，东方文化观念崇尚集体主义。日本企业取得成功，原因虽然很多，最为重要的是融西方文化、东方文化于一身。对欧美和日本的企业文化理论，我们要坚持“以我为主，博采众长，融合提炼，自成一家”，有分析地吸收和借鉴。

三　企业文化建设与深化改革相结合

企业文化与企业制度，是意识和存在的关系。先进的企业文化是深化企业改革的精神支柱。落后的文化观念是深化改革的障碍。没有竞争观念和效率观念，企业优化劳动组合就难以推行。现代企业制度的建立，又决定了人们必然要选择新的价值观念。

日本企业命运共同体思想，职工的忠诚精神，就是在终身雇佣制、年功序列工资制等基础上建立起来的。在我国不改变企业大锅饭、铁饭碗制度，不实行自负盈亏制度，就不能最终建立起与市场经济制度相适应的企业文化。因此应当把深化企业改革同建立企业文化结合起来，用企业文化建设促进企业改革，以企业改革发展企业文化建设。

四　企业文化建设与加强科学管理相结合

企业文化是企业现代化管理的重要组成部分，并不等于是全部。目前我国有不少企业，不仅企业文化建设滞后，而且经营管理更落后。在建设企业文化的过程中，应当警惕以企业文化代替科学管理的倾向。正确地选择应当是，加强企业科学管理，促进企业文化建设，绝不可削弱企业经营管理工作。企业没有科学管理，片面强调企业文化，就会把企业文化建设引入歧途，甚至会倒退到“唯意志论”的狂热年代。

优秀的企业文化是不会自发产生的，要靠主动自觉地培育和发展。优秀的企业文化也不是一朝一夕形成的，要靠长期努力、坚持不懈，持之以恒。企业领导人必须掌握企业文化理论的内涵，身体力行，带头培育企业文化；各级党委和政府主管部门必须大力宣传倡导和积极扶持企业文化建设，把企业文化建设作为企业党的思想政治工作的重要组成部分；企业的全体员工必须参与优秀企业文化的建设，精心培育和实践本企业的优秀文化。只有这样，我们才能有效地促进企业文化的成长。

企业文化的生命力在于根。企业文化必需深深扎根于广大职工群众之中才会富有生命活力。因此企业文化建设还必须坚持从本企业的实际情况出发，注重实效，从细微做起，日积月累，千锤百炼，形成特色，不照搬照抄，不搞形式主义，不急于求成，努力培育具有独特风格的企业文化。

五　企业文化建设要富有时代特征

思想观念指导行动。在我国社会经济制度大变动的改革开放年代，只有更新观念，不断创新，才能紧随时代发展的潮流，创建出富有时代气息和特征的优秀企业文化。当前企业正在走向市场，企业和职工的价值观面临新的挑战。我们在企业文化建设中要引导企业家和广大职工树立四个观念：

一是市场经济观念。要破除长期形成的小生产观念和产品经济的旧观念，确立市场经济的新思想、新观念、新作风，真正形成商品生产者的独立意识、平等意识、竞争意识、核算意识、效益意识、信誉意识、顾客至上意识等。二是社会责任观念。企业不仅要最大限度地追求经济效益，更要履行社会责任，服务社会、服务大众。三是社会性观念。企业不仅要使职工享有劳动及其取得相应报酬的满足感，更要使职工享有受教育，享受福利文化生活，参与管理，得到尊重和信任等精神满足感。四是职工主体观念。企业家要把职工当作企业的主体，坚持以人为本，充分调动和发挥职工的主动性和创造性。

企业文化建设关系到现代化建设的全局。《中国企业文化》长篇论著是青年历史学家吴廷嘉女士呕心沥血、潜心研究、抱病伏案之作。这套书的出版是近年来我国学术界对企业文化研究的重要成果之一，必将对企业文化的建设发挥积极有益的作用。

向世界开放的中国市场*

中国是一个拥有12亿人口的巨大市场。在经济全球化的条件下，市场经济机制的历史作用将在世界范围内得到充分显示。中国作为世界贸易协定签约国的地位有望恢复，中国市场将进一步与世界市场接轨，开放的中国经济将融入世界经济的大家庭。

大陆改革开放经历14年，经济关系正在朝着有利于生产力发展的方向变化。改革积蓄的巨大潜能正在释放，国民经济持续、稳定、快速增长，与香港、台湾同样处于经济强势。值得指出的是，大陆提出发展市场经济，改革财政、金融、税收、投资体制，完善社会保障制度，将进一步为各国工业家、商业家、银行家和投资者进入中国市场打开方便之门。

当代的经济舞台是全球性的。成功的企业家善于在全球寻找机遇。机不可失、时不再来。为了帮助海内外的工商界人士和投资家把握中国市场的机遇，加强各国企业家之间的经济、技术、贸易的合作与交流，在中国企业管理协会、中国企业家协会与港澳各大商会和知名人士的支持下，由香港经建资讯（集团）公司创办的《中国市场》杂志今天问世。

希望本刊能以新的文风、翔实的材料、最新的信息，向海内外工、商、财界人士提供可靠完美的资讯服务。

---

*本文系1994年香港《中国市场》杂志创刊号的发刊词。作者时任中国企业管理协会和中国企业家协会常务副理事长，兼任《中国企业报》社社长、香港《中国市场》杂志社社长、《市场观察》杂志社主编等职。

中国经济发展的现状与趋势*

今天很高兴与澳大利亚朋友欢聚一堂，探讨经贸合作问题。首先，请允许我代表中国企业管理协会、中国企业家协会，向出席会议的澳大利亚工业交通部长劳瑞尔·布林顿先生，向澳中贸易理事会主席安德鲁·麦克拉姆先生，向各位来宾表示热烈地欢迎！对澳中高级行政总裁国际会议的召开表示祝贺！特别要感谢澳大利亚基廷总理和中国李鹏总理对本次会议给予的高度评价和良好祝愿!为增进中澳双方的相互了解，推动两国经济合作关系不断发展，请允许我以《中国经济现状和发展趋势》为题，介绍中国经济体制改革取得的进展情况，阐述当前国民经济状况和经济改革的主要任务与基本政策等，欢迎各位朋友提问。

中国经济发展的基本特征

今天在座的都是企业家。企业家是世界上极度繁忙的一个群体，最希望用

---

*1995年5月澳中贸易理事会和中国企业管理协会、中国企业家协会在悉尼举办第12届澳中高级行政总裁国际会议，以张重庆为团长的中国企业家代表团出席会议。本文系作者在大会上所作的主题报告。

简单语言把复杂问题表述出来。

所以，在有限的时间内，我把中国经济现状和发展趋势作个最简单的概括，就是四句话：中国是一个巨大的市场、中国正在向市场经济转变、中国经济持续快速增长、中国将进一步改革开放。澳洲的朋友们只要记住这四句话，就可以说，初步把握了当前中国经济发展的基本特征。

一 中国拥有世界最大的市场

中国拥有12亿人口、960万平方公里土地。论人口数量，中国比欧洲、北美洲人口的总和还要多。这个消费市场潜力巨大。如果消费水平达到欧美水平，各种商品每天要消费多少！现在，日本、美国、欧洲的汽车、家用电器、计算机、通信产品和机械设备在中国市场大量销售，赚了许多钱。

中国市场的特点，一是消费量大，二是消费品短缺。这个特点决定了外国公司进入中国市场大有赚钱的商业机会。现在美国的大公司纷纷进入中国市场，澳洲的朋友们绝不可坐失良机。

二 中国正在向市场经济转变

在中国，市场经济正在取代计划经济，初步形成了经济持续稳步增长的制度基础和运行机制，主要表现在：

第一，所有制结构已从单一公有制经济向以公有制为主体、多种经济成分共同发展的格局转变。国家鼓励国有经济、集体经济、私有经济和外资经济等多种经济成分平等竞争，共同发展。在工业总产值中，国有工业占48.3%、集体经济占38.2%、私营和外资经济占13.5%。在全社会商品零售总额中，国有商业占41.3%、集体商业占27.9%、私营和外资占30.8%。

第二，市场机制开始发挥作用。指令性计划逐步取消，1978年前在工业生产中，指令性计划占95%，现在只占5%。也就是说，在生产、交换、投资、就业等方面，已经主要由市场调节。

第三，效率优先、兼顾公平的分配体制正在建立。依照效率优先、兼顾公平的原则，初次分配时，坚持效率原则，按市场规则办事；再分配时，采用税收、转移支付等手段，调节收入分配的差距。

第四，全国统一的市场体系正在形成。竞争性行业在很大程度上摆脱了国家垄断的状况。企业在竞争中不断改进技术和提高效率。

第五，国家从直接控制企业转向宏观经济调控。政府对经济的管理职能，从指令性计划为主的直接控制，转变为主要运用经济、法律手段的间接调控。政府不再直接干预企业经营，主要是为市场公平竞争创造条件，并通过宏观经济调控，保证国民经济持续健康地发展。

三　中国经济持续快速增长

16年来国内生产总值翻了两番，平均年增长9.4%；居民金融资产迅速增加，储蓄存款平均年递增33.5%；消费品零售总额年递增17.2%。与1978年相比，人民生活水平明显改善，家庭人均收入增加9倍。1994年生产总值43800亿元，比上年增长11.8%；进出口贸易总额2367亿美元，比上年增长20.9%；利用外资458亿美元，比上年增长17.6%；外汇储备516亿美元，比上年增加1倍多；居民存款新增6315亿元。劳动就业制度的改革使公民享有更多的职业选择自由。公民的受教育机会增加。实行每周40小时工作制，职工休息和娱乐时间增加。文学艺术、广播影视、新闻出版、卫生体育等各项事业都取得显著发展。中国人民从来没有像今天这样享受到如此丰富的现代物质和精神文明成果。

四　中国正在实行进一步改革开放的政策

中国政府在对企业管理体制、计划经济体制进行成功改革的基础上，正在对财政、税收、金融、外汇、投资体制等进行配套改革，力求改革同步协调、配套有序地进行。这些重大改革包括：一是改变各省财政包干的体制，建立在合理划分中央与地方事权基础上的分税制，分设中央税务局和地方税务局。中央财政收入比例从全国财政收入总量30%多提升到40%多，计划三五年内达到50%以上；二是中央银行独立执行货币政策，调控货币量和保持币值的稳定。建立国家开发银行、进出口银行作为政策性银行，其他国有银行转为商业性银行；三是官方汇率和市场汇率并轨，统一汇率；四是改革投资体制，用项目登记备案制代替行政审批制；五是加强经济立法。

以上列举了中国经济发展的四个特征。一是12亿人口的大市场，二是向市场经济转变，三是经济持续快速增长，四是进一步改革开放。第一个特征为外国投资者提供了千载难逢的商机。后三个特征为外国投资者把商机变成现实提供了有利条件。

经济发展的新举措

中国将继续深化改革、扩大开放，保持国民经济持续稳定快速发展。为了实现国民经济发展目标，政府采取的主要措施是：

以质量和效益为中心，保持经济适度增长。今年经济增长调控目标为8%—9%。这首先是考虑抑制通货膨胀，为改革和发展创造较为宽松的经济环境，同时也是为了推动企业大力开发新产品，对加工能力明显过剩的行业进行压缩调整，把经济发展的重点转到优化产业结构和提高经济效益上。引导企业联合、兼并和重组，重点培植一批能带动产业结构升级和具有国际竞争力的企业集团。根据国家产业政策，加大企业技术改造力度。保持合理的固定资产投资规模，调整投资结构。重点提高农业、水利的投资比重，加强能源、交通、通信、原材料等基础产业、基础设施和机械、电子、汽车制造、石油化工等支柱产业以及科技、教育等重点建设。

进一步扩大对外开放，有效地利用外资。重点抓好机电产品和轻纺产品的出口贸易。发挥进出口银行的作用，促进成套设备出口，有重点地开拓高新技术产品出口，搞好技术引进工作。继续深化国有企业改革。以政企职责分开为中心，进一步转换企业经营机制，建立现代企业制度，建立新的国有资产管理和运营体系，建立健全符合我国国情、同现阶段经济发展水平相适应的以养老和失业保险为主要内容的社会保障体制。

中国16年的改革开放取得举世瞩目的成就。当前经济运行状况稳定向上。我们坚信，沿着改革开放这条光明大道坚定不移地走下去，中国的社会经济发展将会更加辉煌！我们希望继续加强与澳洲和各国企业家的交流与合作，为中澳经济和世界经济的共同繁荣做出贡献。

张重庆（右一）与亚洲金融公司总裁、香港侨界社团联合总会会长陈有庆

提高民族工业的国际竞争力*

在经济全球化和知识经济迅猛发展的国际环境下，我国加入世界贸易组织已经是指日可待。商战无戏言，顺者生逆者亡。如何积极参与国际市场竞争，是我国企业面临的不容回避的、关系生死存亡的重大战略问题。

怎样通过有效的管理改革和技术创新，提高我国企业国际竞争力，积极主动地迎接经济全球化的新挑战，抓住新机遇，寻求新发展，是每个大型企业领导人必须认真思考、研究和解决的重大战略问题。在这方面，安阳彩色显像玻壳公司的经验很值得研究和倡导。

主要经济技术指标比较

一　人均销售收入和利税居国内同行首位，年底将达世界行业先进水平

安玻现有2800人（包括后勤人员），1999年生产玻壳1200万套，实现销售收入23亿元，出口创汇1500万美元，实现利税5.2亿元，其中利润2.6亿元。人均销售收入约82万元，人均利税约18万元。计划今年生产玻壳1500万套，实现销售收入32亿元，出口创汇5000万美元，创利税10亿元，其中利润7亿元。年底人均销售收入110万元，人均利税36万元，将达国际一流水平。

二　经济效益和国有资产增值率居同行首位

安玻项目启动之初，作为香港中资企业在国内的合资企业，国家没有进行投资，也没有拨付流动资金。第一期工程是使用香港国际银团贷款2.2亿美元进行的。投产10年来，累计生产玻壳4900万套，实现销售收入108亿元，利税20.8亿元，还贷42亿元，资产负债率只有38%。1999年经河南省审计局审计，认定

---

*本文系作者2000年2月考察安彩集团所写调研报告，国务院总理作出批示，由国家经济贸易委员会对安彩集团组织审计考核之后，将安彩集团列入中央宣传部和国家经贸委在全国重点宣传的五家企业。这五家企业是海尔、大众、华为、安彩、海信。

安玻1996年到1998年连续三年国有资产增值率为303%。

三　生产规模居国内同行首位、世界同行第五位

1999年安玻生产21—29英寸彩玻1200万套，按21英寸当量计算为2000万套，生产规模居国内同行首位、世界同行第五位。目前，安玻已成为国内生产规模最大、产品品种最多、技术设备最先进的彩玻生产厂家。

四　技术开发速度和创新成果居国内先进水平

十年来安玻共完成技术进步项目1400多个，其中29项填补了国内空白，包括锥封接面不机械倒角和封接面不抛光技术等具有国际先进水平的技术；研制成功新装备126套，解决工艺难点364项；公司产品的品种由引进时的6个，经过自主研发，已经形成6大系列42个品种；从过去引进生产技术软件，到逐步形成一整套玻壳开发制造的自有技术软件。特别是25英寸和29英寸玻壳的开发成功和批量投入生产，结束了我国不能生产大屏幕彩色玻壳的历史。

近两年安玻积极推进数字化技术和数字化管理，大力开发熔炼数字模型、模具制造数字模型和成型数字模型，指导生产，用于玻璃熔炼成型等主要生产工序和模具制造方面，使模具设计和生产制造的速度大大加快，30—45天就可以完成新品种模具的开发设计和制造任务。彩玻的良品率提高到92%—93%，达到国际先进水平。

五　从全部引进日本技术发展到向国内外输出技术

安玻发挥自主开发能力和核心技术专长的优势，利用自身的软件技术，开始对成都红光电子管厂，天津津京玻壳公司的7条玻壳生产线进行全面技术改造，预计在上半年完成。改造后可年产玻壳800万套，增加销售收入约10亿元。同时正在积极准备向海外输出玻壳制造技术和成套设备。

六　我国引进的六条彩玻生产线中的佼佼者

80年代后期，咸阳、上海、深圳、成都、石家庄、安阳同时从国外引进六条彩玻生产线。目前石家庄、上海、深圳的彩玻生产企业已经分别被日本、韩国公司兼并控股。成都红光电子管厂破产，由安玻公司兼并。唯有安玻独占民族彩玻工业的鳌头。目前安玻年产彩玻1200万套，在国内市场占有率达45%。咸阳厂年产量只有200多万套，主要用于本企业彩虹显像管配套。

七　技术、产品的发展和经济效益的提高潜力巨大

十年来安玻精心培育自主技术开发创新能力，形成企业自有的知识产权和管理、技术创新的优势，使企业具有巨大的发展潜力。

今年初安玻在兼并成都红光电子管厂和天津电子管厂、天津津京玻壳公司、新乡美乐电子集团（原电子部706厂）的基础上，正式组建了以安阳彩色显像

玻壳公司为龙头的安彩集团。

安彩集团现有成员企业12个，职工1万余名，资产总值达60亿元，主要生产彩色玻壳、绿色照明产品、电视机、军用通信设备、信息处理设备及化工材料等，2000年计划完成工业总产值100亿元，实现销售收入60亿元，出口创汇5000万至8000万美元，创利税12亿元，其中利润10亿元。安彩集团的战略目标是，经过5年奋斗，到2005年销售收入将达500亿元以上。

三步大跨越 为国争光

安玻从全套引进国外的生产技术，到完全自主开发建设和配套技术设备，经过了三步大跨越：第一步是从引进全套技术的21英寸小屏幕彩玻（第一期工程），跳到翻版加创新的25英寸中屏幕彩玻（第二期工程）；第二步是从25英寸中屏幕彩玻跳到自主开发的29英寸大屏幕彩玻（第三期工程）；第三步是从29英寸大屏幕彩玻再跳到自主开发34英寸特大屏幕彩玻（第四期工程）。

第一步，全套引进技术设备和国外进行技术总承包

1988年安玻一期工程，玻壳制造技术和成套设备全部从日本NEG公司引进，项目总投资10.4亿元，由国外公司实行技术总承包，生产14、18和21英寸玻壳。

第二步，翻版加创新、技术自我总承包

1995年安玻二期工程，采用翻版加创新、技术自我总承包方式，仅用13个月就建成了25英寸480万套大屏幕玻壳工程，总投资13.8亿元，销售收入增加12亿元。二期工程工期比一期工程缩短20个月，比国外先进水平18个月缩短5个月。投资比引进同等规模生产线节省15亿元。

第三步，自主开发技术、自主进行项目建设

1997年安玻自主开发三期工程，建成29英寸250万套大屏幕玻壳工程，包括中国第一大、世界第三大的日出量达280吨的彩玻熔解池炉。三期工程总投资只用5.8亿元，比从国外引进同等规模的生产线节省9亿元；工期周期比一期缩短50%。压机是玻壳生产的关键设备之一，一期压机是日本技术制造，二期压机是美国技术制造，三期压机是把日本和美国的技术优点结合起来，自行设计制造，大胆改进，大大提高了玻壳成型的良品率。

目前，完全自主开发的第四期（34英寸200万套）工程已经开工，总投资12亿元，计划一年建成，投资比引进可节省资金50%以上 。

安玻实现自主开发三步大跨越后，产品国际竞争力将大大增强，可以进入世界三强，技术达到世界一流水平，市场覆盖全球，为国争光。

主要经验

一 在消化吸收、创新发展上狠下工夫，培育自主开发能力，形成核心技术专长

企业单靠从国外引进技术，没有自主开发能力，永远难以摆脱受制于人的被动局面。1991年安玻经过3年奋战，由国外技术总承包的一期工程投产，因质量指标落后，产品积压高达百万套，企业面临破产。出现这种局面的原因，是日方出口技术装备时预先埋设了暗钉子，造成一些难以一时搞清楚的质量技术问题，以期达到既输出技术设备赚钱，又延缓我方掌握关键技术的时间，最大限度地占有中国市场。

安玻从痛苦的实践中认识到，要掌握竞争主动权，关键是要有自主开发能力，形成核心技术专长，因而大步地走上了消化吸收、开发创新之路。

引进的国外22工位双压机，按照原设计规范，只能压制14英寸和18英寸的玻壳，不能双压21英寸玻壳。安玻组织技术人员进行攻关，连续攻克几大难关，获得双压21英寸屏成功，等于花很少投资增加了一条21英寸屏生产线，当年产值增加上亿元。

1992年安玻公司在引进国外模具的基础上，成功地开发了第一个新品种东芝21英寸彩玻，填补了国内空白。接着又相继开发成功了市场急需的21英寸菲利浦型彩玻和日立型彩玻、25英寸菲利浦彩玻、29英寸日立型彩玻和东芝型彩玻等七系列42个新品种，结束了我国不能生产大屏幕彩玻的历史。

安玻几乎对所有引进的技术和设备都进行了改进、改造和创新，使一期工程的生产能力超过了设计能力的80%。自我技术总承包的二、三期工程，仅用一年时间就超过设计能力，技术、工艺和产品质量达到国际一流水平。

为了形成自有的核心技术专长优势，安玻坚持每年从销售总收入中提取8%—10%用于研究开发和技术创新，先后建立了模具设计开发中心、科研开发中心、电子玻璃开发中心。

二 建立促进技术开发创新的富有活力的机制

企业改革的最终目的是提高企业的国际竞争力，关键是要具有自主创新开发能力。安玻形成了独具特色的促进技术开发创新的富有活力的机制。

改革用人机制，实行“三权、五个一”的纵向授权制度。“三权”，即总经理对中层干部直接任免权、直接考核权和直接奖惩权。“五个一”，即一级抓一级，一级聘一级，一级考一级，一级奖惩一级，一级任免一级。对当月没有完

成技术、经济、工作指标（包括教育）的中层主要负责人通报批评。连续两个月完不成经济指标的中层正职要自动辞职或给予免职。

建立有效的激励机制，实行以“三实代三档”制度和“消化吸收视同科研，创新视同发明”等科技奖励政策。公司以实际职称（能力）代替档案职称（学历），对原有技术职称的干部进行考核，使用专业干部看职称更看实绩，看学历更看能力，实行评聘分开。公司以“实绩工资”代替“档案工资”，创造性地运用“点因素法”进行科学分配，采用岗位结构工资制，一岗一薪，岗变薪变，工效挂钩，分配适度拉开距离、工资封闭发放，杜绝攀比。

采用生产、改造、扩建三项任务一肩挑的组织体制。为了加快二三期工程建设，安玻充分利用一期形成的各种资源，尤其是人才资源，实现了后续工程的有机衔接，创立了生产、改造、扩建三项任务一肩挑的全新组织体制。这种组织体系创新，既保证了工程建设有统一、坚强的决策领导班子，落实了项目责任制，又使全公司人才资源得以根据生产经营实际在一、二期和三期工程之间实现有序流动，优化了内部资源配置。同时在一肩挑的过程中充分挖掘人的潜能，进一步培养和锻炼了队伍，保证了一期生产经营稳定增长和对一期改造的高水平完成。另外通过优化内部资源，还实现了减员。二期工程的建成使公司生产能力成倍增长，而人员只增加400多名，仅相当于一期人数的20%。1997年三期工程上马，公司人员不增加一个，通过人力资源优化配置，充实到三期工程，使三期工程顺利投产、达标，产生了重大经济效益。

三　生产、科研、教育三位一体，培育开发创新群体

技术设备可以购买引进，创新能力无法购买引进。培育智力创新群体，造就高素质的职工队伍，是企业提高创新开发能力的关键。80年代末，在电子部审批安阳彩玻项目时，就有许多专家提出安阳人才基础太薄弱，缺乏项目建设所需的人力资源。因此，安玻从起步就认识到这种劣势，决策者对人才的培养特别重视，具有一种非同寻常的超前意识。

人才第一，建厂先育人。1984年安玻申请立项获得批准，还没有正式开始对外设备采购谈判，创建人就高瞻远瞩，就从临时筹借的开办费中挤出150万元作为培训费，在当年高考落榜生中择优录取152人，送到大学进行3年定向代培。这些人现在都已成为骨干，再加上从全国各地招聘来的160多名高中级专业技术人才，构成了安玻发展初期的人才基础。目前，全公司已有62%的职工达到大专以上水平。1987年以来进入公司的300名大专生，已有82%以上分别晋升到段长、车间主任助理、主任等关键岗位。

建立相对稳定的人才机制。安玻早在建设初期就建立了一套“基建和生产准备两项任务一肩挑”的生产技术班子。企业投产之后，又逐步形成了“生产、扩容、改造三项任务一肩挑的组织体制”。公司各级领导和主要技术与操作人员，从项目筹建之初的技术培训、技术交流、谈判、签约，到设备定制、安装、调试、运行、改进、改造、创新等，实行承包到底，没有特殊情况专业始终不变，保持技术上、管理上的连贯性。这种相对稳定的人才体制，使技术骨干形成了长期负责的思想和高度的责任感，开阔了视野，扩大了信息量，增强了学习钻研技术的自觉性，激发专业人员不断进行知识储备的自觉性。这对安玻很快形成自主开发创新能力，起到了关键作用。

生产、科研、教育三位一体。安玻把职工继续教育和全员培训视为战略性投资的基础工程，创立了“生产、科研、教育三位一体”、紧密结合、互相促进的新体制，设立了技术部，负责全面统筹、规划、协调和指导，使主要车间既是生产单位，又是技术开发中心，形成了企业组织优势。

安玻结合企业内部“减人增效”的改革，改“四班三运转”为“五班三运转”，每天保证有五分之一的职工参加专业技术培训，真正把全面提高职工素质落到实处。公司教学中心既有工程硕士研究生班，又有本科、大专和中技等专业技能班，分期分批对各类人才和全体职工进行培训。培训成绩与个人的晋升和工资挂钩，极大地调动了职工进修学习的积极性。

张重庆常务副理事长与安彩集团董事长李留恩

安玻公司开发创新的思想动力，已经渗透到各个车间和具体岗位，转化为全体职工的自觉行动，为安玻公司自主技术开发创新建立了牢固的思想组织基础，给企业注入了持久不衰的技术创新活力。

发现和捕捉商业机遇*

14 年前在美国世界贸易中心举办的“美中企业家贸易论坛”上，美国商务部助理部长塞尔先生说：“企业家是世界上极度繁忙的一个特殊群体”。今天我要补充一句说：企业家“又是极度关心经济效益的特殊群体”。巴西企业家有兴趣到中国来投资，中国企业家有兴趣到海外去投资，为了什么？万变不离其宗，都是为了获取较高的经济效益。经济效益与投资风险并存。企业家的高超本领，就表现在善于发现和捕捉商业机遇，善于化解投资风险，获取最大的经济效益。今天我想就中巴企业家共同关心的问题发表几点看法。

一　扩大经贸合作的天然条件和共同利益基础

中国、巴西同属世界上的少数几个土地大国、人口大国和发展中国家，两国经济发展程度和社会消费水平比较接近。在经济全球化加速发展的国际环境中，两国面临着大体相同的社会经济发展问题，具有相互合作的共同基础。

中国拥有 13 亿人口的大市场，消费需求总量大得惊人。前几年有人假设，若中国每人每天吃两个鸡蛋，每天需要 26 亿只鸡蛋，仅此一项，把澳大利亚生产的玉米全部买来做养鸡饲料都不够。最近两年，中国每年进口大豆 1400 万吨，根本原因是中国市场每年需要 8000 万吨饲料，需要 2000 万吨大豆作豆饼使用。

中国市场利润丰厚。近年来，在世界 IT 产业接连遭受重挫的情况下，天津摩托罗拉公司去年利润达 6 亿美元，占摩托罗拉全球公司总利润的 45%。天津摩托罗拉公司的利润率高达 15%。难怪外电报道：摩托罗拉的董事长在美国企业家年会上手舞足蹈地说“真是难以想象中国市场有多大”。

中国市场对外资有极大的吸引力。外商在中国投资累计已经突破 4000 亿美元，而且有不断扩大投资的趋势。据调查，90% 的外资企业计划在未来的 3 年内增加在华的投资。

---

*本文系作者 2002 年 4 月 4 日在中国巴西企业家经贸合作研讨会上的演讲，巴西前农业部部长罗东尼奥和驻华公使埃德松出席会议。

中国市场蛋糕很大。巴西企业家在中国面临巨大商机。我们欢迎巴西企业家来华投资与合作。最近从报纸上看到巴西企业家在中国食品加工、支线飞机装配、汽车行业进行投资，这是中巴合作的新成果。

二 中国经济持续稳定增长,为全球投资者带来巨大商机

近年来，中国克服了亚洲金融危机和2000年以来世界性经济衰退的影响，国民经济持续稳定增长。2001年度全球贸易总额下降12%，跨国海外投资下降40%，3/4的国家国民生产总值下降。然而中国国民生产总值却增长7.3%，外商投资增长10%，外汇储备增长28.14%。美国投资银行家雷曼预测，21世纪中国将成为全球经济发展的焦点。到2030年，中国经济规模将仅次于美国，成为世界第二大经济体。中国大发展的潜力为全球投资者带来巨大商机。

三 中国产品的技术含量和质量迅速提升

今年美国《家电》杂志排出全球前10位家电制造企业，海尔集团超过日立公司，名列第九位。这标志着中国家电企业跨入了世界级家电集团行列。海尔集团1999年在美国建厂，目前已占领小型冰箱市场50%、酒柜市场60%。2001年海尔在美国销售额达1.4亿美元，计划3年内突破10亿美元。2002年海尔在纽约收购了有77年历史的格林威治储蓄银行大楼，将曼哈顿这幢标志性建筑作为美国总部。

万向集团1994年在芝加哥设立分公司，年营业额已达近亿美元，去年兼并了美国竞争对手，今年又在芝加哥建成了70多层的美国总部大楼。这说明，中国产品的技术含量和质量正在迅速提升，中国企业和企业家正在走向世界，初步具备了与各国企业家进行合作的能力和条件。

四 中国进出口贸易将大幅度增长

近年来出现了世界制造业中心正在向中国转移的趋势。海外经济学家评论说：“中国加入世界贸易组织。成为继美国、欧盟之后的第三头大象。”“美、日、欧、中将成为世界经济稳定与发展的四个支点。”世界银行分析认为，随着中国加入世界贸易组织，国内市场进一步对外开放，关税大幅度降低，将带动进出口贸易迅速增长。

国际权威机构预测：中国在全球贸易总额中所占的出口量5年内将增长1倍，可望超过德国和日本，成为全球第二大贸易国；10年内将成为电子产品、电脑和半导体出口的最大制造商。摩根士丹利亚洲首席经济学家认为：未来10年中国应该有能力使出口额翻4倍，达到1万亿美元。

综上所述，中国经济正处于大发展时期，为世界各国的企业家提供了千载难逢的商机。机不可失，时不再来。发现和抓住机遇是走向成功的起点。

坚持公益服务的经营理念*

在目前国有医院尚不能完全满足人民群众日益增长的多层次卫生保健需求的条件下，市场化的民营医院应运而生，在我国社会医疗体系中所占比重迅速加大。如何发展、规范民营医院，促其提高服务质量，控制其收费标准，这成为当前社会大众关注的热点之一。

武汉亚洲心脏病医院（以下简称“亚心医院”）作为一家民营医院的先进典型，创建六年来始终坚持公益服务的经营理念，以人为本，科学管理，高标准服务，低标准收费，赢得广大患者和社会各界人士的赞誉。他们的办院经验和先进管理方法很值得研究和倡导。

迅速崛起　名列三甲

亚心医院是武汉市的一家集科研与临床为一体的心脏病专科医院，1999年由中国侨联常委、香港弛生集团主席谢国维先生投资4亿多元创办。仅三年时间，从2003年起该院心脏外科年手术量就进入全国前三名，手术成功率达98%以上。

目前该院拥有职工1200名、床位600张，建筑面积4.3万平方米，已接待来自全国33个省区市的22万余名心脏病患者，完成心脏外科手术10000余例、介入检查和治疗手术18000余例，医护人员在国内外刊物和会议上发表心血管专业学术论文500余篇。

该院已经与国内外100余家医院结为合作医院，德国、澳大利亚心脏治疗中心也把该院确定为在中国的培训教学基地。美国AGAPE基金会与该院达成20年合作意向，每年免费为50名贫困儿童患者进行心脏病手术；全国近800家医疗机构前往学习交流；被70多个市、县医疗保险机构列为心脏病定点医院，颇受社会大众欢迎。

---

*本文系作者2005年考察亚洲心脏病医院后所撰写的报送国务院领导的调研报告。

科学管理 弘扬医德

医院的职责是救死扶伤、治病救人，历来受人尊崇。但是近年来医院系统刮起吃回扣、拿提成、收红包的歪风邪气，过高收费引起广大群众强烈不满。然而亚心医院却是另一番情景。该院通过科学管理，运用先进技术手段，培育企业精神，弘扬医德，剔除行业毒瘤，让人耳目一新。

一 医院经营与医疗管理分离，杜绝吃回扣、拿提成

亚心医院导入企业现代经营管理理念。实行董事会领导下的总经理、院长负责制，将医院经营与医疗管理彻底分离，形成医疗与管理两大体系。院长领导全院医护人员，负责医疗质量控制、人才梯队培养、学科发展、临床科研等。总经理负责全院的经营管理、企业运作、市场营销、成本控制、设备和药品采购、资源控制等。医疗业务所需的全部条件由行政管理部门负责，形成了以患者为中心，医疗体系服务于患者，行政管理体系为医疗服务的运作模式。

该院将药品采购从药房分离出来，实行采购部、财务部与临床科室“三权分立”，统一招标采购的制度，杜绝药房进药吃回扣的问题，保证患者能够使用质优价廉的药品。同时，内部核算不采取弊端甚多的科室经济指标包干提成制，使医生在开处方时既摆脱了吃回扣的阴影，又摆脱了拿提成的欲望，以疗效为主，不追求高价药、进口药，减轻患者负担。该院24小时开放电脑费用查询系统，患者随时可以查看在医院的花费，从而有效地避免滥开处方、滥收费的现象。该院药品收入只占患者住院总费用的14%，远低于30%的医疗行业平均水平。

二 疾病检查诊断与手术治疗分离，杜绝收红包

医院生存和发展的核心在于精湛的医疗技术和服务质量保证。亚心医院坚持医疗服务ISO9000国际质量标准，先后投入1.2亿元资金，引进世界最新技术设备，保持医疗设备和技术始终处于国际先进水平。该院在医疗组织管理上实行患者检查诊断与手术治疗分段负责的办法，通过先进的医疗诊断技术设备对患者疾病进行检查确诊，手术医师根据诊断资料确定手术方案，不需要事先接触患者及其家属，杜绝了送红包和收红包的现象。

三 控制医疗成本，降低收费标准，普及心脏病手术治疗

亚心医院严格进行内部核算，不采取科室经济指标包干提成制，而是实行员工收入与工作量、医疗质量、服务质量挂钩的办法，医护人员只需将医疗行为中的操作与发生的消耗如实记录于电脑中，财务部就可以在电脑上进行核算。

该院依靠医疗技术装备的先进性、工作的高效率、服务的高质量来控制和

降低成本。该院启动之初，参照国有医院的收费标准，冠状动脉造影收费6000元、单纯先天性心脏病手术收费18000元。运营三个月后发现，作为成熟的技术，这样的收费所获利润大大高于任何一个企业，而且由于收费太高，影响许多心脏病患者就医，医院创办人毅然决定将动脉造影，以及手术价格分别降低50%以上，冠状动脉造影只收3000元、单纯先天性心脏病手术只收8000元，此举打破了全国心脏病手术治疗的价格壁垒，推动了心脏病治疗向社会大众的普及。

以人为本　重在服务

亚心医院经营管理和医疗服务的核心理念是，患者是“上帝”，以患者为中心，服务与医疗并重，移植星级酒店服务到医院。单独诊室体现对患者的尊重，谈天式接诊让病人精神放松，拥有良好就医心态；随时为患者提供费用清单，连几分钱的开支也会注明；对患者的随访率达到90%的国际水平；医疗咨询，包括手术后如何用药、何时复查、外地患者如何检查，都会帮助提供解决方案；定期为患者举办联谊活动；病房给人以“家”的感觉，设有独立卫生间，24小时供应热水和空调，连门把手也是人性化的设计，营养食谱、订餐、送餐到床头；患者服务中心除了就医、缴费、检查、咨询、预约、投诉等常规服务外，连外地患者家属来武汉的住宿、往来票务都有人负责，处处体现方便和温馨。

成功的经验

亚心医院依靠高水平的医疗技术、先进的设备和科学的管理，在服务理念和服务模式上创新，既解决了医院系统长期存在的以药养医，吃回扣，收红包等不良现象，又大幅度降低了心脏外科手术医疗收费标准，减轻了患者家庭和国家的经济负担，使心脏外科手术迅速向大众普及，创造了我国心脏外科治疗史上的奇迹。该院成功的经验主要是：

一　关键在公益服务的经营理念

亚心医院成功的关键，在于投资者具有明确的公益服务经营理念，不是把医院单纯作为赚钱的工具，更不是作为谋取暴利的摇钱树，而是把办医院作为社会公益性投资，在微利的基础上运营和发展。

该院的公益服务性质的体现，不仅在利用自身行业优势，开展公益服务，为孤儿和贫困青少年免费实施心脏病外科手术；送医下乡，举行义诊活动等；更重要的是大幅度降低心脏病手术费用，使所有接受心脏病手术的患者都能够享受到建立在精湛技术基础上的价格低廉的优质医疗服务。

二 基础在专业人才积极性的充分发挥

亚心医院成长的基础，在于采取全新的管理模式，为专业技术人才发挥积极性搭建平台。行政管理系统全方位地为医疗业务服务，使专业人员摆脱繁琐的日常行政事务，一心扑在业务上，技术上精益求精，服务细致周到。该院鼓励专业人员钻研业务，要求每人每年撰写学术论文至少3篇，在国内外学术刊物上至少发表1篇。该院提供经费，支持在院医生每年至少参加1次全国性学术会议，主任医师每年至少参加两次全国性学术会议，科室主任每年至少参加1次国外培训、考察或学术会议，使专业人员及时掌握国际心脏病治疗技术的前沿信息，保持技术领先地位。

企业文化是企业管理的内核。亚心医院重视培育学习创新型医院文化，既倡导个人学习，又针对不同层次、不同岗位，提供分类、分级、分阶段培训，采取不断从外部引进人才和内部建立造血机制相结合的方式，多渠道吸纳和培养人才，打造技术人才梯队，为医院的可持续发展奠定坚实基础。

三 核心在管理机制的自主性

亚心医院之所以能够在短时间内创造出公益服务的社会效益，并进入良性运营，核心因素在于医院管理机制的自主性。管理机制的自主性增加了亚心医院的服务竞争优势，使其能够根据自身特点和市场需求，自主决策，自主选择经营管理模式，灵活设置机构，做到机构精简、效率优先、运转自如；能够真正实行聘用制，既可低职高聘，也可高职低聘，双向选择，灵活多样，充分发挥专业人才的作用；能够以岗定薪，以薪促岗，薪随岗动，最大限度地激发全体员工的主观能动性；能够增加医院凝聚资本的优势，利用一切有效的融资渠道，筹集资金，更新设备，提高技术水平，保持设备和技术的国际先进水平状态，扩大服务规模，提高服务质量，降低医疗成本，赢得降低医疗收费价格的空间。

重要的启示

亚心医院坚持公益服务经营理念的成功实践，给我们许多重要的启示：

一 加强政府导向和行业管理

兴办医院的目的应重在为社会大众提供医疗服务，绝不能把医院当作牟取暴利的印钞机。国有医院要坚持公益服务性质，同时也要鼓励有实力的民营企业，从公益目的出发办福利医院，微利运营，为大众服务。对缺乏实力，寄希望办医院快速赚钱的个人或企业要限制其准入，对违反法规、牟取暴利的从业者要给予严厉处罚。要通过政府导向和行业自律，逐步形成国有医院与民营医院相互补充、有序发展的社会医疗体系。

二 转变医院管理机制

我国国有医院众多，人员庞杂，工作效率低，人力资源成本不断上升，大多数医院，即使得到财政补助，也只能维持运营，技术创新等难以顾及。要改变现状，需借鉴民营医院经验，引入科学的经营管理机制，真正做到因人设岗，责任明确，杜绝人浮于事的现象，改革分配制度，奖惩分明，收入与工作量和质量挂钩，有效调动职工的积极性，提高服务水准，营造国有医院社会效益和经济效益双赢的局面。

三 控制医疗服务价格

目前，社会上医疗机构鱼龙混杂，收费混乱，价格与技术、质量、服务失衡。但是，亚心医院做到了价格低廉、技术先进、确保质量、服务周到。价格与技术、质量和服务协调，正是该院患者就医“火爆”、医疗保险机构积极定点的根本原因。医疗机构要提高竞争力，应借鉴亚心医院的经验，规范医疗服务收费，杜绝以药养医、吃回扣、收红包等现象，体现社会公益服务性质，减轻患者就医费用的负担。

四 寻求解决医务专业人才劳务价格过低的新思路

目前造成国有医院医务人员收入较低的原因，既有技术劳务价格过低，各级医院之间的价格差距不大，难以体现著名专家等人才的真正价值的问题，更重要的是也有智力资源优势未能充分发挥，工作效率低和服务质量差的问题。

按照传统思路，要提高技术劳务收入，就要提高医疗费。亚心医院摆脱了传统思路，通过提高工作效率和服务质量，提高医疗设备和服务设施利用率，既增加医院总体收益，保证医务人员有较高的技术劳务报酬，又在收支平衡、略有盈余的基础上，降低患者经济负担，不断扩大患者就医面。我们应当寻求解决医务人才劳务收入过低的新思路，主要不是提高医疗收费，而是科学管理，提高效率，降低成本，增加收入，提高专业人才劳务报酬，抑制医疗费用的不断攀升。

五 优化医疗机构的产权结构

打破国家和集体对医疗事业垄断过多、负担过重的局面，在医疗机构的创办环节引入市场机制，鼓励和引导社会资本以公益服务为目的进入医疗服务领域。通过优化医疗机构的产权结构，合理配置医疗资源，遵循结构合理、使用有效、节约成本的原则，最大程度地发挥现有资源的利用率，使国有医院不断发展壮大。

中国振兴东北经济战略分析*

东北位于山海关以东以北地区。从行政区划看，包括辽宁、吉林、黑龙江三省；从经济区划看，还包括内蒙古东部五盟市，即呼伦贝尔市、兴安盟、通辽市、赤峰市和锡林郭勒盟在内。

东北经济区(包括东北三省与内蒙古东部五盟市）总面积达到146.5万多平方公里、占全国总面积15.6%，人口达1.23亿。国务院将内蒙古东部五盟市正式纳入振兴东北老工业基地总体规划，对振兴东北经济具有重要意义。

东北老工业基地振兴战略提出的背景

中国政府提出振兴东北战略主要是考虑综合协调区域经济的发展。2003年温家宝总理三度考察东北，提出要把振兴东北摆在突出位置，拉开了振兴东北经济的序幕。2003年10月国务院制定了振兴的11号文件，提出了若干政策措施。2004年4月成立了以温家宝总理为首的国务院振兴东北老工业基地领导小组。

一　从历史发展看，东北经济发展曾有过辉煌的年代

从20世纪50年代初开始，中国政府曾集中财力投资东北，苏联援助物资

---

*本文系作者2005年11月29日在东京召开的首届日中经济合作高层峰会上的发言。作者作为大会组织委员会共同主席和演讲人出席会议，并参与组织工作。

也主要投放在东北。到20世纪60年代中期，东北工业产量已占全国25%，成为汽车、钢铁、军工、化工等重工业基地，为中国经济的现代化做出了重要贡献。直到今天东北工业产量在全国依然举足轻重，原油占全国2/5、重型卡车占1/2、造船占1/3、商品粮占1/3、汽车占1/4、木材占1/2、钢产量占1/8。

二 从经济现状看，东北经济在改革开放过程中发展滞后

1978年中国实施改革开放后，沿海地区经济在外资的进入下迅速腾飞，陆续形成了珠江三角洲经济区、长江三角洲经济区、环渤海湾经济区，但是东北经济发展滞后。1980年辽宁省工业总产值是广东省的两倍，到2001年东北三省工业总产值之和大体仅相当于广东省的3/5。1978年到2003年东北地区工业总产值占全国的比重由17.1%下降到8.2%，降幅达51.9%。中国加入世界贸易组织后，大量的进口粮食占领了中国内地市场，东北的玉米、大豆等农产品大量积压，加重了东北经济的困难，大批国有企业关闭，工人下岗失业。

三 从对外开放看，东北地区引进外资步伐比较缓慢

统计资料表明，2001年东北三省实际利用外商直接投资不到32亿美元，只相当于华东地区的1/7，不及广东省的1/4。这与东北丰富的自然资源和巨大的市场潜力形成了强烈的反差。

东北地区面临的严重困难情况，引起了国务院的高度重视，把如何振兴东北经济、协调区域经济发展的战略问题提到突出位置。

国务院对东北经济振兴规划的综合协调

从2004年开始，按照国务院关于实施东北地区等老工业基地振兴战略的要求，东北三省开展了经济振兴总体规划和各专项规划研究编制工作。2005年上半年国务院振兴东北老工业基地领导小组对东北三省规划初稿，组织了衔接论证，汇总意见，回馈修改完善，而后又再次组织衔接论证，讨论修改完善总体规划。2005年10月底国务院批准了东北三省经济振兴总体规划。

制定东北经济振兴总体规划和各专项规划，是推动东北地区经济协调发展的重大举措。根据国务院批准的总体发展规划，在产业布局方面，黑龙江省将着力发展装备制造业、石化工业、能源工业、绿色食品工业、医药产业、森林工业，以及旅游产业等；吉林省将重点建设汽车制造、石油化工、农副产品、现代中药和生物药、光电子信息等产业；辽宁省将重点建设现代装备制造业和主要原材料工业基地，加快发展高新技术产业、农产品加工业和现代服务业，构建沈阳经济区、沈大经济带，发展临港经济，构筑沿海经济带。

振兴东北经济的主要政策

2004年7月4日国务院办公厅发出《关于促进东北老工业基地进一步扩大对外开放的实施意见》，提出进一步扩大对外开放，解决东北地区存在的突出矛盾和重点难点问题，涉及对外资的政策措施主要有：

鼓励外资参与国有企业改组改造。外资并购和参股改造国有企业，原国有企业历史形成、确实难以归还的历史欠税，经国务院批准后给予豁免。支持外资股份制公司在国内外资本市场上市。允许外资企业依法购买金融资产管理公司的不良债权、股权。外资并购国有企业后设立的外资企业，按照国民待遇执行国家现行法律规定和制度。

鼓励外商投资重点行业和企业技术进步项目，在重大关键技术和设备引进时给予政策性信贷支持。符合规定的外资项目可享受鼓励类外商投资项目的进口税收优惠政策。经核准的外资企业技术中心，除按有关规定享受优惠政策外，其进口国内不能生产的自用耗材、试剂、样机、样品等免征关税和进口环节增值税。

放宽服务业对外资的限制。外商投资城市燃气、热力和供排水管网建设、对铁路客运和货运、跨境和境内公路运输及国际海运业务和国际集装箱多式联运业务投资的股比限制，经批准允许外方控股。对外资银行在东北设立机构和开办业务给予优先许可。

鼓励发展促进东北与周边邻国的区域经济合作。推广边境贸易人民币结汇办法，进行边境小额贸易出口以人民币结算的出口退税试点。加快建设边境经济合作区、贸易区和出口加工区。对境外工程承包和境外投资能带动设备出口及劳务输出的生产加工型项目和技术合作项目，国家在现行的国内贷款贴息、优惠贷款及境外办展、广告等市场开拓费用补助等方面进一步加大支持力度。对外商投资的大型港口码头、鼓励类的临港工业和物流项目给予政策支持，并予以优先审批。

东北发展的优势与潜力

从东北地区的区位、产业、人才、政策等方面看，经济发展的优势和潜力是很大的，具体表现在：

一 区位优势。东北地区地处东北亚区域中心地带，交通发达，公路、铁路与朝鲜、俄罗斯、蒙古相接，全区有以大连港为代表的港口15个，与70多个国家和地区通航。通过黑龙江、乌苏里江航运水系与俄罗斯远东相接，直通日本海。东北地区具有发达的交通运输条件，铁路营业里程占全国的18.3%，铁路的密度是全国平均密度的2.17倍。

二 资源优势。东北三省资源富庶，拥有大平原、大森林，矿产资源、水资源、土地资源丰富。在目前全国已探明的主要矿藏储量中，东北地区的铁矿石储量占22%，石油储量占45%，原煤储量占10%，金矿、钼矿、镍矿和铝土矿都居全国前列，庆深气田为我国第5大天然气田。

三 产业优势。东北是重要的商品粮基地、重化工业的重要基地，拥有众多关系国民经济命脉的战略性产业和骨干企业，机电、汽车、化工、航空、石油、医药、食品等工业和高新技术发展前景良好。

四 人才优势。拥有几十所著名高校和科研机构，教育发展程度和科技力量高于全国平均水平，万人大学生率高于全国平均水平40%。

五 存量资产优势。东北地区3000多家国有及国有控股企业集聚了很大一部分工业存量资产，其中大部分属于一般竞争性领域，需要寻找战略投资者进行改革、改造，加上政府在政策与资金上的支持，为外资参与投资创造了商机。

六 政策优势。国家给予东北地区经济发展特殊鼓励政策。东北地区 实行企业所得税优惠政策，包括：提高固定资产折旧率。缩短无形资产摊销年限。东北地区工业企业受让或投资的无形资产，可在现行规定摊销年限的基础上，按不高于40%的比例缩短摊销年限。提高计税工资税前扣除标准。

中日合作开发东北的前景

尽管东北投资环境还存在一些不尽如人意的地方，但是各级政府部门都在努力改进和完善，中日合作开发东北的前景光明。

从经济要素格局看，东北地区与日本的资源互补性强。东北地区资源丰富，但劳动力的质量和生产技术水平相对较低。而日本资源匮乏，随着社会人口高龄化的加剧，劳动力资源水平将逐步降低，但日本劳动力的质量和生产技术相对会处于较高水平。

从产业结构看，东北地区与日本的产业具有很强的互补性。东北地区有良好的工业基础，产业以第一产业和第二产业为主，约占60%以上。日本目前正处于重要的产业结构调整期，第三产业占有较大比重，从资源优化配置考虑，大批传统产业将对外转移。双方在产业结构、经济、科技实力等方面的差距，增强了合作的互补性，展现出东北地区对日贸易和招商引资具有广阔的发展空间。

从区域经济合作看，近年来在加强东亚区域经济合作的背景下，环渤海、环日本海、图们江地区的区域经济开发合作日益引起广泛关注，东北地区将成为我国参与这些区域经济合作的主要力量。在区域经济合作不断深化的过程中，东北地区与日本的经济合作关系也将得到进一步的发展。

从东北地区与日本经贸关系看，日本是东北三省进出口贸易的最大伙伴，也是东北三省利用外资的主要来源地。早在1998年日本就成为吉林省第一大贸易伙伴和第二大进口来源地。从2001年起日本成为辽宁省的第一大贸易伙伴和第二大投资来源地，日资企业占全省外商投资企业近半数。从2002年起日本成为黑龙江省的第二大进出口贸易伙伴。大连港由于独特的地理位置优势，成为东北地区与日本经济合作的重要窗口。大连建有日本工业团地，中日软件产业园将成为日本软件产业外包的重要基地。东芝公司已将彩色电视机最新生产技术和生产线转移到大连，佳能公司也把大连作为重要的生产基地。

总之，我国东北地区具有与日本企业进一步合作的良好条件，在中国政府实施振兴东北经济战略的推动和优惠政策的扶持下，东北地区的企业将进一步扩大与日本企业的合作交流，这个趋势是不可改变的。

首届日中经济合作高层峰会共同主席李克、井川纪道、张重庆（左一）与中国驻日本大使王毅

第六篇

工作研究

Section 6 Work Research

在传统工业经济时代，领导者可以发号施令，部属唯命是从。进入智力经济时代，社会环境急速改变，由于历史知识、传统技术及经验的贬值、社会富裕程度提高、生活水准差距缩小、信息瞬间公开化等原因，领导者的行政权威正在逐步弱化。智力经济时代是领导者以身作则、示范引导的时代。领导者的力量，并非依靠职位权威，而要依靠影响力、高尚品德和人格魅力。

优势不是一成不变的。优势是一个历史的、动态的、相对的概念。优势和劣势相比较而存在，在一定条件下互相转化。天然的和历史积淀形成的优势，在许多情况下，仍然是一种客观存在的潜在优势。这种潜在优势并不等于现实的优势。潜在优势如同地下宝藏，只有经过挖掘开发和提炼加工，才会实现其市场价值。

管理者要善于发现优势，抓住优势，发挥优势，同时又要善于把客观存在的潜在优势转化为现实可利用的优势，否则优势就会与之擦肩而过。随着时间的推移和空间的变化，原有优势还会发生衰减。管理者必须学会开发潜在优势，与原有优势整合重组，创造出新的优势。

加强协会工作研究*

全国首届城市企协秘书长座谈会今天在西安开幕，我代表中国企业管理协会向会议表示热烈祝贺，就加强协会工作研究，进一步发挥协会组织作用等问题，谈一些初步意见。

加强协会工作研究的必要性

这次会议是首届全国大中城市企协秘书长工作会议。企协成立以来，还没有专门召开过城市企协秘书长会议。这次会议是根据袁宝华会长的提议召开的。袁宝华会长在三届一次理事会议上提出，“应在一定时期，召开企协工作会议或秘书长会议，互通情况，交流经验，研究解决问题。”

袁宝华会长的提议非常及时。这是因为，第一，经济体制改革不断深入，政府部门简政放权，企协责任加重，面对新情况、新问题，需要召开秘书长会议，组织大家探讨研究工作问题；第二，企协经过六年的摸索，积累了一定的经验，需要认真总结，提到一定高度来认识，为开创新局面奠定基础；第三，由于企协组织迅速发展，城市和行业组织增加，必须找到一个适当方式能够把大家邀集起来进行交流。对这次会议，袁宝华同志非常关心，亲自作了批示，希望通过这次会议，加强横向联系，加强咨询、服务、研究、出版工作。

企协组织是一个大系统，有四个层次。第一个层次是中国企协及行业企协，第二个层次是省（区）市企协及行业企协，第三个层次是城市企协及行业企协，第四个层次是基层企协。这四个层次的企协如何开展工作，有共性，也有特殊性，同时每一个层次的企协具体情况差异也很大，如何从各自的实际情况出发开展工作，是一个值得深入探讨的问题。

---

*本文原载1985年10月25日《协会工作参考》，系作者为全国首届大中城市企业管理协会秘书长会议所作的专题报告。

这次会议的主题是“交流、研究、合作”，就是交流工作经验，研究新情况、新问题，发展城市企协之间的合作。企协的工作及其活动是一种社会现象，具有自身的特点及其规律。探索企协工作的特点和规律，是做好领导工作的基础。我们希望这次会议成为一个良好的开端。

城市企协是全国企协组织系统的基础和支柱。全国企协工作的好坏，在很大程度上取决于城市企协。六年来全国各地城市企协艰苦奋斗，发挥积极性、创造性和主动性，做了大量工作，取得显著成绩。我相信，通过这次会议，对如何在改革中发挥城市企协作用，如何在搞活企业中推进企业管理现代化，如何加强协会自身建设，如何加强地方企协之间的横向联系等问题进行深入探讨。

企协发展的历史、特点及趋势

一 企协发展的历史

从全国范围看，以1979年3月中国企协成立为起点，六年来企协组织从中央到地方迅速发展，大致经历了两个阶段。

第一阶段（第一个三年）是创建时期，从地方看，18个省（区）市和38个大中城市建立了企协组织；从行业看，只有一家（中国纺织企协）。这个阶段企协工作处于探索阶段，活动集中在组织培训和国际交流、出版书刊方面。

第二阶段（第二个三年）是发展时期，又有11个省（区）市、42个大中城市建立了企协，全国性行业企协从一个发展到十个。机械部、交通部、民政部、商业部、轻工部等都将成立企协。这个阶段企协活动领域从搞培训、国际交流、出版，扩大到企业管理现代化的研究和咨询服务，并在全国抓了一批管理现代化的试点企业。

二 企协组织的特点

第一个特点，企协组织的发展靠自觉性，不靠行政命令。短短几年，29个省、近百个工业城市、国务院14个部门都建立了企协。国家经委和中国企协没有发过任何红头文件，要求各地、各行业建立企协组织。我们坚持从实际出发，强调条件成熟，自愿建立，不能勉强。勉强成立组织，往往是搞形式，摆空架子，起不了作用，甚至影响声誉。

第二个特点，企协工作的发展靠艰苦创业。不少省市企协成立初期，没有编制，没有经费，靠艰苦奋斗，首先把工作搞起来，通过实际成果争取领导支持。1983年我到常州，当时常州企协没有办公室，临时从港务局借了三间办公间，房子紧张，甚至连厕所也腾出来作库房。现在不一样了，经过几年创业，举办讲座，搞咨询，出版书刊，有了积累，自己建办公楼。其他协会也有类似情况。

三 企协发展的趋势

回顾企协发展的历史及其特点，我们可以大体预见今后的趋势。

第一，行业企协大量发展。过去由于极“左”思想影响，不重视企业管理，没有把管理放到重要日程上。1979年以来我们抓企业整顿、扭亏增盈、扩大企业自主权、企业领导体制改革等，现在企业管理得到了改善，需要更多地发挥行业组织的作用，加强行业管理是必然的趋势。

第二，基层企协大量发展。这是因为经济体制改革解开了束缚企业手脚的绳索，企业经营成果与分配直接挂钩，干部职工更加关心经营状况，改善企业经营管理的内在动力愈来愈大，因此企业在经营管理方面需要有企协这样的组织提供咨询指导和信息服务。日本在政府登记过的民间经济团体有两万多个，为什么那么多呢？因为政府不直接管理企业，需要通过民间经济组织对企业施加影响。同时市场竞争日趋激烈，企业要生存和发展，仅靠经理个人的智慧是不够的，需要协会提供服务。同样随着经济体制改革的深入发展，我国企业今后也会碰到类似的问题。市场机制将推动企业竞争，促进企业改善经营管理，企业厂长必然要把企业管理协会作为自己的智囊机构。

第三，城市企协更加活跃。以城市为中心的经济体制改革给城市企业管理协会提供了发挥作用的广阔天地。经济体制改革的重要任务是发挥中心城市的作用，使中心城市逐步成为生产、流通、金融、科研、信息交流的中心，并以大中城市为依托，逐步形成不同类型、不同规模、不同水平的开放型的经济区。城市企业管理协会在推动企业改革，发挥城市的辐射作用等方面大有用武之地。

四 各个有关企业管理的组织联合

从经委系统来看，最近几年先后成立了企业管理协会、质量管理协会、设备管理协会、思想政治工作研究会等。如何协调行动，减少交叉重复，这是一个大问题。为了解决这个问题，水电部把企业协会、质量协会、设备协会、施工协会组合起来。最近成立的机械工业企协、有色金属工业企协、医药企协等，也采取了这个办法。把企业管理的组织联合起来，将是今后发展的趋势。

企协的生命力

改革开放之前在我国建立民间团体是没有先例的。企协作为改革开放后全国成立的第一个社会团体，最初并不被大家所理解。有的人感到担忧，认为我国是社会主义国家，企业由政府管，像国外那样搞民间团体，恐怕长不了；也有的人认为西方国家搞自由竞争，民间团体能够存在和发挥作用，在我国民间组织恐怕难以发挥作用等等。实践是检验生命力大小的最好尺度。从六年多的实践看，企协组织不断发展，活动不断深入，事实本身已经对各种疑虑作了有力的回答。实践证明，企协组织有广阔的发展前途，有强大的生命力。原因何在呢？

一　企协存在与发展的客观必然性

企协的产生和发展不是偶然的，有其深刻的历史根源。它是适应党和国家工作重点转移的伟大战略决策而产生和发展起来的。第一，企协组织的成立，反映了在新的历史条件下，实行对外开放政策，加强企业管理国际交流，学习借鉴国外企业管理先进经验的客观需要。过去我们"闭关锁国"，1979年以后实行对外开放政策，在国际交往方面，不仅要有政府间的交流，也要有民间的交流。企协正是适应国际交流的需要而成立起来的。第二，企协的成立，反映了广大企业管理人员、教学科研人员对改善企业管理，加强企业管理科学研究的要求。第三，企协的成立，反映了在经济体制改革和政府机构改革中发挥经济团体作用的必然趋势。经济体制改革的中心环节是增强企业活力，需要有企协这样的民间团体，协助政府部门从事企业管理方面的指导性工作。

二　企协的群众基础深厚广大

企协的服务对象是企业和企业管理人员，我国城镇100多万个企业，从事经营管理的人员有近千万之多，随着国民经济的快速发展，经营管理人员还会大量增加。现在很多厂长和管理人员都把企协看作是管理者之家，愿意登门恳谈，提出建议或汇报工作，积极参加各项活动。此外企协的服务对象，还包括从事企业管理研究、教学工作的同志，以及将要走上管理岗位的后备力量，他们都乐于得到协会的帮助，参加各种活动，从中获取知识和信息等。现在不仅企业里有企协组织，甚至在大学校园里也有了企协组织。天津大学的学生就成立了企业管理协会。他们意识到，经济振兴的时代需要大批优秀的企业家，渴望从学生时代起，就能更多地掌握一些企业管理知识。

三　企协组织具有较大的灵活性

企协组织作为民间团体，是一种松散的联合体，具有较大的灵活性。这种灵活性主要表现在：可以打破行政组织的界线，把机关、团体、工厂、科研单位、高等院校等方面的社会力量组织起来开展活动，不受拘束地探讨一些企业经营管理问题；可以打破行政区域的分割，跨地区组织活动，取长补短，共同提高，开阔眼界；可以不受传统观念束缚，贯彻学术民主原则，不分职务高低、资历深浅，平等地讨论问题，畅所欲言，比之用行政方法征求意见更灵活，更有利于广开言路，集思广益，进行有效的知识协作和智力合成；可以不用行政命令的办法，而是采用智力灌输、示范引导的方法，依靠激励广大积极分子的主动性，结合各自的实际工作，提高经营管理水平；在国际交往中有很大的吸引力，六年来企协同国外50多个团体建立了合作关系，运用国外组织提供的资助，建设企业管理培训中心和派遣管理干部出国进修。

四　企协的特殊作用

企协不同于行政部门，不能发号施令，不能行使指挥权，在这一点上，是个短处。但是事物具有两重性。正是这个短处给企协带来了某些特殊作用。这些特殊作用是：第一，对经济领导部门起参谋助手作用。企协具有人才集中、知识密集的优势，能把各方面优秀人才聚集起来，有效挖掘蕴藏其中的巨大智慧潜力，向政府领导机关提供咨询建议，也可以配合政府部门开展工作，发挥助手作用。第二，对基层企业起指导帮助作用。企协直接以企业和企业管理人员为服务对象，通过宣传、培训、咨询等方式来推广国内外先进经验，具体帮助企业改善经营。北京、哈尔滨等地企协建立了咨询公司，对经营不景气的企业进行咨询，收到了显著成效，使这些企业绝处逢生。现在不少单位登门请他们咨询。第三，在机关、科研、院校、企业之间起着纽带、桥梁作用。企协作为群众性的管理团体，上下沟通，纵横联系，对内对外的接触面较广，活动往往是跨地区、跨部门、跨行业的，因此能够在不同行业之间、不同部门之间，尤其是在机关、科研、院校与企业之间架起一座桥梁，大家互相来往，挂钩牵线，交流沟通信息，促进科研与生产的结合，帮助专家、学者从企业中吸取研究工作的素材，帮助企业借助外脑(专家学者)，来进一步办好企业。

企协的目标、宗旨、工作方法和基本任务

一　企协的奋斗目标

企协的目标是推进企业管理现代化，探索具有中国特色的企业管理体系。提出这样一个目标，主要考虑以下两方面原因：第一，从我国企业管理状况看，技术落后，管理更落后，亟须在管理思想、管理组织、管理方法、管理手段等方面实现现代化。第二，我国管理科学研究工作还很薄弱。对于管理科学的研究工作，过去我们不大重视，粉碎“四人帮”之后才开始加强，但还没有真正形成具有中国特色的社会主义企业管理科学体系，需要组织广大理论工作者和实际工作者不断深入探讨研究。出于这两个方面的考虑，企协提出了上述奋斗目标。

二　企协的宗旨和工作方法

企协的宗旨就是面向企业、为企业服务。从这个宗旨出发，尽可能多地为

企业提供有效服务。在工作方法上，坚持把“示范引导”作为推广国内外先进企业管理经验的基本方法。对国外的经验，坚持“以我为主、博采众长、融合提炼、自成一家”的方针，有分析地消化吸收。

三 企协的基本任务

由于企协组织层次不同、类型不同，基本任务有所区别。从大的范围说，基本任务，就是要适应我国经济体制改革的要求，以推进企业管理现代化，探索具有中国特色的社会主义企业管理体系为目标，培训企业管理人员，开展企业管理咨询，研究企业管理科学，出版企业管理书刊，组织国际交流活动等。

充分发挥企协组织的作用

在经济体制改革中，政府部门简政放权、政企职责分开，加重了企业的责任，也加重了企协的责任。今后，主管部门主要是制定规划、方针、政策；协调地区、部门、企业之间的关系；制定并监督执行经济法规；管理对外技术经济交流；按规定权限任免干部等。在这种情况下，协会更要进一步发挥作用。我们要充分认识企协肩负的历史责任，树立责任感和使命感。

一 把搞活企业作为企协工作的出发点和立足点

大中型国营工业企业在国民经济中占有极其重要的地位，他们既是国家财政收入的主要承担者，又是发展社会生产力和推动技术进步的骨干力量。增强大中型国营工业企业的活力，具有重要的战略意义。中共中央《关于经济体制改革的决定》强调“搞活大中型企业是经济体制改革的中心环节”。企协应该配合各级经委，协同工作，把大中型企业搞活。同时，要花些气力，特别是地方企协要花更多的气力，做好乡镇企业工作，帮助他们提高管理水平和经营决策能力。

二 把推进企业现代化作为长期战略任务来抓

近几年，国家经委、中国企业管理协会多次召开企业管理现代化座谈会。目前正在组织起草《企业管理现代化纲要》，为大中型企业实现管理现代化制定规划。企协要把企业管理现代化作为长期战略任务，坚持不懈，认真抓下去，抓出成效来。通过推进企业管理现代化，改善和加强企业管理，提高经济效益。

三 加强企协的培训、咨询、研究、信息、出版工作

几年来企协系统培训企业管理干部几百万人次，取得很大成绩，要继续搞好干部培训。在咨询方面，我们在全国已经培训了2000多名干部，初步形成了一支专职与兼职相结合的咨询队伍，20多个城市建立了咨询公司，咨询企业1000多个。今后，我们要充分利用人才密集的优势，不断总结经验，提高咨询工作水平，使咨询工作在帮助企业改善经营管理，提高经济效益方面发挥更大的作用。在研究方面，要着重研究当前企业管理存在的一些重大现实问题。例如，如何建立现代化企业管理体系，如何增强大中型企业活力，如何加强干部和职工教育，如何向生产经营开拓型转变，如何调动职工积极性，如何完善企业经济责任制，如何贯彻厂长负责制，如何引导中小企业健康发展等等。

四 突出工作重点，努力形成特色

企业管理范围广，要做的工作很多。企协需要开拓的领域也非常广，但是协会本身也受客观条件限制，经费不足、编制有限等等。在这种情况下，开展活动要从实际出发，不要把战线拉得太长，要突出重点，集中力量，形成拳头。在确定工作重点时，要扬长避短，向形成特色的方向发展，不要去做别人比自己做得更好的事情，要多做企业迫切需要而政府部门难以做到，我们经过努力可以办好的事情，这应该成为企协工作的指导思想。从实际出发，抓住重点。每个时期可以有不同的工作重点，每个单位也可以有各自的重点。

五 加强协会组织建设

首先，要健全理事会。理事会是协会的领导机构，要有代表性、广泛性，吸收有威信、热心协会工作的同志参加，做到领导干部、专家学者和管理工作者结合，老中青结合，保持理事会活力。其次，要加强与会员的联系，不断增强凝聚力。团体会员和个人会员是协会赖以生存发展的基础。协会要做好为会员服务的工作，把他们紧紧地团结在自己的周围。最后，重视秘书处的建设。企协是松散的社会团体，但办事机构不应该松散，否则就没有高效率。企协秘书处应是有艰苦奋斗精神，有实事求是工作作风，有开拓创新勇气的工作班子。把企协秘书处建设好，这是企协做好工作的关键。

六 正确处理与各方面的关系

企协与各方面的交往广泛，必须学会善于正确处理与各方面的关系。第一，要处理好与主管部门的关系，多向主管部门请示汇报，争取主管部门的支持。企协不同于政府机构，企协工作不能靠行政命令，不能靠发红头文件，只能通过各种渠道争取领导部门的支持，通过实际工作成果去获得社会各界的承认。第二，要树立配合的观点，甘当配角，主动配合政府主管部门开展工作，不要替代政府部门的指挥职能，不要不适当地发号施令，也不要消极等待，事事依赖政府部门，要发挥积极性、主动性和创造性。第三，要处理好与科研部门、高等院校及兄弟团体的关系，树立协作的观点，遇事平等协商，互相支持，协同配合。第四，要处理好与会员的关系，树立服务的观点，热心地为会员服务。只有处理好与各方面的关系，才能使企协工作顺利开展。

如何做好行业协会工作*

中国企业管理协会在北京召开了首届全国性行业企业管理协会秘书长会议。张重庆同志主持会议。国家经委主任、中国企业管理协会会长袁宝华同志出席会议并作了重要讲话。

这次会议，是在我国经济体制改革深入发展，进一步搞活经济和对外开放的新形势下召开的。会议收到与会代表提交的经验总结和工作研究13篇。代表们交流了工作经验，着重研究了如何面向企业、为企业服务，如何结合行业特点开展工作，如何加强组织建设等问题。

袁宝华会长就企协秘书长如何开展工作谈了四点意见：（1）坚持全心全意地为企业服务；（2）正确处理里里外外、四面八方的关系，做到上下沟通、条块结合、专综互助、左右交流；（3）工作重点放在企业管理现代化上；（4）加强组织领导工作和宣传工作。秘书处建设要老中青结合，人员少而精。秘书长要多做调查研究，多发扬民主作风，协商办事，少说空话，多办实事。

与会代表认为，袁宝华同志的讲话非常重要，系统总结了工作经验，阐述了今后的任务，论述了工作方法问题，为加强组织建设指明了方向，对企协工作具有普遍的指导意义，应组织企协工作者认真学习，贯彻落实，把企协工作推向新的发展阶段。

行业企协在改革中迅速发展的形势

会议回顾了行业企协发展的历史过程。从全国范围看，随着经济体制改革的深入，行业协会发展迅速。1981年纺织部率先建立了企协组织，随后，水电部、电子部、邮电部、铁道部、石油部、航天部、航空部、核工业部、机械部、交通

---

*本文原载1985年12月26日《企业管理简讯》，系作者为首届全国行业企业管理协会秘书长会议撰写的综述。

部、民政部、国家医药管理局等部门相继建立了企协组织，在全国发挥了示范作用。会议认为，几年来，行业企协配合主管部门适应经济体制改革的要求，推进企业管理现代化，探索中国特色的企业管理体系，在培训人才、理论研究、企业咨询、书刊出版、信息服务等方面，做了大量工作。概括起来，主要有：

一　逐步健全了工作队伍，编制和经费等问题初步得到解决

纺织工业企协成立四年来，在全国形成了工作网络，有221个团体会员，成为纺织系统搞活企业、改善管理、推进企业管理现代化不可缺少的重要力量。水利电力企协采取把企协、质量、设备、施工四个协会组合起来的办法，四个组织，一套机构，关系顺，用人少，协作配合，减少了不必要的重复工作，同时也避免了各自为政，自成系统，多头向下，减轻了企业负担。

二　狠抓企业管理干部的培训，提高管理人员的素质

施工企协从基建施工企业领导干部文化水平较低的实际出发，有计划地培训企业干部，举办厂长、经理国家统考辅导班，先后培训了近200名经理，经过培训，绝大多数通过了国家统考。对此，国家统考指导委员会给予了表扬。

三　组织企业管理理论研究和实践经验的总结推广

围绕企业管理现代化、厂长负责制和企业内部经济责任制的完善等问题，行业企协开展了大量的活动，组织调查研究，召开研讨交流会，总结推广经验。水利电力企协提出三五年内初步形成水利电力企业管理学，并正在组织协调力量，开展研究和编辑出版系列书籍。铁道企协为提高铁路运力，受部长委托，组织路、矿、厂联运协作经验交流会。交通运输协会召开全国联运工作会议，推广了铁、公、水联运工作经验。

四　大力开展企业咨询服务，帮助企业改善经营管理

中国电子工业企协为企业提供咨询服务，帮助部属4202厂扭亏为盈；同中国企协合作，摄制了企业咨询讲座录像，向全国发行；创办了电子产品技术服务部，宣传优质名牌电子产品，组织质量反馈，传递信息，交流经验，为企业改进生产，提高质量服务。陕西航空工业企协召开管理现代化成果发布会，评出获奖成果22项，出版了《现代化管理成果选编》，很受欢迎。

五　做好信息的收集、整理、出版工作

航天工业企协出版了《经营管理信息》，开展信息服务，广泛收集发达国家经济管理信息资料，加以浓缩，供部领导、研究所所长和厂长阅读，帮助他们及时了解世界最新的经营管理动态。

随着行业企协活动的广泛开展和作用的发挥，政府主管部门对企协的工作愈来愈重视。水电部部长钱正英同志要求“水电系统的各级领导应当对协会的工作重视、关心、支持、依靠”。国家计委领导批准中国施工企协建立干部培训中心。电子工业部领导批准企协建立干部培训中心。

实践证明，行业企协是政府主管部门进行行业管理的助手。行业企协具有跨地区、跨部门的组织优势，有利于打破条块分割、部门封锁，按照企业内在的经济联系组织活动，帮助企业发展横向联系，推进全行业管理水平和技术水平的提高。行业企协的发展体现了客观经济规律的要求，反映了经济体制改革的历史趋势，具有很强的生命力。与会代表认为，当前行业企协工作的形势很好，上有主管部门的重视，下有众多企业的支持。特别是经济体制改革全面深入地进行，为行业企协的发展提供了有利条件和广阔的活动舞台。行业企协应该抓住有利时机，积极创造条件，把工作搞得更好。

行业企协的性质、地位和职能

一 关于行业企协的性质问题

行业企协具有独特的优势，是社会经济团体，是向经济领导机关和企业提供咨询、信息、研究成果和进行人才开发的智力服务机构。协会是由同行业的企业、科研、教学等单位自愿建立的，成员不受部门和地区的限制，也不受所有制的限制，具有广泛的社会性。协会既从事企业管理科学的研究，又从事企业经济技术咨询、信息服务等经济活动。协会从事经济活动，不以盈利为目的，而是在主管部门、企业的支持下，着重向企业提供智力服务。

二 关于行业企协的地位问题

近几年来，国务院领导同志关于加强行业管理，建立行业组织的指示是正确的。经济体制改革强调发展商品经济，实行政企分开，确立企业独立的法人地位，国家不再直接管理企业。在这种情况下，行业企协在国民经济活动中处在宏观经济管理和微观经济管理之间的中间管理层次上，能够起到管理行业内部许多具体事务，沟通不同行业之间横向联系，弥补政府行政管理部门之不足的作用。同时，由于行业企协是同行业自愿组成的群众性的社会经济团体，能够联系和有效发挥本行业各类人才的作用，可以成为企业经济活动的协调和智力服务机构。因此，行业企协是政府主管部门进行行业管理的必要的助手。

三 关于行业企协的职能问题

参照国外行业协会的经验，从目前我国行业协会的工作状况看，行业企协的主要职能：一是服务职能。为全体会员提供优质服务。行业企协的主要会员是企业。协会可以根据企业的要求，提供培训、咨询、信息等各种服务，对企业的生产经营活动进行指导帮助。二是助手职能。行业企协是联系政府主管部门和企业的重要渠道。行业企协可以帮助主管部门了解行业的发展情况，把党的方针政策和意图及时转达给企业；同时，可以接受主管部门委托，对行业发展中的一些重大问题，组织力量调查研究，提出建议，反映企业的合理意见和要求。三是协调职能。行业企协可以通过咨询指导和信息服务等方式协调行业内企业的某些生产经营活动。四是对外交流职能。行业企协可以充分利用民间组织的灵活性，开展对外交流活动，学习先进管理经验，促进国际经济技术合作。

四　行业企协必须正确处理的几个相互关系

关于正确处理协会同政府主管部门的关系问题。行业协会作为社会学术经济团体，离不开主管部门，因此必须正确处理同主管部门的关系。要处理好同主管部门的关系，必须做到：主动请示汇报，争取和接受行政主管部门的领导，不能代替主管部门进行行政指挥，不能向下发号施令，主动配合主管部门开展工作；同政府有关部门在业务范围上加以适当区分。例如，中国施工企协在国家计委领导的支持下，同施工管理局进行了业务上的分工。施工管理局作为国家计委的职能业务局，主要负责全国基本建设施工管理的综合工作，制定施工管理方面的方针政策、发展规划和经济法规；属于企业方面的工作，诸如质量管理奖、施工管理优秀奖的评选，企业管理咨询，人员培训，推行现代化管理，企业信息交流等，由协会承担。这不仅从组织上，而且从业务工作和工作方法上体现了政府部门简政放权，政企分开的改革精神。

关于正确处理全国性行业企协和地方企协的关系问题。在本行业系统内，全国性行业企协和地方行业企协，不是行政的上下级关系，而是指导和被指导的关系。通过进行业务指导，相互协调，传递信息的方式开展工作，达到互相促进，共同提高的目的。地方行业企协和全国性行业企协，在分工上应有所不同，各有侧重，地方行业企协主要负责本地区会员的联系和培训、咨询服务工作，重点是加强与中小企业的联系；全国性行业企协则面对全国同行业大型企业。

关于正确处理协会同会员企业的关系问题。协会是为企业服务的机构，而不是企业的领导机关。在协会内部，会员企业大中小一律平等，既承担会员义务，也享受会员待遇，并且参加自愿，退出自由。协会既反映会员企业的呼声，保护会员企业的合法权益，又不能偏袒企业，不能离开国家的宏观管理与调控。这是社会主义的行业协会同资本主义、封建主义行会团体的根本区别，只有明确并较好地处理这种关系，行业企协的工作才能不断得到发展。

关于正确处理行业内各类管理组织的关系问题。随着经济体制改革的深入发展，行业管理工作逐步加强，随之而来，行业内部各类社会学术经济团体应运而生。例如质量协会、设备协会、投资协会、交通运输协会、厂长（经理）研究会、会计学会、物资学会等等。这些协会组织都与政府主管部门有密切联系，都为企业的发展服务。行业企协应在主管部门的指导下，多做组织协调工作，使各类协会、学会、研究会减少重复，密切配合，更好地发挥作用。

为行业企协工作的开展创造必要的条件

为了进一步适应经济体制改革深化的需要，充分发挥行业企协在加强行业管理方面的作用，各级领导应为行业企协创造必要的工作条件。

几年来行业企协之所以能够发挥一定的作用，关键在政府主管部门领导的重视和支持。大家表示，今后要按照袁宝华会长的要求，主动地多向主管部门领导请示汇报，争取主管部门的指导和帮助，并积极完成主管部门委托的各项任务。同时希望主管部门加强对行业企协工作的领导和支持。行业企协秘书处应配备一定数量的专职干部。因此，政府主管部门应考虑给企协必要的编制和工资，并帮助解决阅读文件和活动经费等问题，为企协工作创造一定的条件。行业企协要发扬开拓进取的精神，本着经济上不依赖事业经费的原则，在向企业提供优质服务的同时，合理收费，逐步向经济自立的方向发展。

近几年各主管部门领导班子连续调整，行业企协的领导成员退居二三线的愈来愈多，为了有利于工作的开展，有必要增加一些担任现职的领导同志作为企协的领导成员。

企协工作战线长、联系广、任务重，因此，秘书处的建设必须坚持老中青结合、少而精的原则。配备干部要严格把关，注意质量，要选配热心企协工作，有事业心，有开拓精神，业务熟练，年富力强的中年同志。同时，要吸收部分退居二线，对企业管理有兴趣、有研究的老同志，这对秘书处工作的开展是必要的。但是要防止把企协作为安置离退休人员的场所。还要注意配备一些素质好，有培养前途的青年同志。

希望中国企业管理协会加强对行业企协的业务指导，每年定期召开行业企协秘书长会议，交流经验，沟通信息，研究工作。同时希望中国企协尽可能给行业企协分配一定的参加学术讨论、培训讲座和出国考察的名额，以推动行业企协活动的进一步开展。

企业管理协会工作与发展规划*

中国企业管理协会是党的十一届三中全会以后，适应全党工作重点转移和改革开放的新形势，在我国成立最早的一个全国性社会经济智力服务团体。

1978年底国家经济委员会贯彻对外开放的方针，打破闭关自守状态，派出我国第一个经济工作代表团，赴日本考察经济管理。之后，借鉴日本发挥行业协会作用的经验，为改变我国企业管理落后、经济效益差的状况，全面提高企业素质，推进企业管理现代化，在邓力群、袁宝华、马洪、张彦宁等同志倡议下，由国家经济委员会、中国社会科学院、中国人民大学以及北京、天津、上海、辽宁等省市发起，经国务院同意，1979年3月在北京成立了中国企业管理协会。

企协成立以来，在国家经委领导下，贯彻改革开放的路线，配合拨乱反正、在企业整顿、深化改革等方面，贯彻政府意图，承担委托任务，大胆探索，积极试点，发挥了作用。八年来企协始终坚持面向企业，为企业服务的宗旨，扎扎实实帮助企业解决问题，在培训、咨询、研究、信息、国际交流、书刊出版等方面开展服务，受到了企业的欢迎。到目前为止，29个省区市、国务院21个部委、182个工业城市和8195个大中型企业建立了企协组织。特别是党中央、国务院领导同志和部委、省市领导对企协工作都给予了重视和支持。1980年，邓小平同志亲自会见了企协邀请的日本生产性高级经营者访华团。党和国家的许多领导同志都对企协工作给予重要指示。这是企协工作不断发展的一个重要原因。

八年来的主要工作

一　培训经济管理和企业管理干部

企协配合党的十一届三中全会后，全国各级领导干部学习经济理论和企业管

---

*本文原载1988年《协会工作研究》第1期，系作者1987年9月撰文，报送中共中央总书记作出批示。

理知识的热潮，开展干部培训工作。1979年协助国家经委创办了北京企业管理研究班，1981年创办了上海企业管理研究班，完成了对全国各省市、176个工业城市经委主任和大型企业厂长的两轮培训，轮训人数3812名。

最近几年配合厂长（经理）国家统考，企协举办了大量培训班，对厂长进行统考前的培训。选派了855名优秀中青年企业管理干部出国进修，其中多数是经济师、会计师、工程师。通过培训，这些同志的管理水平和经营能力都得到了明显提高。地方和行业企协举办了两万多期进修班和电视广播讲座，培训干部200多万人次。从日本、美国、加拿大、西欧等国争取到2700万美元的教学设备资助，在国家经委统一规划下，在北京、天津、上海、大连等地建立了八个培养中高级管理人员的教学基地。

企协的培训工作形成了特点：一是以探索改革理论，总结实践经验，学习现代管理科学为主要内容。邓力群、孙冶方、薛暮桥、马洪、朱穆之、林子力、苏星、骆耕漠、刘国光、蒋一苇等著名理论工作者都在企业管理研究班担任过主讲教师。特别是1980年前后他们关于价值规律、商品经济、物质利益原则、扩大企业自主权、厂长负责制、企业本位论等重要的改革理论，最初就是在研究班上提出的，在社会上引起了强烈的反响，使参加学习的领导干部思想大解放，对于冲破“左”倾思想禁锢，深刻理解改革开放政策，参与领导本地区、本单位的改革起到了促进作用。二是根据培训对象的特点，强调知识更新和知识补缺，理论联系实际，学以致用。三是培训层次比较高。培训对象以在职的省市经委主任和大型企业领导为主，经过培训和选送出国进修的学员，不少人成为经济管理部门和大型企业领导骨干，有些同志已担任省部级以上领导工作。经过国外培训的中青年企业领导骨干回国后，既能够从事生产经营管理，又能够从事理论研究、教学和咨询等工作，促进了我国企业管理在理论、实践和教学方面的融合。四是注重培训的效果。经常了解学员返回工作岗位后的情况、意见和要求，不断改进教学组织工作，提高培训水平。

二 开展企业管理咨询

1981年4月国务院总理指出，中国企业管理协会可以搞咨询公司。根据这一指示精神，1981年企协提出了开展企业咨询服务的五项建议，成立了中国企业管理咨询公司，在国内率先开展企业管理咨询活动。

一是吸收和消化国外企业管理咨询经验。先后派遣了150名企业管理干部出国系统学习国外管理咨询课程；邀请了97名外国专家来我国讲课和示范企业管理咨询；组织对国外企业管理咨询进行考察。在吸收国外经验的过程中，坚持洋为中用，有所发展。1986年与麦健时咨询公司合作，在全国首次组织了对深圳、广州、上海、天津、北京的15家合资企业的调查研究，对改善我国的投资环境、产业政策、引进外资、解决合资企业存在的主要问题等，提出了一些供领导机关决策的建议。二是建立管理咨询队伍。对全国6360名企业管理干部进行了咨询专业培训，在24个省建立了管理咨询机构，有专职和兼职咨询人员1900多人。三是深入企业，上门服务。企协咨询机构开展综合咨询、专题咨询和长期咨询，帮助企业改善经营。

据不完全统计，八年来咨询企业3644个，直接经济效益4.6亿元。经过咨询，苏州电冰箱厂对装配流水线工位进行了合理化调整，从3分钟生产1台，提高到2.5分钟生产1台，年增产2万多台；温州橡胶厂通过咨询，创利水平以300%的速度连年递增。企业咨询给乡镇企业带来的经济效益更为显著。江苏宜兴县元上乡60%的企业亏损，通过咨询使所有亏损企业当年全部扭亏为盈，全员劳动生产率提高93%，资金周转率提高60%。许多企业反映，通过咨询，直接为企业服务，是帮助企业改善管理，提高经济效益的好形式。这比上级部门派检查组、验收团要好。不少企业找上门来，请企协派人去咨询。

三　探索和推进企业改革，引导企业向管理现代化方向发展

八年来企协以探索有中国特色的社会主义企业管理体系为目标，帮助企业进行改革，引导企业向管理现代化方向发展。

从理论研究上为改革大造舆论，更新观念。围绕企业基础工作、领导体制、思想工作、经济效益、技术改造、经营战略、队伍素质、企业精神、组织结构、厂长工作、厂长负责制、合资企业、信息系统等，企协组织了40多个专题研究班，在对国内外企业管理比较研究的基础上，总结出我国企业管理十条特色，引导企业在吸收国外经验的同时，发扬民族传统，坚持社会主义方向。

为了加大专题研究的力度，企协筹建了管理现代化、古代管理思想、企业发展战略、管理咨询、管理培训、信息管理、乡镇企业、价值工程等研究会，聚集了一批理论工作者和实际工作者，进行智力合成和知识协作，推动我国企业管理科学的发展。

解放思想，大胆实践，不断推进企业改革。1979年企协成立之初，受国家经委委托，在首都钢铁公司、清河毛纺厂、上海汽轮机厂等八个企业进行了改革试点，对企业扩权等问题进行初步探索，为国务院制定扩大企业自主权等政策提供了重要依据。1982年以来参与制定《企业管理现代化纲要》，在全国300多个企业进行管理现代化试点，取得了显著成果。

企协及时组织企业和领导机关对话，推动企业改革顺利发展。企协表彰奖励了158个在企业改革、管理现代化和提高经济效益方面取得显著成绩的企业。

围绕企业管理现代化，组织国外考察、派遣研修生、翻译资料等，研究国外经验，介绍国外动向。1983年企协在认真总结建国30多年我国企业管理经验的基础上，提出学习国外经验“以我为主、博采众长、融合提炼、自成一家”的方针，对国外现代化管理方法进行分析，筛选出质量管理、价值工程、成组技术、量本利分析、ABC管理法等18种方法在全国推广取得了显著效益。沈阳市推行管理现代化方法两年获得的直接经济效益就达9000多万元。

四 建立企业管理信息库，为企业传递信息，指导生产经营活动

适应市场经济发展的要求，企协建立了计算机双向信息网络和企业数据库，向社会提供信息服务。同时，专门为大中型企业领导干部编辑出版了《企业管理参考》，并同美洲华侨日报集团合作编辑出版《环球企业信息》，供政府经济管理部门和企业、高校、科研机构了解国外动态。

五 开展国际交流，吸收消化国外企业管理经验

八年来企协与37个国家、65个团体建立了合作关系，五次代表中国企业家出席联合国劳工组织大会，派遣了47个出国考察团，邀请了201名专家来华讲学，举办了104期国际讲座和14次大型国际会议，为上千名企业家提供了交流、洽谈的机会，促成了德国大众与上海合资生产桑塔纳、京棉一厂与澳洲合资生产羊毛制品、菲利浦与北京无线电厂合资等项目。与欧洲经济共同体联合开办了中欧企业管理培训中心，为企业领导骨干学习西方企业管理硕士课程提供了条件。

六 传播和普及企业管理科学知识

企协1979年5月成立了企业管理出版社，1980年3月创办了《企业管理》杂志。1982年到1984年组织了全国800多名专家参加编写和出版了我国第一部大型企业管理工具书《中国企业管理百科全书》。配合企业整顿和经理、厂长国家统考，出版了系列培训教材。《企业管理》杂志拥有40多万订户。八年来出版企业管理书籍500多种，包括《中国厂长学》、《厂长必备》等优秀著作。

实践证明，企协作为从事企业管理科学研究，探索和传播现代企业管理理论与实践经验的社会团体，作为向企业管理和经济管理机关提供咨询、信息研究成果和人才开发的智力服务机构，有很强的生命力。企协以灵活的示范引导的方法，帮助企业提高经营管理水平。企协对企业起着服务帮助作用；对经济领导部门起着参谋助手作用。在经济管理机关、科研院校、企业之间起着联系作用；在经济活动中起着沟通信息作用。八年来企协在实践中探索前进，虽然做了一些工作，但还很不适应新形势的要求，在充分利用有利条件，更有效、更直接地为企业服务方面步子迈得还不大，需要进一步开拓创新。

今后的工作规划

一 加强企业管理研究，积极探索有中国特色的社会主义企业管理

经济体制改革向广大理论工作者和实际工作者提出了一系列重大的研究课题。企协拟组织力量，对“两权分离”、企业劳动制度和分配制度改革、企业领导体制改革、企业基础工作、企业素质、企业精神、现代化管理、企业集团、经营战略等问题有计划、有步骤地进行深入研究，拿出一批有水平的专题研究报告。

二 努力提高工作水平，开拓为企业服务的新局面

利用企协系统已经建立的培训基地，为九十年代经济振兴培训一万名高级经营管理人员；在全国范围内开展企业管理咨询顾问认定工作，进一步提高咨询专业队伍素质和管理咨询服务水平；逐步建成企业信息检索中心，扩大企业数据库，向企业提供信息服务；结合企业改革，抓好管理现代化试点，重点协助20个企业推行现代化管理，进行示范；表彰优秀企业和优秀企业家，总结50家成功企业的经验，定期提供中国企业发展年度综合分析报告；创办《中国企业报》，提高《企业管理》杂志质量，再版《中国企业管理百科全书》，编写出版供企业经营管理人员知识更新使用的系统教材。

三 加强组织领导，健全专业智力服务机构

根据工作需要，经国家经委批准，企协组建了培训中心、咨询公司、出版社、杂志社等，这些机构采取专兼职结合的方法，人数不多，但活动能量大，在为企业服务方面做出了成绩。现在，考虑到企业改革逐步深入，急需加强理论研究和信息服务，因此，拟组建企业研究所和信息服务公司。

四 在经济上逐步向以自理为主的方向发展

目前企协在经济上，除国家给以少量事业费拨款外，67％的活动经费依靠自理，主要来源是培训、咨询、信息服务、书刊出版和会费收入。我们准备在不增加国家负担的基础上，进一步扩大经费自理部分的比重，把为企业服务的工作做得更好。但是，在实际工作中也碰到一些困难，受到一些现有条文规定的限制，希望财政、银行、税务、工商等部门能够给予支持，使企协能参照执行科研事业单位企业化管理的办法。

今后我们决心按照国务院的要求，努力工作，走出一条在中国办企业协会的路子，把企协建设成为有一定水准、有一定影响、有一定实力的企业管理智力服务团体，发挥培训中心、研究中心、咨询中心、信息中心、出版中心、国际交流中心和企业家活动中心的作用，为发展社会主义市场经济做出新贡献。

建立全国企业信息服务网*

信息是企业进行经营管理活动所必需的最活跃的生产要素之一，是推动企业技术进步和经济效益增长的必要条件，是巨大的无形资源和财富泉源，是加强管理、调节生产、引导消费、促进市场经济发展的知识资源。有效地开发和利用信息资源已经成为影响国家、地区和企业发展的极其重要的战略因素。近年来西方发达国家十分重视信息技术和信息资源的开发利用，不少西方学者称当今的时代是信息化时代。

从世界范围看，自20世纪70年代起全球经济竞争日趋激烈，国家之间、行业之间、企业之间相互作用的影响日益明显。工资水平、货币汇率、贷款利率以及政府政策的调整变化等因素不断影响着竞争各方,造成此起彼伏的实力变化。由于技术创新的速度加快,产品频繁的更新换代和竞争各方技术水平的日益接近,都使得迅速有效地收集利用经济技术信息资源日趋重要，因此西方跨国公司展开了信息战，纷纷设置信息机构，配备新的技术设备，运用现代化手段，开展信息收集、分析与利用的研究。这种信息机构名目繁多，例如“环境扫描系统”、“战略信息网”、“国家风险分析处”、“未来研究室”等等。

目前信息服务业已成为世界经济增长最快的新兴产业。据估计，全世界花费在信息收集和处理方面的经费开支，1977年为300亿美元，1983年增加到2345亿美元。同期西欧国家的经费开支由41亿美元增加到476亿美元，增长10倍多。在西方发达国家，信息服务职业成了最时髦、收入颇丰的职业。

从物质经济向信息经济转变是世界经济科技发展的趋势。在这方面日本企业紧随潮流，转变特别快。日本电气公司事业所已经全面实现了办公室电脑化、信息化，各个办公室都有终端机，整个生产经营管理全部自动化，做到了无纸办公，大大提高了工作效率，加快了信息传递速度。

---

*本文原载1987年11月25日《企业管理通讯》，系作者在中国企业管理协会、中国企业家协会召开的全国企协信息系统建设工作会议上的讲话。

近年来日本信息产业发展很快。70年代日本的信息化热仅限于大企业、大城市，80年代出现的第二次信息化热，则从大企业扩展到中小企业、从大城市推广到中小城市、从个人生活波及到社会生活的各个角落。

从我国情况看，党的十一届三中全会以来，经济体制改革不断深入。改革大潮把企业和企业家推向市场经济的汪洋大海，企业不能再躺在国家怀里吃大锅饭，要承担市场风险。在这种情况下，企业改善经营管理的动力增强，信息对企业经营的作用增大。企业竞争日益成为信息的竞争，需要对相关的信息进行收集、分析、研究和有效利用。

最近几年全国各地相继建立了一批信息服务机构，但是规模尚小、条件欠缺，远不能满足企业参与市场竞争的需要。根据形势发展的要求，1986年在袁宝华会长的倡议下，中国企业管理协会创建了中国企业信息交流中心，初步建成了面向全国企业的能够提供双向动态信息服务的计算机网络系统。

协会信息工作如何开展，需要有总体部署。我认为，协会信息工作发展战略定位要考虑四个层面的需要：一是企业对国内外信息的需求；二是国外企业对国内企业信息的需求；三是领导机关对国内外企业信息的需求；四是未来十年信息产业发展的趋势。从为国内外企业提供信息服务的需要出发，借鉴海外信息机构的经验，根据客观条件，我们提出了初步的发展规划。

一　在信息采集和服务范围上逐步拓宽领域

适应经济改革和市场经济发展需要，向领导机关、企业、教学科研单位，提供国内外企业管理的最新理论观点、研究成果、实践经验、理论方法、规章制度、典型案例、统计数字、企业动态、人才资源、新技术和新产品开发、市场信息等，形成双向动态的全国性企业信息交流网络系统，扩大网络覆盖面，为国内企业管理现代化，为中国企业走向国际市场，为外国企业进入中国提供信息服务。

二　兼顾当前和长远需要，扎扎实实做好规划工作

预计今后十年，以计算机为代表的高新技术将在我国普及发展。随着计算机远程通信网络系统的逐步完善，信息产业必将大大发展。从这一趋势出发，为了充分发挥高科技手段的效益，我们必须从现在起，根据企业的信息需求和信息市场发展的趋势，把协会信息中心规划好、建设好。

三　逐步采用先进的信息技术设备手段

要运用现代高技术，如计算机、激光扫描、缩微设备、光纤通信、电视电话、人工智能等手段，高效率地收集、加工、整理和存储国内外企业信息，逐步实现计算机网络信息资料自动检索。通过文字、图像和通信等手段向国内外企业提供系统的信息资讯服务。

在创新中提高管理咨询的竞争力*

我们这次企业管理咨询委员会理事会会议，主要是研究企业管理咨询工作十年总结和今后的发展规划问题。房景环同志要求我在开幕式上讲几句，说什么好呢？因为没有准备，我想还是围绕着“回顾”、“展望”四个字，谈一些个人的看法和意见，作为抛砖引玉。

回顾过去 成绩很大

从全国企业管理协会系统的管理咨询工作来说，过去十年确实取得了显著成绩，为企业改革与发展，为国家经济建设做出了重大贡献。

回想当初，我们完全是站在零的起点上，填补国内咨询业的空白，开始进行这项全新的事业，使我国的管理咨询从无到有，蓬勃发展。现在全国企协系统已经拥有100多个管理咨询机构、5000多位专兼职咨询顾问，咨询企业达数千家，形成了一定的气候。我认为，成绩是很大的。

1980年“文化大革命”结束不久，企业管理混乱，经济效益很差。企业咨询完全是一个空白领域，当时大家还闹不明白企业咨询是怎么一回事。中国企业管理协会率先在国内组织和开展了企业管理咨询，向党中央、国务院提出了开展企业管理咨询服务的五点建议，得到胡耀邦总书记和国务院总理的支持。企协先后邀请了几十位日本专家到国内举办咨询诊断讲座，到企业组织咨询诊断实习，又派出一批企业领导干部到日本生产性本部学习管理咨询诊断，取得管理咨询诊断师资格证书，回国之后结合我国的实际，开展企业咨询，做了大量的开创性的工作，特别是在吸收国外管理咨询理论、方法和总结我国实践经验的基础上，

---

*本文系作者1992年5月26日在中国企协管理咨询委员会理事会的讲话。作者时任中国企业管理协会、中国企业家协会常务副理事长兼管理咨询委员会副主任。

综合提炼，编写出版了《企业管理咨询》专用教材，在国内企业界、经济界产生了很大的影响。

经过企协系统十年来坚持不懈地努力，企业管理咨询工作已经发展成为全国性的事业，得到社会公认，其意义不可小看，功不可没。党中央、国务院、国家经委、国家科委的领导同志都给予了充分的肯定。若干年之后，回顾这段历史，我们在座的同志，包括全国企协系统所有从事管理咨询工作的同志，都会欣慰地感到，当初参与了这项新兴智力服务事业的开创工作是十分有意义的。

企业管理协会、企业家协会从事咨询工作的同志们，为推进和发展我国的企业管理咨询事业做出了重大的、历史性的贡献。我们要充分肯定他们的辉煌成绩，鼓励他们继续努力，不断提高水平，更加充满信心、更加充满勇气，克服前进道路上的困难，进一步打开企业咨询工作的新局面。

十年来通过企业管理咨询工作的实践，愈来愈显示出管理咨询业对社会生产力发展的促进作用。企业管理咨询在推进我国企业改革，改进生产技术和经营管理，提高经济效益，转换企业经营机制等方面，都取得了显著的社会效益与经济效益，这方面例子很多。

企协咨询中心对国际航空公司等有影响的大型企业进行常年跟踪咨询服务，收到了很好的效果。年初我在伦敦国际机场，偶然见到中国国际航空公司陶副总裁，他对我说，你们的企业经营咨询公司是我们国航的常年咨询顾问，对北京机场的咨询效果不错，对改进机场、机仓的管理服务工作很有帮助。中国国际航空公司在国内外知名度很高，是世界性的航空公司，中国企协咨询中心能够作为常年咨询顾问，在改善国际航空公司的经营管理，提高运营服务质量方面做出贡献，这是很有意义的。

企协咨询中心对中原制药厂等特大型企业、对河南南阳地区经济发展战略进行咨询，运用国际先进的咨询技术方法，认真调查研究，进行案例分析，提出改进方案，指导实施，做了大量的艰苦细致的工作，取得显著效果，很受企业和地方政府的欢迎。国务委员、国家科委主任宋健同志对南阳地区经济发展战略咨询效果所做的批示，是对企业管理协会咨询工作的支持和鼓励。

我认为，在开创中国企业管理咨询事业的十年奋斗中，最重要的是形成了一支素质高、业务精、作风好、团结奋进的专业人才队伍，这是今后进一步发展企业管理咨询事业的最有利、最可贵的条件。黄金有价，人才无价。可以说，全国企协系统已经形成了一大笔最为宝贵的、巨大的无形资产，或者说是智力资产，为今后管理咨询事业的前进奠定了坚实的基础。所以，我们一定要更加珍惜这支咨询队伍，更加关心从事咨询工作的业务骨干，积极创造开展咨询的条件和工作环境，更进一步调动他们的积极性，发挥他们的聪明才智，让智力资源得到最大限度的发挥。

展望未来　前途无量

首先，从国内的情况看，邓小平同志视察南方的重要讲话和中央政治局全体会议的决议，对于改革开放做出了新的重大决策，勾画出我国经济体制进一步改革发展的方向和蓝图。我们要进一步缩小国家指令性计划，发挥市场经济的作用。计划经济和市场经济两者并不是完全对立的。过去我们对资本主义经济与社会主义经济对立的方面看得多，而对可以学习、借鉴、利用的方面看得少，今后，我们要充分发挥市场机制的作用，推动国民经济的健康发展。

党中央、国务院提出要把我国企业推向国际市场，发展外向型经济。中国企业要参与国际市场竞争，接受严峻考验，在这种情况下，企业对管理咨询的内在需求大大加强，需要有高水平的咨询机构、信息机构提供咨询和信息服务。可以肯定，随着市场经济竞争机制作用的发挥，一定会给咨询业的发展带来新的机遇，使我国的管理咨询业得到进一步发展。

前不久我会见台湾崇政集团的董事长，他说，现在的国际市场之争，已经不再是单个企业之争，而是集团之争、智囊之争、实力之争。单个企业的孤军奋战是没有竞争力的。这个"智囊之争"，描绘得很形象。从事企业管理咨询工作的同志就是企业家的"智囊"，如果说企业之争是"智囊之争"，那也就是咨询顾问之争。从古至今，历次大的战争，在司令部的决策过程中，"运筹帷幄之中，决胜千里之外"，参谋智囊都发挥着极其重要的作用。同样，在今天激烈的商战环境中，企业要科学决策，赢取胜利，在很大程度上也需要得到智囊机构的谋划。

改革开放是国际大趋势。过去许多国家闭关自守，不仅共产党国家，连南美洲、非洲取得民族独立的国家也闭关自守。但几十年过去，回头一看，搞闭关自守，没有出路，经济建设上不去，与西方发达国家的差距越来越大，大家又都搞改革开放，不只是中国，连越南、古巴也在开放。对外开放已经成为世界潮流，从而加快了全球经济一体化的步伐。中国进一步改革开放和经济全球化加快发展的新形势，为国际咨询业的发展提供了新机遇。企协系统的所有咨询机构务必要有紧迫感，应当不失时机，抓住机会，迎接挑战，否则就会落后。

其次，从当前整个世界经济发展的趋势看，在经济发展过程中，原材料、能源和劳动力的优势大大弱化，而知识、技术、智力的优势大大强化。在物质产品的价值含量中，物质的价值含量，即能源、原材料的价值含量大大降低，知识、技术、技能的价值含量大大提高，这是世界经济发展总的趋势。举几个简单的例子，美国1亿美元国民生产总值所消耗的钢材，1970年是1.23万吨，1985年降低到0.28万吨。美国制造业，生产等量产品所使用的工作小时数，1988年和1973年相比降低60%。日本的产成品，1985年所消耗的原材料和能源不到1965年的50%。从西方发达国家看，80年代与60年代相比，消耗的原材料、能源降低1/3。这些数字说明，在当代世界经济发展过程中，知识、技术、智能的作用越来越突出，能源、原材料、劳动力的优势相对减弱。

管理咨询服务业属于脑力密集型的智力产业范畴。劳动者智力的充分发挥可以无限提高物质产品的附加值。但是，从我国的现状看，由于经济和文化发展水平的制约，目前仍然处于知识贬值、咨询贬值、智力贬值的阶段。在美国一个重要信息，企业家愿意花几万美元、几十万美元去买。在我国企业家宁可一桌酒席花费几千元、上万元，也不大乐意用这笔钱请咨询顾问帮助挑毛病、提建议。但是我相信，中国企业发展终将与世界经济发展接轨。

世界经济发展正在向着主要依靠知识、技术、智力进行物质生产的方向前进，这个客观趋势是不以人的主观意志为转移的。中国也正在向这个方向发展。对此，我们充满信心。在座的同志应该看到咨询业发展的广阔前景，坚定不移地推进我国企业管理咨询事业。

强化竞争意识　提高竞争力

目前协会、学会、研究会、咨询机构的数量正在迅速增加，我国智力咨询服务市场多元化、社会化。随着市场经济机制的健全和发展，管理咨询行业的市场竞争必将进一步加大。对中国企业管理协会和中国企业家协会来说，这既是市场经济提出的严峻挑战，也是市场经济发展赋予的难得的机遇。协会企业管理咨询委员会既要认真总结十年创业的工作经验，又要积极规划咨询工作未来的发展方向和目标，提出切实可行的具体措施，认真加以落实，争取使全国企业管理协会系统的管理咨询服务工作迈上一个新台阶。

在咨询服务业市场激烈竞争的新形势下，全国企业管理协会系统的咨询机构和咨询专业人员，务必强化市场竞争意识，勇于接受市场竞争的考验，应对企业客户的选择，迎接国际咨询产业的新挑战，加强咨询人员的业务培训和知识更新，不断吸取新鲜经验，努力提高咨询队伍的综合素质，开展横向协作配合，在不断创新中提高咨询业务的竞争力，使我们能够立于不败之地，就像打仗一样，战无不胜，攻无不克，我们应该朝这个方向努力。

协会管理制度改革的思路*

在党的十四大关于建立社会主义市场经济体制决定的鼓舞下，几个月来协会全体干部和职工，从上到下，无不谈论改革，无不关心协会的发展。这反映了同志们拥护改革，参与改革、带头改革的巨大热情。

为了适应新形势，搞好协会内部改革，我同各部门、各方面的同志多次交换意见，并在理事长办公会上反复研究，形成了改革思路和初步方案，袁宝华会长批示"同意，要不怕困难，排除阻力，坚决贯彻落实"。为了统一认识，搞好协会机关内部改革，今天，召开干部和职工大会，通报协会内部改革思路，作为抛砖引玉，请大家进一步完善。

协会内部改革的指导思想是，要使各项智力服务业务走向市场，参与竞争，在竞争中提高质量，寻求发展。改革的主要内容是，在财务管理上实行全额成本核算和部门单独核算；在行政管理上对各部门实行分类分级管理，做到责权利统一；在人事管理上建立岗位责任制，推行领导干部绩效考核制、全员聘任制和逐级聘任制。改革的核心问题是明确责任（领导责任、经济责任、业务责任）、协调关系（个人、部门与协会、部门与部门、综合部门与业务部门、后勤部门与其他部门、领导与职工的关系）。

改革的必要性

从协会所处的社会环境看，我国经济体制从计划经济迅速向市场经济转变，改革急剧向深层次发展。公司热、股票热兴起，人才流动加速，第二职业出现，物价放开，各种收费办法出台，收入差距拉开，对人们的心理产生了震撼。周边机关、事业单位、社会团体和服务机构都在进行改革，新办法、新制度不断出现，

*本文系作者1993年6月25日在中国企业管理协会和中国企业家协会全体职工大会上所作的关于协会内部管理制度改革的动员报告。

对协会所有职工都是一股巨大冲击，我们必须做出改革的选择。

从协会的业务工作看，协会的培训、咨询、研究、信息、出版、国际交流，以及后勤服务等都属于第三产业。前几年，企业为解决多余人员发展第三产业，主要集中在商业、饮食、生活服务业等方面，大多属于劳务型。协会的智力服务业务受到的竞争压力不大。现在，情况大为不同，中央、国家机关为精简人员发展第三产业，高等院校、科研单位为创收发展第三产业，大多数集中在培训、咨询、研究、信息、出版、国际交流、中介服务等方面，属于知识型产业，适合知识分子集中的特点，又不需要很多投资。

目前，以智力服务为特征的第三产业发展迅速，智力服务市场竞争日益激烈。尤其是众多的民营智力服务机构，经营机制灵活，市场竞争力很强。无论我们是否意识到，改革的潮流和市场经济的客观规律已经把我们推向市场，面临严峻的挑战。早认识早主动，晚认识就被动。我们必须到智力服务市场上去竞争，去接受检验。优胜劣汰，市场规律无情。想舒舒服服过太平日子已经不可能。问题是，有的同志缺乏自觉性，仍然盲目乐观，看不到面临的严峻挑战。按照目前协会的机制和精神状态，能到市场上去竞争吗？大家心里明白。我们必须痛下决心，坚决进行改革，在协会内部推行科学管理，转换机制，从机关化管理转向企业化管理，参与市场竞争。舍此别无出路。

从协会财务状况看，经费日趋紧张。国家拨款每年百余万元，13年未变，而工作人员数量从几个人增加到近300人，开支增加几十倍；加之，物价上涨、通货膨胀，使国家拨款的币值大大降低。依赖国家拨款不是方向，我们要确立“自养”的思想，朝这个目标努力。按1992年统计，全年支出的几个大数为：工资、奖金、劳务、医疗补贴，电话费、差旅费、会议费、水电费、房屋设备维修费、设备购置费、养老保险基金、离退休统筹费、住房基金、冬季取暖、财产保险等公用费，如果加上业务费用支出，合计近2000万元。今后物价还要进一步放开，工资、补贴性开支和各项业务成本还会大幅度上升。特别是如果财政停止拨款，我们所面临的经费问题将更加严重。

从协会内部管理机制看，目前基本上是大手大脚，敞开花钱、敞开报销。大家反映最多的问题是，随便打长途电话、随便到外地出差、随便买机票。往往是用钱的人只管花钱、不过问成本；审批的人只管签字，不计算成本。特别是内部少数单位实行毛收入提成分配的办法，个人利益只和毛收入挂钩，不和成本开支挂钩，助长了不计成本、浪费严重的现象，给行政事务管理造成了很大困难。这种状况必须尽快改变。同志们想一想，除独立核算单位以外，哪个部门的领导，能够说出本部门一年的工资、奖金、劳务、补贴发了多少？医疗费、电话费、会议费、差旅费花了多少？维修和购置设备花了多少？哪一个部门负责人查阅过本部门月度、季度、年度财务收支明细表？为什么我们不能按部门单独进行成本核算，让各部门负责人、让所有职工都知道收支的实际状况呢？

产生上述问题的责任不在部门、不在职工，主要在理事长办公会。我们是企业管理协会，必须用企业成本核算办法来理财。我们是企业家协会，必须用企业家的头脑来进行组织、管理和领导。要坚持权、责、利统一的原则，调动全体干部职工的积极性，承担责任，参与管理。

改革的思路

一 实行全额成本核算

在过去成本核算的基础上，增加养老保险基金，离退休统筹基金，住房基金，设备折旧和大修理基金，房屋折旧基金和维修费等。自负盈亏的单位和自收自支的单位还应在成本中列支应上交的管理费。

为什么要实行全额成本核算？主要是因为过去由于成本核算不全，该提留的养老保险基金、离退休统筹基金、住房基金、设备折旧和大修理基金、房产折旧基金和维修费没有提留，或没有全额提留，结果转化为利润形式，相当部分作为税费上交国家。当然，不是说不向国家交税，而是要在实事求是、全额成本核算的基础上交税，真正做到兼顾国家、集体和个人三者利益。

从协会实际情况看，企协作为非盈利的社会团体，主要业务是智力服务。大家知道，由于我国现阶段经济发展程度不高，知识资本贬值、智力服务贬值，目前，协会的收入大体上只能是补偿支出。如果不下决心把干部、职工的养老保险基金、离退休统筹基金、住房基金、房产折旧基金和维修基金、设备折旧和大修理基金建立起来，将来养老问题如何解决？住房问题如何解决？医疗问题如何解决？如果国家财政不拨款了，这些费用将由谁来承担？我们要通过这次管理机制改革，解决这个问题，把协会的长远利益和职工的长远利益落在实处，否则就是我们领导班子的最大失误，就是对协会和全体职工不负责任的表现。特别是通过这次改革，要让全体职工明白并亲身体验到，在这里工作，不仅仅是为国家，为协会，也是在为个人，从而形成激励机制。

二 实行部门单独核算

除出版社、信息中心、咨询公司进行独立核算外，后勤服务也要进行单独核算，社会化经营。财务处要对培训中心、联络部、研究部、办公室、声像部、会员部、各专业委员会分别进行单独核算，使各单位、各部门领导和职工随时掌握本单位、本部门财务收支的状况或经费使用状况，每月、每季进行财务分析，及时发现问题，解决问题，从而增加财务收支的透明度，实现民主理财，增强全员当家作主的责任感，使大家心明气顺，增加凝聚力，养成部门领导和全体职工理财的习惯。

三　实行分类管理、责权利挂钩

第一类：独立核算，自负盈亏，企业管理，工商注册，独立承担民事责任。对这种类型的单位，在独立承担民事责任，全额核算和上交管理费的前提下，按转换企业经营机制的条例规定办，做到责权利一致。

第二类：单独核算、自收自支，不进行工商注册、不独立承担民事责任。对这种类型的单位和部门，在全额成本核算和上交管理费的前提下，经费开支，原则上自行审批。工资、奖金、劳务、补贴等按国家有关规定办。但由于不独立承担民事责任，因此，账户和人事由协会集中统一管理，经费开支在超过创收 80% 的警戒线时，停止自行审批。

第三类：专户核算、部分创收、差额补贴。对这种类型的部门，总财务设立核算账户，在经费使用上，预留职工个人分配的必保部分和日常办公条件费用的固定支出部分之后，自行审批。在全额核算成本之后，经费节余部分按一定比例提成用于分配。

第四类：单独核算、全额预算，经费包干。对这种类型的部门经费开支按目前的审批办法不变，从协会总收入中提取适当比例用于分配，但分配平均数不高于第三类平均数。

四　实行企业化财务管理

协会的财务管理必须改革，要吸取企业改革的新经验，转变机关化管理模式，向企业化管理模式过渡，划小核算单位，加强成本核算，模拟内部结算，对公用费用科学合理分摊。通过财务管理的改革，为人事制度改革和业务工作的开拓奠定基础，创造条件。

实行岗位绩效考核制度

建立和完善副理事长岗位责任制、各部门主要负责人岗位责任制和关键岗位负责人的责任制（人事、财务、秘书、保卫等）。上述两个层次的岗位责任制由理事办公会研究制定。各部门副职和各处负责人及所属人员岗位责任制由部门主要负责人组织制定。这里有两个问题需要说明：一是下一级岗位责任制应当由上一级制定，因为组织上设立一个岗位，配备一名领导干部，就有相应的岗位责任要求。岗位责任是业务工作、行政工作的客观要求，不是凭个人爱好、个人能力、个人水平，想做就做，不想做就不做。下一级必须按上一级组织下达的岗位责任要求执行。二是建立绩效考核制度，每半年对处以上干部进行一次无记名民主测评，测评结果与本人见面。年终举行部门主要负责人述职报告，由理事长办公会和本单位职工听取并进行评议。建立绩效考核档案，以此为依据决定干部的职务提拔、工资晋升和奖惩。

明确责任　协调关系

协会改革的目标，是通过财务、人事管理制度的改革，建立激励机制、约束机制和竞争机制，理顺和简化内部关系，集中领导精力抓业务，团结协作，开创业务工作的新局面，使协会逐步走上自立、自养、自治的道路，最终成为有竞争能力的智力服务集团，把企协、企业家协会的旗帜举得更高。

协会改革的原则，是坚持责任和权利的统一，坚持创收和发展业务的统一，坚持个人利益与国家、集体利益的统一。无论哪个部门，都要坚持协会宗旨，遵循国家法规和政策，从发展自身业务，开创业务工作新局面出发，通过智力服务创收。如果离开自身业务工作和智力服务去创收，发展下去就会走偏方向。如果离开自身业务去搞创收，研究人员不搞研究、信息人员不搞信息、编辑人员不搞编辑、咨询人员不搞咨询、后勤服务人员不搞后勤服务，就会在内部打乱仗，分散力量，互相抵消。

协会内部管理机制改革的核心问题，是解决责任不清、利益无关的问题，做到责任明确、利益协调、关系和谐。

由于责任不清，往往出现许多不负责任的现象，一是互相扯皮，不知该由谁负责；二是该负责的人不负责，不该负责的人负责。由于利益和责任不统一、不挂钩，缺乏激励机制，加上职工利益相互无关，形不成利益共同体，也形不成自我约束和互相监督的机制。

通过这次改革，要明确三个责任，即领导责任、经济责任和业务责任；要协调四个关系，即个人、部门与协会整体的关系，部门与部门之间的关系，后勤部门与业务部门之间的关系，综合部门与专业部门的关系。

改革要有勇气，不要怕冒风险。财政给我们的拨款很有限，90%以上经费要靠我们自筹。我们端的不是“铁饭碗”，而是“泥饭碗”，只有大胆进行内部管理机制的改革，协会才会路子越走越宽。改革要靠自觉。各个部门按照哪种类型方式进行管理，可以自行选择，协商确定。我们不搞“一刀切”，不搞行政命令。

走向智力服务市场*

从去年4月全国会员代表大会到现在已经一年多，根据邓小平同志和党的十四大提出的建立社会主义市场经济体制的方针，适应我国改革开放新形势的要求，协会的工作机构在积极做好日常工作，抓好会务组织、调查研究、干部培训、咨询服务、信息网络、书刊报纸出版、国际交流等业务的同时，在内部进行了初步的配套改革，并召开了全国企业管理协会、企业家协会秘书长工作会议。现将最近一年多协会的工作情况，向四届一次执行理事会作如下简要汇报，请予审议。

业务工作的新发展

协会的各项业务工作是伴随着改革开放和经济发展的需要逐步成长起来的。1979年主要是培训、国际交流和出版工作，1981年增加研究和咨询业务，1987年又增加信息和声像服务。从当前形势发展需要看，这些业务从内容到形式都需要做出相应调整、充实和改进，同时也需要开拓出一些新的业务领域。一年多来，根据面向企业，为企业和企业家服务的宗旨，协会各部门做了大量的工作。同过去相比，有以下几个新特点：

一　围绕转换企业机制，开展调研，为政府制定政策提供研究成果

一年多来协会先后在北京、济南、烟台、威海、大连、昆明、成都、广州、深圳等地开展系列调查研究，召开座谈会十余次，就加强宏观经济调控、转换企业经营机制、发展市场经济、组建企业集团、现代企业制度等问题进行研讨，写出十多份调查报告，报送国务院和政治局领导参考。

在转换企业经营机制条例颁布一周年之际，协会在调查研究的基础上，协助国家经贸委召开转换企业经营机制大型研讨会，形成了会议纪要。协会参与了中

---

*本文系张重庆常务副理事长1993年11月17日在中国企业管理协会、中国企业家协会四届一次执行理事会上所作的工作报告。

央财经领导小组组织的关于现代企业制度的专题研究全过程的工作。

今年初不断涌现的行政性公司，即“翻牌公司”，变相收缴企业经营自主权，妨碍企业转换经营机制条例的贯彻落实，袁宝华会长及时召开企业家座谈会，就“翻牌公司”的危害、形成的原因等问题进行了深入讨论，并提出相应的建议，引起国务院领导同志和社会各界对解决“翻牌公司”问题的高度关注，国务院总理、副总理作了重要批示，新闻界对此进行了系列报道。此后，对“翻牌公司”问题，协会又组织了跟踪调查，这对于贯彻落实“条例”，保证企业改革的顺利进行，起到了积极的作用。此外，协会对于一些企业改革中发生的风波，也都及时向国务院作了反映，并协助解决。

协会先后召开20多次企业家座谈会、研讨会，包括参加党的十四大的企业家座谈会、参加八届人大会议的企业家座谈会、获得全国五一劳动奖章的企业家座谈会、民营企业家座谈会等。8月份根据中央办公厅建议，又召开了10位全国优秀企业家参加的座谈会，对建立社会主义市场经济的构架问题提出若干重要建议，报送中央政治局参考。

中国企协与上海、浙江、广东、辽宁等地企协合作组织了对40家不同类型企业的管理经验的调查，产生了一批调查研究成果，审定和推广了26项管理现代化优秀成果，汇集各方面研究成果，形成了《转换国有企业经营机制深层探索》、《企业如何迈向市场经济》、《社会主义市场经济手册》等书籍。向党中央、国务院和国家经贸委、国家计委等领导机关报送《企业研究参考》55期。协会办的《会员工作通讯》对会员之间的信息交流也发挥了作用。

二 参与经济立法的讨论研究工作，促进市场经济法制化

协会协助全国人大法工委和劳动部，邀请部分企业界人士参与了“劳动争议仲裁法”、“公司法”、“反不正当竞争法”、“经济合同法修正案”、“质量管理法”、“劳动法”、“最低工资条例”、“劳动仲裁法”等法规草案的讨论研究工作，还参与了国际劳工组织关于“工人罢工对策”、“劳资关系”、“环境保护”协议草案的讨论研究，参与了中国政府是否签署国际劳工组织87号公约、167号公约、170号公约(自由结社公约、建筑安全卫生公约、化学制品使用安全公约)的讨论，代表企业家发表了系统的意见。

三 围绕市场经济的热点问题，开展培训、咨询和出版工作

协会举办了“社会主义市场经济条件下企业管理战略”系列讲座，前后15讲，历时三个月；还举办了50多期培训班，包括企业发展战略研究班、市场经济与法规建设研究班、期货贸易与期货市场研究班、财会制度改革研究班、公有股流通市场研究班、市场经济与产权制度研究班、宏观调控与企业财税制度改革研究班、资产评估研究班、国际化经营研究班、合资企业经理研究班、合资企业税务财务培训班、国有企业股份制研修班等等，还受渤海油田、上海石化总厂委托，分别为其举办了专题培训班。特别是生产现场管理电视讲座和价值工程电视讲座招生4万人，影响较大，人大代表在全国人大会议提案中充分肯定了这个电视讲座。

协会还承担了中国国际航空公司常年咨询顾问业务，对中原制药厂、威力洗衣机厂进行了人事考核和分配制度、经营体制革新、现场作业改善的咨询，对葫芦岛锌厂进行了股份制改组设计咨询，对国际旅行社西安分社进行了集团组织管理咨询。

《中国企业报》、《企业管理》杂志围绕市场经济，作了大量宣传报道。《企业管理》杂志开辟了"省长、部长谈贯彻条例"专栏，很受欢迎。出版社出版新书80余种，特别是出版了一批市场经济业务新书，如《土地估价理论与实务》、《股份企业与股市运作实务》、《中国企业管理方法大全》等。

四　发挥企协整体优势，发展全国企协系统的信息大市场

协会信息中心主系统先后推出计算机远程通信和信息检索网络系统、电子公告板、双向动态电子信息传输系统、全国企业产品市场预测预报系统等。目前，该网络已覆盖全国70多个城市，应用效果良好。大庆、燕化、东风、宝钢、鞍钢、武钢、齐鲁石化、玉溪卷烟厂等几百家大型企业与之联网。为了进一步发挥30个省、200多个城市企协组合的优势，扩大网络覆盖面，协会在上海、南京、长沙、济南、郑州、石家庄、昆明、成都、重庆、沈阳等城市建立了信息中心站，作为在全国的一级接点，连接所在城市的企业终端。计划经过几年努力，在全国100个城市建立信息中心，形成全国企协系统信息大市场，同时积极与国外合作，最终成为国际性的信息网络。

五　适应经济全球化的趋势，促进中外企业交流与合作

面对我国发展社会主义市场经济和大企业参与国际竞争的新形势，协会重视扩大中外企业和企业家的交流与合作。一年来成功地举办了六次大型国际研讨会和海峡两岸企业家研讨会，接待了美国管理协会主席、挪威商会主席、国际工业家企业家联盟副主席等率领的访华代表团，就相互间的交流与合作达成意向，将进一步扩大与美国、北欧、独联体各国和东欧各国企业家的交往。

向"三自"目标过渡

"自养、自立、自治"，是袁宝华会长1986年为协会工作提出的一条重要方针。国家在政策上，鼓励社会团体经费自理，减轻国家负担。为了向“三自”方向过渡，中国企协和地方企协都做了大量工作。在全国企协、企业家协会秘书长会议上，专门讨论了如何实现“三自”的问题。

一 要确立改革的意识，树立办事机构内部改革的紧迫感

近年来国家机关、社会团体、高等院校、科研单位纷纷建立培训、咨询、研究、信息、出版、国际交流、中介服务等机构，着重为企业服务，形成了智力服务市场。目前智力服务市场竞争激烈。尤其是一些民营智力服务机构机制灵活，起步晚，发展快，市场竞争力强。单纯靠行政方式，发文件、打电话方式物色服务对象的时代已经结束。新的市场经济机制，已经把协会的智力服务业务推向市场，面临优胜劣汰的严重挑战。

协会成立14年来，作为政府机关直属代管单位，背靠政府，面向企业，工作条件有利，但同时也导入了机关的管理机制，染上了“大锅饭、铁饭碗”的弊病，缺乏竞争意识，活力不足，这同蓬勃发展的市场经济，同社会团体的服务性质不相适应。从企协情况看，这一年多我们在统一思想，形成共识的基础上，逐步推行内部管理改革，从机关化管理向企业化管理转变，转换运行机制，增强服务意识和竞争能力。

二 要明确改革的目标，建立激励、约束和竞争机制

协会办事机构内部改革的目标是，适应市场经济的要求，改变“大锅饭、铁饭碗”，建立激励机制、约束机制和竞争机制，调动积极性，提高工作效率和质量，为企业和企业家服务，向“自养、自立、自治”的方向发展，使协会成为有竞争能力、有经济实力的智力服务集团，成为广大企业和企业家所信赖的，能代表企业和企业家利益的组织。

内部改革的指导思想是，加强管理，逐步转换运行机制，使各项智力服务业务主动走向市场、参与竞争，在竞争中提高服务质量，开拓前进。

协会内部改革，目前已经推行的措施有，实行全员全额成本核算；所有部门单独记账、单独核算；把内部11个部门、单位按经费能否自理和自理的程度划分为6类，区别不同的情况，实行分类管理；建立岗位责任制。还准备进一步建立领导干部绩效考核制；实行全员聘任合同制。

三 要坚持协会宗旨，以智力服务为主，兼顾创收和经营活动

目前，政府给予协会的资助，只占日常开支总费用的1/4，不含基础设施重大维修、重要设备更新和职工住房。从总体上说，要使协会业务正常开展，很大程度上要靠协会通过服务创收来弥补经费缺口。为了缓解经费的不足，解决事业发展基金，根据国家政策，地方协会采取了不少新举措。江西、四川、广东、广西、上海、山东、海南等地协会基本做到了“自养”，从主要依靠会费转向主要依靠智力服务创收，开展各项业务活动。从各地情况看，能够正确处理贯彻协会宗旨与积极创收的关系，以智力服务为主，兼顾创收和开展经营活动。

需要解决的几个问题

在进一步改革开放的新形势下，协会工作机构和业务部门面临着一些新问题，例如：在利益多元化的条件下，怎样保持组织与管理的统一与协调；在价值取向偏移的条件下，协会物质利益欠缺，怎样稳住人才，吸引人才；在第二职业的冲击波面前，怎样培养敬业精神和职业道德；在具有活力的民营机构的挑战面前，怎样进行有效地竞争，继续保持优势；为了实现经费自理，减轻国家负担，在国家政策法规允许的条件下，怎样结合自身业务兴办经济实体，以服务为主，有所创收。这是需要我们在今后的工作中认真解决的一些实际问题。如果不解决，协会工作的组织基础、业务基础、人才基础都会受到损失。

今后的工作安排

今后几年，要贯彻落实党的十四大精神，从发展社会主义市场经济出发，围绕建立现代企业制度，增强企业家素质，提高企业经济效益，向企业和企业家提供高层次、多方位的配套服务，进一步发挥企协和企业家协会的作用。

一　加强理论研究和经验总结，推进现代企业制度的建立

以建立现代企业制度为重点，开展调研，掌握动态，总结经验，提出建议。对国有企业改造、股份制公司的建立等，在实践中急需解决的问题组织研讨，形成成果。为了进一步加强企业、企业家与政府部门的沟通，要继续办好《企业研究参考》，缩短周期，增加容量，不仅要刊登中国企协的调研报告，也要刊登地方、行业协会的调研报告，不仅要刊登会长、顾问、副会长的调研成果，也要刊登执行理事、理事、会员和企业家的调研报告、工作研究、政策建议等。

二　发挥报纸、刊物的舆论作用，宣传有贡献的企业家，维护企业和企业家合法权益

要对成绩卓著的企业家予以表彰，《中国企业报》、《企业管理》杂志要加大宣传力度，鼓励企业家在市场经济中大显身手，有所作为。协会的报刊要紧紧抓住转换企业经营机制和建立现代企业制度问题，跟踪调查，追踪报道，推动改革深入发展。对于损害企业和企业家合法权益的行为，要及时反映和披露，坚决依法维护合法权益。要定期召开企业家座谈会，研究新情况、新问题。组织政府领导人与企业家交流对话。组织企业家会员开展活动。协会各部门开展活动，要以企业家为重点，提高协会的凝聚力。

三 抓紧企业家的知识更新培训，提高企业家的素质

在从计划经济向市场经济的历史性的转变中，协会要面向企业家，围绕市场经济和现代企业制度开展培训，计划举办38期培训班，为企业家提供新知识，增加新技能。对原有培训教材进行更新、组织编写反映国内外经济和企业发展新动向、新知识的教材。继续办好电视讲座，筹备开办企业管理函授课程。

四 扩大咨询服务领域，当好企业经营顾问

要巩固和提高对大中型企业的经营管理咨询项目，同时增加市场营销咨询和现代企业制度咨询新内容。要扩大企业管理咨询的服务领域，从国有企业进入乡镇企业，从工业企业进入流通企业。与投资担保公司合作，开展投资可行性分析论证咨询；与国家科委合作，为企业提高生产力提供综合咨询；与国内贸易部合作，开展对零售商业的咨询。

五 发挥协会系统组织优势，建立企业信息大市场

继续扩大国内外信息联机联网服务，发展中心城市联网接点，吸引越来越多的企业加入协会信息网络。与国家科委、中国科学院、国家专利局等单位合作，组建全国技术市场计算机信息系统，使科技成果尽快转化为生产力。

六 扩展国际交流渠道，促进中外企业家交流与合作

继续组织好与世界经济论坛、澳大利亚、日本联合召开的国际会议，参加国际劳工组织大会、达沃斯会议、国际企业家联盟会议，加强与国际劳工组织、美国管理协会、挪威商会等组织的联系，组织中外企业家的交流和商贸洽谈。

七 继续进行内部管理体制的改革

按照“小机关、大实体”的思路，把日常办事机构和智力服务机构相对分离，使秘书处人数少而精，提高工作效率和质量；使所属的智力服务单位尽快向实体转变。

协会所属智力服务单位要独立核算、自负盈亏，采用市场机制管理，在贯彻协会宗旨的前提下，放手发展业务，增加服务项目，扩展服务对象，既面向国有大中型企业，又面向乡镇企业、三资企业、民营企业等；既面向工业企业，又面向流通企业、金融企业等。

协会准备有计划地开拓新的业务领域，逐步组建中介服务机构，如会计师事务所、法律事务所、经纪事务所、市场调查所等等，使协会智力服务向高层次、多方位、配套服务的方向发展。

发挥市场信息导向作用*

中国企业管理协会、中国企业家协会是1979年为适应改革开放的需要建立的社会团体。十多年来坚持面向企业、为企业和企业家服务，在培训、咨询研究、信息、出版、国际交流等方面做了大量工作。目前在全国26个行业、30个省和200多个城市都建立了协会组织。中国企业信息交流中心是经国家经济委员会批准，由中国企业管理协会、中国企业家协会创办的全国性信息网络机构。在这里，请允许我首先代表中国企业管理协会、中国企业家协会、中国企业信息交流中心、《市场观察》杂志社，向出席会议的全国政协副主席孙孚凌、中国企业管理协会会长袁宝华、国务院信息化办公室主任张五球等领导和各位嘉宾表示热烈欢迎!

在邓小平同志南方谈话、党的十四大提出建立市场经济体制的目标后，我国正在从计划经济向市场经济转变。在经济体制巨大转变面前，企业和企业家都面临着走向市场、参与竞争的严峻考验。有的反应灵敏，有的反应迟钝，有的茫然不知所措。如何以信息引导企业走向市场、参与竞争，过好从计划经济向市场经济转变这个难关，是当前国民经济发展面临的突出问题，也是企业管理协会、企业家协会所关心和参与解决的重大问题。

要使企业适应市场经济机制的运行，必须解决三大问题，一是转变政府职能和转换企业经营机制，二是建立相应的法规和配套的社会服务保障体系，三是建设全国企业信息化系统。为了发挥市场信息对企业的导向作用，推动企业走向市场，协会创建了全国企业信息网络系统，出版了《市场观察》杂志。

一　关于《环球企业信息》更名为《市场观察》的问题

《环球企业信息》创刊于1987年，是中央宣传部批准，由中国企业管理协会、中国企业家协会与美洲华侨日报企业集团联合主办的内部刊物。现在为适应发展市场经济的新形势，走向出版市场，参与市场竞争，从编辑方针、稿件内

---

*本文系作者1993年4月10日在《市场观察》杂志新闻发布会上的讲话。作者时任中国企业管理协会、中国企业家协会常务副理事长兼《市场观察》杂志社长。

容到排版形式都作了重大革新，经国家计划委员会和国家新闻出版署批准，从1993年3月开始更名为《市场观察》杂志，在国内外公开发行。更名后的《市场观察》杂志主管仍然是国家计划委员会，主办单位是中国企业管理协会、中国企业家协会、中国企业信息交流中心，宗旨是引导我国工商企业走向市场。

《市场观察》将充分反映我国企业及企业家的愿望、呼声与要求；追踪报道国内外各类市场的现状与趋势；系统介绍工商企业拓展市场的营销策略和方法。在刊物的内容与形式方面，将力求以全新的观点、全新的视角，将权威性、知识性、可读性融为一体，做到雅俗共赏。

《市场观察》的主要读者对象是企业家、市场营销、企业宣传、广告、公共关系干部，政府经济与宣传部门干部，大专院校师生，以及与市场息息相关的广大消费者。《市场观察》的目标，是不仅成为企业与政府沟通的桥梁，而且成为企业与国内外市场沟通，与广大消费者沟通、独具特色的传播媒介。当然现在还处于起步阶段，离这个目标相差甚远，但是我们有决心、有信心、坚定不移地向这个目标前进。

二 关于建立全国企业信息交流网络问题

近年来在国家计划委员会、国务院经济贸易委员会、国务院电子信息系统推广应用办公室的支持下，中国企业管理协会、中国企业家协会、中国企业信息交流中心围绕深化改革，发展社会主义市场经济，积极拓展信息业务。组织全国企业信息交流网络，取得了显著进展。

在软件应用方面，开发成功了计算机远程通信和信息检索、双向传输系统软件，建成了双向动态的电子信息系统，终端用户可随时检索国内外最新信息。在网络设施方面，建立了全国企业信息交流联网中心站。在主系统建立了综合信息数据库、行业信息数据库、经济法规数据库，可供检索。网络覆盖范围包括北京、天津、上海、沈阳、哈尔滨、济南、太原、西安、乌鲁木齐、成都、重庆、昆明、广州、深圳、长沙、武汉、南昌、郑州、石家庄等20多个大中城市和宝钢、鞍钢、大庆、玉溪卷烟厂等300多家大型企业。

在国际交流方面，已经同全球信息产业联盟、美国国家数据公司、尼尔森信息公司、芝加哥信息资源公司等多家信息机构建立了交流关系。在信息业务方面，通过计算机网络和《环球企业信息》、《企业管理参考》、《经济技术信息》、《行业信息资料》等向企业提供各种信息。在队伍建设方面，形成了专职与兼职相结合的专家咨询网络。今后由中国企业信息交流中心牵头的全国企业信息交流网络，将进一步转换机制，寻求发展，为进入国际信息产业市场进行努力。

企业管理协会
十五年工作的主要进展*

中国企业管理协会是经国务院同意，于1979年3月由国家经济委员会成立的第一个全国性社会团体。1984年3月又成立了中国厂长(经理)工作研究会，后适应改革开放发展的新形势，更名为中国企业家协会。为了保持协会机构精干，企业管理协会和企业家协会(以下简称企协)一套机构，两个名称。目前企协组织已经发展到全国30个省(区、市)和260个中心城市。

十五年的主要工作

一　围绕企业改革与发展的重大问题调查研究，为政府部门提供政策性建议，为企业提供研究成果

1979年协会受国家经委委托，在首都钢铁公司、上海汽轮机厂等8个大型企业进行了扩大企业自主权的试点，为国务院制定扩大企业自主权的政策提供了依据。1982年协助国家经委在全国300个企业开展管理现代化试点。1984年组织企业家研究落实企业自主权，福建省55位厂长(经理)发出了“松绑放权”呼吁书，在全国引起强烈反响。

1989年针对当时我国经济形势严峻，企业亏损严重，向党中央、国务院报送了搞活大中型企业的三项政策性建议；1990年报送了试行“企业法”的调查报告，提出了贯彻实施的四项建议；1991年提出尽快制定“企业法”实施细则等建议。这些建议得到国务院领导的采纳。

1992年围绕制定“转换企业经营机制条例”开展调查研究，提出建议，

---

* 本文原载1994年6月22日中央办公厅《综合与摘报》，系作者撰写报送中央和国务院的工作汇报。作者时任中国企业管理协会和中国企业家协会常务副理事长。

报送有关部门。“条例”颁布后，追踪调查，推动贯彻落实。1993年在十四届三中全会召开前对建立社会主义市场经济体制，建立现代企业制度问题进行调研，向中央提出许多建议。围绕企业改革、领导体制、经济效益、承包制、股份制、利税分流、企业集团管理、提高生产力、转换经营机制、国际化经营等问题，进行大量专题研究，产生出一批成果。开展多种形式的研究活动，探讨企业管理与企业改革问题。企协系统建立各类研究会3000多个，专题调研3万多次，举办研讨、座谈、报告会5万多次。建立企业管理科学基金会，资助优秀管理论著的出版，开展企业改革与企业管理的研究课题等。

二 坚持以提高经济效益为中心，推进企业管理现代化

组织研究企业管理现代化，提出了“以我为主，博采众长，融合提炼，自成一家”的学习外国管理经验的方针。从我国实际出发，筛选出价值工程等18种现代化管理方法，推荐给大中型企业采用，作为推进企业管理现代化的突破口。配合政府部门，制定和实施了《“七五”企业管理现代化纲要》和《“八五”企业管理现代化纲要》。总结推广了我国企业创造的“满负荷工作法”、“规范化工作法”和“企业管理整体优化”等先进管理方法和首钢、宝钢、兰化等各具特色的管理模式、优秀管理方法54种，取得显著效益。航空系统251项现代化管理成果创造效益4亿元，石油化工系统采用现代化管理方法，每年创造效益5亿元。

三 推进企业改革，促进企业家队伍成长

1987年以来协会召开了42次厂长(经理)座谈会，听取并向国务院领导同志反映企业家对重大政策问题的意见。李鹏总理给予充分肯定，批示要求“座谈会一定要坚持下去”。1993年2月第32次厂长(经理)座谈会，就当时不断出现的行政性公司，即“翻牌公司”及其危害进行了调查研究，并提出了重要建议，国务院领导同志做出了重要批示，对及时制止“翻牌公司”现象，贯彻“企业转换经营机制条例”起到了推动作用。总结推广优秀企业和优秀企业家的经验，表彰奖励了122个优秀企业和140个优秀企业家。

四 大力培训经济管理和企业经营管理干部

培训工作以在职的中高级管理人员为重点，以研究改革开放和现代管理的理论与实践问题为主要内容，协会系统培训干部近500万人次。受政府委托，轮训省级经委主任、体改委主任1200多人次，培训大中型企业厂长近两万人次。

协助国家经委，1979年在北京创办企业管理研究班，1981年在上海创办企业管理研究班，由著名经济理论工作者邓力群、孙冶方、薛暮桥、马洪、苏星、刘国光、蒋一苇等主讲。他们关于社会主义生产价值和价值规律的理论、社会主义市场经济、物质利益原则、扩大企业自主权、企业本位论等一些在社会上产生重大影响的改革理论，最初就是在企协举办的企业管理研究班上提出来的。

根据国家关于厂长(经理)统考和干部在职教育的要求，组织编写培训教材。多次举办电视讲座和函授讲座，参加学习者达百万人。利用国外资助，选派了近2000名中青年企业管理干部出国进修，学习企业管理，使这些同志的管理知识与能力显著提高，有些已经提拔到省部级和中央的重要领导岗位上。与欧洲经济共同体合作在北京举办5期工商管理硕士研究生班，培养硕士227名，不少人成为中外合资企业的领导骨干。争取国外资助3200万美元，协助国家经委在北京、天津、上海、大连、成都等地兴建了培养中高级管理人员的基地。

五　开创企业管理咨询，为企业提供咨询服务

1980年提出在我国开展企业管理咨询服务的五项建议，得到中央、国务院的肯定。选送60多位同志赴日本学习企业咨询，邀请30多位外国专家来华进行企业咨询示范。培训企业咨询人员3万多名，在全国认定管理咨询师9200人，建立咨询机构近百家。通过咨询活动，帮助企业改善经营管理，提高经济效益。15年来咨询企业6000多个，获数亿元直接经济效益，使一批企业扭亏为盈。

六　开拓企业信息服务，指导企业生产经营活动

全国企业信息交流中心出版了《市场观察》、《中国市场》、《市场技术快讯》、《行业经济技术情报》等信息刊物，向企业提供经济、产品、技术、市场信息，实现了计算机国际联机服务，建立了18个城市中心站，与70多个城市的大企业联网。在全国首家组织了市场竞争力的调查评价活动，发布了中国消费品市场竞争力综合评价报告。通过各种方式为企业提供信息咨询服务。

七　出版企业管理书籍报刊，宣传改革开放，传播管理科学知识

成立了企业管理出版社，创办了《中国企业报》和《企业管理》杂志。杂志发行量位居全国同类刊物之首。15年来企协系统出版书籍近千种、刊物400多种，发行量累计10亿多册。编撰出版了《中国企业管理百科全书》、《中国企业管理年鉴》、《现代企业管理方法大全》等大型工具书，出版了系列培训教材。

八　开展国际交流，吸收国外经验，推动中外合作

与41个国家的67个国际组织建立了合作关系。代表中国企业家出席世界劳工大会10次，参加达沃斯年会15次，出席国际会议74次。举行大型国际会议41次，国际讲座130多期，邀请来华讲学专家近400名，接待访华团组326个。

十五年来的实践证明，企协作为向企业和企业家提供智力服务的团体，有很强的生命力。企协能够把机关、企业、院校、科研单位等各方力量联合起来，对企业发挥着智力服务作用，对政府部门起到配合协助作用。在实践中，我们体会到，要办好协会组织，必须认真贯彻党的基本路线，围绕经济建设大局开展工作；坚持实事求是，解放思想，勇于探索，敢于实践；服务企业，多办实事；发挥协会组织整体优势，有效地进行智力合成。

今后的工作

企协长远发展目标是，适应建立社会主义市场经济体制的新形势，以建立现代企业制度为重点，努力为企业和企业家服务，逐步把企协办成有实力、有影响的智力服务型社会团体。为了实现上述发展目标，今后几年企协工作的主要方向是：围绕建立现代企业制度开展调查研究；以国际先进管理水平为借鉴，加快推进企业管理现代化，使我国企业管理有较大提高；以建立现代企业制度为重点，抓紧对企业家知识更新培训；强化企业管理咨询服务，从主要为国有企业服务，向包括为民营企业、乡镇企业、外资企业服务方向发展；发挥协会组织优势，建立信息大市场；扩大国际交流，加强与各国雇主协会、商会和管理协会的联系；扩展国际化的服务新功能，逐步建立会计事务、法律事务、资产评估事务、经纪事务、外商投资事务、市场调查事务等机构；发挥媒体引导作用，宣传优秀企业家，维护企业家合法权益，建立企业人才市场，促进企业家队伍的成长。

1992 年全国人大副委员长李沛瑶，中国企业管理协会会长袁宝华、常务副理事长张重庆（前左四）、副理事长杨洪、潘承烈、连一民，中外管理杂志社总编辑杨沛霆等与出席第三届中外管理官、产、学恳谈会的代表

发挥城市侨联组织的优势和作用*

今天“第二届中小城市侨联经济合作交流会议”在祖国东北边陲城市黑河开幕，在这里谈几点个人体会，作为抛砖引玉。

城市侨联是全国侨联组织系统的支柱

侨联组织是一个全国性的大系统。从纵向来看，构成这个大系统的有四个层次。第一个层次是中国侨联，第二个层次是省级侨联，第三个层次是城市侨联，第四个层次是基层侨联。

城市是国民经济的重要聚集地，居于地区经济发展的中心位置。城市侨联是全国侨联组织系统的重要基础和支柱。全国侨联系统工作的状况在很大程度上取决于城市侨联的工作水平。

从大中小城市作用看，省会城市作为大城市，具有较大影响，固然需要重视，但是为数众多、星罗棋布在祖国版图上的数百个中小城市辐射地域之广、涉及人口之多，也不容忽视。城市侨联在全国侨联组织系统的链条上具有得天独厚的新优势。这种优势表现为：

侨务区位优势。我国的市场经济体系是以城市为中心展开的。城市是生产、流通、金融、科研、教育、文化、旅游、信息交流的中心，又是交通、通信的枢纽，同周边地区相比，具有发展的区位优势。这种客观条件，为城市侨联造就了发展侨联业务的区位优势。

侨务资源优势。城市经济、文化、教育、科研、旅游事业较为发达集中，是人力资源、产业经济、基础设施、公益事业、旅游的聚集地和物流的集散地，具有丰富集中的侨务资源优势，为城市侨联提供了开展侨务工作的便利条件。

---

*2005年9月18日第二次中小城市侨联经济合作交流会议在黑河召开，本文系作者在会议上所作的专题报告。

业务辐射优势。随着改革开放和市场经济的发展，跨越行政区划的以城市为中心的经济区域功能增强。随着城市辐射力的增强，城市侨联对周边地区侨联工作的影响力与日俱增，为城市侨联提供了更为广阔的活动空间。城市侨联要重视发挥自身优势，争取工作迈上新台阶。

从全国侨联组织系统四个层次看，由于每个层次的侨联位置不同，如何开展工作，有共性，也有特殊性，同时每一个层次的侨联具体情况也有很大差异，如何从各自的实际情况出发开展工作，是一个值得深入探讨研究的问题。侨联的工作及其活动是一种社会现象，具有自身的特点及其规律，探索和研究各级侨联工作的不同特点和规律，是开拓新世纪侨联工作新局面的客观要求。

全国中小城市侨联经济合作交流会议，作为中小城市侨联间合作交流的互动会议，是中小城市侨联工作加强横向联系、促进区域联合、交流信息、配置资源的会议，是为地方经济发展开拓“招商引资”渠道的会议，是侨联系统进行智力合成、分享成果的重要创举。

发挥侨联组织的独特优势

中华民族的传统文化和优秀的民族精神，在海外培育造就了大批有所作为的企业家、科学家、教育家、艺术家等等。他们热爱家乡，不忘故土，支持祖国经济建设和公益事业的发展。遍布海外的数千万侨胞、数万个侨胞商会、行会、宗亲会、同乡会、基金会、校友会等团体组织，形成了全球性的经济、技术、贸易、智力和信息交流网络渠道，为中国与世界各国之间的合作提供了巨大优势。侨胞是中华民族经济、科技、文化发展的最为宝贵的资源库，是推进我国社会主义现代化建设、实现祖国统一和中华民族复兴的重要力量。侨联组织与海外侨胞息息相关，具有天然的、历史积淀形成的独特优势。集中表现在以下几个方面：

一 海外关系的血缘性

侨联与归侨侨眷和海外侨胞关系的紧密性，这是由归侨侨眷与海外侨胞的血缘关系所决定的。侨联是归侨侨眷的组织，与海外侨胞有着永远难以割舍的天然的血缘关系和中华传统文化的纽带。凭借这个血缘关系和传统文化纽带，侨联不仅是归侨侨眷之家，而且是海外华侨华人之家。

二 工作对象的广泛性

侨联组织广泛联系海外侨胞和归侨侨眷两大群体，特别是侨联组织不同于政府机构，可以不受意识形态的限制，不断扩大海外联谊工作的广度和深度，在长达数千年形成的中华传统文化的旗帜下，把海外不同信仰、不同国家、不同地区、不同社团、不同职业的侨胞广泛凝聚团结起来，为全面建设小康社会，实现中华民族的伟大复兴贡献力量。

三　组织系统的服务性

侨联组织从成立起，就是一个代表侨界利益，维护侨益，凝聚侨心，发挥侨力，为侨服务的人民团体。全心全意为侨服务是侨联组织的宗旨和光荣传统，是侨联组织生命力的源泉。侨联组织从中央到地方，从城市社区到农村乡镇，形成了广泛的为侨服务的网络系统，培育造就了一支人数众多的、热心为侨服务的骨干队伍，积累了大量为侨服务的宝贵经验。

四　联谊工作的灵活性

侨联组织作为人民团体，海外联谊的工作方式具有很大的灵活性，既可以不受建交与未建交国家的限制，深入到未建交国家进行侨胞的感情联谊、经济文化交流工作，又可以与不同意识形态倾向的侨团联系交往，开展有利于祖国经济发展、侨胞生存和海峡两岸和平统一的工作。

综上所述，侨联的独特优势就在于海外关系的紧密性、海外交往的广泛性、组织系统的服务性、联谊工作的灵活性，从而构成了侨联组织天然的、历史积淀的优势。

对优势要全面正确的认识。优势不是一成不变的。优势是一个历史的、动态的、相对的概念。优势和劣势相比较而存在，在一定条件下互相转化。天然的和历史积淀形成的侨联组织的优势，是一种客观存在的潜在优势。这种潜在优势，并不等于现实的优势。潜在优势如同地下宝藏，只有经过挖掘开发和提炼加工，才会实现市场价值。侨联组织不仅要善于把潜在优势转化为现实可利用的优势，而且要积极主动，充分利用和发挥优势，绝不可将优势束之高阁，弃之不用。否则，优势就会与侨联组织擦肩而过。随着时间的推移和空间的变化，海外侨务工作的社会化和多元化，侨联固有的某些优势会发生变化和衰减。因此，侨联组织要长期保持在侨务工作方面的优势，就必须正确分析和发现优势，善于抓住优势，并且与时俱进，开发潜在优势，与原有优势整合，创造新的优势。

增强为侨服务能力

不断增强为侨服务能力，是侨联组织实现为侨服务宗旨的关键。如何适应经济全球化和我国经济稳定持续快速发展的新形势，不断增强为侨服务的能力，这是摆在我们面前的重大课题。我认为，侨联组织在许多方面都可以进一步开拓。

一　充分运用电子网络新技术，创造联系海外侨胞的新载体

侨胞和华裔遍布全球，人数众多，传统的联系手段已经很难适应新世纪网络技术迅猛发展的新形势。侨联组织要适应经济全球化和信息网络化的新形势，利用信息网络高科技手段，建设为海内外侨胞和归侨侨眷服务的信息交流中心，传播中国改革开放和经济建设的新成就，传播中华民族传统文化和先进思想成果，开展全球性的华文教学，提供海外侨胞和归侨侨眷所关心的各种信息，逐步使之成为传播中华文化、交流信息和从事经济技术、贸易活动不可缺少的新载体，更加广泛地团结海外同胞和归侨侨眷，为祖国经济繁荣昌盛贡献力量。

二　充分运用经济科技大舞台，创造联系海外侨胞和归侨的新模式

面对经济全球化的新形势，党中央提出贸易多元化和中国企业“走出去”发展的战略，这是一个重大经济发展战略。我国拥有大量的中等程度的技术装备和初步的现代化管理基础，劳动力价格低廉，加工产业在国际市场上极具竞争力，发展出口贸易的条件得天独厚。最近几年遵循党中央提出的发展战略，我国一些大型企业积极参与国际市场竞争，已经取得振奋人心的丰硕成果。对侨联组织来说，积极为走出去的战略服务，为开拓国际市场出谋划策，为引进海外专业人才牵线搭桥，具有特殊重要的意义。这不仅关系到加快我国社会经济发展，全面建设小康社会，而且关系到增强海外侨胞的生存能力和事业发展能力。推动国家社会经济全面发展和海外侨胞事业互动发展，实现双赢原则，这既是侨联工作为经济建设大局服务的具体体现，又是凝聚侨心、发挥侨力的关键之举。

侨联组织要加强对海外侨胞回国投资和兴办公益事业的服务工作，维护他们的合法权益，使海外侨胞回国投资和兴办公益事业，既为国家经济建设做贡献，又为自身生存和事业发展获益，实现双赢。只有这样，松散的联系才能向紧密方向不断深化，海外侨胞与祖国之间才能形成真正的“命运共同体”。

三　充分发挥中华文化的亲和力，创造联系海外侨胞的新形式

文化是社会发展进步的重要内容和精神动力。社会的存在和发展，既需要以生产力的发展为基础，也离不开文化的进步。文化越来越成为综合国力的重要组成部分，文化的交流和传播越来越成为各国相互关系的重要内容。中华文化是支撑中华民族绵延发展的精神支柱，是维系和凝聚海内外同胞的纽带，是进行海外联谊工作的强大依靠。中华文化是世界文化宝库的重要组成部分，在越来越多的国家得到广泛认同。面对综合国力的竞争，我们不仅要发展先进生产力，而且要大力发展先进的文化。侨联组织肩负着弘扬和传播中华民族先进文化的历史使命，要重视发挥中华民族文化的亲和力、渗透力，深刻挖掘中华民族文化博大精深的内涵，运用丰富多彩、灵活多样、群众喜闻乐见的形式，向海外同胞广泛传播，不断培育和扩大侨联工作的群众基础。

四 充分运用参政议政的建言权，调动海外侨胞和归侨侨眷的积极性

要加强参政议政的基础理论研究和基础资料收集工作，不断提高参政议政的水平，抓住群众关心的热点问题，组织侨界力量，深入进行调查研究，写出高质量的提案、议案，准确反映侨界群众的呼声和意见。特别是海外侨胞和回国投资的华商，有许多是成就斐然、眼界开阔、思维前瞻、知识渊博的高层次专业人士，他们既有在海外市场经济环境中长期工作和生活的丰富经验，又有在国内投资设厂和兴办公益事业的实际体验，对加快国家社会经济发展步伐有许多真知灼见。侨联组织作为政协组成单位，要从发展社会主义民主政治的高度出发，增强依法参政议政的意识，发挥他们为国家发展建言献策的积极性，使回国投资的海外侨胞和归侨侨眷，感受到党和政府的信任，感受到作为主人翁的骄傲，调动他们的社会主义建设积极性。

关键在于建设高素质的干部队伍

人才是事业成败的关键。党中央提出的人才战略是实现中华民族伟大复兴的根本措施，加强干部队伍的素质建设是提高执政能力的决定性因素。素质建设，包括思想、作风、知识、能力素质的提高。侨联组织肩负着团结动员广大归侨侨眷和海外侨胞参与全面建设小康社会的伟大事业，必须增强责任感和紧迫感，适应新形势，切实抓好领导班子建设和干部队伍建设，不断提高干部队伍素质。

应当看到，侨联干部队伍的素质与党和国家赋予的重大历史任务的要求相比还有很大距离。例如海外华侨华人，以使用语言区分，大体可分为三个群体。一是会讲汉语的老侨和一小部分新生代，以及新移民，这个群体约占25%。二是不会讲汉语的老侨新生代，这个群体约占25%。三是不会讲汉语的华人后裔，这个群体约占50%。后两个群体不少人已经进入当地主流社会。从侨联目前的干部队伍素质看，有很大局限性，很难把海外联谊的范围迅速扩展到已经进入当地主流社会的、不会讲汉语的华人群体。显然要使侨联工作向纵深发展，进一步扩大海外联谊的群众基础，就必须加强干部队伍素质建设，造就一支素质高、知识广、精通外语、掌握侨情的干部队伍。

要把学习放在首位，创建学习型团体，提高思想素质和为侨服务的本领，把握侨联工作的特点与规律，做到发展有新思路、解决问题有新办法、各项工作有新举措。适应新形势下侨务工作的新要求，建立干部队伍创新激励机制，在提高干部队伍素质上下工夫，加强干部培训、内部轮岗、挂职锻炼，干部交流，重视对年轻干部的培养，提高思想素质、学习创新能力和为侨服务的本领。从侨

联系统逐年选派政治素质好、有专业知识和业务能力、外语较好的年轻干部到国外进修学习，加强与海外同胞的联系，调查研究，增加新本领、新知识。吸收一定数量的海外归来的留学人员到侨联系统工作。帮助和支持有志于侨联事业的创新人才脱颖而出，确保侨联事业后继有人。

历史是一面镜子。回顾历史，抚今追昔，可以使我们更好地总结历史经验，认识现状，把握未来，励精图治，抓住新机遇，迎接新挑战。中国新民主主义革命和共产党的创建、发展、壮大，与海外侨胞和侨社组织有着密不可分的关系。在革命战争年代，海外侨胞为支持抗日战争和人民解放战争做出了重大贡献；在新中国建设时期，侨居海外的爱国民主人士、科学家、工程师、教育家和其他知识分子冲破帝国主义封锁，回归祖国，为建设新中国做出了重大贡献；改革开放以来，海外华侨回国投资和兴办公益事业，为改革开放和经济发展做出了重大贡献。所有这一切都在中国现代发展史上留下了辉煌的历史篇章。今天经济全球化加速发展，中国进入全方位的开放，正处在与经济全球化接轨融合的历史大转变过程中。新的形势，既为侨联组织与时俱进、开拓创新提供了良好的机遇；同时也对侨联组织提出了新挑战。我们要在党中央的领导下，充分发挥优势，创造性地进行工作，为中华民族的伟大复兴再创辉煌。

2001 年张重庆（右一）担任诺贝尔奖获得者李政道博士大型学术报告会组织委员会副秘书长，应邀出席李政道博士举行的答谢宴会

智慧和力量的源泉*

每当我走进人民大学，吴玉章、郭影秋等老一辈教育家的光辉形象，就会浮现在眼前。尽管祖国神州大地经历了沧桑巨变，换了人间。但是，抚育我成长的母校，人民大学导师的谆谆教诲、师生的深厚情谊，尤其是在“文化大革命”的艰难岁月里的经历，总是令人难以忘怀，随着时间的推移，愈加显得珍贵。

风云突变

1964年夏我告别家乡，来到久已向往的北京，进入人民大学学习，有机会见到久已敬仰的教育家吴玉章校长，同时，作为10名学生代表之一，受到郭影秋书记的接见，聆听教诲，深受鼓舞。正当我们沉浸在紧张的学习之时，“文化大革命”的灾难突然降临。

1966年5月风云突变，北京大学贴出第一张“造反”的大字报，很快就像瘟疫般地传播起来，人民大学东风食堂大厅出现了“炮轰校党委、打倒郭影秋”的大字报，顿时校园沸腾起来。我作为财政贸易系团总支的负责人之一，无法理解眼前突然发生的这一幕闹剧，质朴的本能驱使我做出强烈的反应，贴出了第一张“保卫校党委、保卫郭影秋”的大字报，没想到“一石激起千层浪”，引来烈火烧身，变成了被围攻的对象，“打倒反革命修正主义黑苗子”的大字报、大标语，出现在东风一楼内外。

风助火势，在以江青为首的“四人帮”的煽动下，学校领导干部和教授被当作“走资派”、“反动学术权威”受到揪斗，戴高帽子游街，群众大会“批斗”，连刚刚毕业留校工作的年轻辅导员也要陪绑。为保护领导干部和教授成立的以吴玉章为名誉团长的红卫队、红卫兵组织很快就被极“左”派冲垮，校园里人心惶惶，笼罩着一片恐怖气氛。我这个保皇派红卫兵组织的政委更是处于重压和郁闷之中。

---

* 本文系作者2004年6月为人民大学出版社《往事回忆》一书所作。

指点迷津

在这个十字路口，朝着何方去？是跟着“造反”，还是保持“沉默”？幼稚的年轻人需要高人指点。可是在这个“无限上纲”、“怀疑一切、打倒一切”，封建专制思想大泛滥的恐怖年代里，祸从口出，“告密者”出卖朋友的现象比比皆是，“信任”已经荡然无存，几乎无人敢说心里话。这时，我想到了两个人，备受师生所尊敬的黄达教授和范若一教授。

当时财政贸易系副主任黄达教授40多岁，才华横溢，学术成就卓著，威信很高。一个晚上，我和蒲加树同学悄悄去拜访他。在书房里我们向黄达教授倾诉了对“造反、批斗”的不满，表达了内心的迷惘。黄达教授若有所思，显然是在思考如何用最简单的语言委婉地表达出自己的观点和见解，最后，他深沉地说：“现在出现的这些复杂问题，实际上是如何处理人际关系，特别是如何处理党内矛盾和党内斗争的问题。人际关系看似简单，其实并不简单。人际关系是一门学问。从历史和现实情况看，要处理好党内的矛盾斗争、处理好群众内部的相互关系，实在不容易。党内斗争往往‘矫枉过正’，群众发动起来，总是出现许多过激行动。要等到运动之后，冷静下来才会纠偏。不要只看眼前，要看长远。”

范若一教授是老革命，抗日战争期间就在华北前线地区担任县委书记、行署专员，又亲历延安整风运动的全过程，全国解放后任职于国家财政经济委员会，是新中国著名的财经专家，因参与庐山会议反对大跃进“浮夸风”，被错误解职。又一个晚上，我和蒲加树同学去拜访他。范若一教授看到学生来访，非常高兴，尽管因坚持实事求是，反对“浮夸”受到迫害，从权柄在握到放逐人民大学校园当教授，但是坎坷的经历，丰富的经验，改变不了他那率直刚毅的革命家的性格。听了我们的讲述后，他爽快地说，领袖是人，不是神。领袖也会犯错误。当年在延安，老百姓因为边区政府的税赋太重，编了一首歌谣批评毛泽东。现在搞“文化大革命”，揪斗“走资派”、“反动权威”，鼓动“学生斗老师”，这些现象很不正常。不要把问题看死了。事情会起变化的。就像当年延安整风运动，开始阶段把群众发动起来了，也是互相揭发，还整死了一批人。但是到运动后期，头脑冷静下来，进行纠错，相互批斗的人还得握手言欢。

黄达教授关于“党内斗争与人际关系学”的教诲、范若一教授关于“领袖是人不是神、运动结束后握手言欢”的教诲，这些在当时的教科书和政治生活中都是绝对排斥的非“正统”言论，也是我有生以来头一次听到这样直言不讳、大胆发表的政治性见解。作为一个20岁的幼稚的年轻人，听到这些高见，心灵受到的震撼之大，印象之深，难以表述。

在“文化大革命”的危难之时，我不断想起两位导师的教诲，对“过激行为”不屑一顾。正是这些饱含政治智慧、实践经验的教诲，指点迷津，至少提醒我不要“跟风”，不要批斗自己的教授、老师和同学，要随时准备与反对过自己的人和解。可以说，是导师的教诲给了自己解决复杂难题的知识、经验、智慧、希望和力量。今天回想起来，黄达教授、范若一教授敢于在“四人帮”横行的“恐怖”岁月里，冒着莫大的政治风险，推心置腹地与学生谈心，谆谆教导，诲人不倦，真是难能可贵，充分表现出学术大师的高尚风范。在那个愚昧封建的年代，有多少志士仁人因为几句对伟大领袖所谓“不敬、不恭”的话，就丢掉了脑袋。

重见光明

1968年“军宣队”进驻学校，清理阶级队伍，促进大联合。我被拉出来负责财政贸易系的审干工作。当时，除专案组审查的重点人物外，其他的干部、教师都由审干组负责。

校园里“清理阶级队伍”轰轰烈烈，从所谓“走资派”到“反动学术权威”，从“黑教师爷”到“修正主义苗子”，无所不包，“打击一大片”的浩劫，闹得“人人自危”。“内查外调”的所谓材料、“逼供信”的所谓材料、群众的所谓“揭发材料”，全部集中起来，每个人的档案袋顿时鼓起来。对于这些所谓“材料”，我的内心充满厌恶，只希望它尽快消失，让所有受迫害的人重见光明。

机会终于出现。1969年冬“四人帮”借“备战备荒”之机，要把知识分子统统赶出北京城。人民大学师生到燕山石化接受“再教育”。军宣队布置，给每个教师写一份审干结论，连同有关材料存入档案，没用的材料可以销毁。这是个极好的机会，我立即行动，以最快的速度给系里的教师、干部每人写了一份“没有问题”的审干结论存入档案。至于“文化大革命”的材料，我悄悄地抱到东风一楼下，随着一根火柴的点燃，顷刻化为灰烬。尽管当时心情有些紧张，但是没有任何犹豫，没有考虑所要承担的后果。我之所以有这种勇气，要感谢黄达和范若一教授，他们的教诲给了我智慧和力量。我始终坚信：正义必将战胜邪恶，良知终将代替愚昧。给人民大学所有教职员还以清白是迟早必须做的事情。

人民大学师生到达燕山石化后，开始接受“再教育”，每天到工地参加劳动。“清理阶级队伍”的斗争仍然在继续，审干对象们惶惶然不可终日，生怕又遭到“揪斗”，特别是几个老教师包袱沉重，忧心忡忡，总想听到点内部信息。我很想告诉他们实际情况，帮助他们彻底解脱思想负担。但是，在当时“四人帮”猖獗的特殊形势下，无论如何，不能把“审干结论”和销毁材料的情况泄漏出去。如果泄漏，我就会大祸临头，被戴上“破坏清理阶级队伍”的大帽子，变成“现行反革命分子”，受到严厉制裁。

1976年粉碎“四人帮”以后，人民大学复校。财政贸易系干部和教师很快复出，受到重用，纷纷被安排在校系两级的一些领导岗位上。当时，连他们本人都难以理解，怎么从“阶级敌人”、“牛鬼蛇神”一下子又变成了“革命领导干部”，被组织上委以重任。又过了两年，根据党中央指示，学校对干部、教师的历史档案进行彻底清理，要撤出“文化大革命”放入的“黑材料”，复查“审干结论”，人们发现，唯独财政贸易系领导干部和教师的档案里没有存放“文化大革命”中的所谓“内查外调”材料，复查“审干结论”也没有问题。这个时候，大家才悟出其中缘由。

亲历“文化大革命”的动乱岁月，我深深体会到：高素质的导师和实事求是的科学精神，是人民大学最宝贵的财富。导师的教诲和“实事求是”的科学精神，对学生的价值观、行为准则，发生着潜移默化的巨大作用。导师以其渊博的知识、科学的精神、丰富的经验、智慧的光芒，启迪和照耀着青年走向未来。学生对导师的感激之情是世界上任何美好的语言也表达不尽的。

1967年3月中国人民大学长征队完成了从北京到韶山的步行长征。图为张重庆、陶兴文、李扬举、郑文斌、姚大金、王家柱等从北京出发时在北京丰台机务段访问毛泽东机车司机长蔡连兴

后 记

岁月流逝，沧桑巨变。60年来祖国经历了抗战胜利的欢呼、新中国的庆典、大跃进的苦难、经济困难的考验、“文化大革命”的灾难、改革开放的辉煌。祖国在党和人民的奋斗拼搏中前进，历史在党和人民的观察思索中升华。

作为忠诚正直的共产党人，亲历祖国曲折发展的旅程，在新旧思想与体制的猛烈撞击中，迸发出火花，既有欢乐，也有悲愤；既有幸福，也有苦痛；既有辉煌，也有落差。但是，我们为祖国强盛、为人民幸福，忠于职守、无私奉献、年华充实，无愧无悔，同样也分享着成功者的胜利喜悦。

欢乐、幸福、辉煌激励人奋斗拼搏、开拓创新；逆境、苦痛、落差敦促人观察思索、寻求变革。从一定意义上说，本书既是奋斗开拓的历史纪录，又是观察思索的思想结晶。出版本书的愿望，是将历史的亲身体验和观察思索奉献给广大读者。

在党中央粉碎“四人帮”，拨乱反正，推进改革开放的激动人心的年代，我有幸就职于国家经济委员会、国家经济体制改革委员会、国家发展计划委员会、国家经济贸易委员会所属机构，在一批德高望重的老同志的直接领导下，主持中国企业管理协会和中国企业家协会日常工作，为推进我国企业改革与管理现代化服务。在本书出版的时刻，向这些为改革开放做出历史性贡献的老领导致以敬意；向为推进改革开放和管理现代化共同奋斗的同事、朋友和企业家致以谢意。同时也向承担本书出版工作的中国社会科学出版社表示感谢。

作　者

2008年5月1日于北京

Appendix pictures

附录　图片资料

国内活动部分

1982年国务委员张劲夫、国家经济委员会主任袁宝华会见美籍华人沈坚白，张重庆（二排左三）参加会见

1984年中国企业管理协会与共青团中央在北京联合召开全国青年改革者与首都经济界专家学者座谈会，团中央第一书记胡锦涛，国家经济委员会主任袁宝华，副主任张彦宁、赵荫华，国家经济体制改革委员会副主任童大林，中国人民大学校长黄达等会见与会代表。会议负责人张重庆(二排左一）参加会见

1986年中央政治局委员、中央书记处书记、中央宣传部部长邓力群，国家经济委员会主任吕东、袁宝华，副主任朱鎔基会见国家经济委员会、全国总工会、中国企业管理协会联合举办的企业管理研究班学员，中国企业管理协会副秘书长张重庆（前右二）参加会见

1992年中国企业管理协会、中国企业家协会在人民大会堂举行全国优秀企业和优秀企业家颁奖大会，常务副理事长张重庆（左一）陪同国务院副总理邹家华、中央书记处书记尉健行会见优秀企业家代表

1993年全国人大副委员长黄华在人民大会堂会见俄罗斯工业家企业家联盟主席、前苏联副总理沃尔斯基一行。外交部副部长戴秉国、中国企业家协会常务副理事长张重庆（后右三）参加会见

1995年国务院副总理吴邦国在人民大会堂会见出席世界经济论坛会议代表，国务委员王忠禹、中国企业家协会会长袁宝华、常务副会长张彦宁、常务副理事长张重庆(前右四)、世界经济论坛主席马托女士、顾问加瑞利博士等参加会见

1985年中国企业管理协会副理事长张重庆（左二）与马益标、王勇同志随同国家经济委员会副主任张彦宁在陕西、山西、河北等地进行调查研究

1988年中国人民解放军海军企业管理协会召开会员代表大会，聘请张重庆同志为顾问，张重庆（前排中）与海军企业管理协会常务理事合影

1990年张重庆常务副理事长（右三）、国家自然科学基金会国际合作局局长李光临在中国企业管理协会，会见英中国际合作研究项目负责人马克教授

1991年张重庆常务副理事长（左三）与中国企业经营咨询公司总经理张亚凤会见台湾企业家吴尚鹰和香港《大公报》编辑薛瑞珍

1991年中国与南非建交前夕，张重庆常务副理事长邀请南非金属矿产联盟主席史密斯·汉斯访华，安排与国务院有关部门进行投资会谈，为南非金属矿产联盟在中国有色金属行业进行大规模投资铺平道路

1992年袁宝华会长和张重庆常务副理事长在中国企业管理协会、中国企业家协会维护企业和企业家权益工作委员会成立大会上

1992 年国家经济体制改革委员会副主任刘志峰、国务院秘书局局长崔占福、中国企业家协会常务副理事长张重庆（右一）会见美国国会议员戴维·斯坦利夫妇

1992 年张重庆（右二）与上海企业管理协会常务副会长朱善仁、常州企业管理协会常务副会长孙志伟以及全国企业管理协会秘书长会议的代表考察常州柴油机厂

1992年中国企业管理协会、中国企业家协会在深圳主办首届中国海峡两岸企业家经贸研讨会，国民党中央常委、台湾统一集团董事长高清原率企业家代表团出席会议，张重庆常务副理事长（右一）致开幕词

中国企业管理协会、中国企业家协会会长袁宝华、常务副理事长张重庆（前左四），深圳市政府和国务院对台办的领导与国民党中央常委、台湾统一集团董事长高清原率领的台湾企业家代表团在深圳

1993年中国企业家协会会长袁宝华、常务副理事长张重庆（右二）、副理事长李东江会见韩国经济人联合会常务副会长曹圭河及其代表团成员

1993年中国总会计师协会召开全国会员代表大会，名誉会长、财政部副部长张佑才和总会计师协会顾问张重庆（左一）出席会议

1993年中国企业管理协会、中国企业家协会在洛阳召开全国企业家座谈会，研究企业深化改革问题，常务副理事长张重庆（前右八）主持会议，与出席会议的省市领导和企业家合影

1994年中国企业家协会会长袁宝华、常务副理事长张重庆（前左二），国家经济贸易委员会副主任陈清泰，全国人大财经委员会副主任叶林会见俄罗斯工业家、企业家联盟代表团团长、原苏共中央书记吉里连科一行

1994年国家经济贸易委员会与中国企业管理协会联合召开转换企业经营机制研讨会，国家经贸委主任王忠禹、副主任陈清泰、秘书长朱涛，中国企业管理协会会长袁宝华、常务副会长张彦宁、常务副理事长张重庆（右一）、中国工业经济协会会长吕东、常务副会长董绍华等出席

1994年袁宝华会长、张重庆常务副理事长（左二）与新华社社长郭超人、副社长张宝顺、秘书长张国良、副总编辑徐学江在新闻大厦

1994 年中国企业管理协会会长袁宝华、常务副理事长张重庆（前右四）、副理事长汤茂义会见中国企业史编写工作会议代表

1994年国家经贸委副主任陈清泰，中国企业管理协会会长袁宝华、副会长马洪、常务副会长张彦宁、常务副理事长张重庆（左一）出席国家经贸委和中国企业家协会联合召开的厂长、经理座谈会

1994年中国企业管理协会、中国企业家协会常务副理事长张重庆（右一）在新兴大厦宴请美国克林顿总统信使钟约翰

1994年中国企业管理协会、中国企业家协会和世界经济论坛在北京人民大会堂召开国际会议，中国企业管理协会、中国企业家协会常务副理事长张重庆（右二）、副理事长潘承烈、李东江和世界经济论坛主席马托女士出席

1994年世界经济论坛和中国企业家协会、中国企业管理协会在人民大会堂举行国际会议，常务副理事长张重庆（左一）主持国家税务总局局长项怀诚专题报告会

1995年张重庆常务副理事长（左二）与深圳市市长李子彬、副市长李德成出席庆祝深圳市企业家协会成立10周年的大型文艺晚会

1995年张重庆常务副理事长在甘肃省企业改革工作会议上做专题报告，省经济贸易委员会主任李文治主持会议

1995年张重庆常务副理事长（前右五）、金川有色金属总公司领导与出席西北五省区企业家联席会议的代表

1995年中国企业管理协会、中国企业家协会会长袁宝华、常务副理事长张重庆（前右六），共青团中央书记袁纯清出席国家经济贸易委员会、中国企业管理协会、共青团中央联合举办的第12期青年厂长、经理现代企业管理研究班结业典礼

1995年中国企业家协会副会长沙叶、常务副理事长张重庆（左一）、中国企业经营咨询公司总经理张亚凤会见韩国企业家

1995 年张重庆（中）与全国首家民营保险公司——天安保险股份公司创始人付福利出席深圳企业管理协会、企业家协会庆典活动

1997 年霍英东基金会组织珠江三角洲投资考察团，邀请张重庆（前左六）担任团长，与海外投资家考察广州、东莞、中山、顺德等地，图为全国政协副主席霍英东、广州市领导和考察团合影

1997 年珠江三角洲投资考察团考察东莞合资企业，张重庆团长（右一）与霍英东集团副总裁何建立听取公司总经理介绍情况

1997 年张重庆副理事长（前排中）与北京科技大学管理学院院长陈志诚教授等会见世界管理学者协会联盟主席团执行主席布尔罗、皮提特、埃克瓦拉教授等

2003年张重庆（左三）与山西省副省长牛任亮、省发展计划委员会副主任段进存等在五台山

2004年张重庆（左二）与国务院参事室主任崔占福、中国侨联副主席林淑娘、涿州市人大主任邸建民、中国华侨国际经济合作中心总经理张亚凤在华侨大厦

2004年建设部常务副部长刘志峰、中国市场学会副会长张重庆（左二）与中国华侨国际经济合作中心总经理张亚凤会见加拿大发展集团董事局主席阿齐斯

2004年中国市场学会副会长张重庆（右一）在华侨大厦宴请诺贝尔经济学奖获得者、美国哥伦比亚大学教授蒙代尔

2004年张重庆（中）与出席中巴企业家经贸洽谈会的巴西议员、依达碧拉市市长、前农业部长罗东尼奥

2005年世界工商协会峰会组织委员会副秘书长张重庆（左一）与出席会议发表演讲的联合国副秘书长金学洙夫妇

2005年中国工业经济联合会名誉会长林宗棠、秘书长吴敦廉，世界工商协会峰会组织委员会副秘书长张重庆（右一）与德国经济劳工部部长鲁道夫·安辛格，社会民主党前主席、前国防部部长沙尔平等

2005年张重庆（左二）与全国政协副主席罗豪才、全国政协经济委员会副主任陈清泰在哈尔滨出席海外华侨华人经济论坛

2005年张重庆(右一)与中国工业经济联合会秘书长吴敦廉会见塞舌尔群岛共和国前总统詹姆斯·曼彻姆

2005年第二次中小城市侨联经济合作交流会议在黑河召开，张重庆(左五)、黑龙江省政协副主席何小平、黑河市委常委曹振远、黑河市侨联主席曹明龙、晋城市政协副主席廖军与全国20多个城市侨联主席出席会议，探讨新形势下侨联工作创新发展的思路

2005年张重庆副会长（右一）与美国贝尔斯登投资银行总裁唐伟拜访华夏银行董事长刘海燕

2006年张重庆（左一）副会长与中国人民大学校长纪宝成、首都企业家俱乐部主任董玉麟出席中国人民大学教育基金会成立大会

2006年张重庆（右二）与中国公共关系协会会长苏秋成出席电子商务论坛

2006年张重庆（右二）与亚洲金融控股公司董事长王致殷、总经理王旗旗，美国格林创投（香港）公司张穆乔

2008年中国集团公司促进会新当选的六届理事会领导成员：执行副会长兼秘书长张重庆（左二）与会长徐乐江、常务副会长李德水、执行副会长马玉良、金兆丰、何绍改合影

2008年张重庆（左一）与出席第六届跨国公司国际年会的香港特区政府投资推广署助理署长黄海韵和中国事务主管李淑菁

Appendix pictures

附录　图片资料

国际活动部分

1981 年张重庆（右一）参加以国家经济委员会委员兼综合局局长张彦宁为团长的中国经济工作代表团访问日本，出席联合国地区经济开发会议

1986年以国家经济委员会主任袁宝华为团长的中国经济工作代表团赴美出席技术转让国际会议，代表团成员有国家经委进出口局局长孙仲灏、外事局副局长付丰圭，中国企业管理协会副秘书长张重庆（前右二）等

1988年美中企业家贸易研讨会在纽约世界贸易中心开幕，左起：美洲华侨日报企业集团董事长谭华焕、美国商务部助理部长塞尔、中国驻纽约总领事汤兴伯、中国企业管理协会副理事长张重庆、中国日报社社长朱英璜

1988年在纽约访问美中关系全国委员会，右起：国务院副秘书长阎颖，国家经济体制改革委员会副主任张彦宁，美中关系全国委员会主席罗森、副主席蓝普顿，中国企业管理协会副理事长张重庆，国家经委外事局副局长傅丰圭

1988 年中国企业家代表团副团长兼秘书长张重庆（左一）、团长唐乾三（沈阳飞机制造公司总经理）、顾问张万欣（国务院发展研究中心副主任）与美国洛杉矶市市长布莱德雷出席美中企业家贸易研讨会

1988 年中国企业家代表团副团长兼秘书长张重庆（中）、翻译李莉等出席洛杉矶市长举办的新闻发布会。布莱德雷市长向中国企业家代表团赠送洛杉矶市金钥匙

1988年中国企业家代表团副团长张重庆（左一）与出席美中企业家贸易研讨会的国务院副秘书长阎颖在纽约

1988年美中企业家贸易研讨会的中方发起人张重庆（左一）与美方发起人、美洲华侨日报社社长谭华焕出席纽约世界贸易中心午餐会

1988 年张重庆（右一）副理事长与美国《商业周刊》董事长及其助手在纽约世界贸易中心

1988年美中企业家贸易研讨会在圣保罗市举行，明尼苏达州州长宣布5月份为中华人民共和国贸易月，张重庆副理事长向明尼苏达州国际贸易局长鲍瑞琪赠送礼品

1989年以国家经济委员会主任、中国企业家协会会长袁宝华为团长的中国企业家代表团赴美考察。图为代表团合影：副团长吴协钢、秘书长张重庆（左四）、万向集团董事长鲁冠球、金杯集团董事长赵希友、熊猫集团董事长陈祥兴、冰山集团董事长张和、金城造纸集团总经理何捷智等

1989年以袁宝华为团长、张重庆（前左三）为秘书长的中国企业家代表团考察美国康涅狄格州，与州长和经济贸易局官员进行会谈

1989 年中国企业家代表团访问美国，代表团秘书长张重庆（左一）与国家经济委员会主任袁宝华、美国财政部长里查森、美国进出口银行副总裁佛利曼

1989 年中国企业家代表团团长袁宝华、秘书长张重庆（左六）、万向集团董事长鲁冠球、冰山集团董事长张和、金杯集团董事长赵希友等参观美国宇航中心

1991年以张重庆为团长的中国企业集团代表团100人访问美国，考察跨国公司管理和参加经贸洽谈会。图为美中企业家经贸洽谈会在洛杉矶世界贸易中心举行，张重庆团长发表演讲

1991年中英企业管理国际合作研究项目中方领导小组组长张重庆（左一）与出席学术会议的英国剑桥大学商学院院长江切尔教授、兰开斯特大学商学院马克教授

1991 年张重庆常务副理事长（中）、中央党校校务委员孙钱章、北京科技大学管理学院院长陈志诚与英国核电公司董事长和总经理在兰开斯特

1992 年中国企业信息工作考察团团长张重庆（右二）、副团长刘丙寅与美国华侨进出口商会名誉主席陈本昌、理事长彭圣师出席纽约侨界欢迎宴会

1992年以张重庆（前左三）为团长的中国企业信息工作考察团访美，代表团成员：日照市副市长刘丙寅、横店集团董事长徐文荣、临平丝绸集团董事长高春花、中国企业信息交流中心常务副主任张军等在芝加哥广场

1992年中国企业信息工作考察团访问纽约，团长张重庆（右一）与美国中文电视台总裁蒋天龙和美国华侨进出口商会理事长彭圣师交谈

1992 年中国企业信息工作考察团参观纽约银行票据处理中心，团长张重庆（中）与纽约州政府银行厅第一副厅长利永民和纽约华人律师协会会长滕绍骏进行交流

1992 年中国企业信息工作考察团访问美国亚特兰大，团长张重庆（右一）、秘书长张军与美国王朝公司董事长马保平

1994 年张重庆教授（右一）出席世界管理学者协会联盟在美国达拉斯召开的世界管理大会，主持学术论文发表会议

1994 年中国企业环境保护设施代表团访问日本，出席企业环保技术转让国际会议。日本社会经济生产性本部理事长举行欢迎宴会，团长张重庆（右三）、宝山钢铁集团常务副总经理沈成孝、重庆市环境保护局局长张光明、中国企业管理协会对外联络部副主任陈征等出席

1995年韩国顾客满意、经营革新全国大会开幕，演奏国歌，中国企业管理协会、中国企业家协会代表团应邀出席，团长张重庆（左四）在主席台上

1995年中国企业管理协会、中国企业家协会常务副理事长张重庆（左六）、韩国能率协会会长宋之相与荣获“顾客满意、经营革新”全国大奖的十大财团董事长在颁奖大会上

1995年中国企业管理协会、中国企业家协会代表团团长张重庆（中）与韩国能率协会会长、前财政部部长宋之相进行亲切交谈

1995年5月4日澳中高级行政总裁国际会议在悉尼开幕，中国企业家代表团团长、中国企业家协会、中国企业家协会常务副理事长张重庆（左二）、澳大利亚中国贸易理事会主席麦康安、澳大利亚副总理劳瑞尔·布林顿出席会议。中国政府总理李鹏和澳大利亚政府总理基廷分别向会议发了贺电。

1995年澳大利亚昆士兰州州长举行宴会，欢迎中国企业家代表团访问昆士兰，张重庆团长致词

1996年张重庆常务副理事长（左一）、金城天宝纸业公司总经理苏宝成与世界管理学者协会联盟执行主席、法国会计协会主席布尔罗教授在巴黎

2002 年中国侨联经贸考察团访问印尼，张重庆团长（右三）、黄立明、陆符瑞、林华，香港寰宇公司董事长张文仲和出席晚宴的印尼司法与劳工部长尤斯利

2002 年世界客属恳亲大会在雅加达举行，中国侨联经贸考察团团长张重庆（左一）出席大会开幕式

2002年张重庆（左一）团长与世界客属大会执行主席、印度尼西亚客属总会会长杨克林和梅州会馆会长黄德新

2002年印尼国民福利基金会在雅加达举办经济贸易洽谈会，中国侨联经贸考察团团长张重庆(前排中)，与出席会议的印尼国民福利基金会会长凌华承，副会长凌贝利、王盛利、林秀礼、林大鹏，秘书长巫颂寰等

2002年中国侨联经贸考察团团长张重庆(中)、中国大使馆参赞谢福根与中国侨联海外顾问刘锦廷、陈振治、邱夏丽、赖锦廷在曼谷

2002年中国侨联经贸考察团团长张重庆（左二）与泰国中华总商会会长郑明如在曼谷中华会馆进行座谈

2002年中国侨联经贸考察团访问泰国，泰华进出口商会举行经贸座谈会，团长张重庆（前右四）做中国经济贸易现状及发展趋势的发言，泰华进出口商会名誉理事长蔡两深，理事长王睦良，副理事长黄坤恒、纪松材等出席会议

2003年中国侨联代表团出席在吉隆坡召开的世界华商大会，张重庆（右一）与大会主席、马来西亚中华总商会会长林源德

2003年中国侨联代表团访问马来西亚，副主席李祖沛、经济科技部部长张重庆（左三）、处长陆符瑞，海南省侨联主席潘建、江西省侨联主席曾华新、青岛市侨联主席胡欣与海南会馆理事长张裕民在吉隆坡

2005年中国侨联代表团访问华盛顿，副主席林淑娘、经济科技部部长张重庆（右二）、处长郭敏燕、贾德成拜会中国驻美大使杨颉篪

2005年中国驻日本大使王毅在东京会见出席首届日中经济合作高层峰会的中国代表团俞晓松、高铁生、张重庆（前左三）、陈雨露，日本MBA华人协会负责人李克、王晓冬、王丹、王军，以及日本大学教授井川纪道，日本东京证券交易所负责人清水寿二、岩永守幸、山本秀树、吉田英司等

2005年在东京出席首届日中经济合作高层峰会的全国政协港澳台侨事务委员会副主任俞晓松、中国市场学会副会长张重庆（前右四）与日本MBA华人协会负责人合影

2006年中国专家、学者代表团访问日本自民党总部，与日中友好议员联盟领导人举行座谈，产业经济大臣、日中友好议员联盟干事长甘利民，众议院外交委员会委员长林芳正、环境委员会委员长北川知克、科技委员会委员长茂木敏充，国土交通大臣政务官后藤茂之，国务大臣政务官上川阳子等出席。图为张重庆教授代表中国专家学者代表团在欢迎仪式上发表致辞

2006年张重庆（右二）与出席第二届促进中日高层对话活动的日本前国务大臣水野清、前外务大臣柿泽弘治和日本国际交流协会理事长田中均